KB178595

네 시체를 묻어라

BURY YOUR DEAD

옮긴이 김연우
추리소설 팬으로 현재 출판 관련 일을 하고 있다.

Bury Your Dead
Copyright © 2010 Louise Penny
All rights reserved

Korean translation copyright © by FINIS AFRICAE
Korean translation rights arranged with Teresa Chris Literary Agency,
through EYA(Eric Yang Agency)

이 책의 한국어판 저작권은 EYA(Eric Yang Agency)를 통해
Teresa Chris Literary Agency와 독점계약한
피니스 아프리카에에 있습니다.
저작권법에 의하여 한국 내에서 보호를 받는 저작물이므로
무단전재와 복제를 금합니다.

이 도서의 국립중앙도서관 출판시 도서목록(CIP)은 서지정보유통지원시스템 홈페이지(http://seoji.nl.go.kr)와
국가자료공동목록시스템(http://www.nl.go.kr/kolisnet)에서 이용하실 수 있습니다.
CIP제어번호: CIP2014029398

Bury Your Dead

루이즈 페니 지음 I 김연우 옮김

네 시체를 묻어라

LOUISE PENNY

피니스
아프리카에

이 책을 두 번째 기회에 바칩니다.

두 번째 기회를 준 사람들

그리고 두 번째 기회를 가져간 사람들에게

1

그들은 최대한 소리를 내지 않으려 노력하며 계단을 한 번에 두 단씩 뛰어올랐다. 가마슈는 집에 편히 앉아 세상 아무 걱정 없다는 듯이 숨을 고르게 하려고 애썼다.

"경감님?" 앳된 목소리가 가마슈의 헤드폰을 통해 들려왔다.

"날 믿게. 아무 일도 없을 거야."

그는 젊은 형사가 자신의 목소리에 서린 긴장을, 확신과 권위에 찬 음성을 유지하기 위해 가라앉은 음성을 눈치채지 못했기를 바랐다.

"경감님을 믿습니다."

그들은 계단 꼭대기에 이르렀다. 보부아르 경위가 멈춰 서서 자신의 상관을 바라보았다. 가마슈가 시계를 보았다.

47초.

아직 시간이 있었다.

헤드폰을 통해 젊은 형사는 자신의 얼굴에 느껴지는 햇살이 얼마나 좋은지 이야기하고 있었다.

방탄조끼를 입고 자동소총을 든 날카로운 눈빛의 나머지 대원들이 차례차례 올라왔다. 경감에게 훈련받은 대원들이었다. 곁에 있는 보부아르 경위 역시 그의 결정을 기다리고 있었다. 어느 길을 택할 것인가? 그들은 목표물에 매우 근접해 있었다.

가마슈는 버려진 공장의 어둠침침한 복도 둘을 번갈아 보았다.

두 복도는 똑같이 보였다. 더럽고 깨진 유리창을 통해 12월의 냉기를 머금은 빛이 들어와 홀의 윤곽을 그려 내고 있었다.

43초.

그는 단호히 왼쪽을 가리켰고, 그들은 복도 끝의 문을 향하여 소리 없이 달렸다. 가마슈는 달리면서 라이플을 거머쥐고 헤드셋에다 조용히 말했다.

"걱정 말게."

"사십 초 남았습니다, 경감님." 한 마디 한 마디 말이 숨조차 제대로 쉬지 못하는 남자의 입에서 쏟아졌다.

"내 말을 믿게." 가마슈는 그렇게 말하며 문을 향해 손을 뻗었다. 팀이 전진했다.

"자네에게는 아무 일도 일어나지 않을 걸세." 위엄 있고 확신에 찬 가마슈의 목소리가 젊은 형사로 하여금 반박할 여지를 주지 않았다. "자넨 오늘 저녁을 가족들과 먹게 될 거야."

"네."

기동대가 성에가 낀 더러운 창문이 달린 문을 에워쌌다. 창 안은 어두웠다.

가마슈는 잠시 멈춰 그것을 응시했다. 허공에 들린 손이 자신의 부하를 구하기 위하여 공격 신호를 내릴 준비를 하고 있었다.

29초.

곁에 있는 보부아르가 금방이라도 튀어나갈 듯 몸을 긴장시켰다.

가마슈는 너무 늦게야 자신이 실수를 저질렀다는 것을 깨달았다.

"시간을 주게, 아르망."

"아베크 르 텅Avec le temps 시간이 해결해 줄까요?" 가마슈는 노인의 미소를 되돌려 주고 손의 떨림을 멈추기 위해 오른손을 꽉 쥐었다. 미세한 떨림이어서 그는 자신들이 지금 앉아 있는 퀘벡 시 카페의 여종업원이 눈치채지 못했으리라 확신했다. 그들 건너편에 앉아 노트북을 두드리고 있는 두 학생도 눈치채지 못했을 터였다. 아무도 눈치채지 못했으리라.

자신을 잘 아는 사람이라면 모를까.

가마슈는 맞은편에 앉아 크루아상을 작게 찢고 있는 에밀 코모를 건너다보았다. 이제 여든이 가까운 나이의 코모는 가마슈의 예전 상관이자 스승이었다. 단정하게 빗어 넘긴 백발에 두 눈은 안경 뒤에서 선명한 파란색으로 빛났다. 비록 만날 때마다 얼굴선이 조금씩 무너지고 움직임이 조금씩 느려지는 모습이 눈에 띄었지만 그는 아직 늘씬하고 활력이 넘쳤다.

아베크 르 텅.

5년 전 아내를 잃은 에밀 코모는 시간의 힘과 깊이를 잘 알았다.

가마슈의 아내 렌 마리는 퀘벡의 오래된 성벽 안에 있는 에밀의 돌집에서 자신과 에밀과 함께 일주일을 보내고 그날 아침 일찍 떠난 참이었다. 그동안 세 사람은 불 앞에서 조용하고 느긋하게 식사를 하고 눈 덮인 좁은 길을 대화를 나누며 함께 걸었다. 때로는 침묵을 지켰고, 신문을 읽고 토론을 하기도 했다. 그렇게 셋은 일주일을 함께 보냈다. 가마슈 부부의 개 앙리까지 셈한다면 넷이서.

그러나 사실 대부분의 시간을 가마슈는 홀로 지역 도서관에서 읽을거리를 뒤적이며 보냈다.

에밀과 렌 마리는 가마슈에게 함께할 시간 못지않게 혼자 있을 시간 또한 필요하다는 것을 잘 알고 있었기에 그 시간을 배려해 주었다.

이윽고 그녀가 떠날 시간이었다. 에밀과 작별 인사를 나누고 그녀는 남편을 향해 돌아섰다. 키가 크고 단단한 몸집의 그는 좋은 책과 긴 산책을 무엇보다 즐기는 사람답게 경찰이라기보다 50대 중반의 저명한 교수처럼 보였다. 그러나 그는 캐나다에서 손꼽히는 퀘벡 경찰청 살인 수사반을 책임진 사람이었다. 그는 아내를 차까지 바래다주고 차 앞 유리창에 낀 성에를 긁어냈다.

"꼭 가지 않아도 돼." 그가 우울한 이별의 아침을 맞았다는 듯이 차 안에 있는 그녀에게 미소 지었다. 앙리가 가마슈 옆의 눈 더미에 올라앉아 두 사람을 보았다.

"나도 알아. 하지만 당신과 에밀 둘이서 보낼 시간이 필요하잖아. 두 사람이 서로를 어떻게 쳐다보는지 알아."

"갈망의 눈빛?" 가마슈가 웃음을 터뜨렸다. "우리가 더 신중했길 바랐는데."

"아내는 언제나 알아채는 법이야." 그녀가 미소 지으며 그의 깊은 갈색 눈을 바라보았다. 그는 모자를 쓰고 있었지만 그녀는 모자 아래로 살짝 말린 회색 머리칼을 볼 수 있었다. 그리고 수염도. 그녀는 그 수염에 천천히 적응했다. 원래 그는 수년간 콧수염을 길러 왔지만 최근 그 일이 있은 후로는 턱수염을 단정하게 기르고 있었다.

그녀는 잠시 머뭇거렸다. 말을 해야 할까? 그 말은 내내 그녀의 마음속을 맴돌았고, 지금 이 순간에는 입가에서 맴돌았다. 소용없는 말이라는 걸 알고 있었다. 소용없는 말이라는 것이 있다면 말이지만. 그녀도 무언가를 말한다고 해서 그것이 곧 현실이 되지는 않는다는 건 알고 있었다. 만약 그렇기만 하다면야 그녀는 남편을 자신의 말로 감싸 안아 편안하게 해 주었으리라.

"언제든 집에 오고 싶을 때 와." 대신 그녀는 목소리를 밝게 내려 애쓰며 그렇게 말했다.

그는 그녀에게 키스했다. "그럴게. 며칠 안 걸릴 거야. 길어야 일주일? 도착하면 전화해."

"다코르D'accord 알았어." 그녀는 차에 탔다.

"주 템므Je t'aime 사랑해." 그가 장갑 낀 손을 창틈으로 넣어 아내의 어깨에 얹었다.

제발 조심해. 그녀가 마음속으로 외쳤다. 조심해. 나랑 집에 가면 좋으련만. 몸조심해. 조심해. 제발.

그녀도 장갑 낀 손을 그의 손 위에 덮었다. "주 템므."

그리고 황량한 이른 아침 거리에 서 있는 그의 모습을 백미러로 힐끗거리며 그녀는 몬트리올로 떠났다. 앙리가 자연스레 그의 곁으로 다가와 있었다. 둘은 함께 그녀의 모습이 사라질 때까지 지켜보았다.

가마슈는 그녀의 차가 모퉁이를 돌아 사라진 뒤에도 시선을 쉬이 거두지 못했다. 이내 천천히 몸을 돌려 삽을 찾아 들고는 지난밤 집 앞 계단에 쌓인 보슬보슬한 눈을 쓸어 내기 시작했다. 잠시 쉬기 위해 삽 위에 팔을 얹은 그는 아침 햇살이 새로 쌓인 눈을 비추는 아름다운 모습을 바라보며 감탄했다. 밤새 쌓인 눈은 하얗다기보다 담청색에 가까웠고 눈송이는 여기저기 흩뿌리는 햇살을 모아 반사하는 작은 프리즘처럼 반짝였다. 그 모습이 마치 살아 있는 무언가처럼 환희에 넘쳐 보였다.

오래된 성벽 도시 안에서의 삶은 온화하면서도 역동적이고 고풍스러우면서도 활기에 넘쳤다.

경감이 눈을 한 줌 집어 공처럼 뭉치자 앙리가 꼬리를 빳빳이 세웠다. 개의 눈이 경감의 손안에 있는 눈덩이에 못 박혔다.

가마슈가 눈 뭉치를 던지자 앙리가 뛰어올랐다. 앙리가 눈을 덥석 물더니 우적우적 씹었다. 땅에 내려선 앙리의 표정에는 놀라움이 서려 있었다. 그렇게 단단했던 것이 그토록 쉽게 사라져 버린 게 믿기지 않는 모습이었다.

너무도 빨리 사라져 버렸다.

하지만 다음번에는 다르리라.

가마슈는 빙그레 웃었다. 다음번엔 정말 그럴지도 모르지.

그때 에밀이 살을 에는 듯한 2월의 추위에 맞서기 위해 큼지막한 겨울 외투로 몸을 감싼 채 현관에서 모습을 드러냈다.

"준비됐나?"

노인이 그렇게 묻고는 털모자를 뒤집어썼다. 그가 털모자를 내려 이마와 귀를 덮고 권투 글러브만큼이나 두꺼운 장갑을 꺼내 끼는 모습을 바라보며 가마슈가 물었다.

"무슨 준비 말입니까? 포위망이라도 뚫으시게요?"

"아침 말일세, 몽 보mon vieux 이 친구야. 가세나. 누가 마지막 크루아상마저 채 가기 전에."

노인은 역시 어떻게 해야 예전 부하를 움직일 수 있는지 잘 알았다. 가마슈가 삽을 제자리에 되돌려 놓기도 전에 에밀은 이미 눈 쌓인 거리로 나섰다. 퀘벡 시의 주민들이 깨어나고 있었다. 부드러운 아침 햇살

아래로 나오자 차에 쌓인 눈을 치우는 사람들과 아침 빵과 커피를 사기 위해 불랑제리프랑스식 빵집를 향하는 사람들이 있었다.

두 사람과 앙리는 생 장 가를 따라 식당과 기념품 가게들을 지나쳐 쿠이야르 가라는 이름의 작은 거리로 접어들었다. 그 거리에는 '텅포렐' 카페가 있었다.

에밀 코모 경정이 은퇴하여 퀘벡의 옛 시가에 자리 잡은 이래 가마슈가 그를 방문할 때마다 그들은 늘 이 카페에 들렀다. 벌써 15년째였다. 가마슈는 자신의 스승을 찾아오면 눈을 치우고 난로에 넣을 장작을 쌓고 창문에 난 틈을 메우는 등 집 안의 소소한 일거리들을 도우며 에밀과 함께 시간을 보내곤 했다. 그러나 이번 방문은 달랐다. 그가 퀘벡 시를 찾았던 그 어떤 겨울과도 같지 않았다.

이번에 도움이 필요한 사람은 가마슈 경감이었다.

"그래." 에밀은 느긋하게 의자에 기대 가느다란 손으로 앞에 놓인 카페오레를 저으며 물었다. "연구는 잘 돼 가나?"

"쿡 선장이 퀘벡 전투영국과 프랑스 간의 전쟁으로 몽칼름 후작 휘하의 프랑스군이 제임스 울프 장군이 지휘하는 영국에 1759년 9월 13일 패배를 당한 전투에서 실제로 부갱빌1729~1811. 프랑스의 항해가이자 군인을 만났다는 언급이 나온 사료를 아직 찾지 못했습니다. 하지만 벌써 이백오십 년 전 일이니까요. 기록이 여기저기 흩어져 있고 잘 보존되어 있지도 않습니다. 하지만 찾을 수 있을 겁니다."

가마슈는 말을 끊었다 다시 이었다.

"도서관이 정말 굉장해요, 에밀. 몇백 년 된 자료도 있더군요."

코모는 그의 벗이 지역 도서관의 난해한 자료 더미 사이를 누비며 오래된 전투, 잊힌 옛 전투에 얽힌 소사를 조금씩 발굴하는 이야기를 즐거이 입에 올리는 모습을 바라보았다. 어쨌든 자신의 관점에서는 잊힌 전투였다. 마침내 사랑스러운 이 두 눈에 불꽃이 인 걸까? 끔찍한 사건 현장에서 시작하여 숲과 들판과 마을을 누비며 살인자를 쫓던 시절 대했던 눈이었다. 에밀은 그 시절을 회상하며 시 한 구절을 떠올렸다. '갈라진 두려움 사이 어두운 심연19세기 말에 활동한 영국 시인 프랜시스 톰슨의 시 「하늘의 사냥개」의 한 구절.' 그래. 그것을 묘사한 것이군. 갈라진 두려움. 자신들의 두려움과 살인자들의 두려움. 테이블을 가로질러, 사는 곳을 가로질러 자신과 가마슈가 이렇게 앉은 것처럼.

그러나 지금은 그런 살인들에서 거리를 둘 때였다. 죽음과 죽임은 이제 밀어 두어야 했다. 최근 가마슈는 그런 걸 너무 많이 보아 왔다. 그렇고말고. 자신을 지나간 역사, 오래전 흘러간 삶들 속에 묻어 두는 것이 낫다. 지적 탐색일 뿐이니까.

그들 곁에서 앙리가 몸을 꿈틀했다. 가마슈는 반사적으로 손을 내려 개의 머리를 쓰다듬어 달랬다. 그리고 에밀은 또다시 그 손의 미세한 떨림을 보았다. 지금은 거의 떨지 않지만 때로 심해질 때도 있었다. 가끔은 전혀 떨지 않았다. 그 떨림에는 사연이 있었고, 에밀은 그 손의 떨림이 간직한 끔찍한 뒷이야기를 알고 있었다.

그는 그저 그 손을 잡아 자기 손안에 보듬고 친구에게 모든 것이 다 잘될 거라고 말할 수 있기를 바랐다. 그는 결국 그렇게 되리라는 걸 알았다.

시간이 지나면.

에밀은 가마슈의 왼쪽 관자놀이에 있는 울퉁불퉁한 흉터와 턱수염을 바라보았다. 턱수염은 사람들의 시선을 피해 기른 것이리라. 사람들이 퀘벡에서 가장 유명한 경찰을 알아보지 못하게 하려고.

물론 그것은 별문제가 아니었다. 아르망 가마슈가 숨으려는 것은 사람들의 시선으로부터가 아니었다.

카페 여종업원이 그들에게 커피를 더 따라 주었다.

"메르시Merci 고마워요, 다니엘." 두 남자가 거의 동시에 말했다. 그녀는 그들에게 미소를 지어 보이고, 서로 전혀 달라 보이면서도 어딘가 닮은 분위기를 지닌 두 남자 곁을 떠났다.

그들은 커피를 마시고 초콜릿 빵과 아몬드 크루아상을 먹으며 그날 밤부터 시작될 퀘벡 축제에 대한 이야기를 나누었다. 이따금씩 출근하기 위해 얼음장같이 차가운 거리를 서둘러 지나가는 사람들을 보며 침묵에 잠겨 들기도 했다. 그들이 앉은 탁자 한가운데에는 누군가가 새겨 놓은 세 잎 클로버 문양이 있었다. 에밀은 그것을 손으로 쓸어 보았다.

그리고 아르망이 언제 그 일에 대해 털어놓을지 궁금해했다.

10시 30분, 문예역사협회의 월간 이사회 회의가 막 시작될 참이었다. 수년 동안 이 회의는 도서관이 문을 닫는 저녁에 열렸는데 참석하는 인원이 눈에 띄게 줄어들고 있었다.

그래서 포터 윌슨 의장은 회의 시간을 바꾸었다. 어쨌든 그는 회의 시간을 변경한 사람이 자신이라고 생각했다. 그 의견에 반대한 이사들이 있었다고 기억했지만 어쨌든 회의 의사록에는 시간대 변경 안건을 올린 사람이 자신으로 기록되어 있었다.

어쨌거나 그들은 회의 시간을 오전으로 바꾸었고, 몇 년 동안 그렇게 해 왔다. 다른 이사들은 바뀐 모임 시간에 적응했고, 포터도 그랬다. 그는 그래야 했다. 아무래도 자신의 생각이었으니.

실은 이사회가 적응할 수 있었다는 것 자체가 기적이었다. 마지막으로 무언가의 변화가 논의되었던 일은 자그마치 63년 전으로, 협회의 의자들에 씌운 가죽을 새것으로 교체해야 되지 않겠느냐는 말이 나왔을 때였다. 현 이사들은 모두 그들의 부모들과 조부모들이 메이슨 딕슨 선메릴랜드 주와 펜실베이니아 주의 경계선으로 미국 남부와 북부의 경계. 과거 노예제도 찬성 주와 반대 주의 경계이기도 했다만큼이나 견고한 입장 차이를 보였던 때를 기억했다. 비록 아이들 앞에서는 아니었지만 닫힌 문과 돌린 등 뒤에서 신랄한 말들이 오간 사실을 기억했다. 이사들은 63년이 지난 오늘까지도 낡은 검은 가죽이 새 검은 가죽으로 교체되었던 그 길고 길었던 논쟁을 잊지 않았다.

테이블 상석에서 자신의 의자를 빼내면서 포터는 그것이 낡아 보인다고 생각했다. 그러고는 자신을 포함한 누구도 그 의자를 보지 못하도록 얼른 거기에 앉았다.

그를 비롯한 모두의 자리 앞에 깔끔하게 정리된 서류 몇 장이 놓여 있었다. 엘리자베스 맥워터의 솜씨였다. 포터는 찬찬히 엘리자베스를 뜯어보았다. 큰 키에 마른 체구로 큰 매력은 없었다. 적어도 세상이 더 젊었던 시절에는 그랬다. 지금의 그녀는 그때의 모습을 냉동 건조해 놓은 것처럼 보였다. 얼음 속에 갇혀 있다 뒤늦게 발견된 시든 송장처럼. 그녀가 입고 있는 옷은 푸른색 계열의 좋은 재질로 실용적이고 재단이 잘 된 듯했다. 결국 그녀도 부유하고 존경받는 그 맥워터 가의 일원이었다. 타고난 부와 재능을 과시하지 않도록 교육받고 자라 온 사람들. 그녀의 오라비는 선조에게서 물려받은 선박 제국을 10년이나 늦게 매각했다. 그래도 가문에는 아직 쓸 돈이 남아 있었다. 그는 엘리자베스를 똑똑하진 않지만 책임감 강한 사람으로 여겼다. 통찰력을 가지고 미래의 상을 제시하는 지도자감이나 위기에 놓인 공동체를 이끌 만한 사람은 아니었다. 그것은 자신의 아버지와 할아버지가 그랬듯이 자신의 역할이었다.

성벽 안 옛 퀘벡 시의 영국계들이 위기의식을 느껴 온 것은 하루 이틀의 일이 아니었다. 수 세대에 걸쳐 때로는 나아지기도 하고 때로는 악화되기도 했지만 위기의식은 영국계들 자신처럼 결코 사라지지 않았다.

전쟁이 있었을 때 포터 윌슨은 너무 어리거나 늙었기 때문에 직접 나가 싸운 적이 없었다. 어쨌든 공식적인 '전쟁'에서는 없었다. 그러나 그를 비롯한 이사회 사람들은 모두 그들이 전장에 있다고 여겼다. 그리고 그는 그들이 전쟁에서 지고 있다고 생각했다.

엘리자베스 맥워터가 문가에서 다른 이사들을 맞이하며, 테이블 상석에 앉아 가져온 메모를 검토하는 포터 윌슨을 바라보았다.

그는 살면서 많은 성취를 거둔 사람이었다. 그녀는 그가 조직한 합창단과 아마추어 극단, 그의 주도로 세운 양로원 부속 건물을 기억했다. 모두 그가 지닌 성품과 의지력의 산물이었다. 그러나 그 모든 것도 그가 타인에게 의견을 청하고 그에 귀 기울일 줄 알았다면 이룩할 수 있었을 바에는 미치지 못했다.

그의 강한 성격은 장점인 만큼이나 단점이기도 했다. 그가 매사에 조금 더 부드러운 태도를 보일 수만 있었다면 더 많은 것을 이루어 냈으리라. 그러나 강하고 활동적인 성품을 지닌 사람이 동시에 사려 깊기는 쉽지 않은 법이었다. 만약 그럴 수만 있다면 이 둘의 조합이 힘을 발휘할 때 그 무엇도 가로막을 수 없었으리라.

그러나 포터는 가로막혀 있었다. 그 누구도 아닌 스스로에게 제동을 건 셈이었다. 해서 이제 그를 참아 주는 모임이란 이 문예역사협회뿐이었다. 엘리자베스는 포터를 70년 동안이나 알고 지내 왔다. 그녀가 그를 처음 보았을 때 그는 학교에서 매일 홀로 점심을 먹는 소년이었고, 그녀는 그에게 다가가 친구가 되어 주었다. 그러나 포터는 그녀가 고명하신 윌슨 가문의 일원에게 잘 보이려는 사람에 지나지 않는다고 판단하고 그녀를 업신여기는 태도로 대했다.

그럼에도 그녀는 그와 교분을 유지했다. 그녀가 그를 특별히 좋게 보았기 때문이 아니라, 그 나이에도 포터 윌슨이 수십 년이 지나서야 깨달은 사실을 이미 알고 있었기 때문이었다. 퀘벡 시의 영국계들은 더 이상 막강한 영향력을 가진 존재가 아니라는 것, 영국계가 퀘벡 사회와 경제에서 증기선과 우아한 여객선의 위치를 차지하던 시대는 이미 지났다는 것을.

그들의 위치란 이제 표류하는 구명 뗏목 정도의 위상에 불과했다. 그리고 표류하는 뗏목 위에서는 마찰을 일으켜서는 안 되는 법이다.

엘리자베스 맥워터는 일찍부터 그 사실을 깨닫고 있었다. 그래서 포터가 그 뗏목을 뒤흔들 때마다 그녀는 그것을 바로잡았다.

그녀는 부분 가발을 덮어쓴 키가 작고 활력 넘치는 포터 윌슨을 바라보았다. 가발에 숨은 머리칼은 옻칠한 의자가 부러워할 만큼 또렷한 까만색으로 염색돼 있었다. 그의 갈색 눈이 사방으로 쉼 없이 움직였다.

첫 번째로 도착한 사람은 블레이크 씨였다. 이사회의 최연장자인 그는 이 협회와 함께 평생을 호흡한 인물이었다. 코트를 벗자 회색 플란넬 양복이 나타났고 안에는 잘 세탁한 흰 셔츠를 받쳐 입고 푸른 실크 타이를 맸다. 언제나 빈틈없는 차림새를 하고 나타났다. 그는 엘리자베스를 젊고 아름다운 여인인 양 느끼게 하는 신사였다. 서툴던 10대 시절 그녀는 멋진 20대였던 그를 흠모했었다.

그는 그때도 멋졌지만 60여 년이 흐른 지금도 여전히 매력적이었다. 비록 머리가 세었고 숱도 줄었으며, 한때는 늘씬했던 몸이 불었지만 두 눈은 재치가 넘쳤고 생기로 반짝였으며 가슴은 여전히 넓고 단단했다.

"엘리자베스." 블레이크 씨는 미소를 머금고 그녀의 손을 쥐었다 놓았다. 너무 길지 않게. 너무 친밀하지도 않게. 그녀가 인사를 받았다는 느낌을 가질 수 있을 정도로만.

그는 자리에 앉았다. 엘리자베스는 그가 앉은 의자를 바라보며 의자를 새것으로 바꿔야 할 것 같다고 생각했다. 하지만 사실을 말하자면 블레이크 씨나 자신들 모두가 교체되어야 마땅했다.

자신들이 다 죽고 없어져 문예역사협회에 남은 것이라고는 빈 의자뿐이라면 그때는 어떻게 될까?

"좋아요, 빨리 끝내자고요. 우린 한 시간 뒤에 연습하러 가야 해요."

톰 핸콕이 도착했고 켄 해슬럼이 뒤를 이었다. 두 사람은 요즘 늘 붙어 다녔다. 겉보기로야 도저히 그럴 것 같지 않았지만 곧 있을 시합에 한 팀으로 참가할 예정이기 때문이었다.

톰은 엘리자베스가 끌어들인 이사로, 그녀가 올린 개가이자 그녀의 희망이었다. 그리고 그가 단순히 옆 건물에 위치한 세인트 앤드루스 장로교회의 목사이기 때문만은 아니었다.

그는 젊고, 퀘벡 시로 이주해 온 지 이제 3년밖에 안 된 새 얼굴이었다. 서른셋인 그는 두 번째로 나이가 어린 이사 나이의 반밖에 되지 않았다. 아직은 냉소적이거나 지치지 않을 연배였다. 그는 여전히 그의 교회에 새 신도들이 찾아올 것이라고 믿었고, 퀘벡의 영국계들이 이 지역에 발붙일 후세를 길러 낼 수 있을 것이라고 믿는 사람이었다. 그는 퀘벡 주 정부가 영어 사용자들에게 동등한 취업 기회를 보장하겠다고 약속했을 때 이를 믿었으며, 그들의 언어로 의료 혜택을 누릴 수 있게 하겠다고 했을 때에도 그 약속을 믿었다. 주 정부가 영어 사용자들을 위한 요양원을 마련하여 자신들에게서 모든 희망이 사라졌을 때, 자신들이 적어도 자신들의 모국어를 말하는 간병인들의 품에서 눈을 감을 수 있게 하겠다고 약속했을 때에도.

그는 자신들이 모든 걸 잃은 건 아닐 거라며 이사회 사람들을 그럭저럭 고무했다. 이것이 진짜 전쟁이 아니라는 것과 이번에는 영국계의 패배로 끝나는, 지독했던 아브라함 평원 전쟁1759년 울프 장군이 지휘하는 영국군이 프랑스군을 격파한 전쟁의 연장선이 아니라는 것을 일깨웠다. 엘리자베스는 이상하리만치 작은 제임스 울프 장군의 조각상을 올려다보았다. 250년 전의 전투에서 순국한 이 영웅은 이제 문예역사협회의 도서관을 굽어보며 자신들을 탄핵하는 것 같았다. 자신들이 오늘날 이어 가는 이 보잘것없는 전투를 굽어보며 그가 오래전 바로 자신들을 위해 치렀던 위대한 전투를 자신들에게 상기시키듯이. 그는 피로 물든 이 땅 위에서 의기양양하게 승리를 외치기 전에 죽었지만 전쟁을 끝냈고 영국계를 위해 퀘벡을 지켜 냈다. 어쨌든 역사상으로는.

그리고 이제 울프 장군은 이 작고 오래된 도서관 한편에서 그들을 내려다보고 있었다. 어느 모로 보나 내려다본다는 게 맞아. 엘리자베스는 생각했다.

"켄, 어때요?" 톰이 켄의 옆자리를 차지하며 그에게 말을 걸었다. "몸

상태는 좋으세요? 경기에 나갈 준비가 되셨어요?"

엘리자베스는 켄 해슬럼이 대답하는 소리를 듣지 못했다. 그렇지만 애초에 그런 기대는 하지도 않았다. 켄의 얇은 입술이 달싹이며 무언가 말을 만들어 내는 것 같긴 했으나 남들이 들을 수 있는 정도의 소리는 결코 흘러나오지 않았다.

그래도 그들은 모두 하던 일을 멈추고 숨죽여 기다렸다. 어쩌면 오늘 이 그가 속삭임의 정도를 넘어서는 수준의 말을 입 밖으로 밀어내는 날 일지도 모르기 때문이었다. 그러나 그들의 기대는 오늘도 헛된 것이었 다. 톰 핸콕은 실제로 대화를 나누기라도 하는 것처럼 켄에게 계속해서 말을 걸었다.

엘리자베스가 톰을 사랑하는 데는 그런 점도 한몫했다. 그는 켄이 조 용하다 해서 아둔하다고 치부하지 않는 사람이었다. 그리고 엘리자베스 는 켄이 어리석은 것과는 거리가 멀다는 것을 알고 있었다. 60대 중반의 자수성가한 사업가인 그는 자신들 가운데 가장 성공한 사람이었다. 게 다가 그는 그러한 빛나는 자신의 경력에다 그 나이에 또 하나를 보태고 있었다.

그는 위험하기 짝이 없는 아이스 카누 경기에 도전했다. 톰 핸콕 팀의 일원이 되었다. 그는 팀에서 제일 나이 많은 사람이었고, 아마 어느 팀 에 데려다 놓아도 최고령자일 터였다. 어쩌면 아이스 카누 경기에 참여 한 역대 선수들 중에서도 최고령이리라.

조용하고 차분한 켄과 활기와 매력이 넘치는 젊은 톰을 견주어 보며, 엘리자베스는 아마 저들은 결국 서로를 잘 이해하고 있는 것이라고 생 각했다. 두 사람 모두 그 사실을 입 밖에 내어 말하지 않는 것뿐이리라.

엘리자베스의 톰 핸콕에 대한 궁금증은 지금이 처음이 아니었다. 왜 그는 이 지역에서 목회를 하기로 마음먹었고, 왜 옛 퀘벡 시의 성벽 안에 자리를 잡았을까? 엘리자베스는 독특한 성향이 아니고서는, 살 곳으로 요새 같은 곳을 정한다는 것이 쉽지 않다는 것을 알았다.

"좋아, 이제 시작합시다."

포터가 의자에서 몸을 곧추세우며 말했다.

"위니가 아직 안 왔는데요." 엘리자베스가 말했다.

"더는 기다릴 수 없어요."

"왜 안 됩니까?" 톰이 물었다. 그는 평소와 다름없는 어조였다. 그럼에도 포터는 도전을 받은 것처럼 반응했다.

"이미 열 시 반이 지났소. 그리고 빨리 하자던 사람은 당신이었잖소." 포터는 선취점을 올렸다는 듯이 기쁘게 말했다.

포터는 친구와 적을 동시에 보고 있어. 엘리자베스는 다시 한 번 그렇게 느꼈다.

"그렇긴 하군요. 그렇지만 기다리는 데 이의 없습니다." 점수를 내줘서 아쉽다는 듯이 톰이 미소 지었다.

"글쎄, 난 이의가 있어요. 시작합시다. 첫 번째 안건이 뭡니까?"

그들은 신규 도서 구입에 관한 논의를 시작했다. 시간이 조금 흐른 후 위니가 도착했다. 작은 체구에 활기찬 태도의 그녀는 자신이 속한 영국계 사회에, 이 협회에, 그리고 무엇보다도 자신의 친구들에게 맹렬히 헌신하는 사람이었다.

그녀는 당당히 안으로 걸어 들어와 포터에게 매서운 눈초리를 쏘아 보내고는 엘리자베스 옆에 앉았다.

"나 없이 시작했네?" 그녀가 포터에게 말했다. "늦을 거라고 얘기했잖아."

"얘기했지. 그렇지만 그게 우리가 꼭 기다려야 한다는 건 아니잖아. 도서 구입 건에 대해 얘기하고 있었어."

"신규 도서 구입 건은 사서가 있을 때 논의하는 게 최선이라는 생각은 안 들었나 보지?"

"이제 왔잖아. 그러면 됐지."

비록 윔블던 테니스보다 재미는 덜했지만 나머지 사람들은 이 대화를 흥미진진하게 구경했다. 누가 기선을 잡고 있는지, 누가 이길 것인지는 처음부터 분명했다.

50분 뒤에는 그날의 최종 안건 협의에 이르렀다. 오트밀 쿠키는 하나가 남았고, 그들은 예의를 차리느라 아무도 선뜻 손대지 못하고 있었다. 그들은 난방비, 회원 확충 방안, 기부금 대신 유증된 헌책들에 대해 논의했다. 기증되는 책들은 대개 설교집이거나 빅토리아 시대의 통속소설, 야생동물 박제를 만들러 아마존이나 아프리카를 여행했던 사람들이 남긴 지루한 일기들이었다.

그들은 책 판매에 대해 의견을 나누어 보았지만 지난번 시도가 악몽으로 끝난 탓에 논의는 상대적으로 짧았다.

엘리자베스는 회의록을 정리하면서 이사들이 노상 하는 말을 립싱크하지 않으려고 무진장 애써야 했다. 오가는 모든 말들은 마치 기도문 같았다. 익숙하고, 기묘한 방식으로 마음을 달래 주는, 회의마다 반복되고 또 반복되는 말들. 영원히 되풀이되는. 아멘.

갑작스러운 소음이 이 익숙한 기도문의 반복을 끊었다. 소리가 너무도 특징적이었던 데다 커다랗게 울려 퍼져서 포터는 의자를 밀어젖히고 몸을 일으킬 뻔했다.

"무슨 소립니까?" 켄 해슬럼이 속삭였다. 그에게 이 정도는 거의 고함이었다.

"누가 현관 벨을 울린 것 같은데요." 위니가 말했다.

"현관 벨?" 포터가 물었다. "그런 게 있는지 몰랐는데."

"1897년에 부주지사가 찾아왔다가 노크에 응답하는 사람이 없어서 못 들어온 일이 있고 나서 설치했지." 블레이크 씨가 마치 그 현장에 있었던 양 설명했다. "나도 소리는 오늘 처음 듣는군."

그때 그 소리가 다시 울렸다. 길고 날카로운 벨 소리. 엘리자베스는 모두가 도착하자마자 문예역사협회 건물 정문을 잠갔었다. 방해받지 않기 위한 조치였지만 애초에 찾아오는 사람이 없었기에 필요에 의해서라기보다는 습관에 가까웠다. 그녀는 문을 잠그면서 푯말도 걸어 두었다. **이사회 회의가 진행 중입니다. 도서관은 정오에 엽니다. 감사합니다. 메르시.**

다시 벨 소리가 들렸다. 누군지 손가락을 초인종에 쑤셔 넣고 문에 기댄 모양이었다.

그래도 여전히 그들은 서로 쳐다보기만 했다.

"내가 가 볼게요." 엘리자베스가 말했다.

포터는 회의록에 코를 박고 있을 뿐이었다.

"아냐." 위니가 일어섰다. "내가 갈게. 자긴 여기 있어."

모두 위니가 복도를 따라 걸어가는 모습을 지켜보았다. 모습이 사라지자 나무 계단이 그녀의 걸음에 따라 삐걱대는 소리가 들렸다. 사위는 조용했다. 1분여 후 그녀의 발소리가 다시 계단을 올라왔다.

딸각거리는 발걸음 소리가 점점 커졌다. 이윽고 위니가 창백하게 굳은 표정으로 문가에 나타났지만 그녀는 안으로 들어오지 않고 멈추어 섰다.

"누가 왔어요. 이사회에 얘기하고 싶은 게 있대요."

포터는 나이 든 여인이 방문객을 확인하러 다녀온 후에야 자신이 이 모임의 의장인 것을 상기하고 목소리를 높였다. "누구랍니까?"

"오귀스탱 르노예요." 그녀는 그렇게 말하고 사람들 얼굴을 둘러보았다. 그녀가 '드라큘라'라 말했다 한들 사람들이 이보다 더 놀랄 수는 없었으리라. 하지만 영국계답게 그들에게 놀라움의 표시란 눈썹을 치켜세우는 정도에 지나지 않았다.

따라서 방 안의 모든 사람들의 눈썹이 올라갔다. 울프 장군도 그럴 수만 있었다면 눈썹을 올렸으리라.

"지금 밖에 서 있어요." 위니가 말했다.

그 말을 강조하듯 침묵 속으로 벨 소리가 또다시 울렸다.

"어떻게 할까요?" 위니가 물었다. 그러나 그녀의 시선은 포터가 아닌 엘리자베스를 향해 있었다. 모두가 그랬다.

"투표해요." 엘리자베스가 마침내 말했다. "그를 만나 봐야 할까요?"

"그는 안건에 없습니다." 블레이크 씨가 지적했다.

"그 말이 맞소." 포터가 권위를 되찾으려 재빨리 한마디 얹었다. 그러나 그조차도 엘리자베스를 돌아보고 있었다.

"오귀스탱 르노를 들어오게 해 이야기를 들어 보는 데 찬성하시는 분 계십니까?" 엘리자베스가 물었다.

손을 드는 사람은 아무도 없었다.

엘리자베스는 투표 결과를 적는 대신 펜을 내려놓았다. 짧게 고개를 끄덕이고 그녀가 일어섰다. "제가 가서 말할게요."

"같이 가." 위니가 얼른 말했다.

"아냐, 자기. 여기 있어. 잠깐 다녀오면 되니까."

그녀는 나가다 말고 문에서 멈춰 서서는 몸을 돌려 이사회 전체와 울프 장군을 눈 안에 담았다. "게다가 나빠 봤자 얼마나 나쁘겠어?"

하지만 그 말에 대한 답은 모두가 알고 있었다. 오귀스탱 르노가 왔을 때는 결코 좋은 일일 수가 없었다.

2

아르망 가마슈는 울프 장군 상 바로 아래 놓인 낡은 가죽 소파에 자리를 잡았다. 그의 맞은편에 앉은 나이 지긋한 사내에게 고개를 끄덕여 보이고는 가방에서 한 묶음의 편지를 꺼냈다. 에밀과 함께 앙리를 데리고 시내를 산책한 뒤 가마슈는 집으로 돌아갔다. 우편물과 메모를 챙겨 가방에 넣은 다음 이번에는 앙리와 야트막한 언덕길을 올랐다.

고요한 문예역사협회 도서관을 향해.

이제 그는 옆자리에 놓은 두툼한 마닐라 봉투를 내려다보고 있었다.

몬트리올에 있는 자신의 사무실에서 에밀의 집으로 매일같이 날아오는 우편물이었다. 이자벨 라코스트 형사가 매일 그의 사무실에 도착하는 편지들을 정리해 짤막한 쪽지와 함께 보내 주었다.

반장님.

지난번엔 목소리 들어서 반가웠습니다. 퀘벡에서 쉬신다니 부럽네요. 사순절 축제 때 퀘벡에 놀러 가자고 남편에게 누누이 말하고 있는데 남편은 애들이 아직 어리다며 반대하고 있죠. 그 사람 말이 맞을 거예요. 실은 제가 그냥 가 보고 싶은 거죠.

용의자에 대한 심문은 진행되고 있습니다(의심의 여지가 없다는 걸 아는데 용의자라 부르려니 어색하네요). 그자가 무슨 말을 했는지는 들은 바가 없어 모르겠습니다. 입이나 열었는지 모르겠어요. 특별 위원회가 구성되었다는 소식은 들으셨겠죠. 이미 증언하러 다녀오셨나요? 제 소환장은 오늘 도착했어요. 위원회에 뭐라고 말해야 할지 모르겠습니다.

가마슈는 손에 든 쪽지를 잠깐 내렸다. 물론 라코스트는 위원회에 사실을 말할 것이다. 그녀가 아는 대로. 선택의 여지는 없었다. 그녀의 타고난 성품도 성품이고, 그동안 받은 훈련 또한 그러했다. 떠나기 전 자신이 반원들에게 전적으로 협조하라는 지시를 내렸다.

자신이 그런 것처럼.

그는 쪽지에 다시 주의를 기울였다.

일이 어떻게 될지, 어떻게 끝날지는 아무도 모르지만 짐작들은 하고 있습니다.

다들 신경을 곤두세우고 있어요.

진행 상황은 계속 알려 드리겠습니다.

이자벨 라코스트

감당하기 어려운 무게인 양, 종이가 손을 벗어나 그의 무릎으로 천천히 내려앉았다. 허공을 응시하며 이자벨 라코스트 형사를 떠올렸다. 이미지들이 어지럽게 엇갈렸고 불러내지 않은 기억들이 밀려왔다 사라졌다. 자신을 내려다보던 그녀의 눈이 떠올랐다. 자신을 향해 입술이 움직이고 있었지만 무슨 말을 하는지 알 수 없었다. 그녀의 작지만 강한 손이 자신의 머리 양쪽을 감싸던 느낌이 생각났고, 그녀가 몸을 숙여 가까이 다가오던 것이 기억났다. 그녀가 입을 열어 무어라고 말했다. 시선은 강렬했고, 자신에게 무언가를 전달하려고 최선을 다하고 있었다. 자신의 몸에서 방탄조끼를 벗겨 내는 손길이 느껴졌다. 그녀의 손에 묻은 자신의 피를 보았고, 그녀의 얼굴에 떠오른 표정을 보았다.

그리고 다시 그녀의 모습이 떠올랐다.

장례식에서였다. 장례식들. 가마슈는 대열의 맨 앞에서 유명한 퀘벡 경찰청 살인 수사반 반원들을 이끌고 제복 차림으로 서 있었다. 끔찍하게 추운 날이었다. 자신의 지휘하에 버려진 공장에서 죽은 사람들을 묻기 위해.

눈을 감고 숨을 내쉬었다. 도서관 특유의 냄새가 코끝을 스쳤다. 세월의 냄새, 불변의 냄새, 평화와 고요의 냄새. 오래된 나무와 니스, 낡은 가죽에 매인 단어들의 냄새. 자신에게서 나는 장미와 백단 향도 희미하게 섞여 있었다.

그리고 무언가 좋은 것, 진정한 것, 자신에게 닻이 될 수 있는 무언가를 상상했다. 생각은 곧바로 렌 마리에게로 이어져 그는 오늘 아침 나눈 그녀와의 전화 통화를 떠올렸다. 안락한 집. 딸 아니가 남편과 저녁때 온다고 했다. 장을 보고 화분들에 물을 주고 사람들에게 근황도 전하고 있다고 했다.

그는 우트레몽에 있는 아파트의 책과 잡지, 편안한 가구가 조화롭게 배치된, 햇볕이 잘 드는 방에서 책장에 기대 수화기를 귀에 대고 선 렌 마리의 모습을 그려 볼 수 있었다.

렌 마리가 그러하듯 그 풍경 속에는 평온함이 있었다.

그는 가슴이 벅차오르고 숨이 깊어졌다. 마지막 한 숨을 길게 들이쉬고 나서 눈을 떴다.

"개가 마실 물 좀 갖다 드릴까요?"

"뭐라고 하셨습니까?" 가마슈가 눈을 들자 맞은편에 앉은 노인이 앙리를 가리키고 있는 모습이 보였다.

"저도 전에 여기 올 때 개를 데려왔었죠. 제가 책 읽는 동안 셰이머스는 제 발치에 엎드려 있곤 했어요. 지금 이 녀석처럼요. 이름이?"

"앙리라고 합니다."

제 이름이 불리는 소리에 앙리가 긴장해서 벌떡 일어나 앉았다. 셰퍼드의 큰 귀가 신호를 찾는 위성 안테나처럼 이리저리 움직였다.

가마슈가 미소 지었다. "부탁드리는데 무슈, ㄱ, ㄴ, ㅇ이란 말씀은 하지 말아 주세요. 그 말이 나오면 일대 난리가 날 겁니다."

남자가 웃었다. "셰이머스는 제가 ㅊ, ㅐ, ㄱ이란 말만 하면 여기 오는 줄 알고 난리를 쳤죠. 그놈은 이 도서관을 저보다 더 좋아했던 것 같습니다."

가마슈는 이 도서관에 매일 들른 지 일주일이 되었지만 아브라함 평원 전투를 다룬 희귀 서적을 찾고자 사서의 도움을 청할 때를 제외하고는 누구와도 이야기를 나눈 적이 없었다.

말을 하거나 설명하지 않아서 편했다. 오히려 아무도 말을 걸지 않아 말이 하고 싶은 기분이었다. 곧 지겹도록 말할 날이 오리라. 그러나 그전까지는 침묵 속의 평화를 갈망했고, 이 작은 도서관에서 그걸 찾았다.

퀘벡에 자리 잡은 스승을 오랜 세월 방문해 오면서 퀘벡의 옛 시가지를 꽤 구석구석 알게 되었다고 생각했지만 이 건물에는 그동안 발을 들여놓은 적이 없었다. 예쁜 집들과 교회, 학교나 식당, 호텔 등에 가려 실은 이 건물이 있는지도 몰랐었다.

그러나 이곳, 에밀의 돌집이 있는 생 스타니슬라스 가에 위치한 영국 도서관의 책들 사이에서 가마슈는 은신처를 찾았다. 달리 어디겠는가?

"물을 좀 주면 좋아할까요?"

나이 든 남자가 다시 물었다. 그는 정말 그러고 싶은 듯 보였다. 앙리가 물을 원하는지는 의심스러웠지만 가마슈는 고맙다고 대답했다. 둘은 도서실 밖으로 나가 문예역사협회의 역대 의장 초상화가 걸린 홀을 지났다. 초상화가 증명하듯 이곳은 그들의 역사를 두르고 있었다.

그로 인해 이 공간은 차분하면서도 뚜렷한 느낌을 주었다. 견고한 성벽 안 옛 퀘벡 시의 분위기도 그러했다. 북아메리카에서 유일하게 요새 안에 세워진 도시. 외부의 침공으로부터 안전하게 보호받는 도시.

오늘날 그 효과는 실질적이라기보다는 상징적인 것이었지만 가마슈는 상징도 때로는 폭탄만큼 강한 위력을 지닌다는 것을 알고 있었다. 사람은 죽고 도시는 스러져 가지만 상징은 남는다. 때로는 세월의 흐름과 함께 더 강력해지기도 한다.

상징은 영원했다.

가마슈는 노인이 물을 따라 준 그릇을 가지고 도서실로 돌아왔다. 고동색 마룻널에 물이 닿지 않도록 물그릇 아래 수건을 깔고 앙리 앞에 놓아 주었지만 앙리는 예상대로 관심이 없었다.

두 남자는 각자의 자리로 돌아갔다. 가마슈는 노인이 읽고 있는 책이 두꺼운 원예학 책인 걸 알았다. 그는 자신의 편지 묶음으로 눈을 돌렸다. 라코스트가 자신이 봐야 한다고 생각해 보내 준 편지들이었다. 대부분은 세계 각지의 동료들이 보내온 격려 편지였고, 일부는 자신에게 그들의 생각을 알려 주고 싶었던 시민들이 보낸 것이었다. 가마슈는 라코스트 형사가 편지를 솎아 보낸 것에 감사하며 전부 읽고 답장을 썼다.

묶음 말미에는 있으리라 생각했던 편지가 있었다. 언제나 있었다. 하루도 빠짐없이. 이제 익숙해진 갈겨쓴 손글씨는 거의 알아보기 힘들 정도였지만 가마슈는 차츰 익숙해졌고 알아볼 수 있었다.

친애하는 아르망

기운을 좀 차렸기를 바라요. 우리 모두 경감님 이야기를 자주 해요. 또 당신이 조만간 찾아 주길 바라고 있어요. 루스가 당신은 별로 좋아하지 않는다면서 렌 마리를 데려오래요. 하지만 당신에게 안부 전하라고 했어요. 꺼지라는 말도 했지만.

가마슈의 입가에 미소가 배었다. 루스 자도에겐 친절한 표현에 가까웠다. 거의 애정 어린 표정이었다. 거의.

어쨌든 질문이 있어요. 올리비에가 무엇 때문에 시체를 옮겼을까요? 말이 되
질 않아요. 그가 한 짓이 아니에요.
애정을 담아.

가브리

언제나처럼 가브리는 편지에 파이프 모양의 감초 사탕을 동봉해 보냈
다. 가마슈는 잠시 머뭇거리다 그 사탕을 맞은편 남자에게 권했다.

"감초 맛 좋아하십니까?"

그는 책에서 눈을 떼 가마슈를 보다가 아래 그의 손에 들린 물건에 시
선을 주었다.

"모르는 사람한테 사탕을 주시겠다고요? 경찰은 부르고 싶지 않습니
다만."

가마슈는 몸이 굳는 것을 느꼈다. 그가 자신을 알아본 걸까? 무슨 뜻
이 있는 말일까? 그러나 상대의 연푸른 눈에는 다른 뜻이 담겨 있지 않
았고, 그는 미소를 짓고 있었다. 노인은 사탕을 받아 두 조각으로 부러
뜨려서 더 크고 맛있는 대통 부분을 가마슈에게 주었다.

"메르시, 부 젯 트레정티Merci, vout êtes très gentil 고맙습니다. 정말 친절하시군요." 남자
가 말했다.

"세 무아 키 부 르메르시C'est moi qui vous remercie 제가 감사하지요." 가마슈가 답
례했다. 예의 바른 사람들 사이에 흔히 오가는, 그러나 진심이 담긴 인
사였다. 상대방은 완벽하고 세련된 프랑스어를 구사했다. 영어 억양이

조금 느껴진 듯했지만 가마슈는 자신의 편견에 지나지 않을지 모른다고 생각했다. 상대가 영국계라는 걸 알고 있었고, 자신은 프랑스어권 사람이기 때문이었다.

그들은 사탕을 입에 넣고 각자의 책으로 돌아갔다. 앙리는 다시 가마슈 곁에 자리를 잡았고, 3시 반이 되자 사서 위니가 도서실 안 전등을 밝혔다. 도시의 성벽과 그 안의 도서관에서는 해가 이미 기울고 있었다.

가마슈는 문득 마트료시카 인형을 떠올렸다. 맨 바깥쪽의 인형은 북아메리카였고 그 안에 캐나다가, 그 안에는 퀘벡이 있었다. 퀘벡 안쪽에는? 더 조그만 존재, 영국계들의 작은 공동체가 있으리라. 그리고 그 안에는?

이 장소. 문예역사협회가 있었다. 이 도서관은 협회와 그들의 지난 역사, 기억, 생각, 상징을 담고 있었다. 가마슈는 굳이 올려다보지 않고도 발코니에서 이 공간을 굽어보고 있는 목상이 누구인지 잘 알았다. 이곳은 그들의 지도자들과 언어, 문화, 성취를 품고 있었다. 이 성 밖의 주류인 프랑스계가 전혀 알지 못하거나 오래전에 잊었지만, 이곳에서 그들은 여전히 명맥을 유지하고 있었다.

이곳은 프랑스계가 거의 존재조차 모르는 놀라운 곳이었다. 가마슈가 이 도서관에 대해 에밀에게 말했을 때 그의 옛 친구는 가마슈가 지어낸 농담으로 여겼다. 이 건물이 그가 사는 집에서 겨우 두 블록 정도밖에 떨어져 있지 않은데도.

그래, 생각해 보면 모든 것이 꼭 마트료시카 인형 같았다. 하나 속에는 또 다른 작은 하나가 있고, 겹겹이 벗겨 내면 마지막에 이 작은 보석이 있었다. 이 보석은 가장 깊숙한 곳에 둥지를 튼 것뿐일까, 아니면 숨어 있는 것일까?

가마슈의 시선이 바닥부터 천장까지 들어찬 책들, 나무 깔린 바닥 이곳저곳에 놓인 인도 카펫, 두 개의 안락의자와 가마슈가 지금 앉아 있는 가죽 소파가 놓인 도서관을 돌아다니는 위니를 좇았다. 가마슈는 소파 앞 커피 테이블에 편지 뭉치와 책들을 올려 두었다. 아치형 창문에서 흘러드는 빛이 이 공간에 범람하여 서가에서 부서졌다. 이 방에서 제일 특징적인 부분은 그 모두를 굽어보고 있는 발코니로, 철제 나선 계단을 통해 올라가면 회반죽 천장까지 들어찬 두 번째 서가가 있었다.

방은 책으로 가득했다. 그리고 빛과 평화가.

가마슈는 자신이 여태까지 이런 장소가 존재하는지 몰랐다는 것을 믿을 수 없었다. 이 건물은 마음을 괴롭히는 이미지에서 벗어나고자 산책을 하다가 우연히 발견한 곳이었다. 회상 속에 떠오르는 것은 이미지뿐이 아니었다. 소리도 불쑥불쑥 찾아왔다. 총소리, 총알에 벽이 부서지고 나무 파편이 튀는 소리. 고함 소리는 이내 비명으로 바뀌었다.

그리고 모든 소리를 뚫고 들려오는, 신뢰로 가득 찬 나지막한 목소리.

"경감님을 믿습니다."

아르망과 앙리는 도서관을 나와 J. A. 무와상 가게에서 생우유로 만든 치즈, 양고기, 고기 파테를, 맞은편 식료품점에서 채소와 과일을, 생장 거리의 파이아르 빵집에서는 갓 나온 따끈한 바게트를 샀다. 집에 오니 에밀은 없었고, 가마슈는 벽난로에 장작을 더 넣어 집을 덥혔다. 1752년에 지어진 이 집은 돌벽이 1미터나 되어 대포알도 견뎌 낼 수 있을 만큼 튼튼하긴 했으나 겨울의 칼바람 앞에서는 무력했다.

아르망이 요리에 바쁜 사이 집은 서서히 데워져 에밀이 도착했을 때쯤에는 설설 끓고 있었다. 집에서는 로즈메리와 마늘, 그리고 양고기 냄새가 감돌았다.

"살뤼Salut 안녕." 에밀이 현관에서 소리친 조금 뒤 부엌에 얼굴을 내밀더니 적포도주 한 병을 들고 와 병따개를 찾았다. "냄새가 좋군."

가마슈가 바게트, 치즈, 고기 파테를 담은 쟁반을 거실로 날랐다. 에밀이 포도주를 가져오는 사이 그는 그것들을 탁자 위에 정리했다.

"상테Santé 건배."

두 사람은 난롯불 앞에 자리 잡고 앉아 잔을 부딪쳤다. 먹을 것을 사이에 두고 그들은 하루 일을 이야기했다. 에밀은 친구들과 함께한 점심과 샹플랭 협회 일로 하고 있는 조사에 대해 이야기했다. 가마슈는 도서관에서 조용히 보낸 시간을 이야기했다.

"찾던 것은 찾았나?" 에밀이 멧돼지 고기 파이를 한입 베어 물었다.

가마슈가 고개를 저었다. "하지만 거기 있을 겁니다. 아니라면 말이 안 되니까요. 1759년에 영국군을 대적하기 위해 프랑스군이 여기서 일 킬로미터도 안 되는 지점까지 와 있었던 건 알려진 사실이죠."

퀘벡에서 학교를 다니는 아이들은 그 전투에 대해 배우고 환상을 품었고, 놀이터에서 나무로 깎은 총과 말을 타고 그 전투를 재연했다. 1759년에 있었던 퀘벡 전투는 7년간의 전쟁을 사실상 끝냈다. 뉴프랑스를 놓고 벌인 프랑스인과 영국인 간의 대립이 수년 동안 지속되었던 것을 생각하면 마지막 전투가 그리도 짧았다는 것은 역설적이기까지 했다. 그러나 전투에서 치러진 희생은 결코 가볍지 않았다.

가마슈가 이야기를 이어 가는 동안 전투의 광경이 두 사람의 머릿속에 떠올랐다. 쌀쌀한 9월, 몽칼름 장군 휘하에는 프랑스 정예병과, 정규 전보다는 게릴라전에 익숙한 퀘베쿠아_{퀘벡 사람}들이 있었다. 그들은 퀘벡에 대한 봉쇄를 뚫고 굶주림으로 죽어 가는 도시를 구출하고자 혈안이 되어 있었다. 이미 1만5천 발이 넘는 포탄이 이 작은 도시에 퍼부어졌고 목전까지 다가온 겨울 앞에 포위를 풀지 못하면 간호사, 수녀, 목공, 교사 등 남녀노소 가릴 것 없이 그 안의 사람들은 모두 전멸할 터였다.

결국 승자가 모든 것을 차지하는 법이므로 몽칼름 장군과 그의 군대는 수적 우세를 자랑하는 영국군을 상대로 최후의 결전을 펼칠 작정이었다.

앞장서서 군대를 통솔하는 지휘관 몽칼름은 용감하고 경험 많은 군인이었다. 병사들에게 그는 영웅이었다.

그런 그와 맞서 싸우는 울프 장군 역시 몽칼름과 마찬가지로 현명하고 용감한 군인이었다.

퀘벡은 강이 좁아지는 절벽에 위치했고, 그것은 대단한 전략적 이점이었다. 도시를 직접 공격하기 위해서는 절벽을 기어올라야 했는데 어떤 적에게나 불가능한 일이었다.

그러나 강 상류로부터의 공격은 가능했고, 몽칼름은 바로 그곳에서 적을 기다렸다. 적이 선택할 수 있는 경로가 하나 더 있었는데, 몽칼름이 택한 곳에서 조금 더 나아간 지점이었다. 그 가능성을 파악한 몽칼름은 직접 고른 부하, 다름 아닌 자신의 부관 부갱빌 대령을 보내 그곳을 지키게 했다.

그렇게 1759년 9월 중순 어느 날, 그는 기다리고 있었다.

그러나 몽칼름은 실수를 저질렀다. 끔찍한 실수였다. 그것도 여러 차례. 퀘벡의 역사를 탐구하는 아르망 가마슈는 그것을 증명하겠다고 마음먹었다.

"놀라운 이론이긴 하네." 에밀이 말했다. "그래, 정말로 그 작은 도서관에 증거가 있을 거라고 생각하나? 그것도 영국계 도서관에?"

"아니면 어디겠습니까?"

에밀 코모가 고개를 끄덕였다. 친구가 그토록 흥미 있어 하는 모습을 보니 다행스러웠다. 일주일 전 아르망과 렌 마리가 도착했을 때, 에밀은 꼬박 하루가 지나서야 가마슈에게 일어난 변화에 적응할 수가 있었다. 턱수염과 관자놀이의 흉터 때문만이 아니라 그는 최근의 일로 고통받고 있는 듯했다. 지금도 가마슈는 과거를 돌아보고 있었지만 적어도 그것은 자신의 과거가 아닌 다른 사람의 과거였다. "편지는 읽어 봤나?"

"네. 답장을 보낼 게 좀 있습니다." 가마슈는 자리에서 일어나 편지 묶음을 가져왔다. 그는 잠시 망설이다 그중 하나를 골라 건넸다. "이걸 좀 읽어 보세요."

에밀은 포도주를 홀짝이며 편지를 읽다가 웃음을 터트렸다. 그가 가마슈에게 편지를 돌려주며 말했다.

"이 루스라는 사람, 자네에게 단단히 반했나 보군."

"땋은 머리를 뒤에서 잡아채는 악동들처럼 말이지요." 가마슈가 미소 지었다. "하지만 당신도 루스를 알 겁니다.

누구인가. 일찍이 그대에게
돌이킬 수 없는 상처를 입혀
모든 만남 속에서

환멸의 표정을 짓게 하는 자는."

가마슈가 읊조렸다.

"그 루스라고?" 에밀이 물었다. "루스 자도? 그 유명한 시인?" 그리고 그는 그 시의 나머지를 읊었다. 이제는 퀘벡의 모든 학교에서 가르치는 그 아름다운 시를.

"그러나 우리, 너를 잘 알고
(너의 환멸의 대상인) 친구들 또한 아는 우리는
너의 두려움 속에서 용기를 보고
언제나 너를
사랑으로 기억하리라."

두 남자는 한동안 말없이 불을 쳐다보며 사랑하는 것들과 잃어버린 것들, 그리고 다시는 돌이킬 수 없게 망가져 버린 것들을 떠올리며 침묵에 잠겼다.

"죽은 사람인 줄 알았는데." 에밀이 마침내 말했다. 그는 빵을 집어 고기 파테를 발랐다.

가마슈가 짤막한 웃음을 터뜨렸다. "가브리가 렌 마리에게 루스를 소개했죠. 마치 지하실을 파다가 발견한 사람이라는 듯이오."

에밀이 다시 편지로 손을 뻗었다. "이 가브리라는 사람은 누군가? 친군가?"

가마슈는 잠시 망설였다. "네. 일전에 말씀드렸던 마을에 사는 사람입니다. 스리 파인스요."

"몇 번 가 봤다고 했었지. 살인 사건을 수사하러 갔다고 들었던 것 같은데. 그 마을을 지도에서 한번 찾아보려고 했네. 몬트리올 바로 남쪽에 있다고 하지 않았나? 버몬트 주와의 경계 어름에 말일세."

"맞습니다."

"그렇다면," 에밀이 말을 이었다. "나는 장님인가 보네. 못 찾겠더군."

가마슈가 고개를 끄덕였다. "이유는 모르지만 지도를 만들 때 빠졌나 보더군요."

"그럼, 사람들은 그 마을을 어떻게 찾아가는 건가?"

"모르겠습니다. 그냥 나타나는가 보죠."

"**보는 눈이 없었으나 이제는 보인다** 〈Amazing Grace〉의 가사에 나오는 구절?" 에밀이 인용했다. "자네같이 길 잃은 자에게만 나타나는 모양이지?"

가마슈가 웃었다. "퀘벡에서 제일 맛있는 카페오레와 크루아상을 먹을 수 있는 곳이죠. 길은 잃었어도 행복할 겁니다." 그는 다시 일어나 편지 한 묶음을 더 가져와 커피 테이블 위에 놓았다. "이것도 보여 드리고 싶었습니다."

에밀이 편지들을 뒤적이는 동안 가마슈는 자기 집처럼 익숙하고 아늑한 이 공간에서 편히 두 발을 뻗고 음식을 먹었다.

"다 그 가브리라는 사람이 보낸 거군." 에밀이 마침내 말했다. 그의 손이 옆에 쌓인 편지 더미를 가볍게 두드렸다. "얼마나 자주 보내오는 거지?"

"매일요."

"매일? 이 사람, 자네에게 집착하고 있는 건가? 협박?" 웃음기가 사라진 날카로운 눈을 하고 에밀이 앞으로 몸을 기울였다.

"아뇨, 전혀. 그는 친굽니다."

"'**올리비에가 무엇 때문에 시체를 옮겼을까요?**'" 에밀이 편지 한 통을 집어 들고 읽었다. "'말이 되지 않아요. 그가 한 짓이 아니에요.' 모든 편지에 같은 말을 적었군." 에밀은 다시 몇 통을 더 집어 들고 훑어보았다. "이게 무슨 뜻인가?"

"제가 작년 가을에 거기서 수사했던 사건 얘깁니다. 노동절 주말 즈음이었어요. 스리 파인스에 있는, 올리비에라는 사람이 운영하는 비스트로_{편안한 분위기의 작은 식당}에서 시체가 발견됐습니다. 피해자는 뒤통수를 한 차례 가격당해 죽었습니다."

"한 차례?"

그의 스승은 즉시 그 표현이 내포한 의미심장함을 알아차렸다. 단 한 번의 치명적인 일격. 그런 일은 매우 드물었다. 흥분한 살인자가 한번 구타를 했다면 거의 반드시 여러 차례 가격하기 마련이었다. 살인자는 피해자에게 주먹세례를 가한다. 단 한 번만 가격을 하는 경우는 거의 보기 힘들었다. 그것은 누군가가 사람을 죽일 힘으로 내리칠 만큼 분노에 찬 동시에 거기서 멈출 수 있을 정도의 자제력을 발휘했다는 무서운 조합을 뜻했다.

"피살자에게는 신분을 증명할 만한 게 아무것도 없었지만, 결국 우린 그가 살던 숲 속 오두막을 찾아냈습니다. 거기가 범죄 현장이었지요. 에밀, 우리가 거기서 뭘 봤는지 아십니까?"

수십 년간 범죄 현장을 누볐던 에밀 코모는 그 이미지를 떠올릴 수 있었다. 그는 말없이 가마슈가 오두막집 안의 끔찍했던 광경을 묘사하길 기다렸다.

"그 집은 보물로 가득 차 있었습니다."

"보물?"

"놀라실 줄 알았습니다." 가마슈가 에밀의 표정을 보고 미소 지었다. "우리도 상상하지 못했던 모습이었습니다. 믿을 수가 없더군요. 골동품과 진귀한 물건들, 값나가는 것들이었죠."

이제 그의 스승은 온몸으로 관심을 표하고 있었다. 앞으로 몸을 내밀고 가늘고 긴 손을 맞잡은 채 긴장을 풀고 눈을 빛냈다. 살인범 추격자였던 본능이 여전히 살아 있었고, 그는 피 냄새를 맡을 수 있었다. 가마슈는 살인 수사에 관한 모든 것을 그에게서 배웠다. 그리고 그 이상을.

"계속해 보게." 코모가 말했다.

"저자 서명이 된 초판본들, 오래된 도자기, 납을 넣어 만든 수천 년전 유리잔, 호박 방러시아 예카테리나 궁에 있는 호화로운 방에서 떼어 온 패널에 예카테리나 여제의 은 식기까지 있더군요."

그리고 바이올린이 있었다. 일순간 가마슈는 그 오두막집에서 폴 모랭 형사를 바라보고 있었다. 젊고 호리호리한 몸집에 어딘지 어색한 태도의 모랭이 값비싼 바이올린을 집어 조심스레 턱과 어깨 사이에 끼우고 몸을 기울이던 모습을. 그의 몸이 그 악기를 다루기 위해 태어난 듯 자연스러워졌다. 그리고 그는 그 소박한 오두막집을 비할 데 없이 아름답고, 흐느끼는 듯한 켈트 애가哀歌로 채웠다.

"아르망?"

"죄송합니다." 가마슈는 회상에서 깨어났다. "뭔가가 떠올랐을 뿐입니다."

스승이 그를 주의 깊게 훑어보았다. "괜찮은가?"

가마슈는 고개를 끄덕이고 미소 지었다. "선율이 떠올랐습니다."

"살인범은 잡았나?"

"그랬죠. 증거가 많았습니다. 비스트로에서 범행에 사용된 도구와 몇 가지 것들을 찾아냈습니다."

"올리비에라는 사람이 범인이었나?" 에밀이 편지를 들어 보였고, 가마슈가 고개를 끄덕였다.

"저도 그랬지만 모두가 믿을 수 없어 했고, 사실이었습니다."

에밀이 가만히 시선을 보냈다. 그는 아르망을 잘 알았다. "그 사람이 마음에 들었던가 보군."

"친구였습니다. 지금도 그렇고요."

가마슈는 다시 그 따뜻한 비스트로로 돌아간 것 같았다. 그의 손에는 그의 친구를 파멸로 이끈 증거가 들려 있었다. 올리비에가 살인자라는 끔찍한 깨달음. 그는 죽은 사람의 집에서 그의 보물을 가져갔다. 그것뿐이 아니었다. 올리비에는 그의 목숨을 앗았다.

"시체는 비스트로에서 발견됐는데 그가 살해된 장소는 그의 오두막이라고? 가브리가 뜻하는 게 그건가? 왜 올리비에가 시체를 오두막집에서 비스트로로 옮겼는가 하는 것 말일세."

가마슈는 오랫동안 아무 말도 하지 않았다. 에밀은 벽난로의 부드러운 불꽃을 바라보고 술잔을 기울이며 조용히 기다려 주었다.

마침내 가마슈가 에밀을 응시했다. "가브리가 좋은 질문을 했군요."

"두 사람은 연인 관계인가?"

가마슈가 고개를 끄덕였다.

"그렇다면 올리비에가 그런 짓을 했다는 걸 믿고 싶지 않겠지. 그것뿐일지도 몰라."

"맞아요. 가브리는 믿지 못했습니다. 하지만 그 질문은 여전히 중요합니다. 올리비에가 그 외딴 오두막집의 은둔자를 죽였다면 무엇하러 시체를 눈에 띌 장소로 옮겨다 놓았던 걸까요?"

"게다가 자기 가게에 말이지."

"아뇨, 그 부분이 좀 복잡합니다. 올리비에는 시체를 근처의 스파 리조트로 옮겼습니다. 올리비에도 그 스파를 망치고 싶어서 옮겼다고 인정했습니다. 그는 그곳을 위협적인 존재로 여겼습니다."

"그럼 설명이 되는군."

"하지만 그것뿐입니다." 가마슈는 상체를 틀어 에밀을 정면으로 향했다. "올리비에 말로는 자기가 은둔자를 발견했을 때 그는 이미 죽어 있었고, 그 시체를 이용해 스파에 타격을 입힐 수 있겠다는 생각이 들었다더군요. 경쟁 관계였으니까요. 하지만 자기가 정말 그 사람을 죽였다면 시체를 옮기지는 않았을 거라고 했습니다. 그냥 오두막에 놓고 나오거나 숲으로 끌고 가서 코요테들의 먹이가 되게 했을 거라고요. 사람을 죽이고 왜 굳이 시체를 옮겨서 눈에 띌 곳에 두겠습니까?"

"잠깐만." 에밀이 쏟아지는 이야기를 따라가려 애쓰며 말했다. "아까는 시체가 올리비에의 비스트로에서 발견됐다고 하지 않았나? 그건 또 어떻게 된 거지?"

"올리비에를 골탕먹이려고 스파 주인 역시 같은 생각을 했습니다. 시체를 다시 비스트로로 옮겼답니다. 올리비에를 망치려고요."

"근사한 동네구먼. 상인들 간에 유대가 끈끈하기 짝이 없군."

가마슈가 고개를 끄덕였다. "시간이 걸리긴 했지만, 결국에는 그 오두막을 찾아서 은둔자가 거기서 살해당했다는 사실을 밝혀냈습니다. 수집된 모든 증거로 볼 때 그 오두막에 발을 들여놓은 사람은 둘밖에 없었죠. 은둔자와 올리비에였습니다. 그리고 우린 올리비에의 비스트로에서 그가 숨겨 놓은 물건들을 찾아냈습니다. 그도 그걸 훔쳤다는 걸 인정했습니다. 그중 하나가 범행에 쓰인 도구였습니다."

"어리석은 사람이군."

"욕심이 많았던 거죠."

"그를 체포했나?"

가마슈는 고개를 끄덕였다. 그 끔찍한 날이 머릿속을 스쳤다. 모든 사실을 알고 난 다음 그에 따라 행동해야 했던 날을. 올리비에의 얼굴을 보기가 괴로웠다. 더 괴로웠던 것은 가브리의 얼굴을 보는 일이었다.

그리고 재판이 있었다. 증거들이 제시되고, 증언이 이루어졌다.

마침내 판결.

가마슈는 소파에 쌓여 있는 편지를 내려다보았다. 올리비에가 선고를 받은 이래 하루에 한 통씩 왔다. 모두 같은 물음이 담긴 다정한 편지들이었다.

올리비에가 무엇 때문에 시체를 옮겼을까요?

"자네는 계속 죽은 사람을 은둔자라고 부르는군. 그자는 누구였나?"

"체코에서 이민 온 사람이었습니다. 이름은 야코프. 그 외에는 알아낸 사실이 없습니다."

에밀은 그를 응시하다가 고개를 끄덕였다. 피해자의 신원을 확인할 수 없는 경우가 흔하지는 않았으나 아예 없는 일은 아니었다. 특히나 그처럼 세상에서 멀어지길 원했던 사람의 경우라면.

두 사람은 식당으로 자리를 옮겼다. 식당은 돌벽이 드러나 있는 방으로, 부엌과 붙어 있어 양고기 구이와 채소의 냄새가 여전히 공기 중에 떠돌고 있었다. 식사를 끝낸 그들은 옷을 따뜻하게 입고는 앙리에게 목줄을 채워 매서운 겨울 밤공기 속으로 나섰다. 신발이 굳은 눈 위에서 뽀드득 소리를 냈다. 그들은 퀘벡 겨울 축제의 개막식이 열리는 플라스 뒤빌로 가기 위해, 방벽을 관통하는 큰 아치길 쪽으로 향하는 사람들의 대열에 합류했다.

현악기 연주자들이 악기를 켜고, 아이들이 스케이팅에 열을 올리고, 불꽃놀이가 옛 도시의 밤을 밝혀 축제가 한창일 때 에밀이 가마슈에게 물었다.

"왜 올리비에가 시체를 옮겼을까, 아르망?"

가마슈는 고막을 때리는 폭발과 쏟아지는 빛, 사방에서 밀리고 밀치며 고함을 지르는 사람들에 맞서 마음을 다졌다.

그는 버려진 공장 저편에서 보부아르가 총을 맞고 쓰러지는 모습을 보았다. 그는 위쪽에서 무장한 자들이 거의 숨을 데가 없는 자신들이 있는 곳으로 총을 쏘아 대고 있는 모습을 보았다.

그는 실수를 저질렀다. 끔찍한 실수를.

3

다음 날 토요일 아침, 가마슈는 앙리를 데리고 눈이 흩날리는 상트 우르술 가를 걸어 르 프티 쿠앵 라탱에서 아침을 먹었다. 카페오레를 앞에 놓고 주문한 오믈렛을 기다리면서 그는 주말 신문을 읽고 지난밤을 흥청대며 지새운 사람들이 크레페를 먹으러 생 장 가를 따라 비틀거리며 가는 뒷모습을 바라보았다. 그들과 동류의식을 느끼며 그들과 떨어져 앙리를 곁에 둔 채 따뜻하고 기분 좋은 비스트로에 편히 앉아 있는 상황이 재미있게 느껴졌다.

그는 「르 솔레유」와 「르 드부아」를 읽고 두 신문을 접어 옆으로 치웠다. 그러고는 품속에서 다시 스리 파인스에서 온 편지를 꺼냈다. 가마슈는 큰 덩치에 수다스럽고 존재감이 확실한 가브리가 이제 그가 꾸려 가게 된 비스트로의 윤이 나는 긴 목재 카운터에 몸을 기대고 편지를 쓰는 모습을 머릿속에 그릴 수 있었다. 기둥이 있는 거실 양쪽 끝에 자연석으로 만든 벽난로가 타닥거리며 빛과 온기로 손님을 환대하는 곳.

가브리의 편지는 가마슈를 향한 힐난에조차 따뜻함과 염려가 담겨 있었다.

가마슈가 봉투를 손가락으로 천천히 쓸어내리자 봉투에서 그의 상냥한 마음이 느껴졌다. 그러나 다른 것, 가브리의 확신도 느낄 수 있었다.

올리비에가 한 짓이 아니에요. 가브리는 반복이 사실이 된다는 듯 모든 편지에 그 말을 되풀이했다.

올리비에가 무엇 때문에 시체를 옮겼을까요?

가마슈는 봉투를 어루만지던 손길을 멈추고 창밖을 내다보았다. 이윽고 그는 휴대전화를 꺼내 전화를 걸었다.

그는 아침 식사를 마치고 미끄러운 오르막길을 올랐다. 한동안 오르다 왼쪽으로 돌아 문예역사협회 방향으로 길을 잡았다. 가끔은 미끄러지듯 내려오는 가족들에게 길을 내주기 위해 길 옆에 쌓인 눈 위로 비켜섰다. 퀘벡의 혹독한 겨울 추위에 대비해 미라처럼 꽁꽁 싸맨 아이들이 겨울 궁전으로, 얼음 썰매를 타러, 메이플 시럽으로 사탕을 만드는 카반느 아 쉬크르단풍나무 진에서 설탕을 추출하기 위해 단풍나무 지대에 지어 놓은 산장로 향했다. 축제의 밤은 마시고 노는 대학생들이 차지했지만 해가 떠 있는 시간은 아이들 차지였다.

가마슈는 새삼 이 오래된 도시의 아름다움에 빠져들었다. 바람이 부는 좁은 거리, 돌로 세워진 집에 눈과 얼음으로 덮인 금속 지붕들. 마치 유럽의 옛 도시를 걷고 있는 것 같았다. 하지만 퀘벡 시는 매력적인 구시대의 유물, 혹은 잘 꾸며진 관광 도시 이상의 의미가 있었다. 퀘벡 시는 여러 번 주인이 바뀌긴 했지만 순결함을 잃지 않은, 생동하는 안식처이자 품위 있는 도시였다. 눈발이 더 세졌지만 바람은 그리 불지 않았다. 언제나 사랑스러운 이 도시는 눈, 햇빛, 말이 끄는 사륜마차, 그리고 추위에 맞서 밝은 색깔 옷을 차려입은 사람들이 어우러지는 겨울에 특히 더 매력적이었다.

언덕길 맨 꼭대기에서 그는 잠시 멈춰 숨을 골랐다. 그동안 렌 마리나 에밀, 앙리를 벗 삼아 홀로 나섰던 긴 산책 덕분에 건강이 제자리를 찾았고 날이 갈수록 호흡이 편해졌다.

어쨌든 요즈음 그는 진정 홀로였던 순간이 없었다. 비록 그 무엇보다
도 그러길 바랐지만.

아베크 르 텅Avec le temps 시간이 해결해 주리라. 에밀이 말했다. 시간이 지나면
나아진다고. 아마 그가 옳으리라. 몸은 차츰 회복되고 있었다. 마음 또
한 그러지 않겠는가?

다시 걷기 시작한 가마슈는 저만치 앞에서 분주한 움직임을 보았다.
경찰차들이 와 있었다. 포트와인과 각종 술을 섞어 만든 치명적인 독주
카리부는 퀘벡 축제를 대표하는 술이었고, 그 술을 찾아 퀘벡에 온 만취
한 대학생들이 문제를 일으킨 것이리라. 증명할 길은 없지만 가마슈는
20대에 벌써 머리가 빠지기 시작했던 것이 카리부 탓이라고 확신했다.

문예역사협회 건물에 가까이 갈수록 가마슈의 눈에 띄는 경찰차가 늘
어났다. 경찰 차단선도 눈에 들어왔다.

그는 멈추어 섰다. 옆에 앉은 앙리도 몸을 곧추세웠다.

이 거리는 주도로보다 조용했고 인적이 드물었다. 가마슈는 이곳에서
5미터쯤 떨어진 곳에서 일어난 일에 무관심한 채 지나는 사람들을 볼
수 있었다.

경찰 몇이 도서관 정문 앞 계단 아래에 서 있었다. 몇몇 경찰들은 분
주히 움직이고 있었다. 전화 회사의 정비 트럭이 길가에 주차되어 있었
고, 구급차도 도착해 있었다. 그러나 구급차나 경찰차의 경광등은 멈춰
있었다. 화급을 다투는 일은 아닌 것이다.

그것은 둘 중 하나를 의미했다. 허위 신고였거나 신고는 사실이었지
만 서둘러야 할 때는 이미 지났거나.

가마슈는 지금의 경우를 알 것 같았다. 구급차에 기대 서 있는 경찰들

은 시시덕대고 있었다. 길 건너편에서 가마슈는 범죄 현장에서 결코 허락되지 않는 경찰들의 그런 모습을 보고 발끈했다. 삶에는 유쾌해야 할 장소가 있었지만 눈앞의 폭력과 죽음 앞에서는 아니었다. 그는 그곳이 죽음의 현장이라는 것을 알았다. 본능의 발로가 아니었다. 사방에 단서가 있었다. 긴박하지 않은 현장, 동원된 경찰의 수, 그리고 구급차.

그리고 그 죽음은 폭력에 의한 것이었다. 차단선이 의미하는 바는 그러했다.

"가던 길 가세요, 무슈." 젊은 경관 하나가 다가와 참견했다. "구경할 거 없어요."

"저쪽으로 갈 겁니다." 가마슈가 말했다. "무슨 일입니까?"

젊은 경찰이 등을 돌리고 가 버렸지만 가마슈는 불쾌해하지 않았다. 대신 그는 차단선 안에서 경찰들이 무언가 이야기하는 동안 앙리와 밖에서 기다렸다.

한 사람이 돌계단을 내려와 그 자리를 지키고 있던 경찰 중 한 명에게 몇 마디 하고는 아무 표식이 없는 차로 걸어갔다. 차 옆에 선 그는 주위를 둘러보더니 차에 타기 위해 몸을 굽혔지만 타지 않았다. 대신 그는 동작을 멈추고 천천히 몸을 일으키며 곧장 가마슈를 쳐다보았다. 그는 10초 이상 가마슈를 응시했다. 초콜릿 케이크를 먹기에 충분한 시간은 아니었지만 누군가를 응시하기에는 충분히 긴 시간이었다. 그는 천천히 차 문을 닫고 차단선을 넘어 가마슈에게 다가왔다. 그 모습을 주시하던 조금 전 젊은 경찰이 동료에게서 떨어져 종종걸음으로 그 사복 경찰에게로 다가갔다.

"가시라고 아까 말씀드렸습니다."

"그랬나."

"위Oui 예. 가서 다시 말할까요?"

"아냐. 따라오게."

다른 경찰들이 쳐다보는 가운데 두 사람은 눈 덮인 길을 가로질러 가마슈 앞에 섰다. 세 사람이 서로를 바라보는 사이 침묵이 흘렀다.

사복 차림의 경찰이 돌연 한 발 뒤로 물러나 경례를 붙였다. 옆의 젊은 경관이 깜짝 놀라 상관을 한 번 바라보고는 파카 차림에 모자를 눌러쓰고 셰퍼드 한 마리를 데리고 선 키 큰 남자에게 시선을 꽂았다. 그리고 그를 뚫어지게 쳐다보았다. 잘 정돈된 회색 수염, 사려 깊은 갈색 눈, 그리고 흉터.

얼굴이 창백해져서는 그 역시 뒤로 물러나 거수경례했다.

"셰프Chef 반장님." 그가 말했다.

경례를 받은 가마슈 경감이 형식을 차리지 말라는 손짓을 했다. 이들은 자신의 소속도 아니었다. 자신은 퀘벡 주 경찰청 소속이었고, 이들은 퀘벡 시경이었다. 그리고 그는 사복 차림의 경찰을 이전에 범죄 관련 회의에서 본 기억이 있었다.

"퀘벡에 와 계신 줄 몰랐습니다." 사복 경찰은 당황한 표정을 감추지 못했다. 퀘벡 경찰청 살인반 반장이 왜 범죄 현장 바로 밖에 서 있단 말인가?

"랑글로와 경위, 맞나? 난 휴가 중이네. 알지도 모르지만."

두 사람 모두 고개를 까딱했다. 누구나 아는 사실이었다.

"퀘벡엔 친구를 보러 왔네. 개인적으로 연구하는 게 있어서 도서관에 온 길이었지. 무슨 일인가?"

"아침에 전화선을 수리하러 온 기사가 시체를 발견했습니다. 지하실에서요."

"살인인가?"

"확실합니다. 그를 묻으려고 애쓴 모양이던데 끊긴 전화선을 확인하려고 땅을 파던 수리 기사가 발견했습니다."

가마슈는 도서관 건물을 바라보았다. 수백 년 전 이 건물은 법원과 감옥으로 쓰였다. 사형을 선고받은 죄수들이 정문 바로 위 창문 밖에 매달렸었다. 이 장소는 합법적으로든 불법적으로든 살인과 그 살인을 저지른 자들을 오랫동안 보아 왔다. 그리고 이제 그에 하나가 더해졌다.

그가 현관을 바라보는데, 문이 열리고 한 사람이 계단 끄트머리에 모습을 드러냈다. 멀리 떨어진 데다 겨울옷에 파묻혀 있어서 누구인지 확실히 보이지는 않았지만 도서관 자원봉사자 중 하나 같았다. 그 나이 든 여성이 자신들 쪽을 힐긋 보더니 무언가 망설였다.

"검시관이 이제 막 도착해서 확실하진 않지만 피해자는 그곳에 오래 있진 않은 것 같습니다. 아마 몇 시간으로, 며칠은 아닙니다."

젊은 경찰이 옆에서 거들었다. "썩는 냄새도 안 났습니다. 그 냄새만 맡으면 구역질이 나거든요."

가마슈가 들이마셨다가 내뱉은 숨이 공기에 닿자마자 얼어붙었다. 그는 숨을 내쉴 뿐 아무 말도 없었다. 이 경관에게 방금 죽은 자에 대한 예의, 망자 앞에서 지켜야 할 예의를 가르치는 것은 자신의 몫이 아니었다. 피해자와 가해자를 사람으로서 대할 필요가 있다는 것도. 냉소나 빈정거림, 농담과 무신경한 말로 살인자를 잡을 수는 없었다. 살인자를 잡으려면 보고 생각하고 느낄 줄 알아야 했다. 무신경한 말을 던진다고 해서 눈앞에 놓인 증거에 대한 판단이 더 쉬워지거나 앞으로 나아갈 방향이 더 선명해지는 것은 아니었다. 실은 그런 불안감 어린 태도가 진실을 가리기 더 쉬웠다.

그러나 그는 가마슈 경감이 교육할 부하가 아니었고 이 사건은 그가 맡은 사건도 아니었다.

젊은 경관에게서 시선을 돌린 그는 나이 든 여성이 사라졌다는 사실을 알아챘다. 그녀가 시야에서 사라질 만큼의 시간이 없었기 때문에 그는 여자가 다시 안으로 들어갔다고 짐작했다.

이상한 일이었다. 기껏 바깥의 추위에 대비해 옷을 갖추어 입고는 다시 안으로 들어가 버렸다.

하지만 그는 상기했다. 자신의 사건이 아니었다. 자신이 신경 쓸 일이 아니었다.

"들어와 보시겠습니까, 경감님?" 랑글로와 경위가 말했다.

가마슈는 미소 지었다. "방금 내 사건이 아니라고 나를 일깨우던 참이었지. 물어봐 줘서 고맙지만 여기로 족하네."

랑글로와 경위는 옆에 선 젊은 경관에게 힐끗 시선을 보내고는 가마슈의 팔을 잡아 그가 듣지 못할 곳으로 이끌었다.

"예의상 드리는 말씀이 아닙니다. 저는 영어를 잘 못합니다. 그거야 뭐 상관없습니다. 하지만 주임 사서의 프랑스어를 들어 보셔야 합니다. 그게 프랑스어인지조차 확신을 못 하겠습니다. 본인은 프랑스어를 한다고 하는 것 같지만 저는 단 한 마디도 못 알아듣겠습니다. 대화하는 내내 그 여자는 프랑스어를 하고, 저는 영어를 썼는데 무슨 만화에 나오는 장면 같았죠. 그 여잔 제가 머저리라고 생각할 겁니다. 제가 한 것이라곤 그저 웃어 보이고 고개를 끄덕인 게 전부입니다. 어쩌면 사서에게 하류층 출신이냐고 물었는지도 모르겠습니다."

"그건 왜 물었나?"

"그러려고 했던 게 아닙니다. 지하실에 출입이 가능한지 물어보려고 했던 건데 말이 꼬인 거죠." 경위는 난처한 미소를 지어 보였다. "살인 사건에선 명확함이 무엇보다 중요하다고 생각하는데 말입니다."

"틀린 말은 아니지. 그래 자네 질문에 사서는 뭐라고 하던가?"

"불쾌한 표정으로 밤은 딸기라더군요."

"저런."

랑글로와는 좌절의 한숨을 내쉬었다. "그러니 도와주시겠습니까? 경감님께서 영어를 잘하시는 줄 알고 있습니다. 회의에서 발언하시는 걸 들은 기억이 있어요."

"나 또한 언어를 난도질하는 사람일지 자네가 어떻게 아나? 어쩌면 정말 밤은 딸기일지도 모르지."

"저보다 영어가 나은 경찰이 몇 있습니다. 방금 전화하려던 참이었는데 경감님 모습이 보였습니다. 도와주실 수 있다면 좋겠는데요."

가마슈는 망설였다. 그러고는 익숙한 손의 떨림을 다시 느꼈다. 그 떨림이 두꺼운 장갑 속에 감추어져 있어 다행이었다. "제안은 고맙네." 그는 답을 기다리는 경위의 눈길을 받아 냈다. "하지만 안 될 것 같군."

잠시 침묵이 흘렀다. 경위는 언짢은 기색 없이 고개를 끄덕였다. "제가 괜한 말씀을 드렸군요. 죄송합니다."

"아닐세. 물어봐 줘서 고맙네. 메르시."

두 사람은 알지 못했지만 도서관 2층 창문에서 그들을 내려다보는 눈이 있었다. 1백 년 전에는 창문이 아니라 문이 달려 있던 자리. 사형수들을 처형하던 발판으로 통하는 문이었다.

엘리자베스 맥워터는 두 남자를 응시했었다. 그녀의 목도리는 아직 목에 걸려 있었지만 외투는 아래층 옷장에 넣어 둔 터였다. 조금 전 그녀가 창밖을 내다보았던 까닭은 방 안에서 일어나고 있는 일이 낯설어 그에 등을 돌리기 위해서였다. 창밖의 변함없는 풍경 속에서 평화와 위안을 찾고 싶었다. 그 자리에 서면 세인트 앤드루스 장로교회가 눈에 들어왔고, 목사관 너머로 익숙한 도시의 경사진 지붕을 볼 수 있었다. 마치 이 세상에 근심 걱정 하나 없는 것처럼 그 위로 조용히 눈이 내렸다.

이내 그녀는 한 남자와 개가 서 있는 모습을 보았다. 경찰이 쳐 놓은 차단선 바로 밖에 서서 이쪽을 보고 있었다. 근 일주일간 매일 독일셰퍼드를 데리고 도서관을 찾아와 조용히 책을 읽다 돌아가곤 하던 사람이었다. 어떨 때는 무엇인가 쓰고 있을 때도 있었고, 가끔은 위니에게 지난 1백 년 동안 아무도 들춰 보지 않았던 서적에 대해 무언가를 문의하기도 했다.

"아브라함 평원 전투를 연구한대." 위니가 어느 날 도서관 위층 갤러리에 서 있었을 때 그에 대해 말한 적이 있었다. "특히 제임스 쿡과 루이 앙투안 부갱빌이 다른 사람들과 왕래한 내용에 관심이 있나 봐."

"왜지?" 포터가 소리 낮춰 물었다.

"내가 어떻게 알아?" 위니가 답했다. "그 사람이 찾는 책은 너무 오래돼서 목록도 제대로 만들어 놓지 않은 것들인걸. 실은 다음번 책 정리 때 팔려고 분류해 놓은 책들이었어. 계획이 취소됐지만."

포터는 아래층 소파에 자리 잡은 크고 조용한 사람을 힐끔거렸다.

엘리자베스는 포터가 아마도 그를 알아보지 못했으리라 생각했다. 위니가 알아채지 못했으리라는 것은 확신할 수 있었다. 그러나 그녀는 그가 누군지 알았다.

그리고 지금 엘리자베스는 그가 시경 소속의 경위와 악수를 나누고 멀어져 가는 모습을 보고 있었다. 그녀는 개를 데리고 걸어가는 그를 면밀히 살피며 지난번 거리에서 그를 봤던 때를 떠올렸다.

그녀는 퀘벡 주 사람들, 아니 캐나다 사람들이 다 그랬듯이 CBC캐나다 공영방송에서 그 장면을 보았다. 나중에 알았지만 CNN을 통해 전 세계로 보도된 장면이었다.

그녀는 그때 그를 보았다. 정복 차림에 수염은 없었고 얼굴은 다친 채였다. 그의 퀘벡 경찰청 제모로는 보기 흉한 상처가 가려지지 않았다. 그의 제복 코트는 따뜻해 보였지만 혹독한 날씨를 견딜 만큼 따뜻해 보이지 않았다. 그는 제복을 차려입은 침통한 표정의 길고 긴 남녀 경찰 대열의 선두에서 약간 절뚝이며 천천히 걷고 있었다. 퀘벡과 캐나다, 미국, 영국, 프랑스에서 온 경찰들로 거의 끝이 보이지 않는 행렬이었다. 그리고 그 행렬 첫머리에는 그들의 지휘관이 서 있었다. 그는 그들을 이끌었으나 그들의 죽음에까지 따르지 못했다.

그리고 「파리마치」와 「맥클린」, 「뉴스위크」와 「피플」에 이르기까지 신문과 잡지 첫머리에 실린 사진이 있었다.

하늘을 향해 눈을 감고 생각과 고뇌에 잠긴 경감의 사적인 고통의 순간을 찍은 사진이 만천하에 공개됐었다. 그 얼굴에 드러난 괴로움은 차마 보기 어려울 정도였다.

그동안 엘리자베스는 자신들의 도서관에 오는 그 조용한 남자가 누군지 아무에게도 말하지 않았지만 이젠 말할 생각이었다. 벗어 두었던 외투를 다시 찾아 입고 그녀는 얼음 낀 계단을 조심스럽게 내려가 거리로 나선 그를 따라잡았다. 그는 개의 목줄을 잡고 상트 안 가를 따라 걷고 있었다.

"파르동Pardon 저기요." 그녀가 불렀다. "엑스쿼제무아 Excusez-moi 실례합니다."
그는 조금 거리를 두고 앞서 있었고, 즐거워 보이는 여행객들과 주말을 맞아 놀러 나온 사람들 사이에서 언뜻언뜻 모습을 보였다. 그가 왼쪽으로 돌아 상트 우르술 가로 접어드는 모습이 보였다. 그녀는 걸음을 빨리 했다. 모퉁이에 이르러 보니 그는 자신보다 반 블록을 앞서 가고 있었다. "봉주르Bonjour 잠깐만요." 그녀는 다시 팔을 저으며 소리를 높였다. 그러나 그는 그녀를 등지고 있는 데다, 설사 그 소리를 들었더라도 다른 사람을 부르는 것으로 생각할 터였다.

그는 이미 생 루이 가에 이르러 있었다. 거기서 얼음 궁전을 향하는 군중 틈에 섞이게 되면 찾을 수 없으리라.

"경감님."

경감을 부르는 목소리는 앞서만큼 크지 않았지만 그 부름은 즉시 그를 멈춰 세웠다. 그는 여전히 그녀를 등지고 서 있었는데 몇몇 사람들이 좁은 인도에서 갑자기 멈춰 선 그를 돌아가기 위해 급히 방향을 바꾸어야 했다. 그녀는 사람들이 그를 비켜 가며 불쾌한 시선을 던지는 모습을 보았다.

그가 몸을 돌렸다. 그녀는 그가 언짢은 표정일까 봐 걱정했으나, 그의 유한 얼굴은 그저 무슨 일인지 궁금해하는 기색이었다. 거리를 지나치는 사람들의 얼굴을 재빨리 훑은 그의 시선이 반 블록 떨어진 곳에 꼼짝 않고 서 있는 그녀에게 멎었다. 그가 미소를 지었고, 두 사람은 거리를 좁혔다.

"길 가시는데 방해해서 죄송합니다." 그녀가 손을 내밀었다.

"아닙니다."

잠시 어색한 침묵이 흘렀다. 그는 그녀가 자신이 누군지 알고 있다는 사실에 대해서는 따로 언급하지 않았다. 그녀처럼 그도 자명한 사실에 대해 굳이 거론할 필요를 느끼지 않는 듯했다.

"도서관에서 뵈었던 분이시지요?" 그가 말했다. "제게 볼일이 있으십니까?"

그들은 생 루이 가와 상트 우르술 가가 만나는 지점에 서 있었다. 사람들이 많이 오가는 바쁜 거리였다. 지금도 여러 가족들이 좁은 길을 지나려 애쓰고 있었다. 좁은 길을 막는 데는 두 사람으로도 충분했다.

그럼에도 그녀는 머뭇거렸다. 가마슈는 주위를 둘러보고는 오가는 사람들 너머 거리 아래쪽을 가리켜 보였다.

"커피 한잔하시겠습니까? 따뜻한 게 도움이 될 것 같아 보입니다만."

그녀는 그날 들어 처음으로 미소를 머금었다. "위, 실 부 플레Oui, s'il vous plaît 네, 감사합니다."

그들은 사람들로 가득 찬 거리를 헤치고 한 블록을 내려가, 거리에서 제일 작아 보이는 건물 앞에 멈추어 섰다. 흰색으로 칠한 건물로 밝은 빨간색 지붕 위에 간판이 걸려 있었다. 오 장시엥 카나디앙.

"관광객들이 많은 곳이긴 하지만 이 시간에는 한산할 겁니다." 가마슈는 문을 열며 영어로 말했다. 퀘벡에서는 드물지 않은 상황이었다. 프랑스어권 사람과 영어권 사람이 만나 대화를 나누면 프랑스계는 예의를 차리려 영어를 쓰고, 영국계는 예의를 차리려 프랑스어를 쓴다. 그들은 어둑하고 오붓한 느낌을 풍기는 식당 안으로 들어갔다. 퀘벡 주에서 가장 오래된 식당들 중 하나로 낮은 천장과 돌벽, 그리고 건물이 지어질 때부터 자리를 지켜 온 천장 들보가 그대로 드러나 있었다.

그들이 자리를 잡고 종업원이 주문을 받고 나자 가마슈가 말을 꺼냈다. "한 언어로 정착하는 편이 좋겠군요."

엘리자베스가 소리 내어 웃고 고개를 끄덕였다.

"영어가 어떻겠습니까?" 그가 물었다. 그녀는 이제 가까이에서 그를 관찰할 기회를 가질 수 있었다. 50대 중반이라는 것은 기사를 통해 알고 있었다. 그는 보기 좋은 탄탄한 체격의 사람이었으나 무엇보다도 그녀의 시선을 끈 것은 침착하게 빛나는 짙은 갈색 눈이었다.

그녀가 예상한 눈이 아니었다. 그녀는 너무나 끔찍한 것들을 많이 보아 온 탓에 부드러운 눈빛이 단단해져 버린 날카롭고, 차갑고, 분석적인 눈을 생각했다. 그러나 이 사람의 눈빛은 사려 깊고 친절했다.

종업원이 돌아와 그녀 앞에 카푸치노를, 가마슈 앞에 에스프레소를 놓았다. 늦은 아침을 먹으러 오는 손님들은 점차 줄고 있었고, 그들은 조용한 구석 자리에 앉아 있었다.

"오늘 아침에 무슨 일이 있었는지 들으셨겠죠?" 엘리자베스가 물었다. 커피는 향이 풍부하고 맛있었다. 그녀는 특별히 커피를 즐기는 사람은 아니었지만 이 커피는 훌륭했다.

"랑글로와 경위한테서 듣기로는 문예역사협회 지하실에서 시체가 발견되었다더군요." 그는 말하면서 그녀의 기색을 살폈다. "자연사가 아니었고요."

그녀는 그가 살인이라는 말을 피해 준 것에 감사했다. 그 말은 너무도 충격적이었다. 그녀는 머릿속에서 그 말을 굴려 보고 있었지만 아직 남들 앞에서 말할 준비가 되어 있지 않았다.

"오늘 아침에 우리가 도착해 보니 전화가 불통이었어요. 그래서 포터가 벨캐나다에 연락해서 사람을 불렀지요."

"수리 기사가 빨리 와 주었군요." 가마슈가 말했다.

"전부터 계속 문제가 있었거든요. 낡은 건물이어서 손볼 게 많아요. 전화가 안 될 때가 많죠. 누전이 되었거나 쥐가 선을 갉아 먹었거나요. 하지만 이번엔 좀 뜻밖이었어요. 전선을 전부 점검한 지 얼마 안 되었거든요."

"도서관에 언제 도착하셨나요?"

"아홉 시에요. 한 시간 정도 책을 정리하거나 다른 일을 하고 열 시에 도서관 문을 열죠. 아시겠지만요."

그가 미소 지었다. "알고 있습니다. 멋진 도서관입니다."

"우리 모두 자랑스럽게 생각하고 있어요."

"아홉 시에 도착해서 전화 회사에 바로 연락하셨겠군요?"

"수리 기사가 이십 분도 안 돼서 왔어요. 어디서 문제가 생긴 건지 알아내는 데 삼십 분쯤 걸렸던 것 같아요. 지하실에서 단선이 됐던 것 같다고 하더군요. 다들 또 쥐가 한 짓이려니 생각했어요."

그녀가 이야기를 멈추었다.

"그게 아니라는 걸 아시게 된 건 언제였습니까?" 가마슈는 그녀가 이야기를 이어 나가는 데 도움이 필요하다는 것을 알아채고 질문했다.

"그 사람 소리를 들었어요. 수리 기사요. 계단을 올라오는 소리가 들렸어요. 체격이 작은 사람이 아니었고 우리를 향해 쇄도하는 듯한 소리가 들렸어요. 문가에 나타나서는 그냥 우릴 멍하니 바라보더군요. 그러더니 말했어요. 지하실에 사람이 죽어 있다고요. 자기가 그 사람을 파냈다고 했어요. 가엾게도. 충격에서 회복되려면 시간이 걸릴 거예요."

가마슈가 고개를 끄덕였다. 어떤 사람은 그런 경험을 비교적 빨리 극복하지만 어떤 이들은 영원히 해내지 못한다.

"그 사람이 시신을 파냈다고 하셨는데요. 지하실 바닥이 콘크리트로 되어 있지 않은 모양이군요?"

"흙이에요. 옛날에는 지하 저장실로 쓰였어요."

"전 지하실이 감옥일 거라고 생각했는데요. 감옥으로 쓰인 적도 있지 않습니까?"

"그건 한 층 위에 있었어요. 그 아래가 밑바닥 층이고요. 물론 몇백 년 된 방이에요. 거긴 음식을 저장하는 곳으로 쓰였어요. 수리 기사가 처음 시체를 찾았다고 했을 때 전 해골 얘기인 줄 알았어요. 유골은 퀘벡 시 사방에서 나오니까요. 사형수가 거기 묻혔을 수도 있겠거니 생각해서 위니와 제가 보러 내려갔어요. 하지만 다 내려가진 않았어요. 그럴 필요도 없었고요. 문가에서 보는 것만으로도 그게 해골이 아니란 건 분명했으니까요. 최근에 죽은 사람이었어요."

"많이 놀라셨겠군요."

"그랬어요. 병원이나 장례식장에서 죽은 사람을 보긴 했죠. 한번은 친구가 자다가 집에서 세상을 떴는데, 제가 브리지 게임에 데려가려고 갔다가 발견했어요. 하지만 그건 다르죠."

가마슈가 고개를 끄덕였다. 이해할 수 있었다. 죽은 사람이 있어야 할 곳이 있고 아닌 곳이 있었다. 도서관 아래는 반쯤 묻힌 시신이 발견되기에 자연스러운 곳이 아니었다.

"경위님이 또 무슨 말을 하셨나요?" 엘리자베스가 물었다. 그녀는 이 사람에게는 돌려 이야기할 필요가 없다는 것을 인지했다. 직설적으로 묻는다고 해서 다를 것은 없으리라.

"물은 게 많지 않지만 타살이라는 건 확실한 것 같습니다."

그녀는 언제 마셨는지도 모른 빈 잔으로 시선을 떨구었다. 흔히 만나기 어려운 좋은 커피였는데 즐길 기회도 없이 사라져 버렸다. 이젠 작은 고리를 이룬 거품만 남아 있었다. 손가락으로 훑어 내고 싶은 마음이 들었지만 자제했다.

계산서가 어느새 탁자 위에 놓여 있었다. 일어설 시간이었다. 경감은 계산서를 자기 쪽으로 끌어당겼지만 그 이상의 움직임은 보이지 않았다. 대신 그는 계속 그녀를 바라보고 기다리고 있었다.

"부탁을 드릴 수 있을까 해서 쫓아왔어요."

"위, 마담Oui, madame 네, 부인?"

"경감님의 도움이 필요해요. 도서관을 아시잖아요. 그리고 제가 보기에는 그곳을 좋아하시는 것 같고요." 그는 고개를 끄덕여 동의를 표했다. "영어도 유창하시고 영국계들이 놓인 상황에 대해서도 아실 거라는 생각이 들어요. 이번 일이 우리에게 어떤 영향을 미치게 될지 두려워요. 우린 몇 안 되는 데다 문예역사협회는 우리에게 소중한 존재예요."

"말씀은 이해합니다. 하지만 랑글로와 경위가 잘할 겁니다. 도서관분들께도 정중할 거고요."

그녀가 그를 쳐다보더니 얼굴을 떨구었다. "잠깐 들러서 보기만 해 주시는 것도 안 될까요? 뭔가 생각나시는 게 있으면 말씀해 주시고요. 이게 얼마나 날벼락 같은 일인지 모르실 거예요. 죽은 사람에게도 그렇지만 저희들한테도요." 그녀는 그가 거절할까 봐 서둘러 말을 이었다. "이게 얼마나 큰 부탁인지는 알고 있어요. 정말입니다."

가마슈는 그녀가 진심이라는 것을 알았지만 그녀가 정말 알고 있는지 의심스러웠다. 그는 탁자 위에서 느슨하게 쥔 자신의 두 손을 내려다보았다. 그는 침묵했고, 그럴 때면 언제나 그 침묵 속으로 앳된 목소리가 스며들었다. 이제 자식들의 목소리보다 더 익숙해진 목소리가.

"그리고 크리스마스에는 수잔의 가족과 제 가족을 보러 갑니다. 수잔의 가족과는 새해맞이를 하고, 제 가족들과는 크리스마스 아침 미사에 가요." 그 목소리는 사소하고 작은 일상에 대한 이야기를 계속하여 늘어놓았다. 삶을 일상으로 만드는 작은 일들. 그 목소리는 더 이상 자신의 귀에 울리지 않았지만 자신의 머릿속에, 마음속에 살아 있었다. 영원히.

"죄송합니다, 마담. 저는 도울 수가 없습니다."

그는 탁자 맞은편에 앉은 나이 든 여성에게 시선을 보냈다. 70대 중반일 거라고 생각했다. 균형이 잘 잡힌 골격의 날씬한 몸매. 눈가의 옅은 화장과 립스틱 정도가 전부였지만 적을수록 많은 것이라는 경구를 따른다면 그녀의 화장은 훌륭했다. 그녀는 세련된 절제의 현현 같았다. 최신 유행의 옷차림은 아니었지만 고전적이었고 스타일을 망치지 않았다.

앞서 그녀는 자신을 엘리자베스 맥워터라 소개했다. 퀘벡 시 주민이 아닌 가마슈조차 그 이름을 알았다. 맥워터 조선소와 주 북부 맥워터 제지 공장의 그 맥워터.

"제발 부탁드려요. 우린 당신의 도움이 필요해요."

그는 엘리자베스가 얼마나 어렵게 간청의 말을 입 밖으로 꺼냈는지 알고 있었다. 그녀는 자신이 얼마나 곤란해할 것인지 모르지 않았으리라. 그럼에도 그녀는 그렇게 했다. 어쩌면 자신은 그녀가 얼마나 절박한 심정인지를 이해하지 못한 것인지도 몰랐다. 엘리자베스의 푸른 눈은 단 한 순간도 자신을 떠나지 않고 자신에게 못 박혀 있었다.

"데졸레Désolé 죄송합니다." 그는 부드럽지만 확고한 투로 말했다. "이렇게밖에 말씀드릴 수 없어 유감입니다. 제가 도움이 될 수 있다면 그렇게 했을 겁니다. 그렇지만……," 그는 말을 끝맺지 않았다. 실은 그 뒤에 무슨 말이 따라야 하는지조차 알 수 없었다.

그녀가 미소 지었다. "정말 죄송해요, 경감님. 부탁드릴 일이 아니었는데, 부디 용서해 주세요. 마음이 앞서 제대로 생각을 하지 못했습니다. 경감님 말씀이 맞아요. 랑글로와 경위님께서 잘해 주시겠지요."

"'밤은 딸기'라지요?" 가마슈가 살짝 웃으며 말했다.

"어머, 그 얘기도 들으셨어요?" 엘리자베스가 웃었다. "위니는 말하고 듣는 데는 영 소질이 없어요. 하지만 프랑스어로 된 글은 완벽하게 읽는답니다. 학교에서도 늘 좋은 성적을 받았어요. 그래도 말은 정말 못해요. 억양만 해도 너무 거칠어서 기차라도 세울걸요."

"랑글로와 경위가 태생에 대해 물어 그분을 귀찮게 해 드렸는지도 모르겠습니다."

"도움은 되지 않았을 거예요." 엘리자베스가 수긍했다. 밝아졌던 그녀의 얼굴이 다시 걱정으로 어두워졌다.

"걱정하실 필요 없을 겁니다." 가마슈가 그녀를 위로했다.

"하지만 당신은 아무것도 모르실 거예요. 죽은 사람이 누군지도 모르시잖아요."

목소리를 낮춘 그녀는 이제 거의 속삭이고 있었다. 렌 마리가 어린 손녀들에게 동화를 읽어 줄 때 들을 수 있는 톤의 목소리였다. 요정 대모가 아니라 사악한 마녀를 연기할 때 내는 목소리.

"누굽니까?" 가마슈의 목소리도 낮아졌다.

"오귀스탱 르노예요." 그녀가 속삭였다.

가마슈는 등받이에 몸을 기대고 허공을 응시했다. 오귀스탱 르노가 죽었다. 그것도 문예역사협회 건물 안에서 살해당해서. 그는 이제 엘리자베스 맥워터가 왜 그렇게 절박한지 이해할 수 있었다.

그리고 그럴 이유가 충분하다는 것도.

4

가브리는 이글거리는 불꽃 앞 낡은 안락의자에 앉아 있었다. 그의 주위는 이제 그가 운영하고 있는 비스트로의 점심 손님들이 내는 소음으로 가득했다. 사람들이 웃고 떠드는 소리. 몇몇 테이블의 사람들은 조용히 토요일 신문이나 책을 읽는 중이었고 몇몇은 아침 식사 때 나타나서 점심때까지 눌러앉은 사람들이었다. 그들은 아마 저녁때까지 있으리라.

한가한 2월의 토요일이었다. 한겨울이었고 비스트로는 대화 소리와 식기 부딪는 소리로 웅웅거렸다. 가브리의 친구들인 피터와 클라라 모로가 함께 자리했고, 옆 건물에서 서점을 운영하는 머나도 앉아 있었다. 루스는 나중에 오겠다고 했지만 그 말은 대개 안 오겠다는 뜻이었다.

창문으로 보이는 스리 파인스 마을은 눈에 덮여 있었다. 눈은 지금도 내리는 중이었다. 바람이 심하지 않아 눈보라까지는 아니었지만 가브리는 눈이 그칠 즈음에는 30센티미터는 족히 쌓이리라고 생각했다. 퀘벡의 겨울이란 그랬으니까. 온화해 보이고 아름답기까지 했지만 능히 사람을 놀라게 했다.

마을을 둘러싼 집들의 지붕이 희게 빛났고 굴뚝에서 연기가 피어올랐다. 아직 푸른 잎을 간직한 나무들 위에도 눈이 내렸다. 마을을 지키는 수호신처럼 마을 잔디 광장 끝에 모여 선 세 그루의 소나무에도 눈이 두껍게 쌓이고 있었다. 집 밖에서 눈을 뒤집어쓴 차들은 눈덩이가 되어 있었다. 고대 봉분처럼.

"정말이야. 갈 거라니까." 머나가 핫초콜릿을 홀짝이며 말했다.

"절대 안 그럴걸." 클라라가 웃었다. "매번 겨울만 되면 간다고 말은 하지만 한 번도 간 적 없잖아. 게다가 지금은 이미 늦었어."

"막판 세일이란 게 있잖아. 이거 봐." 머나는 친구에게 주말판 「몬트리올 가제트」의 여행란을 넘겨주며 한 군데를 가리켰다.

클라라가 눈썹을 치켜세웠다. "제법 나쁘지 않은데. 쿠바라."

머나가 고개를 끄덕였다. "오늘 저녁 먹기 전에 도착할 수 있을걸. 별 네 개짜리 리조트래. 서비스 모두 포함."

"보여 줘." 가브리가 클라라 쪽으로 몸을 기울였다. 근처에 잼이라고는 전혀 없는데도 클라라가 보여 주는 신문 한 귀퉁이에는 잼이 묻어 있었다. 그건 모두가 아는 클라라의 재주였다. 그녀는 훌륭한 예술 작품뿐 아니라 먹을 것도 창조해 내는 듯했다. 흥미롭게도 친구들은 클라라가 그리는 인물화에서 잼 흔적이나 크루아상 조각을 결코 본 적이 없었다.

가브리는 광고를 읽고 의자에 등을 기댔다. "아니, 난 별론데. 콩데 나스트 여행사 광고가 더 관심이 가는데요."

"거기에는 홀딱 벗고 올리브기름 바른 남자들이 해변에 드러누운 광고나 실리잖아." 머나가 말했다.

"그거야말로 돈 낼 만하지." 가브리가 말했다. "제반 비용 모두 포함."

매주 토요일마다 벌어지는 같은 주제의 대화였다. 해변으로의 여행 상품 비교, 캐리비안 크루즈 여행 상품 고르기, 산 미겔 데 아옌데와 카보 산 루카스, 또는 바하마 대 바베이도스에 대한 논쟁. 끝을 모르고 내리는 눈과는 거리가 먼 이국적인 장소들.

하지만 여행이 아무리 근사해 보여도 실제로 떠난 이는 아무도 없었다. 그리고 가브리는 그 이유를 알았다. 머나, 클라라, 피터도 알고 있었다. 그러나 루스의 이론은 달랐다.

"다들 게을러터져서 그런 거야."

글쎄, 꼭 그런 건 아니었다.

가브리는 카페오레를 홀짝이며 시선을 벽난로 속 타오르는 불길에 둔 채 익숙한 리듬을 타는 익숙한 목소리들에 귀를 기울였다. 그리고 비스트로 안을 둘러보았다. 대들보, 넓은 널로 깐 바닥, 중간문설주가 달린 창문, 통일성을 무시하고 배치된 편안하고 오래된 가구들. 그리고 그 너머로 펼쳐진 조용하고 평화로운 마을.

스리 파인스보다 따뜻한 곳은 없으리라.

창밖으로 물랭 길을 따라 내려오는 차가 눈에 띄었다. 언덕 위에 새로 생긴 스파 리조트와 세인트 토마스 성공회 교회를 지나 마을 잔디 광장을 돌아 느릿한 속도로 다가오고 있었다. 바큇자국이 새로 내린 눈에 새겨졌다. 가브리는 차가 제인 닐이 살던 오래된 벽돌집 옆에 다가서는 모습을 보았다. 그리고 멈췄다.

눈에 익지 않은 차였다. 가브리가 동네 개였다면 맹렬히 짖어 댔으리라. 경고나 불안이 아닌 흥분으로.

우연하게 길을 잃고 혼란에 빠진 채 계곡 속 이 작은 마을에 오게 된 사람들이 아니면 스리 파인스에 방문객이 오는 경우는 드물었다.

가브리와 그의 파트너 올리비에가 스리 파인스를 찾게 된 것도 그래서였다. 일부러 찾아온 게 아니었다. 그들은 원래 다른 거창한 인생 계획을 세워 두었었다. 그러나 일단 이 마을에 발을 들여놓자 자연석이나 나무로 지은 작은 집들, 미국 독립전쟁 시대의 가옥들, 장미와 참제비고 깔과 스위트피가 피어 있는 화단, 빵집, 잡화점이 늘어선 마을이 그들을 붙들었다. 그들은 뉴욕이나 보스턴, 혹은 토론토로 가는 대신 시대에 뒤떨어진 이곳에 머물기로 했다. 그리고 한 번도 떠나겠다는 생각을 하지 않았다.

올리비에가 비스트로를 차렸다. 가구는 근처에서 사들인 것이었고, 모두 판매용이었다. 그 뒤 그들은 거리 맞은편 건물, 과거 마차 역에서 내린 여행객들이 묵던 숙소를 사들여 비앤비B&B Bed&Breakfast 아침 식사를 제공하는 여관를 꾸몄다. 그건 가브리의 작품이었다.

하지만 이제는 올리비에가 없기에 가브리가 비스트로까지 맡아 운영하고 있었다. 친구들을 위해 문을 열어 두고 있었다. 그리고 올리비에를 위해.

가브리가 쳐다보는 가운데 한 남자가 차에서 내렸다. 멀리 있어 누군지 잘 보이지 않았고, 눈에 대비해 두꺼운 파카와 모자와 목도리로 중무장을 하고 있었다. 여자라고 해도 알아볼 수 없을 터였고 실은 누구라도 될 수 있었다. 그럼에도 가브리는 벌떡 일어섰다. 그의 가슴이 철렁 내려앉았다.

"왜 그래?" 피터가 물으며 꼬고 있던 긴 다리를 풀고 길고 날씬한 몸을 소파 앞으로 내밀었다. 의문에 찬 그의 잘생긴 얼굴에는 휴가에 대한 대화에서 벗어났다는 안도감이 비쳤다. 예술가인 피터는 '만약'을 두고 하는 이야기에 적응하지 못했다. 그는 오가는 말들을 문자 그대로 받아들여 클라라가 1만5천 달러의 웃돈이면 퀸 메리 2호의 프린세스 스위트로 승급 가능하다는 등의 얘기를 꺼내면 스트레스를 받곤 했다. 지금까지의 대화는 하루치 심장 운동으로 충분했다. 그는 내리는 눈을 맞으며 아주 천천히 움직이는 낯선 이에게 시선이 꽂힌 가브리에게 관심을 돌렸다.

"별일 아닐 거야." 가브리가 말했다. 그는 전화가 걸려올 때마다, 누군가가 문을 두드릴 때마다, 낯선 차가 마을로 들어올 때마다 드는 생각을 인정하지 않았다.

가브리는 커피 테이블로 시선을 떨구었다. 탁자 위에는 사람들의 술과 초콜릿 칩 쿠키가 담긴 접시가 놓여 있었고 디안 드 푸아티에의 이름과 문양이 찍힌 수제 편지지가 쓰다 만 메시지를 담고 놓여 있었다. 매일 한 통씩 써서 감초 파이프 사탕을 동봉하여 보내는 편지였다.

올리비에가 무엇 때문에 시체를 옮겼을까요? 그는 매번 그렇게 썼다. 그리고 덧붙였다. **올리비에가 한 짓이 아니에요.** 그는 이 편지를 가마슈 경감에게 오후에 부칠 예정이었고 내일 또 한 통을 쓸 생각이었다.

그러나 지금은 한 사람이 쏟아지는 눈을 뚫고 비스트로로 거의 기어 오다시피 하고 있었다. 차에서 20미터도 채 멀어지기 전에 이미 그의 모자와 목도리, 가냘픈 어깨에까지 눈이 쌓였다. 올리비에의 어깨는 가냘 팠다.

눈사람이 비스트로에 이르러 문을 열었다. 비스트로 안으로 밀려 든 겨울에 사람들이 돌아보았지만 이내 식사와 하던 이야기로, 자신들의 삶으로 돌아갔다. 목도리를 풀고 부츠를 벗고 코트를 털며 천천히 그가 모습을 드러냈다. 외투에서 떨어진 눈이 나무 바닥 위에서 녹았다. 그는 들어오는 사람들을 위해 입구에 마련해 둔 바구니에서 슬리퍼를 꺼내 신었다.

가브리의 가슴이 내려앉았다. 뒤에서는 머나와 클라라가 몇천 달러를 더 쓰면 퀸 스위트까지도 업그레이드가 가능한데 그게 과연 할 만한 일인가 아닌가를 놓고 토론을 계속하고 있었다.

그는 그 사람이 올리비에일 리 없다는 것을 모르지 않았다. 그럴 가능성은 없었다. 하지만 어쩌면 가마슈가 그 모든 편지에 설득을 당해 그를 풀어 주었을지도 모를 일이었다. 출발을 목전에 둔 여행 프로그램 짜기처럼 올리비에를 감옥으로 데려가는 대신 마지막 순간에 그를 풀어 줬는지도 모를 일이었다.

더 이상 자제하기 힘들어진 가브리가 한 걸음 앞으로 내디뎠다.

"가브리?" 피터가 물으며 몸을 일으켰다.

가브리는 식당을 반쯤 가로질렀다.

남자는 모자를 벗고 비스트로를 돌아보았다. 천천히, 그가 누구인지 알아차린 사람들 사이에서 대화가 사그라졌다.

그는 올리비에가 아니었다. 올리비에를 잡아넣은 사람, 체포해 간 사람, 살인죄로 감옥에 집어넣은 사람들 중 하나였다.

장 기 보부아르 경위가 비스트로를 둘러보고는 확신 없는 미소를 지어 보였다.

그날 아침 경감에게서 전화가 걸려왔을 때 보부아르는 지하실에서 책꽂이를 만들고 있었다. 그는 책을 읽지 않았지만 아내 이니드는 읽었고, 그래서 그는 아내를 위해 책꽂이를 만드는 중이었다. 위층에서 그녀의 노랫소리가 들려왔다. 큰 소리는 아니었고 듣기 좋은 소리도 아니었다. 아침 설거지를 하는 소리도 같이 들렸다.

"당신 괜찮은 거야?" 그녀가 소리 높여 물었다.

그는 안 괜찮다고 말하고 싶었다. 지겨워 미칠 지경이었다. 그는 나무 다루는 것이 싫었고 아내가 자신에게 들이미는 크로스워드 퍼즐도 싫었다. 소파 옆에 쌓아 놓은 책도 싫었고 자신이 환자인 것처럼 어딜 가나 따라다니는 베개와 담요 더미도 싫었다. 그녀에게 모든 것을 빚지고 있는 것이 싫었다. 그녀가 자신을 이렇게나 사랑해 주는 것이 싫었다.

"다 괜찮아." 그가 큰 소리로 대답했다.

"필요한 게 있으면 말해."

"그럴게."

그는 작업대로 걸어가 카운터에 기대고 숨을 골랐다. 오늘 치 재활 운동은 마친 참이었다. 전에는 그리 성실하게 하지 않았지만 의사가 운동을 제대로 할수록 그만큼 그를 짓누르는 이니드의 보살핌 아래서 빨리 빠져나올 수 있을 거라는 점을 지적했다.

물론 의사가 정말 그런 식으로 말을 하지는 않았지만 보부아르는 그렇게 받아들였고, 그것으로 충분한 동기 부여가 되었다. 그는 밤낮으로 근력을 강화하는 운동을 했다. 물론 지나치게 하지는 않았다. 운동이 과해지면 알 수 있기 때문이었다. 그러나 노력할 가치는 있다고 스스로 느꼈다. 이렇게 갇힌 상태로 지내느니, 죽더라도 탈출하는 게 나았다.

"쿠키 줄까?" 그녀가 노래하듯 물었다.

"컵케이크?" 그가 응답했다. 두 사람만의 작은 농담이었다. 그는 아내가 웃는 소리를 들었고 톱으로 손목을 자르면 얼마나 아플지 궁금했다. 하지만 총을 잡는 손은 안 돼. 나중에 필요할지 모르니까.

"아니, 정말 쿠키 먹을래? 한 접시 구울까 하는데."

"좋아. 메르시."

보부아르는 특별히 아이를 원한 적이 없었지만 지금은 아이를 갈망했다. 그럼 이니드가 자신에게 쏟는 사랑을 아이에게 돌릴 수 있을 텐데. 아이의 존재는 구원이 되었으리라. 그는 잠깐 아이들이 안됐다는 생각이 들었다. 엄마의 무조건적이고 끝을 모르는, 변치 않는 사랑에 파묻힐 아이들이. 하지만 뭐, 소브키페sauve qui peut 도망치면 되지.

그때 전화가 울렸다.

그는 심장이 멎는 것 같았다. 시간이 지나면 괜찮아지리라 생각했다. 전화가 올 때마다 심장이 내려앉는다는 것은 불편한 일이었다. 특히 잘못 걸려온 전화이기라도 하면 더 짜증스러웠다. 하지만 증상은 시간이

지날수록 나아지기는커녕 더 나빠지는 것 같았다. 이니드가 전화를 받으러 가는 소리가 들렸다. 그는 전화벨 소리가 자신을 얼마나 괴롭히는지 아는 그녀가 서둘고 있으리라는 걸 알았다.

그는 그녀를 미워한 자신이 싫었다.

"위, 알루Oui, allô 네. 여보세요?" 그녀가 그렇게 말하는 걸 듣자 그는 마치 그날로 돌아간 것 같았다.

"살인 수사반입니다." 경감의 비서가 그렇게 전화를 받았다. 사무실은 몬트리올에 있는 퀘벡 경찰청사의 한 층을 차지할 만큼 크고 넓은 공간이었다. 사방을 벽으로 둘러친 별도의 공간은 많지 않았다. 회의실은 하나였다. 메모지가 잔뜩 붙어 있는 벽과 보부아르가 사랑해 마지않는 매직펜과 함께 칠판과 코르크판이 있는, 잘 정리된 공간.

팀의 부관인 그는 자기 방을 갖고 있었다.

몬트리올을 내려다볼 수 있는 창문이 딸린 경감의 집무실은 복도의 한 모퉁이를 차지하고 있었다. 거기서 가마슈는 주 전역을 포괄하는 작전을 지휘했다. 온타리오 국경에서 대서양 연안까지, 버몬트 주 및 뉴욕 주와의 경계선에서 북극권까지 이르는 광범위한 지역에서 일어나는 살인 사건들을 수사했다. 주 전역의 지서와, 살인 수사 전문 인력이 없는 지역에 위치한 특별 팀까지 합치면 몇백 명이나 되는 인원이 그 아래서 움직였다.

모두 가마슈 경감의 지휘 아래.

보부아르는 전화벨이 울렸을 때 가마슈의 집무실에 앉아 가스페에서 일어난 특히 끔찍했던 한 사건에 대하여 의논하고 있었다. 가마슈의 비서가 전화를 받았다. 전화벨 소리에 보부아르는 언뜻 경감의 사무실 벽에 걸린 시계를 보았다. 오전 11시 18분이었다.

"살인 수사반입니다." 그는 비서의 목소리를 들었다.

그리고 모든 것이 이전과는 같지 않았다.

문을 두드리는 소리가 엘리자베스 맥워터를 상념에서 깨웠다. 그녀는 회원 명단을 내려다보며 그들에게 전화하는 걸 최대한 미루고 있었다. 전화해야 할 때가 지났다는 것은 알고 있었다. 한 시간 전에 이미 했어야 하는 일이었다. 영국계 사람들로부터 벌써 전갈이 쏟아져 들어오고 있었고, CBC 라디오와 영국 주간지 「데일리 텔레그래프」에서도 연락이 왔다. 그녀는 위니, 포터와 함께 되도록 사태를 조심스럽게 다루려고 애를 썼으나 뭔가를 숨기고 있다는 인상을 주었을 뿐이었다.

기자들이 몰려들리라.

엘리자베스는 전화가 더 이상 늦어지면 이상해 보일 시점이라는 것을 알았지만 여전히 전화를 미루고 있었다. 그들의 삶은 조용하고 평온무사했다. 이제 자신들과 무관한 과거와, 먼지 쌓인 책들을 보존하길 자임한 사람들이었지만 그들에게 그 과거는 이미 지나간 소중함이었다.

문 두드리는 소리가 다시 들렸다. 소리가 더 커지지는 않았지만 물러갈 것 같지도 않았다. 기자들이 벌써 온 걸까? 그러나 그들이라면 문을 경찰처럼 쾅쾅 두들겼을 거야. 지금의 노크는 명령이 아닌 부탁이었다.

"내가 나갈게." 위니가 큰 방을 가로질러 문 앞의 계단을 올랐다. 베네치아식 창문 앞에 놓인 각자의 책상에서 엘리자베스와 포터가 그 모습을 바라보았다. 찾아온 사람은 위니에게 가려 모습이 보이지 않았고 대화의 내용도 들리지 않았다. 위니는 무언가를 설명하려 애쓰고 있는 것처럼 보였다. 이윽고 위니가 문을 닫으려 하다가 멈추더니 문을 도로 열고는 두 사람을 향해 몸을 돌렸다.

"가마슈 경감님이 자기랑 얘기 좀 했으면 좋겠다는데." 위니가 어리둥절해하며 엘리자베스에게 말했다.

"누구?" 포터가 책상 뒤에서 몸을 일으키며 물었다. 위니가 가서 문을 열었으니 이제 그가 책임을 다할 차례였다.

위니가 문을 활짝 열어젖히자 거기에 아르망 가마슈가 서 있었다. 그는 사람들을 둘러보며 방 전체의 인상을 살폈다. 사무실은 성당처럼 천장이 높았고, 커다란 아치형 창문이 있었다. 바닥은 문에서 두어 계단 아래에 있었다. 나무 패널로 된 바닥과 책장들 탓에 이곳이 지식인이 활개 치는 구시대 체육관의 축소판처럼 느껴졌다.

"방해해서 죄송합니다." 그가 방 안으로 발을 들여놓으며 말했다. 외투를 벗은 그는 낙타털 카디건 안에 셔츠를 받쳐 입고 타이를 매었으며 감색 코듀로이 바지 차림이었다. 독일셰퍼드 앙리가 그의 옆을 따랐다.

포터가 그를 쳐다보았다. 위니는 뒷걸음질로 계단을 내려섰다. 엘리자베스는 의자에서 일어나 다가왔다.

"와 주셨네요." 그녀가 미소를 머금고 손을 내밀었다. 가마슈가 커다란 손으로 그 손을 잡았다.

"무슨 말이야?" 포터가 물었다. "이해가 안 되는데."

"이분께 우릴 위해 수사를 지켜봐 달라고 부탁했어. 가마슈 경감님이야." 엘리자베스는 두 사람이 그 이름을 기억해 낼 수 있게 잠시 기다렸다. "퀘벡 경찰청에 계셔."

"누구신지 알아." 포터가 거짓말을 했다. "아까부터 알고 있었어."

"가마슈 경감님, 우리 이사회의 이사장님을 소개해 드리지요." 엘리자베스가 말했다. "포터 윌슨이에요."

두 남자는 악수했다.

"사실 도움이 필요한 건 아니오. 우리끼리도 괜찮소." 포터가 말했다.

"압니다. 다만 조금이라도 도움이 될 수 있을까 해서요. 그동안 도서관을 이용할 수 있게 해 주신 데 감사하고 있습니다. 제 경험이 조금이나마 보답이 된다면 기쁘겠습니다."

"이곳은 당신의 관할조차 아니잖소." 포터가 불평하고는 가마슈 경감에게서 등을 돌렸다. "분리주의자들이 좋다고 난리를 치고 있을 거요. 당신이 그들 중 한 명이 아니라는 보장도 없잖소?"

엘리자베스는 땅속으로 꺼져 버리고 싶었다. "제발 좀, 포터. 도우러 오신 분이잖아. 내가 부탁드렸다고."

"그 얘긴 이따 하지."

"분리주의자라고 해서 모두 여러분을 해치고 싶어 하는 사람들이 아닙니다, 무슈." 가마슈가 부드럽지만 단호한 목소리로 말했다. "하지만 여기가 제 관할이 아니라는 말씀은 맞습니다. 그걸 아시다니 놀랍군요." 엘리자베스는 포터가 누그러지는 모습을 흥미롭게 바라보았다. "정치적인 견해가 명확하시군요." 고개를 끄덕인 포터는 조금 전보다 훨씬 편안해 보였다. 조금만 더 하면 가마슈의 다리에 얼굴을 비비겠는걸. 엘리자베스가 생각했다.

"주 경찰청은 시에 대한 관할권을 갖고 있지 않습니다." 가마슈가 말을 이었다. "무슈 르노의 죽음은 퀘벡 시경 살인 수사반 관할입니다. 다만 사건을 담당한 랑글로와 경위를 아는데, 그가 친절하게도 제게 사건을 거들어 달라고 하더군요. 생각을 좀 해 봤는데," 그가 엘리자베스에게 시선을 보냈다. "제가 한번 둘러보면 어떨까 합니다." 그가 포터를 향했다. "물론 선생께서 허락해 주신다면 말입니다."

포터 윌슨은 으쓱해진 나머지 곧 까무러칠 것 같았다. 위니와 엘리자베스가 시선을 교환했다. 이렇게 쉬운 줄 알았더라면. 그러나 곧 포터의 얼굴이 현실을 깨달은 것처럼 다시 흐려졌다.

상황이 나아졌다고 하기는 어려울지 몰랐다. 그동안 경찰과는 인연이 없던 건물에 갑자기 경찰이 둘씩이나 휘젓고 다니게 될 판이었다.

시체는 말할 것도 없고.

"지하실을 둘러보는 동안 앙리를 여기 두어도 괜찮을까요?"

"그럼요." 위니가 재빨리 대답하고는 목줄을 넘겨받았다. 가마슈는 그녀에게 앙리의 비스킷을 건네고, 앙리의 머리를 쓰다듬으며 얌전히 있으라고 말하고는 자리를 떴다.

"마음에 들지 않아." 문이 닫힐 때 포터가 말하는 소리가 들렸다. 가마슈는 들으라고 한 말이겠거니 싶었다. 상황이 마음에 들지 않는 건 가마슈도 마찬가지였다.

그는 복도에서 기다리고 있던 제복 차림의 경찰과 함께 복잡한 복도를 지나 계단을 내려갔다. 가마슈는 길을 제대로 알 수 없었고, 옆의 경관도 길을 잃은 것은 아닌지 의심스러웠다. 리놀륨이 깔린 바닥에 책과 종이가 가득 담긴 상자들이 줄지어 놓여 있었고 초라한 화장실과 텅 빈 사무실 사이로 복잡한 계단이 나 있었다. 그들은 두 짝의 커다란 나무 문 앞에 이르러 문을 열고 2층 높이의 크고 화려한 연회장으로 들어갔다. 연회장은 같은 크기의 또 다른 연회장과 이어져 있었다. 두 방은 사방에 널린 책 궤짝과 몇 개의 사다리를 제외하고는 비어 있었다. 그는 그중 하나를 열어 보았다. 가죽 장정의 책이 들어 있었다. 그 책을 집어 들었다가는 아무 일도 하지 못할 게 분명했으므로 가마슈는 상자를 외면한 채 갈수록 당혹스러운 기색을 숨기지 못하는 경관의 뒤를 따라 또 다른 복도를 지났다.

"이런 건 처음 봅니다." 경관이 불쑥 말했다. "이렇게 아름다운 장소가 그냥 버려져 있다니요. 뭔가 잘못됐습니다. 이 훌륭한 건물에서 저들은 뭘 하는 걸까요? 좀 더 값어치 있는 일에 쓰여야 하지 않을까요?"

"어떤 일 말인가?"

"글쎄요. 어쨌든 누군가에게 유용하게 쓰일 만한 무언가가 있겠죠."

"누군가가 쓰고 있잖나."

"레정글레Les Anglais 영국 치들이죠."

가마슈가 멈추어 섰다. "엑스퀴제무아Excusez-moi 뭐라고 했나?"

"레 테트 카레Les têtes carré 꽉 막힌 사람들 말입니다." 젊은 경관이 설명했다.

"그들을 존중하는 자세로 임하도록 하게." 가마슈가 말했다. "자네나 내가 개구리가 아닌 것처럼 저들도 고리타분한 사람들이 아닐세." 그의 어조는 날카롭고 딱딱했다. 경관의 몸이 굳었다.

"나쁜 뜻은 아니었습니다."

"정말인가?" 가마슈가 자신을 응시하는 젊은 경관을 응시했다. 마침내 가마슈가 희미하게 웃어 보였다. "이 사람들을 얕잡아 보거나 빈정거리는 태도로는 사건을 해결할 수 없을 거야. 편견을 버리게나."

"네, 경감님."

그들은 셀 수 없이 많은 복도를 따라 여러 방을 지나쳤다. 멋진 방도,

상태가 엉망인 방들도 있었으나 모두 텅 빈 상태였다. 문예역사협회가 총퇴각하여 울프 장군이 굽어보는 도서실 하나에 재편성한 것 같았다.

"이쪽입니다. 찾은 것 같습니다."

그들은 몇 계단을 내려가 지겨워 죽겠다는 얼굴로 바닥에 나 있는 문을 지키고 서 있는 제복 경찰을 발견했다. 경감이 나타나자 그가 자세를 바로 했다. 가마슈는 고개를 끄덕였고, 그를 여기까지 안내한 젊은 경관이 금속 사다리를 밟고 내려가는 모습을 바라보았다.

그는 마음의 준비가 되어 있지 않았다.

바닥에서 젊은 경관이 올려다보았다. 그의 표정이 열의에 찬 기다림에서 의문으로 바뀌었다. 경감님은 뭘 기다리시는 거지? 그러다 깨달음이 찾아왔다. 그는 사다리를 몇 단 올라와 손을 내밀었다.

"괜찮습니다, 경감님." 그가 낮게 말했다. "떨어지시지 않을 겁니다."

가마슈는 그 손을 보았다. "자넬 믿네." 그는 조심스럽게 몇 걸음 내려가 자신을 향해 내민 강하고 젊은 손을 잡았다.

불가에 앉은 장 기 보부아르는 맥주와 고기 샌드위치를 앞에 두고 있었다. 그의 옆에는 피터와 클라라가, 벽난로를 마주 보는 소파에는 머나와 가브리가 앉았다.

올리비에 브륄레를 은둔자 야코프의 살해 혐의로 체포한 이래 보부아르가 스리 파인스를 방문하기는 이번이 처음이었다. 그는 크고 거침없이 타오르는 불꽃을 바라보며 벽난로 안의 벽돌을 들어내고 그 안으로 어깨가 보이지 않을 만큼 팔을 깊숙이 집어넣어 안을 더듬던 때를 떠올렸다. 자신이 무엇을 찾게 될지, 무엇이 자신을 찾게 될지 두려워하며.

그 뒤에 있던 게 쥐의 은신처였던가? 생쥐? 거미? 어쩌면 뱀의 은신처였는지도 모른다.

그는 자신을 이성의 화신으로 여기고 싶었지만, 사실을 말하자면 그에게도 활발히 작동하는 제멋대로의 상상력이 있었다. 그의 손이 무언가 푹신하고 거칠거칠한 것을 스쳤을 때 그는 온몸이 뻣뻣해져 손을 멈췄다. 심장이 쿵쿵 뛰고 상상력이 마구 내달려서, 큰맘을 먹고서야 손을 다시 뻗을 수 있었다. 만져지는 물건이 있었고, 그는 그것을 끌어냈다.

그 주위로 경찰청 팀이 모여들었다. 가마슈 경감과 이자벨 라코스트 형사, 그리고 훈련 중인 폴 모랭 형사.

그는 천천히 벽난로 뒤에 숨겨져 있던 물건을 꺼냈다. 올이 굵은 실로 성기게 짠 작은 자루였다. 주둥이는 꼬아 만든 실로 묶여 있었다. 그는 지금 자신의 맥주와 샌드위치가 놓여 있는 바로 그 탁자에 그 배낭을 내려놓았다. 그리고 다시 비밀 장소에 손을 넣어 그곳에 숨겨져 있던 물건을 하나 더 찾았다. 나뭇가지 모양의 큰 장식 촛대인 메노라_{유대교 전통 의식에 쓰이는 여러 갈래로 나뉜 큰 촛대}였다. 나중에 전문가가 말하기를 수백 년, 아니 수천 년 전의 촛대라고 했다.

그러나 전문가들은 그것 말고도 좀 더 구체적인 사실을 밝혀 주었다.

이 고대 촛대는 수많은 집과 엄숙한 의식에 불을 밝혔고 숭배와 은밀한 기도의 대상이었으며, 또한 살해 도구이기도 했다.

은둔자 야코프의 피와 머리카락, 피부 조직이 촛대에서 발견되었다. 그의 지문도 발견되었다. 그리고 그와 함께 발견된 다른 지문은 오직 한 사람의 것이었다.

올리비에.

그리고 자루 안에는? 은둔자가 조각한 최고 작품이 들어 있었다. 앉아 귀를 기울이고 있는 젊은 남자의 모습을 공들여 탐구한 작품. 단순하면서 힘이 넘치며 많은 것을 말하는 작품이었다. 그 조각은 외로움과 갈망, 욕구에 대해 말하고 있었다. 그 조각품의 주인공이 올리비에라는 데에는 의심의 여지가 없었다. 그리고 그 조각은 그들에게 다른 것도 말해주었다.

야코프의 조각은 수십만 달러의 가치가 있었고, 나중에 수백만 달러를 호가하는 값이 매겨졌다. 그는 음식과 우정의 대가로 그것들을 올리비에에게 주었다. 올리비에는 그것들을 팔아 수백만 달러를 챙겼다.

그러나 그것으로는 충분하지 못했다. 올리비에는 더 많은 것을 원했다. 그는 야코프가 자신에게 주기를 거절했던 단 하나의 작품을 원했다. 자루 안에 담겨 있던 그 물건을.

야코프의 마지막 보물, 그가 가장 아꼈던 소장품을.

올리비에는 그걸 원했다.

분노와 탐욕이 폭발하여 그는 야코프의 목숨을 앗았다. 그리고 그는 흉기로 쓰인 아름답고 귀한 보물과 자루를 가져갔다. 그는 그것들을 숨겼다.

보부아르가 지금 쳐다보고 있는 벽난로 뒤에.

일단 찾아내자 조각이 든 자루가 떠벌리기 시작했다. 할 말은 한 가지뿐이었고, 그 울림은 충분히 웅변적이었다. 말은 끝없이 되풀이되었다. 올리비에가 조각의 창조자를 죽였다.

비스트로 안에 숨겨 놓았던 흉기와 조각품이 발견되었고, 다른 증거들이 더해졌다. 앞으로 일어날 일은 명백했다. 경감은 올리비에 브륄레를 살인 혐의로 체포했다. 그는 법정에서 유죄 판결을 받고 10년형을 선고받았다. 시간과 노력이 필요했지만 스리 파인스는 결국 이 끔찍한 사실을 받아들였다.

그 질문을 하기 위해 매일 경감에게 편지를 쓰는 가브리를 제외하고.

올리비에가 무엇 때문에 시체를 옮겼을까요?

"경감님은 어떻게 지내세요?" 머나가 큰 몸을 앞으로 내밀며 물었다. 그녀는 덩치가 큰 흑인으로 전에는 심리 상담사였으며 지금은 서점 주인이었다.

"잘 지내십니다. 매일 통화하고 있죠."

물론 그는 모든 사실을 말할 수 없었다. 경감은 자신이 그런 것처럼 '잘 지내'는 것과는 거리가 멀었다.

"우리도 몇 번 연락을 주고받았어요." 클라라가 말했다.

40대 후반의 클라라는 모두가 인정하듯 이제 막 예술계에서 명성을 얻고 있는 중이었다. 몇 달 내로 몬트리올의 주요 미술관 중 하나에서 단독 전시회가 열릴 예정이었다. 늘 제멋대로인 그녀의 머리는 세어 가는 머리카락들 때문에 점점 색이 옅어지고 있었고 바람 부는 터널을 막 지나온 것처럼 보였다.

그녀의 남편 피터는 그와는 전혀 대조적인 타입이었다. 작은 키의 그녀가 점점 통통해져 가는 것에 비해 그는 늘씬했다. 머리카락도 늘 단정했고 옷차림은 단순했고 흠잡을 데 없었다.

"경감님과 통화는 몇 번 했죠." 피터가 말했다. "자네는 계속 연락하고 있는 걸로 아는데." 그가 가브리에게 몸을 돌렸다.

"스토킹도 연락에 속한다면요." 가브리가 웃으며 탁자 위에 놓아둔 반쯤 채워진 편지지를 가리켰다. 그러고는 보부아르에게로 시선을 돌렸다. "경감님이 보내서 오신 거예요? 재수사인가요?"

보부아르가 고개를 저었다. "죄송하지만 아닙니다. 휴가차 온 거예요. 쉬려고요."

그는 방금 그들의 얼굴을 똑바로 쳐다보고 거짓말을 했다.

"부탁해도 되겠나, 장 기?" 그날 아침에 가마슈 경감이 한 말은 그러했다. "내가 가면 좋겠지만 별 소용이 없을 거란 생각이 드네. 실수가 있었다면 내 실수일 테니. 자네라면 그 부분을 볼 수 있을 걸세."

"경감님 혼자 수사하신 거 아니잖습니까. 저희 다 같이 한 겁니다. 모두 결론에 동의했고요. 의심의 여지가 없었습니다. 왜 지금에 와서 문제가 있다고 생각하십니까?" 보부아르가 물었다. 보부아르는 그 두려운 전화기를 들고 지하실에 있었다. 그리고 그런 통화가 끔찍했다면 그에 대한 경감님의 심정은 어땠을까?

그는 자신들이 실수했다고 생각하지 않았다. 사실 그는 올리비에 건이 의심의 여지가 없다고 확신했다.

"왜 그는 시체를 옮겼을까?" 가마슈가 말했다.

보부아르는 그 질문이 좋은 질문이라는 것을 인정하지 않을 수 없었다. 옥에 티. "그럼 제게 뭘 하라는 말씀이십니까?"

"나는 자네가 스리 파인스로 가서 좀 더 묻길 바라네."

"뭘 묻죠? 해야 할 질문은 다 했고, 답도 다 얻었는데요. 올리비에가 은둔자를 죽였습니다. 포앙 피날Point final 그게 다죠. 배심원단도 우리의 결론을 확인해 줬고요. 게다가 사건이 일어난 지 벌써 오 개월입니다. 이제 와서 다른 증거를 찾아낼 수 있을까요?"

"찾아낼 증거가 있을 거라 생각하진 않네." 가마슈가 말했다. "잘못이 있었다면 증거를 해석하는 과정에서 있었겠지."

보부아르는 잠시 침묵했다. 그는 결국 경감의 뜻대로 자신이 스리 파인스로 가리라는 것을 알고 있었다. 늘 그랬다. 경감이 발가벗고 조사하라고 말했다면 그렇게 했으리라. 물론 경감은 그런 명령을 한 적이 없었고 그런 이유 때문에 경감을 믿었다. 목숨을 걸고.

잠시 뜻하지 않은 감각이 되살아났다. 충격을 받고 떠밀린 다음 무슨 일이 일어났는지 깨달은 순간 다리에 힘이 풀려 무너져 내렸던 공포가. 그는 지저분한 공장 바닥 위에 굴렀다. 저 멀리서 잘 아는 목소리가 외치는 것이 들렸다.

"장 기!" 높아지는 법이 거의 없는 그 목소리가 그때는 고함을 지르고 있었다.

같은 목소리가 다시 자신에게 말하고 있었지만 이제 최선의 방법을 찾으려고 숙고하는 차분한 목소리였다. "살인 사건을 수사하는 경찰이 아닌 개인으로 가 주었으면 하네. 올리비에가 유죄라는 것을 재확인하려 하지 말고, 사건을 다른 방향에서 바라보는 게 좋을 것 같아."

"무슨 말씀이십니까?"

"스리 파인스로 가서 올리비에가 야코프를 죽이지 않았다는 걸 증명해 보게."

그래서 장 기는 이 사람들을 좋아하는 척하려고 애쓰며 거기에 앉아 있었다.

실제로는 아니었다.

장 기 보부아르가 좋아하는 사람은 많지 않았고, 스리 파인스의 사람들이라 하여 특별히 다를 이유가 없었다. 그들은 교활하고 부정직하며 거만하고 이해하기 어려운 사람들이었다. 특히 영국계들은 더했다. 그들은 자신들의 생각과 감정을 웃는 얼굴 뒤에 감추기 때문에 상대하기 위험한 족속들이었다. 그들이 머릿속으로 무슨 생각을 굴리고 있는지 알 수 있는 사람이 과연 있을까? 말과 생각 사이에 악취 나는 것이 도사리고 있을지 누가 알겠는가.

그래, 이들은 겉으로는 친절하고 상냥해 보일지 몰라도 위험한 사람들이었다.

보부아르는 맥주잔 너머로 이들에게 미소를 지어 보이며 생각했다. 빨리 끝내자. 그게 좋은 거야.

5

사다리에서 내려서서 가마슈는 주위를 둘러보았다. 가져다 놓은 공업용 전등에서 나오는 불빛이 여러 방 중 한 곳에서 흘러나오고 있었다. 다른 이들처럼 그는 그 빛에 이끌렸지만 그러길 거부하고 어둠을 바라보며 눈을 적응시켰다.

눈이 어둠에 적응하자 그는 사람들이 수백 년에 걸쳐 봐 왔던 풍경을 볼 수 있었다. 프랑스에서 수 솔이라고 부르는, 층고가 낮고 돌로 된 아치형 천장의 지하실. 오직 어둠뿐인 이곳은 햇빛이 닿은 적이 없었고 수세기 동안 촛불로, 고래 기름 램프로, 가스등으로, 마침내는 눈이 부실 만큼 밝은 전등으로 어둠을 밝혔다. 그들이 가져온, 햇빛보다 더 밝은 빛 덕분에 그들은 인간이 행하는 가장 어두운 면을 볼 수 있었다.

목숨을 앗는 행위.

오귀스탱 르노라는 특정인의 목숨을.

가마슈는 포터 윌슨의 피해망상이 옳았다고 생각했다. 퀘벡이 캐나다에서 독립하길 바라는 자들은 신이 나서 떠들어 댈 터였다. 영국계에게 혐의를 둘 만한 것은 무엇이든 분리주의자들에게는 좋은 먹잇감이었다. 적어도 그들 중 과격파들에게는. 분리주의자들의 다수는 신중하고 합리적이며 예의 바른 사람들이었다. 그러나 몇몇은 달랐다.

가마슈와 그를 안내해 온 젊은 경찰은 지하층의 입구에 서 있었다. 그들에게는 천장이 너무 낮았지만 이 공간을 지은 사람들에게는 그렇지 않았을지도 몰랐다. 가혹한 환경과 굶주림이 그들을 작은 키에 머물게 했다. 그럼에도 가마슈는 그들 중 상당수가 이 높이에서는 지금 자신이 그러듯 허리를 굽히고 걸어야 했으리라고 생각했다. 바닥은 흙으로 되어 있었고, 공기는 차지 않고 시원했다. 그들은 태양 아래, 꽁꽁 언 지표면 아래, 지하 동결선 아래에 있었다. 결코 뜨겁거나 차지 않은 어둠 침침한 연옥 같은 곳에.

경감은 거친 돌벽에 손을 대고 얼마나 많은 사람들이 이 돌벽에 손을 댔을지 궁금했다. 굶주린 죄수들을 죽일 때까지 살려 두려고 채소를 꺼내 가기 위해 이 저장고 길을 걸었을 사람들.

입구를 지나자 방이 나왔다. 전등을 밝혀 놓은 방이었다.

"먼저 들어가게." 가마슈는 손짓으로 젊은 경관을 먼저 들여보내고 그 뒤를 따랐다.

조명에 눈이 다시 적응해야 했지만 이번에는 그리 오래 걸리지 않았다. 큼지막한 공업용 전등 몇 개가 돌로 된 둥근 천장과 벽을 향해 빛을 뿌리고 있었으나 대부분의 전등은 방의 한쪽 구석을 비추고 있었다. 몇 사람이 거기서 바쁘게 일하는 중이었다. 몇몇은 사진을 찍고, 몇몇은 증거가 될 만한 것들을 채집하고 있었으며, 몇몇은 가마슈에게는 보이지 않는 무언가의 위로 몸을 굽히고 있었다. 보이지는 않았지만 무엇일지 넉넉히 짐작할 수 있었다.

시체.

랑글로와 경위가 일어서서 무릎의 먼지를 떨며 다가왔다. "도와주시겠다는 말씀을 들었습니다. 감사합니다."

그들은 악수를 나누었다.

"생각할 시간이 좀 필요했네. 마담 맥워터도 협회 사람들과 자네 사이에서 중재해 줄 사람이 있으면 한다고 부탁하더군."

랑글로와가 미소 지었다. "그럴 사람이 필요하다고 하던가요?"

"자네의 부탁도 비슷한 거 아닌가?"

경위가 고개를 끄덕였다. "그렇습니다. 그리고 승낙해 주셔서 고맙습니다. 다만 공식적인 방식은 피했으면 좋겠습니다. 저희의 자문 역으로 생각하면 어떻습니까?" 랑글로와가 뒤를 돌아보았다. "보시겠습니까?"

"실 부 플레S'il vous plaît 부탁하네."

경감에게는 익숙한 풍경이었다. 초동수사를 하는 살인 수사반은 살인범을 단죄하는 데 쓰일 증거를 수집하고 있었다. 젊은 검시관이 시체 옆에서 이제 막 몸을 일으키는 중이었다. 그는 수석 검시관이 있는 종합병원에서 파견 나온 의사였다. 가마슈는 수석 검시관과 안면이 있었기에 그가 수석 검시관이 아니라는 것을 알았다. 그러나 그도 의사임이 틀림없었고, 태도로 보아 경험이 일천한 사람은 아니었다.

"저 삽으로 후두부를 가격당한 것 같습니다." 의사는 시체 옆에 반쯤 묻혀 있는 삽을 가리켰다. 그는 랑글로와 경위에게 말하고 있었으나 간간이 가마슈에게도 시선을 던졌다. "거의 정통으로 맞았습니다. 여러 번이오. 채집한 증거들도 조사하고 시체를 좀 더 면밀히 살펴봐야 알겠지만, 일단 다른 상처는 발견하지 못했습니다."

"죽은 지 얼마나 됐습니까?" 랑글로와가 물었다.

"열두 시간 정도요. 한 시간 정도는 차이 날 수 있습니다. 주변 환경이 일정해서 다행이죠. 비나 눈도 없고 기온 변화도 거의 없었으니까요. 확실한 건 나중에 말씀드리겠습니다." 그는 몸을 돌려 자신의 장비를 챙기고 랑글로와와 가마슈에게 고개를 끄덕여 보였다. 그러나 떠나는 대신 머뭇거리며 저장고를 둘러보았다.

그는 떠날 마음이 없는 듯 보였다. 랑글로와가 쳐다보자 젊은 의사는 조금 동요한 기색을 보이기는 했지만 곧 평정을 되찾았다.

"좀 더 있을까요?"

"왜요?" 되묻는 랑글로와의 목소리는 전혀 내키는 기색이 아니었다.

그러나 젊은 의사는 위축되지 않았다. "아시잖습니까."

이제 랑글로와는 몸을 완전히 돌려 그를 바라보았다.

"무슨 말씀이신지?"

"그러니까," 의사가 주저했다. "혹시나 뭔가가 더 나올까 해서요."

랑글로와 옆에 있던 가마슈는 경위의 몸이 굳는 것을 느낄 수 있었다. 그는 경위를 향해 몸을 기울여 낮게 말했다. "좀 더 이따 보내는 게 낫겠네."

랑글로와가 굳은 얼굴로 고개를 한 번 끄덕였고, 검시관은 빛의 웅덩이에서 걸어 나와 빛과 어둠의 경계에서 기다렸다.

혹시나.

그 방에 있는 모두가 '혹시나'의 의미를 알고 있었다.

가마슈 경감은 시체 가까이 다가갔다. 강한 빛줄기는 상상의 여지를 남겨 놓지 않았다. 빛은 죽은 사람이 걸친 지저분한 옷, 가늘고 긴 백발, 고통으로 뒤틀린 얼굴에 부딪혀 사방으로 튀었다. 흙 위에 놓인 움켜쥔 손에서도. 뒤통수에 난 끔찍한 상처에서도.

가마슈는 시체 곁에 무릎을 꿇었다.

시체의 신원은 의심의 여지가 없었다. 백발과 대조를 이루어 더욱 눈에 띄는 특징적인 검은 콧수염, 시사 만화가들이 그를 묘사할 때 즐겨 그리는 길고 무성한 눈썹, 뭉툭한 코와 격렬한 나머지 광기마저 담고 있는 푸른 눈. 그 눈은 죽은 뒤에도 여전히 강렬했다.

"오귀스탱 르노죠. 의심의 여지가 없습니다." 랑글로와가 말했다.

"사뮈엘 드 샹플랭은?"

가마슈는 그 방, 그 지하실, 그 건물의 모든 사람이 머릿속으로만 생각하고 있었던 말을 입 밖에 냈다. 그것은 '혹시나'였다.

"그의 흔적은 발견되지 않았나?"

"아직입니다." 랑글로와가 그리 유쾌하지 못한 어조로 대꾸했다.

오귀스탱 르노가 있는 곳엔 항상 다른 누군가의 그림자가 드리워져 있었기 때문이다.

사뮈엘 드 샹플랭. 죽은 지 4백 년은 되었지만 늘 오귀스탱 르노를 달고 다녔다.

1608년에 퀘벡을 기초한 샹플랭은 오래전에 죽어 묻힌 사람이었다.

하지만 대체 어디에?

그 질문은 퀘베쿠아를 괴롭혀 온 큰 미스터리였다. 세월이 흐르면서 그들은 창립자의 행방을 잃어버렸다.

그보다 덜 중요했던 사람들, 이를테면 샹플랭의 군대에서 장교나 지휘관으로 복무했던 사람들이 묻힌 장소는 잘 알려져 있었다. 셀 수 없이 많은 선교사들의 묘도 진작 발굴되어 이장되었다. 개척자들, 농부들, 수녀들, 첫 정착자들의 위치도 다 파악되어 있었다. 엄숙한 분위기로 단장된 묘와 묘석은 어린 학생들의 방문을 받았고 기념일에는 목회자들이 찾았으며 셀 수 없이 많은 관광객들과 관광 가이드들이 다녀갔다. 에베르1575~1627. 캐나다 최초의 약재상나 프롱트나1622~1698. 프랑스의 군인이자 조신으로 뉴프랑스의 총독을 지냈다. 마리 드 랑카르나시옹1599~1672. 뉴프랑스 우르술라 수녀회의 원장 수녀 등의 이름은 프랑스계 퀘벡인들의 역사에 생생히 살아 있는 이름이었다. 그들의 이타적인 영웅담에 대한 이야기는 수없이 회자되었다.

그러나 잃어버린 채로 남아 있는 것이 있었다. 한 사람만은 여전히 잃어버린 채였다.

가장 존경받고, 가장 명성 높고, 가장 용감했던 퀘벡의 아버지. 최초의 퀘베쿠아.

사뮈엘 드 샹플랭.

그리고 평생을 바쳐 샹플랭의 행방을 찾아내려 했던 사람이 있었다. 오귀스탱 르노는 사소하고 엉뚱한 증거를 따라 옛 퀘벡 시가지의 반을 들쑤시고 다녔다.

그리고 이제 그는 영국인계들의 보루인 문예역사협회 지하실에서 삽을 옆에 두고 발견되었다.

죽은 채. 살해당했다.

그가 왜 여기 있었을까? 그 질문에 답은 하나뿐인 듯했다.

"프르미에 미니스트르경찰청장님께 말씀드려야 할까요?" 랑글로와가 가마슈의 의견을 구했다.

"위Oui 그래야지. 경찰청장님, 책임 고고학자, 퀘벡 영국계의 목소리, 생장 밥티스트 협회퀘벡 프랑스어권들의 이익 단체, 퀘벡당 전부." 가마슈는 단호한 시선으로 랑글로와를 응시했다. "그 뒤엔 기자회견을 열어 대중에게 알려야 하고. 모두 동시에 해야 하네."

랑글로와는 그 말에 놀란 모습이었다. "소란 떨지 않는 게 낫지 않겠습니까? 르노일 뿐인데요. 경찰청장님이 돌아가신 것도 아니고요. 사실 놀림거리였잖습니까. 저자를 진지하게 여긴 사람은 없었죠."

"하지만 그들은 그의 조사를 진지하게 여겼네."

랑글로와는 가마슈를 바라보았으나 아무 말도 하지 않았다.

"물론 자네 판단대로 해야지." 그가 놓인 입장을 동정하여 가마슈가 부드럽게 덧붙였다. "다만 자네 자문 역으로서의 내 조언은 그렇다네. 호전적인 자들이 루머를 퍼뜨리고 다니기 전에 모든 얘기를 지체 없이 까발리는 게 나을 거야."

가마슈는 내실 너머 어두운 공동으로 강렬한 빛의 기둥이 지나는 것을 보았다.

사뮈엘 드 샹플랭이 지금 여기 묻혀 있을까? 퀘벡 역사학도로서 아르망 가마슈는 전율이 느껴지는 것을 어쩔 수 없었다.

그리고 생각했다. 자신이 그렇게 느꼈다면 다른 사람들은 어떨까?

엘리자베스 맥워터는 기분이 좋지 않았다. 그녀는 창을 등졌다. 예전에는 그 창밖으로 보이는 풍경이 자신에게 늘 편안함을 안겨 주었지만 오늘은 아니었다. 금속 지붕이나 굴뚝, 견고한 돌벽 건물들은 여전했지만 심해진 눈발 사이로 지금은 TV와 라디오 방송국 로고를 붙인 차들이 서 있었다. 「르 솔레유」와 「라 프레스」에 실린 사진과 TV에서 본 적 있는 남자와 여자 들을 보았다. 기자들이었다. 「알로 폴리세」 같은 저급한 신문만 있는 건 아니었다. 물론 그들도 있었지만. 그리고 저명한 뉴스 진행자들도 있었다.

그들은 건물 앞에 진을 치고 강한 조명을 받으며 카메라 앞에 서 있었다. 열을 지어 나란히 서 있는 모습이 함께 몰려나온 사람들처럼 보였다. 그들은 주 전역에 자신들의 메시지를 전달하고 있었다. 엘리자베스는 그 내용이 무엇일지 궁금했다.

정도의 차이가 있겠지만 좋은 내용은 아닐 거야.

그녀는 약간의 유용한 정보를 알려 주기 위해 도서관 관계자들에게 전화했었다. 전화 내용은 길지 않았다.

오귀스탱 르노가 지하실에서 살해된 채 발견됐음. 전달 바람.

그녀는 다시 기자의 수가 빠르게 불어나고, 눈보라는 눈보라대로 몰아치는 창문 밖을 내다보았다. 입에서 신음 소리가 흘러나왔다.

"왜 그래?" 위니가 친구 곁으로 다가오며 물었다. "이런."

둘은 포터가 계단을 내려가 기자 무리 앞에서 기자회견이라 할 수 있을 발언을 시작하려는 모습을 지켜보았다.

"맙소사." 위니가 한숨을 쉬었다. "이걸로 맞힐 수 있으려나?" 그녀는 소사전을 들어 한 손으로 무게를 가늠했다.

"그걸 던지게?" 엘리자베스가 웃었다.

"도서관에 석궁을 기증한 사람은 없으니까."

랑글로와 경위는 문예역사협회 도서관의 길이 잘 든 탁자 끝에 앉아 있었다. 한때는 아늑하면서도 웅장했을 방이었다. 이곳에서는 컴퓨터가 발명되기 이전, 정보를 구글링하거나 블로그에서 검색하기 이전 시절의 냄새가 났다. 지식과 정보를 혼동하게 하는 노트북과 스마트폰 따위의 기기들이 만들어지기 전. 이 도서관은 오래된 책과 먼지 덮인 오래된 생각들로 가득한 오래된 곳이었다.

분위기는 조용하고 편안했다.

랑글로와 경위가 도서관에 발을 들여놓은 건 오랜만이었다. 학창 시절 이후 처음이었다. 그 시절은 새로운 경험과 그 경험에서 딸려 오는 냄새로 기억됐다. 양말 냄새, 로커에서 발효하는 바나나 냄새, 땀 냄새, 애프터셰이브 로션 냄새. 여자애들에게 키스할 때 맡았던 허브 샴푸 냄새 등등. 좋은 추억으로 엮여 있어 맡을 때마다 자연스레 몸이 반응하는 냄새들이었다.

그리고 도서관. 조용하고 차분한 곳. 청춘의 격랑으로부터의 도피처. 허브 샴푸 냄새를 풍기는 여자애들이 자신을 밀어내며 야유하던 시절이었고, 사납게 뜬 눈 뒤로 두려움을 감추고 운동부 애들과 실랑이를 하던 시절이었다.

그는 그 시절 도서관에 있었을 때, 기습 공격에서는 안전하지만 학교 복도에서 마주칠 수 있는 위험보다 훨씬 더 무서운 것들에 둘러싸여 있던 느낌을 기억했다.

이곳에서는 생각이 고여 있었다.

어린 랑글로와는 이곳에 앉아서 힘을 길렀다. 정보와 지식, 생각들을 모아 놓은 장소가 지닌 조용한 힘을.

이제는 퀘벡 시 살인 수사반 소속이 된 랑글로와 경위는 2층 높이의 도서관을 둘러보고 잘 연마된 나무 책장들과 거기 꽂힌 오래된 책들을 눈으로 훑으며 이제 곧 만나야 할 사람들에 대해 생각했다. 도서관이 지닌 정숙함과 힘과 이 모든 책들에 가까이 있는 사람들을.

영국계들.

자신의 오른쪽에는 부관이 수첩을 펼쳐 놓고 앉아 있었다. 왼쪽에는 이제껏 먼발치에서나 볼 수 있었던 사람이 앉았다. 그는 강의실, TV, 재판정, 청문회, 토크쇼에서나 볼 수 있는 사람이었다. 그리고 6주 전 장례식장에서. 가까이에서 본 가마슈 경감의 모습은 또 달랐다. 랑글로와는 정장을 입고 잘 정돈된 콧수염을 기른 모습만을 보아 왔다. 그러나 지금 그는 편안한 옷차림일 뿐 아니라 턱수염까지 기르고 있었다. 회색 턱수염. 그리고 왼쪽 관자놀이의 흉터.

"알로Alors 그럼," 랑글로와가 입을 열었다. "면담을 시작하기 전에 그동안 알아낸 사실들을 먼저 검토해 봤으면 합니다."

부관이 기록을 참조해 읽기 시작했다. "피살자는 오귀스탱 르노로 밝혔겠습니다. 나이는 칠십이 세. 가까운 친족으로는 전 부인이 있고 아이는 없습니다. 나중에 부인이 공식적으로 그의 신원을 확인하겠지만 의심의 여지는 없다고 판단됩니다. 그의 운전면허증과 의료보험증이 발견됐고 모두 피해자가 르노임을 확인해 주고 있습니다. 발견된 지갑에는 사십오 달러가 들어 있었고 주머니 안에는 삼 달러 이십오 센트가 들어 있었습니다. 시체를 치우면서 주변에 떨어져 있던 이십팔 센트를 더 찾아냈습니다. 주머니에서 떨어진 것으로 판단됩니다. 모두 캐나다 현행 주화입니다."

"좋아." 랑글로와가 말했다. "계속하게."

그 곁에서 가마슈 경감이 탁자 위에 두 손을 포개고 듣고 있었다.

"시체 밑에서 손가방을 발견했습니다. 그 안에는 피해자가 직접 그린 것으로 보이는 퀘벡 시 지도가 들어 있었고요."

문제의 지도는 탁자 위에 놓여 있었다. 거기에는 그가 샹플랭의 시신을 찾기 위해 발굴을 시도했던 장소가 날짜와 함께 표시되어 있었다. 몇몇은 몇십 년 전으로까지 거슬러 올라가기도 했다.

"어떻게 생각하십니까?"

지도를 검토하던 랑글로와가 가마슈에게 물었다.

"이게 의미가 있을 거라 생각하네." 경감의 손가락이 지도 위에 아무 글자도 쓰여 있지 않은 공간을 맴돌았다. 지도는 르노의 조사에 있어 의미 있는 건물이나 거리만을 담고 있었다. 샹플랭이 묻혔을지 모르는 장소들만. 그 장소는 대성당, 카페 비아드퀘벡에 실재하는 카페로 샹플랭의 중간 이름을 땄다와 운 나쁘게도 르노의 표적이 된 레스토랑과 주택 들이었다.

흡사 이 멋진 도시의 나머지 부분은 오귀스탱 르노에게는 존재하지 않았던 것 같다.

가마슈의 손가락이 가리킨 곳은 문예역사협회가 있어야 할 자리였다. 그러나 그곳에는 아무것도 그려져 있지 않았다. 샹플랭을 중심으로 도는 르노의 세상에는 존재하지 않았던 자리.

랑글로와가 고개를 끄덕였다. "저도 봤습니다. 어쩌면 아직 그려 넣지 않았던 건지도 모르죠."

"그런 것일 수도 있지." 가마슈가 대꾸했다.

"어떤 생각을 하고 계십니까?"

"르노가 보였던 열정이 우릴 헷갈리게 만들 수도 있다는 생각. 어쩌면 이번 사건은 샹플랭과는 전혀 관계가 없을지도 모르네."

"하지만 르노는 땅을 파고 있었잖습니까?" 젊은 부관이 물었다.

"좋은 지적이야." 가마슈가 애석하다는 듯 미소 지었다. "그게 단서일지 모르지."

"그렇죠." 랑글로와가 대화를 마무리 짓고 지도를 손가방 안으로 다시 집어넣었다. 가마슈는 그 모습을 바라보며 르노가 종이 한 장 때문에 그만한 크기의 가죽 가방을 들고 다닌 이유가 궁금했다.

"그 안에 뭐가 더 없었나?" 가마슈가 아직 랑글로와의 손에 들려 있는 가방을 향해 고갯짓을 했다. "그냥 지도뿐인가?"

"네. 왜 그러십니까?"

"지도라면 호주머니에 넣어도 충분했을 텐데. 왜 가방씩이나 들고 다녔지?"

"습관 아닐까요?" 부관이 말했다. "뭔가 찾을 경우에 대비해서 들고 다녔을지도 모르고요."

가마슈가 고개를 끄덕였다. 그럴싸한 이유였다.

"검시관 말로 르노는 어젯밤 열한 시 즈음에 살해당했답니다. 흉기는 그 삽이었고요." 랑글로와가 화제를 옮겼다. "르노는 땅에 얼굴을 박고 쓰러졌고, 그 뒤엔 그를 묻으려는 시도가 있었습니다."

"깊이 묻진 못했죠." 부관이 덧붙였다. "잘 가려 놓지도 못했고요. 처음부터 숨길 생각이 아니었다고 보십니까?"

"그 방에 사람이 얼마나 자주 내려와 봤는지 모르겠는걸." 랑글로와가 생각에 잠겼다. "물어봐야겠군. 첫 번째 사람을 들여보내게. 이사장 말이야. 그러니까," 경위가 자기 메모를 내려다보았다. "포터 윌슨."

포터가 들어왔다. 내색하지 않으려고 애를 쓰고는 있었으나 자신의 도서관이 경찰로 뒤덮인 데 대해 심히 충격받은 눈치였다.

그는 프랑스계에게 악감정이 없었다. 그런 감정을 느끼면서 퀘벡 시에 살기란 불가능했다. 포터는 프랑스계들도 친절하고 너그럽고 사려 깊으며 믿을 수 있는 사람들이라는 걸 알고 있었다. 대부분은 그랬다. 그리고 극단적인 사람들이야 어느 편에나 있기 마련이었다.

문제는 그 '편'이었다. 톰 핸콕 목사는 그게 당신의 문제라고 누누이 말해 왔다. 하지만 그의 시각은 아무리 많은 세월이 지나도, 아무리 많은 프랑스계 친구들이 생겨도 달라지지 않았다. 딸이 프랑스어 사용자와 결혼했든 손주들이 프랑스계 학교에 다니든 상관없었다. 그 자신이 프랑스어를 완벽하게 구사할 수 있음에도.

그는 여전히 밖에서 방관하면서 이 문제를 편 가르기의 문제로 보았다. 그가 영국계이기 때문이었다. 여전히 그는 이 우아한 방에 있는 어느 누구보다 자신이 퀘벡쿠아가 되기에 충분한 자격이 있다는 사실을 알고 있었다. 그의 가문은 수백 년 동안 퀘벡에서 살아왔고 그만 하더라도 젊은 경찰보다, 탁자 상석에 앉은 남자보다, 가마슈 경감보다 퀘벡에서 살아온 세월이 길었다.

그는 여기서 태어났고 전 생애를 여기서 보냈고 여기 묻힐 사람이었다. 그럼에도, 그를 대하는 프랑스계들의 호의에도, 그는 자신을 퀘베쿠아로 여기지 않았고 이 땅에 온전히 속해 있다고 생각하지 않았다.

이 장소는 그에게 있어 유일한 예외였다. 구 시가지의 중심에 위치한 이곳 문예역사협회. 영국계 선조들의 흉상에 둘러싸여 영어로 구축된 영국계 세계인 이곳에서 그는 편안할 수 있었다.

그러나 오늘, 그가 두 눈을 뜨고 지켜보는 가운데 프랑스계 공권력이 이 건물 안으로 밀고 들어와 문예역사협회를 점령하고 있었다.

"안녕하세요." 랑글로와가 재빨리 일어서며 손짓으로 의자를 권했다. 그는 최선을 다하고 있음에도 프랑스어 억양을 숨기지 못한 영어로 말했다. "앉으시죠."

마치 윌슨 씨가 앉을지 말지 선택이라도 할 수 있다는 듯이. 마치 그들이 주인이고 그는 방문객이라는 듯이. 그는 한마디 하고 싶은 것을 눌러 참으며 경위가 권한 자리가 아닌 다른 자리에 앉았다.

"몇 가지 여쭤 볼 게 있습니다." 랑글로와 경위가 본론으로 들어갔다.

다음 한 시간 동안 그들은 협회에 있던 모든 사람과 면담을 했다. 그들은 포터 윌슨에게서 매일 저녁 6시에 도서관 문을 잠근다는 사실과 그날 아침 그가 도착했을 때 도서관 문이 잠겨 있었다는 이야기를 들었다. 그러나 랑글로와의 부하들이 현관 정문에 달린 크고 오래된 자물쇠를 조사해 본 바에 따르면 누가 건드린 흔적은 없었지만 여섯 살짜리라도 마음만 먹으면 열쇠 없이 열 수 있을 자물쇠였다.

경보 시스템은 갖춰져 있지 않았다.

"갖춰서 뭐하겠소?" 포터가 말했다. "열려 있을 때도 오는 사람이 없는데 닫힌 뒤에 누가 오겠소?"

그들은 이 장소가 올드 퀘벡 시에서 영어 책을 찾을 수 있는 유일한 장소라는 사실도 알게 되었다.

"책이 정말 많더군요." 가마슈가 말했다. "뒤쪽 방과 복도를 지날 때 보니 진열하지 않으신 책도 꽤 되던데요."

도처에 널린 책 상자를 생각하면 절제된 표현이었다.

"무슨 말씀이오?"

"그냥 말씀드린 겁니다."

"맞는 말씀이오." 포터가 마지못해 인정했다. "그리고 매일같이 책이 옵니다. 사람들이 죽을 때 우리에게 책을 남깁니다. 그럼 누가 세상을 떴는지 알게 되오. 어느 날 갑자기 쓸모없는 책들이 한 상자 가득 날아오는 거요. 신문에 나는 부고보다 더 정확하지."

"대개 쓸모없는 책들뿐인가요?" 랑글로와가 물었다.

"전에 한 번 괜찮은 화집을 받았소."

"언제 일인가요?"

"1926년이오."

"책을 팔지는 않으십니까?" 가마슈가 물었다.

경감에게로 돌린 포터의 눈길이 사나웠다. 가마슈는 갑작스럽게 변한 그의 사나운 눈길을 의아해하며 그 시선을 돌려주었다.

"농담하시오?"

"농, 무슈Non, monsieur 아닙니다. 무슈."

"어쨌든 그럴 수는 없소. 한 번 시도했는데 위원들의 반대가 많았소."

"1926년에요?" 랑글로와가 물었다.

윌슨은 대답하지 않았다.

그다음으로 들어온 위니 매닝은 밤은 진실로 딸기라고 확인해 주었다. 그리고 덧붙여 영국계들이 참 괜찮은 호박들이며 협회 도서관이 매트리스와 매트리스 전쟁에 있어서는 참으로 풍부한 장서를 확보하고 있다는 이야기를 했다.

"사실," 그녀가 가마슈를 향해 말했다. "경감님께서 관심 갖고 계신 분야가 그쪽이었죠?"

"그렇습니다." 그가 수긍하자 랑글로와와 그의 부관이 동시에 놀란 표정을 지었다. 위니가 문손잡이에 대한 서적을 따로 분류해 놔야겠다는 말과 함께 자리를 뜨고 난 뒤 가마슈가 설명했다.

"해전 이야길 한 걸세. 침대 매트리스 얘기가 아니라."

"정말입니까?" 부관이 물었다. 그는 오가는 대화를 기록하고는 있었는데 나중에 누가 혹시라도 그걸 읽고 자신이 약에 취해 있었다고 생각할까 봐 노트를 태워 버려야겠다고 생각하던 참이었다.

위니가 나간 자리에 들어온 사람은 블레이크 씨였다.

"스튜어트 블레이크입니다." 나이가 지긋한 그는 자기를 소개하고 그들이 권한 의자에 앉아 점잖게 호기심을 드러내며 그들을 응시했다. 그는 흠잡을 데 없이 차려입었고, 깨끗이 면도한 얼굴은 부드럽고 혈색이 좋았다. 눈이 반짝였다. 그는 가마슈를 보고 미소를 머금었다.

"무슈 란스펙퇴르Monsieur l'inspecteur 경감님," 그가 고개를 숙여 보였다. "데졸레Désolé 미안합니다. 누구신지 몰라보았군요."

"알아야 할 사실은 다 알고 계셨던 것 같은데요." 가마슈가 답했다. "이 훌륭한 도서관을 필요로 하는 사람이라는 것 말입니다. 그걸 알아 주셨다면 그걸로 충분합니다."

블레이크 씨는 미소 짓고 두 손을 깍지 낀 채 기다렸다. 편안하게.

"도서관에서 많은 시간을 보내시는 걸로 알고 있는데요." 랑글로와가 운을 뗐다.

"그렇지요. 은퇴한 이후로는 죽 그랬으니 몇 년 됐습니다."

"무슨 일을 하셨습니까?"

"변호사였습니다."

"아, 메트르법률가 등에 대한 경칭." 랑글로와가 말했다.

"아닙니다. 은퇴한 지 꽤 되었습니다. 그렇게 불리는 건 적절치 않은 것 같습니다."

"문예역사협회에 관계하신 지 얼마나 되셨습니까?"

"평생 이런저런 식으로 관계해 온 셈이지요. 조부모님 때부터요. 아시겠지만 우리 역사협회는 전국에서 처음 생긴 단체입니다. 나라에서 기록 보관소를 만들기 전부터 있었어요. 1824년쯤부터 있었으니까요. 그땐 이 건물이 아니었지만."

"이 건물은," 그가 입을 떼기 전에 가마슈가 말했다. "재미있는 역사가 있지요?"

"그렇습니다." 블레이크 씨가 경감을 바라보았다. "1868년까지는 협회 건물이 아니었지요. 원래는 리다웃 로얄기존의 성채들 사이에 있던 빈 보루를 이어 1712년 건축한 요새. 올드 퀘벡 시 성벽의 일부를 이루고 있다의 일부로 막사로 쓰였답니다.

포로들을 수용한 적도 있고요. 대부분 미국인들이었지요. 그 뒤에는 감옥이 되었습니다. 여기서 공개 교수형을 하기도 했답니다."

가마슈는 아무 말도 하지 않았지만 이 세련되고 교양이 넘치며 양식 있는 신사가 그런 야만적인 행위를 즐거운 듯 이야기하는 것이 흥미로 웠다.

"바로 저기서 매달렸습니다." 그 신사가 도서실 정문을 가리켜 보였다. "유령이 존재한다면 저런 데 있을 겁니다."

"직접 보신 적이 있으십니까?" 가마슈가 그렇게 묻는 바람에 랑글로와와 젊은 경관 모두 깜짝 놀랐다.

블레이크가 머뭇거리다가 천천히 고개를 저었다. "없습니다. 하지만 그들의 존재를 느낄 수 있을 때가 있습니다. 건물에 아무도 없을 때요."

"이 건물에 혼자 계실 때가 종종 있으신가요?" 가마슈가 가벼운 톤으로 물었다.

"가끔요. 평화로운 느낌을 좋아합니다. 경감님께서도 그러신 것 같은 데요."

"세 라 베리테C'est la vérité 그렇습니다." 경감이 인정했다. "하지만 전 폐관 후에 드나들지 못합니다. 열쇠가 없으니까요. 하지만 선생님께선 갖고 계시죠. 선생님은 그 열쇠를 쓰시겠지요."

블레이크 씨가 다시 망설였다. "그렇긴 합니다. 하지만 자주는 아니에요. 잠이 안 오고 머릿속에서 의문이 간질거릴 때 들르는 정도지요."

"어떤 의문 말씀이십니까?" 가마슈가 물었다.

"럼 섬에서는 어떤 식물이 자라는지, 실러캔스가 마지막으로 잡힌 게 언제였는지, 그런 것 말입니다."

"어젯밤에도 그런 질문들 때문에 잠이 오지 않으셨습니까?"

두 사람은 잠시 서로 쳐다보았다. 이윽고 블레이크 씨가 살짝 미소 짓고 고개를 흔들었다.

"아니요. 어제는 어린애처럼 잘 잤습니다. 셰익스피어의 말처럼 고요하고 양심에 거리낄 것 없는 마음에는 평온함이 깃드는 법이지요「헨리 8세」 3막 2장."

아니면 양심이라 부를 만한 게 아예 없든가. 가마슈는 블레이크 씨를 찬찬히 바라보며 생각했다.

"방금 말씀을 확인해 줄 사람이 있습니까?" 랑글로와 경위가 물었다.

"저는 혼자 삽니다. 아내는 팔 년 전에 죽었습니다. 그래서 증인이 돼 줄 만한 사람이 아무도 없습니다."

"데졸레Désolé 유감입니다." 랑글로와가 말했다. "이걸 여쭤 보고 싶은데요, 블레이크 씨. 오귀스탱 르노가 왜 어젯밤에 여기 왔을까요?"

"자명하지 않습니까? 샹플랭이 여기에 묻혀 있다고 생각했겠지요."

드디어 나왔다. 처음으로 누군가의 입에서 자명한 답이 나왔다.

"샹플랭이 정말 여기 묻혀 있습니까?"

블레이크가 웃었다. "아니요. 그런 것 같진 않습니다."

"왜 르노는 샹플랭이 여기 묻혀 있다고 생각했을까요?" 랑글로와가 계속했다.

"오귀스탱 르노 같은 사람이 무슨 생각을 왜 하는지 누가 알겠습니까? 그 사람의 생각에 논리가 있던가요? 어쩌면 고고학적 증거가 문제가 아니라 알파벳 순서로 파다가 우리 차례가 된 건지도 모르지요. 그것도 그에게는 나름 논리적이지 않았을까요? 안된 일입니다만." 블레이크가 덧붙였다. "당신들도 아마 그 장소를 발굴해 보시겠지요?"

"일단은 범죄 현장으로 보존해야 합니다."

"놀라운 일이군요." 블레이크 씨가 말했다. 그는 거의 자신에게 말하는 듯 보였다. "무엇 때문에 오귀스탱 르노 같은 사람이 우리 문예역사협회에 왔을까요?"

"그리고 무엇 때문에 살해당했을까요?" 랑글로와가 그 말을 받았다.

"그것도 여기에서요." 가마슈가 덧붙였다.

마지막으로 엘리자베스 맥워터가 들어와 앉았다.

"여기서 정확히 어떤 일을 하십니까?" 랑글로와가 물었다.

"'일'이라고 표현하는 게 정확할지 모르겠네요. 우린 모두 자원봉사 형식으로 일하고 있거든요. 예전에는 돈을 받았지만 정부가 도서관에 대한 지원을 줄여서 지금은 시설 유지만으로도 벅차답니다. 난방만 해도 들어가는 돈이 엄청나고 최근에 배선도 다시 해야 했거든요. 그걸 안 했다면 르노 씨가 발견되지도 못했을 거예요."

"무슨 말씀이십니까?" 랑글로와가 물었다.

"건물 배선을 다시 하면서 전화선을 지하에 깔았거든요. 단선이 되지 않았다면 시신도 발견되지 않았을 거고, 그러면 결국 콘크리트 속에 묻혀 버렸을 거예요."

"파르동Pardon 뭐라고요?" 랑글로와가 물었다.

"다음 주 월요일에 인부들이 와서 바닥에 콘크리트를 부을 예정이었어요."

남자들이 시선을 교환했다.

"그러니까 살인범이나 르노가 어젯밤에 지하실 바닥을 파면서 전선을 건드리지 않았다면 바닥 전체가 콘크리트로 메워졌을 거라는 뜻인가요?" 경위가 다시 확인했다.

엘리자베스가 고개를 끄덕였다.

"그 사실을 알고 있던 사람은 누굽니까?" 랑글로와가 물었다.

"모두 다 알았죠." 그녀는 다른 테이블로 가서 팸플릿 세 부를 가져와 남자들에게 건넸다. 첫 페이지에 고지 내용이 있었다.

전선, 전화선, 지하실 공사가 예정되어 있었다.

팸플릿을 원래대로 접어 탁자 위에 올려놓으면서 가마슈 경감은 호리호리한 노부인을 바라보았다.

"여기엔 공사가 있을 예정이라고만 되어 있군요. 언제라는 말은 없습니다. '언제'가 중요하다고 저는 생각합니다만."

"그건 맞는 말씀이지만요, 경감님. 공사를 언제 한다는 걸 비밀로 한 적은 없어요. 알고 있는 사람도 많고요. 이사회는 당연히 알았고 자원봉사자들도 알았고 공사를 맡은 사람들도 알고 있었지요."

"자금은 어떻게 마련하셨습니까? 적은 돈이 아니었을 텐데요."

"많이 들었죠." 그녀가 인정했다. "지원도 받고, 기부도 좀 있었고, 책도 일부 정리해서 자금을 마련했어요."

"그럼 책 판매는 꽤 최근 일이었군요." 랑글로와가 말했다. "하지만 무슈 윌슨이 말씀하신 바로는 책 판매가 별로 성공적이지 못했다고 하던데요."

"포터가 완곡하게 표현했나 보군요. 실은 최악이었어요. 우린 몇십 년간 서가에서 먼지만 쌓이고 있던 책을 몇 상자 정리하려고 했어요. 안타까운 일이죠. 이런 데 처박혀 있을 게 아니라 누군가의 서재에 꽂혀 사랑받아야 할 책들이니까요. 게다가 돈도 될 테고. 근사한 해결책 같아 보였어요. 적절한 책들을 골라내어 다시 필요한 사람들에게 돌려보내자는 거였죠."

"뭐가 문제였나요?" 가마슈가 물었다.

"사람들이 그렇게 받아들이지 않은 게 문제였죠. 사람들은 우리 도서관을 박물관으로 여겨요. 기증된 모든 책들이 보물이 된 거죠. 여기 있는 책들이 그런 상징적인 의미를 갖게 된 것이 문제였던 것 같아요."

"무엇에 대한 상징이란 말씀인가요?" 가마슈가 물었다.

"영어와 영국 문화에 대한 상징이오. 문예역사협회마저 영어와 영어로 된 책을 소중히 여기지 않는다면 끝장이라는 두려움이 있었던 것 같아요. 이 책들이 그냥 책이 아니라 영국계 사회에 대한 상징이 된 거죠. 보존해야 할 대상으로요. 일단 사람들 인식이 그렇고 보니 어떻게 해 볼 수가 없었어요. 책을 판다는 건 상상도 할 수 없는 일이었죠."

가마슈는 고개를 끄덕였다. 그녀의 분석은 정확했다. 대항해 봤자 소용없는 일이었으리라. 물러나는 것이 현명했다.

"그래서 판매를 중단하셨군요."

"네. 책들이 복도에 쌓여 있는 이유를 아시겠죠. 영국계가 한 사람이라도 더 죽으면 협회는 책으로 터져 나갈 거예요." 그녀는 웃었지만 즐거운 기색이라고는 손톱만큼도 없었다.

"오귀스탱 르노가 협회에는 왜 온 것 같습니까?" 랑글로와가 물었다.

"여러분 생각이나 제 생각이나 같겠죠. 샹플랭이 여기 묻혀 있다고 생각해서 아니겠어요?"

"왜 그런 생각을 했을까요?"

엘리자베스는 어깨를 으쓱했다. 그 동작에조차 품위가 배어 있었다. "중국 레스토랑 아래 묻혀 있을 거라 생각했을 때에는 이유가 있었나요? 그 초등학교는 어떻고요? 오귀스탱 르노가 하는 생각에 이유가 있었던가요?"

"그가 여길 방문한 적이 있습니까?"

"어젯밤에 왔지요."

"그 전에는 여기서 그를 보신 적이 없습니까?"

엘리자베스 맥워터가 잠시 망설였다.

"이 건물 안에 발을 들여놓은 적은 없어요. 적어도 제가 아는 한에서는. 하지만 현관까지는 왔었어요. 어제 아침에요."

마침내 건질 만한 정보가 나오자 부관은 놀라서 한동안 쓰는 것을 잊었다. 그러나 이윽고 그의 펜이 맹렬히 질주하기 시작했다.

"계속해 보세요." 랑글로와가 말했다.

"이사회 임원들을 보고 싶다고 하더군요."

"몇 시경이었습니까?"

"열한 시 반쯤이었어요. 이사회 회의 중엔 늘 문을 잠가 두지요."

"그냥 나타났나요?"

"그래요."

"이사회가 모임을 갖는다는 건 어떻게 알았을까요?"

"신문에 공고를 냈으니까요."

"「르 솔레유」요?"

"「퀘벡 크로니클 텔레그라프」에요."

"퀘벡 뭐요?"

"크로니클 텔레그라프." 엘리자베스는 받아 적는 부관을 위하여 철자를 불러 주었다. "북아메리카에서 가장 오래된 신문이죠." 그녀는 기계적으로 덧붙였다.

"계속하십시오. 그가 찾아왔고, 그다음에는요?" 경위가 물었다.

"그가 벨을 울려서 위니가 나갔죠. 위니가 돌아와서 그가 한 요청을 이사회에 전달하는 동안 그 사람은 아래층 문 밖에 서 있었어요."

"그래서 이사회는 뭐라고 했나요?"

"우린 그의 말을 들어 볼 것인가를 표결에 부쳤고, 그를 만나지 않기로 했어요. 만장일치로요."

"이유는요?"

엘리자베스는 잠시 생각했다. "우린 변화에 잘 대처하지 못해요. 저도 그렇고요. 우린 조용하고 사건 없이 평온한 생활을 해 왔어요. 전통에 따라서요. 화요일에는 브리지 동호회 모임이 있고, 생강 쿠키와 오렌지 홍차를 내놓아요. 목요일에는 청소부가 온다는 것을 알고 어디에 가면 휴지가 쌓여 있는지 모두가 알죠. 협회 간사로 일하셨던 할머니께서 두셨던 바로 그 자리니까요. 신 나는 일은 없지만 우리에겐 의미 있는 방식이에요."

그녀가 말을 끊었다. 엘리자베스의 눈이 가마슈 경감에게 호소하고 있었다.

"오귀스탱 르노의 방문은 그 모든 걸 흔들어 놓는 일이었겠군요." 그가 말했다.

그녀가 고개를 끄덕였다.

"이사회가 만나지 않겠다고 하자 그는 어떻게 반응하던가요?"

"제가 내려가서 그 결정을 전했어요. 그는 실망했지만 받아들였고, 나중에 다시 오겠다고 했어요. 이렇게 빨리 올 줄은 몰랐지만요."

엘리자베스는 어제 두꺼운 나무 문 앞에 서서 마치 자신이 속세와 인연을 끊은 은자이고, 그는 죄 지은 자인 양 문을 살짝만 열었던 때를 떠올렸다. 하얗게 센 그의 머리칼이 털모자 밑으로 드러나 있었고 검은 콧수염 아래로 차갑게 언 공기가 흘러나왔다. 그의 푸른 눈은 화를 내비치진 않았으나 형형했다.

"절 막으실 수는 없습니다, 마담." 그는 그렇게 말했었다.

"그럴 뜻은 없어요, 무슈 르노." 그녀는 이성적으로 들리기를 바라면서 그렇게 말했다. 가능한 한 호의적으로 들리기를 바라면서.

그러나 두 사람 모두 그녀의 말이 거짓이라는 것을 알았다. 그가 들어오고 싶어 하는 것만큼이나 간절하게 자신이 그를 제지할 수 있기를 원했다.

면담이 모두 끝난 뒤 가마슈는 협회 사무실로 향했다. 거기에 엘리자베스와 위니, 포터 세 사람이 차를 앞에 두고 모여 있었다.

"우리 구명보트에 오신 걸 환영해요." 엘리자베스가 일어나서 그를 맞아들였다. 그러고는 찻주전자를 가리키고 웃었다. "그리고 이게 우리 연료죠."

앙리가 얼른 달려와 그를 반겼다.

"이 녀석 때문에 힘들지 않으셨나 모르겠습니다." 가마슈는 앙리를 쓰다듬어 주고는 앉아서 엘리자베스가 내민 진한 차를 받았다.

"전혀 아니었어요." 위니가 말했다. "이젠 어떻게 되는 건가요?"

"수사 말씀인가요? 우선은 검시관의 보고서가 나와 봐야 할 테고, 그런 다음 오귀스탱 르노의 행적, 교분, 가족 관계에 대한 수사를 시작하겠지요. 그가 죽기를 바랄 만한 사람을 찾는 거죠."

그들은 테이블에 둘러앉았다. 은밀한 모임이랄 것까지는 없었으나 그래 보였다.

"아까 무슈 르노가 이사들을 만나고 싶다는 요청을 했다고 하셨지요." 가마슈가 엘리자베스를 향해 말했다.

"그걸 말했어?" 포터가 따졌다. 목소리가 평소보다 딱딱했다. "잘하는 짓이군."

"말씀하실 수밖에 없는 상황이었습니다." 가마슈가 덧붙였다. "당신들 모두 말씀하셨어야 했습니다. 그 문제가 중요하다는 걸 아셨을 텐데요." 그들을 바라보는 가마슈의 시선이 진중해졌다. "그를 만나고 싶지 않다고 하셨다던데요. 계속 그 입장을 고수하실 작정이셨습니까? 나중에라도 그의 이야기를 들어 볼 마음이 전혀 없으셨습니까?"

그는 포터 윌슨을 보며 말했지만 모두의 시선이 침묵을 지키고 있는 엘리자베스에게 향해 있다는 것을 알아차렸다.

"어쩌면 결국에는 그랬을지 모르지. 하지만 우리에게 좋을 일은 없었을 거요. 아주 많이," 포터는 적절한 단어를 찾으려 숨을 골랐다. "불편하기만 했겠지."

"무슈 르노는 꽤 완강한 사람일 텐데요." 가마슈가 말했다. 그는 이 아마추어 고고학자가 자신에게 발굴을 허락해 주지 않는 사람들을 얼마나 극악하게 괴롭혔는지 알고 있었다.

"그렇소." 포터가 인정했다. 그는 지쳐 보였다. 오늘 일의 무게가 점점 더 그를 짓누르는 것 같았다. 오귀스탱 르노에게 샹플랭을 찾아보도록 문예역사협회 지하를 들쑤셔 놓는 걸 허락하는 건 몹시도 괴로운 일이었으리라. 그러나 그보다 더 괴로운 일이 하나 있다면 그건 바로 오늘 일어난 일이었다.

"그 회의 때의 의사록을 좀 볼 수 있을까요?"

"아직 정리하지 못했어요." 엘리자베스가 대답했다.

"메모해 두신 거면 됩니다."

그는 기다렸다. 결국 그녀는 가마슈에게 공책을 가져다주었고, 그는 반달 모양의 독서용 안경을 꺼내 쓰고 참석자들을 신경 쓰며 기록을 훑어보았다.

"톰 핸콕과 켄 해슬럼이 참석했으나 두 분 다 일찍 가셨군요. 이분들도 오귀스탱 르노가 찾아왔을 때 계셨던가요?"

"그렇소." 포터가 답했다. "그러고는 얼마 안 돼서 나갔소. 그땐 모두 있었소."

기록을 마저 훑고 고개를 든 가마슈는 안경 너머로 엘리자베스에게 시선을 주었다.

"무슈 르노의 방문에 대한 언급이 없군요."

엘리자베스 맥워터가 그 시선을 되받았다. 그녀가 자신에게 도움을 청했을 때 그녀는 이렇게 많은 질문, 그것도 불유쾌한 질문들을 받게 될 줄은 알지 못했음이 분명했다.

"나는 기록할 필요가 없다고 결론을 내렸어요. 결국 그는 들어오지 않았으니까요. 아무 일도 일어나지 않은 거죠."

"실은 많은 일이 일어났습니다, 마담." 가마슈가 말했다. 그는 그녀가 '우리'가 아니라 '나'라는 표현을 쓴 것을 알아차렸다. 책임을 떠맡으려는 걸까? 아니면 정말로 혼자 그렇게 결정한 것이었을까?

이들이 정말 구명보트에 의지한 사람들이라면 가마슈는 이제 그 배의 선장이 누구인지 알 것 같았다.

6

정오가 지난 지 얼마 되지도 않아 장 기 보부아르는 자신이 벌써 실수를 저질렀다는 사실을 깨달았다. 대단한 건 아니었지만 짜증이 났다.

몬트리올로 돌아가 올리비에 브륄레를 만나야 했다. 스리 파인스로 오기 전에 그 일부터 했어야 했다. 대신 그는 한 시간 동안 비스트로에 조용히 앉아 있었다. 사람들이 모두 떠난 다음 그는 벽난로 곁의 가장 좋은 자리에 앉았다. 이제 그는 낡은 가죽을 씌운 큰 안락의자에 앉아 오렌지 맛 비스코티를 카페오레에 담그며 살얼음이 언 창문 너머로 조용히, 그리고 끈질기게 내리는 눈을 바라보고 있었다. 빌리 윌리엄스가 삽을 꺼내 들고 한 번 왔다 갔지만 이미 눈이 다시 쌓이고 있었다.

보부아르는 손에 들린 서류로 시선을 떨어뜨리고 다시 읽기 시작했다. 비스트로 안은 아늑하고 편안했다. 30분 뒤 그는 벽난로 위의 선원용 시계를 쳐다봤다. 1시 20분.

자리를 뜰 시간이었다.

그러나 몬트리올로는 아니었다. 이 날씨에는 무리였다.

비앤비에 잡아 둔 방으로 돌아온 그는 상의와 하의가 이어진 실크 내복으로 갈아입은 다음 신중하게 옷을 겹쳐 입었다. 마지막은 방한복이었다. 그는 방한복을 거의 입지 않았다. 그는 당장이라도 런웨이에 설 것 같은 옷차림을 선호했고, 방한복은 〈로스트 인 스페이스〉에 나오는 로봇처럼 보였다. 하긴 겨울에 퀘벡은 흡사 지구 침공을 준비하는 외계인 전진 기지 같았다.

다행스럽게도 숲에서 『보그 옴므』 편집장을 만날 확률은 매우 낮았다.

그는 언덕을 오르는 내내 바지가 맞닿아 허벅지가 쓸리는 소리를 들었고 양팔은 두꺼운 방한복 때문에 몸에 붙일 수 없었다. 발을 질질 끌며 스파 리조트를 향해 언덕을 오르는 좀비가 된 것 같았다.

"위?"

손님을 맞으러 현관으로 나온 카롤 질베르는 눈으로 뒤덮인 좀비를 발견했다. 그러나 노부인은 경악은커녕 놀라지도 않았다. 대신 우아하게 두어 걸음 뒤로 물러나서 아들과 며느리가 운영하는 숙박 시설을 찾은 손님을 맞아들였다.

"어떻게 오셨습니까?"

보부아르는 이제 붕대를 푸는 미라가 된 기분으로 겉옷을 벗었다. 그는 B급 영화의 화신이었다. 마침내 모자까지 벗자 카롤 질베르의 얼굴에 미소가 떠올랐다.

"보부아르 경위님 맞죠?"

"위, 마담, 코멍탈레부^{Oui, madame, comment allez-vous} 네, 마담, 잘 지내셨습니까?"

"잘 지냈죠. 덕분에요. 묵고 가시게요? 경위님 이름은 명부에서 못 본 것 같은데요."

그녀는 흑백 타일이 깔린 바닥에 한겨울인데도 싱싱한 꽃이 놓인 윤이 나는 나무 탁자가 있는 크고 넓은 현관홀을 돌아보았다. 고객 환영을 온몸으로 외치는 분위기에 보부아르는 잠시 이곳에 예약했더라면 얼마나 좋았을까 생각했다. 그러나 다음 순간 숙박비를 기억해 냈고 자신이 온 목적을 상기했다.

마사지와 미식을 즐기러 온 게 아니라 올리비에가 정말 은둔자를 죽였는지 알아내기 위해 온 것이었다.

올리비에가 무엇 때문에 시체를 옮겼을까요?

그리고 지금 자신이 서 있는 이곳이 올리비에가 시체를 투기한 장소였다. 그 점은 올리비에도 시인했었다. 그는 노동절 주말 한밤중에 죽은 이를 끌고 숲을 가로질러 이곳으로 왔다. 문이 잠겨 있지 않은 것을 발견하고 바로 이곳에 그 슬픈 꾸러미를 방기했다.

보부아르는 발밑을 내려다보았다. 자신이 사악한 서쪽 마녀『오즈의 마법사』에 등장하는 마녀처럼 녹고 있었다. 눈이 녹은 장화가 마루에 웅덩이를 만들었다. 그러나 카롤 질베르는 개의치 않는 것 같았다. 그녀의 온 신경은 그를 편안하게 해 주는 데 쏠려 있었다.

"아닙니다. 비앤비에 묵고 있습니다." 그가 대답했다.

"그렇겠군요." 그는 그녀의 얼굴에서 직업적인 질투의 징후를 탐색했지만 그런 건 찾아볼 수 없었다. 왜 그런 생각을 했을까? 이 근사한 스파 리조트를 운영하는 사람들이 다른 시설에 질투를 느낀다는 건 말이 안 됐다. 특히나 가브리의 낡은 비앤비에.

"그럼 무슨 일로 오신 건가요?" 그녀가 가벼운 사담을 나누는 투로 물었다. "경감님도 함께 오셨어요?"

"아뇨. 휴가 중입니다. 휴직이죠. 사실."

"그렇군요." 그제야 사실을 깨달은 그녀의 얼굴이 걱정을 담은 빛으로 바뀌었다. "죄송해요. 잊어버리고 있었네요. 몸은 좀 어떠세요?"

"좋습니다. 많이 나아졌죠."

"무슈 가마슈께서는요?"

"그분도 많이 나아지셨어요." 대답하면서도 그는 마음속으로 자신이 이런 상냥한 질문들에 솔직히 지쳐 있다는 걸 인정하지 않을 수 없었다.

"정말 다행이에요." 그녀는 그에게 들어오라는 손짓을 했지만 그는 자리를 지켰다. 마음이 조급했고, 그것이 드러나려 하고 있었다. 보부아르는 의식적으로 느긋해지려 노력했다. 어쨌든 자신은 휴가를 보내러 온 걸로 되어 있지 않은가.

"필요하신 게 뭔가요?" 그녀가 물었다. "따뜻한 진흙에 몸을 담그러 오셨을 것 같진 않고, 태극권 강습을 받으시게요?"

그는 그녀의 얼굴에서 재미있어하는 표정을 읽었다. 나를 놀리는 걸까? 아니라고 생각했다. 아마도 그녀 자신과 이 스파 리조트가 제공하는 서비스에 대한 농담이었으리라. 마르크와 도미니크 부부는 1년여 전쯤 사람이 찾지 않는 이 건물을 사들여 근사한 스파 리조트로 개조했다. 그리고 퀘벡 시에 살던 마르크의 어머니 카롤 질베르가 스파의 운영을 도와주기 위하여 스리 파인스로 이사 왔다.

"왜 그렇게 생각하셨는지 알 것 같군요. 제 도복 차림 때문이죠?" 그는 팔을 벌려 스키복을 보였고, 그녀는 웃음을 터뜨렸다. "실은 부탁드릴 게 있어서 왔습니다. 스노모빌을 하나 빌릴 수 있을까요? 손님용으로 몇 대 가지고 계신 걸로 아는데요."

"네, 몇 대 있죠. 로어 파라를 불러 드릴게요."

"메르시. 숲에 좀 들어가 볼까 하고요. 오두막집도요."

그는 말하면서 그녀의 얼굴을 살폈다. 그는 그녀의 반응이 궁금했고 그 반응을 보았다. 우아하던 여인이 얼음장처럼 차갑게 굳었다. 차분하고 느긋하고 만족스러워 보였던 그녀가 한순간에 달라진 모습이 흥미로웠다. 그녀에게서 냉기가 느껴졌다.

"거길요? 왜요?"

"그냥 다시 보는 겁니다. 한번 보려고요."

그녀는 그를 찬찬히 뜯어보았다. 시선이 파충류의 눈처럼 차가웠다. 이내 가면이 다시 씌워졌고, 그녀는 다시 한 번 시골 장원의 따스한 노부인이 되었다.

"이 날씨에요?" 그녀는 눈이 쏟아지는 밖을 힐끗 보았다.

"눈 때문에 뭘 못 한다면 겨우내 할 수 있는 일이 없겠지요." 그가 대꾸했다.

"그건 그래요." 그녀가 인정했다. 마지못해 한 말이었을까? 그는 궁금했다. "아마 말씀 못 들으셨을 것 같은데, 거긴 지금 제 남편이 살고 있답니다."

"그래요?" 새로운 사실이었다. 그리고 방금 그녀는 분명 '남편'이라고 말했다. '전남편'이 아니라. 그녀와 뱅상 질베르는 오래전에 헤어졌었는데 그는 은둔자의 시체가 발견된 시점과 거의 동시에 갑자기 스파 리조트에 모습을 드러냈다. 예기치 않은 방문이었다.

"진흙 마사지 정말 생각 없으세요?" 그녀가 물었다. "뱅상과 한 시간을 보내는 것과 거의 비슷해요. 제 생각에는."

그가 소리 내어 웃었다. "농, 마담. 메르시Non, madame. merci 아니요. 마담. 괜찮습니다. 제가 들르면 언짢아하실까요?"

"뱅상이오? 그 사람 마음을 알려고 애쓰는 건 오래전에 그만뒀어요." 그래도 그녀는 마음을 누그러뜨리고 여전히 바닥에 물웅덩이를 만들며 녹아내리고 있는 그에게 미소를 지어 보였다. "말할 사람이 생겼다고 기뻐할 거예요. 하지만 서두르시는 게 좋겠어요. 너무 늦기 전에요."

벌써 오후 2시였다. 4시면 해가 지리라.

그리고 겨울 해가 지고 나면 퀘벡 숲의 어둠 속에서는 괴물이 기어 나왔다. B급 영화에 나오는 좀비나 미라나 외계인 같은 존재가 아닌, 더 오래되고 알아차리기 어려운 것들이었다. 뚝 떨어진 기온을 타고 나타나는 보이지 않는 존재들. 참을성이 많은 오래된 존재는 퀘벡 숲에서 해가 지길 기다렸다가 추운 바깥에 오래 있는 사람들을 얼려 죽이거나 길을 잃게 해 죽였다.

"저를 따라오세요."

작은 체구에 세련된 카롤 질베르는 전구처럼 둥근 코트를 걸치고 외계인 군단의 일원이 되었다. 그들은 밖으로 나와 하늘에서 내리는 큼지막한 눈송이를 맞으며 건물을 끼고 옆으로 돌았다. 그리 멀지 않은 곳에서 스키를 신은 사람들이 표시가 잘된 길을 따라 들판을 지나는 모습을 볼 수 있었다. 몇 분 후면 그들은 따뜻한 불 앞에서 볼을 핑크빛으로 물들이고 코를 훌쩍이며 럼 토디나 핫초콜릿을 마시고 차가운 발을 비빌 터였다.

스파 리조트 안에 머물렀다면 그들은 충만하고 따뜻했으리라.

그리고 그는 지는 해와 경주하며 살인이 일어났던, 그리고 지금은 개자식이 사는 오두막을 향해 깊은 숲으로 들어가려는 참이었다.

"로어." 카롤 질베르가 부르자 작달막한 남자가 헛간에서 모습을 드러냈다. 다부진 체격에 머리칼과 눈은 거의 까만색이었다.

"마담 질베르." 그는 그녀에게 고개를 끄덕였다. 아부가 아닌 정중함. 보부아르 경위는 그녀가 그런 대접을 받는 것이 남에게 예의를 갖춰 대하기 때문이라는 것을 알아차렸다. 지금도 그녀는 이 나무꾼을 그렇게 대하고 있었다.

"보부아르 경위님을 기억하시겠죠."

로어 파라는 어색한 망설임 끝에 손을 내밀었다. 보부아르는 놀라지 않았다. 자신과 살인 수사반이 이 남자의 삶을 끔찍하게 만들어 놓았다. 그와 아내 해나, 아들 하보크는 은둔자 살인 사건 수사에서 일급 용의자들이었다.

경위는 과거에 용의자였던 사람을 바라보았다. 숲을 잘 알고 있을 뿐더러 사건 당시 숲에 길을 내고 있던 사람이었다. 문제의 오두막에까지 이르게 될 길을. 그는 체코인이었다. 죽은 사람도 체코인이었다. 로어의 아들 하보크는 올리비에 밑에서 일했고, 그런 만큼 숲을 지나는 올리비에를 발견하고 그를 따라갔다가 오두막집과 거기 있는 보물을 발견했을지도 몰랐다.

은둔자가 모은 보물은 철의 장벽이 무너졌을 때 동구권 사람들에게서 훔친 것이 분명했다. 공산주의가 무너지고 사람들이 서쪽으로 오려고 혈안이 되었던 때.

그들은 은둔하기 전 그들에게서 소중한 유산을 빼앗을 계획을 짜고 있던 은둔자에게 공산주의 치하에서 수 세대에 걸쳐 소중하게 지켜 오고 숨겨 왔던 가보를 잘못 맡겼다. 그러나 그가 빼앗은 것은 그저 골동품이나 예술품만이 아니었다. 그는 희망을 앗았고 신뢰를 무너뜨렸다.

로어와 해나 파라 부부에게서 훔친 걸까? 그들이 마침내 그를 찾아낸 걸까?

그들이 그를 죽였을까?

카롤 질베르가 자리를 떴고 두 남자만이 헛간에 남겨졌다.

"오두막에 왜 가려는 겁니까?"

이 우직한 남자에게 돌려 말하는 기술 따위는 없었다.

"그냥 좀 궁금해서요. 안 됩니까?"

두 사람은 서로 응시했다.

"또 들쑤셔 놓으려고 온 겁니까?"

"쉬러 온 겁니다. 숲으로 산책이나 하면서요. 그게 전붑니다. 그리고 서두르지 않으면 늦을 겁니다."

헬멧을 모자 위에 덮어쓰고 스노모빌에 올라타 엔진을 켜면서 보부아르는 어쩌면 그게 파라의 의도일 수도 있겠다고 생각했다. 해가 진 숲에서 헤매도록 일부러 출발을 지연시키는 걸까?

아니다. 그는 마음을 바꾸었다. 그에게는 너무 교묘한 방식이었다. 로어는 적의 머리통을 깨부술 사람이었다. 은둔자가 죽은 방식처럼.

보부아르는 그에게 손을 흔들어 보이고 출발했다. 다리 아래에서 진동하는 강력한 엔진이 느껴졌다. 살인 수사반에 배속된 10년 동안 수십 차례 스키스쿠터를 탔다. 그는 스키스쿠터가 좋았다. 엔진의 소음,

힘, 자유. 얼굴에 닿는 상쾌한 추위와 눈. 방한복에 감싸인 몸이 뜨끈뜨끈했다. 좀 더울 정도였다. 땀이 나기 시작하는 것을 느낄 수 있었다.

보부아르가 핸들을 꽉 쥐고 모퉁이를 돌자 육중한 스노모빌이 의도한 대로 따라왔다. 그러나 무언가가 달랐다.

무언가가 잘못됐다.

기계가 문제가 아니라 자신이 문제였다. 그는 배 속에서 쑤시는 익숙한 통증을 느꼈다.

아닐 거야. 그저 탈것에 올라앉아 있을 뿐이었다. 무슨 정식 수사를 하려는 것도 아니었다.

좁은 길을 따라 그는 숲 깊숙이 들어갔다. 나뭇잎이 다 떨어진 숲은 춥고 황량해 보였다. 길에 비치는 그림자들이 배와 옆구리에서 시작되어 이제 사타구니로 내려가고 있는 통증처럼 길고 날카로웠다.

보부아르는 숨을 깊이 들이마시고 내쉬었지만 통증은 더 심해졌다.

결국 멈추어야 했다.

그는 배를 움켜잡고 팔이 스키스쿠터의 손잡이에 닿을 때까지 몸을 앞으로 숙였다. 떨군 머리가 팔에 닿았다. 그는 엔진의 진동 소리, 낮고 규칙적이고 차분한 문명의 소리에 집중하려 했지만 그의 세상은 단 한 가지 감각에 맞추어졌다.

고통.

익숙한 괴로움. 이젠 사라졌다고 생각했는데 사방이 어두워져 가는 겨울 숲 한가운데서 통증이 다시 그를 덮쳤다.

눈을 감고 그는 자신의 숨에 집중했다. 소리를 듣고 그것을 느끼려 애썼다. 숨을 천천히 들이쉬고 내쉬었다.

이게 무슨 엄청난 실수란 말인가? 한 시간이 조금 지나면 숲은 완전히 어둠에 묻히리라. 비상사태를 알려 줄 누군가가 있을까? 자신이 사라진 것을 알아차릴 사람이 있을까? 로어 파라는 그냥 퇴근하겠지? 카롤 질베르는 문을 잠그고 불에 장작이나 더 넣는 데 신경 쓰겠지?

그때 얼굴에 와 닿는 손이 느껴져 보부아르는 머리를 들었다. 그러나 그 손이 그를 저지했다. 강하지는 않았지만 확고한 뜻이 담긴 손이었다. 보부아르가 눈을 뜨자 새파란 두 눈이 그를 들여다보고 있었다.

"움직이지 마시오. 가만히 있어요."

나이 든 남자였다. 얼굴은 몹시 지쳐 보였지만 눈빛은 날카로웠다. 보부아르의 이마에 얹혀 있던 그의 맨손이 재빨리 목덜미로 내려와 그의 목도리와 옷깃, 터틀넥을 헤치고 맥을 짚었다.

"쉿." 그가 말했다. 보부아르는 입을 다물었다.

그는 이 남자가 누군지 알고 있었다. 뱅상 질베르. 질베르 의사.

개자식.

그러나 가마슈, 머나, 올드 먼딘을 비롯한 많은 사람들이 그를 성자라고 여겼다.

보부아르는 그들이 본 것을 보지 못했다. 은둔자 살해 사건을 수사하는 내내 자신에게 그는 그저 개자식일 뿐이었다.

"나랑 갑시다." 질베르의 긴 팔이 보부아르의 몸 위를 지나 스키스쿠터의 엔진을 껐다. 그런 다음 그 팔은 보부아르의 몸을 둘러 감고 천천히 그가 일어나도록 도왔다. 두 사람은 천천히 길을 따라 걸었다. 보부아르는 이따금씩 멈춰 숨을 골라야 했다. 그는 한 번 토했다. 질베르는 자신의 목도리를 풀어 그의 얼굴을 닦아 주고 눈과 추위 속에서 보부아르가 다시 몸을 움직일 수 있을 때까지 옆에서 기다렸다. 그렇게 두 사람은 침묵 속에 조심스럽게 숲 속으로 느릿느릿 걸어갔다. 보부아르는 키가 큰 괴짜 노인에게 육중한 몸을 기댔다.

눈이 거의 감긴 보부아르는 천근만근인 발을 들어 다른 발 앞으로 옮기는 데 집중했다. 옆구리에 느껴지는 통증으로 죽을 지경이었지만 눈송이가 얼굴에 닿는 것을 느끼고 그것에도 집중했다. 이윽고 감각이 바뀌었다. 그의 얼굴에 닿던 눈은 사라졌고 그는 자신의 발소리가 나무들에 부딪쳐 메아리치는 것을 들었다.

그들은 통나무집에 도착했다. 보부아르는 탈진과 안도감으로 거의 울 뻔했다.

문턱을 넘을 때 그는 눈꺼풀을 밀어 올려 백만 광년 떨어진 곳에 있는 침대를 보았다. 방이 하나인 오두막의 한쪽 끝에 놓인 큰 침대 위에는 따뜻해 보이는 이불과 부드러워 보이는 베개가 있었다.

보부아르는 그저 자신이 기억하고 있던 것보다 너무 큰 이 방을 가로질러 끝에 놓인 침대에 누울 수 있기만을 바랄 뿐이었다.

"거의 다 왔소." 질베르 의사가 말했다.

그와 질베르가 나무 깔린 바닥을 한 걸음씩 가로질러 가는 동안 보부아르는 줄곧 침대를 노려보며 침대가 움직여 자신에게 와 주길 빌었다. 그러다 결국에는, 마침내는, 거기 도착했다.

질베르 의사는 보부아르를 침대가에 앉힌 다음 베개 쪽으로 무너져 내리는 그의 상체를 세우고 옷을 벗겼다.

그리고 나서야 그는 보부아르의 무거운 머리가 베개에 닿을 때까지 천천히 그를 눕혔다. 그리고 부드러운 플란넬 시트를 그에게 둘러 주고 마침내, 드디어, 이불을 덮어 주었다.

보부아르는 창밖으로 내려앉은 어둠과 눈이 소록소록 쌓이는 모습을 보며 자신을 둘러싼 포근함에 몸을 맡기고, 벽난로에서 풍기는 달콤한 단풍나무 냄새와 수프 끓는 냄새를 맡으며 잠에 빠져들었다.

몇 시간 뒤 보부아르는 천천히 의식이 돌아오는 것을 느끼며 잠에서 깼다. 세게 차인 것처럼 옆구리가 아프기는 했지만 울렁거리던 속은 가라앉았다. 뜨거운 물을 담은 병이 이불 속에 있었고, 자신이 물병을 껴안고 있다는 것을 알았다.

졸음을 떨쳐 내지 못한 채 그는 나태하게 침대에 누워 있었다. 서서히 방 전체가 시야에 들어왔다.

뱅상 질베르는 벽난로 옆의 큼지막한 안락의자에 앉아 포도주 잔을 옆의 탁자에 놓아두고, 슬리퍼를 신은 발을 무릎 방석 위에 올린 채 책을 읽고 있었다.

오두막집은 익숙하면서도 달라진 모습이었다.

벽은 여전히 나무였고, 창문과 난로도 그대로였다. 깔개가 바닥 여기저기에 깔려 있는 모양도 똑같았다. 그러나 은둔자가 갖고 있던 동양의 값비싼 수공예품이 아니었다. 마찬가지로 수제품이었지만 훨씬 소박한 물건이 놓여 있었다.

벽에 걸린 그림 몇 점은 은둔자가 모아 두고 숨겨 두었던 걸작들이 아니었다. 그 그림들은 퀘벡 지역 화가들의 평범한 작품이었다. 나쁘지 않았지만 유명한 작품은 아닐 터였다.

질베르 의사가 쓰고 있는 잔은 살인이 일어난 후 자신들이 찾은 납 섞인 크리스털이 아닌 평범한 물건 같았다.

가장 달라진 점은 은둔자가 갖고 있던 금과 은과 고급 자기로 된 나뭇가지 모양의 촛대가 놓였던 자리에 놓인 질베르 의사의 램프였다. 그리고 보부아르는 질베르 옆의 탁자에서 전화기를 보았다. 숲 속 깊은 곳에 위치한 이 작고 소박한 오두막집까지 전기가 들어와 있었다.

보부아르는 그제야 자신이 숲 속 깊이 오려 했던 이유를 떠올렸다.

살인이 일어났던 장소를 한 번 더 보기 위해서였다.

그는 문 쪽을 힐끗 바라보고 과거 핏자국이 있었던 자리에 깔개가 깔려 있는 것을 보았다. 어쩌면 그 아래 아직도 핏자국이 남아 있을지도 몰랐다.

이 평화로운 작은 오두막에 죽음이 찾아왔었다. 누가 데려왔던가? 올리비에 아니면 다른 누군가가. 무엇 때문에? 가마슈 경감이 누차 강조했던 것처럼 살인은 총이나 칼, 또는 머리에 가해진 일격의 문제가 아니었다. 문제는 그 행위 뒤의 동인動因이었다.

은둔자의 목숨을 앗아 간 것은 무엇이었을까? 가마슈와 검찰이 내렸던 결론처럼 탐욕이었을까? 아니면 다른 감정이었을까? 공포? 분노? 복수심? 질투?

여기서 발견된 보물들의 규모는 모두를 놀라게 했지만 그 사건에서 제일 굉장했던 부분은 따로 있었다. 이 오두막에는 사람의 마음을 요동치게 하는 무언가가 있었다.

거미줄에 짜인 단어 하나. 오두막에서 제일 어두운 구석에 위치한 거미줄에서 발견된 글자였다.

'우.'

이 단어는 현장에서 발견된 피 묻은 나무 조각에도 새겨져 있었다. 투박한 솜씨였다. 피살자의 손에서 굴러떨어져 침대 밑에서 웅크리고 있었다. 한 단어가 새겨진 나무. 우.

무슨 뜻이었을까?

은둔자가 새긴 글자였을까?

그는 숙련된 목공이었고 나무에 글자를 새긴 솜씨는 아이처럼 서툴렀기 때문에 그럴 가능성은 적어 보였다.

검찰은 올리비에가 은둔자를 두려움에 떨게 만들어 오두막에 계속 숨겨 놓을 목적으로 거미줄에 '우'라는 글자를 만들고 나무 조각에 새겨 놓았다고 결론지었다. 그리고 마침내 올리비에는 제정신이 아닌 노인에게 바깥세상이 악령과 분노와 공포 같은 끔찍한 것들이 기다리는 위험한 곳이라는 생각을 심어 주려 했다는 자신의 의도를 인정했다.

혼돈이 오고 있습니다. 친구. 은둔자는 그의 생애 마지막 날 올리비에의 귀에 그렇게 속삭였다. 올리비에는 자신의 일을 뜻한 바대로 잘 해냈다. 은둔자는 진실로 두려워했다.

그러나 다른 것은 다 인정하면서도 올리비에는 두 가지만은 끝까지 부인했다.

은둔자 살해.

그리고 '우'라는 단어를 만든 것.

법정은 그의 말을 믿지 않았다. 올리비에는 유죄 판결을 받았고 감옥으로 보내졌다. 가마슈 경감이 고통 속에서 자신의 친구에 대해 최선을 다한 결과물이었다. 그리고 장 기 보부아르 경위는 그 결론을 믿고 곁에서 도왔다.

그러나 이제 경감은 그에게 기존의 결론을 뒤엎고 다시 시작하라고 지시했다. 같은 증거가 올리비에의 무고함을 증명하고 다른 누군가를 가리킬 수 있는지만을 보아야 했다.

이를테면 지금 오두막에 자신과 같이 있는 이 사람.

질베르가 고개를 들고 미소 지었다.

"깨어났군." 그는 책을 덮고 천천히 일어나며 그렇게 말했다. 보부아르는 큰 키에 센 머리칼과 날카로운 눈의 이 마른 남자가 70대 후반이라는 사실을 떠올렸다.

질베르는 다가와 침대 한쪽에 앉으며 그를 안심시키려는 듯 다시 미소 지었다. "만져 봐도 되겠소?" 보부아르의 몸에 손을 대기 전에 그가 물었다. 보부아르가 고개를 끄덕였다. "카롤과 통화해서 당신이 여기서 자고 갈 거라고 했소." 의사가 깃털 이불을 걷으며 말했다. "카롤이 비앤비에 전화해서 가브리에게 알릴 거요. 걱정할 거 없소."

"메르시."

질베르의 따뜻한 손이 익숙한 솜씨로 보부아르의 배를 눌렀다.

보부아르는 지난 두 달 동안 그런 검진을 수없이 당했다. 특히 처음 며칠 동안이 제일 심했다. 마치 새 자명종 시계를 얻은 것 같았다. 몇 시간마다 누가 차가운 손을 자신의 배에 들이미는 바람에 약에 취한 잠에서 깨어나곤 했다.

그러나 그들의 손길은 질베르 같지 않았다. 통증이 놀라게 하는 통에 보부아르는 안 그러려고 했지만 몇 번 움찔하지 않을 수가 없었는데, 그가 불편한 기색을 보이자마자 질베르의 손길이 멈추었다가 보부아르가 숨을 고를 만한 시간을 주고 나서야 다른 부위로 옮겨 갔다.

"스키스쿠터를 타지 말았어야 하는 건데 그랬소." 질베르가 이불을 다시 덮어 주며 웃었다. "당신도 알고 있겠지만 말이오. 총상은 상처를 남기기도 하지만 장기적인 영향은 그 충격이 일으킨 여파요. 의사들이 그런 얘기 안 했소?"

보부아르는 고개를 저었다.

"너무 바빴나 보군. 총알이 당신 옆구리를 관통했던데 피를 많이 흘렸겠소이다."

보부아르는 떠오르는 기억들을 누르려고 애쓰며 고개를 끄덕였다.

"장기들은 피해 갔군." 의사가 말을 이었다. "그렇지만 타격의 여파가 세포에 손상을 입혔을 거요. 그래서 오늘 오후처럼 과하게 움직이면 힘들어지는 거지. 그렇지만 어쨌든 잘 낫고 있소이다."

"메르시." 보부아르가 말했다. 이해하는 데 도움이 됐다.

보부아르는 이제 왜 이 남자가 성자로 불리는지 알 수 있을 것 같았다. 그는 남녀를 막론하고 많은 의사들을 만나 봤다. 몇몇은 친절했고, 몇몇은 거칠었지만 어쨌든 다들 선량하고 최선을 다해 자신을 낫게 하려는 사람들이었다. 그들 모두 보부아르의 회복을 바라는 건 분명했지만 자신의 목숨이 소중하고 살릴 가치가 있다고, 나아가 자신의 목숨이 의미 있다고까지 느끼게 해 주는 사람은 없었다.

뱅상 질베르는 그랬다. 그의 치료는 살과 피, 뼈에 국한된 것이 아니었다.

질베르는 덮은 이불을 다독여 주고 일어나려다 멈추었다. 그는 침대 옆 탁자에 놓인 작은 약병을 집어 들었다. "당신 주머니에서 찾았소."

보부아르는 병을 잡으려 손을 뻗었으나 질베르는 병을 손안에 감싸고 그의 얼굴을 주의 깊게 살폈다. 긴 침묵이 흘렀다. 결국 질베르가 마음을 누그러뜨리고 손바닥을 폈다. "이런 건 조심해서 써야 하오."

보부아르가 병을 받아 알약을 하나 꺼냈다.

"반이면 되오." 질베르 의사가 약을 가져갔다.

보부아르는 질베르가 옥시코딘 한 알을 손쉽게 반으로 쪼개는 모습을 바라보았다.

"만일에 대비해서 가지고 다니는 겁니다." 보부아르가 약 반 알을 삼키고는 깨끗한 잠옷을 건네주는 질베르에게 말했다.

"아까같이 멍청한 짓을 할 때를 대비해서? 그러려면 약이 한 병은 더 필요할 텐데." 질베르가 씩 웃었다.

"재밌네요." 보부아르가 대꾸했다. 하지만 이미 몸이 따뜻해지고 통증이 누그러지는 것이 느껴졌다. 질베르의 말에 상처를 받았다면 이미 씻겨 나가고 없었다.

보부아르는 옷을 여미며 의사가 부엌에서 수프를 두 그릇에 옮겨 담고 갓 구운 빵을 자르는 모습을 바라보았다.

"오늘 몬트리올 팀 아이스하키 경기가 있지 않소? 보고 싶소?" 질베르가 음식을 가지고 돌아와 보부아르가 침대 위에 일어나 앉는 것을 도우며 물었다.

"좋죠."

그들은 수프와 바게트를 먹으면서 몬트리올 팀이 뉴욕 팀을 학살하는 모습을 지켜보았다.

"너무 짜군." 질베르가 불평했다. "카롤에게 소금 좀 작작 넣으라고 얘기했는데."

"전 괜찮은데요."

"맛을 전혀 모르는 사람이군. 치즈 얹은 감자튀김이랑 버거만 먹고
자랐나 보지."

보부아르는 질베르 의사의 미소 띤 얼굴을 기대하며 그를 쳐다보았
다. 대신 잘생긴 그의 얼굴에는 성마르고 속 좁은 사람의 불쾌하고 뚱한
표정이 떠올라 있었다.

개자식이 돌아왔다. 아니, 그보다는 성자와 함께 내내 거기 있었다는
표현이 적절하리라. 자신을 쉽게 기만하면서.

7

아르망 가마슈는 한밤중에 조용히 일어나 침대맡의 등을 켜고 옷을
든든히 챙겨 입었다. 옆에서는 앙리가 테니스공을 입에 물고 꼬리를 흔
들고 있었다. 그들은 이 오래된 집의 정중앙에 붙박여 있는 나무로 된
좁은 나선계단을 살금살금 돌아 아래층으로 내려갔다. 에밀은 안방 침
실이 있던 꼭대기 층을 그에게 내주었다. 나무 대들보가 지나가는 그 큼
직한 방은 지붕 양옆에 해당하는 부분에 창이 나 있었다. 에밀은 자신이
수백 번은 오르내렸을 가파르고 좁은 계단이 더 이상 편하지 않다고 말
했다. 괜찮겠지, 아르망?

그는 물론 괜찮았다. 그의 스승이 세월의 힘 앞에 무너지고 있다는 것을 새삼 확인하게 된 것 말고는.

그와 앙리는 두 층을 내려와 거실에 이르렀다. 난로에 아직 불이 남아 있어 열을 방사하고 있었다. 거기서 그는 등불을 하나만 밝히고 두툼한 외투에 모자, 목도리, 장갑으로 무장하고 제일 중요한 물건을 챙겨서 밖으로 나갔다. 앙리를 위한 처킷애완동물을 위한 고무 장난감을 만드는 회사 상표. 다양한 제품군 중에 공을 넣고 휘둘러 멀리 던질 수 있도록 한 긴 숟가락 모양의 도구가 있다. 앙리는 처킷을 정말 좋아했고 가마슈도 마찬가지였다.

그들은 인적 뜸한 옛 퀘벡 시가지를 걸었다. 생 스타니슬라스 가를 따라 문예역사협회를 조금 지난 자리에서 그들은 멈춰 섰다. 24시간 전에는 생명이 빠져나간 오귀스탱 르노의 몸이 지하실에 숨겨져 있었다. 살해당한 채. 그를 묻느라 땅을 파면서 전화선을 건드리지 않았다면 지하실 바닥은 그대로 콘크리트로 포장되었을 터였고, 오귀스탱 르노는 퀘벡 시 안팎에 널린 이름 모를 시체들 가운데 하나가 되었으리라. 고고학자들이 시를 둘러싼 돌벽 안에서 사람 뼈를 발견한 것은 오래전 일이 아니었다. 그 뼈는 1803년 공습 이후 포로로 억류된 미국 병사들의 것이었다. 당국에서는 서둘러 이들이 벽 속에 넣어졌을 때는 이미 사망해 있었다고 발표했으나 가마슈는 그게 과연 사실일지 궁금했다. 범죄 은폐나 기괴한 형태의 처벌이 아닌 이상 왜 시체를 벽에다 넣는단 말인가? 퀘벡은 뼈와 아이러니 위에 지어진 도시이니 침입자들을 시 방벽의 일부로 만든다는 발상도 이상하지 않았다.

오귀스탱 르노 역시 문예역사협회 아래에서 콘크리트에 싸인 채 유서 깊은 영어권 단체를 떠받치는 일부가 되어 그 병사들이 간 길을 따라 이 도시와 영원히 융화될 뻔했다. 하긴 르노의 삶 전체가 아이러니로 가득 차 있었다. 생방송 TV 카메라 앞에서 샹플랭의 시체를 찾으려고 중국 레스토랑 지하실로 뚫고 들어갔던 때처럼. 샹플랭 인생의 상당 부분이 중국을 찾느라 소비되었다는 사실을 생각해 보면 아이로니컬하다고 불릴 만한 사건이었다. 또는 샹플랭의 시신이 그 안에 들어 있다고 확신하고 봉인되어 있던 관을 열었을 때처럼. 그 안에 잘 압축되어 있던 예수회 수사의 시신은 갑자기 뚜껑이 열리자 폭발하여 종교적 열정의 기운을 타고 사방으로 흩어졌다. 그렇게 먼지가 되어 하늘로 올라간 시신은 불멸의 존재가 되었다. 죽은 신부가 바라거나 기대했을 법한 형태는 아니었겠으나 그의 몸은 공중으로 흩어졌다 빗방울을 타고 내려와 생태계의 순환에 합류하여 마침내는 그가 지구 상에서 쓸어버리고 싶어 했던 원주민 여인의 가슴에 흐르는 모유가 되었다.

르노는 간발의 차로 같은 운명을 피했다. 그러지 않았다면 그는 몇 시간 내로 문예역사협회의 든든한 지주가 되었으리라.

아르망은 엘리자베스 맥워터와 다른 협회 회원들에 대한 심문에 참석한 것으로 자신의 의무를 다했다고 여기고 물러날 수 있기를 바랐다. 그러나 이제는 그게 불가능하다는 것을 알고 있었다. 르노는 이사회에 면담을 요청했다 거부당했고 이사회는 이 일을 의사록에 적어 두지 않았다. 그 사실이 알려지면 대가를 치러야 할 터였다. 그리고 그 대가는 영국계가 치러야 하리라.

안 돼. 가마슈는 앙리와 함께 협회 문을 터벅터벅 지나치며 생각했다. 아직은 이들을 버려둘 수 없었다. 아직은.

눈은 거의 그쳤고 기온이 떨어지고 있었다. 오가는 사람도 없었고, 들리는 소리라고는 가마슈의 신발이 눈을 밟는 소리뿐이었다.

새벽 3시 20분이었다.

가마슈는 매일 그 시간쯤에 눈을 떴다. 처음에는 다시 잠을 이루려고 애써 보기도 했지만 몇 주가 지난 지금은 당분간 어쩔 수 없는 일이라 생각하고 받아들이기로 했다. 오지 않는 잠에 맞서 싸우는 대신 그는 앙리를 데리고 조용히 집을 빠져나와 산책했다. 처음엔 몬트리올 거리를 산책했고 지금은 이곳, 퀘벡 시가지를 산책했다.

가마슈는 낮을 버티려면 밤에 생각을 정리할 조용한 시간이 필요하다는 것을 알았다.

자신의 머릿속을 채우는 목소리와 대화할 시간이 필요했다.

"아버지가 피들컨트리 음악을 연주할 때 사용하는 바이올린을 가르쳐 주셨어요." 폴 모랭은 가마슈의 질문에 그렇게 대답했다. "네 살 때쯤에요. 비디오카메라로 찍어 둔 게 어디 있을 겁니다. 아버지와 할아버지는 뒤에 서서 바이올린을 연주하시고, 저는 앞에 서서 축 처진 바지를 입고 있었죠. 너무 커서 기저귀처럼 보이는 거요." 모랭은 소리 내어 웃었다. "전 제 작은 피들을 들고, 할머니는 피아노를 연주하시고, 여동생은 지휘를 하는 흉내를 내고 있었죠. 그때 그 애는 세 살 남짓이었는데 지금은 결혼해서 곧 애가 태어난답니다."

가마슈는 왼쪽으로 돌아 아브라함 평원 기슭에 자리 잡은, 지금은 불이 꺼진 축제 장소를 가로질렀다. 두어 명의 경비가 그를 보았지만 다가오지는 않았다. 그런 노력을 기울이기엔 날이 너무 추웠다. 가마슈와 앙리는 인도를 따라 몇 시간 전에는 신이 난 아이들과 추위에 떠는 부모로 가득했을 현장을 지나쳤다. 노점과 임시 건물과 놀이기구가 점점 줄어들고, 나무가 얼마 없는 숲을 지나쳐 드디어 넓은 들판에 이르렀다. 1759년 9월 13일 영국의 울프 장군이 전사한 이 악명 높은 벌판에는 기념비가 세워져 있었다.

가마슈는 눈을 한 줌 퍼서 공처럼 뭉쳤다. 그 즉시 앙리가 입에 물고 있던 테니스공을 떨어뜨리고 춤을 추듯 주변을 맴돌았다. 경감이 팔꿈치를 뒤로 빼고 앙리에게 미소를 보내자 앙리는 얼른 머리를 낮추고 온몸의 근육을 긴장시켰다. 대기 자세.

가마슈가 눈 뭉치를 던졌다. 앙리는 잽싸게 달려 나가 눈 뭉치를 공중에서 낚아챘다. 개는 잠시 동안은 환희에 넘쳤으나 다음 순간 턱이 다물리자 눈은 형체를 찾을 수 없어졌고, 바닥에 내려선 앙리의 눈엔 언제나처럼 당혹스러워하는 표정이 떠올라 있었다.

가마슈는 언 침이 딱딱하게 엉겨 붙은 테니스공을 집어 처킷에 집어넣고 던졌다. 선명한 노란색 공이 어둠 속으로 날아갔고 셰퍼드가 그 뒤를 좇아 달렸다.

경감은 샹 드 바타이유를 속속들이 알고 있었다. 이 전장이 계절마다 달라지는 모습을 전부 알았다. 봄에는 이곳에 서서 수선화가 핀 모습을 보았고, 여름에는 이곳에서 피크닉을 하는 사람들을 보았으며, 겨울엔 설피를 신거나 크로스컨트리 스키를 신은 가족들이 찾아온 모습을 보았다. 이른 가을에도 그는 이곳을 찾아왔었다. 9월 13일. 1천 명이 넘는 사람들이 한 시간도 되기 전에 죽거나 부상으로 쓰러졌던 바로 그 전투가 있던 날. 그는 그 자리에 서서 고함 소리, 총알 소리를 들었고 화약 냄새를 상상했고 전투를 지휘했던 사람들의 모습을 그려 보았다. 그는 몽칼름 장군이 자리했을 법한 곳에 서 있다가 장군이 저지른 실수의 전모를 깨달았다.

그는 영국인들을 과소평가했다. 그들의 용기와 지략을.

몽칼름이 졌다는 사실을 깨달은 시점은 언제쯤이었을까?

퀘벡 상류에 있던 몽칼름의 캠프에 전령이 나타난 것은 그 전날 밤이었다. 전령은 지쳐서 말도 제대로 잇지 못하는 상태로, 영국인들이 강에서 46미터 높이의 절벽을 기어올라 도시 바로 밖에 있는, 아브라함이라는 이름의 농부가 소유한 땅에 이르렀다고 보고했다.

몽칼름의 군대는 그의 말을 믿지 않았다. 전령이 미쳤다고 생각했다. 절벽을 기어오르다니. 그런 지시를 내릴 지휘관도 없거니와 그 명령에 따를 군대도 있을 수 없었다. 몽칼름은 부관들에게 영국인들이 절벽을 기어오르려면 날개가 있어야 할 거라고 웃어넘기고 침대로 돌아갔다.

새벽 무렵 영국인들은 아브라함 평원에 이르러 전투준비를 마쳤다.

모든 게 끝났다는 것을 몽칼름이 깨달은 것은 그때였을까? 영국인들이 날개가 돋쳐 불가능한 일을 해냈다는 것을 깨달았을 때? 장군은 밖으로 뛰쳐나가 가마슈가 지금 서 있는 바로 이 자리로 올라갔다. 거기서 그는 평원 전체를 내려다보고 적의 모습을 보았다.

몽칼름이 깨달은 것은 그때였을까?

그러나 그때에도 희망이 없는 것은 아니었다. 그는 이길 수 있었다. 그러나 뛰어난 전략가인 몽칼름에게도 저지를 실수가 더 남아 있었다.

그리고 가마슈는 자신이 저지른 치명적인 실수를, 그리고 그 실수의 중대함을 깨달았던 바로 그 순간을 떠올렸다. 비록 그 전모를 깨닫는 데 몇 초의 시간이 걸리긴 했지만 그 몇 초로도 모든 것이 흔들리고 무너져내리기에는 충분했다. 모든 것이 너무도 빨리 일어났다. 그러나 지금 그것은 너무 느리게 느껴졌다.

"살인 수사반입니다." 비서가 전화를 받았다.

그는 전화가 왔을 때 자신의 사무실에서 보부아르와 가스페 사건에 대해 논의 중이었다. 비서가 방문을 두드리고 머리를 들이밀었다.

"상트 아가트에서 노먼 경위입니다."

가마슈가 고개를 들었다. 그녀는 자신을 방해하는 법이 거의 없었다. 그들은 오랜 세월을 함께 근무해 왔고 그녀는 자신이 알아서 일을 처리해야 할 때와 아닐 때를 알았다.

"연결하게." 경감이 말했다. "그래, 경위. 무슨 일인가?"

그의 전투는 그렇게 시작되었다.

주 므 수비엥Je me souviens 나는 기억한다. 가마슈는 생각했다. 퀘벡의 모토였다. 퀘베쿠아의 모토. 나는 기억한다.

"전에 그 축제에 갔었는데요," 모랭 형사가 말했다. "끝내줬습니다. 아버지가 우릴 데리고 가셨는데, 스케이트장에서 피들을 연주했죠. 어머니는 막으려고 애쓰셨지만요. 어머니와 동생은 부끄러워 죽으려고 했지만 아버지와 저는 피들을 꺼내서 연주했습니다. 사람들도 좋아하는 것 같았고요."

"자네가 우리에게 연주했던 그 곡이었나? 〈콤 퀴글리〉?"

"아뇨. 그건 애가입니다. 나중에 빨라지긴 하지만 도입부가 스케이트 타는 사람들에게는 너무 느립니다. 좀 더 활기찬 곡이 적절하죠. 우린 지그하고 릴을 몇 곡 연주했습니다."

"몇 살 때였나?" 가마슈가 물었다.

"열세 살이오. 열넷이었을지도 모르겠습니다. 십여 년 전의 일이니까요. 그 뒤로는 못 가 봤습니다."

"올해는 가겠군."

"위Oui 가야죠. 수잔을 데려갈 겁니다. 좋아할 거예요. 피들도 가져갈지
모르겠습니다."

주 므 수비엥. 가마슈가 생각했다. 그게 문제였다. 언제나 그랬다. 나
는 기억했다. 모든 것을.

숲 속 오두막에서 보부아르가 눈을 뜬 채 누워 있었다. 그 일이 있은
뒤에도 대개 그는 곤하게 잤다. 그러나 지금 그는 어두운 서까래와 난로
의 불빛을 바라보며 누워 있었다. 질베르 의사가 의자 두 개를 붙여 놓
은 채 잠든 모습이 보였다. 개자식 성자는 그에게 침대를 내주었다. 보
부아르는 나이 많은 사람이, 그것도 자신에게 친절을 베푼 연장자가 의
자 위에서 잔다는 데 죄책감을 느꼈다. 그리고 어쩌면 그것이 핵심일지
도 모른다고 생각했다. 순교 없이는 성자가 될 수 없는 걸까?

오두막의 평화로움 때문인지, 자신을 극한까지 밀어붙인 뒤에 찾아오
는 탈진 때문인지, 아니면 작은 알약 반 개 때문인지 모르지만 보부아르
는 마음을 내려놓고 있었다.

그리고 벽을 타고 기억들이 꾸물거리며 넘어오기 시작했다.

"살인 수사반입니다." 경감의 비서가 말했다. 가마슈는 전화를 넘겨
받았다.

시계는 11시 18분을 가리키고 있었다. 보부아르는 가마슈가 상트 아
가트 지구대와 통화하는 동안 별생각 없이 방 안을 둘러보았다.

"모랭 형사가 전화했습니다." 조금 뒤 가마슈의 비서가 다시 문가에

나타났다. 가마슈는 송화기를 손으로 막고 말했다. "몇 분 뒤에 전화하라고 말해 주게."

보부아르의 시선이 목소리가 굳어 있는 가마슈를 향했다. 경감은 노먼 경위가 말하는 내용을 메모하고 있었다.

"언제 일인가?" 가마슈의 물음이 짤막했다. 무슨 일이 생겼다.

"기다릴 수 없답니다, 경감님." 비서가 경감의 주위를 불편하게 맴돌며 완강하게 말했다.

가마슈는 보부아르에게 모랭의 전화를 받으라고 눈짓했으나 가마슈의 비서는 물러날 기색이 아니었다.

"형사 말이 경감님과 통화해야 한답니다. 지금요."

경감과 경위 둘 다 놀란 눈으로 상관의 뜻을 정면으로 거스르는 비서를 쳐다보았다. 이내 가마슈가 마음을 바꾸었다.

"데졸레Désolé 미안하네." 그는 전화 너머의 노먼 경위에게 말했다. "전화를 보부아르 경위에게 넘겨야 할 것 같아. 잠깐, 그 전에 물어봐야겠네. 자네 부하는 혼자 있었나?"

보부아르는 가마슈의 낯빛이 변하는 모습을 보았다. 경감은 보부아르에게 사무실의 다른 전화기를 쓰라고 손짓했고, 보부아르는 그 말에 따르면서 가마슈가 모랭 형사의 전화를 받는 모습을 바라보았다.

"위, 노먼. 무슨 일이야?" 무언가 나쁜 일, 심각한 일이 생겼으리라 생각하면서 그렇게 물었던 것을 기억했다. 어쩌면 끔찍한 일일지도.

"형사 한 명이 총에 맞았어." 노먼이 말했다. 그는 휴대전화로 전화하고 있는 듯했다. 목소리가 매우 멀리서 들리는 것 같았다. 그러나 보부아르는 그가 몬트리올에서 고작 한 시간 거리에 있는 로랑시앙 산에서 전화하고 있다는 것을 알고 있었다. "이급 도로 갓길에 세워 놓은 차를 확인하다 일어난 일이야."

"상태는?"

"의식이 없네. 상트 아가트 병원으로 이송 중이야. 보고받은 바로는 희망적인 상태는 아니라고 하네. 지금 현장으로 가고 있어."

"우리도 곧 가지. 위치를 알려 주게." 보부아르는 이런 일에서는 시간을 다투는 것만 중요한 게 아니라 집단 간의 조정도 중요하다는 것을 알고 있었다. 이런 경우 온갖 부서의 경찰이 떼를 지어 몰려들 위험이 있었고, 그렇게 되면 현장이 혼란스러워지는 것은 시간문제였다.

방 저편에서는 가마슈가 책상 뒤에 서서 여전히 전화기를 귀에 대고 진정하라고 손짓하고 있었다. 방 안에 있는 사람에게가 아닌 전화기 저편에 있는, 아마도 모랭 형사에게.

"그는 혼자 있지 않았네." 노먼이 말했다. 현장을 향해 산을 질러가느라 소리가 끊어지다 이어지다 했다. "동료가 어디 있는지는 알아보는 중이야."

살인 담당 형사에게 그 사실이 무엇을 의미하는지 알아채기란 어렵지 않았다. 형사 하나는 총에 맞았고 다른 한 명은 사라졌다? 죽었거나 중상을 입은 채로 하수구 어딘가에 누워 있을 가능성이 높았다. 노먼 경위의 생각도 그랬고, 보부아르의 생각도 마찬가지였다.

"다른 한 명은 누군가?"

"모랭. 자네 쪽 사람이야. 한 주 동안 우리한테 와 있었지. 유감이네."

"폴 모랭?"

"위."

"그는 살아 있어." 보부아르가 안도하며 말했다. "지금 경감님과 통화 중이야."

"천만다행이군. 어디 있다는데?"

"모르겠네."

모랭의 전화를 받는 가마슈는 노먼 경위에게서 들은 소식으로 인해 마음이 내달리고 있었다. 형사 한 명이 중상을 입었고 한 명은 행방을 모른다.

"모랭 형사? 무슨 일인가?"

"경감님?" 조심스러운 목소리가 공허한 울림을 띠고 있었다. "죄송합니다, 혹시……."

"가마슈 경감?" 전화기가 다른 사람 손으로 넘어간 게 분명했다.

"누구요?" 경감이 다그쳐 물었다. 그는 비서에게 전화를 추적하고 녹음하라고 손짓했다.

"말 못 하오." 장년에 가까운 중년의 목소리로 투박한 시골 억양이 강했다. 가마슈는 말을 알아듣기 위해 귀를 기울여야 했다.

"이럴 생각은 아니었소. 겁이 더럭 나서." 겁을 먹은 목소리가 히스테릭하게 올라가고 있었다.

"진정하십시오. 천천히 마음을 가라앉히고 어떻게 된 일인지 말씀하세요."

그러나 그는 마음 깊은 곳에서 어떻게 된 일인지 알고 있었다.

형사 하나가 부상당하고 다른 하나는 행방이 묘연하다.

폴 모랭은 전날 상트 아가트 지구대로 파견을 나갔다. 일주일간 그곳

업무를 도울 예정이었다. 행방이 묘연하다는 형사가 바로 모랭이었다.

최소한 그는 살아 있었다.

"쏘려고 한 건 아니었는데 그가 나를 놀랬소. 그가 내 트럭 뒤에 차를 세웠소." 남자의 목소리는 이성을 잃어 가고 있었다. 가마슈는 천천히, 차분하게 말하려 노력했다.

"모랭 형사가 다쳤습니까?"

"아니. 그냥 어떻게 해야 할지 모르겠어서 데려왔소."

"그를 놓아주시오. 자수해야 합니다."

"미쳤소?" 소리가 거의 비명에 가까웠다. "자수하라고? 당신들은 날 죽일 거요. 그렇지 않다면 평생을 감옥에서 보내게 되겠지. 어림없소."

가마슈의 비서가 문가에 나타나 그에게 시간을 끌라는 신호를 했다.

"이해합니다. 아무 일 없이 이 상황을 넘기고 싶겠지요."

"그래요." 전화기 반대편의 남자는 놀란 듯했다. 그는 불확실한 음색으로 물었다. "가능한 거요?"

"얘길 들어 봐야지요. 무슨 일이 있었는지 말씀해 주십시오."

"차를 주차해 놓고 있었소. 트럭이 고장 났거든. 바퀴가 펑크 났지. 막 새것으로 갈고 났는데 경찰차가 뒤에 와서 섰소."

"그게 어째서 놀랄 일입니까?" 가마슈는 일상적인 대화 조를 유지했고 상대방의 스트레스가 조금 풀리면서 공황 상태가 누그러지고 있는 것을 알 수 있었다.

그는 또한 정신없이 돌아가는 사무실의 상황을 주시하고 있는 비서를 응시했다.

추적이 아직 성과를 거두지 못하고 있었다.

"그냥 그랬소. 그렇다면 그런 거지."

"이해합니다." 가마슈가 말했다. 그리고 그는 이해했다. 퀘벡 외곽에서 흔히 수확되는 것은 두 가지로, 하나는 메이플 시럽이고 다른 하나는 대마였다. 트럭에 실려 있던 것이 메이플 시럽은 아니었으리라. "계속하세요."

"총이 옆 좌석에 있었고 무슨 일이 일어날지 알았소. 경찰이 총을 보면 나를 체포할 것이고, 그렇게 되면…… 트럭에 있는 게……."

이자는 경찰 한 명에게 총을 쐈고, 아마 맞은 형사는 죽었으리라. 그리고 다른 한 경찰을 인질로 삼았다. 이 모든 일에도 불구하고 그의 가장 큰 걱정은 자신이 저지른 일과 대마 사업을 은폐하는 일 같았다. 하지만 비밀을 지키려는, 거짓을 말하려는 욕구는 본능일 터였다. 걸려 있는 돈이 십만 단위는 될 테니.

그리고 일신의 자유도 걸려 있었다.

시골 사람에게 감옥에서의 몇 년은 죽음과 다르지 않았다.

"무슨 일이 일어났습니까?"

아직도 추적을 못 했나? 이렇게 시간이 걸리다니 믿기 힘들었다.

"그럴 생각은 아니었소." 남자의 목소리가 다시 가파르게 올라갔다. 그는 탄원 조가 되었다. "실수였소. 하지만 이미 일은 벌어졌고 또 다른 형사를 봤소. 그에게 총을 겨눴소. 그러고는 뭘 해야 할지 몰랐소. 사람을 그냥 쏠 수는 없었소. 하지만 가게 내버려 둘 수도 없었소. 그래서 이리로 데려왔소. 그렇게 냉혈한은 아니오."

"당신도 알겠지만 그를 보내야 합니다." 경감이 말했다. "그를 풀어주고 보내요. 그리고 당신 트럭을 타고 떠나요. 그냥 사라지면 됩니다.

폴 모랭을 해치지만 마시오."

가마슈의 마음 한구석에서 희미하게 왜 이자는 자신이 쏜 경찰의 상태를 묻지 않는지 의심스러웠다. 그는 심하게 동요하고 있는데도 묻지 않았다. 어쩌면 알고 싶지 않은 것인지도 모른다고 가마슈는 생각했다. 이자는 진실에서 숨고 싶어 하는 사람처럼 보였다.

잠시 침묵이 흘렀고, 가마슈는 그가 자신이 말한 대로 하고 있을지도 모른다고 생각했다. 그가 모랭 형사를 건드리지 않고 보내 주기만 한다면 그를 찾는 것은 문제도 되지 않았다. 가마슈는 그 점에 대해 추호도 의심하지 않았다.

그러나 아르망 가마슈는 이미 첫 번째 실수를 저질렀다.

보부아르는 다시 잠으로 빠져들었고, 잠 속에서 그는 전화기를 내려놓고 경감과 차를 타고 상트 아가트로 달려갔다. 그들은 모랭이 잡혀 있는 곳을 알아내고 그를 구출했다. 안전하고 무사하게. 아무도 다치지 않았고 아무도 죽지 않았다.

보부아르의 꿈은 그랬다. 그가 꾸는 꿈은 언제나 그랬다.

아르망 가마슈는 기다리고 있는 앙리를 위해 공을 집어 던졌다. 그는 개가 하루 종일이라도 행복하게 이 놀이를 할 거라는 걸 알았다. 그리고 이 단순하고 반복적인 행위에는 자신도 끌리는 바가 있었다.

신발이 눈 위에서 뽀드득 소리를 냈고 내쉬는 숨이 차갑고 어두운 공기 중으로 흩어졌다. 그는 앞에서 뛰는 앙리의 모습을 보며 가벼운 바람이 앙상한 손가락 같은 벌거벗은 가지들을 흔드는 소리를 들었다. 그리고 말하기를 멈추지 않는 앳된 목소리가 들렸다.

폴 모랭은 그에게 차가운 야마스카 강에서 첫 수영 강습을 받았을 때 덩치 큰 애들에게 수영복이 벗겨진 이야기를 했다. 그는 모랭의 가족이 타두삭에 고래를 보러 간 어느 해 여름 이야기와 모랭이 얼마나 낚시를 좋아하는지와 할머니의 죽음, 모랭과 수잔이 그랭비에 있는 새 아파트를 임대한 이야기와 그녀가 고른 벽지 이야기를 들었다. 가마슈는 젊은 형사의 인생에 일어난 온갖 자질구레한 일들을 들었다.

그리고 모랭이 그 이야기를 늘어놓는 동안 가마슈는 다시 기억의 방문을 받았다. 그는 낮 동안 잠가 두었던 모든 이미지들을 밤에 풀어 놓았다. 그러지 않을 수 없었다. 신음 소리를 내는 문 뒤에 그 기억들을 가둬 두려 애썼지만 기억들은 그가 굴복할 때까지 문을 발로 차고 두드리고 밀어 댔다.

해서 매일 밤 그와 앙리, 그리고 모랭 형사는 산책에 나섰다. 앙리는 공을 쫓고 가마슈는 기억에 쫓기면서. 그렇게 한 시간을 보내고 술집과 식당이 모두 문을 닫은 그랭 알레 길을 따라 돌아왔다. 술 취한 대학생들은 사라지고 없었다. 모두 떠난 자리에는 적막뿐이었다.

그리고 가마슈는 모랭 형사에게 제발 조용히 해 달라고 청하고 부탁하고 애원했다. 이제는. 제발. 그러나 젊은 형사의 목소리는 낮아질망정 결코 완전히 사라지지 않았다.

8

가마슈는 강한 커피 향에 잠에서 깼다. 샤워를 끝낸 후 에밀과 아침을 먹기 위해 아래층으로 내려갔다.

그들은 긴 나무 탁자에 앉았고, 에밀은 가마슈에게 커피를 따라 주었다. 탁자 중앙에는 크루아상과 꿀, 잼이 과일 조각과 함께 놓여 있었다.

"이거 봤나?" 에밀은 아침에 온 「르 솔레유」를 가마슈 앞으로 밀었다. 가마슈는 커피를 한 모금 마시고 머리기사를 읽었다.

오귀스탱 르노, 샹플랭을 찾다 살해당하다

그는 기사 내용을 훑었다. 가마슈는 언론 보도를 무시하지 않는 사람이었다. 언론이 경찰도 찾지 못하는 정보와 사람을 추적해 내는 경우가 드물지 않았다. 그러나 기사에는 새로운 내용이 없었다. 르노의 특별한 취미와 그의 취미 때문에 열 받은 사람들에 대한 이야기가 대부분이었다. 기사에는 퀘벡의 책임 고고학자 세르주 크루아의 코멘트가 인용되어 있었다. 그는 모두가 익히 알다시피 옛 퀘벡 여기저기에 구멍을 내고 정식으로 발굴해야 할 유적지를 훼손하는 일에 불과했던 르노의 '성취'에 대해 더할 나위 없이 좋게 말하고 있었다. 오늘 신문의 찬사만 보면 짐작도 못 할 일이지만 크루아와 르노 사이에 존경 따위는 존재하지 않았다.

그러나 기자는 영리하게도 크루아가 과거 르노에 대해 했던 말들을 덧붙여 실어 놓았다. 비단 크루아만이 아니라 샹플랭 전문가인 역사학자나 고고학자들이 르노 생전에 그에 대해 했던 말도. 전부 르노를 깎아내리고 전문성 없는 그의 위치를 조롱하는 말들이었다.

의심할 여지 없이 살아 있을 적 르노는 마을의 어릿광대였다. 그러나 신문을 읽어 감에 따라, 오늘에 이르러서는 또 다른 오귀스탱 르노가 탄생해 있었다. 더 이상 살아 있지 않다는 것 말고도 달라진 것이 있었다. 머리가 돈 사람으로서가 아닌, 그에 대한 애정 어린 감정이 사람들 사이에 생겨나게 된 것 같았다. 르노는 방향이 잘못되었을지언정 열정적인 사람이었다. 자신의 고향, 자신의 도시, 자신의 땅 퀘벡을 사랑했던 사람. 역사를 너무도 사랑하고 역사와 더불어 호흡한 나머지 모두에게 배척당하고 심지어 자기 정신마저도 놓아 버린 사람.

그는 퀘벡에 많이 존재하는 해롭지 않은 괴짜 중 하나였고, 그를 잃음으로써 퀘벡은 보다 빈곤해졌다.

그것이 죽은 뒤의 르노였다. 마침내 존중받게 되었다.

신문은 신중한 태도를 취해 그가 발견된 장소에 대해서는 간략히 언급하는 정도에 그쳤고, 가마슈는 이를 다행으로 여겼다. 지역 사회에서 주요한 역할을 하고 있는 영국계 기관이라는 설명은 있었지만 그뿐이었다. 영국계가 개입하거나 공모했을 가능성이나 정치적, 문화적 동기가 있었을지 모른다는 식의 언급은 일절 없었다.

하지만 가마슈는 선정적인 언론마저 그런 태도를 고수할지 궁금했다.

"그 도서관인가? 자네가 매일 찾아가는 곳 말일세." 에밀이 크루아상을 반으로 나누자 부스러기가 탁자 위로 흩어졌다. 에밀은 전날 저녁을 친구들과 먹었기에 둘은 살인 사건이 일어난 이래 보지 못했다.

"문예역사협회요, 네." 가마슈가 말했다.

에밀이 짐짓 심각한 눈초리로 그를 건너다보았다. "내겐 사실대로 말해도 괜찮네, 아르망. 자네가 혹시⋯⋯."

"그를 죽였냐고요? 모르는 사람은 죽이지 않습니다. 친구면 몰라도."

에밀 코모는 껄껄 웃고 잠시 입을 다물었다. "안됐군."

"안된 일이죠. 저도 현장에 있었습니다. 랑글로와 경위가 친절하게도 초동수사에 참여하겠느냐고 물어봐 줘서요."

아침을 먹으면서 가마슈는 에밀에게 전날 있었던 일을 들려주었다. 그의 스승은 중간중간 짤막한 질문을 던져 가며 귀를 기울였다.

이윽고 에밀 코모가 의자에 몸을 기댔다. 식사는 진작 끝났지만 다른 종류의 시장기가 동했다. "그래, 자네 생각은 어떤가, 아르망? 그 영국인들이 뭔가 숨기고 있다고 생각하나? 두려울 게 없다면 자네 도움을 구할 이유도 없잖나?"

"그건 그렇죠. 그 사람들이 겁을 먹은 건 맞습니다. 하지만 진실을 숨기고 있어서라기보다는 이 모든 일이 어떻게 비칠까 두려워서겠지요."

"그럴 만하지." 에밀이 동의했다. "르노는 거기서 뭘 하고 있었지?"

가마슈는 그게 관건이라고 생각했다. 그를 죽인 자가 누구였는지만큼 중요한 질문이었다. 그는 왜 문예역사협회에 있었을까?

"에밀?" 가마슈는 손으로 머그잔을 감싼 채 몸을 앞으로 내밀었다. "샹플랭 협회 회원이시니 저보다 더 잘 아실 테죠. 르노가 그럴듯한 단서를 쫓고 있었나요? 샹플랭이 거기 묻혀 있다고 생각할 만한 근거가 있습니까?"

에밀이 일어섰다. "점심때 생 로랑 바로 오게. 그 질문에 나보다 더 잘 답해 줄 사람들을 소개해 주지."

거의 없는 일이었지만 가마슈는 앙리를 집에 두고 길을 나섰다. 그의 개인적인 생각은 달랐지만 지금 그가 향하는 곳은 개를 환영하는 곳이 아니었다. 개, 고양이, 햄스터, 말, 줄무늬다람쥐, 새도.

그의 생각과는 별개로 세인트 앤드루스 장로교회의 일요 예배에는 사람만 와 있었다. 사람들이 제법 많았다. 의자들은 빠른 속도로 채워졌다. 그들 몇몇이 기자라는 걸 알 수 있었고 대다수의 사람들은 신보다는 소문에 더 관심이 많아 보였다. 가마슈는 오늘 참석자의 대부분이 이 교회에 발도 들여놓은 적이 없을 거라고 생각했다. 어쩌면 이 교회가 여기에 있었는지조차 몰랐을지 모른다. 세인트 앤드루스 장로교회는 시체와 더불어 새로이 발굴되었다.

퀘벡의 영국계들이 총출동해 있었다.

교회의 긴 의자들은 설교단을 중심으로 반원을 그리고 있었다. 가마슈는 가장자리 자리를 잡고 몇 분간 조용히 주변을 감상했다.

밝고 화사한 스테인드글라스를 통해 교회로 빛이 쏟아져 들어오고 있었다. 두꺼운 벽은 회반죽 위에 크림빛으로 칠해져 있었으나 가마슈의 눈을 잡아끈 것은 천장이었다. 울새 알 같은 푸른색으로 칠한 천장이 멋지고 인상적인 발코니 위로 우뚝 솟아 있었다.

한 가지 사실이 갑자기 경감의 마음속에 떠올랐다. 십자가가 보이지 않았다.

"멋지지요?"

몸을 돌린 가마슈는 엘리자베스 맥워터가 자기 옆에 와 앉은 것을 알아차렸다.

"그렇군요." 그가 속삭였다. "오래된 교회인가요?"

"이백오십 년 됐어요. 얼마 전에 기념식을 치렀답니다. 물론 성삼위 성공회 교회가 더 크죠. 대부분의 영국계들은 거기 다녀요. 그렇지만 힘들게나마 여기도 유지하고 있어요."

"문예역사협회와 무슨 관계가 있습니까? 같은 대지에 세워진 것 같은데요."

"공식적인 관계는 없어요. 여기 목사님이 이사회의 일원이시긴 하지만 그게 무슨 의미가 있는 건 아니에요. 예전엔 성공회 대주교님이 이사회에 계셨는데, 그분이 몇 년 전 다른 곳으로 발령받아 가시게 돼서 우리가 장로교회 쪽에 제안을 한 거죠."

"언제나 사람이 이렇게 많이 옵니까?" 가마슈는 이제 자리가 없어 뒤쪽에 서기 시작한 사람들을 향해 고개를 끄덕여 보였다.

엘리자베스는 고개를 젓고는 미소 지었다. "평소에는 의자에 누워서 잘 수 있을 정도예요. 그렇다고 우리가 정말 그렇게 한다고 생각진 마시고요."

"오늘 헌금이 제법 모이겠군요."

"그러길 바라야죠. 교회 천장을 손봐야 하거든요. 하지만 오늘 온 사람들의 대부분은 그냥 호기심에 온 걸 거예요. 오늘 「르 주르날리스트」 기사 보셨어요?"

지역 황색 신문. 가마슈도 알고 있었다. 그는 고개를 저었다. "「르 솔레유」만 읽었습니다. 왜요? 뭐라고 하던가요?"

"직접적이진 않았지만 영국계들이 뭔가를 감추려고 르노를 죽였다는 논조였어요."

"뭘 감추려고요?"

"물론 샹플랭이 협회 지하에 묻혀 있다는 거지요."

"샹플랭이 거기 묻혀 있습니까?"

가마슈는 엘리자베스 맥워터가 자신의 질문에 놀란 것 같다는 인상을 받았다. 그러나 그때 오르간이 연주를 시작하고 회중이 일어서는 바람에 엘리자베스는 답을 해야 하는 번거로움을 피할 수 있었다. 그리고 가마슈는 그녀가 무어라고 답할지 알았다.

당연히 그럴 리가 없다고.

그는 찬송가집을 펴 들고 〈주 내 모든 희망 되시니〉를 따라 부르면서 거기 모인 사람들을 둘러보았다. 대부분은 따라 부르는 시늉조차 하지 않았고 몇몇은 입이 움직이긴 했으나 거기서 소리가 흘러나오는 것 같진 않았다. 여남은 명이 노래를 이끄는 것이라고 짐작했다.

젊은 남자가 강단으로 올라왔고 예배가 시작되었다.

가마슈는 목사에게 주의를 돌렸다. 토머스 핸콕. 그는 스무 살 정도로 보였다. 짙은 금발에 잘생긴 얼굴이었지만 고전적인 아름다움이라기보다는 한창때의 생기 넘치는 종류의 아름다움이었다. 활기가 넘치는 용모. 가마슈는 약동하는 젊음이 매력적이지 않기는 힘들다고 생각했다. 그는 약간 맷 데이먼을 닮은 것 같았다. 총명함이 느껴지고 사람을 끌어당기는 얼굴이었다.

그들은 오귀스탱 르노를 위해 기도했다.

그리고 토머스 핸콕은 가마슈가 가능하리라고 생각지 않았던 일을 했다. 르노가 얼마 떨어지지 않은 장소에서 살해당했다는 사실을 외면하진 않았으나, 그는 그 사실에 천착하지 않았고 신의 뜻은 인간이 알 수 없다는 등의 이야기도 하지 않았다.

대신 핸콕 목사는 성직자의 검은 옷 위로 소년같이 어린 얼굴을 하고서 열정과 목표에 대하여 이야기했다. 누구나 알고 있었던 르노의 삶의 기쁨에 대해. 목사는 르노의 삶을 신의 가장 큰 선물이라는 의미에서 신과 연결 지었다.

설교의 나머지는 기쁨에 대한 이야기로 채워졌다.

위험천만한 전략이라는 것을 가마슈는 알았다. 프랑스계로 가득 찬 신도석은 자신들의 도시 한가운데에서 이슈가 된 영국계에 관한 호기심으로 들끓고 있었다. 대부분의 프랑스계 퀘벡인들은 영국계들이 이곳에 이토록 단단하게 자리 잡고 있었다는 사실조차 알지 못했으리라.

그들은 상궤를 벗어난 존재들이었고, 오늘 교회에 나타난 사람 대부분은 이들을 직접 보고 판단을 내리러 온 사람들이었다. 영국계 공동체의 공식적인 반응을 기록하고 보도하러 온 기자들 한 무리가 수첩을 꺼내 들고 대기하고 있었다. 이 시점에서 삶의 비극보다 환희에 초점을 맞추는 것은 자칫 잘못하면 교회가, 나아가 영국계가 이 사건에 무심하다는 인상을 줄 수 있었다. 돌 던지면 닿을 거리에서 살해된 한 사람의 죽음을 사소한 일로 여기고 있다는 인상을.

그럼에도 대중의 요구에 맞춰 적절한 성경 구절을 인용해 가며 유감의 메시지 안에 무언의 변명을 섞는 대신 이 목사는 기쁨을 이야기했다.

이 설교가 내일 아침 「르 주르날리스트」에 실릴 때는 어떻게 들릴지 모를 일이었으나 지금 가마슈는 그가 쉬운 길을 가지 않고 다른 관점,

더 긍정적인 시각을 제시하기로 한 것에 감탄하지 않을 수 없었다. 그의 교회가 죄나 죄의식보다는 기쁨을 더 많이 이야기한다면 어쩌면 가마슈도 이곳을 다시 찾고 싶을지 모를 일이었다.

마지막 찬송가에 이어 묵도가 이어지며 예배가 끝날 즈음 모랭 형사가 가마슈에게 한시도 입에서 담배를 떼지 않았던 돌아가신 할머니에 대해 이야기했다.

"담배 연기 때문에 늘 오른쪽 눈은 찡그리고 계셨죠." 모랭이 설명했다. "그리고 담배는 그냥 그대로 타고 있는 거예요. 한 번도 재를 떠시는 법이 없었어요. 길쭉한 회색 재가 그냥 달려 있었죠. 우린 몇 시간이고 할머니를 쳐다보곤 했어요. 제 여동생은 할머니가 역겹다고 생각했지만 전 할머니가 좋았던 것 같아요. 할머니는 술도 제법 하셨습니다. 담배를 계속 손에 쥔 채로 먹고 마시고 하셨죠."

그는 그 기술에 감명을 받았던 모양이다.

"한번은 할머니가 아침을 준비하시면서 포리지오트밀 같은 영국식 죽를 젓는데 긴 재가 그 위로 떨어진 거예요. 할머니께선 아랑곳하지 않고 그냥 계속 저으셨어요. 담뱃재랑 유독 물질을 우리가 얼마나 먹었을지 하느님만 아실 일이죠."

"폐암으로 돌아가셨나?" 가마슈가 물었다.

"아뇨. 싹눈양배추에 질식하셔서요."

잠시나마 노력했지만 가마슈는 터져 나오는 웃음을 참지 못했다.

엘리자베스가 쳐다보았다. "즐거운 생각을 하고 계신가요?" 그녀가 속삭였다.

"그런 셈입니다." 가마슈는 그렇게 대답하며 거의 숨이 막힐 만큼 가슴이 맹렬히 조여 오는 것을 느꼈다.

예배가 끝나고 참석자들은 교회 강당으로 초대되어 커피와 과자를 들었지만 가마슈는 뒤에 남았다. 모두와 악수를 나눈 핸콕 목사가 여전히 의자에 앉아 있는 큰 남자를 발견하고는 옆으로 다가왔다.

"도움이 필요하신가요?"

그의 눈은 부드러운 푸른빛이었다. 가까이서 보니 가마슈는 그가 보기보다 나이를 먹었다는 걸 알 수 있었다. 스물다섯보다는 서른다섯에 가까웠다.

"신도들과 말씀 나누시는데 방해하고 싶지 않습니다, 목사님. 오늘 중에 따로 시간을 내주실 수 있을까요?"

"지금도 좋습니다." 그는 곁에 앉았다. "그리고 그렇게 부르지 말아 주십시오. 톰이면 됩니다."

"그렇게 부르긴 어려울 것 같군요."

핸콕이 그를 뜯어보았다. "그렇다면 각하라고 불러 주시지요."

가마슈는 진지한 태도의 젊은 남자를 뚫어지게 바라보다 미소 지었다. "톰도 나쁘지 않을 것 같군요."

핸콕이 소리 내어 웃었다. "사실 정말 공식적인 자리에서는 핸콕 목사라고 부릅니다만 호칭 없이 핸콕 씨라고 부르기도 합니다. 그쪽이 더 편하시다면 그렇게 부르세요."

"그편이 더 낫겠습니다. 메르시." 가마슈가 손을 내밀었다. "저는 아르망 가마슈라고 합니다."

목사의 손이 한순간 멈칫했다. "경감님이시군요." 그가 마침내 말했다. "그러실지 모른다고 생각했습니다. 엘리자베스한테서 어제 많이 도와주셨다고 들었습니다. 저는 어제 카누 경기 연습으로 바빴습니다. 이 길 가망은 없지만 즐겁게 하고 있죠."

가마슈는 가망이 없다는 말이 무슨 말인지 알 수 있었다. 그는 매년 축제 때 세인트로렌스 강을 따라 펼쳐지는 유명한 카누 경기를 수십 년 간 봐 왔다. 매번 그는 뭐에 홀리면 저런 짓을 할 수 있을지 궁금해하곤 했다. 요구되는 체력과 기술도 그렇지만 미치지 않고서는 하기 힘든 일이었다. 그리고 비록 눈앞의 젊은 목사는 그걸 감당할 수 있을 것 같아 보였지만 가마슈는 지난 면담 때의 기억으로 그의 팀 동료인 켄 해슬럼이 60대라는 사실을 알고 있었다. 과장된 감은 있어도 강을 가로질러 모루를 끌고 가는 거나 다름없는 일일 터였다. 팀에서의 해슬럼은 장애가 되었을 게 틀림없었다.

언젠가 이 사람에게 왜 그런 경기에 참가하는지, 그런 경기에 참가하는 사람들은 무슨 이유에서 나서는지 물어보게 될지도 몰랐다. 그러나 오늘은 아니었다. 오늘의 주제는 다른 일이었다.

"조금이나마 도움이 되어 기뻤습니다." 가마슈가 말했다. "하지만 당신의 설교에도 불구하고 그게 다가 아닌 것 같아 두렵습니다."

"제 얘긴 일어난 일을 가벼이 받아들이자는 의미가 아니라 죽은 사람의 삶을 받아들이고 그의 삶을 축복하자는 뜻이었습니다. 우릴 비난하고 싶어 하는 사람들은 저 밖에 많습니다." 그는 아름다운 스테인드글라스와 그 너머의 멋진 도시를 향해 손짓해 보였다. "그래서 전 좀 사기를 북돋우는 말을 하고 싶었지요. 잘못된 선택이라고 생각하십니까?"

"제 생각은 중요하지 않을 것 같습니다."

"중요합니다. 전 지금 설교를 하려는 게 아닙니다."

"사실대로 말하면 사람들을 고무하는 말씀이라고 생각했습니다. 아름답더군요."

핸콕 목사는 가마슈를 바라보았다. "메르시. 위험했지요. 안 좋은 쪽으로 해석되지 않기를 바랄 뿐입니다. 두고 보면 알겠지요."

"퀘벡 태생이십니까?"

"아뇨. 태어나기는 뉴브런즈윅에서 태어났습니다. 셰디악에서요. 세계 제일의 바닷가재 생산지. 그게 규칙이랍니다. 셰디악에 대해 말할 때면 언제나 그렇게 말해야 해요. 세계……,"

"세계 제일의 바닷가재 생산지요."

"그렇죠." 핸콕이 웃었다. 가마슈는 왜 그가 기쁨에 대해 말했는지 알 것 같았다. 그는 기쁨을 아는 자였다. "여기가 첫 부임지입니다. 삼 년 전에 왔지요."

"문예역사협회 이사회에 참여하신 지 얼마나 됩니까?"

"십팔 개월쯤 된 것 같아요. 크게 번거로운 일은 아닙니다. 제 역할은 아무 제안도 하면 안 된다는 걸 기억하고 입을 다물고 있는 거니까요. 가는 시간을 붙잡아 두는 데는 많은 노력이 필요하지만 여태까지는 다들 잘 해 오고 계셨지요."

가마슈가 미소 지었다. "살아 있는 역사로군요?"

"비슷해요. 다들 늙고 심술궂은 노인네들이 될 수도 있었겠지만 그분들은 정말로 퀘벡을 사랑하고 문예역사협회를 사랑합니다. 이목을 끌지 않으려고 오랜 세월 노력해 오셨지요. 당신들끼리 조용히 살 수 있다면 더 바랄 게 없으셨을 겁니다. 그런데 이런 일이 생긴 거죠."

"오귀스탱 르노의 살인 사건이오." 가마슈가 말했다.

핸콕이 머리를 내저었다. "우릴 찾아왔었습니다. 금요일 아침에요. 하지만 이사회는 그를 만나길 원치 않았죠. 부당한 결정도 아니었어요. 그는 다른 사람들처럼 정식 절차를 밟을 수도 있었습니다. 기분이야 상했겠지만."

"그를 보셨나요?"

핸콕이 잠시 주저했다. "아뇨."

"르노가 방문했다는 사실이 왜 의사록에 올라 있지 않은 걸까요?"

핸콕은 당혹스러운 표정이었다. "우리는 그것을 문제 삼지 않기로 결정했습니다."

그러나 가마슈는 핸콕이 이 말을 처음 들었다는 인상을 받았다.

"무슈 해슬럼과 함께 일찍 일어나셨다고 들었습니다만."

"열두 시에 연습이 예정돼 있어서요. 네, 일찍 자리를 떴죠."

"오귀스탱 르노는 그때도 밖에 있었나요?"

"전 보지 못했습니다."

"지하실에 출입할 수 있는 사람은 누구누구인가요?"

핸콕은 잠시 생각에 잠겼다. "그런 건 위니가 더 잘 알 겁니다. 주임 사서이시니까요. 아시겠지만. 지하실 문이 잠겨 있던 적이 있는지 모르겠습니다. 지하실이 어딘지 찾을 수 있느냐가 더 문제일 것 같은데요. 내려가 보셨습니까?"

가마슈가 고개를 끄덕였다.

"그럼 아시겠군요. 뚜껑처럼 여닫히는 문을 지나야 하고 사다리도 내려가야 하죠. 그리 큰 계단도 아니고요. 여기저기 기웃거리다가 발견할 수 있을 만한 장소는 아닙니다."

"하지만 그가 발견된 지하실을 포함하여 보수공사가 진행 중이었습니다. 들기로는 조만간 바닥을 콘크리트로 덮을 예정이었다던데요."

"그렇게 빨리요? 예정이 돼 있다는 건 알았지만 언제인지는 몰랐습니다. 이젠 물 건너간 얘기겠군요?"

"적어도 한동안은 그럴 것 같습니다."

경감은 핸콕 목사가 방금 문예역사협회의 구성원이 르노를 죽였을지도 모른다는 사실을 인정했다는 걸 아는지 궁금했다. 도서관을 이용하러 가끔 들르는 사람이 아닌, 그 오래된 건물을 속속들이 잘 아는 사람이라는 사실을. 경감은 미궁이나 다름없는 그 건물 복도를 헤매고 다니던 일을 기억하고 있었다. 복도와 계단과 방이 사방으로 얽힌 미로였다.

오귀스탱 르노가 지하실로 통하는 뚜껑 달린 문을 혼자 힘으로 찾아낼 수 있었을까?

아마도 그러지 못했을 가능성이 높았다.

누군가가 그를 그리로 인도해 거기서 살해한 것이다.

문예역사협회에 대해 잘 아는 누군가가.

지하 2층 바닥이 곧 콘크리트로 덮인다는 사실을 아는 누군가가.

그의 곁에서 핸콕 목사가 일어섰다. "죄송합니다. 이제 정말 커피를 마시러 가야겠습니다. 다들 기다리실 겁니다." 그는 잠시 움직임을 멈추고 그의 앞에 있는 구레나룻을 기른 남자를 찬찬히 들여다보았다.

퀘벡에 사는 사람이면 누구나 그렇듯이 그도 가마슈 경감의 얼굴에 익숙해 있었다. 살인 수사반의 우두머리로서 그는 퀘벡 경찰청의 결정을 설명하거나 진행 중인 사건에 대해 이야기하기 위해 한 주가 멀다 하고 토크쇼와 뉴스 보도에 얼굴을 비쳤다.

그는 쏟아지는 질문에 언제나 인내심과 배려와 명확한 태도를 견지했지만 늘 정중하지는 않았다. 심한 도발에도 그가 평정을 잃은 모습을 본 적이 없었다.

그러나 지금 핸콕의 눈앞에 있는 사람은 지난 3년 동안 TV에서 보아 오던 사람이 아니었다. 수염이나 흉터 때문만이 아니었다. 그는 여전히 사려 깊고 예의 바르고 부드럽기까지 했다.

그러나 그는 지쳐 보였다.

"커피는 기다려도 되겠군요." 핸콕이 도로 앉았다. 교회는 평화롭고 싸늘하고 조용했다. "이야기를 하고 싶으십니까?"

아르망 가마슈는 그가 의미하는 바가 사건 이야기가 아니라는 걸 알았고 그에게 모든 이야기를 하고 싶은 유혹을 느꼈다. 그러나 아무리 그에게 자신의 죄를 모두 털어놓고 싶다 해도 토머스 핸콕은 살인 사건의 용의자였다. 그는 유혹을 이겨 냈다.

"가십시오. 이야기는 다음에 해도 됩니다."

"그러길 바랍니다." 핸콕이 일어서며 말했다. "기쁨은 영원히 우리 곁을 떠나지 않습니다. 언제나 거기 있지요. 그리고 언젠가는 그걸 다시 찾으실 날이 올 겁니다."

"메르시." 가마슈가 답했다. 그리고 그는 사내의 발소리가 사라질 때까지 그 자리에 앉아 고요한 교회 안에서 머릿속의 목소리와 함께 혼자 남았다.

건너편의 문예역사협회 도서관이 여느 사무실처럼 다시 업무를 시작했다. 노란 경찰 차단선이 뚜껑 달린 문으로 이어져 사다리를 타고 지하

2층으로 인도하는 문에 둘러져 있었다.

랑글로와 경위는 거기 서 있었다.

그의 팀은 사방을 샅샅이 뒤져 모든 증거를 수집했다. 머리카락을 모으고 썩어 가는 쥐와 찾을 수 있는 실오라기는 모두 긁어모았다. 토양 견본도 유리병에 담았다. 사진을 찍고 적외선, 자외선 탐지기 등 모든 수단을 동원했다.

시체 외에도 피 묻은 삽, 지도가 들어 있는 가방, 온갖 종류의 발자국을 찾아냈다. 용의자의 범위를 좁히는 데 도움이 안 될 만큼 많은 발자국을.

랑글로와는 수사관을 보내 르노의 전처를 면담하게 했고, 얼마 남지 않은 그의 친구와 이웃들을 만나 보게 했다. 망자의 집에도 사람을 보냈지만 워낙 책과 서류를 비롯한 잡동사니로 꽉 차 있어 훑어보는 데만 몇 주가 걸릴 터였다.

모두가 이 사건에 매달렸다. 가마슈가 예측했듯 랑글로와 역시 까딱 잘못하면 일이 걷잡을 수 없어지리라는 것을 알고 있었다. 저질 언론에서 여론몰이를 시작하면 결국 주류 언론도 그에 반응하기 마련이었다. 사건의 방향이 바뀌고 있었다. 이제는 르노의 시체만이 문제가 아니라 다른 시체, 오래된 의혹에 싸인 더 오래전 시체가 문제시되고 있었다.

샹플랭.

그가 여기 있는 걸까?

단서를 찾아 르노의 아파트를 헤집는 대신 그가 지금 이 희미한 불빛의 지하실에 내려와 감자 한 양동이를 노려보고 있는 것은 바로 그 때문이었다. 그는 그것들이 적어도 감자이길 바랐다.

그의 옆에서 퀘벡의 책임 고고학자 세르주 크루아가 허리를 굽히고 있었다.

둘 다 여기 있는 것이 즐겁지 않았다. 둘 다 시간을 낭비하고 있다는 것을 알았다.

"글쎄요. 이게 샹플랭이 아니라는 건 확실히 말씀드릴 수 있소."

두 남자는 여전히 감자 더미를 쳐다보았다.

책임 고고학자가 데려온 숙련된 발굴 전문가가 삽에 기대어 서 있었다. 다른 사람은 장비를 들고 흙바닥을 천천히 걸어 다녔다. 이미 그들은 세 구덩이를 팠고 금속 상자나 뿌리채소가 담긴 양동이를 찾아낸 상태였다. 수백 년은 되었을 것들이었다. 순무, 감자, 방풍나물 따위. 그러나 사뮈엘 드 샹플랭은 없었다.

"봉Bon 됐소." 크루아가 말했다. "이걸로 충분하오. 우리 모두 그가 여기 없다는 걸 알잖소. 오귀스탱 르노가 여길 점찍었다는 것만으로도 샹플랭이 다른 곳에 묻혔다는 증거로 족하오."

"잠깐만요. 여기 뭔가 잡히는데요." 장비를 들고 있던 여자가 말했다.

크루아는 한숨을 쉬었지만 그들은 어두운 방 한편에 모였다. 전문 발굴자가 공업용 전등을 다시 정렬했다.

랑글로와 경위는 심장이 뛰는 속도가 빨라지는 것을 느끼며 다른 사람들도 기대에 찬 표정을 짓고 있다는 것을 깨달았다. 심지어 크루아마저 희망 섞인 얼굴을 하고 있었다.

샹플랭이 여기 묻혀 있을 리가 없다는 것을 알면서도 크루아는 여전히 희망을 갖고 있었으리라. 랑글로와는 고고학자들이 땅을 파고 또 파며 이번에는 허탕이 아닐 거라고 항상 믿는다는 점에서 살인반 형사 같다고 생각했다. 지표면 아래 무언가 중요한 게 묻혀 있을 거라 믿으며.

발굴자는 삽을 단단한 흙 속으로 조심스레 찔러 넣었다 빼면서 한 번에 3센티미터씩 그 아래 있을 물건이 다치지 않게 구멍을 파 나갔다.

이윽고 무언가에 부딪치는 소리와 살짝 긁히는 소리가 들렸다. 무언가를 찾았다.

또 한 번 퀘벡 주 책임 고고학자가 몸을 굽혔다. 그는 여태 사용하던 것들보다 세밀한 도구를 가져와 고통스러울 만큼 천천히 공들여 흙더미를 헤치고 상자를 꺼냈다.

그는 상자 뚜껑을 열고 빛을 비추었다.

순무였다. 그중 하나는 수상쩍을 정도로 총리를 닮아 있었다.

9

아르망 가마슈는 미끄러운 인도를 서둘러 지나 플라스 다름이라 이름 붙은 공원으로 들어섰다. 매서운 바람이 얼굴을 쓸고 지나갔다. 눈이 두껍게 쌓인 공원은 사람이 다니는 길만 잘 닦여서 반들반들해져 있었다. 칼레슈라 불리는 마차가 공원 제일 높은 곳에서 옛 도시를 구경하고 싶어 하는 관광객을 기다리고 있었다. 가마슈 뒤에는 모두 레스토랑으로 바뀐, 그림 같은 돌집들이 줄지어 있었다. 그의 오른쪽으로는 성삼위 성공회 교회의 장대한 건물이 서 있었다. 가마슈는 이곳에 온 적이 있기 때문에 알고 있었지만 교회를 쳐다보지 않았다. 다른 사람들처럼 그는 바람을 피해 얼굴을 숙이고 걷다가 기둥이나 사람에게 부딪히지 않도록 가끔씩만 고개를 들어 앞을 확인했다. 눈에 가득 고인 눈물이 얼어붙고 있었다. 모든 이가 가마슈처럼 얼굴이 빨갛게 상기되어 있었다. 이동식 신호등처럼.

눈 아래 숨어 있던 빙판에 미끄러진 가마슈는 간신히 몸을 바로잡은 다음 바람을 등지고 숨을 골랐다. 공원과 마차 너머 언덕 제일 높은 곳에는 캐나다에서 제일 많이 사진에 찍히는 건물이 서 있었다.

샤토 프롱트나 호텔.

작은 탑들이 이어진 크고 위압적인 회색 건물로 절벽 위에서 솟아난 것 같았다. 중세 성을 모방하여 지은 이 건물은 퀘벡의 첫 총독이었던 프롱트나의 이름을 땄다. 웅장하면서 위압적이었다.

호텔을 향해 걸으면서 가마슈는 작은 공원 한가운데에 서 있는 큰 조형물 하나를 지나쳤다. 신앙의 탑이었다. 퀘벡은 믿음 위에 세워진 도시였다. 그리고 모피. 하지만 이 도시를 세운 사람들은 비버보다는 순교자들을 위한 탑을 세우고 싶어 했다.

머리 위의 호텔이 따뜻함과 포도주와 프랑스식 양파 수프를 약속했다. 그리고 에밀도. 그러나 경감은 안식처의 바로 앞에 멈춰 서서 호텔이나 신앙의 탑이 아니라 왼편에 위치한, 신앙의 탑보다 훨씬 큰 다른 조형물을 응시했다.

4백 년 전 그가 세운 도시를 굽어보고 있는 사람의 상이었다.

사뮈엘 드 샹플랭의 상.

자신이 세웠기에 존재하는 이 도시의 일부가 되어 활보하는 사람들과 어울리고 싶다는 듯이, 머리에 아무것도 쓰지 않은 그는 당당한 모습으로 발을 내딛고 있었다. 그 상을 떠받치고 있는 대에는 천사가 새겨져 있었다. 그를 기리며 트럼펫을 부는 모습이었다. 민족주의와 연이 먼 가마슈조차 많은 이들이 시도했고 실패한 일을 해낸 이 남자의 흔들림 없는 안목과 용기에 경외감을 느꼈다.

그는 이 낯선 땅에 그저 모피와 목재를 얻고 물고기를 잡기 위해 온 게 아니었다. 그는 새 나라를 고향이라 부르며 이곳에서 공동체를 꾸리고 살기 위해 왔다.

가마슈는 얼굴과 따뜻한 장갑 안의 손이 추위로 마비될 때까지 바라보았다. 하지만 그는 여전히 퀘벡의 아버지를 응시하면서 궁금해했다.

당신은 도대체 어디 있습니까? 어디에 묻혔습니까? 왜 우리는 모르는 겁니까?

에밀이 창가 자리에서 일어나 이리로 오라고 손짓했다.

같이 앉아 있던 두 남자도 일어섰다.

"경감." 두 사람이 인사하고 자신들을 소개했다.

"르네 달레르라 하오." 키가 크고 살집이 좋은 사람이 가마슈의 손을 잡았다.

"장 아멜이오." 작고 마른 쪽이 말했다. 르네가 짧은 콧수염을 길렀더라면 두 사람은 로렐과 하디1920년대에서 1940년대까지 할리우드에서 활동한 코미디언 듀오로도 통할 수 있을 것 같았다.

가마슈는 외투 주머니에 모자와 목도리, 장갑을 넣어 종업원에게 맡기고 앉았다. 손을 얼굴에 갖다 대니 열이 느껴졌다. 극단적인 추위가 남긴 흔적은 역설적이게도 햇볕에 의한 화상과 별반 다르지 않았다. 그러나 화끈거림은 몇 분 내로 가라앉았고, 손을 깔고 앉자 다시 피가 통하기 시작했다.

그들은 술과 음식을 주문하고 축제나 날씨, 정가 소식에 대해 이야기를 나누었다. 셋은 서로 잘 아는 사이로 보였다. 가마슈는 그들이 수십 년째 같은 모임에 속해 있다는 사실을 알았다.

샹플랭 협회.

주문한 술과 한 바구니의 롤빵이 나왔다. 그들이 스카치를 홀짝이는 동안 가마슈는 따뜻한 롤빵을 양손 가득 쥐고 싶은 걸 자제했다. 세 사람이 가벼이 대화를 이어 가는 동안 가마슈는 조용히 듣고 때로는 끼어들다가 창밖을 바라보았다.

생 로랑 바는 호텔의 가장 안쪽에 있었는데 우아하고 널찍하며 끝없이 긴 호텔 복도를 지나 두 짝으로 된 문들을 통과하면 나오는 또 다른 세계였다. 이 바는 매머드 급 호텔의 다른 곳과는 다르게 원형으로 된 아담한 크기에 호텔의 작은 탑들 중 한 군데에 있었다. 곡선을 이룬 벽은 진한 색깔의 나무로 마감했고, 벽난로가 식당 양쪽 끝에 하나씩 있었다. 반원형의 바가 한가운데에 위치하고 탁자들이 그 주위를 둘러싼 모양새였다.

다른 데서라면 매우 인상적인 풍경이었겠지만 퀘벡 시는 통상적인 도시가 아니었고 그중에서도 이 호텔은 유독 돋보이는 존재였다.

바와 멀리 떨어진 둥근 벽을 따라 창문이 여럿 있었다. 높고 널찍한

창에는 마호가니 문설주가 대어 있었고 창밖으로는 가마슈가 익히 보아
온 멋진 풍경이 펼쳐 있었다. 퀘베쿠아에게는 비할 데 없는 풍경이었다.
그 풍경은 그들의 그랜드캐니언이자 나이아가라 폭포였고 에베레스트
산이었다. 마추픽추, 킬리만자로, 스톤헨지나 다를 바 없는 경이였다.

창 너머로 굽이치는 큰 강이 보였는데 너무 멀리 있어서 과거로 흐르
는 강처럼 아득했다. 가마슈는 놀라울 만치 작고 허름한 배들이 대서양
을 가로질러 와 강이 좁아지는 장소에 닻을 내렸던 4백 년 전의 과거를
보는 듯했다.

케벡. 알곤킨족세인트로렌스 강 북부 지류에 살던 인디언 말로는 그렇게 불렸다.
강이 좁아지는 곳.

가마슈는 돛이 말리고, 사람들이 밧줄을 잡아당겨 정돈하고 돛대를
기어오르고 내리는 모습을 볼 수 있었다. 보트가 물 위로 내려지고 사람
들이 연안으로 노를 저어 가는 모습도 보였다.

앞으로 무슨 일이 기다리고 있을지 그들은 알 수 있었을까? 신세계가
무엇을 품고 있는지?

틀림없이 몰랐으리라. 알았다면 오지 않았을 테니까. 대부분은 이 땅
을 떠나지 못하고 연안 기슭에 묻히는 운명을 맞았다. 괴혈병과 추위로
죽어 갔다.

그들에겐 가마슈처럼 추위를 피할 호텔이 없었다. 따뜻한 수프도 호
박색 스카치도 없었다. 자신은 저 밖의 지독한 바람 속에서 10분도 채
버티지 못했는데 그들은 며칠, 몇 주, 몇 달을 제대로 된 옷도 없고 추위
를 피할 곳도 없이 어떻게 살아남았을까?

답은 사실 분명했다. 대부분은 살아남지 못했다. 많은 수가 첫해 겨울

을 넘기지 못하고 길고 고통스럽고 끔찍한 죽음을 맞았다. 가마슈가 창 너머 강에서 보고 있는 것은 지난 역사였다. 회색빛 물과 얼음 조각을 따라 흐르는 자신의 역사.

강 위에 찍혀 있는 점 하나가 보였다. 아이스 카누였다. 고개를 설레 설레 저으며 가마슈는 대화로 다시 주의를 돌렸다.

"왜 그런 표정을 하고 있나?" 에밀이 물었다.

경감은 창밖을 향해 눈짓했다. "아이스 카누 팀이 보여서요. 초기 정 착자들이야 어쩔 수 없었다지만 누가 저런 걸 하고 싶어 하는 걸까요?"

"동감이오." 르네가 롤을 하나 집어 반으로 갈라 버터를 바르며 말했 다. "보는 것도 힘들지만 그렇다고 안 보게 되지도 않소." 그는 웃었다. "난 가끔 우리가 노 젓는 배 위의 사회에서 살고 있는 게 아닌가 싶소."

"뭐라고?" 장이 물었다.

"노 젓는 배 말이야. 그래서 저런 일도 하는 거 아닌가 해서 말이지." 그는 창밖 강 위의 점 하나를 향해 머리를 기울였다. "퀘벡이 이렇게 보 존이 잘된 것도 그래서 아닐까? 우리 모두 지나간 역사에 흠뻑 빠져 있 으니까. 우리 모두 노 젓는 배에 타고 있는 거야. 앞으로 나아가면서도 늘 뒤를 돌아보는 거지."

장이 웃다가 종업원이 다가오자 몸을 뒤로 뺐다. 종업원이 큼지막한 버거와 감자튀김을 그 앞에 내려놓았다. 에밀 앞에는 여전히 거품이 보 글보글 올라오는 프랑스식 양파 수프가 놓였고 가마슈에게는 따뜻한 콩 수프가 놓였다.

"오늘 오전에 만난 사람이 아이스 카누 경기를 준비한다고 하더군 요." 가마슈가 말했다.

"체격이 좋겠군." 에밀이 녹은 치즈를 끊으려고 숟가락을 거의 머리 높이로 들어 올리며 말했다.

"네. 장로교회 목사이기도 하고요. 세인트 앤드루스 교회요."

"근육적 기독교Muscular Christianity 신앙과 동시에 강건한 육체와 명랑한 삶을 존중하는 빅토리아 시대의 기독교 운동 중 하나로군." 르네가 웃었다.

"여기 장로교회가 있소?" 장이 물었다.

"신도도 있죠." 가마슈가 말했다. "그 사람 말이 자기 팀에 육십을 넘긴 사람도 있답니다."

"육십을 넘겼다고? 체중 얘기겠지?" 르네가 물었다.

"IQ 얘기일 거야." 에밀이 끼어들었다.

"오늘 오후에 만나 보려고 생각하고 있습니다. 이름이 켄 해슬럼이라는데, 아는 분 계신가요?"

그들은 서로 쳐다보았으나 답은 분명했다. 모르는 이름이다.

점심 식사 후 에스프레소를 앞에 놓고 가마슈는 자신이 이 자리에 온 목적을 이야기하기 시작했다.

"아시겠지만 오귀스탱 르노가 금요일 밤이나 어제 이른 아침쯤에 살해당했습니다."

그들은 고개를 끄덕였다. 분위기가 가라앉았다. 세 얼굴이 그를 빈틈없이 바라보고 있었다. 이들은 모두 70대 후반으로 자신의 영역에서 다들 성공을 거두고 은퇴한 사람들이었다. 그러나 그들 중 어느 누구도 왕년의 날카로움을 잃지 않았다. 가마슈는 확연히 알 수 있었다.

"제가 여러분께 여쭈어 보고 싶은 건 이겁니다. 샹플랭이 문예역사협회 지하에 묻혔을 수 있을까요?"

셋은 잠시 서로 쳐다보았다. 마침내 침묵 중에 키가 크고 하디를 닮은 르네 달레르가 대답을 하는 역할을 맡았다. 탁자 위는 커피 잔만 남겨 놓고 전부 치워져 있었다.

"당신이 그걸 궁금해한다고 에밀이 말해 주어서 이걸 가져왔소." 그는 지도를 펼쳐 커피 잔으로 고정시켰다. "문예역사협회가 있는지도 몰랐다는 게 부끄럽군."

"전혀 몰랐던 것은 아니잖나." 장이 친구를 향해 말했다. "우리 모두 그 건물에 대해서는 알고 있었으니까. 꽤 유서 깊은 건물이지. 원래는 요새로, 천칠백 년대에는 병영의 일부였소. 십팔 세기 후반에는 전쟁 포로를 수용하는 데 쓰였고. 그러다 다른 곳에 수용소가 새로 지어지고 나서 민간으로 넘어갔을 거요."

"그리고 지금은 문예역사협회라 불린다고요?"

르네는 강한 프랑스어 억양이 섞인 영어로 말했다.

"꽤 대단한 곳입니다." 가마슈가 답했다.

르네가 굵은 손가락을 들어 생 스타니슬라스 거리의 한 건물을 짚었다. "여기 맞소?"

다른 사람들과 더불어 가마슈도 몸을 구부려 지도를 내려다보았다. 다들 머리를 부딪치지 않으려고 조심하고 있었다. 그는 고개를 끄덕여 수긍했다.

"그렇다면 의심의 여지가 없군. 다들 동의하나?" 르네 달레르가 장과 에밀을 돌아보았다.

모두 동의했다.

르네가 가마슈의 눈을 쳐다보았다. "확언하는데 사뮈엘 드 샹플랭은 거기 묻혀 있을 수 없소."

"어떻게 그렇게 확신하십니까?"

"호텔에 올 때 샹플랭의 상이 서 있는 걸 보셨소?"

"봤습니다. 못 보고 지나치기 힘들겠더군요."

"세 브레C'est vrai 그렇지요. 그 상은 그냥 그를 기리려고 거기 세운 게 아니오. 샹플랭은 바로 그 자리에서 죽었다오."

"우리가 확정할 수 있는 바로는 그렇지요." 장이 끼어들었다. 르네가 그에게 잠깐 귀찮다는 시선을 던졌다.

"거기가 그가 죽은 자리라는 걸 어떻게 아십니까?" 가마슈가 물었다. 이번에는 에밀이 대답할 차례였다.

"그의 부관과 사제들이 남겨 놓은 보고가 있다네. 그는 잠깐 앓다가 1635년 크리스마스에 죽었어. 폭풍이 치는 날이었지. 샹플랭에 대해 의심 없이 확실하게 알려진 몇 안 되는 사실 중 하나야. 상이 지금 서 있는 그 자리에 요새가 있었지."

"하지만 숨을 거둔 바로 그 자리에 묻히지는 않았을 텐데요. 아닙니까?" 가마슈가 물었다.

르네가 옛 지도, 적어도 복사본 지도 하나를 더 꺼내 지금의 도시 지도 위에 겹쳐 놓았다. 새로 놓인 지도는 부실해 보였다.

"이건 샹플랭이 죽은 사 년 뒤인 1639년에 만들어진 지도요. 그가 알던 퀘벡의 모습과 많이 다르지 않을 거요." 지도에는 요새가 그려져 있고 그 앞으로 연병장이, 주변으로는 건물이 흩어져 있었다. "여기가 그가 죽은 장소요." 르네의 손가락이 요새를 가리켰다. "지금 상이 서 있는 곳이라오. 그리고 샹플랭은 여기 묻혔소."

르네 달레르의 두꺼운 손가락이 요새에서 수백 미터 떨어져 있는 작은 건물을 짚었다.

"교회요. 그때 퀘벡에 하나뿐이었던 교회라오. 공식 기록은 없지만 샹플랭이 여기 묻혔을 거라는 게 거의 확실해요. 교회나 교회 바로 옆의 묘지 중 하나지."

가마슈는 당혹스러웠다. "아니, 그가 어디에 묻혔는지 알고 있다면 뭐가 미스터리라는 건가요? 그는 어디 있는 겁니까? 그리고 왜 당시 퀘벡에서 가장 중요한 사람의 매장 기록이 남아 있지 않은 겁니까?"

"아, 매사가 그렇게 간단하기만 하면 얼마나 좋겠소?" 장이 말했다. "그 교회는 몇 년 뒤에 화재로 소실됐다오. 기록도 그때 모두 불에 타 버렸지."

가마슈는 그 점에 대해 생각해 보았다. "불이 기록이야 태워 버렸겠지만 땅에 묻힌 시체까지 태우진 못했을 텐데요. 지금쯤은 발견됐어야 하지 않습니까?"

르네가 어깨를 으쓱했다. "그렇소. 그래야 하지. 거기에 대해선 이론이 많다오. 제일 유력한 이론은 샹플랭은 교회가 아니라 묘지에 묻혀서 화재에는 영향을 받지 않았다는 거요. 다만 시간이 지나 애초의 정착지가 커졌고……."

르네는 말 대신 손짓으로 마무리를 지었지만 그 표현이 웅변적이었다. 그는 손을 벌려 보였고 다른 두 사람 역시 눈을 내리깔고 침묵을 지켰다.

"샹플랭 위에 건물을 지었다는 말씀인가요?" 가마슈가 물었다.

세 사람의 표정이 좋지 않았지만 누구도 반박하지 않았다. 이윽고 장이 침묵을 깼다.

"다른 이론도 있다오."

에밀이 한숨을 쉬었다. "그만두게. 증거도 없잖아."

"증거야 그 어느 이론에도 없지." 장이 지적했다. "가설에 불과하다는 건 동의하네만 자넨 그냥 그 이론이 싫은 거잖나."

에밀은 아무 말 하지 않았다. 장이 정곡을 찌른 듯했다. 장은 가마슈를 향했다. "그 이론에 따르면 퀘벡 시가 성장하면서 르네가 말했듯이 건물 수요가 많아졌다는 거요. 새 건물을 지으려면 서리가 끼는 선 아래까지 땅을 깊이 파야 하오. 도시는 폭발적으로 확장해 나가고 있었고 모든 게 서둘러 이루어져야 했지. 죽은 사람들에 대해선 생각할 짬이 없었던 거라오."

가마슈는 이야기의 방향을 알 것 같았다. "샹플랭의 시체 위에 건물을 세운 게 아니라는 거군요."

장이 천천히 고개를 저었다. "그래요. 그 이론에 따르면 사람들이 수백 구의 시체들을 파낼 때 샹플랭의 시체도 파내서 어딘가의 쓰레기 매립지에 내다 버렸다는 거요. 누군지 제대로 알지도 못한 채."

가마슈는 망연자실하여 말을 잇지 못했다. 미국인들이라면 워싱턴의 시체를 두고 그런 일을 했을까? 영국인들이라면 헨리 8세의 시신을 그렇게 할 수 있었을까?

"그런 일이 진짜로 있을 수 있었을까요?" 그의 질문은 자연스레 어깨를 으쓱하다가 마침내 고개를 끄덕이는 에밀 코모를 향했다.

"가능은 하지. 하지만 장의 말대로 그 가설을 인정하고 싶어 하는 사람은 아무도 없네."

"공정하게 말하자면 그건 온갖 가설들 중에서도 가능성이 제일 낮은 이론이라오." 장이 덧붙였다.

"요점은," 르네가 다시 지도를 내려다보았다. "1635년 초기 정착지의 경계선이 이쯤이라는 거요." 그는 옛 지도를 가로질러 손가락으로 선을 긋고는 옛 지도를 치우고 현대 지도에서 같은 범위를 가리켜 보였다. "우리가 앉아 있는 이 호텔에서 잘해야 수백 미터 정도의 범위라오. 그들은 범위를 작게 잡았지. 그래야 방어하기가 쉬우니까."

"그럼 나머지는 뭐였습니까?" 가마슈가 물었다. 차츰 이야기의 맥락을 이해해 가고 있었다.

"아무것도 아니었다오. 숲이나 바위쯤?" 장이 답했다.

"그럼 지금 문화역사협회 자리에는 뭐가 있었습니까?"

"숲이었겠지." 르네가 다시 옛 지도를 끌어와 그 어느 정착지를 기준으로 삼더라도 멀리 떨어진 곳에 위치한 빈 공간을 가리켜 보였다.

아무것도 없었다.

초기 정착자들이 샹플랭을 문명으로부터 그렇게 먼 데다 묻었을 이유가 없었다.

퀘벡의 아버지가 문예역사협회의 지하실에 묻혀 있을 이유는 없었다.

가마슈가 몸을 뒤로 기댔다. "그렇다면 오귀스탱 르노는 왜 거길 갔을까요?"

"정신이 나가서?" 장이 말했다.

"그 사람이 제정신이 아니긴 했지." 에밀이 말했다. "샹플랭은 자신의 삶 모두를 바칠 만큼 퀘벡을 사랑했지. 퀘벡은 그가 아는 전부였고 그가 사는 목적이었어. 그리고 르노는 같은 이유로 샹플랭을 사랑했네. 거의 미치기 일보 직전이었다고 해도 과언이 아니지."

"일보 직전이라고?" 르네가 말했다. "정신 이상의 정점을 찍었다고 해야지. 오귀스탱 르노는 미친 자들 중에서도 상급이었다고. 일보 직전은 무슨."

"어쩌면," 에밀이 다시 옛 지도를 내려다보며 말했다. "어쩌면 샹플랭을 찾으러 그곳에 간 게 아닐지도 모르네. 다른 이유로 거기 갔을지도 모를 일이야."

"어떤 이유 말입니까?"

"글쎄." 가마슈의 스승이 그를 바라보았다. "문예와 역사 협회 아닌가. 찾는 책이 있었는지도 모르지."

가마슈가 미소 지었다. 그랬을지도 모를 일이었다. 그는 일어서서 종업원이 외투를 가져오기를 기다렸다. 현대 지도를 내려다보다 그는 무언가를 알아챘다.

"화재로 소실된 옛 교회 말입니다. 지금 이 지도로 어디쯤인가요?"

르네가 다시 손을 내밀어 한 곳을 가리켰다.

손가락이 닿은 지점은 노트르담 대성당으로, 한때 위대하고 훌륭한 사람들이 기도를 하기 위해 찾았던 위대한 교회였다. 종업원이 가마슈가 옷 입는 것을 돕는 사이 르네가 그에게 몸을 기울이고 소곤거렸다. "세바스티앵 신부님과 얘기해 봐요."

장 기 보부아르는 기다렸다.

기다리는 건 그가 제일 잘하지 못하는 일이었다. 그는 처음엔 신경 쓰지 않는 듯 보였고, 이윽고 세상의 모든 시간을 다 가진 사람처럼 보였다. 그 상태를 20초쯤 유지했지만 이내 짜증이 난 것처럼 보였다. 그 모습이 더 성공적이어서 15분 뒤 올리비에 브릴레가 올 때까지 그 모습을 유지했다.

그가 올리비에를 마지막으로 본 것은 몇 달 전이었다. 감옥은 어떤 사람들을 바꿔 놓는다. 사실 모든 사람을 바꿔 놓지만 일부는 다른 사람들보다 더 확실히 드러났다. 몇몇은 감옥이 잘 맞는 것처럼 보였다. 그들은 끼니를 꼬박꼬박 챙겨 먹으며 몇 년 만에 운동을 열심히 하고 몸을 불렸다. 그들은 관리된 식단과 체계 속에서 잘 자라났다. 이들 중 다수는 일생에 그런 삶을 누리지 못했기에 이곳으로 흘러들어 오게 된 사람들이었다.

여기서 그들의 삶은 명확했다.

하지만 대부분의 사람들은 감금 생활을 잘 버티지 못했다.

올리비에가 푸른 죄수복을 입고 문을 지나 걸어왔다. 그는 30대 후반으로 보통 몸집이었다. 머리는 보부아르가 본 이래 가장 짧았는데 덕분에 머리가 벗어지고 있다는 사실을 감춰 주었다. 그는 창백하지만 건강해 보였다. 보부아르는 혐오감을 느꼈다. 살인자들 앞에서는 늘 그랬다. 그가 마음 깊은 곳에서 알고 있는 것은 올리비에도 그렇다는 점이었다.

아니야. 그는 재빨리 자신을 일깨웠다. 지금은 이 사람이 결백하다고 생각해야 한다. 아니면 적어도 유죄가 아니라고.

하지만 노력을 해도 그는 여전히 기결수 한 명을 보고 있을 뿐이었다.

"경위님." 올리비에가 인사했다. 그는 면회실 한 끝에서 뭘 해야 할지 모르고 그냥 서 있었다.

"올리비에." 보부아르는 그렇게 말하고 웃어 보였다. 그러나 올리비에의 얼굴에 떠오른 표정을 보건대 미소보다는 조소에 더 가까웠던 모양이었다. "그냥 장 기라고 불러 주십시오. 오늘은 공무로 온 게 아니니까요."

"인사차 오셨다고요?" 올리비에는 탁자를 사이에 두고 보부아르의 맞은편에 앉았다. "경감님은 잘 지내십니까?"

"축제를 보러 퀘벡 시에 가셨습니다. 유치장으로 모시러 가게 되는 건 아닌지 걱정입니다."

올리비에가 웃었다. "축제 현장에서 잡혀 온 사람이 여기도 몇 있지요. 카리부를 마시고 취한 거라는 변명은 잘 먹히지 않는 모양입니다."

"경감님께 전해 드려야겠군요."

그들은 웃음을 터뜨렸다. 웃음이 필요 이상 길었고 이내 어색한 침묵이 찾아왔다. 보부아르는 막상 무슨 말을 해야 할지 몰랐다.

올리비에가 그를 응시하며 기다렸다.

"아까 한 말이 꼭 정확한 건 아니었습니다." 보부아르가 운을 뗐다. 이런 일은 처음이었고 마치 황야를 방황하는 기분이었다. 그래서 이런 일을 하게 만든 올리비에가 더 싫어지고 있었다. "아시겠지만 전 지금 휴직 중이어서 공무로 온 게 아니라는 말은 맞습니다만……."

올리비에는 기다리는 데 보부아르보다 소질이 있는 것 같았다. 마침내 그가 눈썹을 치켜세우고 조용히 말했다. "계속하세요."

"경감님께서 당신 사건을 일부 재검토해 보라고 말씀하셨습니다. 지금 단계에서는 불필요한 희망을 불러일으켜 드리고 싶진 않습니다만……." 그렇게 말했지만 그는 이미 그러기엔 늦었다는 걸 알 수 있었다. 올리비에가 미소 지었던 것이다. 삶을 돌려받은 기색이었다. "올리비에, 정말이지 이번 일로 뭔가가 달라지리라고 생각하진 마십시오."

"왜요?"

"왜냐면 난 아직도 당신이 범인이라고 생각합니다."

그 말에 올리비에가 입을 닫았다. 보부아르는 그 모습을 기쁘게 지켜보았다. 그러나 올리비에 주변에는 여전히 희망의 기운이 감돌았다. 잔인한 짓이었을까? 보부아르는 그랬길 바랐다. 경위는 금속 탁자 너머로 몸을 기울였다. "미진한 점이 몇 가지 있을 뿐입니다. 경감님께선 그 점들을 확실히 하라고 말씀하셨을 뿐이에요. 그게 전붑니다."

"당신은 아직 내가 했다고 생각하는지 몰라도 경감님께서는 아닌 거죠, 그렇죠?" 올리비에가 의기양양하게 말했다.

"확실치 않기 때문에 확실하게 하고 싶어 하시는 거죠. 경감님—우리가—이 실수한 점이 없는지요. 말해 두는데 당신이 누구한테라도 입을 뻥긋하면 다 없던 일이 될 겁니다. 아시겠습니까?" 보부아르의 눈빛이 차가웠다.

"알겠습니다."

"농담이 아닙니다, 올리비에. 특히 가브리한테는 아무 말도 하면 안 됩니다."

올리비에가 주저했다.

"가브리에게 말하면 가브리가 다른 사람들에게 말하고 다닐 겁니다. 그는 못 참을 겁니다. 적어도 가브리의 태도가 바뀔 거고 그러면 사람들이 눈치챌 겁니다. 나는 사람들에게 질문을 하고 좀 더 조사해 볼 생각입니다. 아무도 눈치채지 못하게 해야겠죠. 다른 누군가가 은둔자를 죽였다면 그 사람이 몸을 사리게 되는 건 좋지 않아요."

이 논리는 올리비에에게 먹혔다. 그는 고개를 끄덕였다. "약속하겠습니다."

"봉Bon 좋아요. 이제 그날 밤에 무슨 일이 있었는지 다시 말씀해 주십시오. 사실 그대로요."

두 사람 사이의 공기가 미묘해졌다.

"이미 사실대로 말씀드렸습니다."

"언제요?" 보부아르가 추궁했다. "두 번째 버전 말입니까? 아니면 세 번째? 당신이 여기 있는 게 부당하다면 그건 당신 잘못입니다. 언제나 거짓말만 했잖아요."

그건 사실이었고 올리비에도 알았다. 그는 그게 버릇이 될 때까지 평생 모든 일에 대해 거짓을 말했다. 진실을 말해야겠다는 생각은 떠오르지조차 않았다. 그래서 그 모든 일이 생겼을 때 그는 당연하게 거짓말을 했다.

그것이 불러온 효과를 그가 깨달았을 때는 이미 늦어 있었다. 진실을 말해도 받아들여지지 않았다. 그는 거짓말에 매우 능숙했고, 거의 통달해 있었지만 진실을 말할 때는 가식처럼 들렸다. 그는 사실을 말할 때 얼굴을 붉혔고 말을 잇지 못해 버벅거렸으며 헷갈려했다.

"알았습니다." 그가 보부아르에게 말했다. "무슨 일이 일어났는지 말씀드리죠."

"진실을요."

올리비에가 짧게 고개를 끄덕였다.

"그 사람과는 십 년 전에 처음 만났습니다. 가브리와 내가 스리 파인스에 막 도착해서 가게 이 층에 살던 때였지요. 그가 숨어 살기 전이었습니다. 오두막에서 나와 필요한 물건들을 사 가곤 했습니다만 그때도 엄청 초라한 모습이었어요. 당시 우린 가게를 개조하고 있었는데, 비스트로는 나중 얘기고 그땐 그냥 골동품 가게였어요. 어느 날 그가 나타나서 팔고 싶은 물건이 있다고 하더군요. 나는 별로 기쁘지 않았습니다. 날 이용해 먹으려는 것 같았거든요. 길섶 어디서 주운 쓰레기를 팔려는 거겠거니 생각했는데 그가 물건을 보여 줬을 때 그게 진짜라는 걸 알았습니다."

"뭐였나요?"

"미세화요. 작은 초상화로 옆모습을 그린 거였어요. 폴란드 귀족이었던 것 같아요. 엄청 가는 붓으로 그렸을 거예요. 아름다웠죠. 액자조차 아름다운 물건이었어요. 식료품 한 바구니와 바꾸기로 했습니다."

올리비에는 이 이야기를 수도 없이 했고 사람들의 얼굴에 떠오르는 혐오스러운 표정에는 거의 면역이 되어 있었다. 거의.

"계속하세요." 보부아르가 말했다. "초상화는 어떻게 했습니까?"

"몬트리올로 가져가서 노트르담 가에서 팔았죠. 고미술품 가게가 몰려 있는 뎁니다."

"어느 가게인지 기억합니까?" 보부아르는 수첩과 펜을 꺼냈다.

"아직 거기 있을지 모르겠습니다. 가게가 자주 바뀌거든요. 텅 페르뒤라는 곳입니다."

보부아르는 이름을 받아 적었다. "얼마에 팔았나요?"

"천오백 달러요."

"은둔자는 그 뒤에도 계속 왔나요?"

"계속 물건을 팔러 왔죠. 몇 개는 환상적이었고, 나머지는 그 정도가

진 아니었지만 그래도 사람들이 다락방이나 헛간에서 찾아낼 수 있는 물건들에 비하면 좋은 것들이었어요. 처음엔 아까 말씀드린 그 거리의 가게들에 내다 팔았지만 곧 이베이를 이용하면 더 쏠쏠하겠다는 생각이 들었습니다. 그러던 어느 날 그 사람이 왔는데 상태가 엄청 안 좋아 보였어요. 비쩍 말랐고 스트레스를 심하게 받고 있었어요. 그 사람 말이 더는 올 수가 없다고, 어쩔 수가 없다고 하더군요. 재난이 따로 없었죠. 그가 갖다 주는 물건에 꽤 의존하게 됐거든요. 그는 사람들 눈에 띄고 싶지 않다며 저를 자기 오두막으로 초대했어요."

"그래서 갔나요?"

올리비에가 고개를 끄덕였다. "그가 숲 속에서 사는지는 몰랐어요. 엄청 외딴 곳에 살고 있었지요. 아시겠지만요."

보부아르는 알았다. 그는 개자식 성자와 거기서 하룻밤을 보냈다.

"마침내 거기 도착했을 때 저는 제 눈을 믿을 수가 없었어요." 잠시 올리비에는 초라한 노인네의 나무 오두막집으로 첫발을 들여놓던 그 마술 같던 순간으로 돌아갔다. 골동품 유리잔이 우유 잔으로 쓰이고 여왕이 쓰던 도자기 그릇에 땅콩버터 샌드위치가 담겨 있고 비싼 비단 태피스트리가 바람막이로 쓰이고 있는 세계로.

"전 이 주마다 그 사람을 찾아갔습니다. 그때쯤엔 골동품 가게를 접고 비스트로를 하고 있었어요. 이 주마다 토요일 장사를 끝내고 비스트로를 닫은 뒤에 몰래 오두막으로 갔어요. 우린 잠시 이야기를 나눴고, 그는 제가 가져다준 음식에 대한 답례품을 줬죠."

"샬럿은 뭐였나요?" 보부아르가 물었다. '샬럿'이 은둔자의 오두막집 사방에 널려 있다는 사실을 알아차린 사람은 가마슈 경감이었다. 『샬럿의 거미줄」부터 샬럿 브론테의 소설 초판과 희귀 바이올린에 이르기까지 샬럿과 관계된 물건이 사방에 가득 차 있었다. 아무도 알아차리지 못했다. 경감 말고는.

올리비에는 고개를 저었다. "아무것도요. 아무 의미도 없어요. 어쨌든 제가 아는 한은요. 그는 그 이름을 언급한 적도 없었어요."

보부아르가 그를 똑바로 바라보았다. "조심해요, 올리비에. 진실만을 말해요."

"이젠 거짓말할 이유도 없어요."

합리적인 사람의 경우라면 맞는 말이겠지만 올리비에가 그동안 하도 비합리적인 행동을 보여 왔기에 보부아르는 그가 과연 그런 행동 궤적을 벗어날 능력은 있는지 의심스러웠다.

"은둔자는 자기가 만든 조각 중 하나에 샬럿이라는 이름을 숨겨 놓았습니다." 보부아르가 지적했다. 두려운 무언가에서 달아나는 사람들의 모습을 새겨 놓은 조각이 머릿속에 떠올랐다. 마음을 불편하게 하는 작품이었다. 은둔자가 암호로 단어를 새겨 놓은 조각이 세 점 있었다.

샬럿, 에밀리, 그리고 마지막 것은 뭐였더라? 올리비에가 의자에 앉아 귀를 기울이고 있는 모습을 새긴 작품이었다. 거기에 그는 짧고 의미를 알 수 없는 한 단어를 새겼다.

우.

"그리고 '우'는요?" 보부아르가 물었다. "그건 무슨 뜻입니까?"

"전 모릅니다."

"거기에는 어떤 의미가 있습니다." 보부아르가 딱딱거렸다. "그는 당신 조각 밑에 그렇게 새겨 넣었습니다."

"그건 제가 아니에요. 닮지 않았어요."

"조각이 사진은 아니죠. 그건 당신이고 당신도 압니다. 그가 왜 '우'를 그 밑에 새겼죠?"

그 단어는 조각 밑에만 새겨진 게 아니었다. 그 단어는 거미줄에도 나타나 있었고 은둔자의 피를 뒤집어쓴 채 침대 밑으로 굴러들어 간 나무 조각에도 새겨져 있었다. 감식반에 따르면 어두운 한쪽 구석에서 발견된 연필향나무 조각은 몇 년도 더 전에 새겨진 것이라고 했다.

"올리비에, 다시 묻습니다. '우'가 무슨 의밉니까?"

"전 모릅니다." 올리비에는 화가 난 듯했지만 한숨을 내쉬고는 자신을 추슬렀다. "보세요, 제가 말했잖아요. 그가 그 단어를 몇 번 입에 담긴 했어요. 하지만 분명히 말한 적은 한 번도 없었어요. 전 처음엔 그가 한숨을 쉰다고 생각했어요. 한숨처럼 들렸어요. 그러다가 그가 '우'라고 말하고 있다는 걸 알았지요. 그는 두려움을 느낄 때만 그 말을 했어요."

보부아르가 그를 노려보았다. "그걸로는 불충분한데요."

올리비에는 고개를 저었다. "더 드릴 말씀이 없어요. 그게 제가 아는 전부예요. 얘기할 게 더 있으면 했을 거예요. 정말입니다. 그에게 무슨 의미가 있는 말이었겠지만 저한테 설명한 적은 없고 전 묻지 않았어요."

"왜 안 물었습니까?"

"중요한 것 같지 않아서요."

"그에겐 중요했던 것 같은데요."

"네, 하지만 저한텐 아니었죠. 그 말이 그의 보물을 더 얻는 걸 뜻했다면 물었겠지만 그럴 것 같지는 않았어요."

보부아르는 그 말에서 진실을, 창피하고 부끄러워하는 진실을 읽을 수 있었다. 그는 자기도 모르게 앉은 자리에서 몸을 조금 움직였다. 그리고 자신의 인식도 조금 움직였다.

어쩌면, 어쩌면 이 사람은 진실을 말하고 있는지도 몰랐다. 마침내.

"당신은 몇 년 동안 그를 방문했고 마지막에 무슨 일이 일어났죠. 무슨 일이 있었습니까?"

"마르크 질베르가 해들리의 옛집을 사들여 스파 리조트로 개조했죠. 그것만으로는 별일이 아니었지만 그 사람 아내 도미니크가 말을 들여놓기로 결정하고 로어 파라에게 말이 다니던 옛길을 다시 내라고 했습니다. 그 길 중 일부가 그 오두막집을 지납니다. 파라가 그 오두막을 발견해서 사람들이 은둔자와 보물에 대해 알게 되는 건 시간문제였어요."

"그래서 어떻게 했습니까?"

"제가 뭘 할 수 있었겠어요? 전 은둔자에게 자루에 든 그 물건을 달라고 몇 년을 졸랐어요. 그는 그러겠다고 약속했고, 그것으로 저를 계속 놀려 먹었어요. 전 그걸 절실하게 원했어요. 그리고 받을 자격이 있다고 생각했죠."

징징거리는 투가 올리비에의 목소리에 배어들더니 익숙하게 자리 잡았다. 평소 남들 앞에서 자주 내는 목소리는 아니었다.

"자루 안에 들어 있던 물건에 대해 얘기해 봅시다."

"아시잖아요. 보셨잖아요." 올리비에는 다시 큰 숨을 들이쉬고 태도를 추슬렀다. "은둔자는 다른 모든 건 다 사방에 벌여 두고 있었어요. 골동품 전부, 그 아름다운 물건을 전부 말이에요. 그러면서도 한 가지 물건만은 감춰 두고 있었죠. 그 자루에요."

"그리고 당신은 그걸 갖고 싶었고요."

"당신이라면 아니겠어요?"

보부아르는 생각해 보았다. 사실이었다. 자신에게 허락되지 않은 단 한 가지 물건을 원하는 것은 인간의 본성이었다.

은둔자는 그것으로 올리비에의 약을 올렸지만 그는 자신이 상대하는 사람을 제대로 알지 못했던 것이 분명했다. 올리비에의 탐욕의 깊이를.

"그래서 그를 죽이고 물건을 훔쳤군요."

검찰이 재구성한 사건의 개요는 그러했다. 올리비에는 은둔자가 내내 숨겨 왔던 보물, 흉기와 함께 올리비에의 비스트로에서 발견된 보물 때문에 정신 나간 노인을 죽였다.

"아니에요." 올리비에가 보부아르에게 도전하듯 갑자기 몸을 앞으로 내밀었다. "그걸 가져오려고 돌아갔던 건 맞아요. 그건 인정하지만 그는 이미 죽어 있었어요."

"그때 거기서 뭘 봤습니까?" 보부아르는 그가 실수하길 바라며 재빨리 물었다.

"오두막집 문이 열려 있었어요. 그가 바닥에 누워 있는 게 보였어요. 피가 있었고요. 전 그가 막 머리를 맞았다고 생각했는데 가까이 가 보고 죽었다는 걸 알았어요. 그의 손 옆에는 본 적이 없는 나무 조각이 있었어요. 그래서 집었어요."

"왜요?" 취조하듯 물었다.

"가까이서 보려고요."

"왜요?"

"뭔지 몰라서요."

"뭔지 알아서 뭐하려고요?"

"중요한 것일지도 모르니까요."

"중요하다니요? 설명해 보세요."

이제 몸을 기울이고 있는 사람은 보부아르였다. 거의 금속 탁자를 넘어갈 기세였다. 올리비에가 몸을 물리지 않았기에 두 사람은 서로의 얼굴을 가까이서 들여다보고 거의 고함을 지르고 있었다.

"귀한 물건일지도 모르니까요."

"설명해요."

"그가 조각한 것인지도 모르니까요. 됐습니까?" 올리비에의 목소리는 비명에 가까웠다. 그는 의자로 몸을 던졌다. "됐어요? 그가 만든 조각품이라면 내다 팔 수 있을 것 같아서 그랬어요."

법정에선 나오지 않은 말이었다. 올리비에는 나무 조각을 집어 든 사실은 인정했으나 피를 보는 순간 떨어뜨렸다고 진술했었다.

"왜 떨어뜨렸죠?"

"가치가 없는 물건이었으니까요. 아이가 했을 법한 솜씨였죠. 피는 나중에 알아차렸어요."

"시체는 왜 옮겼습니까?"

가마슈를 괴롭히고 있는 질문이 그것이었다. 그 질문이 보부아르를 다시 이 사건으로 불러들였다. 그가 그 사람을 죽였다면 왜 올리비에는 그의 시체를 손수레에 실어 비료 더미처럼 숲을 통해 운반한 걸까? 그리고 그를 새 스파 리조트의 현관홀에 투기했다.

"마르크를 엿 먹이고 싶었으니까요. 문자 그대로는 아니지만."

"꽤 문자 그대로 들리는데요." 보부아르가 말했다.

"그가 만들어 놓은 잘난 스파 리조트를 망치고 싶었어요. 사람이 살해된 곳에 누가 비싼 돈을 들여 묵고 싶겠어요?"

보부아르는 몸을 뒤로 물리고 오랫동안 올리비에를 관찰했다.

"경감님은 당신을 믿고 있습니다."

올리비에가 눈을 감고 큰 숨을 내쉬었다.

보부아르가 한 손을 들어 보였다. "경감님은 당신이 질베르네 장사를 망치려고 그런 짓을 했다고 생각하십니다. 질베르네 장사를 망치면 당신은 숲 속에 말이 다니는 길을 내는 일도 막을 수 있고 그렇게 되면 아무도 오두막을 발견할 수 없겠죠."

"다 맞는 말씀이에요. 하지만 제가 그를 죽였다면 살인이 있었다는 사실을 사람들이 알게 했겠어요?"

"길이 오두막 가까이를 지나기 때문이죠. 오두막집이 발견되면 수일 내에 살인이 알려졌을 겁니다. 당신의 유일한 희망은 그 길이 나는 걸 막는 일이었습니다. 오두막이 발견되지 않도록 하는 일."

"죽은 사람을 전시해서요? 그럼 숨길 게 없죠."

"보물이 있죠."

그들은 서로 쳐다보았다.

장 기 보부아르는 차 속에서 그와의 만남을 복기했다. 새로이 밝혀진 사실은 없었으나 가마슈는 자신에게 이번엔 올리비에를 믿으라고, 그의 말을 믿으라고 했다.

보부아르는 도저히 그렇게 할 수 없었다. 그런 척이나 그런 시늉은 할 수 있으리라. 올리비에가 사실을 말했다고 자신을 설득할 수조차 있었지만 그건 자신에게 거짓말을 하는 일일 터였다.

그는 차를 몰고 주차장을 나와 노트르담 가에 있다는 텅 페르뒤를 향해 길을 잡았다. 시간 낭비. 완벽한 시간 낭비. 그는 한가한 일요일 오후 몬트리올 도로를 달리며 생각했다. 시간 낭비.

차를 달리면서 그는 사건을 되새겨 보았다. 오두막 안에서 발견된 지문은 올리비에의 것뿐이었다. 다른 사람들은 거기에 사람이 살고 있다는 것조차 모르고 있었다.

은둔자. 올리비에는 그를 늘 그렇게 불렀다.

보부아르는 골동품 가게 건너편에 차를 세웠다. 그 가게는 노르트담 가를 꽉 메운 골동품 가게들 틈에서 여전히 영업을 하고 있었다. 몇몇 가게는 근사해 보였고 몇몇은 고물상을 겨우 벗어난 수준이었다.

텅 페르뒤는 꽤 고급스러워 보였다.

보부아르는 차 문 손잡이를 잡으려다 멈추고 허공을 노려보며 그와의 만남을 되짚었다. 단어 하나, 짧은 단어 하나를 찾아. 그러다 수첩을 뒤졌다.

거기에도 없었다. 그는 수첩을 덮고 차에서 내린 다음 길을 건너 가게로 들어갔다. 창은 정면에 하나뿐이었다. 소나무와 참나무로 만든 가구, 벽에 걸린 이가 빠지고 금이 간 그림, 이런저런 장식품, 푸른색과 흰색의 접시와 꽃병과 우산대를 지나 점점 더 안으로 들어갈수록 방은 점점 더 어두워졌다. 흡사 가구를 잘 갖춘 동굴로 들어가는 것 같았다.

"무엇을 도와 드릴까요?"

나이 지긋한 남자가 구석 책상에 앉아 있었다. 그가 안경 너머로 가늠하듯이 보부아르를 뜯어보았다. 경위는 그 시선을 잘 알았다. 보통은 자신이 보내는 시선이었다.

두 남자는 서로를 가늠했다. 보부아르는 몸에 잘 맞는 편안한 옷을 걸친 마른 사내를 보았다. 그가 파는 물건들처럼 그도 오래되고 고상한 존재로 보였다. 희미하게 연마제 냄새가 났다.

골동품 판매상은 30대 후반의 남자를 보았다. 창백하고, 어쩌면 약간 긴장한 듯한 남자. 일요일 오후에 한가로이 골동품 거리를 걸을 만한 사람 같지 않았다. 고객이 될 만한 사람은 아니었다.

어쩌면 뭔가를 필요로 하는 사람일지도. 화장실?

"이 가게 말입니다." 보부아르가 말을 꺼냈다. 경찰처럼 말하고 싶지 않았으나 달리 어떤 사람처럼 들리게 해야 할지 모른다는 사실을 깨달았다. 신분은 문신 같아서 지울 수가 없었다. 그는 미소를 짓고 말투를 부드럽게 했다. "저한테 친구가 하나 있는데 여기 종종 오던 사람입니다. 오래전 일이죠. 십 년도 더 됐을 거예요. 그때도 텅 페르뒤라는 이름이었다고는 했는데 혹시 그 사이에 주인이 바뀌었습니까?"

"아뇨. 아무것도 안 바뀌었습니다."

보부아르는 그 말을 믿을 수 있었다.

"그때도 여기 계셨나요?"

"항상 있었죠. 내 가게니까요." 노인은 일어서서 손을 내밀었다. "프레데리크 그르니에라고 합니다."

"장 기 보부아르입니다. 어쩌면 제 친구를 기억하실지도 모르겠군요. 선생님께 몇 가지 물건을 팔았다고 하던데요."

"그래요? 어떤 물건이오?"

보부아르는 이 사람이 올리비에의 이름을 묻지 않았다는 사실을 알아차렸다. 그저 그가 무엇을 팔았는지를 물었다. 가게 주인이 사람들을 보는 방식이란 그런 것일까? 저 남자는 소나무 탁자? 저 여자는 샹들리에? 왜 아니겠는가? 보부아르가 용의자들을 바라보는 방식도 그와 다르지 않았다. 저 여자는 칼부림. 저 남자는 총질.

"그 친구 말로는 작은 그림을 하나 팔았다고 하더군요."

보부아르는 그를 유심히 바라보았다. 그는 보부아르를 유심히 바라보고 있었다.

"그런 일이 있었는지도 모르겠군요. 십 년 전이라고 하셨던가요? 너무 오래전이라서. 왜 물으십니까?"

평소라면 보부아르는 이 시점에서 살인 수사반 신분증을 꺼내 들었겠지만 지금은 공식 업무가 아니었다. 그리고 그는 할 말을 준비해 오지 않았다.

"제 친구가 죽었는데 아내가 그 그림이 팔렸는지 알고 싶어 해서요. 아직 있다면 다시 사고 싶다고 합니다. 오랜 세월 가족들이 갖고 있던 그림이라서요. 돈이 급하게 필요해서 팔았던 건데 지금은 다시 살 형편이 된답니다."

보부아르는 비록 놀랄 정도는 아니었지만 자신에게 만족했다. 그는 늘 거짓말에 둘러싸여 살았고 수천 가지의 거짓말을 들었다. 그러니 왜 능숙하지 않겠는가?

골동품상이 그를 보더니 이내 고개를 끄덕였다. "그런 일이 가끔 생기지요. 어떻게 생긴 그림입니까?"

"유럽 사람이 그린 아주 세밀한 작품입니다. 그때 천오백 달러를 받았다고 들었습니다."

무슈 그르니에가 미소를 떠올렸다. "이제 기억이 나네요. 거금이었지만 그만한 가치가 있는 물건이었죠. 그런 작은 작품에 그만한 돈을 지불하는 경우는 흔하지 않습니다만 워낙 훌륭한 작품이었어요. 폴란드 그림으로 기억되네요. 죄송하지만 그 작품은 팔렸습니다. 친구분은 그 뒤에도 몇 번 방문하셨던 것으로 기억합니다. 조각이 된 지팡이를 갖고 오신 적이 있었죠. 금이 좀 가 있어서 수선을 해야 했어요. 복원 전문가에게 맡겼다 나중에 팔았습니다. 빨리 나갔어요. 그런 물건들은 빨리 팔리지요. 유감입니다. 이제 기억이 나네요. 젊고 금발인 분이었죠. 아내분께서 물건들을 도로 사들이고 싶어 하신다고요?"

보부아르는 고개를 끄덕였다.

가게 주인은 얼굴을 찡그렸다. "파트너분께는 충격이었겠는데요. 그 친구분은 제 기억이 정확하다면 게이셨던 걸로 기억합니다만."

"네. 미묘한 문제라서 말씀 못 드렸는데 실은 제가 그의 짝입니다."

"상심이 크시겠습니다. 그래도 결혼으로 맺어지실 수 있었으니 다행입니다만."

가게 주인이 보부아르의 손에 있는 결혼반지를 가리켰다.

갈 시간이다.

보부아르는 차로 돌아와 샹플랭 다리 위를 지나며 생각했다. 확실히 텅 페르뒤헛되이 흘러간 시간이라는 뜻였다. 남편 올리비에가 죽었다는 점만 빼면 대단한 일 없이 흐른 시간이었다.

그가 올리비에와의 만남 이후 자신을 괴롭히던 것을 기억해 낸 것은 스리 파인스에 거의 다 와 갈 때였다. 놓친 단어를.

그는 길가에 차를 세우고 교도소로 전화를 걸어 결국 올리비에를 불러냈다.

"사람들이 수군거릴 겁니다, 경위님."

"당신은 상상도 못 할 겁니다." 보부아르가 말했다. "잘 들어요. 수사 중에도 재판 때도 당신은 은둔자가 자신이 체코인이며 이름이 야코프라는 것 이외에 아무것도 말하지 않았다고 했습니다."

"네."

"스리 파인스에는 체코인들이 많이 살죠. 파라 씨네를 포함해서."

"네."

"그리고 그가 갖고 있던 보물 중 상당량이 구동구권 국가들에서 나온 거였고요. 체코슬로바키아, 폴란드, 러시아. 당신은 그자가 많은 가족들에게서 보물을 훔친 다음 동구권 몰락의 혼란을 틈타 캐나다로 도망온 것 같다고 증언했습니다. 당신은 그가 자신의 고향과 자신에게 도둑 맞은 사람들을 피해 숨어 산 것 같다고 했습니다."

"네."

"그런데 오늘 면담 내내 당신은 한 번도 그 사람을 야코프라고 부르지 않았어요. 이유가 뭡니까?"

이제 긴 침묵이 흘렀다.

"제가 말씀드려도 믿지 못하실 겁니다."

"가마슈 경감이 내게 당신 말을 믿으라고 지시하셨습니다."

"그 말을 들으니 안심이 되는군요."

"이봐요, 올리비에. 이게 당신의 유일한 희망입니다. 마지막 희망이오. 진실을 말해요. 당장."

"그 사람 이름은 야코프가 아니었어요."

이젠 보부아르가 말을 잇지 못할 차례였다.

"뭐였습니까?" 그가 마침내 물었다.

"모릅니다."

"또 시작입니까?"

"처음에 내가 그 사람 이름을 모른다고 했을 때 당신은 믿지 못하는 눈치였습니다. 그래서 하나 지어냈습니다. 체코 사람처럼 들리는 이름으로요."

보부아르는 이제 다음 질문을 하기가 두려울 지경이었다. 그러나 물었다.

"그 사람이 체코인인 건 맞아요?"

"아니요."

10

"죄송합니다만 다시 말씀해 주시겠습니까?"

가마슈는 지난 10분 동안 이와 비슷한 말을 줄잡아 백만 번은 한 것 같았다. 그는 의자에서 떨어질 위험을 감수하고 더 가까이 몸을 기울였다. 하지만 켄 해슬럼은 엄청나게 큰 떡갈나무 책상 뒤에 앉아 있었기에 그마저도 별 소용이 없었다.

"엑스퀴제Excusez 뭐라고 하셨습니까?" 앞으로 몸을 기울인 가마슈는 의자 끝이 들리는 걸 느꼈다. 그는 몸을 뒤로 젖혀 가까스로 추락을 막았다. 책상 너머의 해슬럼 씨는 계속 말을 잇고 있거나 적어도 입술을 움직이고 있었다.

중얼중얼중얼중얼 이사회. 해슬럼은 가마슈 경감에게 날카로운 시선을 던졌다.

"실례지만 뭐라고 하셨습니까?"

보통 가마슈는 사람의 눈에 집중하면서 그 사람의 전체 인상을 받아들이는 편이었다. 단서는 대개 암호화된 상태로 들어왔고 사람들이 소통하는 방식도 다르지 않았다. 그들이 하는 말이야말로 정보를 제일 적게 담고 있기 마련이었다. 비열하고 신랄하고 불쾌한 사람들일수록 듣기 좋은 말을 잘하는 법이었다. 그러나 말에 담긴 달콤함 속에, 작은 윙크 속에, 혹은 가식적인 웃음 속에는 단서가 있었다. 또는 긴장한 가슴을 감싼 긴장한 팔뚝이나 꼰 다리, 관절이 하얗게 될 정도로 단단히 깍지 낀 손가락에도.

모든 신호들을 집어내는 일은 그에게 필수적이었고 그는 대개 실패하지 않았다.

그러나 이 남자는 가마슈를 당혹스럽게 했다. 가마슈가 집중할 수 있는 것은 해슬럼의 입뿐이었기 때문이다. 그는 입을 뚫어져라 쳐다보며 입술의 움직임을 읽으려 필사적으로 노력해야 했다.

켄 해슬럼은 속삭이고 있는 게 아니었다. 이 시점에서는 속삭임도 환영할 만했으리라. 그는 그저 입술을 움직여 단어를 만들고 있는 것 같았다. 가마슈는 그가 수술을 받았는지도 모른다고 생각했다. 후두를 절제

해야 했던 건 아닐까.

하지만 그런 것 같지 않았다. 이따금씩 한 단어를 분별할 수 있었다. '살인' 같은 단어. 그 단어는 또렷하게 튀어나왔다.

가마슈는 몸도 마음도 잔뜩 긴장해 있었다. 알아듣고자 노력하느라 진이 빠질 지경이었다. 다른 용의자들이 이 기술을 습득한다면 지옥이리라. 고함치고 가구를 던지는 걸로는 수사관들의 진을 빼지 못할 테지만 속삭임으로는 가능했다.

"죄송합니다만 알아듣지 못했습니다." 가마슈의 영어에는 케임브리지 시절에 습득한 영국 억양이 살짝 섞여 있었다.

해슬럼의 사무실은 로어 타운에 있는 바스빌에 있었다. 바스빌로 통하는 제일 빠른 길은 퓨니큘러라고 불리는 유리 엘리베이터를 타는 것이었다. 절벽을 따라 설치된 이 엘리베이터는 도시의 고지대와 저지대를 이어 주고 있었다. 가마슈는 운임 2달러를 내고 퓨니큘러 안으로 들어갔다. 승강기는 절벽가로 이동해 강하했다. 경감은 비록 유리와 수직 강하에서 되도록 멀리 떨어져 승강기 뒤쪽에 바짝 붙어 있었지만 짧고 아름다운 여행이었다.

그는 프티 샹플랭 가로 방향을 잡았다. 차의 출입이 금지된 좁고 아름다운 눈 덮인 길은 오가는 사람들로 북적이고 있었다. 추위에 맞서 중무장한 보행자들이 길을 따라 천천히 걷다가 이따금씩 멈춰 서서 화려하게 치장한 가게 창문 안에 진열된 수제 레이스와 예술품, 유리 공예, 파이 등을 들여다보았다.

가마슈는 강 옆에 세워진 초기 정착지 플라스 르와얄로 접어들었다.

그곳에서 켄 해슬럼의 사무실을 찾아냈다. '르와얄 관광'이라는 간판이 달려 있었다. 광장이 바로 내려다보이는 회색 화산암 건물로 입지가 좋았다. 그는 안으로 들어가 밝고 상냥한 접수원에게 관광 때문에 온 게 아니라 사장님과 말씀을 나누려 왔다고 말했다.

"약속을 하셨나요?" 그녀가 물었다.

"그건 아닙니다." 이 시점에서 몬트리올에 있던 보부아르가 경찰 신분증을 꺼내 들고 싶은 충동을 느꼈던 것처럼 경감은 손이 재킷 주머니로 가는 것을 느끼고 멈추었다. "시간이 되시는지 여쭤 보고 싶군요."

그는 그녀에게 미소 지어 보였다. 마침내 그녀도 미소로 받았다.

"사장님께서 지금 계시긴 합니다. 들어가서 잠깐 시간이 있으신지 여쭤 볼게요."

그렇게 해서 몇 분 뒤에 그는 플라스 르와얄과 노트르담 드 빅투와르 성당이 내려다보이는 꽤 인상적인 사무실 안으로 들어서게 되었다. 그 교회는 영국인들에 대한 두 번의 큰 승리를 기념하기 위해 건립된 성당이었다.

가마슈는 자신이 처한 난국을 깨닫는 데 채 10초도 걸리지 않았다. 문제는 켄 해슬럼의 말을 이해할 수 없다는 게 아니라 그의 말을 알아들을 수가 없다는 데 있었다. 결국에는 입술을 읽는 일이 불가능하다는 사실을 깨달은 가마슈가 말을 끊었다.

"데졸레Désolé 죄송합니다." 그가 손을 들자 해슬럼의 입술이 움직임을 멈추었다. "좀 가까이 앉아도 될까요? 선생님 말씀을 잘 알아듣지 못하겠습니다."

해슬럼은 당황스러운 기색이었지만 어쨌든 일어나서 의자를 경감 옆으로 가져왔다.

"전 그저 이사회 모임에서 무슨 일이 있었는지를 알고 싶을 뿐입니다. 오귀스탱 르노가 나타난 날이오."

중얼, 중얼, 거만, 중얼. 해슬럼은 근엄한 표정을 짓고 있었다. 푸른 빛이 감도는 회색 머리칼에 깨끗이 면도한 그의 얼굴은 술 때문이 아니라 햇빛에 잘 그을어 불그레했고 풍채가 좋았다. 이제 가까이 당겨 앉으니 가마슈는 그를 더 잘 받아들일 수 있을 것 같았다. 여전히 속삭임에도 못 미치는 소리로 말하고 있었지만 그래도 겨우 알아들을 만했고, 다른 신호들이 훨씬 선명해졌다.

해슬럼은 언짢은 상태였다.

나 때문이 아니라 일어난 일 때문이군. 가마슈는 생각했다. 문예역사 협회를 잘 아는 누군가가 오귀스탱 르노를 죽였다는 것과 그 미친 고고학자가 자신이 죽은 바로 그날 이사회에 와서 면담을 요청했다 거절당한 일이 우연의 일치로 비칠 수 없다는 사실 때문이었다.

그러나 해슬럼은 다시 입술을 놀리고 있었다.

중얼, 중얼, 샹플랭, 빌어먹을, 중얼, 카누 경기.

"예, 핸콕 씨에게서 두 분이 연습 때문에 일찍 떠나셨다는 말씀을 들었습니다. 이번 일요일의 아이스 카누 경기에 참여하신다고요."

해슬럼은 미소 짓고 고개를 끄덕였다. "평생의 꿈이었지요."

여전히 속삭이듯 낮은 목소리였으나 또렷하게 들렸다. 거친 속삭임. 목소리는 따뜻했고 가마슈는 왜 그가 그런 목소리를 더 많이 내지 않는지 궁금했다. 특히 자기 일을 하는 데 있어서. 말을 못 하는 여행 안내자라니 사업적으로도 치명적이지 않은가.

"왜 경기에 참여하십니까?" 가마슈는 묻지 않을 수 없었다. 일흔에 가

까운 사람이 아니더라도 왜 그런 짓을 자처하는지 알고 싶어 죽을 지경
이었다.

해슬럼의 답은 그를 놀라게 했다. 그는 에베레스트 산을 정복한 에드
먼드 힐러리 경의 모범 답안이나 역사 어쩌고 하는 답을 들을 것으로 기
대했었다. 이 사람은 역사를 사랑하는 사람이었고 아이스 카누 경기는
쇄빙선이 등장하기 전 우편배달 방식을 복원한 스포츠였다.

중얼, 사람, 중얼, 좋아서.

"사람이 좋아서 하신다고요?" 가마슈가 물었다.

해슬럼은 무어라 중얼거리고는 고개를 끄덕이고 미소 지었다.

"성가대에 들어가실 순 없습니까?"

해슬럼이 웃었다. "둘은 같지 않죠. 안 그렇습니까, 경감님?" 해슬럼
의 눈은 따뜻했고 무언가를 탐색하듯 지성적으로 빛났다.

그는 안다. 가마슈는 생각했다. 이 사람은 단순한 우정을 넘어선 동지
애의 가치를 알고 있다. 극한의 상황에 함께 던져진 사람들 사이에서 생
겨나는 가치를.

가마슈의 오른손이 떨리기 시작했다. 그는 천천히 손을 감아쥐었으나
자신의 앞에 있는 사려 깊은 눈이 그리로 향하는 걸 막진 못했다. 그는
그 떨림을 보았다.

그리고 아무 말도 하지 않았다.

아르망 가마슈는 프티 샹플랭과 퓨니큘러를 향하여 낮은 언덕길을 천
천히 되짚어 올라갔다. 걸으면서 그는 해슬럼과 그의 접수원과 나눈 대
화를 생각했다. 두 대화는 모두 유익했지만 어쩌면 접수원과의 대화에

서 더 많은 정보를 얻었는지 몰랐다.

아뇨, 해슬럼 씨는 투어에 동행하시지 않아요. 주선은 이메일을 통해 하시죠. 고위 인사들이나 유명 인사들을 상대로 사적인 고급 투어를 관리하세요. 퀘벡 안내인과 비슷하달까요. 이 일을 워낙 오래 해 오셔서 사람들이 이상한 요구 사항을 들고 찾아오기도 해요. 그럼 어떤 요구건 맞춰 주시지요. 오, 아뇨. 불법적이거나 부도덕한 일들은 절대 아니에요. 해슬럼 씨는 올곧은 분이신걸요. 하지만 좀 특이하시죠. 그래요.

그녀의 프랑스어는 훌륭했고, 들렸을 때에 한해서 해슬럼의 프랑스어는 더 훌륭했다. 그의 이름이 켄 해슬럼이 아니었다면 가마슈는 그가 프랑스어권 출신이라고 생각했으리라. 접수원의 말에 따르면 해슬럼 씨는 열한 살이던 외동딸을 백혈병으로 잃었고 아내는 6년 전에 죽었다. 둘 다 올드 퀘벡 시 내의 성공회 묘지에 묻혔다고 했다.

그는 퀘벡 시에 깊이 뿌리내린 사람이었다.

가마슈는 퓨니큘러에 몸을 싣고 등 뒤의 벽을 꽉 움켜쥔 채 눈앞의 경치에서 눈을 떼지 못하며 몰아치는 바람에 몸을 맡겼다. 다음 행선지가 어디인지는 분명했지만 그 전에 생각을 정리할 필요가 있었다. 그는 추운 2월의 날씨에도 화가들이 나와서 그린, 화려한 퀘벡 풍경화를 파는 작은 거리 트레조르 가를 걸었다. 얼음 덩어리를 조각해 만든 바가 거리 여기저기에 세워졌고, 그 바에서 이곳에 온 것을 곧 후회하게 될 관광객들에게 카리부를 팔고 있었다. 트레조르 가를 벗어나자 비아드 카페가 나타났고 가마슈는 몸도 덥히고 생각도 할 겸 그리로 들어갔다.

긴 의자에 앉아 핫초콜릿을 앞에 두고 그는 수첩과 펜을 꺼냈다. 가끔 잔을 기울이고 이따금씩 허공을 응시하다 수첩에 기록도 하면서 그는 다음 행선지로 이동할 준비를 마쳤다.

카페에서 멀지 않았다. 길만 건너면 바로 거대한 돌기둥 위로 웅장하게 떠 있는 노트르담 대성당이 있었다. 혼인과 세례를 주관하고 사람들의 죄를 꾸짖어 바른 길로 인도하는 곳, 고위직 관리들과 가장 낮은 계급의 거지들이 묻힌 곳이었다.

퀘벡에 차고 넘치는 성당들이 위성이라면 노트르담 대성당은 태양이었다.

그는 현관을 지나 계단을 오른 다음 일요일 미사 시간을 알리는 공지 앞에 멈춰 섰다. 미사 한 대가 조금 전에 끝났고, 다른 미사가 오후 6시에 예정되어 있었다. 무거운 문을 열고 안으로 들어서자 따뜻한 공기와 함께 셀 수 없이 오랜 세월을 이어 내려온 신성한 의식의 정취가 느껴졌다. 초와 향의 냄새, 그리고 돌 깔린 바닥에 울리는 발소리들.

성당 안은 어둠침침했다. 샹들리에와 벽에 꽂힌 촛불이 광활한 공간에 미미한 빛을 던지고 있었다. 그러나 거의 비어 있는 신자석 저 끝에 광휘가 있었다. 제대 전체가 금빛으로 빛나고 있었다. 번쩍거리며 손짓하는 제대에는 천사가 뛰노는 가운데 엄숙한 성자가 우뚝 서서, 버릇없는 아이의 인형 집처럼 한가운데에 자리 잡은 로마 성베드로대성당의 모형을 노려보고 있었다.

장엄한 광경이면서 동시에 약간 역겨웠다. 가마슈는 습관의 힘으로 성호를 긋고 잠시 조용히 앉았다.

"우리 가족들은 제가 신부가 되기를 바랐죠." 앳된 목소리가 들렸다.

"담배 연기와 재에 내성이 있었겠군." 가마슈가 말했다.

"맞습니다. 가족들 눈에 할머니와 잘 지낼 수 있는 사람은 성자거나 미쳤거나 둘 중 하나였던가 봅니다. 어느 쪽이건 예수회에 잘 들어맞는 조건이죠."

"하지만 그러지 않기로 결정했군."

"한 번도 진지하게 생각해 본 적은 없었어요." 모랭 형사가 가마슈의 귀에 속삭였다. "제가 수잔과 사랑에 빠진 건 수잔이 여섯 살, 제가 일곱 살 때였죠. 하느님의 계획이셨을 거라 생각합니다."

"그렇게 오래 알고 지낸 사이였나?"

"제 평생이었는걸요. 견진성사 교리 수업 때 만났어요."

가마슈는 그의 모습을 떠올린 후 그의 일곱 살 때 모습을 그려 보았다. 어렵지 않았다. 그는 자기 나이인 스물다섯보다 훨씬 어려 보였다. 그는 얼간이처럼 보이게 하는 재주를 갖고 있었다. 모랭이 원해서 그런 건 아니었지만 늘 성공적이었다. 그는 종종 입을 살짝 벌리고 있었고, 두꺼운 입술은 촉촉이 젖어 있어 금방이라도 침방울이 떨어질 것 같았다. 그 모습은 사람을 불편하게 하는 동시에 무장 해제시켰다. 어느 쪽이건 매력적이지는 않았다.

그러나 가마슈와 팀원들은 그의 외모가 그의 두뇌나 마음과는 아무 상관이 없다는 걸 알게 되었고 그의 외모도 점차 좋아하게 되었다.

"모두 나간 뒤에 마을 성당에 그냥 앉아 있는 게 좋아요. 어떨 땐 저녁에 그냥 가기도 해요."

"신부님과 이야기를 나누나?"

"미셸 신부님이오? 가끔은요. 대개는 그냥 앉아 있어요. 요샌 유월에 있을 결혼식을 상상하죠. 장식과 가족과 친구들이 모두 자리한 모습을요. 저와 함께 일하는 사람들도요." 그가 머뭇거렸다. "경감님도 와 주시겠어요?"

"청첩을 받으면 당연히 가야지."

"정말이세요?"

"그럼."

"수잔한테 자랑해야겠는걸요. 성당에 앉아 있으면 그녀가 통로를 따라 나에게 다가오는 모습이 보여요. 기적처럼요."

"이제 더 이상 외로움은 없을지니."

"파르동Pardon 네?"

"내가 아내와 결혼할 때 했던 기도지. 식 마지막에 낭독했었네. 이제 더 이상 비는 없으리니, 서로가 서로에게 안식처가 되어 줄 것이기에." 가마슈가 읊조렸다.

이제 더 이상 춥지 않으리니

서로가 서로에게 따뜻함이 되어 줄 것이기에

이제 더 이상 그대들에게 외로움은 없으리니

이제 더 이상 외로움은 없을지니

이제 더 이상 외로움은 없을지니 아파치족의 혼인 축복의 기도 일부.

가마슈가 멈추었다. "자네 추운가?"

"아뇨."

그러나 가마슈는 젊은 형사가 거짓말을 하고 있다는 걸 알았다. 12월 초였다. 춥고 습할 때인 데다 그는 움직일 수조차 없었다.

"우리 결혼식 때 그 기도문을 써도 괜찮을까요?"

"원한다면 그러게나. 보내 줄 테니 보고 결정하게."

"고맙습니다. 끝이 어떻게 되나요? 기억나세요?"

그는 생각을 더듬어 자신의 결혼식을 떠올렸다. 기억을 떠올리자 자신의 모든 친구와 렌 마리의 대가족이 보였다. 그리고 자신에게 남은 유일한 가족인 할머니 조라. 하지만 할머니로 충분했다. 하객들은 신랑 측 신부 측 구분 없이 모두 섞여 앉아 있었다.

그러고는 음악이 바뀌고 렌 마리가 모습을 드러냈다. 아르망은 그 순간에야 자신이 일평생 혼자였음을 알았다.

이제 더 이상 외로움은 없으리.

그리고 식의 마지막 기도.

그는 모랭에게 마지막 몇 구절을 읊어 주었다. "**이제 그대들의 집으로 향하라. 함께할 나날의 시작이리니. 이 땅 위에 그대의 날들이 길고 충만하기를.**"

침묵이 흘렀다. 아주 긴 침묵은 아니었다. 가마슈가 막 말을 하려는데 모랭 형사가 침묵을 깨뜨렸다.

"제 기분이 바로 그래요. 혼자가 아니라고요. 수잔을 만난 이후로는요. 무슨 말인지 아시죠?"

"그래."

"제 결혼식을 상상할 때 유일한 문제는 수잔이 성당에서 기절하거나 토한다는 겁니다."

"그래? 특이한 상상이군. 왜 그런 생각을 하지?"

"향 냄새 때문이겠죠. 그랬으면 좋겠습니다. 아니면 수잔이 적그리스도거나요."

"그렇다면 결혼식이 엉망이 되겠군."

"결혼 자체가 엉망이 되겠죠. 물어봤는데 자긴 그렇지 않다고 안심시켜 주던데요."

"그렇다면 다행이네. 혼전 계약서는 생각해 두었나?"

폴 모랭이 웃음을 터뜨렸다.

이 땅 위에 그대의 날들이 길고 충만하기를. 가마슈는 생각했다.

"절 보자고 하셨습니까?"

가마슈의 눈이 번쩍 뜨였다. 사제복 차림의 중년 사내가 그를 내려다보고 있었다.

"세바스티앵 신부님이십니까?"

"맞습니다." 권위와 효율을 담은 짤막한 대꾸였다.

"제 이름은 아르망 가마슈입니다. 시간을 좀 내주실 수 있을까 합니다만."

상대의 굳은 두 눈에서 신중함이 느껴졌다. "오늘은 일이 많습니다." 그는 가마슈를 좀 더 가까이 쳐다보았다. "우리가 아는 사이던가요?"

신부가 앉으려는 기색이 없어 가마슈도 일어나야 했다. "개인적으로는 아닙니다만 제 이름을 들어 보셨을지 모르겠습니다. 저는 퀘벡 경찰청 살인 수사반 반장입니다."

신부의 표정에서 귀찮은 기색이 사라지고 미소가 떠올랐다. "아, 경감님이시군요." 그는 이제 가는 손을 뻗어 악수를 청했다. "죄송합니다. 여긴 좀 어두워서요. 그리고 전에도 수염을 기르셨던가요?"

"아뇨. 요즘은 사람들 눈에 뜨이지 않으려고 노력 중입니다." 가마슈가 미소 지었다.

"그렇다면 사람들에게 살인반 반장이란 말씀을 삼가셔야겠군요."

"맞는 말씀입니다." 가마슈가 주변을 둘러보았다. "이곳에 와 본 지 좀 되었습니다. 몇 년 전 총리님 장례에 참석한 뒤로 처음 같습니다."

"그때 저도 미사를 집전했습니다." 세바스티앵 신부가 대답했다. "아름다운 미사였죠."

가마슈는 장례미사가 지나치게 정중했고 격식을 차리는 데다 매우, 매우 길었던 것으로 기억했다.

신부는 자리에 앉아 가마슈에게 옆자리를 권했다. "그래, 무엇이 알고 싶어 오셨는지 말씀해 주시지요. 아니면 고백실로 가야 할 종류의 일인가요?"

"죄송합니다. 정말 죄송합니다." 앳된 목소리가 머릿속에서 반복 재생되었다. 가마슈는 모랭에게 그의 잘못이 아니라고 안심시키며 늦기 전에 반드시 구출하겠다고 했다.

"오늘 밤 자네는 부모님과 수잔과 저녁 식사를 하게 될 거야." 전화선 너머로 침묵이 흘렀고 가마슈는 흐느끼는 소리를 들었다고 생각했다. "자넬 꼭 구하겠네."

다시 침묵.

"경감님을 믿습니다."

"아닙니다." 가마슈가 신부에게 말했다. "정보가 필요할 뿐입니다."

"어떻게 도와 드릴까요?"

"오귀스탱 르노 살해 건에 관한 일입니다."

신부는 놀란 표정을 짓지 않았다. "끔찍한 일이지요. 하지만 제가 도움이 될 수 있을지 모르겠습니다. 저는 거의 알지 못했던 사람입니다."

"하지만 알기는 하셨지요?"

세바스티앵 신부는 이제 가마슈를 의혹을 담은 시선으로 보고 있었다. "물론입니다. 그래서 오신 게 아닌가요?"

"솔직히 전 제가 왜 여기 와 있는지 모릅니다. 누가 제게 신부님과 이야기해 보라고 했을 뿐이지요. 그럴 만한 이유를 아십니까?"

신부는 화가 나고 불쾌한 빛이었다. "글쎄요. 어쩌면 제가 퀘벡 초기 정착 과정과 교회의 역할에 대한 전문가이기 때문일지 모르겠지만 그건 중요한 게 아닌지도 모르지요."

제발. 가마슈는 속으로 빌었다. 성마른 신부에게서 저를 구원하소서. "죄송합니다. 제가 퀘벡 시 출신이 아니어서 신부님께서 그쪽에 박식하시다는 걸 몰랐습니다."

"제 논문은 세계 전역에서 읽힙니다."

점입가경이었다.

"데졸레Désolé 죄송합니다. 제겐 매우 생소한 분야랍니다. 하지만 중요한 분야임에는 틀림없고, 전 지금 신부님의 도움이 절실한 상황입니다."

신부는 조금 누그러지는 모습이었다. 빳빳하게 세웠던 깃털이 누웠다. "어떻게 도와 드릴까요?" 그가 차갑게 물었다.

"오귀스탱 르노에 대해 말씀해 주시겠습니까?"

"글쎄요, 그는 미치지 않았습니다. 그건 말씀드릴 수 있습니다." 그는 그 말을 입에 담은 첫 번째 사람이었고, 가마슈는 몸을 앞으로 기울였다. 신부가 말을 이었다. "열정이 넘쳤고 고집도 셌고 사람을 화나게 하는 재주가 특출했지만 미친 사람은 아니었습니다. 사람들이 그를 깎아내리려고 한 말이었죠. 신뢰를 떨어뜨리려고요. 잔인한 짓이었습니다."

"그를 좋아하셨습니까?"

세바스티앵 신부는 딱딱한 신자석에서 몸을 비틀었다. "그렇게까지 말하긴 어렵습니다. 그는 좋아하기 힘든 사람이었죠. 사람을 대하는 것도 노련하지 못했어요. 서툴렀다고 해야겠지요. 그는 인생에 오직 하나의 목표만을 가진 사람이었고 다른 이의 감정을 포함하여 그 외의 것은 전부 그에겐 중요하지 않았습니다. 그가 적을 많이 만들게 된 건 당연한 일입니다."

"누가 그를 죽일 만큼 미워할 수도 있었을까요?" 가마슈가 물었다.

"사람을 죽이는 데는 여러 이유가 있지요, 경감님. 잘 아시겠지만요."

"사실, 몽 페르mon père 신부님, 전 한 가지 이유밖에 찾지 못했습니다. 복수와 탐욕, 질투 같은 모든 동기와 심리, 타당성 들이 있겠지만 결국에는 단 한 가지 감정으로 귀결됩니다."

"그게 뭔가요?"

"두려움입니다. 가진 것을 잃게 될까 봐 두렵거나, 원하는 것을 가지지 못하게 될까 봐 두렵거나."

"그럼에도 영원히 지옥 불에 타게 되리라는 두려움은 그들을 멈추게 하지 못하지요."

"그렇습니다. 그리고 결국에는 잡힐 거라는 두려움도요. 살인자들은 양쪽 다 믿지 않으니까요."

"경감님께서는 신을 믿으면서 살인을 저지르는 일이 불가능하다고 생각하십니까?"

신부는 이제 가마슈를 똑바로 쳐다보고 있었다. 그의 얼굴에는 긴장한 기색이 없었고 거의 대화를 즐기는 표정이었다. 눈은 차분하고 목소리도 가벼웠다. 그렇다면 왜 사제복을 단단히 말아 쥐고 있는 걸까?

"믿는 신에 따라 다르겠지요." 가마슈가 말했다.

"경감님, 신은 오직 하나뿐이십니다."

"그렇겠죠. 그러나 사람들 대부분은 제대로 보지 못합니다. 신조차요. 특히 신을요."

신부는 미소를 머금고 고개를 끄덕였으나 그의 손은 옷을 더 강하게 틀어쥐었다.

"화제를 벗어난 것 같군요." 가마슈가 말했다. "제 잘못입니다. 신부님처럼 존경받는 사제와 신학 토론을 하려고 했으니 말입니다. 죄송합니다, 몽 페르. 앞서 오귀스탱 르노 이야기를 하고 있었지요. 신부님 말씀으로는 사람들이 그를 미쳤다고 치부해 버렸지만 신부님이 보시기에는 제정신이었다고 하셨습니다. 그를 어떻게 아십니까?"

"생 조제프 성당 지하에서 그를 발견했지요. 그는 땅을 파고 있었습니다."

"그냥 무작정 들어가서 땅을 팠다고요?"

"그가 편집광적인 사람이라고 말씀드렸지요. 그는 샹플랭에 대해서라면 이성을 잃습니다. 하지만 뭔가를 찾아내긴 했었습니다."

"뭐를요?"

"1620년대에 주조된 동전 몇 개하고 관을 두 개 찾아냈지요. 하나는 평범한 관으로 반쯤 무너져 있었지만 다른 하나는 납으로 두른 것이었습니다. 우린 샹플랭이 그 당시 사회 지도층들이 그랬듯이 납으로 가장자리를 두른 관에 묻혔으리라 생각하고 있습니다."

"그리고 여기가 화재가 나기 전 옛 성당 자리고요."

"제게 말씀하신 것만큼 무지하진 않으시군요, 경감님."

"아, 제 무지는 끝을 모른답니다, 신부님."

"시에선 발굴을 그 즉시 중단시켰지요. 허가받지 않았던 데다 도굴에 가까웠으니까요. 그러자 르노는 언론에 그 일을 터뜨려 스캔들을 만들었습니다. 샹플랭이 마침내 발견됐다고 신문에서 떠들어 댔지만 완고하고 규정을 중시하는 관료들은 발굴을 허가하지 않았습니다. 언론에선 그것을 다윗과 골리앗의 싸움으로 묘사했습니다. 늙고 보잘것없는 오귀스탱 르노가 프랑스계 퀘벡의 상징적인 인물을 찾기 위해 고군분투했는데 학계와 정치인들이 그를 막았다는 겁니다."

"세르주 크루아가 아주 좋아했겠군요." 가마슈가 말했다.

세바스티앵 신부가 웃었다. "책임 고고학자 말이군요. 길길이 날뛰었지요. 이곳에 열두 번도 넘게 찾아와서는 격분해서 고함을 질러 댔습니다. 르노를 향한 그의 개인적인 분노가 더 컸는지, 르노가 옳았고 보잘것없는 아마추어 고고학자가 누군가의 필생의 업적이 될 큰 발견을 할지도 모른다는 공포가 더 컸는지 모르겠습니다."

"샹플랭이니까요."

"퀘벡의 아버지니까요."

"하지만 그게 왜 그렇게 중요한 문제입니까? 왜 그렇게 많은 사람들이 샹플랭이 어디 묻혔는가에 열심인 거지요?"

"당신은 관심이 없으신가요?"

"대단히 궁금합니다. 발견이 되면 저도 그 장소를 방문해서 발굴에 관한 모든 자료를 보겠지만 그 일을 개인적으로 받아들이진 않습니다."

"안 그러실 것 같습니까? 정말일지 의심스럽군요. 전 자신이 무언가를 믿고 있다는 것도 깨닫지 못하고 살다가, 죽을 때가 되어서야 가슴속 깊이 묻혀 있던 믿음을 찾아내는 사람들을 많이 봤습니다."

"하지만 샹플랭은 믿음의 대상이 아니라 사람일 뿐이었습니다."

"처음에는 그랬겠죠. 하지만 그는 누군가에게 그 이상의 존재가 되었습니다. 저와 함께 가시지요."

세바스티앵 신부는 일어서서 제대 위의 금 십자가를 향해 머리를 숙이고 몸을 돌려 거대한 성당 밖으로 걸음을 재촉했다. 가마슈는 그 뒤를 따랐다. 나무 계단을 올라 성당 뒤편을 지나 이른 곳은 책과 서류가 엄청나게 쌓인 비좁은 사무실이었다. 벽에는 복제화 두 점이 걸려 있었다. 하나는 십자가에 매달린 예수 그리스도였고 다른 하나는 샹플랭이었다.

신부가 두 의자 위에 놓인 잡지를 치우고 나서 둘은 자리를 잡았다.

"샹플랭은 놀라운 인물이었습니다만 우린 그에 대해 거의 아는 게 없습니다. 그의 생일조차도 알려져 있지 않지요. 우린 그가 어떻게 생겼는지도 알지 못합니다. 이 그림을 알아보시겠습니까?"

그는 벽에 걸린 그림을 가리켰다. 모든 퀘베쿠아, 아니 캐나다인이면 누구나 익히 알고 있는 샹플랭의 초상이었다. 옷깃에 레이스가 달린 녹색 더블릿르네상스 시기에 유행한 남자 상의을 입고 하얀 장갑에 칼이 든 칼집을 찬 30대 남자. 머리는 길고 어두운 색에 약간 컬이 들어간 1600년대 스타일이었고 턱수염과 콧수염을 잘 다듬었다. 사려 깊은 큰 눈을 한 지적이고 강건하고 갸름한, 잘생긴 얼굴이었다.

사뮈엘 드 샹플랭의 얼굴. 가마슈는 어디에 세워 놔도 그를 골라낼 수 있었다.

그는 고개를 끄덕였다.

"저건 샹플랭이 아닙니다." 세바스티앵 신부가 말했다.

"아니라고요?"

"이걸 보세요." 세바스티앵은 책으로 꽉 찬 책꽂이에서 책을 한 권 꺼냈다. 그 책을 펼쳐 경감 앞에 내밀었다. "눈에 익지요?"

약간 땅딸막한 체구의 남자가 녹색 들판을 등지고 창문 앞에 서 있는 그림이었다. 옷깃에 레이스가 달린 녹색 더블릿을 입고 하얀 장갑에 칼이 든 칼집을 찬 30대 남자. 머리는 길고 어두운 색에 약간 컬이 들어간 1600년대 스타일이었고 턱수염과 콧수염을 잘 다듬었다. 사려 깊은 큰 눈을 한 지적이고 강건하고 갸름한, 잘생긴 얼굴.

"루이 십삼세의 회계 담당 미셸 파티셀리 데므리라는 사람입니다."

"하지만 이건 샹플랭인데요." 가마슈가 말했다. "체중이 좀 더 불고 다른 방향으로 돌려졌지만 기본적으로 같은 사람입니다. 입은 옷도 똑같고요."

그는 어리둥절해하며 책을 신부에게 돌려주었다. 세바스티앵 신부가 웃으며 고개를 끄덕였다. "누군가가 이 그림을 가져다가 더 용감해 보이게, 우리 머릿속에 있는 용감한 모험가의 이미지에 맞게 조정해서 샹플랭이라고 부른 거지요."

신부가 눈을 반짝이며 몸을 앞으로 내밀었다. "그의 생전에 그려진 초상화는 하나도 없습니다. 우린 그가 어떻게 생겼는지 알 도리가 없어요. 그것만이 아닙니다. 왜 그에게 직위도 영토도 주어지지 않았을까요? 그는 정식 퀘벡 총독도 아니었습니다."

"우리가 그의 중요성을 과장하고 있는 건가요?" 가마슈는 그 말을 입밖으로 꺼내자마자 후회했다. 신부는 가마슈가 자신의 영웅에게 오물을 투척한 양 다시 깃털을 곤두세웠다.

"아뇨. 우리가 확보하고 있는 모든 기록은 그가 퀘벡의 아버지임을 입증하고 있습니다. 당대에 레콜레Récollets 소형제회 분파에 속하는 프랑스의 개혁파 수도회. 예수회 수사들로 교체되기 전 캐나다에서 초기 선교를 담당했다가 남긴 기록들이지요. 그들은 선교 사업을 맡아 했고 성당을 세웠어요. 샹플랭은 자기 재산의 반을 그들에게 남겼습니다. 그는 퀘벡을 영국인들 손에서 되찾아 온 기념으로 이 성당을 지었습니다. 영국인들을 증오했으니까요."

"적을 미워하지 않기란 힘든 일이지요. 영국인들도 그에 대해 같은 감정이었으리라 믿습니다."

"아마도요. 하지만 적이기 때문에 싫어한 것만이 아닙니다. 그는 영국인들을 진짜 야만인이라고 여겼습니다. 잔인한 족속들이라고 생각했죠. 특히 원주민들에게요. 샹플랭의 일기를 읽어 보면 그가 휴런족, 알곤킨족과 깊은 교분을 나누었다는 걸 알 수 있습니다. 그들은 샹플랭에게 이 땅에서 살아남는 법을 가르쳐 주었고, 수로에 대해 많은 걸 알려주었죠.

그는 영국인들이 인디언들과 더불어 사는 것보다는 그들을 학살하는 데 더 관심이 있다고 생각했습니다. 물론 제 말을 오해하시면 안 됩니다. 샹플랭도 인디언들을 야만인이라고 여겼습니다. 그러나 그는 그들에게서도 배울 점이 있다는 걸 알고 있었고 인디언들의 영혼의 구원도 걱정했죠."

"그리고 그들이 가져다주는 모피도요."

"상인의 자질이 있었으니까요." 세바스티앵 신부가 인정했다.

가마슈는 고개를 들어 십자가에 못 박힌 예수 옆에 있는 그림을 다시 바라보았다. "그러니까 우리는 샹플랭이 어떻게 생겼는지, 언제 태어났는지, 어디 묻혔는지 아는 게 없군요. 일기를 통해 그에 대해 알 수 있는 건 뭐가 있습니까?"

"그것도 흥미롭습니다. 그에 대해서는 일기를 통해 알 수 있는 게 거의 없습니다. 일기라고는 하지만 사실 그날 일과와 일정을 적은 일지에 가깝습니다. 자기 내면의 삶이나 생각, 감정은 전혀 적어 놓지 않았습니다. 그는 자신의 사생활을 사적으로 여겼습니다."

"일기에도요? 왜 그랬을까요?"

세바스티앵은 누가 알겠느냐는 듯 손바닥을 펼쳐 보였다. "가설이 몇 가지 있죠. 그중 하나는 그가 프랑스 왕의 밀정이었기에 그랬다는 겁니다. 다른 가설은 더 억지스럽습니다. 그가 프랑스 왕의 아들이었다는 가설이죠. 물론 사생아요. 하지만 그 가설은 그의 출생의 비밀과 찬양해야 마땅할 그에 대한 비밀이 설명됩니다. 그리고 그가 아무것도 없던 이곳으로 보내진 이유도요."

"아까 오귀스탱 르노가 성소 아래에서 동전 몇 개와 납을 댄 관을 찾아냈지만 발굴이 중단됐다고 하셨지요. 그가 옳았을 수도 있을까요? 그게 샹플랭일 수도 있습니까?"

"보시겠습니까?"

가마슈가 자리에서 일어섰다. "부탁드립니다."

그들은 온 길을 되짚어 돌아갔다. 회당에 들어서면서 둘 다 성호를 긋기 위해 멈추었고, 본당의 중앙 통로를 지나 봉헌 초가 불을 밝히고 있는 작은 제대가 있는 그로토인공적으로 만든 작은 동굴로 갔다.

"여길 지나야 합니다." 세바스티앵은 제대 뒤의 좁은 통로를 허리를 낮추고 지나갔다. 손전등이 튀어나온 돌벽 위에 놓여 있었고 신부가 그걸 켜자 좁은 공간에 빛이 쏟아졌다. 빛이 돌벽을 훑고 관 위에 닿았다.

가마슈는 전율을 느꼈다. 이게 정말 샹플랭일까?

"대중에게 공개된 적이 있나요?" 가마슈는 목소리를 낮추었다.

"아뇨." 신부가 속삭였다. "언론에서 하도 시끄럽게 떠들어서 시에서도 결국은 시의 감독하에 르노에게 발굴을 허락했습니다. 공개적으로는 합의가 도출돼서 기뻐하는 듯했지만 시의 고고학자들은 화가 머리끝까지 났습니다. 하지만 정밀한 투시가 행해지고 기록을 자세히 조사한 끝에 결국 샹플랭의 시신이 아닌 중간 계급의 성직자로 판명됐습니다."

"확실한가요?" 가마슈가 세바스티앵을 향해 돌아섰다. 그의 모습은 희미해서 거의 보이지 않았다. "확신하십니까?"

"시에 발굴을 계속하자고 설득한 사람이 저였습니다. 르노를 존중해서요. 그는 학위도 없고 제대로 된 훈련도 받은 바 없지만 바보는 아니었습니다. 그리고 그가 절 포함해서 다른 누구도 찾지 못한 걸 찾아낸 건 사실이었죠."

"하지만 그가 샹플랭을 발견했나요?"

"여기선 아니었습니다. 저도 그랬다고 믿고 싶었습니다. 성당에는 엄청난 일이었을 겁니다. 많은 사람들이 몰려왔을 테고, 그래요, 헌금도 늘어났겠죠. 하지만 면밀히 조사해 보고 이런저런 증거들을 맞춰 보니 샹플랭이 아니었어요."

"동전은요?"

"동전들은 천육백 년대 것이 맞았고, 이 자리가 그 당시 성당과 묘지 자리가 맞다는 걸 확인해 주었지요. 하지만 그 이상은 아니었습니다."

두 사람은 작은 제단 불빛 속으로 다시 걸어 나왔다.

"신부님, 샹플랭이 어떻게 되었다고 생각하십니까?"

신부는 망설였다. "전 화재 후 그가 재매장되었다고 생각합니다. 실제로 이장이 이루어졌다는 언급이 있긴 합니다. 그렇지만 어디라는 말은 없고, 공식 기록은 남아 있지 않지요. 이 성당은 몇 번 화재로 무너졌었습니다. 그때마다 귀중한 기록이 많이 없어졌지요."

"신부님은 거의 평생 동안 샹플랭을 연구해 오셨습니다. 어떻게 생각하십니까?"

"아까 경감님께서 왜 그가 그토록 중요한지, 그가 어딨는지가 왜 그렇게 중요하게 다루어져야 하는지, 왜 그를 찾는 게 중요한지 물으셨지요. 중요합니다. 그는 그저 정착지를 건설한 사람이 아닙니다. 그에겐 이전의 개척자들과는 차별되는 점이 있습니다. 그래서 그가 다른 사람들은 실패하는 와중에 혼자 성공할 수 있었다고 생각합니다. 그래서 오늘날까지 기억되고 존경받는 거고요."

"그 다른 점이 뭔가요?"

"그는 한 번도 퀘벡을 뉴프랑스라고 부르지 않았습니다. 프랑스에선 다들 그렇게 불렀지요. 샹플랭의 후세들도 그랬고요. 하지만 샹플랭 본인은 아니었습니다. 그가 이곳을 뭐라고 불렀는지 아십니까?"

가마슈는 생각해 보았다. 그들은 다시 교회 한가운데에 서 있었고 그는 자기도 모르게 금빛 제대로 이어지는 텅 빈 통로와 제대 옆에 선 성자와 순교자, 천사와 십자가에 눈길을 주었다.

"신세계요." 가마슈가 이윽고 말했다.

"신세계라 불렀죠." 세바스티앵이 동의했다. "그래서 그가 이토록 사랑받는 겁니다. 그는 위대함과 용기와 퀘벡의 상징입니다. 자유와 헌신과 도전의 상징이죠. 그는 그저 정착촌을 건설한 게 아니라 새 세계를 만든 겁니다. 그리고 그렇기 때문에 사랑받는 거죠."

"분리주의자들에게요."

"모든 이들에게죠." 신부는 가마슈를 뜯어보았다. "경감님도 포함해서인 것 같은데요."

"맞습니다." 가마슈는 인정하며 사뮈엘 드 샹플랭의 초상화를 생각했다. 초상화는 누군가를 떠올리게 했다. 살집 좋은 성공한 회계사가 아닌 다른 사람을.

예수. 예수 그리스도.

그 그림 속 샹플랭의 이미지는 구세주를 닮아 있었다. 그리고 이제 그를 부활시키려 했던 사람이 죽었다. 가십에 따르자면 샹플랭의 시체를 숨겼을지 모를 영국인들에게 죽임을 당했다.

"샹플랭이 문예역사협회에 묻혀 있을 수도 있을까요?"

"천만에요." 세바스티앵 신부는 명쾌하게 답변했다. "그 시절에 거긴 황무지였어요. 그곳으로 그를 이장할 이유가 없습니다."

그가 성인 취급을 받기 전이라면 몰라도. 가마슈가 생각했다.

"그가 어디에 있다고 생각하십니까?" 가마슈가 다시 물었다.

그들은 대성당 문가의 얼음이 뒤덮인 계단 위에 서 있었다.

"멀지 않은 곳에요."

교회 안으로 돌아가기 전 신부가 고개를 끄덕여 보였다. 길 건너 비아드 카페가 있는 쪽을 향해서.

11

오후 5시가 되기도 전에 해는 기울어 있었다. 엘리자베스 맥워터는 창밖을 내다보았다. 소규모 군중들이 문예역사협회 앞에 하루 종일 진을 치고 있었다. 대담한 사람 몇이 쫓아내 보라는 듯 안으로 들어오기도 했다. 위니는 그러는 대신 그들을 환영하며 두 언어로 된 안내 책자를 주고 가입을 권유했다.

좀 더 뻔뻔한 몇몇에게는 도서실 구경도 시켜 주었다. 벽에 걸린 멋진 베개와 책장에 꽂혀 있는 무화과 컬렉션을 가리켜 보이며 옴라우트가 되는 데 동참하지 않겠느냐고 물었다.

당연하게도 그럴 사람은 거의 없었다. 그러나 위니의 친절함과 꿋꿋한 태도에 부끄러움을 느낀 그들 중 셋은 정말로 20달러를 내고 회원이 되었다.

"밤은 딸기라는 말도 했어?" 입회비를 챙겨 돌아온 위니에게 엘리자베스가 물었다.

"그랬지. 아니라고는 안 하던데. 갈까?"

불을 끄고 문을 잠그기 전 그들은 도서관을 확인했다. 가엾게도 블레이크 씨를 안에 두고 문을 잠가 버린 일이 한두 번이 아니었다. 그러나 그의 의자는 비어 있었다. 그는 이미 목사관으로 건너간 뒤였다.

모여 있던 사람들도 흩어지고 없었다. 호기심도 어둠과 추위를 이기지 못했다. 두 여인은 굳은 눈길 위로 조심해서 발을 디디며 걸어갔다.

자신과 상대의 발걸음을 주시하며.

겨울 땅은 굶주렸다는 듯이 나이 든 사람들에게 다가가 그들을 땅바닥으로 잡아채 엉덩이뼈나 손목, 아니면 목뼈를 부러뜨린다. 조심하는 게 상책이었다.

목적지는 멀지 않았다. 목사관 창에서 흘러나오는 불빛이 보였다. 목사관은 돌로 지어진 예쁜 건물로 균형이 잡혀 있었고, 창은 인색한 겨울 햇빛을 잘 받아들일 수 있도록 충분히 높은 곳에 있었다. 나란히 발걸음을 천천히 옮기면서 엘리자베스는 그 짧은 거리를 걷는데도 볼이 벌써 어는 것을 느낄 수 있었다. 눈에서 발걸음을 뗄 때마다 끽끽 소리가 났다. 80년 동안 들어온 익숙한 소리였다. 플로리다 해변의 파도 소리와도 바꾸지 않을 소리였다.

거리의 집과 식당에 켜지기 시작한 불빛이 하얀 눈에 반사되었다. 겨울과 어둠에 적합한 도시였다. 도시는 동화 속 왕국처럼 더 아늑해지고 사람을 환영하는 마법적인 분위기가 되었다. 그리고 우린 동화 속 왕국의 농노지. 엘리자베스가 쓴웃음을 지으며 생각했다.

조심스레 걸어가는 동안 창 너머로 벽난로 불과 술잔을 돌리는 톰이 보였다. 블레이크 씨와 포터가 이미 도착해 있었고 켄 해슬럼은 안락의자에 앉아 신문을 읽고 있었다.

그는 아무것도 놓치지 않아. 엘리자베스는 알고 있었다. 사람들은 줄곧 그래 왔던 것처럼 켄을 얕보는 실수를 저질렀다. 켄은 좀 다른 경우지만 사람들은 조용한 사람을 과소평가하는 경향이 있었다. 그녀는 왜 그가 침묵을 지키는지 알고 있었다. 하지만 그녀는 그 누구에게도 말하지 않았다.

엘리자베스 맥워터는 모든 걸 알고, 그 어떤 것도 잊어버리지 않았다.

두 여인은 문을 두드리는 대신 그냥 목사관 안으로 들어가 외투와 부츠를 벗었고, 잠시 뒤에는 그들도 큰 거실의 활활 타오르는 불 앞에 앉아 있었다. 포터가 스카치 한 잔을 위니에게 건넸고 엘리자베스에게는 셰리를 주었다. 두 여자는 소파에 나란히 앉았다.

이 방은 그들에게 익숙한 곳이었다. 실내악 연주회가 열리기도 하고 티 파티나 칵테일파티가 열리기도 했다. 점심을 먹거나 브리지 게임을 하거나 저녁을 먹기 위해 들른 적도 많았다. 큰 행사는 복도 건너편의 교회 홀에서 열리지만 이곳은 보다 친밀한 모임에 사용되는 곳이었다.

엘리자베스는 켄의 입술이 움직이고 있는 것을 알아차렸다. 그가 미소 지었고 그녀도 미소 지었다.

켄과 있으면 늘 외국 사람과 있는 것 같았다. 그들을 이해하기란 불가능했지만 그들의 표현을 따라 주기만 하면 됐다. 켄이 슬퍼 보일 때면 같이 슬퍼했고 기뻐할 때는 같이 기뻐했다. 그의 곁에 있으면 실제로 아주 마음이 놓였다. 기대할 일이 그리 많지 않았으니까.

"긴 하루였어." 포터가 불 앞에서 발을 놀리며 말했다. "인터뷰하느라 하루가 다 간 것 같아. CBC 라디오의 자키에 체르냉과 인터뷰한 게 곧 나올 텐데 듣고 싶나?"

그는 라디오를 켜고 CBC에 채널을 맞추었다.

"인터뷰만 열 번쯤 한 것 같아." 포터가 라디오를 주시하며 말했다.

"난 오늘 크로스워드 퍼즐을 풀면서 시간을 보냈지." 블레이크 씨가 말했다. "아주 즐거웠네. 멍청이라는 뜻의 여섯 글자 단어가 뭐지?"

"욕이어도 괜찮습니까?" 톰이 미소 지었다.

"아, 시작하는군." 포터가 라디오 소리를 높였다.

"뉴스에서 들으신 것처럼," 듣기 좋은 음성의 여자가 말하고 있었다. "아마추어 고고학자 오귀스탱 르노가 어제 아침에 문예역사협회에서 사망한 채 발견됐습니다. 경찰은 그가 살해됐다고 밝혔으며 아직 어떤 용의자도 체포하지 않았습니다.

문예역사협회의 이사장인 포터 윌슨 씨가 오늘 인터뷰에 응해 주셨습니다. 안녕하세요, 윌슨 씨."

"안녕하십니까, 자키에."

포터가 박수를 기대하듯 목사관 거실을 둘러보았다.

"르노 씨의 죽음에 대해 얘기해 주시겠습니까?"

"제가 그러지 않았다는 건 말씀드릴 수 있겠군요."

포터의 웃음소리가 라디오에서 흘러나왔다. 목사관의 포터도 웃음을 터뜨렸다. 아무도 웃지 않았다.

"그가 왜 거기 있었을까요?"

"솔직히 말씀드려서 우리도 모릅니다. 예상하셨겠지만 모두 깊은 충격을 받았습니다. 비극적인 일입니다. 사회의 존경받는 인물이 그렇게 되다니요."

라디오 앞의 포터가 자기 말에 고개를 끄덕이고 있었다.

"맙소사, 포터. 꺼 버리게." 블레이크가 의자에서 일어나려고 애쓰며 말했다. "멍청한 짓은 그만둬."

"아냐, 기다려 봐." 포터가 라디오를 가리고 섰다. "재미있어질 거야. 들어 봐."

"어떤 일이 일어났는지 설명해 주실 수 있을까요?"

"글쎄요, 자키에. 협회 사무실에 있는데 전화 회사에서 보낸 수리 기사가 왔지요. 전화가 불통이어서 기사를 요청했습니다. 도서관을 보수하는 중이라 전화가 불통이 되면 안 되거든요. 그러고 보니 이 프로에서도 기금 모금을 도와주셨더랬죠."

진행자가 화제를 돌리기 위해 갖은 애를 쓰는 동안 포터는 5분간 기금 모금에 대한 이야기를 끔찍하게 늘어놓았다.

마침내 그녀가 인터뷰를 끊고 음악을 틀었다.

"끝났습니까?" 톰이 물었다. "이제 기도는 그만해도 됩니까?"

"무슨 생각으로 그런 거야?" 위니가 포터에게 물었다.

"무슨 생각이냐니? 도서관에 기부 좀 해 달라고 말할 좋은 기회를 잡은 거지."

"사람이 살해당했어." 위니가 쏘아붙였다. "정말이지 포터, 홍보도 때를 봐 가면서 해야지."

입씨름이 시작되자 엘리자베스는 신문 읽기로 후퇴했다. 어느 신문이나 르노 살해 사건에 대한 이야기로 가득했다. 신문에는 끔찍한 모습의 남자 사진과 헌사, 추도사, 칼럼이 실려 있었다. 그의 시체가 채 식기도 전에 그는 새 사람으로 부활하고 있었다. 샹플랭 발견 직전의 존경받고 사랑받는 빼어난 인물로.

듣자 하니 문예역사협회에서의 발견 직전에.

「라 프레스」에는 르노가 죽기 직전 이사회와의 접촉을 시도했다가 거절당했다는 기사가 실려 있었다. 절차를 따른 합리적인 결정이 이제는 의심스럽고 불순하게 비치고 있었다.

그러나 제일 당혹스러운 것은 프랑스 신문들의 반응이었다. 오귀스탱 르노의 시체가 발견된 것만 놀라운 게 아니라 그렇게나 많은 영국계와 지금껏 섞여 살고 있는지 몰랐다는 듯 산 자들을 새로이 발굴한 게 놀랍다는 투였다.

퀘벡 시는 마치 이제야 영국계들이 내내 거기 있었다는 사실에 눈을 뜬 것처럼 보였다.

"어떻게 우리가 있다는 걸 여태 모를 수가 있지?" 엘리자베스 어깨 너머로 기사를 읽고 있던 위니가 말했다.

엘리자베스도 같은 아픔을 느꼈다. 용의자나 위협적인 존재로 비방을 당하는 일, 심지어 적으로 여겨진다는 사실을 받아들이는 데에도 마음의 준비가 되어 있었다. 그러나 아예 존재조차 인식되지 않아 왔다는 데에는 마음의 준비가 되어 있지 않았다.

언제부터 그랬을까? 언제부터 자신들의 존재가 지워지고 자신들의 고향에서 유령이 되었을까? 엘리자베스는 신문을 내려놓은 채 허공을 응시하고 있는 블레이크 씨를 바라보았다.

"무슨 생각 하세요?"

"저녁 시간이 다 되었군." 그가 말했다.

그래. 엘리자베스가 읽던 신문으로 돌아가며 생각했다. 영국계들을 얕보게 해서는 안 돼.

"1966년을 생각하고 있었지."

엘리자베스가 신문을 내렸다.

"무슨 말씀이에요?"

"기억하고 있잖소, 엘리자베스. 거기 있었으니까. 그때 일에 대해 얼마 전에 톰에게 얘기할 기회가 있었지."

엘리자베스가 자신들의 목회자인 젊고 생기 넘치는 그를 바라보았다. 쉽게 발끈하는 까다로운 포터와 웃고 얘기하면서 그의 비위를 맞춰 주고 있는 모습을. 그는 1966년에는 태어나지도 않았을 터였지만 엘리자베스는 그때 일을 어제처럼 생생하게 기억했다.

퀘벡 깃발을 흔들며 시위대가 몰려들었다. 모디 앙글레, 테트 카레 Maudits Anglais, Têtes Carré 가증스러운 영국인, 개새끼들라고 외치며 그보다 더한 말도 했다. 문예역사협회 앞에서는 노랫소리가 끊이지 않았다. '정 뒤 페이Gens du Pays 이 땅의 사람들'. 눈물이 날 만큼 아름다운 노랫말의 분리주의자들의 노래가 건물 안에서 두려움에 떨고 있는 영국계들을 향해 퍼부어졌다.

그런 다음 공격이 뒤따랐다. 문을 통과한 분리자주의자들이 계단을 돌진해 문예역사협회의 심장인 도서실 안까지 들어왔다. 책들이 불타고 연기가 치솟았다. 그녀는 달려 나가 그들을 막고 불을 끄려고 애썼고 그만두라고 탄원했다. 그녀의 완벽한 프랑스어로 그들에게 멈추라고 호소했다. 포터와 블레이크 씨와 위니와 다른 사람들도 연기, 고함, 유리 깨지는 소리를 막으려 애썼다.

그녀는 포터를 응시하며 그가 수백 년 동안 그 자리를 지켰던, 납으로 테두리를 두른 유리창을 깨뜨리던 모습을 떠올렸다. 그리고 그는 한 손 가득, 한 팔 가득 책들을 손에 잡히는 대로 밖으로 던졌다. 블레이크 씨도 그 일에 동참했다. 분리주의자들이 책을 태우는 동안 영국계들은 펼쳐진 책 표지들이 날 수 있을 거라 여기듯 책을 창밖으로 던졌다.

위니, 포터, 켄, 블레이크 씨와 모두는 자신들을 돌보기 전에 자신들의 역사를 구했다.

그래. 그녀는 기억했다.

아르망 가마슈는 제시간에 집에 도착해 앙리의 밥을 챙겨 줄 수 있었다. 그리고 그들은 산책에 나섰다. 퀘벡의 거리는 어두워져 있었으나 축제를 즐기는 사람들이 사방에서 활보했다. 차가 다니지 못하게 막아 둔 생 장 가는 놀 거리로 가득했다. 합창단, 마술사, 연주자 들.

남자와 개는 군중 사이를 들락날락하며 이따금씩 멈추어 서서 음악을 듣고 사람들을 구경했다. 처킷 다음으로 앙리가 제일 좋아하는 일이었다. 바나나와 밥때를 빼면. 많은 사람들이 발걸음을 멈추고 귀가 특이하게 큰 어린 셰퍼드의 존재에 호들갑을 떨었다. 그 옆에 가마슈가 전봇대처럼 서 있었다.

앙리가 실컷 주목을 받고 난 뒤 둘은 집으로 돌아왔고 가마슈는 시계를 흘깃 보았다. 5시가 지나 있었다. 그는 전화를 걸었다.

"위 알루Oui allô 여보세요?"

"랑글로와 경위?"

"아, 경감님. 그러잖아도 전화드리려던 참이었습니다. 진행 상황을 알려 드리려고요."

"새로운 소식이 있나?"

"별로 없습니다. 이런 일이 어떻게 흘러가는지 아시잖아요. 용의자가 바로 나오지 않으면 질질 끌게 되죠. 이 사건도 그렇습니다. 전 지금 오귀스탱 르노의 집에 와 있습니다." 경위가 주저했다. "혹시 오실 생각이 있으십니까? 계신 곳에서 그리 멀지 않습니다."

"보고 싶네."

"안경을 가져오시고 샌드위치도 부탁드립니다. 맥주도요."

"그 정도로 심각한가?"

"믿지 못하실걸요. 사람이 어떻게 이러고도 사는지 모르겠습니다."

가마슈는 주소를 받아 적고 앙리와 잠시 놀아 준 뒤 에밀에게 메모를 남겨 놓고 길을 나섰다. 가는 길에 그는 생 장 가의 맛있는 빵집 파이야르와 데파뇌르다른 가게들이 문 닫은 뒤에도 늦게까지 영업하는 식료품점으로 술을 팔 수 있다에 들렀고, 맞는지 확신할 수 없어서 상트 우르술 가를 향하던 도중 멈춰서서 주소를 다시 확인했다.

그러나 그곳에 있었다. 상트 우르술 가 9와 3/4번지. 그는 머리를 저었다. 9와 3/4이라니.

오귀스탱 르노가 살 만한 곳이었다. 주변인으로 살았던 그가 번지수가 분수로 된 집에서 사는 게 왜 이상하겠는가? 가마슈는 짧은 터널을 지나 작은 안뜰로 접어들었다. 문을 두드리고 그는 잠시 기다리다 안으로 들어갔다.

범죄를 수사하며 30년을 보내는 동안 그는 곳간 같은 집에서 유리와 대리석으로 지은 과시용 집에 동굴 같은 집까지 모든 종류의 집을 보았다. 그는 끔찍한 집에서 끔찍한 물건들이 방치된 모습을 보며 사람들이 사는 방식에 대해 끊임없이 놀랐다.

그러나 오귀스탱 르노의 집은 아르망 가마슈가 상상한 그대로였다. 작고, 종이와 잡지와 책 등의 물건이 사방에 널려 있어 발 디딜 틈이 없었다. 화재의 위험이 상존하는 집이었지만 가마슈는 유리와 대리석으로 지은 화려한 집보다는 이런 데가 더 편안하다는 사실을 인정하지 않을 수 없었다.

"아무도 없습니까?" 그가 말했다.

"이쪽이에요. 거실입니다. 아니 식당인가. 무슨 방인지 모르겠네요."

가마슈는 눈 위에 난 길처럼 종이 더미 사이로 난 길을 따라 가다가 책상 위에 몸을 구부리고 뭔가를 읽고 있는 랑글로와 경위를 발견했다. 그가 얼굴을 들더니 씩 웃었다.

"샹플랭. 이 모든 종이 더미가 다 샹플랭에 대한 겁니다. 그 사람에 대해 이렇게나 많은 글이 있는 줄 몰랐습니다."

가마슈는 서류 뭉치 한 더미에서 맨 위에 있는 잡지를 집어 들었다. 현재 뉴잉글랜드라 불리는 지역으로 첫 탐험을 떠났던 탐험대의 이야기를 다룬 『내셔널 지오그래픽』 과월호였다. 잡지에는 샹플랭에 대한 기사가 있었는데 버몬트에 있는 샹플랭 호수에 관한 것이었다.

"제 팀이 이걸 천천히 훑고 있긴 합니다만 평생 걸리지 않을까 싶습니다." 랑글로와가 말했다.

"도움이 필요하겠군."

랑글로와는 마음이 놓인다는 표정을 지었다. "그럼 좋죠. 도와주시겠습니까?"

가마슈는 웃으며 가져온 봉투 두 개를 책상 위에 올려놓았다. 그는 봉투에서 샌드위치 여럿과 맥주 두어 병을 꺼냈다.

"근사하군요. 아직 점심도 못 먹었습니다."

"바빴군." 가마슈가 말했다.

랑글로와는 고개를 끄덕이며 바게트에 소고기와 토마토를 올리고 겨자를 친 샌드위치를 한입 크게 베어 문 다음 맥주를 한 모금 마셨다.

"아직까지 지문과 DNA 표본만 채취했을 뿐입니다. 그것도 이틀 걸렸습니다. 감식반 사람들이 일을 끝내서 이제 겨우 우리가 온 거죠." 그는 주위를 둘러보았다.

가마슈도 의자를 하나 빼어 앉고 메이플 시럽에 절인 햄에 브리 치즈, 아루굴라샐러드에 넣는 유럽 겨자를 올린 샌드위치를 집었다. 그도 맥주를 한 병 땄다. 이후 몇 시간 동안 두 사람은 오귀스탱 르노의 집을 훑어보며 자료를 정돈하고 다른 사람이 작업한 자료 사본과 오귀스탱 르노의 자료를 분리했다.

가마슈는 샹플랭 일기의 사본을 발견하고는 그걸 훑어보았다. 세바스티앵 신부 말대로 할 일 목록 이상의 내용은 거의 담겨 있지 않았다. 1600년대 초 퀘벡에서의 일상에 대한 풍부한 시각을 제공해 주고는 있었으나 누가 썼다 해도 상관없을 내용이었다. 개인적인 정보는 전혀 없었다. 가마슈는 샹플랭에 대한 아무런 단서도 얻지 못했다.

"뭘 찾으셨나요?" 랑글로와가 피곤한 손으로 얼굴을 훔치며 봤다.

"샹플랭의 일기 사본일세. 별건 없군."

"르노도 일기를 쓰지 않았을까요? 어떻게 생각하십니까?"

가마슈는 자신들이 있는 방과 옆방을 둘러보았다. 어딜 보나 서류 더미였다. 책장은 넘쳐 날 만큼 쑤셔 넣어 터질 지경이었고 옷장도 잡지로 가득했다. "찾다 보면 나올지도 모르지. 개인적인 서류는 못 찾았나?" 가마슈는 독서용 안경을 벗고 책상 너머로 랑글로와를 바라보았다.

"르노에게 답장한 사람들의 편지가 몇 있습니다. 따로 모으고 있는데 대부분은 그가 틀렸다고 말하는 내용이에요. 정중한 정도는 다르지만."

"뭐에 대해서?"

"샹플랭에 대해 그가 세운 이런저런 가설이오. 샹플랭이 스파이였다거나 왕의 아들이었다거나. 그가 신교도였다는 가설도 있습니다. 하지만 누가 여기 적은 것처럼 그가 위그노프랑스 신교도였다면 왜 자기 돈의 대부분을 가톨릭교회에 남긴다는 유언을 했겠습니까? 르노의 가설은 다 그런 식입니다. 그럴듯하면서 맛이 좀 갔죠."

가마슈는 랑글로와가 그나마 인심을 써서 르노가 맛이 '좀' 갔다고 말했다고 생각했다. 그는 시계를 보았다. 8시 10분 전이었다.

"자네 여전히 배고픈가?"

"엄청요."

"잘됐군. 내가 저녁을 사지. 이 거리 아래쪽으로 가면 꼭 가 보고 싶었던 식당이 있네."

그들은 가는 길에 가게에 들렀고 랑글로와가 좋은 적포도주를 샀다. 그런 다음 상트 우르술 가의 미끄러운 길을 조심조심 내려가 지하에 위치한 허름한 식당으로 들어섰다.

들어서자마자 온기와 모로코 향료 냄새가 그들을 맞았다. 식당 주인이 다가와 자신을 소개하고 그들의 외투와 포도주를 받은 뒤 노출된 돌벽 옆의 조용한 구석 자리로 안내했다.

주인은 잠시 후 마개를 딴 포도주와 잔 두 개, 그리고 메뉴판을 가지고 돌아왔다. 주문을 끝내고 두 사람은 그동안 얻은 정보를 교환했다. 가마슈는 샹플랭 협회 회원들과 세바스티앵 신부와 나눈 그날의 대화를 들려주었다.

"제가 보낸 하루와 근사하게 겹치는군요. 많은 시간을 문예역사협회 지하에서 단단히 열 받은 고고학자와 보냈거든요."

"세르주 크루아?"

"맞습니다. 종종 있는 일이라고는 하지만 일요일에 불려 나와 시큰둥해 있더군요. 의사와 다르지 않은 것 같습니다. 누가 뼈를 발견했거나 옛 성벽의 흔적이 나왔거나 오래된 도자기를 찾았다거나 할 때를 대비해서 늘 대기하고 있어야 하는 것 말입니다. 그런 일이 퀘벡에선 꽤 잦은가 봅니다."

김이 피어오르는 저녁 식사가 나왔다. 향긋한 양고기 타진원뿔 모양의 뚜껑을 씌운 오목한 그릇으로 요리한 아프리카 음식에 쿠스쿠스와 야채 스튜였다.

"크루아가 기술자들을 데려왔습니다. 금속 탐지기 같은 거하고요. 제가 여태껏 본 중에서 제일 복잡해 보이는 기계였습니다."

가마슈가 바게트를 한입 크기로 뜯어 타진 국물에 적시면서 물었다. "그는 르노가 옳았을지도 모른다고 생각하나? 샹플랭이 거기 있을지도 모른다고?"

"단호하게 아니라고 하던데요. 하지만 어쨌든 확인은 해 봐야 한다고 했습니다. 기자들에게 르노가 또 틀렸다고 말하기 위해서라도요."

"또 틀렸다면 이번이 마지막이겠지."

"흠." 랑글로와는 음식을 즐기고 있었고 가마슈도 마찬가지였다.

"그래서 뭘 찾았나?"

"감자하고 순무요."

"지하 저장고였으니 제대로 찾았군." 여전히 가마슈는 영국계들에게는 다행이라고 생각하면서도 약간 실망스러웠다. 마음 한구석에서 르노가 마침내, 치명적인 발견이겠지만, 옳았기를 바랐다.

그래서 그가 살해당한 걸까? 그리고 그래서 그가 문예역사협회에 있었던 걸까?

그가 이사회에 말하려고 했던 건 무엇이었을까?

하지만 결국 샹플랭이 거기 묻혀 있느냐 아니냐는 중요하지 않다고 생각했다. 중요한 것은 르노가 믿고 있던 것이었다. 그리고 그의 전부였던 것을 다른 사람들도 믿게 만들 수 있는 무언가였다.

식사 후 랑글로와와 가마슈는 헤어져 경위는 아내와 가족이 있는 집으로, 경감은 서류를 더 뒤져 보려고 르노의 집으로 발걸음을 돌렸다.

한 시간 후, 마침내 그는 책장 안 깊숙이 두 줄로 꽂힌 책들 뒤에 숨겨진 그것을 찾아냈다. 오귀스탱 르노의 일기를.

12

장 기 보부아르가 교도소에서 올리비에를 만나고 몬트리올의 골동품 가게에 들러 스리 파인스로 돌아온 때는 오후 중반쯤이었다. 그는 샌드위치, 초콜릿 입힌 도넛과 더블더블 커피를 사기 위해 55번 국도 진입로에 있는 팀 호튼에 들렀다.

그리고 이제 그는 피곤했다.

그 일 이후로 이렇게 많이 돌아다니긴 처음이었다. 그는 쉴 필요가 있다는 것을 알았다. 비앤비에 도착한 그는 길고 호사스러운 목욕을 하면서 앞으로 할 일을 생각해 보았다.

올리비에는 폭탄을 떨어뜨렸다. 그는 이제 와서 은둔자의 이름이 야코프가 아니었으며, 심지어 체코인도 아니었다고 말했다. 그는 책임을 면하고, 의혹의 시선을 파라 가족을 비롯한 인근의 다른 체코인들에게로 돌리기 위해 그렇게 말했을 뿐이었다.

참된 이웃다운 짓도 아니었고 별로 효과적이지도 않았다. 어쨌든 자신들은 올리비에가 범인이라고 결론지었고 법원도 자신들의 판단에 동의했다.

그래. 그랬지. 보부아르는 욕조 안 깊숙이 몸을 담갔다. 이제는 비누칠을 하면서도 배의 울퉁불퉁한 흉터를 거의 의식하지 못했다. 그가 알아차린 것은 자신의 근육이 예전 같지 않다는 사실이었다. 비만까지는 아니었으나 그동안 활동량이 너무 적었기에 군살이 늘어 있었다. 그러나 자신이 바라는 만큼 빠르지는 않았지만 조금씩 힘이 돌아오고 있다는 것을 느낄 수 있었다.

그는 하던 생각들을 마음에서 지워 버리고 대신 올리비에의 사건을 조용히 재수사하라는 경감의 요구에 집중했다.

그는 오늘 알아낸 사실들로 어떤 결론을 내릴 수 있을지 생각했다.

하지만 머릿속을 채우는 것이라고는 열린 욕실 문틈을 통해 보이는, 빳빳한 흰 시트와 깃털 이불과 부드러운 베개들이 놓인 큰 침대의 유혹적인 손짓뿐이었다.

10분 뒤 욕조가 비워졌고, '방해하지 마시오'가 문 앞에 내걸렸고, 장기는 이불 속에서 따뜻하고 안전하게 곯아떨어졌다.

어둠 속에서 눈을 뜬 그는 만족스러운 기분으로 돌아누워 머리맡의 시계를 보았다. 5시 30분. 그는 일어나 앉았다. 5시 30분? 오전? 오후?

두 시간을 잔 걸까, 열네 시간을 잔 걸까? 푹 쉰 기분이긴 한데 그 어느 쪽이나 가능한 일이었다.

불을 켠 뒤 그는 일어나 옷을 입었다. 그러고는 방문 밖 층계참에 서서 아래를 내려다보았다. 비앤비는 조용했다. 불이 몇 개 켜져 있었지만 아무 단서가 되지 못했다. 그는 어리둥절하고 혼란스러운 상태로 아래층으로 내려갔고 비앤비 퇴창 밖을 내다보고 답을 얻었다.

마을 잔디 광장 주변의 집들에 불이 켜져 있었고, 비스트로 역시 밝고 환하게 빛나고 있었다. 아침 먹을 시간이 아니라 저녁 먹을 시간에 맞춰 일어난 것에 기분이 좋아진 장 기는 외투를 입고 부츠를 신고 잔디 광장을 가로질러 비스트로로 갔다. 그를 맞는 가브리는 뜻밖에도 잠옷을 입고 있었다.

보부아르는 다시 혼란에 빠졌다. 지금이 오전인가 오후인가? 하지만 그걸 묻느니 죽는 편이 나았다.

"돌아오셨군요. 어젯밤엔 숲에서 성자와 하룻밤을 보내셨다고 들었어요. 들리는 말대로 즐거운 시간이었나요? 개종하신 것 같아 보이진 않는데."

보부아르는 잠옷 차림에 슬리퍼를 신은 이 덩치 큰 남자를 바라보고는 그가 어떻게 보이는지 말하지 않기로 했다.

"뭘 갖다 드릴까요, 파트롱patron 경위님?" 대답이 없는 보부아르에게 가브리가 물었다.

내가 원하는 게 뭐였지? 스크램블드에그, 아니면 맥주?

"맥주가 좋겠군요. 메르시." 그는 지역 양조장 맥주를 한 잔 받아 들고 창가에 있는 등받이가 넓은 안락의자를 찾아냈다. 그리고 탁자 위에 놓인 신문을 집어 들고 퀘벡 시에서 일어난 오귀스탱 르노의 살해 기사를 읽었다. 정신 나간 고고학자.

"합석해도 될까요?"

그는 클라라 모로를 올려다보았다. 그녀도 잠옷과 목욕 가운 차림이었고, 눈을 아래로 내리자 슬리퍼가 보였다. 이게 무슨 악몽 같은 유행인가? 내가 대체 얼마나 잤지? 영국계들이 플란넬이라면 환장한다는 걸 모르진 않았지만 보부아르는 그 직물에 회가 동하지도 않았고 절대단 한 번도 그 천을 몸에 두르지 않았으며 이제 와서 그러고 싶은 생각도 없었다.

그는 주위를 둘러보고 서너 명 중 한 명이 목욕 가운을 입고 있다는 것을 알아차렸다. 그는 늘 속으로 이곳이 그냥 마을이 아닌 정신병원에서 나온 외래환자 클리닉이라고 의심해 왔는데, 이제 증거가 눈앞에 있었다.

"약 드시러 오셨습니까?" 그는 그녀가 앉자 물었다.

클라라가 웃으며 자신의 맥주를 들어 보였다. "언제나 그렇죠." 그녀는 그 앞에 놓인 모디트 맥주퀘벡 소재의 양조장 유니브류에서 제조하는 맥주 상표 중 하나를 향해 고개를 끄덕여 보였다. "경위님도 그런가요?"

그가 몸을 앞으로 기울이며 속삭였다. "지금 몇 십니까?"

"여섯 시예요." 그가 묻는 시선을 거두지 않자 그녀가 덧붙였다. "저녁이오."

"그런데 왜……." 그는 그녀의 옷차림을 가리켰다.

"올리비에가 체포된 후에 가브리가 일상으로 복귀하는 데는 시간이 걸렸어요. 그래서 우리가 도왔죠. 가브리는 일요일에는 식당을 열고 싶지 않아 했지만 머나와 내가 설득했고, 결국 조건을 하나 달아 다시 열기로 했어요."

"잠옷이오?"

그녀가 미소 지었다. "눈치가 빠르시네요. 옷을 차려입고 싶지 않다는 거였어요. 시간이 좀 지나고 보니 우리 모두 같은 행동을 하게 됐어요. 잠옷 차림으로 돌아다니면 엄청 편해요. 이젠 하루 종일 잠옷 차림으로 지내기도 한답니다."

보부아르는 동의할 수 없다는 표정을 지으려고 했지만 그녀가 편안해보인다는 사실은 인정하지 않을 수 없었다. 그녀는 침대에서 막 나온 부스스한 머리로 패션을 완성하고 있었지만 사실 새롭다고는 할 수 없었다. 클라라의 머리는 언제나 사방으로 뻗친 모양새였기 때문이다. 손을넣어 이리저리 만져 대기 때문이리라. 그런 이유로 머리 속의 빵 부스러기나 물감 자국이 설명되었다.

그는 당신들과 함께 있는 것이 좋기 때문에 여기에 있다고 그녀를 믿게 할 만한, 듣기 좋은 말을 하려고 머리를 굴렸다.

"전시회는 곧 열리나요?"

"몇 달 내로 열릴 예정이에요." 그녀는 맥주를 길게 한 모금 들이켰다. "뉴욕 타임스와 오프라와의 인터뷰를 연습할 때 빼고는 그 생각은하지 않으려고 애쓰고 있어요."

"오프라요?"

"네. 저를 위한 큰 쇼가 될 거예요. 저명한 평론가들이 다들 제 그림의 힘과 통찰력에 엄청나게 감동받아서 눈물을 글썽이겠죠. 오프라는작품당 십억 달러씩 몇 작품을 구입할 예정이에요. 오억에서 십오억을호가하는 작품을요."

"오늘은 특별가로군요."

"네. 관대한 기분이 드는 날이니까요."

그는 웃고 있는 자신에게 놀랐다. 그는 클라라와 이제껏 제대로 된 대화를 해 본 적이 없었다. 이들 누구와도. 그건 경감의 몫이었다. 어째서인지는 몰라도 경감님은 이들 대부분과 벗이 되었지만 보부아르는 용의자이자 한 인간으로서 마을 사람들을 대하고자 하는 마음의 벽을 넘을 수 없었다. 그러고 싶지도 않았다. 그런 생각만으로도 거부감이 일었다.

그는 그녀가 견과류를 씹으면서 맥주를 마시는 모습을 바라보았다.

"뭐 좀 여쭤 봐도 되겠습니까?" 그가 말했다.

"그럼요."

"올리비에가 은둔자를 죽였다고 생각하십니까?"

그녀의 손이 땅콩을 집으러 가다 멈췄다. 보부아르는 사람들이 자신들의 대화를 엿듣지 못하도록 목소리를 낮췄다. 그녀는 손을 거두고 한동안 진지하게 생각한 뒤 말했다.

"모르겠어요. 그가 그런 일을 절대 할 리 없다고 말하고 싶지만 증거가 워낙 강력해서요. 그리고 그가 아니라면 그렇게 한 누군가가 분명히 있겠죠."

그녀는 방을 무의식적으로 둘러보았다. 보부아르는 그녀의 시선을 좇았다.

올드 먼딘과 와이프가 있었다. 젊고 아름다운 부부는 파라 씨네와 식사 중이었다. 올드는 이름과는 달리 아직 서른도 채 되지 않은 목공이었다. 그는 올리비에의 골동품들을 복원하는 일도 했고 은둔자가 살해당한 그날 비스트로에 늦게까지 남아 있던 사람들 중 한 명이었다. 보부아르는 와이프의 이름을 까먹었지만 대부분의 사람들이 그랬을 터였다. 실제로는 젊은 부부인 그들이 자신들의 결혼 상태에 대해 농담처럼 시작한 말이 진짜가 되었다.올드 먼딘의 이름은 낡고 일상적이라는 뜻의 old mundane과 발음이 비슷하다. 그녀는 그냥 와이프였다. 그들에게는 다운증후군이 있는 어린 아들 찰리가 있었다.

아이를 힐끗 보면서 보부아르는 뱅상 질베르 의사가 성자로 불리는 이유 중 하나가 바로 그것이라는 사실을 기억해 냈다. 잘나가고 있을 때 모든 걸 버리고 다운증후군 환자를 돌보고자 그들이 모여 사는 마을에서 살기로 결정한 인물. 그때의 경험을 토대로 그는 『존재』라는 책을 썼다. 그 책은 놀라울 만큼 정직하고 겸손하게 쓰였다는 평가를 받고 있었다. 그 책이 놀라운 이유는 그와 같은 개자식이 썼기 때문이었다.

클라라가 종종 말하듯이 위대한 창조물이란 종종 그랬다.

올드와 와이프 맞은편에 자리한 사람들은 로어와 해나 파라였다. 그들은 지난 사건에서 주요 용의선상에 올라 있었다. 로어는 숲 속에 길을 내는 중이었고 오두막집에서 값을 매길 수 없는 보물들과 더불어 사는 초라한 노인네를 발견했을 가능성이 높은 인물이었다.

하지만 사람을 죽이고 왜 보물을 그대로 두었겠는가?

같은 논리는 그의 아들 하보크 파라에 대해서도 적용되었다. 클라라와 보부아르의 시선이 반대편 벽난로 앞 탁자에서 시중을 들고 있는 그를 스쳤다. 그는 살인 사건이 있던 날 밤 늦게까지 비스트로에서 일했고 식당 문을 닫은 사람도 그였다.

그가 숲으로 가는 올리비에를 뒤따라가 오두막을 발견했을까?

안을 들여다보고 보물을 발견하고는 그 의미를 깨달았던 것일까? 다시는 팁을 위해 일하지 않아도 되고, 탁자를 치우지 않아도 되고, 무례한 손님들에게 웃어 주지 않아도 된다. 미래를 두려워할 필요도 없다.

그건 자유를 의미했다. 그리고 그는 홀로 있는 늙은 노인을 때려눕히기만 하면 됐다. 하지만 그렇다면 왜 값나가는 보물이 여전히 오두막집에 대부분 남아 있단 말인가?

방 저편에는 마르크와 도미니크 질베르 부부가 있었다. 스파 리조트의 소유주들. 40대 중반의 그들은 벌이가 좋고 스트레스 많은 일들을 그만두고 스리 파인스로 왔다. 그들은 언덕 위의 폐가를 사서 근사한 호텔로 개조했다.

올리비에는 마르크를 경멸했고 상대방도 마찬가지였다.

질베르 부부는 은둔자의 오두막 때문에 황폐한 옛집을 사들였을까? 오두막이 그들의 숲에 숨어 있었기 때문에?

그리고 마지막으로 별거 중이던 마르크의 아버지인 개자식 성자 뱅상 질베르가 있었다. 그는 시체가 발견된 것과 거의 같은 시간대에 이 마을에 나타났다. 그게 우연일 수 있을까?

비스트로의 문이 요란한 소리를 내며 닫힘과 동시에 클라라의 시선이 보부아르에게 돌아왔다.

"빌어먹을 눈보라."

보부아르는 눈을 돌려 찾을 필요도 없이 누구의 말인지 바로 알 수 있었다. "루스." 그가 클라라에게 속삭였고 그녀는 고개를 끄덕였다. "여전하신가요?"

"여전하죠." 클라라가 확인해 주었다.

"제기랄." 루스가 보부아르의 의자 뒤에 나타났다. 주름진 얼굴을 잔뜩 찡그리고 있었다. 짧게 깎은 백발이 머리 위에 착 달라붙어서 해골처럼 보였다. 그녀는 키가 컸지만 허리가 구부정했고 지팡이를 짚었다. 유일하게 긍정적인 사실은 그녀가 잠옷 차림이 아니라는 것이었다.

"간신히 비스트로에 왔군." 그녀는 클라라를 아래위로 훑어보며 콧방귀를 뀌었다. "품위가 죽으러 오는 곳이지."

"품위뿐이 아니죠." 보부아르가 대꾸했다.

루스가 껄껄 웃었다. "시체를 또 찾았나?"

"전 시체를 찾으러 다니진 않습니다. 일 말고도 제 삶이 있거든요."

"이런, 벌써 지겹군." 시인의 말이었다. "들을 만한 말을 좀 해 봐."

보부아르는 너그러이 참겠다는 듯 루스를 보며 침묵을 지켰다.

"그럴 줄 알았지." 그녀는 그의 맥주를 집어 들더니 벌컥벌컥 마셨다. "이게 무슨 술이야. 좀 제대로 된 걸 마실 수 없어? 하보크! 이 양반한테 스카치를 갖다 줘."

"망할 노인네." 보부아르가 중얼거렸다.

"입은 살았군. 아주 좋아."

루스는 그의 스카치를 가로채서는 쿵쿵거리고 가 버렸다. 그녀가 충분히 멀어졌다 싶자 보부아르는 탁자를 가로질러 클라라에게 몸을 숙였다. 클라라도 얼굴을 내밀었다. 비스트로는 대화와 웃음으로 가득 차 있어서 소리 낮춘 대화를 나누기에 적당했다.

"올리비에가 아니라면, 누굴까요?" 보부아르가 목소리를 깔고 날카로운 눈으로 방을 둘러보며 말했다.

"모르겠어요. 왜 올리비에가 아니라고 생각하시죠?"

보부아르는 머뭇거렸다. 루비콘 강을 건널 것인가? 그러나 그는 이미

자기가 그렇게 했다는 걸 알고 있었다.

"지금 하는 이야기는 이 자리를 떠나서는 안 됩니다. 올리비에는 우리가 사건을 재검토하고 있다는 걸 알지만 그에게도 아무 말 하지 말라고 했습니다. 당신도 마찬가지입니다."

"걱정 마세요. 하지만 왜 제게 그런 말씀을 해 주시는 건가요?"

정말 왜지? 그녀가 이 상한 사과들 중에서 가장 나았기 때문이었다.

"당신의 도움이 필요합니다. 여기 사람들을 저보다 더 잘 아시니까요. 경감님이 심려가 크십니다. 가브리가 계속 경감님께 올리비에가 한 일이라면 왜 시체를 옮겼겠냐고 묻고 있어요. 그가 죽어 있던 은둔자를 발견한 거라면 시체를 다른 데로 옮길 수도 있지만, 사람을 그렇게 외딴 곳에서 죽였다면 굳이 광고하진 않았을 거라는 거죠. 경감님은 우리가 사람을 잘못 단죄했을지도 모른다고 우려하고 계십니다. 어떻게 생각하세요?"

클라라는 이 질문에 깜짝 놀랐다. 한참을 생각한 후 그녀는 천천히 대답했다. "가브리는 눈앞에서 올리비에가 사람을 죽였다고 해도 믿지 못할 거예요. 하지만 그건 좋은 질문이군요. 우린 어디서 시작해야 하죠?"

우리라. 보부아르는 '우리'란 없다고 생각했다. '나' 다음에는 '너'가 있을 뿐이었다. 하지만 그녀가 필요했기에 보부아르는 반박을 삼키고 미소를 지으며 대답했다.

"올리비에 말로는 살해된 사람이 체코인이 아니었다고 합니다."

클라라는 눈을 굴리고 머리 속으로 손을 집어넣었다. 머리가 양쪽으로 뻗쳐서 이제 광대처럼 보였다. 보부아르는 눈살을 찌푸렸으나 클라라는 알아차리지 못했고 신경도 쓰지 않았다. 그녀의 마음은 다른 데 가 있었다. "못 말리는 올리비에라니. 다른 말도 거짓이라고 인정한 게 있나요?"

"아직까진 아닙니다. 올리비에는 은둔자가 퀘베쿠아거나 프랑스어를 대단히 잘하는 영국계일 거라고 생각하더군요. 그가 갖고 있던 책들이 모두 영어로 쓰였고 올리비에에게 구해 달라고 부탁했던 책들도 전부 영어로 된 책들이었다고 하더군요. 하지만 프랑스어를 완벽하게 구사했답니다."

"제가 뭘 하면 될까요?"

그는 잠시 생각해 보고 마음의 결정을 내렸다. "사건 서류를 가져왔습니다. 읽어 주시면 좋겠습니다."

그녀는 고개를 끄덕였다.

"그리고 여기 있는 분들을 모두 잘 아시니 가끔 질문을 해 주셨으면 합니다."

클라라는 망설였다. 첩자 노릇이 내키지 않았다. 그러나 그가 맞다면 죄 없는 사람이 옥살이를 하고 있고 살인자는 우리 중에 있었다. 아마 지금도 이 방에 우리와 함께 있으리라.

머나와 피터가 도착했고 보부아르는 그들과 함께 비스트로의 특별 만찬을 먹었다. 그가 고른 메뉴는 코냑 블루치즈 소스를 뿌린 안심 스테이크였다. 그들은 마을의 잡다한 일들에 대해, 생 레미 산 스키장의 상태에 대해, 그 전날 있었던 몬트리올 하키 팀 경기에 대해 이야기를 나누었다.

루스는 디저트를 먹을 때쯤 다시 들러 피터의 치즈케이크를 대부분 먹어 치우고는 절뚝이며 혼자 밤 속으로 나갔다.

"로사를 너무도 그리워하고 있어요." 머나가 말했다.

"오리한테 무슨 일이 생겼나요?" 보부아르가 물었다.

"가을이 되자 날아가 버렸죠." 머나가 답했다.

보기보단 영리한 놈이었군. 보부아르가 생각했다.

"봄이 오는 게 겁나요." 클라라의 말이었다. "루스는 로사를 기다릴 거예요. 돌아오지 않겠지만요."

"로사가 죽었다는 걸 뜻하는 건 아니잖아." 피터가 그렇게 말했지만 사실이 아니라는 걸 다들 알고 있었다. 로사는 말 그대로 루스가 부화시켰다. 그리고 온갖 난관을 뚫고 살아남아 무럭무럭 자란 다음 어른이 되었고, 루스가 가는 곳이면 어디든 따라다녔다.

가브리가 늘 그렇게 부르듯 오리와 오라질 여사였다.

그리고 지난가을 로사는 본성을 따라 모든 오리들이 가는 길을 걸었다. 루스를 매우 사랑했지만 로사는 떠나야 했다. 그리고 어느 날 오후 오리들이 꽥꽥거리며 모여들더니 대형을 갖추고 남쪽을 향하여 날아올랐을 때 로사도 날아올랐다.

그리고 떠났다.

저녁 식사 후 보부아르는 사람들에게 감사의 말을 하고 일어섰다. 클라라가 그를 문까지 데려다 주었다.

"할게요." 그녀가 속삭였다.

보부아르는 그녀에게 사건 서류를 건네고 춥고 어두운 밤 속으로 나왔다. 비앤비의 따뜻한 침대를 향하여 느릿하게 걷다가 그는 잠시 잔디 광장에 멈춰 서서 여전히 여러 색깔 크리스마스 전구를 달고 있는 소나무 세 그루를 쳐다보았다. 새로 내린 눈에 색 전구 빛이 물들어 있었다.

그는 고개를 들고 별을 바라보며 서늘하고 상쾌한 공기 냄새를 맡았다. 그의 뒤에서 사람들이 서로에게 잘 자라는 인사를 하고 집으로 가기 위해 눈 위로 조심스러운 발걸음을 내딛고 있었다.

장 기 보부아르는 발걸음을 돌려 비늘판을 두른 낡은 집의 문을 두드렸다. 문이 끼익 소리를 내며 열렸다.

"들어가도 됩니까?" 그가 물었다.

루스가 뒤로 물러서서 문을 열었다.

아르망 가마슈는 르노의 난잡하기 짝이 없는 책상 앞에 앉아 일기 위로 몸을 숙이고 있었다. 이따금씩 메모를 하며 그의 일기를 읽기 시작한 지 몇 시간째였다. 샹플랭의 일기처럼 오귀스탱 르노의 일기는 사건에 대한 기술뿐으로 그에 대한 상념은 없었다. 일기라기보다 비망록에 가까웠지만, 어쨌든 유익한 내용을 담고 있었다.

안타깝게도 르노는 문예역사협회의 이사회 회의 시각은 적었지만 그가 왜 그 정보에 관심이 있는지는 적지 않았다. 그날에는 그 외 다른 일정에 대한 언급이 없었다.

그다음 날의 일정도 공란이었지만 그다음 주 일정에 어떤 표기가 있었다. 목요일 오후 1시 SC.

그날부터 쭉 비어 있었다. 몇 장을 넘겨 봐도 하얀 종이뿐이었다. 겨울의 삶처럼. 친구와의 점심 약속, 면담 약속, 개인적인 내용, 아무것도 없었다.

하지만 가까운 과거라면?

일기에는 책들과 참고한 페이지, 도서관들과 기사들에 대한 메모가 있었고, 지명이 적힌 올드 퀘벡 시의 스케치가 있었다. 다음 발굴지로 고려 중인 장소들이었을까? 모두 노트르담 대성당 근처에 위치한 곳들이었다.

그는 노르트담 대성당에서 크게 벗어나지 않은 범위만을 고려했던 게 분명했다. 그렇다면 그는 과거에 황무지였다는 문예역사협회에서 대체 뭘 하고 있던 것일까? 에밀의 추측대로 그가 단순히 책을 찾기 위해 거기에 있었다면 지하실은 왜 파고 있었던 걸까? 그리고 왜 이사회에 면담 요청을 했던 것일까?

장 기 보부아르와 루스 자도는 서로 노려보았다.

닭장 싸움 같았다. 한 사람만이 살아서 나갈 수 있었다. 루스 앞에만 서면 보부아르는 배 속이 오그라드는 편치 못한 감정을 느꼈다.

"그래, 뭐 하러 왔지?" 루스가 따지듯 물었다.

"얘기 좀 하려고요." 보부아르가 받아쳤다.

"참을 수가 없었나 보지, 지겨운 양반?"

"참을 수가 없었습니다, 미친 노인네." 그는 주저했다. "제가 마음에 듭니까?"

그녀의 눈이 가늘어졌다. "난 당신이 멍청하고 재수 없는 데다 정도도 모르고 약간 덜떨어졌다고 생각하지."

"나도 당신에 대해 그렇게 생각합니다." 보부아르는 마음을 놓으며 말했다. 자신이 생각한 대로, 기대한 대로였다.

"터놓고 얘기할 수 있어서 기뻤네. 들러 줘서 고맙군. 이제 잘 가시게." 루스가 문고리를 잡으려 했다.

"잠깐만요." 보부아르가 말했다. 뻗은 손이 거의 루스의 말라비틀어진 팔에 닿을 참이었다. "잠깐만요." 그가 거의 속삭이듯 재차 말했다. 루스가 손을 멈추었다.

가마슈는 얼굴에 작은 미소를 띠고 일기에 더 가까이 몸을 숙였다.

문예역사협회.

거기에 있었다. 르노의 일기에 굵은 볼드체로 쓰여 있었다. 그가 죽은 이사회 회의 날이 아닌 한 주 전에 쓰인 것이었다. 그리고 문예역사협회라고 쓰인 글 위에 그가 거기서 만날 예정이었던 네 사람의 이름이 적혀 있었다.

친, JD, S, 패트릭, F. 오마라라는 이름. 그 아래에는 18로 시작하는 숫자가 적혀 있었다. 가마슈는 책상 등을 끌어다 종이 위에 비추었다. 1800이거나 어쩌면 1869, 아니면 1868이었다.

"아니면 1809인가?" 가마슈는 중얼거리며 혹시나 뒤에서 보면 좀 더 명확해지지 않을까 하는 생각에 그다음 페이지로 넘겼다. 아니었다.

그는 독서용 안경을 벗고 의자에 몸을 기댄 채 안경으로 멍하니 무릎을 두드렸다.

1800은 말이 되는 숫자였다. 저녁 6시를 가리킬 수도 있었다. 대부분의 퀘베쿠아는 시각을 하루 24시간 체계로 표기했다. 그러나……

경감은 허공을 쳐다보았다. 그러나 실은 말이 되지 않았다. 문예역사협회는 오후 5시에 문을 닫았다. 1700시.

왜 르노는 폐관 한 시간 후에 거기서 네 사람을 만나기로 했을까?

그들 중 한 명이 열쇠를 갖고 있어서 사람들을 들였는지도 모르지.

아니면 르노는 도서관이 그 시간에 문을 닫는다는 사실을 몰랐거나.

아니면 일기에 적혀 있지 않은 협회 자원봉사자를 만날 예정이었는지도 모른다.

오귀스탱 르노는 살해당한 날 말고도 문예역사협회에 발을 들여놓은 적이 있었을까? 아무래도 그런 것 같았다. 여느 회원처럼 걸어 들어가진 않았겠지. 그건 르노의 방식이 아니었다. 그는 좀 더 극적이고 비밀스러운 접근 방식을 필요로 하는 사람이었다. 대성당에 숨어들어 가 발굴을 하려던 사람 아닌가. 문예역사협회에 숨어드는 일은 힘들지도 양심에 거리끼지도 않았으리라. 샹플랭을 찾아 헤매는 오귀스탱 르노의 돈키호테식 도전 앞에 잠긴 문이란 있을 수 없었다.

가마슈는 시계를 들여다보았다. 11시가 지나 있었다. 엘리자베스 맥워터나 다른 위원들을 방문하는 것은 말할 것도 없고, 전화하기에도 너무 늦은 시각이었다. 그는 자신이 질문을 던질 때 그 사람들의 표정을 보고 싶었다.

그는 다시 일기로 돌아갔다. 이 만남에 대한 르노의 감정은 의심의 여지가 없었다. 그는 숫자 위에 몇 번이고 동그라미를 쳐 놓고 느낌표를 두엇 덧붙여 두기까지 했다.

이 아마추어 고고학자는 그 만남의 자리를 마련하는 게 대단한 성취라도 되는 양 의기양양해 있었던 것 같았다. 가마슈는 전화번호부를 찾아 친이라는 성이 올라 있는지 알아보았다. 그 성은 중국 성처럼 들렸고, 가마슈는 오귀스탱 르노가 한번은 샹플랭을 찾으려 땅을 팠다가 어느 중국 레스토랑 지하실에까지 이르렀다는 유명한 이야기를 떠올렸다.

친이 그 식당의 이름이거나 식당 주인의 성일까?

그러나 전화번호부에 그런 성은 올라 있지 않았다. 어쩌면 성이 아니라 이름일지도 몰랐다. 퀘벡에 중국인은 그리 많지 않으니 마음먹고 찾으면 어려울 일은 아니었다.

오마라라는 성도 없었지만 옛 퀘벡 시의 데 자르뎅 가에 사는 S. 패트릭이라는 이름은 찾을 수 있었다. 가마슈는 그곳이 어딘지 알고 있었다. 우르술라 수녀원을 끼고 도는 그 작은 길은 노트르담 대성당 바로 앞에서 끝났다.

그의 주소가? 데 자르뎅 거리 1809번지. 1809. 시각이 아니라 번지수였군. 거기서 만나서 문예역사협회로 갈 생각이었을까?

르노의 일기에는 그 외에도 몇몇 이름이 등장했다. 대부분은 그와 입씨름이 오고 간 공무원이거나 그의 글을 싣기를 거절한 편집자들인 것 같았다. 책임 고고학자 세르주 크루아의 이름도 몇 번 언급되었는데 이름 옆에는 매번 메르드merde 빌어먹을라고 쓰여 있었다. 마치 그게 그의 이름의 일부인 것처럼. 세르주 크루아 메르드.

서적상들, 특히 중고 서적상들은 오귀스탱 르노의 삶에서 큰 비중을 차지했다. 그가 누군가와 교분이 있었다면 그들이었으리라. 가마슈는 그들의 이름을 메모하고 다시 시계에 눈길을 주었다.

시간은 거의 자정에 가까웠고, 보부아르는 루스의 부엌에 있는 플라스틱 정원용 의자에 앉아 있었다. 루스의 집은 처음이었다. 가마슈는 몇 번 방문했지만 보부아르는 루스와의 만남에서 늘 꽁무니를 뺐다.

그는 이 불쾌한 늙은 시인을 지독하게 싫어했고 그런 이유로 지금 이곳에 와 있었다.

"좋아, 멍청이. 말하시게."

루스는 그의 맞은편에 앉아 연한 차 한 주전자를 잔과 함께 탁자에 올려놓았다. 그녀의 가는 팔이 장기들이 밖으로 쏟아지지 못하게 막으려는 듯 가슴을 꼭 끌어안고 있었다. 하지만 심장은 예외이리라. 심장은 그 오리처럼 예전에 달아났을 테니. 종국에는 모든 것이 루스에게서 떠나갔다.

그는 누군가에게 말해야 했다. 심장이 없는 누군가, 동정 따위 없는 누군가, 신경 따위 쓰지 않는 누군가와.

"무슨 일이 있었는지 알고 계시죠?" 그가 물었다.

"나도 신문은 읽지."

"신문에 난 게 전부는 아닙니다."

잠깐 침묵이 흘렀다. "계속해." 그녀의 목소리는 단단했고 감정이 느껴지지 않았다. 완벽하게.

"전 경감님의 사무실에 앉아 있었……,"

"벌써 지루하군. 긴 이야기인가?"

보부아르는 그녀를 노려보았다. "전화는 오전 열한 시 십팔 분에 걸려왔습니다."

그녀는 콧방귀를 뀌었다. "정확히?"

그는 그녀의 시선을 받았다. "정확히요."

그는 경감의 전망 좋은 사무실을 다시 보고 있었다. 때는 12월 초로 창문 너머로 보이는 몬트리올은 추워 보였고 잿빛이었다. 경감의 비서가 문을 열었을 때 그들은 가스페에서 일어난 까다로운 사건에 대해 이야기 중이었다. 그녀는 전화가 와 있다고 했다. 상트 아가트에 있는 경위로 총격 사건을 보고하는 전화였다. 형사 한 명이 부상을 당했고 한 명은 행방불명이었다.

그러나 행방불명이 아니었다. 행방불명됐다는 그가 전화를 걸어왔고 경감과 통화하기를 원하고 있었다.

그때부터 일이 빠르게 전개되었고 그 일은 영원히 계속될 것 같았다.

형사들이 집합했고 기동대는 대기 상태에 돌입했다. 위성사진, 분석, 추적. 모든 행동을 돌입했다. 몇 분 지나지 않아 분주하게 오가며 미친 듯이 일하는 사람들의 모습을 경감의 방 창문으로 내다볼 수 있었다. 모두 가마슈 경감이 계획한 체계에 따라 움직이고 있었다.

그러나 그의 사무실 안은 조용하고 차분했다.

"죄송합니다. 정말 죄송합니다." 모랭 형사는 경감과 연결되자마자 그렇게 말했다.

"자네 잘못이 아니네. 다치지는 않았나?" 가마슈는 물었다.

그때쯤 보부아르도 다른 수화기를 들고 두 사람의 대화를 듣고 있었다. 그는 전화와 모랭 형사를 인질로 잡은 남자를 여태 추적하지 못했다는 사실을 이해할 수 없었고, 다른 형사를 쏜 그자가 너무도 차분하다는 사실이 믿기지 않았다. 그자는 젊은 형사에게 전화기를 다시 들려 주기 전에 한 가지를 분명히 했다.

그는 모랭 형사를 놓아주지도 죽이지도 않겠다고 했다. 대신 그는 젊은 형사를 묶어 그곳에 버려두었다.

"고맙소." 가마슈가 말했다.

보부아르는 형사들이 컴퓨터 앞에 앉아 대화를 듣고 녹음하고 전화가 걸려온 위치를 추적하는 모습을 창 너머로 볼 수 있었다. 그들의 손가락이 미친 듯이 키보드 위를 날아다니는 모습까지 보였다.

그들은 곧 모랭 형사가 잡혀 있는 곳을 알아낼 터였다. 그러나 보부아르는 불안감을 떨칠 수 없었다. 왜 이렇게 오래 걸릴까? 추적은 거의 즉각적으로 행해져야 했다.

"당신들은 날 쫓겠지. 그러리란 걸 알아." 전화기 속의 목소리가 말하고 있었다. "그래서 당신이 그러지 않을 거라는 확신이 필요하오."

"그러지 않겠소." 가마슈가 거짓말을 했다.

"어쩌면 그럴지도 모르지." 그가 강한 시골 억양으로 말했다. "하지만 난 위험을 감수할 수 없소."

무언가가 보부아르의 배 속에서 요동쳤다. 그는 가마슈를 바라보았다. 경감은 선 채로 허공의 한 지점을 뚫어지게 노려보면서 집중하고, 듣고, 온정신을 다해 생각하고 있었다. 실수를 범하지 않기 위해.

"무슨 짓을 한 겁니까?" 가마슈가 물러서지 않는 목소리로 냉정하게 물었다.

침묵이 흘렀다. "당신네 형사를 묶은 다음에 거기 뭘 연결해 놓았소."

"뭘 말이오?"

"내가 직접 만든 거요." 남자가 방어적이며 기어드는 목소리로 설명했다. 두려움에 가득 찬 목소리는 위험을 예견할 수 없다는 뜻이었다. 인질범을 다룰 때 가장 안 좋은 상황은 인질범이 금방이라도 공황 상태에 빠지는 것이었다. 그들은 이성을 잃고 판단력을 잃는다.

"그게 뭐요?" 가마슈가 물었다.

보부아르는 가마슈가 뭘 하려는지 알고 있었다. 그는 두려움에 질린 남자의 마음을 누그러뜨리기 위해 견고한 중심이 되려고 애쓰고 있었다. 견고하고 빈틈없고 뻔한 무언가로. 하지만 강한 무언가.

"비료로 만들었소. 이러고 싶진 않지만 당신들이 나를 내버려 두게 할 방법은 이것뿐이오."

전화기 저편의 목소리는 점점 더 알아듣기 어려워지고 있었다. 절망으로 잦아드는 말소리가 강한 사투리와 어우러졌다.

"이십사 시간 뒤에 터질 거요. 내일 오전 열한 시 십팔 분에."

보부아르는 과연 잊을 수 있을지 의심스러워하며 그 숫자를 받아 적었다. 그리고 그는 옳았다.

그는 경감이 날카롭게 숨을 들이마시는 소리를 들었다. 그는 잠시 숨을 고른 뒤 분노를 다스리려 노력했다.

"실수하는 거요." 그가 변함없는 어조로 말했다. "폭탄을 해체해야 합니다. 당신은 상황을 악화시키고 있어요."

"악화? 여기서 더 이상 어떻게 악화된다고? 다른 형사는 죽었소. 난 경찰을 죽였소."

"아직 모르는 일이오."

"난 알아."

"그렇다면 우리가 결국에는 당신을 찾아내리라는 사실도 알겠지. 남은 평생을 도망 다니며 살고 싶소? 우리가 얼마나 가까이 와 있는지 두려워하면서?"

망설임이 느껴졌다.

"자수해요." 가마슈가 깊고 차분하고 이성적이며 옳은 답을 제시하는 좋은 친구의 어조로 말했다. "당신은 다치지 않을 거요. 당신이 있는 곳을 말해요."

보부아르는 경감을 쳐다보았고 경감은 벽에 붙은 퀘벡의 대형 지도를 쳐다보았다. 둘 다 남자가 이성을 찾기를 바랐다.

"안 돼요. 난 가야겠소. 그럼."

"잠깐." 가마슈가 혼신의 힘을 다해 감정을 억누르며 전화기에 대고 말했다. "잠깐. 기다려요. 이러지 마시오. 도망가면 남은 평생을 후회하며 보낼 거요. 폴 모랭을 다치게 하면 후회하게 될 거요."

그의 음성은 속삭임에 불과했지만 보부아르는 그의 목소리에 담긴 위협에 소름이 돋는 걸 느꼈다.

"어쩔 수 없소. 다른 것도 있고."

"다른 거라니?"

창밖 살인 수사반실에서는 뭔가 복잡한 생김새의 기계가 설치되고 있었다. 보부아르는 프랑쾨르 경정이 경감의 사무실을 향해 빠른 속도로 걸어오는 모습을 보았다. 가마슈도 그를 보더니 등을 돌리고 전화기 반대편의 목소리에 온 신경을 집중했다.

"날 쫓지 마시오."

문이 열리고 프랑쾨르 경정이 안으로 들어왔다. 선이 굵은 잘생긴 얼굴이 굳은 결심의 빛으로 가득했다. 가마슈는 여전히 등을 보이고 있었고, 보부아르 경위가 프랑쾨르의 팔을 잡았다.

"나가셔야 합니다, 경정님."

"아니, 난 경감과 얘길 해야 하네."

그들은 이제 문 밖으로 나와 있었다. "경감님은 인질범과 이야기 중이십니다."

"살인자와 이야기 중이지. 비소네트 형사가 오 분 전에 사망했네."

경정이 오른손을 재킷 주머니에 쑤셔 넣었다. 그 몸짓은 모두가 아는 신호로 경정이 불안해하고 화가 난 상태라는 것을 보여 주었다. 조금 전까지 부산스럽던 방에 크고 명확하게 들리는 두 사람의 목소리를 제외하고 정적이 감돌았다. 스피커를 통해 흘러나오는 경감과 살인자의 목소리.

"지금부터는 내가 맡겠네." 프랑쾨르가 그렇게 말하고 문으로 향했지만 보부아르가 가로막았다.

"경정님께서 넘겨받으시는 건 제가 말릴 일이 아닙니다만 여긴 가마슈 경감님의 사무실이고 경감님의 공간입니다."

두 남자가 서로 노려보는 동안 가마슈의 목소리가 들려왔다.

"여기서 멈추시오." 경감이 말했다. "자수해요."

"난 못 하오. 경찰을 죽였소." 이제 상대의 목소리는 히스테릭하게 올라가 있었다.

"그러니 더더욱 자수해야 합니다. 나한테 자수해요. 당신의 안전은 내가 보장하겠소." 경감의 목소리는 타당하고 설득력 있게 들렸다.

"그만 가야겠소."

"그렇다면 왜 그냥 떠나지 않은 거요? 왜 나한테 전화했소?"

"해야 했으니까."

침묵이 흘렀다. 보부아르는 이제 경감의 옆얼굴을 볼 수 있었다. 그의 눈이 가늘어졌고 미간이 좁아져 있었다.

"무슨 짓을 한 겁니까?" 가마슈가 거의 속삭이듯 말했다.

가마슈는 자신의 주소와 전화번호를 적은 쪽지를 르노의 책상 위에 남기고 일기를 챙겨 집을 향해 거리로 나섰다.

자정을 넘긴 술꾼들이 한창 속도를 내고 있었다. 그는 몇 블록 저편에서 들려오는 플라스틱 나팔 소리와 분별하기 어려운 외침을 들었다.

술에 취해 와자지껄한 대학생들이었다.

가마슈의 얼굴에 미소가 떠올랐다. 그들 중 몇 명은 구치소에서 술을 깨리라. 훗날 못 미더워하는 손주들에게 들려줄 만한 이야깃거리가 될 터였다.

길모퉁이를 돌아 나타난 젊은 남녀들이 시끌벅적하게 상트 우르술 가를 올라오고 있었다. 이내 한 사람이 가마슈의 존재를 알아채고 걸음을 멈추었다. 앞을 분간 못 할 정도로 고주망태가 된 나머지 일행이 가마슈에게 돌진해 그를 뒤로 떠밀었다. 작은 충돌이 있었지만 무리의 리더가 그들을 떼어 놓고 그들 앞 길 한가운데에 선 가마슈를 향해 고개를 끄덕여 보였다.

시선의 교환.

그들은 서로를 쳐다보았다. 이내 가마슈가 미소 지었다.

"본느 뉘Bonne nuit 좋은 밤 보내요." 그는 그렇게 말하고 그들 곁을 지나치며 두꺼운 장갑을 낀 손을 리더의 어깨에 얹었다.

"정말인가?" 루스가 물었다. "똥으로 폭탄을 만들 수 있다고?" 그녀는 흥미를 느끼는 모양이었다. "못 믿겠는데."

"똥이 아니라 화학 비료라고요. 믿기 싫으면 믿지 마십쇼. 상관없습니다." 보부아르가 말했다. 사실 그는 그편이 좋았다. 그때는 자신도 믿지 못했다. 좋을 때였다. "할망구." 그가 중얼거렸다.

"멍청이." 루스가 그렇게 말하고 그에게 썩은 내를 풍기는 차 한 잔을 따라 주었다. 그녀는 앉아서 다시 두 팔로 몸을 감쌌다. "그래, 그 미친 농부 놈이 했다는 다른 일이 뭐지?"

보부아르는 여전히 가마슈의 얼굴을 보고 있었다. 보부아르는 늘 그의 얼굴을 살폈다. 불신과 경악의 얼굴. 충격과 공포의 빛은 아직 떠오르지 않았다. 그건 아직이었다.

"무슨 짓을 한 거요?"

"이미 설치했소."

"뭘 말이오?"

"당신들이 바빠야 내게 시간이 생길 테니까." 그는 가마슈의 허락이나 이해, 혹은 용서를 구하듯 다시 사정하는 목소리가 되었다.

경감의 방 밖 커다란 사무 공간에서는 형사들이 헤드폰을 쓴 채 모니터를 들여다보며 키보드를 두드리고 있었다. 지시를 내리고 받으면서.

프랑쾨르 경정이 보부아르를 쏘아보다 몸을 돌려 쿵쿵거리고 멀어져 갔다. 보부아르는 참고 있는지도 몰랐던 숨을 몰아쉬고는 서둘러 경감의 사무실로 돌아갔다.

"말해요." 가마슈가 위엄 있는 목소리로 말했다.

남자가 말했다. 그런 다음 폴 모랭 형사에게 수화기를 넘겼다.

그가 죽은 자들 틈에 있는지는 모를 일이었지만 그것이 그 남자와의 마지막 대화였다.

"죄송합니다." 모랭 형사가 연거푸 말했다. "정말 죄송합니다."

"자네 잘못이 아니네. 다친 데는 없나?" 가마슈가 물었다.

"없습니다." 그는 겁에 질려 있었지만 내색하지 않으려고 애썼다.

"걱정하지 말게. 우리가 자넬 찾을 거야."

잠시 침묵이 따랐다. "네, 경감님."

"아직도 내 질문에 대답 안 했어." 루스가 다그쳤다. "밤새 이럴 건가? 똥으로 폭탄 만든 것 말고 그 농사꾼이 또 뭘 했냐니까?"

장 기 보부아르는 하얀 플라스틱 정원용 탁자를 보며 탁자의 거친 모서리를 만졌다. 이 정신 나간 나이 든 시인이 길가나 쓰레기장에서 주워 온 것이리라.

다른 사람은 아무도 원하지 않았을 쓰레기. 그녀는 그걸 집으로 가져왔다.

그는 오랜 시간 멍하니 탁자를 내려다보았다. 그 정보는 대외비였고, 대중에게는 공개되지 않았다. 보부아르는 아무 말도 해서는 안 된다는 사실을 알고 있었다.

그러나 그는 누군가에게는 털어놓아야 했다. 그리고 그 말에 신경 쓰지 않을 그 누군가보다 적절한 사람이 있을까? 그 누군가에게는 동정도, 연민도, 참된 이해도 없었다. 마을에서 마주치더라도 어색하지 않으리라. 영혼을 드러낸다 하더라도 그녀는 신경 쓰지 않을 테니.

"폭탄은 전화선에 연결돼 있었습니다." 그가 마침내, 여전히 자신의 손과 그 손 밑에 놓인 탁자를 쳐다보며 말했다. "전화가 끊어지면 터지게 되어 있었습니다."

"좋아." 그녀가 말했다.

"그리고 전화는 양쪽에서 아무 말도 하지 않으면 끊어집니다. 몇 초 이상 침묵하면요."

잠시 아무 말도 없었다. "그럼 모두 돌아가면서 얘기했겠군." 루스가 입을 열었다.

보부아르는 한숨을 쉬었다. 루스의 의자 옆 구석에 그가 얼른 알아볼 수 없는 물건이 있었다. 루스가 떨어뜨린 스웨터나 행주겠지.

"그런 식으로는 할 수 없었습니다. 그자는 경감님이 모랭 형사에게 묶여 있기를 원했습니다. 자기를 찾으러 나서지 못하게요."

"모랭 형사에게 묶여 있다는 게 무슨 말이야?"

"음성 인식 장치가 있었습니다. 반드시 그 두 사람이어야 했어요. 모랭과 경감님."

"말도 안 돼." 루스가 웃음을 터뜨렸다. "그런 건 없어. 얘길 지어내고 있군."

보부아르는 아무 말도 하지 않았다.

"어쩌면 당신이 지어내진 않았을지도 모르지. 그렇지만 그 농사꾼은 분명 거짓말쟁이야. 촌무지렁이가 폭탄을 만들어 타이머까지 달아 놓고는 그걸로 모자라서 그걸 전화선에 연결해서, 뭐라고 했지, 음성 인식 장치까지 했다고? 그게 말이 되나?"

"당신이라면 위험을 감수하겠습니까?" 보부아르가 으르렁거렸다. 그의 눈빛이 그녀에게 더 해 보라고 도발이라도 하듯 딱딱해졌다. 그는 그녀가 그러리라는 것을 알고 있었고 자신을 그렇게 나약한 사람처럼 보고 있는 그녀를 증오했다. 배려 없이 조롱하듯. 그러나 그는 이미 그녀를 죽도록 싫어했다. 그러니 악감정이 조금 늘었다 하여 무슨 차이가 있겠는가?

그는 입을 하도 꽉 다물고 있어서 이가 부러질 것 같았다.

사무실에서 그는 가마슈가 그 말의 의미를 알아차리는 모습을 지켜보았다.

"죄송합니다. 정말 죄송합니다." 앳된 목소리가 전화선을 타고 반복됐다.

"자넬 찾을 거야." 경감이 약속했다.

"그 긴 시간 동안 줄곧 얘길 했다고?" 루스가 물었다.

"한순간도 쉬지 않고 이십사 시간 내내 얘기했습니다. 다음 날 오전 열한 시 십팔 분까지."

보부아르의 시선이 다시 구석으로 향했다. 거기에 뭐가 뭉쳐 있는지 알 것 같았다. 담요. 부드러운 플란넬 담요가 거기에 둥지를 틀고 있었다. 만약에 대비해서.

잠에서 깬 아르망 가마슈가 비몽사몽간에 머리맡의 시계를 들여다보았다.

새벽 3시 20분이었다.

얼굴에 느껴지는 밤공기가 차가웠지만 두르고 있는 이불과 시트 밑으로는 온기가 느껴졌다. 그는 다시 잠이 들 수 있기를 바라며 한동안 자리에 누워 있다가 결국 포기하고 뻣뻣한 몸을 천천히 움직이며 일어났다. 그는 불을 켜고 옷을 입었다. 그는 몸에 힘이 돌아오기를 기다리며 침대 끝에 앉아 옆 탁자의 작은 약병을 바라보았다. 그의 옆에서는 앙리가 노랗게 빛나는 테니스공을 물고 꼬리를 흔들며 빛나는 눈을 하고 기다리고 있었다. 가마슈는 자신의 큰 손으로 병을 거머쥐고 잠시 그 느낌을 느껴 보았다. 이내 병을 주머니에 넣고 에밀이 깨지 않도록 조용히 아래층으로 내려갔다. 가마슈는 파카를 입고 목도리를 두르고 모자와

장갑을 착용했다. 마지막으로 처킷을 챙긴 그는 앙리와 함께 밤거리로
나갔다.

그들은 거리를 따라 올라갔다. 단단해진 눈 위에서 그들의 발이 끼익
소리를 냈다. 생 루이 가에서 그들은 요새의 벽을 통과하는 문을 지나
얼어붙은 도시로 들어선 다음 본옴므_{산타클로스 모자를 쓴 눈사람 모양의 퀘벡 겨울 축}
_{제 마스코트}의 궁전인 얼음 궁전을 지났다.

이윽고 공을 던지며 장군의 치명적인 실수를 반추할 수 있는 아브라
함 평원으로 접어들었다. 앙리와 가마슈 경감과 모랭 형사 셋이서.

13

아르망 가마슈는 나무 탁자 위로 에밀 코모에게 일기를 밀어 보냈다.
"어제 뭘 찾았는지 보세요."

에밀은 돋보기를 꺼내 썼다. 그가 작은 수첩을 훑어보는 동안 가마슈
는 창밖을 바라보며 탁자 아래에서 잠든 앙리를 쓰다듬었다. 그들은 상
트 우르술 가의 작은 레스토랑 르 프티 쿠앵 라탱에서 아침을 먹고 있었
다. 오래전부터 자리를 지키고 있는 이곳은 어두운 색 나무로 안을 꾸미
고 벽난로와 소박한 탁자들을 들여놓은 지역 명소였다. 중심가에서 멀

리 떨어져 있어 우연히 발견하긴 어려운, 아는 사람들이 찾는 곳이었다.

주인이 두 사람 앞에 카페오레 잔을 놓고 물러갔다. 가마슈는 커피를 홀짝이며 눈이 내리는 모습을 바라보았다. 신세계란 실은 매우 아름다운 스노글로브라는 듯이 퀘벡 시에서는 언제나 눈이 내리는 듯했다.

마침내 에밀이 일기를 내려놓고 돋보기를 벗었다.

"불쌍한 사람이군."

가마슈가 고개를 끄덕였다.

"친구가 별로 없었죠."

"내가 보기엔 하나도 없었던 것 같은데. 위대함의 대가지."

"위대함이오? 오귀스탱 르노를 그렇게 생각하십니까? 전 당신이나 샹플랭 협회의 몇몇 분들이 그를 괴짜라고 여기는 줄 알았는데요."

"위대한 사람들이 대부분 그렇지 않던가? 사실 난 그들이 대부분 굉장하면서 동시에 미친 사람들이라 생각하네. 점잖은 사회에는 어울리기 힘든 사람들이야. 우리와는 다르지."

가마슈는 커피를 저으면서 자신의 스승을 바라보았다.

가마슈는 그를 자신이 만난 이들 중 손에 꼽을 위대한 사람으로 여겼다. 그가 지향하는 바의 특이성 때문이 아니라 그의 다양한 측면 때문이었다. 그는 자신의 부하에게 살인 사건 수사관이 되는 법만이 아닌, 훨씬 더 많은 것들을 가르쳤다.

가마슈는 살인 수사반에 들어간 첫 주의 어느 날 코모 경감의 사무실로 불려 간 일을 기억했다. 자신이 기억하지 못하는 실수 때문에 파면되는 거라고 생각했다. 그러나 강인하고 말수 적은 경감은 가마슈를 몇 초간 지그시 응시하더니 자신에게 자리를 권하고 지혜로 이끄는 네 가지 말을 일러 주었다. 그는 단 한 번 말했지만 가마슈에게는 한 번으로 충분했다.

죄송합니다. 제가 틀렸습니다. 도와주십시오. 잘 모르겠습니다.

그는 그걸 잊지 않았고, 자신이 경감의 직을 이어받은 뒤로 반원들 하나하나에게 그 가르침을 전수했다. 부하들 일부는 그 가르침을 가슴에 새겼고 일부는 들은 즉시 잊었다.

어느 쪽이든 자신들이 알아서 할 바였다.

그러나 그 네 문장은 아르망 가마슈의 삶을 바꾸었다. 에밀 코모는 그의 삶을 바꾸었다.

에밀은 그의 주변에서 무슨 일이 있든 변함없이 선한 사람이었기 때문에 위대했다. 가마슈는 코모 밑에서 일하는 동안 그의 주변에서 폭주하는 사건들을 보았고, 비난의 손가락질이 난무하는 것을 보았고, 마키아벨리 뺨칠 정치 싸움이 오가는 것을 보았다. 5년 전 그는 자신의 상관이 사랑하는 아내를 묻는 것도 보았다.

그는 아내를 위해 슬퍼할 만큼 강인했다.

그리고 몇 주 전 가마슈는 국기에 덮인 관들을 따라 고통스러울 만큼 느린 장례 행렬에 참석했다. 멈추는 걸음마다 자신의 부하들을 기억했고 자신이 모셨던 첫 경감을 생각했다. 당시도 지금도 자신의 상관이자 영원히 상관일 그를.

그리고 마침내 고통을 더 이상 견딜 수 없게 되었을 때 그와 렌 마리는 치유받기 위해서가 아니라 도움을 받기 위해서 이곳으로 왔다.

도와주십시오.

비스트로의 주인이 그들의 아침 식사인 오믈렛과 신선한 과일과 크루아상을 가지고 왔다.

"난 그런 열정을 지닌 사람들을 존경하네." 에밀이 말하고 있었다. "난 그렇지 못하니까. 관심 가는 게 많고 그중 일부에 대해서는 열정도 있지만 다른 모든 걸 제쳐 놓을 정도까진 못 되지. 천재들이 성취해야 할 특이한 목적이라는 게 있는지 나는 가끔 궁금하네. 우리 같은 보통 사람들은 방해만 될 뿐이야. 인간관계란 게 지저분하고 사람의 신경을 흐트러뜨리는 거니까."

"가장 빨리 여행하는 사람은 홀로 여행하는 사람이다." 가마슈가 읊조렸다.

"자네 의견은 다른 것 같군."

"목적지가 어디냐에 따라 다르긴 하겠지만 네, 믿지 않습니다. 제 생각엔 빨리 갈 수 있는 사람도 결국에는 멈춰서야만 할 겁니다. 우리는 누군가가 필요합니다."

"무엇 때문에?"

"도움이오. 그게 샹플랭이 구했던 것 아닙니까? 다른 개척자들은 정착지를 세우는 데 실패했는데 샹플랭은 해냈습니다. 왜죠? 그 차이가 무엇이겠습니까? 세바스티앵 신부가 해 준 얘깁니다. 샹플랭은 도움을 받았습니다. 그가 세운 정착촌이 성공을 거두고 우리가 오늘 여기 앉아 있을 수 있는 것도 다 그가 혼자가 아니었기 때문이죠. 샹플랭은 원주민들에게 도움을 청했고 그래서 성공할 수 있었습니다."

"원주민들이 그걸 후회하지 않았다고는 생각지 말게."

가마슈는 고개를 끄덕였다. 그건 치명적인 판단 실수였다. 휴런족과 알곤킨족과 크리족은 너무 늦게야 샹플랭의 신세계란 자신들이 살던 세계를 의미한다는 걸 깨달았다.

"그래." 에밀이 천천히 고개를 끄덕였다. 그의 가는 손가락이 소금과 후추 병 위에서 놀고 있었다. "우리 모두 도움이 필요하지."

그는 자신의 친구를 바라보았다. 에밀은 가마슈가 이 사건에 흥미를 느끼는 것에 고무되어 있었다. 그의 마음이 아물지 않은 상처를 떠나 안주할 곳을 찾았다. 오늘 새벽, 사람들이 잠든 시각에 그는 아르망과 앙리가 조용히 나가는 소리를 또 들었다. 또다시.

"자네도 알겠지만 자네 잘못이 아니야. 많은 목숨을 살렸네."

"그리고 잃었죠. 너무 많은 실수를 저질렀습니다, 에밀." 그가 자신의 스승에게 그 사건을 언급하기는 처음이었다. "처음부터요."

"어떤 실수 말인가?"

거친 시골 사투리의 농부 목소리가 가마슈의 머릿속에서 재생되었다. 모든 단서가 거기에 있었다. "늦게야 전모를 깨달았습니다."

"다른 사람이라면 그만큼도 할 수 없었네. 맙소사, 아르망. 자네가 없었다면 어떤 일이 일어났을지."

가마슈는 숨을 크게 들이쉬고 테이블을 내려다보며 입을 다물었다.

에밀이 시간을 두었다. "얘기하고 싶은가?"

아르망 가마슈가 눈을 들었다. "못 하겠습니다. 아직은요. 어쨌든 고맙습니다."

"준비가 되면 하게나." 에밀은 미소를 지어 보이고 진하고 향기로운 커피에 입술을 댔다. 한 모금 마시고 잔을 내려놓은 그는 르노의 일기를 다시 집어 들었다. "다 본 건 물론 아니지만 지금 당장 떠오르는 생각은 여기에 새로운 건 거의 없는 것 같다는 걸세. 우리가 이미 수백 번 들어 본 것밖에 없어. 그가 샹플랭의 묘가 있을 만한 곳이라고 표시해 둔 곳은 사람들에게 이미 다 알려진 곳일세. 비아드 카페, 드 트레조르 가. 하지만 이 장소들은 이미 다 조사해 봤고 아무것도 나온 게 없었지."

"그럼 르노는 왜 샹플랭이 그 장소들에 있을 거라고 믿었던 겁니까?"

"그자는 샹플랭이 문예역사협회에 있을 거라고도 생각했지. 그 사실을 잊지 말게. 그는 어디서나 샹플랭을 봤네."

가마슈는 잠시 생각에 잠겼다. "수백 년 된 시체들이 퀘벡 곳곳에 묻혀 있습니다. 우리가 설사 샹플랭을 찾는다 해도 그게 샹플랭이라는 걸 어떻게 알죠?"

"좋은 질문이야. 사람들을 오랜 세월 괴롭혀 온 질문이지. 관 뚜껑에 사뮈엘 드 샹플랭이라고 쓰여 있을까? 날짜나 표식이 남겨져 있을까? 있다면 그의 복장에 남아 있겠지. 샹플랭은 꽤 특징이 있는 철모를 썼다는군. 르노는 언제나 그걸로 그를 알아볼 수 있을 거라고 생각했지."

"관 뚜껑을 열었을 때 철모를 쓴 해골이 보이면 그는 그 해골을 퀘벡의 아버지로 단정한다는 말입니까?"

"천재도 한계는 있는 법이니까." 에밀이 인정했다. "하지만 학자들은 몇 가지 단서가 있다고 생각하고 있네. 그 당시 만들어진 관들은 극히 일부를 제외하고 전부 나무였네. 그리고 샹플랭은 그 일부에 속했을 거라고 생각되지. 그의 관은 분명 가장자리를 납으로 둘렀을 걸세. 그리고 요즘은 시신의 연대 추정이 더 쉬워졌지."

가마슈는 납득한 표정이 아니었다. "대성당에서 세바스티앵 신부에게 들은 바로는 샹플랭의 출생을 둘러싸고 미심쩍은 부분이 많다던데요. 그가 위그노나 프랑스 왕의 밀정이었다는 말도 있고, 심지어는 프랑스 왕의 사생아라는 말도 있다더군요. 그저 낭만적인 이야기일까요, 아니면 그렇게 생각할 만한 뭔가가 더 있습니까?"

"귀족의 사생아라는 설은 좀 공상적이지. 하지만 몇 가지 그런 이야기에 근거가 될 만한 게 있긴 하네. 그중 하나는 샹플랭 본인이 너무 비밀스러운 사람이었다는 거야. 일례로 그는 결혼을 했는데 이십오 년 동안 아내에 대한 언급이 손에 꼽을 정도였고, 이름은 한 번도 말한 적이 없다네."

"두 사람 사이에 아이는 없었지요?"

에밀이 고개를 끄덕였다. "그리고 어떤 사람들도 샹플랭에 대해 입을 굳게 다물었지. 예수회 몇몇 신부와 레콜레 수도회 평수사가 자신들의 주보에 그에 대해 언급했지만 거기에도 그의 개인적인 내용은 없었네. 그냥 일상적인 내용뿐이었지. 왜 그토록 비밀을 엄수했을까?"

"왜 그렇다고 생각하세요? 당신은 오랜 세월 샹플랭을 연구해 오셨습니다."

"부분적으로는 개인이 지금보다 훨씬 덜 중요했던 당시 분위기 때문이었을 걸세. 지금처럼 '나'를 중시하는 문화가 아니었지. 하지만 그것 말고도 그가 숨기고자 했던 무언가가 있어서 다른 사람과 교류하지 않는 사람이 되지 않았나 생각하네."

"왕의 인정받지 못한 아들이라거나요?"

에밀은 망설였다. "그는 글을 많이 남겼어. 수천 쪽은 될 거야. 그 많은 말들과 문장들 사이에 등장하는 한 문장이 있다네."

가마슈는 열심히 들으며 4백 년 전 샹플랭이 지금 자신들이 앉아 있는 곳에서 수백 미터 떨어진 자신의 검박한 집에서 깃털 펜과 잉크병을 옆에 놓고 촛불에 의지해 종이 위로 몸을 숙이고 있는 모습을 상상했다.

"나는 출생으로 인하여 왕에게 의무를 진다." 에밀이 읊조렸다. "역사가들은 수백 년 동안 그 말의 의미를 알아내려고 애썼다네."

가마슈는 그 말을 머릿속에서 굴려 보았다. 나는 출생으로 인하여 왕에게 의무를 진다. 분명 암시적인 문장이었다. 이내 한 가지 생각이 스쳤다.

"샹플랭의 시체가 발견되면, 정말 의심의 여지 없이 샹플랭이 확실하다면, 그때는 DNA 검사를 해 볼 수도 있겠군요." 그는 그렇게 말하며 에밀을 쳐다보았다. 그의 스승은 탁자에 시선을 고정하고 있었다. 의도적인 걸까? 눈을 마주치지 않으려는? 그런 걸까?

"하지만 그렇다고 뭐 달라질까요?" 가마슈가 생각해 보았다. "검사 후에 그가 앙리 사세의 아들로 판명되었다고 해서 오늘날 누가 신경 쓰겠습니까?"

에밀은 눈을 들었다. "현실적인 관점에서는 달라질 게 없겠지만 상징적인 의미라면?" 에밀이 어깨를 으쓱했다. "꽤 폭발력 있는 이야기일 거야. 특히 이미 샹플랭을 퀘벡 독립의 상징적인 존재로 삼은 분리주의자들에게는 말일세. 그의 이미지에 광채를 더해 주고 그를 더 낭만적으로 포장할 수 있게 되겠지. 비극적이고 영웅적이니까. 그리고 분리주의자들은 자신들을 그런 존재로 여기고 있지."

가마슈는 잠시 조용했다. "당신도 그중 하나고요. 그렇지 않습니까, 에밀?"

그들은 전에는 이 문제에 대해 얘기한 적이 없었다. 더러운 비밀이랄 것까지는 아니고 그저 사적인 문제라 건드리지 않았던 것이었다. 퀘벡에서 정치적인 문제들은 언제나 위험한 주제였다.

에밀은 오믈렛 위에 머물러 있던 시선을 들었다. "그렇네."

도전적인 태도는 아니었다. 그저 인정하는 것이었다.

"그렇다면 대강이나마 예측해 보실 수 있겠군요. 분리주의 운동 쪽에서 이번 사건을 이용하려 할까요?"

에밀은 한동안 말이 없다가 포크를 내려놓았다. "'운동' 수준 이상이라네, 아르망. 정치 세력이니까. 이 지역 인구의 과반이 자신들이 퀘벡 독립론자라고 말하고 있잖나. 분리를 지지하는 세력이 이미 여러 번 주 정부를 차지했었고."

"비하하려는 뜻은 아니었습니다." 가마슈가 미소 지었다. "죄송합니다. 저도 정치적 상황에 대해 모르진 않아요."

"물론이지. 자네가 잘 모른다는 말을 하려는 건 아니었네."

이미 공기에 긴장이 감돌고 있었다.

"난 성인이 된 이래 쭉 분리 지지자였지." 에밀이 말했다. "육십 년대 후반부터 지금까지 줄곧. 캐나다를 사랑하지 않는다는 뜻은 아니네. 물론 사랑하지. 생각의 자유, 표현의 자유를 이만큼이나 허용하는 나라를 누가 사랑하지 않을 수 있겠나? 그렇지만 난 내 조국을 원하네."

"당신 말대로 그 비슷한 생각을 가진 사람들이 많지만 양쪽 모두에 극단적인 사람들이 있습니다. 열렬한 연방주의자들은 친프랑스계를 두려워하고 불신하고……."

"그리고 정신 나간 분리주의자들은 캐나다에서 떨어져 나오기 위해 어떤 수단이라도 동원할 기세지. 폭력적인 방법도 포함해서."

두 사람은 폭탄이 사방에서 터지고, 영국 외교관이 납치되었으며, 퀘벡 주 정부 인사가 살해되고, 프랑스계가 영어 사용을 거부했던 10월 사태퀘벡 분리주의자 집단의 촉발로 시작되었던 1970년의 소요. 군대가 동원되어 준계엄 상황까지 갔다. 소요의 대부분은 몬트리올 시와 그 주변에서 일어났다를 떠올렸다.

모두 퀘벡 독립의 이름하에 일어난 일들이었다.

"그때로 돌아가고 싶어 하는 사람은 아무도 없네." 에밀이 친구의 눈을 똑바로 쳐다보며 말했다.

"정말 확신하세요?" 경감이 부드럽지만 단호한 어조로 물었다.

잠시 분위기가 날카로워지는 듯했으나 에밀이 미소 짓고 포크를 집었다. "수면 아래서 무슨 일이 일어나고 있는지 누가 알겠나. 그렇지만 그런 날들은 다 지나갔다고 나는 믿네."

"주 므 수비엥Je me souviens 그러고 보니 기억이 나는군요." 가마슈가 말했다. "르네 달레르가 퀘벡을 뭐라고 불렀던가요? 노 젓는 배에 올라탄 사회? 앞으로 나아가지만 늘 뒤를 돌아보는? 지금 관점에서 과거가 그렇게 먼 이야길까요?"

에밀은 그를 한동안 응시하더니 미소 짓고 먹기 시작했다. 가마슈는 살얼음 낀 창밖을 바라보며 생각에 잠겼다.

퀘벡 독립 운동에 사뮈엘 드 샹플랭이 그 정도로 상징적인 존재라면 샹플랭 협회의 구성원들은 모두 분리주의자들일까? 아마도. 하지만 그래서 어쨌단 말인가? 에밀이 말했듯이 퀘벡에서는, 특히 교육을 받았다는 사람들 중에서는 분리주의에 동조하는 사람이 그렇지 않은 사람보다 더 많았다. 퀘벡 분리주의자들이 주 정부를 구성한 적도 한두 번이 아니었다.

이내 또 다른 생각이 떠올랐다. 사뮈엘 드 샹플랭이 발견된 다음 프랑스 왕의 아들이 아니라고 밝혀진다면? 그는 덜 낭만적이고 덜 영웅적이며 힘 빠진 상징이 되리라.

샹플랭이 발견된 후 이미지에 금이 가는 일이 생긴다면 분리주의자들은 차라리 샹플랭의 행방을 모른 채로 놓아두는 편을 더 선호하지 않을까? 어쩌면 그들 역시 르노의 일을 막고 싶어 했을지 모른다.

"지난주 일기에 눈에 뜨이는 게 있지 않던가요?" 가마슈는 화제를 바꾸기로 했다. 그는 일기장을 열어 그 대목을 가리켜 보였다. 에밀이 읽고 나서 고개를 들었다.

"문예역사협회라. 그럼 지난 금요일 방문이 처음이 아니었군. 여기 1800이라고 되어 있네. 모임 시간일까?"

"저도 같은 생각을 했습니다만 도서관은 그 시간엔 문을 닫습니다."

에밀은 다시 한 번 그 페이지를 보았다. 이름 넷과 흘려 써 알아보기 힘든 숫자. 18-. 그는 몸을 낮추고 더 가까이 들여다보았다. "어쩌면 1800이 아닌지도 모르겠군."

"그럴지도 모릅니다. 다른 사람에 대해선 알아내지 못했지만 S. 패트릭이란 사람이 데 자르뎅 가 1809번지에 살고 있다는 사실을 알아냈습니다."

"아마도 그건가 보군." 에밀이 계산서를 달라고 손짓하고는 일어섰다. "갈까?"

가마슈도 남은 커피를 마저 마시고 몸을 일으켰다. "무슈 패트릭에게 전화해서 응답기에 정오쯤 방문하겠다고 메시지를 남겨 놓았습니다. 그 전에 문예역사협회에 들러서 르노의 일기에 적힌 이 내용에 대해 물어봐야 합니다. 그동안 뭘 좀 부탁드려도 될까요?"

"압솔뤼망Absolument 물론이지."

가마슈가 창밖을 향해 고개를 끄덕여 보였다. "저 건물 보이십니까?"

"상트 우르술 가 구와 사분의 삼 번지 말인가?" 에밀이 건물을 향해 눈을 가늘게 뜨며 말했다. "내가 제대로 보고 있는 건가? 사분의 삼짜리 아파트는 어떻게 생긴 건물인가?"

"보시겠습니까? 오귀스탱 르노가 살던 뎁니다."

그들은 계산을 치르고 난 뒤 앙리를 데리고 눈 쌓인 거리를 건너 아파트로 올라갔다.

"맙소사." 에밀이 말했다. "폭탄이 휩쓸고 지나간 것 같군."

"랑글로와와 어젯밤에 여길 정리하느라 고생 좀 했지요. 그 전 모습을 보셨어야 합니다." 가마슈가 자료 더미 사이를 헤치고 나아갔다.

"모두 샹플랭에 대한 건가?" 에밀이 잡히는 대로 종이를 집어 훑었다.

"여태 본 건 다 그랬습니다. 르노의 일기는 저 책장 뒤에 쑤셔 박혀 있었습니다."

"숨겨져 있었다고?"

"그런 것 같아요. 하지만 그게 무슨 큰 의미가 있는지는 잘 모르겠습니다. 르노는 편집증 환자였으니까요. 제가 협회에 다녀올 동안 이 종이들 좀 살펴보시겠습니까?"

"말이라고 하나?"

에밀은 장난감 공장에 풀어 놓은 아이 같았다. 가마슈는 식탁에 앉아 서류 한 무더기를 들여다보고 있는 스승을 두고 떠났다.

몇 분 뒤 경감은 도서관에 도착해 인적 없는 현관에 서 있었다.

"참치해 드릴까요?" 위니가 참나무 계단 위에서 아래를 내려다보고 물었다.

"말씀 좀 나눌 수 있을까 해서요. 지금 계신 분들과 다 같이 말입니다." 그는 사서가 자신의 모국어로 전환하길 바라며 영어로 말했다.

"책방 모임에서 아마 우리 만나요?"

그녀는 자신의 암시를 눈치채지 못했다.

"좋습니다." 가마슈가 답했다.

"토끼 날bunny day 프랑스어에 미숙한 위니가 bonne idée(좋은 생각)을 영어식으로 발음한 것이에요." 위니가 동의하고 모습을 감추었다.

도서실로 간 가마슈는 블레이크 씨를 만났고 몇 분 내로 위니, 엘리자베스, 포터가 그들과 합류했다.

"여쭤 볼 게 몇 가지 있습니다." 경감이 말했다. "오귀스탱 르노가 죽기 한 주 전 이곳에 왔었다는 증거가 발견되었습니다."

그는 그렇게 말하며 사람들의 반응을 살폈다. 놀라는 사람도 있었고 흥미로워하거나 불안해하는 사람도 있었다. 그러나 그들 중 누구도 뒤가 켕기는 반응을 보이지 않았다. 그러나 이들 중 한 명은 거짓말을 하고 있을 가능성이 높았다. 이들 중 한 명이 아마도 도서관 안에서 르노의 모습을 보았고, 어쩌면 르노를 만나 그를 안으로 들였는지도 몰랐다.

하지만 무엇 때문에 르노는 이곳에 오고 싶어 했을까? 왜 네 사람을 더 데려왔을까?

"그가 여기서 뭘 했을까요?" 그는 그렇게 묻고 나서 그들이 처음에는 자신을 응시하다가 자기들 서로를 응시하는 모습을 관찰했다.

"오귀스탱 르노가 도서관에 왔었다고요?" 블레이크 씨가 물었다. "그렇지만 난 그 사람을 못 봤습니다."

"나도요." 놀란 위니가 영어로 말했다.

엘리자베스와 포터도 고개를 흔들었다.

"그는 어쩌면 도서관이 문을 닫은 후에 왔을지 모릅니다." 가마슈가 덧붙였다. "여섯 시경에요."

포터가 말했다. "그렇다면 안으로 들어오진 못했겠군. 문이 잠겨 있었을 테니까. 당신도 아시는 것처럼 말이오."

"여러분 모두 열쇠를 가지고 계시다는 것을 알고 있습니다. 여러분 중 한 분이 그를 안으로 들이는 것은 간단한 일이죠."

"하지만 우리가 왜 그러겠습니까?" 블레이크 씨가 물었다.

"친이나 JD, 패트릭, 오마라라는 이름에서 떠오르는 게 없으십니까?"

그들은 생각해 보고 다시 고개를 흔들었다. 흡사 히드라 같았다. 한 몸에 머리 여러 개. 하나의 마음.

"도서관 회원 아닐까요, 혹시?" 가마슈가 밀어붙였다.

"JD는 모르겠지만 회원들 중에 나머지 이름은 없어요." 위니가 말했다. "회원 수가 워낙 적어서 마음속에 다 담아 두고 있거든요."

가마슈는 그 흥미로운 영어 표현이 마음에 와 닿았다. 무언가를 기억한다는 걸 마음속에 넣는 것이라니. 기억은 머리로 하는 게 아니라 마음에 담는 것이었다. 적어도 영국계는 자신들의 기억을 마음에 담았다.

"회원 명부를 가져가도 될까요?" 그가 물었다. 위니가 움찔했고 포터가 끼어들었다.

"그건 기밀이오."

"도서관 회원 명부가요? 비밀이라고요?"

"비밀이 아니오, 경감. 기밀이오."

"그래도 봐야 합니다."

포터가 말을 이으려 하자 엘리자베스가 끼어들었다. "가져다 드릴게요. 위니?"

그리고 위니는 더 이상의 망설임 없이 엘리자베스의 말을 따랐다.

가마슈는 외투 안주머니에 회원 명부를 챙겨 넣고 건물에서 나와 현관 계단 끝에 서서 두꺼운 장갑을 꼈다. 거기서 그는 길 건너 세인트 앤드루스 장로교회와 도서관에 면해 있는 부속 목사관을 바라보았다.

사람들 눈에 띄지 않고 문예역사협회로 사람을 들이기 제일 좋은 위치에 있는 사람은 누굴까? 그리고 폐관 시간에 도서관에 불이 켜졌다면 알아차릴 가능성이 제일 높은 사람은?

톰 핸콕 목사였다.

먼저 목사관으로 간 가마슈는 교회 내 그의 사무실에서 그를 발견했다. 교회 뒤쪽에 위치한 다소 난잡하고 편안해 보이는 방이었다.

"방해해서 죄송합니다만 오귀스탱 르노가 죽기 일주일 전 문예역사협회에서 그를 보셨는지 알고 싶습니다."

톰 핸콕이 르노 일행을 도서관 안으로 들인 사람이라면 그 사실을 부인할 가능성이 다분했다. 그래서 가마슈는 죄책감이 깃든 표정이 그의 놀란 얼굴에 스치길 바랄 뿐 진실을 기대하지는 않았다.

그러나 그는 아무것도 보지 못했다.

"르노가 죽기 일주일 전에 거기 갔었다고요? 그런 얘긴 몰랐는데요. 어떻게 알아내셨습니까?"

협회 사람들 중 유일하게 핸콕은 그 사실을 반박하려 하지 않았다. 그는 그저 경감처럼 놀랐을 뿐이었다.

"그의 일기에서요. 그는 거기서 네 사람과 만날 예정이었습니다. 페관 이후였던 것 같군요."

가마슈는 네 명의 이름을 불러 주었지만 목사는 고개를 저었다. "유감이지만 전혀 모르는 이름들입니다. 원하시면 알아볼 수는 있습니다만." 그는 말을 끊고 가마슈를 살폈다. "달리 도와 드릴 일이 있나요?"

도움. 도와주십시오. 가마슈는 고개를 젓고 그에게 감사한 후 자리를 떴다.

그가 상트 우르술 가 9와 3/4번지로 돌아왔을 때 에밀은 여전히 자료를 읽고 있었다.

"소득이 있었나?" 그가 머리를 들고 물었다.

가마슈는 고개를 젓고 외투를 벗어 눈을 떨어냈다. "당신은요?"

"이걸 들여다보는 중이었네. 자네도 봤나?"

가마슈는 탁자로 걸어가 에밀이 가리키는 일기장 한 페이지를 내려다보았다. 문예역사협회에서 네 사람과 만나기로 약속한 내용을 적어 놓은 날이었다. 페이지 아래쪽에 매우 작아서 겨우 알아볼 수 있는 글씨로 두 개의 숫자가 적혀 있었다.

9-8499와 9-8572.

"계좌 번호? 차 번호일까요? 도서관 분류 번호는 아닙니다." 가마슈가 말했다. "적어도 듀이 십진 분류 번호는 아닙니다. 저도 이걸 보기는 했지만 르노가 워낙 이런저런 숫자들을 사방에다 적어 놔서요. 일기장에도 숫자로 가득합니다."

전화번호도 아닌 듯했다. 적어도 퀘벡 지역의 전화번호일 수는 없었다. 지도의 좌표일까? 지도에서 그런 숫자를 본 적이 없었다.

가마슈는 손목시계를 힐끗 보았다. "무슈 패트릭을 방문할 시간입니다. 같이 가시겠습니까?"

에밀은 일기장을 소리 나게 덮고 일어서며 기지개를 켰다. "놀랍군. 이렇게 산더미 같은 자료에 새로운 게 없다니. 모든 자료가 다른 사람이 이미 해 놓은 연구일세. 그렇게 긴 세월 동안 연구에 매달렸다면 오귀스탱 르노가 뭔가 새로운 발견을 했을 법도 한데 말일세."

"어쩌면 그랬을지도 모르죠. 아무 일도 없는데 사람이 살해당하는 일은 좀처럼 일어나지 않으니까요. 그의 삶에 어떤 일이 일어났습니다."

가마슈가 문을 잠갔고 그들은 좁은 길을 따라 앙리를 데리고 걸었다.

"샹플랭의 시대에는 여기가 다 숲이었나요?" 상트 우르술 가를 따라 걸으면서 가마슈가 물었다. 에밀이 고개를 끄덕였다.

"주 정착지는 데 자르뎅 거리 어름에서 끝난다네. 하지만 샹플랭이 죽고 얼마 안 되어 정착촌이 팽창하기 시작했지. 우르술라 수녀회에서 수녀원을 지었고, 정착촌이 안정됐다는 걸 깨달은 사람들이 더 건너오기 시작했지."

"그리고 부를 거머쥐었죠." 가마슈가 말했다.

"그렇지."

그들은 데 자르뎅 가에서 멈춰 섰다. 옛 도시의 거리 대부분이 그렇듯이 거리도 곡선을 그리다가 모퉁이쯤에서 막다른 길이 되었다. 바둑판 무늬의 시가지는 눈 씻고 봐도 찾아볼 수 없었고, 자갈 깔린 좁은 길과 오래된 집들이 난잡하게 뒤죽박죽 얽혀 있었다.

"어느 쪽인가?" 에밀이 물었다.

가마슈는 얼어붙었다. 이유를 깨닫는 데 시간이 걸렸다. 지난번에 자신에게 그 질문을 했던 사람은 장 기였다. 그는 긴 복도를 쳐다보면서 처음에는 이쪽, 다음에는 저쪽을 보았다가 자신을 보았었다. 어느 쪽인지 알고 싶다고?

"이쪽입니다."

그때도 지금도 추측이었다. 가마슈는 그 기억으로 가슴이 두방망이질하는 것을 느꼈고 그저 기억일 뿐이라고 자신을 타일러야 했다. 지난 일, 이미 끝난 일이었다. 죽어 없어진 일이었다.

"그렇군." 에밀이 화려하게 조각된 나무 문이 달린 회색빛 돌벽 건물을 가리키며 말했다. 문 위에 숫자가 쓰여 있었다. 1809.

가마슈가 현관 벨을 울렸고 그들은 기다렸다. 두 남자와 개 한 마리. 문을 연 사람은 중년 남자였다.

"위Oui 네?"

"패트릭 씨." 가마슈가 영어로 말했다. "제 이름은 가마슈입니다. 오늘 아침에 선생님 응답기에 메시지를 남겼습니다. 이쪽은 제 동료 에밀 코모입니다. 몇 가지 좀 여쭐 수 있을까요?"

"쿠아Quoi 뭐라고요?"

"여쭤 볼 게 있습니다." 남자의 귀가 잘 들리지 않는 것 같아 가마슈가 목소리를 약간 높였다.

"주 느 콩프렁 파Je ne comprends pas 무슨 말인지 못 알아듣겠네요." 남자는 성가셔하는 투였고 문이 닫히기 시작했다.

"아니, 잠시만요." 가마슈가 이번에는 재빨리 프랑스어로 말했다. "데졸레Désolé 미안합니다. 영국계분이신 줄 알았습니다."

"다들 그렇게 생각하지요." 남자가 짜증 난다는 투로 말했다. "제 이름은 숀 파트리크입니다." 그는 자기 성을 '파트리크Patreek'라고 발음했다. "영어는 한 마디도 못 합니다. 미안합니다."

그가 다시 문을 닫으려 했다.

"아니, 무슈. 제 질문은 그게 아니었습니다." 가마슈가 서둘렀다. "오귀스탱 르노의 죽음에 대해 여쭤 볼 게 있습니다."

닫히던 문이 멈추더니 다시 천천히 열렸고 무슈 파트리크는 가마슈와 에밀, 앙리를 안으로 들였다.

무슈 파트리크가 그들을 방으로 안내했다.

가마슈는 앙리에게 현관에 얌전히 있으라고 명령했고 그들은 부츠를 벗고 무슈 파트리크의 뒤를 따라 객실로 갔다. 구식 표현이지만 그 말에 어울리는 방이었다. 사람의 일상이 묻어나는 방 같지 않았기 때문이다. 가마슈는 소파를 보고 사람이 한 번도 앉은 흔적이 없다는 걸 알아차렸고 그럴 일도 없을 것 같았다. 무슈 파트리크는 그들에게 자리를 권하지 않았다. 대신 그들은 이 구식 방의 한가운데에 옹기종기 모여 섰다.

"가구가 훌륭하군요." 에밀이 주위를 둘러보며 말했다.

"제 조부모님 대부터 내려온 겁니다."

"저 사진 속의 분들이신가요?" 가마슈가 벽에 걸린 사진을 가리켰다.

"네. 그리고 저쪽은 제 부모님이죠. 증조부모님도 퀘벡 시 주민이셨습니다. 그분들 사진은 저쪽입니다."

그는 다른 사진들을 손짓해 보였고 가마슈는 한 쌍의 엄숙한 얼굴을 바라보았다. 그는 그런 사진을 볼 때마다 늘 사진을 찍은 직후에 무슨 일이 일어났을지 궁금했다. 그들은 사진 찍히는 일이 끝났음을 기뻐하면서 참았던 숨을 내쉬었을까? 서로 마주 보고 웃었을까? 이들은 정말 엄숙한 사람들이었을까, 아니면 원시적인 사진 기술 때문에 그렇게 꼼짝 못 하고 서서 엄숙한 표정으로 카메라를 응시해야만 했던 걸까?

그렇더라도…….

가마슈는 벽에 걸린 또 하나의 사진에 이끌렸다. 큰 구덩이 앞에 삽을 들고 서 있는 지저분한 남자들을 찍은 사진이었다. 그들 뒤에는 돌 건물이 서 있었다. 노동자들은 대부분 뚱한 표정이었으나 두 사람만은 웃고 있었다.

"이런 사진들을 갖고 계시다니 멋진 일입니다." 가마슈가 말했다. 그러나 파트리크는 이 사진들이 멋지다거나 혹은 끔찍하다거나 하는 생각은 전혀 하지 않는 듯했다. 가마슈는 그가 이 바랜 갈색 사진들을 지난 몇십 년간 본 적이 없으리라고 생각했다. 어쩌면 평생 한 번도. "오귀스탱 르노와는 어떤 사이십니까?" 경감은 방 안쪽을 향해 돌아섰다.

"전혀 모릅니다."

"그러면 그는 왜 만나셨습니까?"

"농담하세요? 그를 만나다뇨? 언제?"

"그가 죽기 일주일 전에요. 그는 당신과 무슈 오마라, 친이라는 사람, JD라는 사람과 자리를 마련했습니다."

"다들 모르는 사람입니다."

"하지만 오귀스탱 르노는 아시겠죠." 에밀이 말했다.

"들어서 아는 거죠. 이름이야 압니다만 아는 사람이 아닙니다."

"오귀스탱 르노가 당신에게 연락을 취한 적도 없습니까?" 가마슈가 물었다.

"두 분 경찰입니까?" 파트리크가 미심쩍어했다.

"저희는 수사를 돕고 있습니다." 가마슈가 애매하게 답했다. 다행히

파트리크는 주의가 깊거나 호기심이 많은 사람이 아니었다. 아니라면 왜 가마슈가 노인과 개와 더불어 자신을 찾아왔는지 이상하게 여겼으리라. 개가 경찰견일 수도 있지만, 그래도 여전히 정상적인 모습은 아니었다. 그러나 파트리크는 그런 데 신경 쓰는 것 같지 않았다. 대부분의 퀘베쿠아처럼 그는 그저 오귀스탱 르노에게 주의를 기울이고 있었다.

"영국계들이 그를 죽여 그 건물 지하에 묻었다는 말을 들었습니다."

"누구에게서 들었나요?" 에밀이 물었다.

"저거요." 파트리크가 현관 홀 탁자 위에 놓인 「르 주르날리스트」를 가리켰다.

"누가 그를 죽였는지는 아직 모릅니다." 가마슈가 단호하게 말했다.

"순진한 소리 마세요." 파트리크가 우겼다. "영국계 아니면 누구겠어요? 자기들 비밀을 지키려고 죽였겠지요."

"샹플랭 말인가요?" 에밀이 묻자 파트리크가 그를 향해 고개를 끄덕였다.

"바로 그거죠. 책임 고고학자는 샹플랭이 거기 없다지만 아마도 거짓말을 하고 있을 겁니다. 사건을 은폐하려고요."

"왜 은폐하겠습니까?"

"영국계들이 뇌물을 먹었겠죠." 파트리크는 두 손가락을 마주 대고 비볐다.

"그들은 그러지 않았습니다, 무슈." 가마슈가 말했다. "믿으셔도 좋습니다. 사뮈엘 드 샹플랭은 문예역사협회에 묻혀 있지 않습니다."

"하지만 오귀스탱 르노는 묻혀 있었죠." 파트리크가 말했다. "영국계들이 그 일과도 무관하다고는 못 하실걸요."

"왜 당신 이름이 무슈 르노의 일기에 적혀 있지요?" 가마슈가 묻자 파트리크의 얼굴에 놀란 표정이 떠올랐다.

"내 이름이오?" 이제 파트리크는 그 말에 대한 부정과 조급함이 섞인 표정을 띠었다. "농담합니까? 신분증 좀 봅시다."

가마슈는 외투 안주머니로 손을 넣어 신분증을 꺼냈다. 남자는 신분증을 가져가서 살펴보고 이름을 뚫어지게 보더니 사진을 보고는 눈을 들어 가마슈를 쳐다보았다. 놀란 표정이었다.

"당신이 그 사람이에요? 그 경찰청 사람? 우와. 수염 때문에 몰라봤네. 당신이 가마슈 경감이에요?"

가마슈가 고개를 끄덕였다.

파트리크가 가까이 몸을 내밀었다. 가마슈는 움직이지 않았으나 몸이 점점 굳어 갔다. 그가 좀 더 주의 깊은 사람이었다면 가마슈의 태도를 보고 눈치챘으리라. "TV에서 당신을 봤어요. 장례식 때." 그는 가마슈가 전시물이라도 되는 양 뚫어지게 보았다.

"무슈," 에밀이 그를 막으려고 끼어들었다.

"정말 끔찍했겠군요." 그렇게 말하면서도 그의 눈은 흥분으로 빛나고 있었다.

가마슈는 여전히 침묵을 지켰다.

"그 잡지 아직 갖고 있어요. 「락튀알리테」. 당신 사진이 표지로 쓰인 거. 그 사진 아시죠? 거기에 사인 좀 해 주세요."

"그럴 일은 없을 겁니다."

경고를 담은 가마슈의 목소리가 하도 낮아져서 급기야 숀 파트리크조차 그 의미를 놓칠 수가 없었다. 문을 향해 몸을 돌린 파트리크가 맞받아치려는 듯 입가에 노여움을 담고 실룩이다가 그대로 멈췄다. 가마슈 경감이 굳은 시선으로 그를 노려보았다. 경감의 눈에 혐오가 가득했다.

주저하는 파트리크의 얼굴이 붉어졌다. "미안합니다. 실수였어요."

방 안을 채운 침묵이 이어졌다. 마침내 가마슈가 고개를 끄덕였다.

"아직 몇 가지 질문이 더 있습니다." 가마슈가 그렇게 말하자 이제 유순해진 파트리크가 자세를 바로 했다. "당신에게 샹플랭에 대해 언급하거나 당신 집의 역사에 대해 알고 싶어 한 사람이 있습니까?"

"사람들은 늘 그런 데 관심이 많더군요. 이 집은 1751년에 지어졌습니다. 증조부가 십구 세기 후반에 여기로 이사 왔죠."

"그 이전엔 여기 뭐가 있었는지 아십니까?" 에밀이 물었다.

파트리크가 고개를 저었다.

"그리고 이 숫자들," 가마슈는 일기장을 펼쳐 숫자들을 보여 주었다. 9-8499와 9-8572. "이 숫자의 의미를 아십니까?"

파트리크가 또다시 고개를 저었다. 가마슈는 그를 주시했다. 왜 이 사람의 이름이 죽은 자의 일기에 있었을까? 그는 숀 파트리크가 무신경의 화신이긴 해도 거짓말을 하고 있지 않다는 것을 확신할 수 있었다. 오귀스탱 르노가 그를 만날 약속이 되어 있었다고 했을 때 그는 진심으로 놀란 표정이었다.

"어떻게 생각하세요?" 가마슈가 그 집을 나오면서 에밀에게 물었다. "저 사람이 거짓말을 하고 있을까요?"

"그런 것 같진 않네. 그렇다면 르노가 다른 S. 패트릭을 만나려 했거나 그들을 만날 계획이었지만 약속을 잡지 않았거나 둘 중 하나겠지."

"하지만 르노는 그 약속을 정말 기대했던 것 같습니다. 왜 사전에 접촉을 안 했을까요?"

그들은 말없이 몇 분 더 걸었다. 이윽고 에밀이 멈춰 섰다. "난 친구 몇 명과 점심을 같이할 예정이네. 자네도 같이 가려나?"

"농, 메르시Non, merci 감사하지만 괜찮습니다. 전 문예역사협회에 다시 가 볼 생각입니다."

"좀 더 파 보려고?"

"그런 셈이죠."

14

으스스한 구경거리를 좋아하는 구경꾼들 몇 명이 아직 문예역사협회 밖에서 어슬렁거리고 있었다. 뭘 보길 바라는 것일까?

가마슈는 그들이 모여 서서 오귀스탱 르노와 샹플랭, 온갖 종류의 음모 이론과 영국계들에 대해 하는 이야기를 듣고 인간의 본성은 수백 년 전과 바뀐 게 없다는 결론에 도달했다. 2백 년 전에도 이 자리에는 지금과 비슷한 군중이 살을 에는 추위에도 불구하고 머리 위로 난 큰 문을 바라보며, 유죄를 선고받은 죄수가 그 문을 지나 작은 발코니로 인도되어 나오기를 기다렸을 것이다. 그들 앞에서 죄수의 목에 밧줄이 걸리고 발코니에서 밀쳐지는 모습을 보기 위하여.

지금 유일하게 달라진 점이 있다면 그 죽음이 이미 일어났다는 것이었다.

그 죽음 역시 사형 집행이었을까?

가마슈 경감은 살인자 대부분이 자기가 한 짓을 범죄라 생각지 않는다는 것을 알고 있었다. 그들 대부분은 피해자는 죽어야 했다고, 스스로 죽음을 불러왔다고, 죽어도 싼 짓을 했다고 자신을 합리화했다. 그것은 사적인 사형 집행이었다.

르노 살인자도 그렇게 믿었을까? 마음의 힘을 과소평가해서는 안 된다는 점을 가마슈는 알고 있었다. 살인은 완력의 문제가 아니었다. 살인의 시작과 끝은 모두 머릿속에서 일어나며 사람의 머리는 그 어떤 것도 정당화할 수 있는 능력이 있었다.

가마슈는 자신의 주위에 있는 사람들을 바라보았다. 다양한 연령의 남녀가 마치 건물이 금방이라도 벌떡 일어나 흥밋거리를 제공할 거라는 듯이 건물을 바라보고 있었다.

내가 이들과 다를 게 있을까? 에밀과 헤어진 후 그는 앙리와 좁고 눈 쌓인 거리를 걸으며 이번 사건을 생각했다. 하지만 왜 자신이 이 사건에 연연해하는지도 생각했다. 이미 의무를 다하지 않았는가? 랑글로와 경위는 유능하고 사려 깊은 사람이었다. 가마슈는 그가 사건을 해결하리라는 것을 의심하지 않았고, 그러면 영국계들이 부당하게 공격의 대상이 되지 않도록 신경 쓸 터였다.

그런데 왜 아직도 오귀스탱 르노 살해 사건을 이리저리 찔러 보고 있단 말인가?

이제 더 이상 외로움은 없을지니.

"수잔과 전 개를 키우고 있어요."

"정말인가? 어떤 종인가?"

"그냥 똥개요." 모랭 형사가 말했다.

가마슈 경감은 말하고 들으면서 지지부진한 추적 진행 상황이 펼쳐지는 컴퓨터 앞에 앉아 있었다.

여섯 시간이 지났는데도 전화를 추적하지 못하고 있었다. 계속해서 더욱 복잡한 장비와 더 많은 전문가들이 투입되었으나 성과가 없었다.

한 팀은 전화 추적에 매달렸고, 다른 한 팀은 농부의 억양을 조사하고 있었고, 많은 팀이 현장으로 나가 현장을 이 잡듯이 조사하며 남겨진 단서를 추적하는 중이었다. 모두 프랑쾨르 경정의 지휘하에 이루어지고 있었다.

둘은 사이가 나빴지만 가마슈는 경정에 대한 감사의 마음을 인정하지 않을 수 없었다. 누군가는 책임을 져야 했고 가마슈는 명백히 그럴 상황이 아니었다.

모랭 형사와 나누는 가마슈의 목소리는 거의 쾌활하다고 할 만큼 평온했지만 마음은 내달리고 있었다.

무언가가 매우 잘못됐다. 이 모두가 말이 되지 않았다. 모랭이 자신의 강아지에 대해 말하는 동안 가마슈는 잘못된 부분을 파악하려 애썼다.

그러다 어느 순간 깨달았다. 그는 컴퓨터로 몸을 기울이고 내부 메신저로 메시지를 띄웠다.

그 농부는 농부가 아님. 연기한 것. 목소리 분석가에게 억양을 확인하도록.

이자벨 라코스트 형사가 답했다. **확인했습니다. 사투리는 진짜입니다.**

그녀는 상트 아가트의 현장에서 증거를 수집하고 있었다.

다시 확인하게. 그는 우리에게 보인 모습 같은 바보가 아냐. 그럴 리 없네. 그렇다면 그는 어떤 사람이겠나? 그는 귀로는 모랭이 개 먹이에 대해 하는 이야기를 들었다.

어떤 생각이십니까? 보부아르가 합세했다. 그는 상황실로 나가 수사를 돕고 있었다.

이 모든 게 우연한 사고가 아니라면? 경감이 적었다. 그의 손가락이 생각이 내달리는 속도에 맞춰 키보드를 부술 듯이 내달렸다. 그자가 처음부터 형사 한 명을 죽이고 한 명을 납치할 생각이었다면? 모든 게 계획에 따라 진행되고 있었다면 말이야.

왜죠? 보부아르가 물었다.

전화선 너머로 잠시 침묵이 깔렸다. "개의 이름이 뭔가?" 가마슈가 물었다.

"우린 부와_{장작이라는 뜻}라고 부릅니다. 생긴 게 나무토막 같거든요." 모랭이 웃음을 터뜨렸다. 경감도 따라 웃었다.

"개에 대해 전부 얘기해 주게."

나도 모르겠네. 가마슈는 모랭 형사가 동물보호협회에서 개를 데려와 수잔의 품에 안겨 주던 이야기를 하는 동안 타이프를 쳤다. 하지만 지금의 시간 지연을 포함해서 이 모든 게 계획이라고 생각해 보지. 내일 오전 11시 18분. 저들은 그때까지 우릴 붙잡아 두길 바라고 있네. 시선을 교란하려는 거야. 다른 데서 다른 일을 할 시간을 벌기 위해 우리 시선을 붙들어 두려는 거지.

내일 오전 11시 18분에 예정되어 있는 일이 있습니까? 보부아르와 라코스트가 동시에 타이핑했다.

아니면 내일 오전 11시 18분까지 끝나게 되어 있는 일이겠지. 현재 진행되고 있는 일.

잠시 대화가 끊겼다. 가마슈가 부와의 식습관, 배변 습관, 발목의 털 색깔에 대해 듣는 동안 움직임 없는 그의 컴퓨터 스크린에서 커서가 깜빡였다.

그럼 우린 뭘 해야 하죠? 보부아르가 물었다.

가마슈는 깜빡이는 커서를 쳐다보았다. 우린 뭘 해야 할까?

자넨 아무 일도 하지 말게. 메시지가 화면에 떠올랐다.

누군가? 가마슈가 재빨리 타이핑했다.

프랑쾨르 경정이네. 답도 똑같이 재빨랐다. 가마슈가 고개를 들자 상황실 컴퓨터 앞에 있는 경정이 창문 너머로 자신을 보고 있는 모습이 보였다. 경감, 자네 일은 부하와 계속 이야기하는 거야. 자네 일은 그것뿐이네. 보부아르 경위와 라코스트 형사는 내 지시를 계속 따를 걸세. 이 수사의 지휘자는 오직 한 사람뿐이네. 자네도 알겠지. 우린 자네 부하를 찾아낼 거야. 그러려면 지휘 체계가 분명해야 하고 그걸 따라야 해. 가지 치지 말게. 그건 범죄자를 돕는 것밖에 안 돼.

동의합니다. 가마슈가 썼다. 하지만 다른 가능성을 생각해 봐야 합니다. 이 모든 게 잘 짜인 계획의 일부일지 모릅니다.

계획? 북아메리카의 모든 경찰을 경계하게 만드는 게? 형사 하나가 죽었고, 다른 하나는 납치됐네. 정말 형편없는 계획이로군. 그렇지 않나?

가마슈는 스크린을 응시하다 타이핑했다. 이자는 보이는 것처럼 뭘 모르는 농사꾼이 아닙니다. 그랬다면 지금쯤은 발견됐어야 합니다. 모랭 형사를 아직 구하지 못했다는 건 다른 뭔가가 있다는 겁니다.

자네가 겁을 먹는 건 사건에 도움이 안 돼. 경감, 지시를 따르게.

경감님은 두려워하고 계신 게 아닙니다. 보부아르가 썼다. 경감님 말씀에 일리가 있습니다.

그만하게. 가마슈 경감, 자네 일에 집중해. 우린 모랭 형사를 찾을 거야.

가마슈는 깜빡이는 커서를 보고 있다가 모니터 위로 시선을 들었다. 프랑쾨르가 자신을 똑바로 쏘아보고 있었다. 화가 난 시선이 아니었다. 그의 시선은 가마슈의 기분을 짐작할 수 있다는 듯이 연민처럼 보였다.

아마도 그러리라. 가마슈는 경정이 자신의 생각도 알아주길 바랄 뿐이었다.

뭔가가 잘못되었다. 열여덟 시간 내로 모랭 형사를 찾아야 했지만 아무런 진전이 없었다. 전력을 동원한 퀘벡 경찰청의 추적을 이렇게 오랫동안 피할 수 있는 평범한 농부는 없다. 그렇다면 이자는 평범한 농부가 아니었다.

가마슈는 경정을 향해 고개를 끄덕였다. 경정은 그에게 고맙다는 미소를 보였다. 지금은 두 지휘관이 부딪칠 때가 아니었고 프랑쾨르가 상급자일망정 더 존경받는 사람은 가마슈였다.

이 시점에서 불화란 재앙이었다.

하지만 가마슈에게는 이토록 명백해 보이는 상황을 무시하는 것도 재앙이었다. 그들은 진실에서 멀어지고 있었다. 그리고 시간이 갈수록 모랭 형사, 그리고 그게 무엇이 됐든 지금 진행되고 있는 음모에서 점점 더 멀어지리라.

가마슈는 미소를 지어 보이고 잠시 생각에 잠겼다. 해야 할까? 그런다면 다시 돌이킬 수 없었다. 경력과 삶을 망치리라. 그는 창문 너머를 응시했다.

"경감님도 개를 기르시죠?"

"맞아. 앙리지. 부와처럼 얻어 왔네."

"그놈들에게서 얼마나 많은 걸 받는지 생각하면 가끔 놀랍습니다. 우리가 그놈을 구한 데는 특별한 이유가 있는 것 같습니다."

"그래." 가마슈는 결정했다는 듯 말했다. 그는 책상 앞으로 당겨 앉아 쪽지에 몇 자 급히 적은 뒤 자리에서 일어난 보부아르 경위의 시선을 끌었고, 그는 주전자에 마실 물을 받은 다음 프랑쾨르 경정이 보고 있는 가운데 경감의 사무실로 걸어 들어왔다.

장 기가 메모를 받아 손안에 감추었다.

문예역사협회를 바라보고 서 있는 가마슈의 발에 감각이 없어졌다. 앙리도 그의 곁에서 번갈아 가며 발을 올렸다 내리고 있었다. 눈과 얼음이 하도 차가워서 역설적이게도 불에 덴 것 같았다.

왜 아직도 르노 사건을 조사하고 있는 걸까? 잘못된 자기최면일까? 직면해야 할 다른 것들에서 달아나려는 걸까? 모든 경력이 다 이런 식으로 이루어진 걸까? 기존 유령을 다른 유령으로 대체하면서? 기억들에 쫓기면서?

그는 무거운 나무 문을 열고 영국계들이 자신의 유령들을 잘 정리하고 분류해서 보존해 놓은 문예역사협회 안으로 들어섰다.

도서실 안에서 블레이크 씨는 막 차를 한 잔 따르고 긴 나무 탁자 위에 놓인 청백색 도자기 그릇에서 쿠키를 집는 참이었다. 그가 가마슈를 보고 찻주전자를 가리켜 보였다. 가마슈가 고개를 끄덕였다. 그리고 그가 외투를 벗고 앙리의 발을 문질러 따뜻하게 해 주고 있을 동안 그를 위한 차와 쿠키가 탁자 위에 놓였다.

블레이크 씨는 읽던 책으로 돌아갔고 가마슈는 어쩌면 자신도 그래야 할지 모른다고 생각했다. 그는 책을 가져와 한 시간 정도 읽고 메모를 하면서 이따금씩 차와 쿠키를 먹었다.

"뭘 읽고 계십니까?" 블레이크 씨가 헤브리디스 주변에서 자라는 식물에 대한 얇은 책을 내리며 물었다. "르노 사건에 대한 건가요?"

아르망 가마슈는 읽던 쪽에 종잇조각을 끼우고 회색 플란넬 바지, 셔츠, 타이, 스웨터와 재킷을 흠잡을 데 없이 차려입은 맞은편 노인에게로 시선을 들었다.

"아닙니다. 한두 시간은 사건에서 벗어나 있으려고요. 이건 개인적인 호기심으로 읽는 책입니다. 부갱빌에 대한 거죠."

블레이크 씨가 몸을 내밀었다. "부갱빌리아_{분꽃과의 열대성 식물}의 그 부갱빌 말씀이신가요? 꽃이 예쁜 식물 말이오."

"맞습니다."

둘 다 열대 지방에서 흔히 볼 수 있는 화려하고 색이 요란한 꽃을 떠올렸다.

"경감님도 원예에 관심이 있습니까?" 블레이크 씨가 물었다.

"아뇨. 저는 아브라함 평원에 관심이 있습니다."

"거긴 부갱빌리아는 별로 없을 텐데."

가마슈가 웃었다. "맞는 말씀이십니다. 하지만 부갱빌은 있었죠."

"어디에?"

"거기에요." 가마슈가 말했다. "아브라함 평원 전투에요."

"우리가 같은 사람 이야기를 하고 있는 게 맞습니까?" 블레이크 씨가 물었다. "그 항해사? 부갱빌리아를 이 땅에 처음으로 들여온 사람?"

"같은 사람 맞습니다. 대부분 그가 몽칼름의 부관 중 하나였다는 사실을 모르죠."

"잠깐만." 블레이크 씨가 말했다. "당대의 가장 위대한 지도 제작자와 항해사 들 중 하나였던 사람이 아브라함 평원에서 싸웠단 말이오?"

"글쎄요, '싸웠'는지는 논란의 여지가 있습니다. 제가 알아보려고 하는 게 그겁니다." 또 유령인가. 가마슈는 생각했다. 내 삶은 그것들로 가득하군. 블레이크 씨는 놀란 얼굴로 그를 바라보고 있었다. 그럴 만도 했다. 가마슈가 한 이야기는 아는 사람이 거의 없었고 이상하리만치 알려지지 않은 역사적 사실이었다.

"얘기가 더 있습니다." 이제 가마슈는 몸을 앞으로 내밀고 있었다. "몽칼름 장군이 이끈 프랑스 군대가 아브라함 평원 전투에서 진 이유를 아십니까?"

"울프 장군이 이끈 영국 군대가 절벽을 기어올라 왔기 때문이지요. 기발한 전략이라고 평가를 받고 있고." 이 나이 지긋한 신사는 유령들과 머리 위의 목상이 다음 말을 못 듣게 목소리를 낮췄다. "우리끼리 말이지만 난 그때 울프가 약에 취해서 자기가 무슨 일을 하는지 제대로 몰랐던 게 아닐까 생각한다오."

가마슈는 웃었지만 놀랐다. 그 전투의 영국 영웅인 울프 장군은 사실 전투 전까지 아팠다.

"그게 훌륭한 전략이었다고 생각하지 않으시는가 봅니다."

"난 그가 미친 짓을 했고 운이 따랐을 뿐이라고 생각해요."

가마슈가 머뭇거렸다. "그랬을지도 모르죠. 아시겠지만 영국 측의 승리에는 또 하나의 요인이 있습니다."

"그래요? 몽칼름도 약에 취해 있었습니까?"

"그는 몇 가지 실수를 했습니다." 가마슈가 말했다. "약은 아니었습니다. 그래요, 저는 다른 걸 생각했습니다. 적이 어디서 쳐들어오는지 알아차리고 나서 그는 두 가지 일을 했습니다. 서둘러 적을 맞으러 가면서 자신의 부관이었던 부갱빌에게 전언을 보내 즉시 달려오라고 한 다음 영국인들과 전투에 나섰지요."

"너무 서둘렀지요. 내 기억이 맞다면 말이오. 원군을 기다렸어야 했다는 게 중론 아니오?"

"맞습니다. 그의 실책들 중 하나였지요. 그는 충분한 군사 없이 전투에 나섰습니다."

그는 잠시 호흡을 가다듬었다. 맞은편에서 블레이크 씨가 그렇게 오래전의 전투가 무엇 때문에 아직도 그에게 영향을 미치는지 의아하게 여기며 그를 보고 있었다. 하지만 그랬다.

"몽칼름은 결국 거기서 죽었지요." 블레이크가 말했다.

"네. 그랬지요. 하지만 그 평원에서 죽은 건 아니었습니다. 울프 장군은 그 자리에서 죽었지만 몽칼름은 아니었습니다. 여러 군데 총상을 입고 성벽 안의 우르술라 수녀원으로 옮겨졌습니다. 여기서 멀지 않은 데 있죠. 수녀들이 그를 살리려고 애썼지만 그는 다음 날 아침에 죽었고, 부하들 몇 명과 함께 수녀원 지하에 묻혔습니다."

블레이크 씨가 잠시 생각했다. "그럼 부관은? 부갱빌 말이오. 그는 어디 있었습니까?"

"바로 그겁니다." 가마슈가 말했다. "그는 어디 있었을까요? 그는 강

상류에서 영국인들을 기다리고 있었습니다. 모두들 그쪽으로 공격해 올 거라고 생각했습니다. 하지만 지원군이 급해진 몽칼름이 부갱빌에게 전언을 보냈을 때 그는 왜 가지 않았을까요?"

"왜 안 갔습니까?"

"모르겠습니다. 아무도 모릅니다. 그는 가긴 갔지만 속도를 내지 않았고, 도착했을 때에도 바로 전투에 뛰어드는 대신 지체했습니다. 그가 한 공식적인 설명은 전투에서 이미 졌다는 판단을 내렸다는 겁니다. 그는 이미 진 전투에 부하들을 죽게 하고 싶지 않았다고 했습니다."

"말은 되는군."

"그렇죠. 하지만 과연 그럴까요? 당장 오라고 장군이 명령했습니다. 학살의 현장을 그도 볼 수 있었을 겁니다. 그걸 보고만 있을 수 있었을까요? 어떤 역사학자들은 부갱빌이 맞서 싸웠다면 아마도 이길 수 있었을 거라고 생각합니다. 영국은 지휘관들이 대부분 전사했거나 부상이 심해서 대열이 흐트러져 있었으니까요."

"경감님 이론은 뭔가요? 생각이 있습니까?" 블레이크 씨의 눈빛이 날카로웠다.

"대중적이진 않을 겁니다. 오류도 많을 거고요. 당시 전투에 참여했던 영국군 쪽에도 유명한 사람이 있었습니다. 이 전투와 관련된 역사에 많이 오르내리는 이름은 아니지만 현존했던 사람들 가운데 가장 유명한 사람입니다. 세계적으로 유명한 사람이죠."

"누굽니까?"

"제임스 쿡이오."

"쿡 선장?"

"바로 그 쿡입니다. 남아메리카, 호주, 뉴질랜드, 그리고 태평양의 대부분을 지도에 담은 그 쿡. 모든 지도 제작자들 중에서 제일 유명한 사람이고 지금도 잘 알려진 인물이죠. 하지만 그 모든 일을 하기 이전에 절벽을 올라 최종적으로 퀘벡을 끝장낼 군사들을 태운 배를 지휘했습니다. 그 군사들이 절벽을 기어올라 퀘벡을 영원히 영국 영토로 만들었지요. 다시는 프랑스계 손으로 돌아가지 못하도록."

"그래서 경감님 생각은 무엇입니까?"

"제가 몸담은 일을 오래 하다 보면 우연이라는 걸 잘 믿지 못하게 됩니다. 우연이 일어나기는 하지만 매우 드물지요. 그래서 우연 같아 보이는 일을 만나게 되면 의문을 품게 됩니다."

"대단한 의문이군요." 블레이크 씨가 동의했다. "세계적으로 유명한 두 지도 제작자가 멀리 떨어진 식민지의 한 전투에서 적군으로 만났다니 말이오."

"그리고 그들 중 한 사람은 전투의 중요한 순간에 주저했죠."

"의도가 있었다고 생각하시는군. 그래요?" 질문이 아니었다.

"전 두 사람이 서로 알았고 교류하던 사이였을지 모른다고 생각합니다. 두 사람 중 더 나이가 많은 쪽이었던 쿡 선장이 부갱빌에게 부탁에 대한 대가로 무언가 약속을 했을지 모릅니다."

"주저와 지연에 대한 대가로 말이군요." 블레이크 씨가 말했다. "별일 아닌 일로 식민지를 잃었군."

"그리고 몽칼름을 포함한 많은 목숨이 스러졌죠." 가마슈가 말했다.

"대가가 뭡니까? 부갱빌은 뭘 얻었지요?"

"아마도 쿡은 그에게 서인도제도를 시사했겠죠. 쿡은 모른 척했고 부갱빌에게 중요한 장소의 탐험과 지도 제작을 넘겼을지 모릅니다. 저도 모르겠습니다. 그래서 여기 있는 거죠." 그가 읽던 책을 들어 보였다. "하지만 제가 틀렸고 그 모든 게 그저 우연일지도 모르죠."

"그래도 시간을 보내는 데는 도움이 될 겁니다." 블레이크 씨가 말했다. "때론 그것만으로도 축복이오."

아베크 르 텅시간이 해결해 주리라. 가마슈가 생각했다. "무슨 책을 읽으십니까?" 그가 노인에게 물었다.

블레이크 씨는 그에게 읽던 스코틀랜드 식물에 대한 책을 건넸다. "역설적이게도 난 지금 삶의 막바지에 와 있어서 세상의 모든 시간을 다 가진 것 같지요."

가마슈는 흥미를 보이려고 노력하며 그 책을 들여다보았다. 이런 책을 읽다 보면 한 시간이 영원처럼 느껴지리라. 시간 낭비는 아니겠지만 늘어질 터였다. 그는 책을 펼쳤다. 초판본이었지만 젖은 흔적도 있고 눈길을 끌 만한 책은 아니어서 거의 아무 가치가 없어 보였다. 1845년에 간행된 책이었다.

그러나 눈길을 끄는 뭔가가 있었다. 도서관 카드 밑에 부분적으로 보이는 또 다른 숫자.

"이게 뭔지 아십니까?" 그가 자리에서 일어나 블레이크 씨에게 그 숫자를 보여 주었다. 블레이크 씨가 어깨를 으쓱했다.

"별로 중요한 건 아닙니다. 중요한 건 이거지요." 블레이크 씨는 듀이 십진법에 따른 숫자를 가리켰다.

"전 이 아래 숫자를 보고 싶습니다." 가마슈가 도와줄 사람을 찾아 주위를 둘러보았다.

"위니를 불러야 할지 모르겠군." 블레이크 씨가 제안했다.

"좋은 생각입니다."

블레이크 씨가 전화기를 들었고 몇 분 지나지 않아 키 작은 사서가 의혹의 눈을 하고 도착했다. 무슨 일인지 듣고 난 그녀는 가마슈를 향해 돌아섰다. "좋아요. 이쪽으로 오세요."

세 사람은 복도를 지나 이리저리 돌고 돈 다음 계단을 오르고 내려 마침내 건물 뒤쪽의 큰 사무실에 도착했다. 포터 윌슨이 엘리자베스 맥워터와 함께 있었다.

"안녕하세요, 경감님." 포터가 그런 것처럼 엘리자베스도 앞으로 나와 그의 손을 잡았다.

이윽고 위니가 외과의처럼 책 위로 몸을 구부려 수백 년 전에 붙여졌을 도서 카드 꽂이의 끄트머리를 주머니칼로 신중하게 들어 올렸다.

그 밑에서 이 따뜻한 초판본에 처음 붙인 날 적었던 것처럼 선명하고 손상되지 않은 숫자가 나타났다.

6-5923.

"번호의 의미가 뭔가요?" 가마슈가 물었다.

모두가 돌려 가며 숫자를 들여다보는 동안 침묵이 흘렀다. 마침내 위니가 그의 질문에 답했다.

"옛날 카탈로그 체계에 따른 번호 같은데요. 그렇지, 엘리자베스?"

"그런 것 같군." 그게 뭔지 감도 못 잡고 있는 포터가 말했다.

"옛 체계라니요?" 경감이 물었다.

"천팔백 년대에 쓰이던 거예요. 이젠 사용하지 않아요." 엘리자베스가 말했다. "하지만 문예역사협회가 처음 설립됐을 시절에는 그런 식으로 책을 분류했다고 알고 있어요."

"계속하세요."

엘리자베스가 당황스러운 웃음을 지었다. "사실 체계랄 것도 없긴 한데요. 문예역사협회가 처음 설립됐던 1820년엔……,"

"정확히는 1824년입니다." 블레이크 씨가 말했다. "여기 어디 정관이 있을 겁니다."

그가 정관을 찾는 동안 엘리자베스가 계속했다.

"당시 영국계들에게 기록물이 될 만한 걸 기증해 달라고 광고를 했어요. 역사적으로 중요하다고 생각할 만한 것들을 보내 달라고요." 그녀가 웃었다. "사람들은 다락방이나 지하실, 헛간을 비울 좋은 기회라고 생각하고 도마뱀 박제니 야회복이니 갑옷, 편지나 쇼핑 목록 같은 걸 보내왔죠. 결국 협회에서 정관을 고쳐서 지금처럼 도서관의 형태로 운영하기로 했다고 해요. 그것만으로도 차고 넘쳤지만요."

가마슈는 오래된 가죽 정장 책이 흩날리는 종이와 함께 산더미처럼 쌓여 있는 모습을 상상할 수 있었다.

"그때는 책을 받은 연도대로 분류했어요." 그녀는 스코틀랜드 식물에 대한 책을 집어 들고 그 도서 카드를 가리켰다. "육이 의미하는 게 그거죠. 그리고 나머지는 이 책의 번호고요. 그러니까 이 책은 5923번째로 들어온 책이에요."

가마슈는 몹시 당황했다. "알루Alors 그러니까, 첫 번째 숫자인 육은 해를 의미하는 거군요. 그런데 어느 연도의 육인가요? 그리고 오천 번 대라니 그게 특정 해를 기준으로 오천 몇백 번째로 들어온 책인가요, 아니면 협회가 만들어진 이래로 그렇다는 건가요? 헛갈리는군요."

"말도 안 되는 체계죠." 위니가 코를 훌쩍였다. "충격적이죠? 자기들이 뭘 하는지 잘 몰랐을 거예요."

"책이 너무 많아 감당을 못 했을 거야." 엘리자베스가 말했다.

"이렇게 해 놓으니 더 감당이 안 되지." 위니가 경감을 향해 돌아섰다. "이 번호들을 이해하려면 노력을 좀 해야 해요. 이 책은 1845년 책이니 아마도 1846년이나 56년, 아니면 66년에 기증됐으리라 추측할 수 있어요."

"그럼 5923은요?" 가마슈가 물었다.

"그쪽은 상황이 더 안 좋아요." 위니가 인정했다. "그냥 일 번에서 시작해서 순서대로 붙였거든요."

"그러니까 그해에 5923번째로 들어온 책이란 겁니까?"

"그렇기만 하다면야 좋겠죠, 경감님. 그러나 아니에요. 번호가 만 번까지 이르면 다시 일 번으로 돌아갔답니다." 그녀가 한숨을 쉬었다. 그 사실을 인정하는 게 괴롭다는 투였다.

"전부 목록을 만들었어요. 일부는 책장에 꽂혀서 결국 듀이식 번호를 받았지만, 그렇지 못한 것도 있어요." 엘리자베스가 말했다. "그때나 지금이나 엉망이죠."

"찾았습니다." 블레이크 씨가 낡은 서류철 하나를 들어 보였다. "처음 만들었던 정관이오." 그가 소리 내어 읽었다. "가차 없는 시간의 손길에서 캐나다 초기 역사의 일부를 이루는 기록을 구하고 지키고자. 우리 힘닿는 대로 먼지 덮인, 그러나 아직 탐구되지 않은 문헌들, 인류 역사, 그리고 특히 우리 주의 특별한 역사와 중요한 문헌들을 지키기 위하여."

가마슈는 나이 든 목소리가 낭독하는 옛 언어를 들으며 그 단순함과 숭고함에 깊은 감명을 받았다. 그는 갑자기 이 사람들을 돕고 싶다는 감정, 이들이 가차 없는 시간의 손길에서 지키는 것을 도와주고 싶다는 열망에 사로잡혔다.

"이 숫자들이 가리키는 건 뭘까요?" 그는 오귀스탱 르노의 일기에서 찾아낸 번호를 그들에게 보여 주었다.

9-8499와 9-8572.

"듀이 십진 번호는 없던가요?" 위니가 물었다. 가마슈는 듀이식 체계가 마약이었다면 그녀가 코로 흡입했을 거라고 생각했다. 그러나 애석하게도 그녀를 실망시킬 수밖에 없었다.

"이것뿐입니다. 이걸로는 안 될까요?"

"목록에서 찾아볼 수는 있겠네요."

가마슈가 몸을 돌려 블레이크 씨를 바라보았다.

"목록이 있습니까?" 가마슈가 물었다.

"뭐, 그래요. 그게 책에 번호가 달려 있는 이유지." 블레이크 씨가 미소를 지었다. "이쪽이오."

문제의 목록이란 수기로 쓰인 여덟 권짜리 책이었다. 10년 단위로 묶여 있었다. 그들은 각자 한 권씩 맡아 읽어 내려가기 시작했다. 첫 번째 성과는 1839년에 있었다. 포터가 그해 목록에서 9-8499와 9-8572 둘 다를 찾아냈다.

"첫 번째 책은 아프리카의 뿔아프리카 북동부 근방을 여행한 에브람 호스킨스라는 사람의 여행 일지요. 그리고 9-8572는 캐슬린 윌리엄스가 기증한 설교집이군."

둘 다 유망할 것 같지 않았다.

가마슈는 목록집 한 권을 끝내고 다른 책을 펼쳐, 정성 들여 쓴 글씨로 채워진 긴 종이를 손가락으로 짚어 내려가기 시작했다.

"다른 게 있네요." 엘리자베스가 몇 분 뒤 말했다. "9-8466부터 9-8594까지예요. 1899년에 몬트리올 소재 마담 클로드 마르샹이라는 사람이 기증했다고 되어 있군요."

"좀 더 구체적인 내용은 없습니까?" 가마슈가 심장이 내려앉는 것을 느끼며 물었다. 오귀스탱 르노가 관심 가졌을 법한 항목은 그것뿐이었지만 가마슈는 샹플랭 전문가가 1830년대에 아프리카를 여행한 기록이나 설교 모음집에 관심을 가졌으리라고는 믿기 힘들었다. 몬트리올에 살던 한 여성이 기증한 1백 권이 넘는 책이라니 더 가능성이 적어 보였지만 단서는 그뿐이었다.

"그 책들이 아직도 도서관에 있을까요?"

"확인해 보죠." 위니는 그 정보들을 '현대적' 체계로 가져갔다. 몇 분 뒤 그녀가 눈을 들었다.

"설교집은 아직 도서관에 있어요. 듀이식 번호는 아직 부여받지 못했지만요. 아프리카 뿔 여행기는 어느 상자엔가 들어 있을 거예요."

"몬트리올에서 온 책들은요?"

"그건 모르겠어요. 번호만 있을 뿐이라서요. 구체적으로 그 책들이 어떻게 됐는지 나와 있지 않네요."

"설교집을 좀 볼 수 있을까요?"

위니는 도서실에서 책을 찾아 필요한 서류를 작성하여 그에게 건넸다. 그 책을 대출하는 사람은 그가 처음이었다. 가마슈는 그들에게 감사 인사를 하고 책을 가지고 떠났다. 앙리와 함께 언덕을 내려가는 동안 그들의 발이 솜털 같은 눈 위에 나란히 발자국을 만들었다.

집에 도착한 가마슈는 노트북으로 조사를 시작했다. 에밀이 돌아와 점토 그릇에 익힌 닭과 야채로 간단하게 저녁을 만들었다. 저녁 식사 후 가마슈는 다시 일로 돌아가 에브람 호스킨스 대령과 캐슬린 윌리엄스의 행적을 알아내는 일을 계속했다. 호스킨스 대령은 말라리아로 죽어서 콩고에 묻혔고, 그의 책은 당대에는 중요하게 여겨졌지만 곧 잊혔다.

샹플랭이나 퀘벡, 르노와의 연결 고리가 될 만한 것은 전혀 없었다.

캐슬린 윌리엄스는 옛 퀘벡의 성삼위 성공회 교회에 지속적으로 후원을 해 온 인물이었다. 남편은 건조식품 장사로 성공을 거두었고 아들은 배의 선장이 되었다. 가마슈는 긁어모을 수 있었던 얼마 안 되는 정보들을 들여다보면서 뭔가가 떠오르기를, 자신이 놓치고 있는 연결 고리가 나타나기를 기다렸다.

여전히 책상 앞에 앉아 그는 설교집을 훑어보았다. 빅토리아 시대의 엄숙한 분위기를 반영하는 설교들로 퀘벡이나 샹플랭, 또는 신에 대한 내용은 가마슈가 말할 수 있는 한 존재하지 않았다.

마지막으로 그는 몬트리올의 마담 클로드 마르샹을 검색해 보았다. 경찰청 네트워크의 도움으로도 시간이 걸렸지만 결국에는 그녀를 찾아 낼 수 있었다.

"아직 안 자나?" 에밀이 물었다.

가마슈가 눈을 들었다. 자정에 가까운 시각이었다. "아직이오. 곧 자야지요."

"눈을 혹사하지 말게."

가마슈는 웃으며 잘 자라고 손을 흔들어 보이고 조사로 돌아갔다.

클로드 마르샹의 아내인 마담 마르샹은 1937년에 사망했고, 그녀의 남편은 1925년에 사망했다.

그렇다면 그들은 왜 1899년에 1백 권이 넘는 책을 기증한 걸까? 물려받은 재산의 일부였을까? 그들의 부모님 중 한 분이 돌아가셔서?

하지만 왜 책들을 퀘벡으로 보냈을까? 상당한 공력이 들었으리라. 그리고 마르샹은 프랑스계 성인데 왜 이 작은 영국계 도서관에 책을 기증했을까?

흥미롭다고 인정하지 않을 수 없었다.

가계 기록을 뒤져 보고 알아낸 바로 무슈 마르샹의 부모나 마담 마르샹의 부모는 1899년에 사망하지 않았다. 그렇다면 그 책들은 어디서 온 걸까?

경감은 이런 조사를 오랜만에 했다. 그는 대개 이런 조사는 형사나 경위들에게 맡겼다. 특히 보부아르 경위가 재능을 보이는 분야이기도 했다. 질서 유지와 정보 찾기.

그들이 산개되고 해체된 정보들을 가마슈에게 가져오면 그는 그것들 사이에서 질서를 찾았다. 실마리와 연결 고리들을 찾아 그것들을 정돈했다.

경감은 정보 사냥의 재미를 거의 잊고 있었다. 그러나 이것저것 시도해 보는 동안 그 재미에 매몰되어 주위가 희미해지는 것이 느껴졌다.

이 부부는 어떻게 그 책들을 소유하게 되었을까? 그리고 그 책들을 퀘벡으로 보내는 노력과 비용을 자처한 이유가 뭘까?

가마슈는 몸을 뒤로 기대고 모니터를 바라보며 생각에 잠겼다.

책은 남편이 아닌 부인의 이름으로 기증되었지만 남편은 당시 생존해 있었다. 그 의미는 무엇일까? 가마슈는 아직도 익숙하지 않은 턱수염을 문지르며 허공을 바라보았다.

그건 무슨 뜻일까?

문제의 책들이 그녀의 것이라는 뜻이었다. 두 사람이 소유한 것이 아니라 그녀가 소유한 것이 분명했다. 인구조사에는 그녀의 직업이 가정부로 되어 있었고 고용주의 이름은 기재되어 있지 않았다. 그러나 주소가 기재되어 있었다.

1800년대 후반의 가정부라. 1백여 권의 책을 소유하는 것은 차치하고 글을 읽을 줄 아는 가정부도 많지 않을 때였다.

그는 다시 몸을 숙이고 아무 특별한 일도 한 적이 없는 사람들에 대한 한 세기 전 정보를 찾아 인터넷을 누볐다. 인터넷에는 그들의 기록이 있을 리 없었다.

그는 한 경로를 탐색하고 또 다른 경로로 찾아보았다. 주소는 그리 도움이 되지 않았다. 당시에는 전화번호부도 전기료도 없던 때였다. 문서에 남는 이력이라는 게 거의 없었다. 그러나 어쩌면.

그는 다시 키보드를 두드리기 시작했다. 보험 회사 기록. 거기서 그는 마담 클로드 마르샹을 가정부로 고용한 남자가 인구조사 서류에 기재한 주소를 찾아냈다.

시니퀴. 샤를 파스칼 텔레스포르 시니퀴.

그는 1899년에 사망했다.

가마슈는 몸을 던지듯 의자 깊숙이 묻고 환히 미소 지었다.

해냈다. 찾아냈다.

그런데 그게 무슨 뜻인가?

15

"어제 늦게까지 안 자고 있더군."

에밀 코모는 크루아상과 잼 옆에 커피 주전자를 내려놓는 아르망을 보았다. 그는 행복해 보였고 움직임도 경쾌했다.

"그랬죠."

"뭘 했나?"

에밀은 진한 향을 풍기는 커피를 한 모금 마시고 크루아상을 집었다. 빵을 반으로 쪼개자 부스러기가 나무 탁자 위로 흩어졌다.

"르노의 일기에 나온 숫자들의 의미를 알아낸 것 같습니다."

"그래? 뭔가?"

"당신 말이 옳았어요. 그는 문예역사협회에 샹플랭의 시체를 찾으러 간 게 아니었습니다. 제 생각에 그는 책을 찾고 있었던 것 같습니다. 그 숫자들은 목록 번호들이었어요. 1899년에 문예역사협회에 기증된 책들의 번호입니다."

에밀은 크루아상을 내려놓았다. 눈이 빛나고 있었다. 한번 수사관이었던 사람에게 알고자 하는 욕구는 결코 사라지지 않았다.

"어떤 책인가?"

"모르겠습니다." 가마슈는 커피를 한 모금 마셨다. "하지만 그 책이 마담 클로드 마르샹이라는 사람이 협회에 뭉텅이로 기부한 책들의 일부라는 건 압니다. 그녀는 시니퀴 가족의 가정부였죠. 샤를 파스칼 텔레스포르 시니퀴라는 사람이오. 그는 1899년에 죽었습니다. 그가 아마도 책의 소유주였던 것 같습니다."

"시니퀴라." 에밀이 천천히 말했다. "흔치 않은 이름이군."

가마슈가 고개를 끄덕였다. "아주 드문 이름이죠. 찾아봤는데 그런 이름을 가진 사람은 현재에는 없습니다. 아침 먹고 과거 퀘벡 시에 그런 이름의 사람이 살았는지 인구조사 정보를 찾아볼 생각입니다."

"과거에는 있었지." 에밀의 마음이 다른 데 쏠려 있는 것처럼 보였다. 걱정이 아닌 당혹스러운 감정이었다.

"그래요?" 가마슈는 에밀이 생각하는 동안 기다렸다.

"말이 안 되는데." 마침내 에밀이 말했다. "르노가 시니퀴 소유였던 책을 찾고 있었다고?"

"그런 것 같습니다. 그 번호들을 일기에 적어 놨으니까요."

에밀이 목을 긁적였다. 잡히지 않는 답을 찾아 헤매는 동안 그의 눈은 먼 곳을 보고 있었다. "말이 안 되는데." 그가 다시 중얼거렸다.

"그 이름을 아십니까?" 가마슈가 마침내 물었다.

"알아. 하지만 이상하군."

"뭐가요?"

"르노가 시니퀴의 소유물에 관심을 가졌다니 말일세."

에밀이 생각에 잠긴 동안 침묵이 흘렀다.

"그 시니퀴라는 사람이 누굽니까?" 가마슈가 물었다. "그를 어떻게 아시는데요? 그도 샹플랭 협회의 회원입니까?"

"아니, 내가 아는 한은 아닐세. 그리고 아마 아닐 거야. 내가 아는 한 그는 샹플랭과는 전혀 관련이 없어."

"어떤 사람입니까?"

"신부라네." 에밀이 말했다. "퀘벡 역사의 작은 잡음 같은 사람이지만 당시에는 꽤 요란한 소음이었네. 특이한 사람이었지. 금주 운동으로 유명했다네. 1860년대나 70년대였지. 그는 술을 싫어했어. 술이 모든 종류의 사회적, 정신적 악의 근원이라고 생각했네. 내가 기억하기로 그의 관심사는 단 한 가지였지. 퀘벡 노동자들에게 술을 끊게 하는 것. 한동안 꽤 유명했는데, 나중에는 가톨릭교회와 척지게 되었네. 자세한 건 기억나지 않지만 결국에는 가톨릭교회를 떠나서 열렬한 개신교 신자가 됐지. 프티 샹플랭 가의 술집을 돌아다니면서 술꾼들한테 술을 끊으라고 설득하고 다녔다지. 시 외곽에서 한동안 요양소도 운영했고."

"르노는 샹플랭에게 꽂혀 있었고, 시니쿼는 금주에 꽂혀 있었군요." 가마슈는 거의 혼잣말처럼 말했다. 그리고 고개를 흔들었다. 그의 스승처럼 1635년의 퀘벡의 아버지와 1800년대의 금주주의자와 3일 전 문예 역사협회에서 발견된 시체 사이에 무슨 관계가 있는지 알 수 없었다.

어쩌면 그 책이 관건일지 모른다. 무슨 책이었을까?

"샹플랭 연구자가 전직 신부가 보유하고 있던 책을 보고 싶어 할 이유가 뭘까요?" 그가 물었지만 답은 없었다. "시니쿼가 샹플랭에게 관심이 있었나요?"

에밀은 고개를 젓고 어깨를 으쓱했다. 당황스러운 모양이었다. "하지만 난 그 사람에 대해 잘 모르니 내가 한 말에 틀린 내용이 있을지도 모르지. 좀 더 알아봐 주길 바라나?"

가마슈가 자리에서 일어났다. "부탁드립니다. 하지만 먼저 르노의 아파트로 돌아가 봐야겠습니다. 책들이 거기 있을지도 모르니까요. 같이 가시겠습니까?"

"압솔뤼망Absolument 당연하지."

그들이 무거운 겨울 파카를 걸칠 때 에밀은 그를 따르는 게 얼마나 자연스러워졌는지 깨달았다. 에밀 코모 경감이 가마슈를 처음 봤을 때 그는 살인 수사반의 젊고 의욕 넘치는 형사였다. 그는 그의 굽이치는 짙은 색 머리칼이 세어 가는 모습을, 몸이 불어 가는 모습을, 결혼하고 아이가 태어나는 모습을, 승진하는 모습을 지켜보았다. 자신이 그를 경위로 진급시켰고, 자연스럽게 젊은 그가 지휘자로 떠오르는 것을 보았다. 나이와 경험이 더 많은 형사들이 그에게 자리를 양보하고, 그의 의견을 묻고, 그의 지휘를 받아들였다.

그러나 에밀은 다른 것도 알고 있었다. 가마슈가 언제나 옳은 것은 아니었다. 그 누구도 그럴 수 없었다.

언덕을 오를 때 그들의 숨이 차가운 공기 중으로 흩어졌다. 에밀은 앙리를 데리고 걷는 아르망을 흘끗 바라보았다. 그가 나아 보이나? 나아지고 있는 건가? 에밀은 그렇다고 생각했지만 가장 큰 상처는 내면에 있는 법이었다. 가장 안 좋은 것은 늘 감추어져 있었다.

몇 분 뒤 그들은 비좁고 물건이 꽉 들어찬 아파트에 다시 들어와 높이 쌓인 잡지와 오간 편지 꾸러미와 책으로 넘쳐 나는 가구들 사이를 헤치고 있었다.

두 사람은 겉옷과 부츠를 벗고 각자 방을 하나씩 맡아 재빨리 일에 착수했다.

두 시간 뒤 에밀은 식당을 누비고 있었다. 이름만 식당일 뿐 제대로 된 저녁 식사를 본 적 없는 방일 터였다. 벽은 책이 두세 겹으로 꽂힌 선

반으로 둘러쳐져 있었다. 가마슈는 방 중간쯤에서 책을 하나씩 꺼내 살펴본 뒤 다시 꽂았다.

그는 지쳐 있었다. 두 달 전이라면 아무 문제도 되지 않을 일이었지만 지금 그에게는 과도한 일이었다. 그는 에밀 역시 기력이 떨어지고 있다는 사실을 알아차렸다. 에밀은 의자 등에 기댄 채 힘이 다한 것처럼 보이지 않으려고 애쓰고 있었다.

"좀 쉴까요?" 가마슈가 물었다.

에밀의 얼굴에 고마워하는 빛이 드러났다. "자네가 필요하다면. 난 하루 종일이라도 계속할 수 있지만 자네가 쉬어야겠다면 그러겠네."

가마슈가 웃었다. "메르시."

가마슈는 자신이 너무 나약하게 느껴져서 놀랐다. 그는 자신이 회복되었다고 그럭저럭 속여 왔다. 그리고 많이 회복된 것은 사실이었다. 기력이 생겼고, 힘이 돌아오고 있었고, 떨림도 사라진 것 같았다.

그러나 스스로를 밀어붙이는 상황이 되면 기대보다 훨씬 빨리 지쳐 버렸다.

그들은 르 프티 쿠앵 라탱의 창가 자리를 찾아내어 맥주와 샌드위치를 시켰다.

"뭘 찾아내셨습니까?" 가마슈가 꿩고기 테린잘게 썬 고기를 그릇에 담아 단단히 다지고 차게 식힌 다음 얇게 썬 음식과 아루굴라에 크랜베리 소스를 뿌린 바게트 샌드위치를 베어 물며 물었다. 거품 낀 지역 맥주가 그 앞에 놓여 있었다.

"기대 밖이었던 건 없었네. 협회가 탐낼 만한 샹플랭에 대한 귀한 책이 두어 권 있었지만 자네가 있어서 훔치지 않기로 했지."

"현명하시군요."

에밀이 고개를 끄덕이며 웃었다. "자네는?"

"마찬가집니다. 샹플랭이나 천육백 년대 초와 직접적으로 관련된 것뿐이었습니다. 시니퀴나 금주, 천팔백 년대와 관련된 건 하나도 없었고요. 그래도 계속 찾아봐야 합니다. 그 책들을 다 어디서 구했는지 궁금합니다."

"헌책방이겠지. 아마도."

"그렇겠죠." 가마슈는 배낭에서 르노의 일기를 꺼내 뒤적였다. "그는 정기적으로 근처 헌책방을 찾았던 것 같고 여름에는 벼룩시장에도 다녔습니다."

"옛날 책을 찾을 만한 곳이 달리 있겠나? 무슨 생각인가?" 에밀이 물었다.

아르망 가마슈는 머리를 옆으로 기울이고 눈을 가늘게 떴다. "헌책방 주인은 책을 어디서 가져오죠?"

"이사하거나 집을 정리하는 사람들에게서 사겠지. 사람들이 유품을 정리할 때 트럭째로 사거나. 왜?"

"아파트 탐색이 끝나면 헌책방을 몇 군데 들러 봐야 할 것 같습니다."

"무슨 생각을 하고 있나?" 에밀 코모는 그렇게 묻고 맥주를 꿀꺽꿀꺽 마셨다.

"엘리자베스 맥워터가 했던 말이 생각나서요." 이제 그가 에밀을 쳐다볼 차례였다. 에밀 코모는 일기를 뚫어지게 보고 있었다. 그는 손을 뻗어 가마슈가 볼 수 있도록 일기장을 돌려놓았다. 그의 가는 손가락이 오귀스탱 르노의 깔끔한 글씨 위에 놓였다. 손가락 아래에는 줄이 쳐지고 동그라미가 그려진 글자들이 있었다. 오귀스탱 르노가 사람들과 잡은 시간 약속. 패트릭, 오마라, JD 그리고…….

"친." 가마슈가 말했다. "하지만 퀘벡 시에 그런 이름의 사람은 없었죠. 드 비아드 가의 중국 레스토랑에 한번 물어봐야겠다고 생각하긴 했는데……."

가마슈는 빛을 뿜는 스승의 눈을 들여다보았다. 그는 거의 통증에 가까운 감정을 느끼고 눈을 감았다. "맙소사."

그는 다시 눈을 뜨고 일기를 내려다보았다. "그런 걸까요? 친Chin? 시니퀴Chiniquy?"

에밀 코모가 웃으며 고개를 끄덕였다. "아니면 뭐겠나?"

장 기 보부아르는 클라라에게서 건네받은 거품 묻은 접시를 헹궜다. 그는 크고 탁 트인 그들의 부엌에 서서 설거지를 하고 있었다. 집에서는 거의 하지 않는 일이었다. 가마슈 경감 부부의 설거지는 몇 번 도운 적이 있지만 그들에게는 설거지가 즐거운 일처럼 보였다. 그리고 놀랍게도 지금 하는 설거지도 그렇게 느껴졌다. 평화로운 휴식 시간 같았다. 이 마을처럼.

같이 점심을 먹은 피터 모로는 작업 중인 그림 때문에 스튜디오로 돌아갔고, 남은 클라라와 장 기가 점심으로 먹은 수프와 샌드위치의 뒤처리를 하고 있었다.

"서류를 읽을 기회가 있었습니까?"

"읽었어요." 클라라가 물이 뚝뚝 떨어지는 접시를 하나 더 넘기며 말했다. "올리비에가 범인이라고밖에 할 말이 없는 사건이에요. 설득력이 있었어요. 하지만 그가 은둔자를 죽인 게 아니라면 은둔자가 거기 숨어 살고 있었다는 사실을 아는 사람이 더 있었다는 뜻이겠죠. 그렇지만 누가 그를 찾아냈을까요? 올리비에의 경우는 그가 올리비에를 찾아온 거잖아요. 팔 물건도 있었지만 사람이 그리워서."

"그리고 그가 필요로 하는 물품들을 가져다줄 사람도 필요했고요." 보부아르가 말했다. "그도 올리비에를 이용했고 올리비에도 그를 이용했죠."

"좋은 관계였네요."

"서로를 이용하는 관계가 좋은 관계라고요?"

"어떻게 보느냐에 달렸죠. 우릴 보세요. 피터는 결혼 생활 내내 재정적으로 저를 지탱해 줬죠. 전 그를 감정적으로 받쳐 주고요. 그게 서로를 이용하는 거냐고요? 그럴지도 모르지만 잘 돌아가고 있어요. 우린 둘 다 행복해요."

보부아르는 그게 과연 사실일지 궁금했다. 클라라야 어디 갖다 놔도 행복할 사람이지만 그녀의 남편은 또 다른 이야기였다.

"그다지 동등해 보이지는 않는데요." 보부아르가 말했다. "올리비에가 은둔자에게 갖다 준 건 이 주에 한 번씩 약간의 식료품이 전부였지만 은둔자가 올리비에에게 준 건 값을 매길 수 없이 귀한 골동품들이었습니다. 누군가는 뼈가 발리고 있었죠."

그들은 커피를 들고 밝은 거실로 자리를 옮겼다. 여과되지 않은 겨울 햇살이 창을 통해 흘러들고 있었다. 그들은 난로 가까이 놓인 두 개의 큰 의자에 자리를 잡았다.

타오르는 불을 바라보는 그녀의 이마에 주름이 잡혔다. "제가 보기에 더 큰 문제, 아니 유일한 문제는 은둔자가 거기에 있었다는 사실을 또 누가 알았는가인 것 같아요. 그는 숲에 몇 년 동안이나 숨어 살았잖아요. 왜 갑자기 지금 와서 살해당했을까요?"

"말이 다닐 길이 오두막 근처로 날 예정이었기 때문에 올리비에가 그를 죽였다는 게 우리 이론입니다. 은둔자와 그의 보물이 곧 발견될 참이었습니다."

클라라가 끄덕였다. "올리비에는 누군가가 오두막을 발견해서 보물을 훔쳐 갈지도 모른다고 생각했고, 그래서 은둔자를 죽였어요. 계획적인 일이 아니라 순간적인 충동으로 메노라를 집어 그에게 휘둘렀죠."

그녀는 법정에서 그 모든 이야기를 들었고 지난밤 그에 대해 다시 읽었다.

그녀는 그 일을 저지르는 친구의 모습을 그려 보았다. 그리고 그 이미지에서 달아나고 싶었지만 그 이미지가 사실이라는 것을 믿을 수 있었다. 올리비에가 누굴 죽일 계획을 세울 수 있다고는 생각지 않았지만 한순간의 분노와 욕심에서 그런 짓을 하는 건 상상할 수 있었다.

올리비에는 그러고 나서 메노라를 가져갔다. 죽은 사람 곁에 놓여 있던 피 묻은 그 물건을 주웠다. 그는 메노라에 자신의 지문이 묻어 있었기 때문에 가져갔다고 했다. 그는 두려워했다. 하지만 그는 메노라가 매우 값비싼 물건이라는 사실 또한 인정했다. 욕심과 두려움이 그로 하여금 엄청나게 어리석은 짓을 저지르게 했다. 탐욕의 죄지, 사람을 죽이진 않았다고 했다.

판사도 배심원단도 그를 믿지 않았다. 그러나 지금 보부아르는 적어도 그가 어리석긴 했어도 진실을 말했을 가능성을 고려해야 했다.

"뭐가 달라지죠?" 보부아르가 생각에 잠겼다. "누군가 다른 사람이 은둔자를 먼저 찾았다고 한다면."

"그 누군가가 실은 그를 오랜 세월 찾아 온 사람일 수도 있죠. 그 보물의 원래 주인이오."

"하지만 어떻게 찾아냈을까요?"

"올리비에를 뒤따라갔거나 말 다니는 길을 따라가다 찾았는지도 모르죠." 클라라가 말했다.

"그 이론은 우리를 파라 가족네로 이끕니다." 보부아르가 말했다. "로어나 하보크에게로요."

"올드 먼딘이 그랬을지도 몰라요. 그는 목공이고 조각도 하잖아요. 망가진 가구를 가지러 왔다가 올리비에를 보고 따라갔을 수 있죠. 그리고 올드라면 그 '우'라는 단어를 새겼을지도 모르고요."

"하지만," 보부아르가 말했다. "올드 먼딘은 나무를 다루는 전문갑니다. 그 사람 작품을 본 적이 있어요. '우'는 아마추어의 솜씨였습니다. 거칠게 새겨 놨어요."

클라라가 생각했다. "어쩌면 여기 새로 온 사람인지도 모르죠. 거기서 달라질 게 있다면 아마 그거겠죠. 살인자가 최근에 스리 파인스로 이사 온 거예요."

"새로 온 사람이라면 질베르 씨네뿐인데요." 보부아르가 말했다.

마르크와 도미니크 질베르, 마르크의 어머니 카롤과 절연한 아버지 뱅상. 개자식 성자. 유명한 의사이자 지금은 흥미롭게도 은둔자의 오두막에 살고 있는 사람. 보부아르는 더 이상 뱅상 질베르 의사가 살인범이기를 바라지는 않았으나 내심 그럴지도 모르겠다는 걱정이 들었다.

"용의자들과 다시 얘길 해 봐야 할 것 같습니다." 보부아르가 말했다.

"오후에 가구 몇 점을 사고 싶은 척하면서 먼딘의 집에 들를까 합니다."

"좋네요. 전 다른 사람들과 얘길 시도해 볼게요." 클라라는 말해 놓고 잠시 머뭇거렸다. "살인자가 은둔자를 찾아냈을지도 모를 방법이 하나 더 생각났어요."

"뭔가요?"

"어쩌면 올리비에가 판 보물을 알아봤을지도 모르지요. 여기 나와 있기로는……," 클라라가 파일 폴더를 두드렸다. "올리비에가 많은 물건을 이베이에 올려 팔았다고 하던데요. 그러면 전 세계 사람들이 그걸 볼 수 있잖아요. 동유럽에서도 볼 수 있었을 테고요. 누군가가 물건들 중 하나를 알아보고 올리비에를 추적했을지 몰라요."

"그리고 그를 따라 은둔자에게 갔다는 말씀이군요." 보부아르가 대꾸했다. "알아보겠습니다."

그는 경감이 왜 자신을 용의자들이었던 사람들과 섞이도록 부추겼는지 깨닫기 시작했다. 그 문제는 그동안 보부아르를 괴롭혀 왔고, 그는 개인적으로 그런 방법에 동의하지 않았다. 그 방법은 조사하는 사람과 조사받는 사람의 경계를 흐리게 했다.

하지만 지금은 그 방법이 꼭 나쁜 일인지 의문이 들었다.

작은 집 문을 나서자 태양빛이 눈에 반사되어 앞이 제대로 보이지 않았다. 보부아르는 선글라스를 꺼내 썼다.

레이밴 선글라스. 고전적인 스타일. 그는 추운 날에도 자신을 멋있어 보이게 해 주는 이 선글라스를 좋아했다.

차에 올라 히터를 켜자 엉덩이 밑 열선이 깔린 좌석이 따뜻해지는 걸 느꼈다. 매섭게 추운 겨울날에 그 느낌은 거의 섹스만큼이나 좋았다. 이

내 그는 기어를 넣고 언덕을 올라 마을을 빠져나갔다.

5분 뒤 그는 낡은 농장에 이르렀다. 경찰청 팀이 지난 늦여름 이곳에 왔을 때는 모든 꽃이 만발한 때였다. 꽃이 지고 열매가 여물기 시작할 때라고 해야 맞으리라. 잎들이 색깔을 바꾸기 시작했고 벌들이 지나치게 익은 과일을 탐닉하던 시기였다.

하지만 지금은 모든 게 죽거나 겨울잠에 빠졌고, 한때 삶으로 충만하던 농장은 버려진 곳처럼 보였다.

차가 천천히 집을 향해 가는데 문이 열리고 와이프가 어린 찰리 먼딘의 손을 붙잡고 나왔다.

차에서 내리자 그녀가 손을 흔들었고, 보부아르는 크고 표현력 풍부한 손을 수건에 닦으며 열린 문을 향해 걸어오는 올드 먼딘을 보았다.

"어서 오세요." 와이프가 미소를 지으며 보부아르의 양쪽 뺨에 키스했다. 사건 수사 중에 그런 인사는 드문 일이었는데 이내 자신이 사건 수사차 방문했다고 할 수 없다는 사실을 깨달았다.

올드 먼딘처럼 와이프도 젊었고, 그 아름다움은 눈부셨다. 『보그』잡지에서 볼 수 있는 아름다움이 아닌, 건강함과 유머에서 오는 아름다움이었다. 그녀의 진한 머리칼은 매우 짧았고 풍부한 갈색 눈은 크고 따뜻했다. 그녀는 늘 곧잘 웃었고 올드나 찰리도 마찬가지였다.

"얼어붙기 전에 얼른 들어오세요." 올드가 문을 닫으며 말했다. "핫초콜릿 드시겠습니까? 찰리와 막 터보건 썰매를 타고 돌아온 참이라 어차피 마시려고 했어요."

밖에서 막 들어와 둥근 얼굴이 빨갛게 된 찰리는 장 기를 마치 평생 알아 온 사람처럼 눈을 빛내며 올려다보았다.

"좋죠." 보부아르는 그들을 따라 집 안으로 들어갔다.

"집 안이 엉망이죠. 이해해 주세요, 경위님." 와이프가 따뜻한 부엌으로 그를 안내하며 말했다. "아직 집을 고치는 중이에요."

확실히 그렇게 보였다. 어떤 방은 아직 콘크리트를 바르지도 않았고, 어떤 방은 콘크리트는 발랐지만 페인트칠이 안 된 상태였다. 부엌은 1950년대에서 튀어나온 듯했지만 좋은 의미는 아니었다. 복고풍이 아닌 조잡함.

"근사해 보입니다." 그는 거짓말을 했다. 하지만 집이 편안해 보이고 편안하게 느껴지는 건 사실이었다. 사람이 사는 느낌이었다.

"이게 다가 아닙니다." 올드가 핫코코아를 만드는 와이프를 도우며 말했다. "하지만 많은 작업을 마쳤답니다. 이 층을 보셔야 해요. 거긴 멋지거든요."

"올드, 경위님께서 우리 집 보수공사나 보시자고 여기까지 오셨을 것 같진 않은데." 와이프가 웃었다. 그녀는 큰 마시멜로 조각을 하나씩 넣은 따끈한 초콜릿 잔을 가지고 부엌 탁자로 왔다.

"어제 비스트로에 계신 모습을 봤어요." 올드가 말했다. "가브리 말이 휴가차 오셨다면서요. 좋은 일이죠."

그들은 동정을 담은 눈으로 보부아르를 바라보았다. 친절한 행동이었고 힘내라는 의미라는 걸 알았다. 이 젊은 부부가 좋은 의도에서 그러는 건 알고 있었지만 장 기는 그만둬 주었으면 했다.

다행스럽게도 그들의 동정심이 그가 꺼내려는 이야기에 좋은 구실이 되어 주었다.

"네. 은둔자 사건 이후로는 온 적이 없습니다. 마을에 충격적인 사건이었죠."

"올리비에가 체포된 일이오? 우린 아직도 믿을 수가 없어요." 와이프가 말했다.

"올리비에와 잘 알고 지내신 걸로 압니다." 보부아르가 올드를 향했다. "기억이 맞다면 그가 당신에게 첫 일을 맡겼죠."

"그랬죠. 가구를 복원하고 수리하는 일이오."

"쇼, 쇼, 쇼." 찰리가 말했다.

"그래." 와이프가 말했다. "쇼. 쇼콜라 쇼Chaud. Chocolat Chaud 뜨겁지. 초콜릿이 뜨거워. 아이가 말문이 트인 지 육 개월밖에 안 돼요. 질베르 선생님께서 일주일에 한 번씩 오셔서 같이 저녁 드시고 아이랑 시간을 보내 주세요."

"정말요? 뱅상 질베르가요?"

"네. 그분이 다운증후군 아이들을 치료하셨다는 건 아시지요?"

"위."

"부!" 찰리가 보부아르에게 말했다. 그는 웃어 보이고는 넘기려 했다. "부!" 찰리가 되풀이했다.

"부!" 보부아르가 무섭기보다 장난스럽길 바라면서 아이의 말을 따라하며 머리를 앞으로 내밀었다.

"나무를 말하는 거예요. 부와Bois 나무요." 올드가 설명했다. "그래 찰리, 아가, 곧 갈 거야. 우린 저녁마다 나무를 깎거든요."

"하보크 파라가 예전에 찰리를 위해 나무로 이것저것 만들어 주지 않았습니까?" 보부아르는 기억이 났다.

"그랬죠." 올드가 말했다. "그 친구, 나무를 자르는 데는 솜씨가 좋지만 조각은 별로 잘하지 못해요. 좋아는 하지만요. 가끔 와서 가구 만드는 일을 도와줄 때도 있죠. 돈을 많이 주지는 못하지만요."

"그 친구는 무슨 일을 합니까? 복원인가요?"

"아뇨. 그건 전문가가 해야 하는 일입니다. 하보크는 제가 가구를 만들 때 도와주죠. 대개 칠을 합니다."

그들은 지역 소식에 대해 잡담하고 집수리 문제와 복원을 기다리고 있는 가구에 대해서 이야기를 나누었다. 보부아르는 올드 먼딘이 만든 가구를 보면서 관심이 있는 척했고, 책장을 하나 사서 자신이 만든 척해볼까 생각했다. 하지만 이니드조차 믿지 않으리라는 것을 알았다.

"저녁 드시고 가세요." 장 기 보부아르가 가야겠다고 하자 와이프가 권했다.

"고맙습니다만 괜찮습니다. 가구를 보려고 잠깐 들른 것뿐이니까요."

그들은 뒷문에 서서 떠나는 그를 배웅했다. 그는 잠깐이나마 그들의 초대를 받아들여 이 가족 틈에 섞이고 싶은 유혹을 느꼈다. 차를 돌려 나가면서 그는 올드가 순진하게 하보크에 대해서 밝힌 사실을 생각해 보았다. 그가 찰리만큼이나 조각에 서투르다는 이야기. 스리 파인스에 도착한 그는 마을 광장을 가로질러 비스트로로 가서 달콤한 타르트와 카푸치노를 시켰다. 머나가 자신이 먹을 에클레르와 카페오레를 들고 그와 합류했다. 그들은 잠시 한담을 나눈 다음, 보부아르는 수첩에 생각을 정리했고 머나는 이따금씩 에클레르의 맛을 음미하고 스파에 대한 묘사에 탄성을 발하면서 런던판 『선데이 타임스 트래블 매거진』을 읽기 시작했다.

"이런 데가 비행기를 타고 열두 시간씩 걸려 갈 만한 곳일까요?" 그녀는 잡지를 돌려 그에게 하얗고 부드러운 모래사장과 짚으로 이은 지붕,

웃통을 드러내고 과일 조각이 꽂힌 음료수들을 나르는 남자들을 보여주었다.

"거기가 어딘데요?"

"모리셔스요."

"얼마예요?"

머나가 잡지를 들여다보았다. "오천이백이오."

"달러요?" 보부아르의 입이 떡 벌어졌다.

"파운드로요. 하지만 항공료 포함이에요. 오늘의 내 예산은 오천 파운드니까 약간 초과네요."

"서점이 잘되나 보군요."

머나가 웃었다. "내 서점 책을 다 팔아도 그 돈은 안 될걸요." 그녀는 반짝이는 그림 위에 자신의 큰 손을 얹었다. 살얼음이 낀 창 밖으로 아이들이 학교에서 돌아오고 있는 모습이 보였다. 버스에서 내린 아이들이 눈 쌓인 얼음판 길을 내려가 부모가 기다리는 집으로 가고 있었다. 아이들은 모두 빨간 얼굴을 하고 뚱뚱하게 방한복을 껴입고 있어서 방한복 색깔로만 아이들을 구별할 수 있었다. 아이들은 언덕을 굴러 내려오는 크고 알록달록한 공 같았다.

"없는 돈으로 떠나는 가상의 여행이죠. 돈도 안 들고 재미있어요."

"누가 돈 안 들고 재밌다는 말 했어?" 가브리가 그들과 합류했다. 보부아르는 수첩을 덮었다. "오늘은 어디로 가?"

"이 친구도 진짜가 아니죠, 아시다시피." 머나가 고갯짓으로 가브리를 가리켰다.

"나야 늘 상상의 산물이죠." 가브리가 수긍했다.

"모리셔스를 생각하고 있었어." 그녀는 가브리에게 잡지를 쥐여 주고 보부아르에게도 한 권 건넸다. 그는 머뭇거리다가 창밖으로 지붕에 매달려 있는 고드름과 지붕 위에 쌓인 눈과 사람들이 바람을 피해 몸을 숙이고 집을 향해 달려가는 모습을 보았다.

그는 잡지를 받아 들었다.

"휴가계의 포르노예요." 가브리가 속삭였다. "잠수복 완비죠." 그는 몸에 꼭 맞는 스쿠버다이빙복을 입은 근육질 남자들의 이미지가 눈앞에 스쳐 지나가는 모양이었다.

보부아르도 가상의 5천 달러 예산을 떠올려 보고 발리나 보라보라, 세인트루시아에서 흥청거리는 자신의 모습을 상상했다.

"크루즈 여행을 해 보신 적 있습니까?" 그가 머나에게 물었다.

"이번 주 초에요. 프린세스 스위트로 업그레이드해서요. 다음번엔 최고 등급으로 가 보려고요."

"전 선주의 스위트를 생각하고 있습니다."

"돈이 되세요?"

"그럼요. 가상 파산할지 모르지만 그럴 가치는 있겠죠."

"아, 나도 크루즈 여행 가고 싶다." 가브리가 들고 있던 잡지를 내려놓으며 말했다.

"피곤해?" 머나가 물었다. 가브리는 정말 피곤한 사람 같았다.

"트레 파티게_{Trés fatigué 정말 지쳤어요}."

"그럴 거야." 루스가 지팡이로 앉아 있는 사람들을 툭툭 치며 네 번째 의자에 털썩 주저앉았다. "뚱뚱한 게이니까."

두 사람은 그녀를 무시했지만 보부아르는 입가의 작은 미소를 감출 수 없었다. 얼마 지나지 않아 두 사람이 자리를 떴다. 머나는 사람 없는 서점으로 돌아갔고 가브리는 새로 온 손님들을 상대해야 했다.

"그래, 당신이 여기 온 진짜 목적이 뭐야?" 루스가 몸을 앞으로 내밀었다.

"당신과 나누는 유쾌한 대화가 그리워서죠, 할머니."

"그거 말고, 멍청한 양반아. 당신은 여길 좋아하지도 않잖아. 가마슈는 좋아했지. 눈에 보였어. 하지만 당신은 우릴 싫어하잖아."

매일 매 순간 장 기가 찾아 헤매는 것은 단순한 사실이 아니라 진실이었다. 그러나 그는 늘 진실을 말하는 사람 옆에 있는 게 얼마나 무서운 일인지 잘 몰랐다. 어쨌든 루스가 말하는 진실은.

"아닌데요." 그가 말했다.

"개소리. 당신은 시골도 싫어하고 자연도 싫어하고 우릴 멍청한 시골 뜨기라고 생각하잖아. 억눌린 수동적 공격형 영국계 치들이라고."

"당신이 영국계인 줄이야 알죠." 그가 웃었다. 그녀는 웃지 않았다.

"수작 부리지 마. 나 같은 사람은 남은 시간이 많지 않아서 낭비할 시간이 없어."

"제가 시간 낭비라고 생각되시면 가세요."

그들은 잠시 서로 노려보았다. 그는 지난밤 그녀에게 마음을 열고 아는 사람이 거의 없는 이야기를 했다. 그로 인해 어색함이 생길까 봐 걱정했던 것은 사실이었으나 다음 날 아침 다시 만났을 때 그녀는 그가 생판 모르는 사람인 양 쳐다보고 지나갔다.

"당신이 왜 왔는지 알아요." 보부아르가 마침내 말했다. "이야기를 마저 듣고 싶은 거죠. 끔찍한 얘기니까. 나머지 이야기도 듣고 싶은 겁니다. 당신은 그런 이야기들을 먹고 살지 않습니까? 공포와 아픔. 당신은 나한테도 관심 없고 경감님도 모랭한테도 그 누구한테도 관심 없어요. 그저 나머지 이야기를 원하는 거지, 미친 할멈."

"그래, 당신은 뭘 원하는데?"

내가 뭘 원하느냐고? 그는 생각했다.

나는 나머지 이야기를 하길 원한다.

16

장 기는 주위를 둘러보았다. 비스트로는 조용했다. 의자 팔걸이에 팔을 걸치고 그는 몸을 앞으로 내밀었다. 의자는 불 앞에 있어 따뜻했다. 벽난로 안에서 굵직한 통나무들이 탁탁 튀어 올라 돌 벽난로 안에서 타다 사그라져 갔다.

단풍나무 장작은 달콤한 향기를 퍼뜨렸고 커피의 맛은 진하고 풍부했다. 부엌에서 풍겨 오는 냄새도 익숙했다.

집 부엌의 냄새가 아닌 비스트로 부엌의 냄새.

그는 몸을 앞으로 내밀고 맞은편의 차갑고 푸른 두 눈을 응시했다. 빙하같이 냉담한 얼굴에 겨울처럼 차가운 두 눈. 도전적이고 단단하고 침투 불가능한.

완벽하다.

그는 잠시 생각에 빠졌고 순식간에 결코 멀지 않은 그곳으로 돌아가 있었다.

"내가 제일 좋아하는 계절은 가을 같군." 가마슈가 말하고 있었다.

"전 늘 겨울이 좋았어요." 모니터 너머로 앳된 목소리가 들려왔다. "두꺼운 스웨터랑 코트를 입으니까 제가 얼마나 깡말랐는지 아무도 모를 거라고 생각해서 그랬나 봐요."

모랭이 웃었다. 가마슈도 소리 내어 웃었다.

그러나 보부아르가 들을 수 있었던 말은 그게 전부였다. 그는 문을 나와 상황실을 가로질러 계단으로 나갔다. 거기서 그는 잠시 멈춰 숨을 고르고 주먹을 폈다. 가마슈가 휘갈긴 쪽지가 가로놓여 있었다.

이베트 니콜 형사를 찾아 이걸 주게.

니콜의 이름이 적힌 다른 쪽지 하나가 접혀 있었다. 그는 쪽지를 펼쳐 보고 얼굴을 찡그렸다. 경감님이 미쳤나? 왜냐하면 이베트 니콜은 거의 확실히 미쳤기 때문이었다. 그녀는 아무도 원치 않는 형사였다. 능력이 조금 더 모자랐거나 조금 더 불손했다면 충분히 파면됐을 터였다. 그러나 그녀는 벼랑 끝 줄타기를 아슬아슬하게 해 오고 있었고, 결국 경감은 그녀를 사람이 아닌 장비에 둘러싸여 있을 수 있는 곳, 사람들과 교류할 일이 없고 일을 망쳐 봤자 크게 망칠 게 없는 곳, 사람들을 열 받게 할 일이 없는 곳, 그저 귀를 기울여 듣고 녹음만 하면 되는 곳인 통신 부서로 보냈다.

일반적인 사람이라면 그만두었으리라. 정상적인 형사라면 그 시점에서 사직서를 제출했을 터였다. 중세의 마녀 재판처럼 그녀에게 죄가 없다면 목이 매달렸을 터였고 그녀가 살아남았다면 그녀는 마녀였다.

니콜 형사는 살아남았다.

그렇지만 보부아르는 머뭇거리지 않았다. 그는 계단을 한 번에 두 단씩 뛰어 내려가 지하층으로 돌진했다. 문을 벌컥 열어젖히고 얼굴을 들이밀자 안의 어둠이 그를 덮쳤지만 곧 청록색 불빛 아래 앉아 있는 누군가의 실루엣이 떠올랐다. 말소리가 들릴 때마다 타원형 스크린 위에서 선들이 요동을 쳤다.

이내 얼굴 하나가 그를 향했다. 얼굴과 눈이 모두 초록색으로 빛나고 있었다. 이베트 니콜 형사. 그는 그녀를 한참 동안 보지 못했고 지금 그녀의 얼굴을 보자 소름이 끼치는 것을 느꼈다. 더 이상 발을 들여놓지 말라는 경고였다. 이 방에. 이 사람의 인생에.

그러나 가마슈 경감은 그가 그러길 원했다. 그래서 보부아르는 발을 들여놓았다. 스피커에서 경감의 목소리가 흘러나와 그는 잠시 움찔했다. 그 목소리가 각종 개 장난감에 대해 이야기하고 있었다.

"처킷이라고 들어 보셨습니까?" 모랭 형사가 물었다.

"처음 들어 보는데. 그게 뭐지?"

"끝에 공을 넣을 수 있게 컵 같은 게 달린 막대기죠. 테니스공을 멀리 던질 수 있게 해 주는 겁니다. 앙리가 공놀이를 좋아하나요?"

"제일 좋아하지." 가마슈가 소리 내어 웃었다.

"멍청한 대화예요." 여자 목소리가 끼어들었다. 불길한 목소리. 젊고,

숙성된 증오로 가득 찬 목소리. "왜 오셨어요?"

"저 대화를 모니터링하고 있었나?" 보부아르 경위가 다그쳤다. "저건 보안 채널이야. 아무도 들어서는 안 되는 거야."

"지금 제게 저 대화를 모니터링하라고 말씀하러 내려오셨잖아요. 아닌가요? 너무 놀라지 마세요, 경위님. 그런 걸 짐작하는 데 대단한 지능이 요구되는 것도 아니니까요. 누구든 원하는 게 없으면 이런 데까지 내려오지 않아요. 뭘 원하시죠?"

"가마슈 경감님께서 자네 도움을 원하시네." 그 말을 하기가 거의 메스꺼웠다.

"경감님이 원하신다면 해야죠. 그렇죠?" 그러나 그녀는 의자를 돌려 그를 등졌다. 보부아르는 벽을 더듬어 전등 스위치를 찾았다. 그가 불을 켜자 방 안에 밝은 형광등 불빛이 흘러넘쳤다. 매우 위협적이고 이질적으로 보이던 여자는 갑자기 인간이 되었다.

그를 노려보는 형사는 작은 키에 우울한 낯빛의 젊은 여성이었다. 창백한 피부는 어렸을 때의 여드름 자국으로 흉이 져 있었다. 칙칙한 빛의 머리칼은 답답해 보였고, 갑작스러운 빛 때문에 눈을 찡그리고 있었다.

"불은 왜 켜세요?" 그녀가 따졌다.

"'경위님'." 보부아르가 쏘아붙였다. "자네가 아무리 경찰청의 수치여도 아직은 경찰청 형사야. 나나 경감님을 부를 때는 제대로 된 경칭을 붙여. 그리고 지시를 받으면 따르도록. 자."

그는 젊은 형사의 손에 쪽지를 떠넘겼다. 그녀는 매우 앳돼 보였고, 화가 나 보였다. 심통 사나운 어린아이처럼. 보부아르는 이 방에 들어선 순간 자신의 동요를 생각하고 미소 지었다. 그녀는 구제할 길 없는 한심한 영혼일 뿐이었다.

그러자 자신이 여기에 왜 왔는지 생각났다.

그녀는 한심한 영혼에 지나지 않을지 모르나, 어쨌든 가마슈 경감은 그녀를 이번 사건에 몰래 합류시키고자 자신의 경력을 걸었다.

왜?

"아는 걸 말해 보세요." 그녀는 쪽지를 내려놓고 보부아르를 쳐다보았다. "경위님."

그 표정은 보부아르를 불편하게 했다. 자신의 생각보다 훨씬 더 영리하고 명민한 표정이었다. 눈빛은 날카로웠고 눈 깊은 곳에는 여전히 광기가 번뜩였다.

그는 그녀의 표현에 발끈했다. '아는 걸 말해 보라'는 그 특정한 말. 그 말은 경감이 사건 현장에 도착해서 제일 먼저 하는 말 중 하나였다. 그리고 가마슈는 주의 깊고 점잖게 귀를 기울였다. 생각에 잠겨서.

이 뒤틀리고 제멋대로인 형사와는 정반대였다.

분명히 그녀는 경감을 조롱하고 있었다. 그러나 지금은 그녀의 도발을 받아 주는 것보다 더 중요한 일이 있었다.

그는 그녀에게 자기가 아는 걸 말해 주었다.

총격, 납치, 폭탄을 설치했다는 농부의 위협. 내일 오전 11시 18분에 터질 예정.

두 사람 다 반사적으로 시계를 쳐다보았다. 오후 6시 10분을 막 지나고 있었다. 남은 시간은 열일곱 시간이었다.

"프랑쾨르 경정은 납치범이 대마 사업을 하다 들켜 겁에 질린 시골뜨기 농사꾼일 거라고 믿고 있네. 폭탄도 다른 계획도 없을 거라고 믿고 계시지."

"하지만 가마슈 경감님은 동의하지 않으시는군요." 니콜 형사가 쪽지를 들여다보며 말했다. "제게 꼼꼼히 모니터링하라고 하셨네요." 그녀는 경감의 지시를 잠시 생각해 보고 다시 고개를 들었다. "위층에서도 면밀한 모니터링이 이루어지고 있을 텐데요?"

그녀는 목소리에서 씁쓸함을 지워 내지 못했다. 그럴 의도도 없었는지 몰랐다. 짜증을 내면서 짜증이 난 목소리였다.

보부아르가 무뚝뚝하게 고개를 끄덕이자 그녀는 미소 짓고 쪽지를 반듯하게 접었다.

"경감님께서 그들보다 제가 낫다고 생각하시는 모양이군요."

니콜 형사는 어디 반박할 테면 해 보라는 눈빛을 보부아르에게 쏘았다. 보부아르는 그녀를 노려보았다.

"그러신가 보군." 그는 자기 제어에 성공했다.

"경감님은 개 장난감에 대한 말보다 더 많은 말을 하셔야 할 거예요. 잠깐 말을 쉬시라고 전해 주세요."

"여태 무슨 말을 들었지? 대화가 끊기면 폭탄이 터진다니까."

"정말 폭탄이 설치돼 있다고 믿는 사람이 있어요?"

"위험을 감수하겠다고?"

"나는 따뜻하고 안전한데 왜 못 하겠어요?"

보부아르의 잡아먹을 듯한 시선에 그녀가 말을 좀 더 보탰다. "가서 커피 한잔하고 오시라는 게 아니에요. 잠깐씩 간격을 두시라는 거죠. 뒤에서 나는 소리를 잡을게요. 아시겠어요? 경위님?"

이베트 니콜 형사는 가마슈 경감의 선택으로 살인 수사반에 있었다.

그가 훈련시켰고 거의 완벽하게 실패했다. 보부아르는 경감에게 그녀를 자르라고 사정하다시피 했다. 그러나 많은 기회를 준 뒤에도 경감은 그녀를 자르는 대신 그녀가 배울 필요가 있는 바로 그 일을 하도록 다른 부서로 이동시켰다.

그녀가 확실히 할 수 없는 한 가지 일.

듣는 것.

이제 그것이 그녀의 유일한 일이었다. 그리고 이제 가마슈 경감은 그의 경력과 아마도 모랭의 목숨을 이 무능한 손에 맡기려 하고 있었다.

"왜 아직도 전화를 추적하지 못했죠?" 니콜 형사가 의자를 돌려 모니터 앞의 버튼을 누르며 물었다. 그러자 경감의 목소리가 더 선명해졌다. 그가 마치 그들 바로 옆에 있는 것 같았다.

"위치를 확인할 수 없는 것 같네." 그녀의 의자에 기댄 보부아르가 모니터 위에서 춤추는 파동을 거의 최면이라도 걸린 듯 바라보며 대꾸했다. "모랭이 움직이고 있는 것처럼 매번 위치가 다르게 나타난다더군."

"어쩌면 정말 그런지도 모르죠."

"한순간 미국 국경에 있다가 다음 순간 북극에 있네. 아니, 모랭은 움직이고 있지 않아. 신호가 그래."

니콜이 얼굴을 찡그렸다. "경감님 말씀이 맞을지도 모르겠네요. 겁에 질린 농부가 할 법한 일 같진 않아요." 그녀가 보부아르를 향했다. "경감님은 그게 뭐라고 생각하시죠?"

"경감님은 모르네."

"뭐든 일이 커지겠는걸요." 니콜은 몸을 돌려 모니터와 목소리에 집중하며 중얼거렸다. "형사 한 명은 죽이고, 한 명은 납치하고, 그리고 경감님께 전화를 하다니요."

"경감님께서 프랑쾨르 경정 모르게 우리와 의사소통할 수 있는 방법이 필요하네." 보부아르가 말했다. "경감님의 메신저는 지금 보는 눈이 많아."

"문제없어요. 경감님 컴퓨터의 암호만 알면 보안 회선을 열 수 있으니까요."

보부아르는 주저하며 그녀를 뜯어보았다.

"왜요?" 그녀가 따지다가 미소를 떠올렸다. 그 미소는 보기 싫었고 보부아르에게 경고의 의미로 다가왔다. "경위님께서 제게 오셨잖아요. 도와 드려요, 말아요? 경위님?"

"……듣자 하니 조라를 돌보기가 힘에 부친다는군." 가마슈의 목소리가 들려왔다. "이제 이가 나고 있네. 자네와 수잔이 보내 준 담요를 아주 좋아한다네."

"다행입니다." 모랭이 말하고 있었다. "드럼 세트도 보내 드리고 싶었지만 수잔이 그건 좀 더 나중에 하라고 해서요."

"고맙네. 어쩌면 카페인하고 강아지도 보내 줄 수 있을지 모르겠군." 가마슈가 웃었다.

"보고 싶으시겠습니다, 경감님. 아드님하고 손주들이오."

"그리고 며느리도." 가마슈가 말했다. "그래, 하지만 그 애들은 파리를 좋아하네. 파리와는 경쟁이 안 되지."

"미치겠네. 더 천천히 가야 해요." 니콜은 거슬린다는 기색을 감추지 않았다. "제가 들을 시간을 주셔야 한다고요."

"말씀드리지."

"서두르세요." 니콜이 말했다. "그리고 암호 알아 오시고요." 그녀가 문 밖으로 나가는 보부아르의 등에 대고 말했다.

"경위님." 그는 다시 계단을 뛰어오르며 중얼거렸다. "경위님을 붙이라니까. 빌어먹을."

그는 8층에서 멈춰 서서 숨을 골랐다. 문을 조금 열자 멀지 않은 곳에 서 있는 프랑쾨르 경정이 보였다. 모니터에서는 익숙한 목소리가 흘러 나왔다.

"부모님께도 알리셨나요?" 앳된 목소리가 물었다.

"주기적으로 소식을 전해 드리고 있네. 자네 가족과 수잔을 보호하도록 형사를 보냈네."

침묵이 조금 길어졌다.

"괜찮나?" 가마슈가 말을 꺼냈다.

"괜찮습니다." 모랭이 가늘고 떨리는 목소리로 대답했다. "저는 괜찮습니다. 다 잘될 거라는 걸 아니까요. 하지만 엄마는……,"

다시 침묵이 깔렸으나 너무 길어지기 전에 경감이 입을 열어 젊은 형사를 안심시켰다.

프랑쾨르 경정이 자신의 옆에 있는 경위와 시선을 주고받았다.

보부아르는 방 저편에 걸린 시계를 바라보았다.

열여섯 시간 십사 분이 남아 있었다. 그는 모랭과 경감이 인생에서 바꾸고 싶었던 것들에 대해 하는 이야기를 들었다.

그들 누구도 지금의 일은 언급하지 않았다.

루스가 한숨을 내쉬었다. "당신이 지금 말한 스토리 중 어느 것도 뉴스에 나오지 않았어."

그녀는 그의 말을 아이들에게 들려주는 동화라도 되는 양 '스토리'라고 말했다.

"그랬죠." 보부아르가 동의했다. "아는 사람은 몇 안 됩니다."

"그럼 왜 나한테 얘기해 주는 거지?"

"당신이 떠벌리고 다녀도 믿을 사람이 없을 테니까요. 다들 당신이 술에 취해 꼭지가 돌았다고 생각할 겁니다."

"틀린 말은 아니지."

루스가 낄낄 웃었고 보부아르도 작게나마 미소를 떠올렸다.

비스트로 저쪽에서 가브리와 클라라가 둘을 바라보고 있었다.

"가서 그를 구출해 줘야 할까?" 클라라가 물었다.

"너무 늦었어요." 가브리가 말했다. "이미 악마와 손을 잡은 것 같은데요."

그들은 바와 자신들의 술을 향하여 몸을 돌렸다. "그러니까 모리셔스 아니면 퀸 메리호를 타고 그리스 연안 섬들을 여행하는 거. 둘 중 하나네." 가브리가 말했다. 그리고 그들은 몇 미터 떨어진 곳에서 장 기 보부아르가 루스에게 실제로 일어난 일을 들려주는 동안 반 시간이 넘게 가상 여행에 대한 이야기를 나누었다.

아르망 가마슈와 앙리는 가마슈의 목록, 르노의 목록에 올라 있는 세 번째이자 마지막 가게로 들어섰다. 르노는 살아생전 퀘벡 시의 헌책방들을 돌아다니며 사뮈엘 드 샹플랭과 조금이라도 관계가 있는 것은 다 사들였다.

입구에 걸린 작은 종이 딸랑였고 가마슈는 얼른 문을 닫아 따라 들어오는 바깥 공기를 막았다. 밖의 추위가 유령처럼 작은 소리를 내며 안의 따뜻한 공기를 살짝 훔쳤다.

대부분의 창문이 책으로 막혀 있었기 때문에 가게 안은 어두웠다. 먼지 쌓인 책들이 창문들 앞에 빽빽하게 쌓여 있었다. 전시효과를 위해서가 아니라 공간이 없어서였다.

밀실 공포증이 있는 사람은 가게 안으로 세 발짝도 채 들여놓지 못할 것 같았다. 좁은 통로가 책으로 꽉 들어찬 책장 탓에 더욱 비좁았고 책들이 금방이라도 쏟아질 것 같았다. 바닥에는 더욱 많은 책들이 놓여 있었다. 앙리가 가마슈 뒤에서 조심스러운 걸음으로 따라왔다. 경감의 어깨가 책을 쓸고 지나가자 그는 책 무더기를 무너뜨리기 전에 파카를 벗는 게 낫겠다고 생각했다.

그러나 옷을 벗는 것마저도 쉽지 않았다.

"뭘 도와 드릴까요?"

목소리가 가게 안 어디에선가 들려왔다. 가마슈가 주위를 살피자 앙리가 안테나 접시 같은 큰 귀를 쫑긋거리며 그를 따라 했다.

"오귀스탱 르노에 대해 여쭐 것이 있어서 왔습니다." 가마슈가 천장에 대고 말했다.

"왜요?"

"왜냐하면," 가마슈가 말했다. 게임을 원한다면 받아 줄 수 있었다. 잠시 침묵이 흐르더니 사다리를 타고 내려오는 발소리가 들렸다.

"뭘 원하시오?" 책방 주인이 책장 뒤에서 종종거리고 걸어 나오며 물었다. 작고 비쩍 마른 그가 입은 방한용 스웨터는 낡고 얼룩이 져 있었다. 스웨터 위로 삐져나온 티셔츠의 깃은 원래 흰색이었으리라. 센 머리카락은 기름기가 껴 있었고 손은 먼지로 더러웠다. 그는 더러운 손을 똑같이 더러운 바지에 문질러 닦고 가마슈를 쳐다보다 가마슈의 긴 다리 사이로 자신을 내다보는 앙리를 발견했다.

숨어서 내다보는.

앙리의 면전에서 그런 말을 하지는 않겠지만 가마슈도 앙리가 대단히 용맹한 개가 아니라는 사실을 알고 있었다. 덧붙이자면 매우 영리하지도 않았다. 그러나 앙리는 몹시도 충실했고 뭐가 중요한지 알았다. 밥, 산책, 공. 그리고 무엇보다 가족. 앙리의 마음은 가슴을 채우고 꼬리 끝과 큰 귀 끝까지 뻗어 있었다. 그 마음은 뇌를 밀어내고 머리를 가득 채웠다. 하지만 업둥이 앙리는 사람을 사랑했고 특별히 똑똑하지는 않았지만 가마슈가 아는 가장 영리한 놈이었다. 앙리는 모든 것을 마음으로 파악했다.

"봉주르." 가게 주인은 자신도 모르게 무릎을 꿇고 앙리에게 손을 내밀었다. 가마슈는 그 모습을 알아보았다. 렌 마리도 자신도 개 앞에서는 자동적으로 한쪽 무릎을 꿇고 손을 내밀었다.

"만져도 됩니까?" 주인이 물었다. 그렇게 묻는 것은 개를 키운 경험이 있다는 뜻이었다. 존중하는 태도일 뿐 아니라 현명한 일이기도 했다. 개들은 접촉을 원하지 않을 때도 있었다.

"여기서 안 떠나려고 할지도 모릅니다, 무슈." 가게 주인이 과자를 꺼내자 가마슈가 웃었다.

"저야 나쁠 것 없죠." 주인은 앙리에게 과자를 먹여 주고 귀를 긁어 주었다. 앙리가 기분 좋은 소리를 냈다.

그제야 가마슈는 바닥에 놓인 방석과 그 옆에 '매기'라는 이름이 적힌 그릇을 보았다. 그러나 개는 눈에 띄지 않았다.

"오래전 일인가요?" 가마슈가 물었다.

"사흘 됐습니다." 그는 일어서서 시선을 돌렸다. 가마슈는 기다렸다. 가마슈는 그의 몸짓의 의미를 잘 알고 있었다.

이윽고 그는 몸을 돌려 가마슈와 앙리를 향했다. "자, 오귀스탱 르노 이야기를 하고 싶으시다고요. 기잡니까?"

가마슈가 기자처럼 보였는지는 몰라도 TV나 라디오 기자, 혹은 일간지 기자는 아니었다. 읽는 사람만 읽는 대학의 신문이나, 죽은 사상과 그런 사상을 옹호한 죽은 자들을 전문적으로 다루는 저널 같은, 식자층을 위한 월간지라면 좀 더 가능성이 있었다.

그는 버터스카치 색 카디건 밑에 셔츠와 타이를 받쳐 입었다. 바지는 짙은 회색 코듀로이였다. 주인이 가마슈의 왼쪽 관자놀이의 흉터를 알아봤는지 모르지만 그에 대해서는 아무 말도 하지 않았다.

"농Non 아니요, 전 기자가 아니라 개인적으로 경찰을 돕고 있습니다."

앙리는 키 작은 책방 주인에게 기대어 주인이 자신의 머리를 쓰다듬는 것을 즐기고 있었다.

"성함이 알랭 두세 맞습니까?" 가마슈가 물었다.

"성함이 아르망 가마슈 맞습니까?" 두세가 물었다.

두 남자는 고개를 끄덕였다.

"차 드시겠습니까?" 무슈 두세가 물었다. 몇 분 뒤 그들은 책과 말과 생각과 이야기의 동굴인 작은 가게 뒤쪽에 앉아 있었다. 무슈 두세는 자신과 가마슈를 위해 향기로운 차를 따르고 통밀 쿠키를 내놓은 뒤 자신의 이야기를 시작했다.

"오귀스탱은 적어도 이 주에 한 번은 들렀고 그보다 자주 올 때도 제법 있었죠. 그 사람이 흥미를 가질 법한 책이 들어오면 제가 전화를 해주기도 했습니다."

"그가 흥미 있어 한 책이 뭐였습니까?"

"당연히 샹플랭이죠. 초기 식민지에 대한 것과 다른 개척자들, 지도에 대한 것도 관심 있어 했습니다. 그 친구는 지도를 좋아했어요."

"이 서점 책들 중에서 특별히 관심을 가졌던 책이 있습니까?"

"글쎄요. 그건 좀 말하기가 어려운 것이, 모든 게 그 사람한텐 흥미를 불러일으키는 것 같았지만 워낙 말이 없었습니다. 그 사람을 사십 년 동안 알고 지냈는데 지금 우리처럼 앉아서 이야기를 나눠 본 적은 한 번도 없습니다. 그는 와서 이리저리 둘러보고 흥분하고 신이 나서는 책을 사갔지만 뭐가 그리 좋으냐고 물으면 입을 딱 다물고 방어적이 되었죠. 별로 터놓는 게 없는 사람이었어요."

"그랬다고 하더군요." 가마슈가 쿠키를 먹으며 말했다. "그 사람을 좋아하셨습니까?"

"좋은 고객이었지요. 책값에 대해 왈가왈부하는 법도 없었고. 하지만 제가 바가지나 씌우는 사람이 아니긴 하죠."

"어쨌든 그를 좋아하셨습니까?" 흥미로운 일이었다. 가마슈는 만난 헌책방 주인마다 같은 질문을 했는데 다들 가타부타 명확한 답을 하지 않으려 했다.

"저는 그를 잘 몰랐지만 말씀을 드리자면 그를 잘 알고 싶은 마음은 단 한 번도 없었습니다."

"왜요?"

"광적인 데가 있는 사람이다 보니 꺼려져서요. 샹플랭에게 한발 더 가까워질 수만 있다면 무슨 짓이라도 할 사람이라는 생각을 했습니다. 그래서 친절하게 대했지만 거리를 뒀죠."

"누가 그를 죽였는지 짐작이 가십니까?"

"그에게는 사람을 짜증 나게 하는 재주가 있었지만 짜증이 난다고 해서 사람을 죽이겠습니까. 그랬다간 거리에 시체가 넘쳐 나겠죠."

가마슈는 미소 짓고 진한 차를 느긋하게 마시며 생각에 잠겼다.

"르노가 어떤 생각을 하고 있었는지 혹시 아십니까? 샹플랭이 매장되어 있을 법한 장소에 대한 르노의 최신 이론 같은 것 말입니다."

"문예역사협회 말씀이신가요?"

"아뇨. 아무 데나요."

무슈 두세는 그 질문에 대해 생각해 보고는 머리를 저었다.

"선생께서도 협회 책을 사셨습니까?"

"문예역사협회요? 그럼요. 지난여름에요. 제법 큰 규모로 팔았죠. 한 서너 궤짝 산 것 같은데요."

가마슈는 잔을 내려놓았다. "어떤 책들이었습니까?"

"솔직히 말씀드리면 잘 모르겠습니다. 보통은 책을 살펴보고 사들이지만 그땐 여름이어서 벼룩시장 쪽 일로 바빴습니다. 관광객도 많이 오고 책을 수집하는 사람들도 많으니까요. 다 살펴볼 시간이 없어서 그냥 가게 안에 던져두었지요. 르노가 두엇 사 간 것 같군요."

"두어 권이오?"

"두어 상자요."

"사기 전에 살펴보던가요?"

"아뇨, 그냥 샀죠. 수집하는 사람들이 특히 그래요. 나중에 집에 가서 혼자 훑어보지요. 그게 재미인 모양이에요. 지난가을에 협회에서 몇 상자 더 구입했습니다. 그 사람들이 책 판매를 중단하기 전에 말이죠. 르노에게 전화해서 책이 더 들어왔는데 관심이 있느냐고 물었어요. 처음엔 됐다고 했지만 삼 주 전에 그 책들 아직 있느냐며 들렀죠."

"그렇군요." 경감은 차를 마시며 생각했다. "그 의미가 뭘까요?"

알랭 두세는 놀란 표정이었다. 그는 그 일에 대해 생각해 본 적이 없었던 게 분명했다. 그러나 이제 그는 생각에 잠겼다.

"글쎄요. 처음에 사 갔던 책들 중에서 뭔가 흥미로운 게 나와서 뭐가 더 없는지 찾아보러 왔던 거겠죠."

"왜 그렇게 시간이 걸렸을까요? 그가 여름에 처음으로 몇 상자 사 갔다면 왜 크리스마스가 지나서야 다시 왔을까요?"

"대부분의 수집가들이 그래요. 그 책들을 살펴볼 생각으로 잔뜩 사지만 그렇게 되기까지는 몇 달이 걸리죠."

가마슈는 토끼 굴처럼 생긴 르노의 집을 떠올리며 고개를 끄덕였다.

"이 숫자들을 보시고 떠오르시는 게 없습니까?" 그는 두세에게 르노의 일기에서 나온 숫자를 보여 주었다. 9-8499와 9-8572.

"아뇨. 하지만 헌책들은 온갖 낙서와 표식을 달고 옵니다. 어떤 건 색깔로 표시가 되어 있기도 하고, 어떤 책에는 숫자가 적혀 있고, 서명이 되어 있는 책도 부지기수고요. 그런 건 책값에 영향을 미치죠. 보들레르나 프루스트가 한 서명이라면 몰라도."

"협회 책을 사러 두 번째로 왔을 때 어때 보이던가요?"

"르노요? 늘 그랬던 것처럼 퉁명스럽고 다급해 보였죠. 당장 한 방 맞아야 하는 약쟁이 같았다고 할까요. 책에 미친 사람들은 다 그럽니다. 나이 든 사람만 그런 것도 아니에요. 자기들이 좋아하는 시리즈 최신판을 사려고 줄 서서 기다리고 있는 애들을 보세요. 똑같아요. 이야기라는 게 중독성이 있죠."

가마슈는 그게 사실임을 알고 있었다. 하지만 르노가 그 책을 우연히 발견했다고? 그리고 그 두 권의 책은 어디에서 입수한 걸까? 그의 아파트에는 없었고 죽을 때 지니고 있지도 않았다. 그리고 협회에서 흘러나온 다른 책들은? 아파트에는 협회에서 나온 책이 한 권도 없었다.

"혹시 다시 가져온 책은 없었습니까?"

두세는 고개를 저었다. "하지만 다른 헌책방에 팔았을 수도 있어요. 르노는 이 시의 헌책방은 다 돌아다녔으니까요."

"다 찾아가 보았습니다. 선생 가게가 마지막입니다. 그리고 문예역사협회 책을 산 유일한 곳이고요."

"옛 퀘벡 시에서 영어로 된 책을 팔려고 시도할 만큼 어리석은 사람이 저뿐이라는 말이로군요."

경감의 휴대전화가 진동했다. 에밀의 전화였다.

"전화 좀 받겠습니다." 그의 말에 두세는 고개를 끄덕였다. "살뤼Salut 여보세요, 에밀. 집에 계십니까?"

"아니, 문예역사협회에 와 있네. 굉장한 곳이군. 아직까지 한 번도 안 와 봤다는 게 믿기지가 않아. 이리로 올 수 있나?"

"뭘 찾으셨나요?"

"시니퀴를 찾았네."

"바로 가겠습니다."

가마슈가 일어서자 앙리가 그 즉시 따라 몸을 일으켰다. 그가 가는 곳은 어디든 따를 태세였다.

"시니퀴라는 이름에 생각나시는 게 없습니까?" 그가 주인과 함께 가게 앞쪽으로 걸어가며 물었다. 거의 4시에 이르렀고 해가 기울어 있었다. 이제 전등불로 밝힌 가게는 훨씬 아늑해 보였고 책들도 그림자 속에 묻혀 윤곽만 드러나 있었다.

두세는 그 이름에 대해 생각해 보더니 고개를 저었다. "아뇨. 미안하지만 없습니다."

가마슈는 어둠 속으로 발걸음을 옮기면서 시간이 결국 모든 것을 묻어 버렸다고 생각했다. 사건도 사람도 기억도. 시니퀴는 시간의 뒤편으로 사라져 버렸다. 오귀스탱 르노가 그렇게 되려면 얼마나 오랜 시간이 걸릴까?

그럼에도 샹플랭은 아직 사람들의 기억 속에 존재했고 그의 의미는 더 커졌다.

그보다는 그를 둘러싼 미스터리의 의미가 더 크다는 것을 가마슈는 알았다. 행방을 모르는 샹플랭은 발견될 샹플랭보다 훨씬 더 힘이 셌다.

가마슈와 앙리는 속도를 내 오리털 파카에 본옴므 핀을 꽂고 카리부로 가득했던 빈 플라스틱 지팡이를 든 주정꾼들 사이를 헤치고 지나갔다. 그들은 행복한 미소를 짓고 큼직한 장갑을 끼고 있었다. 솜털이 보송보송한 털모자는 그들을 느낌표처럼 보이게 했다. 멀리서 플라스틱 나팔을 부는 소리가 환청처럼 아련하게 들려왔다. 전투로, 파티로 젊은 청춘들을 불러들이는 소리였다.

가마슈는 그 소리를 들었지만 그 부름은 자신을 위한 것이 아니었다. 자신의 부름은 다른 데 있었다.

몇 분 뒤 둘은 불이 환하게 밝혀진 문예역사협회 바로 앞에 서 있었다. 협회 앞에 진을 치고 있던 작은 규모의 군중은 이미 해산한 후였다. 어쩌면 플라스틱 나팔의 부름에 더 흥미를 느끼고 그리로 몰려갔을지 모를 일이었다. 죽음보다는 삶의 부름 쪽으로.

안으로 들어간 가마슈는 자신의 스승이 한 무더기의 책에 둘러싸여 있는 모습을 발견했다. 블레이크 씨는 자신의 안락의자를 떠나 소파로 자리를 옮겼고 두 사람은 한창 무언가 이야기 중이었다. 그들이 들어서는 경감을 발견하고 손을 흔들었다.

블레이크 씨가 자기 자리에 앉으라는 몸짓을 하며 일어섰다.

"아뇨, 괜찮습니다." 가마슈가 사양했으나 이미 이 예의 바른 신사는 벌써 자기가 늘 앉는 안락의자 옆에 서 있었다.

"굉장한 대화를 나누고 있었답니다." 블레이크 씨가 말했다. "샤를 시니퀴에 대해서 말이오. 놀라운 사람이더군요. 하지만 우리 영국계 생각일지도 모르지요." 그가 웃으며 말했다.

"하나 더 찾았어요, 무슈 코모." 엘리자베스 맥워터가 발코니 위에서 내려다보며 말하고는 가마슈를 발견하고 손을 흔들었다.

가마슈는 에밀의 눈을 보며 미소 지었다. 자신의 스승이 이 사람들을 근사하게 흔들어 놓은 모양이었다.

네 사람은 곧 테이블 주변으로 모여 앉았다.

"이제, 알아내신 게 뭔지 말씀해 주시지요." 가마슈가 열의에 찬 세 사람의 얼굴을 번갈아 보며 말했다.

"내가 맨 처음 한 일은 장에게 전화를 거는 거였네." 에밀이 입을 뗐다. "기억하나? 며칠 전에 샤토 프롱트나에서 같이 점심 먹은 친구 말일세." 가마슈는 르네 달레르와 좋은 콤비를 이루었던 사람을 떠올렸다.

"샹플랭 협회 회원이시죠."

"맞아. 하지만 퀘벡 역사 전반에 관심이 많은 사람이네. 거기 사람들이 다 그렇지만. 그도 시니퀴의 이름 정도는 들어 봤다고 했지만 내가 아는 이상의 정보는 아니었네. 시니퀴는 금주 문제에 열성을 보인 사람으로 가톨릭에서 신교로 개종했네. 좀 괴짜 취급을 받았던 모양이야. 좋은 일도 했지만 지나치게 의욕적인 나머지 극단으로 흘러 결국은 다 망쳤지.

집에 오던 길에 이 협회를 지나게 됐는데, 그때 어쩌면 이분들이 시니퀴를 아실지도 모르겠다는 생각이 들었네. 문예역사협회 아닌가. 그리고 신교에 대한 정보를 갖고 있을 만한 곳이고. 그래서 들어와 봤지."

엘리자베스가 대화를 이었다. "시니퀴에 대해 물으시길래 익숙한 이름은 아니지만 우리 도서관의 책에서 몇 번 본 기억이 났어요. 저술을 제법 남겼거든요. 그때 블레이크 씨가 오셔서 무슈 코모를 안내해 드렸지요."

블레이크 씨가 몸을 앞으로 내밀었다. "샤를 시니퀴는 위대한 사람이오, 경감. 많은 중상모략과 오해를 받았지요. 지금처럼 잊힌 존재로 남거나 기행만 기억될 게 아니라 퀘벡의 영웅들 중 하나로 대접받아야 할 사람이지요."

"기행이오?"

"그에게 남의 이목을 끌고 싶어 하는 기질이 있었던 건 사실이오. 눈에 띄는 행동이나 언사가 많았지요. 카리스마가 있었다고 해도 될 것 같아요. 하지만 그는 많은 사람을 살렸고 요양소도 지었습니다. 가장 인기가 있었을 때는 그의 연설을 듣고 수만 명이 금주 서약을 했다고 하니까. 결코 지치지 않는 사람이었지. 그랬는데……," 블레이크 씨는 다음 말을 잇기 전에 좀 망설였다. "그러다 가톨릭교회가 용인할 수 있는 수준을 벗어나게 된 거요. 공정하게 말하자면 그쪽에서도 사전에 여러 번 경고를 했다고 합니다. 하지만 결국은 부임지를 박탈당했고, 그 일로 격분한 그가 교회를 박차고 나와 신교 측에 가담하게 되었지요."

"그는 로마 교황청이 북아메리카를 차지하려고 음모를 꾸미고 있고, 예수회 신부를 보내 링컨을 암살하려 했다고 주장하지 않았나요?" 에밀이 물었다.

"그런 언급을 하긴 했을 겁니다." 블레이크 씨가 말했다. "그래도, 여전히 좋은 일을 많이 한 사람이라는 사실은 변함없지요."

"그는 어떻게 되었습니까?" 가마슈가 물었다.

"일리노이로 옮겨 갔는데 거기서도 많은 사람들의 신경을 건드려서 얼마 못 가 그곳을 떠났고 몬트리올에서 여생을 마쳤습니다. 결혼해서 아이가 둘이었지요. 딸로 기억합니다. 아흔의 나이로 사망했습니다."

"1899년에요." 가마슈의 말에 엘리자베스가 놀라자 그가 설명했다. "어젯밤에 검색해 봤는데 그에 대한 자세한 정보는 없고 죽은 날짜만 나오더군요."

"당시 「뉴욕 타임스」에 긴 추도문이 실렸지요. 많은 사람들이 그를 영웅으로 여겼습니다." 블레이크 씨가 말했다.

"미쳤다고 생각한 사람도 많았고요." 엘리자베스가 덧붙였다.

"오귀스탱 르노가 왜 시니퀴에게 관심을 가졌을까요?"

세 사람 모두 머리를 흔들었다. 가마슈는 좀 더 생각해 보았다.

"문예역사협회에 그의 책이 제법 있고 장로교 교회가 바로 옆에 있다는 것은 어떤 관계가 있다고도 볼 수 있지 않을까요?"

"샤를 시니퀴와 문예역사협회 사이에요?" 엘리자베스가 말했다.

"그게, 제임스 더글러스가 있긴 하지. 그가 연결 고리일 수도 있겠군요." 블레이크 씨가 말했다.

"그 사람이 누군가요?" 가마슈가 물었다. 엘리자베스와 블레이크 씨가 동시에 앉은 자리에서 몸을 돌려 창문을 바라보았다. 가마슈와 에밀도 따라 했지만 밖이 어두워서 그들이 볼 수 있는 것이라곤 오직 창문에 비친 자신들의 모습뿐이었다.

"저게 제임스 더글러스요." 블레이크 씨가 말했다. 둘은 열심히 쳐다봤지만 자신들의 당황스러워하는 얼굴만 보일 뿐이었다.

멍청하게 들리는 질문을 하는 역할을 에밀이 맡아 주길 기다리던 가마슈가 마침내 말했다. "창문 말씀입니까?"

"아뇨, 창문이 아니라 흉상이오." 엘리자베스가 미소 지었다. "제임스 더글러스의 흉상이에요."

분명히 창턱에 빅토리아 시대 신사 모습의 하얀 석고상이 하나 서 있었다. 그것들은 언제나 가마슈의 마음을 불편하게 했다. 유령을 빚어 놓은 것처럼 하얗고 텅 빈 눈 때문이었다.

"그는 문예역사협회의 창립자들 중 한 명입니다." 블레이크 씨가 말했다.

엘리자베스가 옆의 에밀에게 몸을 기울였다. "그리고 도굴꾼이기도 했죠. 미라를 수집했답니다."

가마슈도 에밀도 처음 듣는 이야기였다. 그리고 흥미가 동하는 이야기였다.

17

"방금 그 말씀은 설명을 더 해 주셔야겠는데요, 마담." 에밀이 미소를 지었다. "미라라고 하셨습니까?"

"특이하지요." 블레이크 씨가 주제를 달구듯 끼어들었다. "제임스 더글러스는 의사였습니다. 뛰어난 외과의였지요. 팔다리를 절단하는 데 십 초도 안 걸렸습니다." 그들의 얼굴에 떠오른 표정을 보고 그가 나무라는 투로 계속했다. "당시에는 그게 중요했습니다. 마취제가 없었으니까요. 매 순간이 고통이었을 겁니다. 더글러스 의사는 많은 환자들의 고통을 줄여 주었지요. 게다가 뛰어난 선생이기도 했습니다."

"그래서 시체가 필요했던 거예요." 엘리자베스가 의외로 이야기를 즐기며 말했다. "그는 원래 미국 어딘가에서 의학을 가르치고 있었는데……"

"피츠버그." 블레이크 씨가 말했다.

"하지만 무덤을 파헤치다 들통 나서 그곳을 떠나야 했어요."

"오늘날과는 달라서," 블레이크 씨가 말했다. "빈민들의 무덤에서 시체를 파내는 일은 당시에는 흔한 일이었습니다. 그는 의사였고 해부를 위해서는 시체가 필요했지요."

"하지만 의사들이 직접 그런 일을 하는 건 흔하지 않았겠군요." 엘리자베스의 숨죽인 웃음소리에 가마슈가 말했다.

블레이크 씨가 잠시 말을 멈추었다. "아마 그럴 거요." 그가 인정했다. "그래도 자신의 영달을 위해 한 일이 아니라는 데는 의심의 여지가 없어요. 그는 시체들을 팔지 않았고, 자신의 학생들을 가르치는 데만 썼지요. 그들 대부분은 훌륭한 의사가 되었습니다."

"하지만 들통이 났다고요?" 에밀이 엘리자베스에게 물었다.

"실수를 했거든요. 저명인사의 무덤을 파냈는데 학생 중 하나가 시체를 알아봤어요."

모든 사람의 얼굴이 찌푸려졌다.

"그래서 퀘벡으로 왔습니까?" 가마슈가 물었다.

블레이크 씨가 고개를 끄덕였다. "학생들을 가르쳤지요. 시 바로 외곽에 정신병원도 열었습니다. 그것만으로도 시대를 앞서 간 사람이라는 걸 알 수 있습니다. 당시는 정신병을 앓는 사람들은 감옥보다 못한 곳에 감금되어 평생을 보내야 했던 때니까요."

"보통 난리가 아니었죠." 엘리자베스가 말했다.

블레이크 씨가 고개를 끄덕였다. "제임스 더글러스는 정신병자도 제대로 된 대우를 받아야 한다고 생각했기 때문에 이상한 사람 취급을 받았습니다. 그의 병원은 수백, 어쩌면 수천 명의 사람을 구제했을 거요.

아무도 원치 않았던 사람들을."

"비범한 사람임이 분명하군요." 에밀이 말했다.

"사람들 이야기로는 그랬던 모양입니다." 블레이크 씨가 말했다. "나쁜 성격에 자기주장이 강하고 거만한 사람이었다고 하지요. 불쾌하기 짝이 없었다고요. 하지만 가엾은 사람들을 대할 때만은 달랐던 모양입니다. 그때만큼은 놀라울 정도의 연민을 보여 주었다더군요. 이상하지 않습니까?"

가마슈가 고개를 끄덕였다. 그것이 자신의 일을 그토록 매혹적이고 또한 어렵게 만드는 점이었다. 어떻게 한 사람이 친절한 동시에 잔인하고, 깊은 연민을 보여 주는 동시에 그렇게 끔찍할 수 있는지. 살인자를 찾아내는 일은 물적 증거보다 인간을 이해하는 문제였다. 상호 모순적이고 때로는 자신의 본모습을 알지 못하는 사람들을.

"미라 얘기는 어떻게 된 겁니까?" 에밀이 물었다.

"제임스 더글러스는 퀘벡에 와서도 시체 파내는 일을 계속했던 모양이에요." 엘리자베스가 말했다. "역시 교육적인 목적에서요. 다행히도 총리나 대주교 같은 사람들의 묘 근처에는 접근하지 않았지만 시체에 대한 매혹이 단순히 교육적인 목적을 넘어섰던 것 같아요."

"단순히 호기심이 많았던 거지." 방어적인 기색이 섞인 말투로 블레이크 씨가 말했다.

"그랬을 거예요." 엘리자베스가 동의했다. "휴가를 보내러 이집트에 갔다가 미라를 두어 구 들여왔답니다. 그것을 집에 보관했고 지금 이 방에서 미라에 대해 강의를 하기도 했대요. 미라들을 저 벽에 기대 놓고요." 그녀가 먼 쪽 벽을 가리켰다.

"음." 가마슈가 그 광경을 상상하며 천천히 말했다. "그땐 무덤 도굴이 횡행하던 때였지요. 도굴이라고 하면 어감이 셀지도 모르겠습니다만." 그는 블레이크 씨를 누그러뜨리고자 황급히 덧붙였다. "무덤 발굴도 많이 있었고요. 투탕카멘, 네페르티티," 댈 이집트 왕족 이름이 동났다. "그 외에도 많이요."

에밀이 재미있다는 듯이 그를 쳐다보았다.

"박물관이 그렇듯이," 블레이크 씨가 말했다. "박물관엔 무덤에서 가져온 보물들로 꽉 차 있지요. 대영박물관이야말로 무덤에서 훔쳐 온 부장물 전시관이지만 그러지 않았다면 다들 파괴됐거나 약탈당했을 테니 다행인 일이지요."

가마슈는 아무 말 하지 않았다. 한 문명의 용단이 다른 문명에는 폭력이었다. 얼마나 오만한 역사인가. 드높은 빅토리아 시대는 인류 진보의 시대였고 새로운 발견도 많이 이루었지만 그만큼 많은 것을 파괴했다.

"그게 뭐든 별난 일이에요." 엘리자베스가 말했다. "내 조부모님께서 세계 일주를 하시던 중에 이집트에 가셨을 때 가져오신 건 깔개 몇 점이었어요. 시체가 아니라."

에밀이 미소 지었다.

"미라 하나는 온타리오의 박물관에 기증됐다가 결국 몇 년 전에 이집트로 반환되었어요." 엘리자베스가 계속했다. "람세스 왕의 미라로 밝혀졌거든요."

"파르동?" 가마슈가 물었다. "더글러스 의사가 파라오의 시체를 가져왔었다고요?"

"그랬나 보오." 블레이크 씨가 부끄러움과 자랑스러움 사이에서 고민하며 말했다.

가마슈가 머리를 절레절레 흔들었다. "그래, 이 대단한 더글러스 의사는 시니퀴와 무슨 관계가 있습니까?"

"아, 아직 말을 안 했던가요? 두 사람은 좋은 친구였다오." 블레이크 씨가 말했다. "아직 신부였을 때 시니퀴는 더글러스 의사의 정신병원에 가서 미사를 집전해 주곤 했지요. 시니퀴를 움직인 사람이 더글러스였습니다. 정신병 환자 상당수가 알코올중독이었지요. 더글러스는 그들을 가두고 잘 먹이되 술을 주지 않으면 환자들이 제정신으로 돌아올 확률이 높다는 사실을 알아냈어요. 하지만 그 상태를 유지하려면 계속 술을 마시지 않아야 했고, 더 좋은 방법은 술을 마실 기회를 원천봉쇄하는 거였습니다. 그는 시니퀴 신부와 이런 이야기들을 나누었고 시니퀴는 그 중요성을 즉시 깨달았습니다. 그렇게 하는 것이 그들이 저주받기 전에 영혼을 구할 수 있는 길이라고 생각했고 그의 평생 과업이 된 거요."

"금주군요." 가마슈가 말했다.

"사람들에게서 술을 그만 마시겠다는 서약을 받았지요." 블레이크 씨가 동의했다. "아니면 아예 시작을 않겠다거나. 운동에 동참한 사람이 수만 명이었습니다. 모두 시니퀴 신부 덕분이었지. 그의 캠페인은 꽤 이름을 얻었다오. 당대의 빌리 그레이엄이라고 할까. 퀘벡 전역에서 동조자들이 나왔고, 미국 동부에서도 동참하는 사람들이 있었습니다. 사람들이 줄을 서서 서약서에 서명을 했다고 하지."

"제임스 더글러스에게서 영감을 받아서요." 에밀이 말했다.

"평생지기였어요." 엘리자베스가 말했다.

어둠 속의 움직임이 가마슈의 시야에 들어왔다. 그는 도서실을 둘러보았지만 자신들을 내려다보고 귀를 기울이고 있는 울프 장군의 목상만이 보일 뿐이었다. 그럼에도 가마슈 경감은 장군이 혼자가 아니었다는 느낌을 받았다. 누군가가 그림자 속에 숨어 있었다. 책들과 이야기들 틈에 숨어서 영감에 빠진 두 미친 사람, 두 죽마고우의 이야기를 듣고 있었다.

하지만 그 이야기에는 미치광이가 하나 더 있었다. 죽은 자들에게 사로잡힌 오귀스탱 르노.

"작년에 있었던 책 정리 말입니다만," 가마슈는 말을 꺼낸 순간 분위기의 변화를 감지했다. 엘리자베스 맥워터와 블레이크 씨 모두 조심스러워졌다. "반응이 별로 좋지 못했다고 들었습니다."

"네. 영국계들 사이에선 그랬어요. 결국 판매를 중단해야 했지요." 엘리자베스가 말했다.

"이유가 뭐였습니까?"

"보수적인 사람들." 블레이크 씨가 말했다. "놀라운 일은 아니지만 협회에는 와 본 적도 없는 사람들이 강력하게 반대했지요. 그냥 그 아이디어가 싫었던 겁니다."

"무슨 아이디어 말입니까?" 에밀이 물었다.

"문예역사협회는 영국계들의 역사를 보존하기 위한 단체라는 게 그사람들 생각이었어요." 엘리자베스가 말했다. "그래서 그게 쇼핑 목록이건 잡지건 사적인 편지건 간에 영어로 쓰인 종이는 신성한 것이었죠. 그중 일부를 정리하겠다는 건 우리의 유산에 등을 돌리는 거나 마찬가지고 옳지 못한 일로 느꼈던 거지요."

느낌. 사람들이 이성적으로 생각하고 정당하게 행동하고 해명을 하려고 애를 써도 매사는 결국 감정의 문제로 귀결되었다.

"판매할 책을 따로 심사했었나요? 어떻게 골랐습니까?" 가마슈가 물었다.

"우린 지하실에서부터 시작했어요. 거기 둔 책들은 들여올 때 별로 중요하지 않다고 판단돼서 상자째 그곳에 보관했지요. 하지만 너무 많아서 다들 질린 나머지 일일이 훑어보지 않고 상자째 그냥 내놨죠. 치워 버릴 수 있게 된 걸로 만족하고요."

"책 판매가 두 번에 걸쳐 이루어졌다던데요?" 경감이 물었다.

"네, 그래요. 여름에 한 번 했고, 그 뒤에 좀 작은 규모로 조용하게 한 번 더 했죠. 그땐 책방들하고 우리 상황을 알 만한 사람들을 상대로 했어요."

"클로드 마르샹 부인이 1899년에 기증한 책들도 그때 판매된 책들 중에 있었습니다." 가마슈가 말했다.

"그래요?" 엘리자베스가 말했다.

"중요한 일이오?" 블레이크 씨가 물었다.

"우린 그렇다고 생각하고 있습니다. 샤를 시니퀴가 몬트리올에 있었을 때 마르샹 부인은 그의 가정부였습니다. 그가 죽은 뒤 유품을 나눌 때 그녀에게 시니퀴가 가지고 있던 장서 중 일부가 주어졌는지도 모르고, 어쩌면 시니퀴가 책을 이리로 보내라고 유언했는지도 모르겠습니다. 어쨌든 그녀는 시니퀴가 문예역사협회와 관계가 있었다는 사실을 알고 책들을 이리로 보냈습니다. 다만 책이 도착했을 때 상자째 지하실로 보내졌던 모양입니다. 당시 협회분들께서 별 신경을 쓰지 않으셨거나 그 가치를 알아보지 못하셨던 거지요."

"우리가 시니퀴의 장서를 갖고 있었으면서 알지도 못하고 있었다는 거요?" 매우 불안해하며 블레이크 씨가 물었다. "사람들이 겁내던 일이 바로 이런 거지요. 우린 우리 수중에 있었던 보물을 알아보지도 못하고 팔아 버렸군. 책들은 지금 어디 있습니까?"

"우리도 모릅니다. 다만 일부는 오귀스탱 르노가 사들였는데 그중 두 권이 특히 그의 관심을 끌었던 것 같습니다." 가마슈가 말했다.

"어떤 책이오?"

"그것도 모릅니다. 목록 번호는 가지고 있지만 그게 답니다. 제목이 없어서 어떤 내용의 책인지 알 도리가 없습니다."

"시니퀴 신부의 책 중에 오귀스탱 르노가 관심 있어 할 만한 게 뭐가 있었을까요?" 엘리자베스의 물음은 혼잣말에 가까웠다. "시니퀴는 샹플랭에게 관심이 없었는데요. 적어도 우리가 아는 한은요."

가마슈는 질문이 사실 둘이라고 생각했다. 그 책들은 어디로 갔는가? 왜 아직까지 찾지 못하고 있는가?

에밀과 가마슈는 문예역사협회 밖에서 멈춰 섰다.

"그래, 어떻게 생각하나?" 에밀이 장갑과 모자를 꺼내며 물었다.

"오귀스탱 르노의 일기에 등장하는 친Chin이 시니퀴Chiniquy가 맞다면 JD는 제임스 더글러스겠지요."

"그리고 패트릭과 오마라도 이미 죽은 사람들이겠지." 에밀의 입에서 김이 쏟아져 나왔다. 입이 추위에 벌써 뻣뻣해지고 있었다. 그러나 그들은 그 자리에 그대로 서서 이야기를 나누었다.

가마슈가 고개를 끄덕였다. "르노는 그 네 사람을 만날 예정이었던 게 아니라 그들이 가졌던 모임에 대해 메모를 해 뒀던 거겠지요. 여기서 백 년도 더 전에 있었던 모임이오."

두 사람은 그들 뒤로 솟아 있는 건물을 돌아보았다.

"그리고 십팔로 시작하는 숫자는? 그의 일기에 있던 것 말일세." 에밀이 물었다. "시간일까, 날짜일까?"

가마슈가 미소 지었다. "알아내야지요."

"그래야지." 에밀이 동의했다. 다시 함께 일하는 기분은 생각보다 더 좋았다. "갈까?"

"잠깐 들를 데가 한 군데 있습니다. 앙리를 집까지 좀 부탁드려도 되겠죠?"

가마슈는 앙리와 에밀이 생 스타니슬라스 가를 따라 눈과 얼음에 미끄러지지 않으려 조심조심 걸음을 옮기는 모습을 지켜보았다.

경감은 세인트 앤드루스 장로교회의 입구까지 몇 미터를 걸었다. 그는 문을 열려고 하다가 문이 잠겨 있지 않은 데 놀랐다. 교회 안으로 머리를 들이밀자 울새 알 같은 푸른 천장에 불이 밝혀져 있는 것이 보였으나 교회의 다른 곳은 어슴푸레한 빛 속에 잠겨 있었다.

"계십니까." 그가 외친 목소리는 작게 메아리치다 마침내 사라져 버렸다. 원래는 젊은 목사를 만나 이야기를 나눌 생각이었지만 지금 그는 이 장소의 고요함에 마음을 빼앗겼다. 외투를 벗고 몇 분 동안 조용히 앉아 이따금 숨을 깊이 들이쉬고 천천히 내쉬었다.

이제 더 이상 외로움은 없을지니.

그는 눈을 감고 머릿속의 목소리를 풀어 놓았다. 자신에게 다시 한 번 학교에서 빌려 온 그의 첫 바이올린을 망가뜨렸던 때의 이야기를 속삭이라고. 바이올린은 그들 가족이 감당할 수 있는 것보다 더 비싼 물건이었고 어머니는 부서진 바이올린을 다시 붙여 낙담한 소년에게 돌려주며 아이를 안심시켰다.

물건들은 부서진 곳이 가장 튼튼해진단다. 걱정 말거라.

"따뜻한 말씀이셨군." 가마슈가 진심을 담아 말했다.

"서투르기 짝이 없는 애한테는요." 모랭이 동의했다. "전 안 망가뜨리는 물건이 없었습니다. 바이올린, 청소기, 안경, 접시, 전부 다요. 한번은 망치도 망가뜨렸어요. 부수지 않으면 잃어버렸죠."

모랭은 웃음을 터뜨렸다.

가마슈는 머릿속에서 들려오는 잔잔한 웃음과 웃음에서 느껴지는 따뜻함과 평화로움에 거의 고개를 끄덕였다. 그리고 눈을 떴을 때 혼자가 아님을 깨닫고 놀랐다. 젊은 목사가 자신이 앉은 의자의 다른 쪽 끝에 앉아 책을 읽고 있었다.

"방금 매우 즐거워 보이시던데요." 톰 핸콕이 말했다.

"그랬나요? 예전 기억이 떠올라서요. 뭘 읽고 계십니까?" 가마슈가 물었다. 그의 목소리는 속삭임에 가까웠다.

톰 핸콕은 손에 들린 책을 내려다보았다.

"피셔의 포인트에서 세 번째, 키가 큰 참나무 쪽으로 몰아라." 그가 읽었다. "길을 반쯤 간 시점에서 물의 흐름과 바람 방향, 얼음의 위치 등을 고려하여 방향을 조정해야 한다. 어느 때건 떠다니는 얼음을 향해 나아가야지, 물을 향하려고 해서는 안 된다."

"별로 안 알려진 복음서 같군요." 가마슈가 말했다.

"개혁 이후로는 많이 회자되질 않아요." 핸콕 목사가 말했다. 그는 읽던 곳에 책갈피를 끼워 책을 가마슈에게 건넸다. 가마슈는 그 오래된 책을 받아 제목을 보았다.

『겨울에 거대한 세인트로렌스 강을 가로질러 우편을 배달하는 법』

그는 책 표지를 넘겨 출판 연도를 찾았다. 1854년.

"특이한 책이군요." 그는 책을 돌려주었다. "어디서 찾으셨습니까?"

"문예역사협회에 가까이 있는 건 나름의 이점이 있지요. 서가를 배회하는 버릇이 생기게 됩니다. 백오십 년 동안 제가 이 책을 대출한 두 번째 사람일걸요."

"다른 흥미로운 책도 찾으셨습니까?"

"몇 권요. 대부분 알려지지 않은 책이죠. 처음 왔을 때 옛 설교집을 찾았습니다. 교구 사람들에게 깊은 인상을 주길 기대하면서요. 하지만 아무도 관심이 없길래 그만뒀지요." 그는 웃었다. "하지만 이 책은 꽤 유용합니다. 겨울에 강을 건너는 법에 대해 다루고 있거든요."

"아이스 카누 경주 말입니까? 여가를 보내는 데는 더 나은 방법이 있을 겁니다."

"농담하십니까? 얼어붙은 강을 카누로 가로지르는 건 제가 평상시 하는 일에 비하면 애들 놀이인걸요."

가마슈가 딱딱한 의자 위에서 몸을 틀어 톰 핸콕을 정면으로 보았다. "그건 어렵습니까?"

젊은 목사가 조금 진지해졌다. "그럴 때가 있지요."

"혹시 시니퀴 신부라고 들어 보셨습니까?"

톰 핸콕은 잠시 생각해 보더니 고개를 저었다. "누구신가요?"

"누구였냐고 해야 맞습니다. 백 년도 더 전 사람이니까요. 유명한 가톨릭 신부로 교회를 박차고 나와 장로교인으로 개종했다고 합니다."

"그래요? 시니쿼라고요?" 그는 그 이름을 곱씹는 듯하더니 다시 머리를 저었다. "모르겠습니다. 알아야 하는지도 모르겠지만, 전 이곳 출신이 아니니까요."

"걱정하지 마세요. 오늘날 그를 아는 사람이 많은 것 같진 않습니다. 저도 처음 들어 본 이름입니다."

"이 사건에 중요한 사람인가요?"

"맥락은 모르겠지만 그의 이름이 오귀스탱 르노의 일기에 있었습니다. 문예역사협회에서 책을 정리할 때 르노가 시니쿼의 책을 몇 권 산 것 같습니다."

핸콕 목사가 얼굴을 찡그렸다. "책 처분 건이 아직도 우릴 괴롭히는군요."

"목사님은 찬성하는 쪽이셨습니까?"

"결론이 자명해 보였으니까요. 협회는 폭격이 휩쓸고 지나간 꼴이었고 더 많은 책을 위해 제대로 된 환경을 만들려면 갈 데 없는 책 수백 권은 정리해야 했습니다. 그렇게 어려운 결정이 아니어야 옳았죠."

가마슈는 고개를 끄덕였다.

많은 것을 구하기 위해 적은 것을 포기해야 하는 상황은 종종 있는 일이었다. 멀리서 보면 단순하고 명쾌해 보였다. 그러나 멀리서 보면 큰 그림은 볼 수 있어도 전체 그림은 볼 수 없었다. 사소한 것들은 놓치게 되니까. 멀리서는 모든 것이 보이지 않았다.

"반대가 있어서 놀라셨습니까?" 가마슈가 물었다.

톰 핸콕은 망설였다. "놀랐다기보다는 실망했다고 해야겠죠. 영국계는 지금 수가 줄어들고 있습니다. 그렇지만 이대로 스러질 필요는 없지요. 지금이 분기점입니다. 어느 쪽으로도 갈 수 있어요. 이런 시기에 저런 기관이 해 줄 수 있는 역할이 절대적으로 중요합니다. 어느 공동체건 저런 단체는 닻이 되어 줄 수 있습니다." 그는 자신의 단어 선택이 만족스럽지 않았는지 잠시 말을 끊었다. "아니, 닻이라고 하면 안 되겠군요. 항구요. 사람들이 찾아들고 안전함을 느낄 수 있는 항구."

안전함이라. 가마슈는 생각에 잠겼다. 얼마나 원초적이고 강력한 단어인지. 안전한 항구를 지키기 위해 사람들이 뭘 할 수 있을까? 사람들은 수 세기 동안 해 온 일을 했다. 프랑스계가 퀘벡을 지키기 위해 했던 일, 그리고 영국계가 퀘벡을 차지하기 위해 했던 일. 국가가 국경을 지키기 위해 하는 일이자 사람들이 자기 가족을 지키기 위해 하는 일.

그들은 살인을 했다. 안전을 느끼기 위해. 하지만 안전은 거의 느낄 수 없었다.

톰 핸콕이 다시 말을 잇고 있었다. "모국어를 듣고 읽고, 그 가치가 존중받고 있다는 사실을 아는 것은 중요합니다. 그런 이유로 문예역사협회의 운영에 참여해 달라는 요청을 받았을 때 정말 기뻤습니다. 그 단체를 지키는 데 기여할 수 있으니까요."

"협회분들이 목사님의 걱정에 동감하고 계십니까?"

"물론입니다. 다들 상황이 얼마나 위태로운지 알고 계세요. 논쟁이 있다면 그건 협회를 살릴 가장 좋은 방법이 무엇이냐를 둘러싼 것일 뿐입니다. 문예역사협회, 성공회 교회, 이 교회, 영국계 고등학교와 요양소. **CBC**Canadian Broadcasting Centre 캐나다 공영방송 CBC 산하의 영어 방송. 신문. 다 위협받고 있는 상황입니다."

젊은 목사는 진지한 시선을 가마슈에게로 돌렸다. 르노, 샹플랭, 혹은 시니퀴처럼 열광적으로 불타는 눈이 아닌 개개인보다 더 큰 소명의 존재를 인식하는 사람의 눈이었다. 오로지 도움이 되고 싶은 눈.

"모두가 다 하나같이 진심으로 바라고 있습니다. 다만 어떤 방법이 최고인가에 대해 의견이 다를 뿐이지요. 어떤 사람은 변화는 적이라고 생각하고 어떤 사람은 변해야만 살아남을 수 있다고 생각하죠. 그러나 누구든 지금 우리가 벼랑 끝에 서 있다는 것은 인식하고 있습니다."

"아브라함 평원 전투의 반복인가요?"

"아뇨, 반복이 아닙니다. 끝나지 않았던 겁니다. 영국계는 초반 전투에서 이겼을 뿐입니다. 그리고 프랑스계는 전쟁에서 이겼지요. 장기적으로."

"인구 비율 말인가요?" 가마슈가 물었다. "요람의 복수소수 집단이 다수 집단보다 현저히 높은 출생률로 다수 집단을 압박하는 현상 말입니까?"

익숙한 주장이고 익숙한 전략이었다. 가톨릭교회와 정치인들은 몇 세대 동안이나 프랑스계 퀘벡인들에게 이 넓은 땅을 채울 대가족을 꾸려 자신들만큼 '생육하고 번성하지 않는' 영국계들을 고립으로 몰아넣자고 고무했다.

그러나 결국 영국계들을 고립시킨 것은 프랑스계의 인구 팽창만이 아니었다. 다수 프랑스계와 권력과 부, 영향력을 나누기를 거부했던 영국계 자신들의 자만이 문제였다.

그들이 벼랑 끝에 서 있다면 그건 그들 자신이 만든 결과였고 그들이 적을 만들기로 선택했기 때문이었다.

톰 핸콕이 말을 이었다. "영국계가 살아남기 위해서는 희생이 필요합니다. 변화하고 적응해야죠." 그는 말을 멈추고 손에 쥔 책을 내려다보았다.

"방향을 바꾸어야 한다는 말인가요?" 가마슈 역시 목사의 손에 들린 책을 보며 물었다. "지금은 물길이 난 쪽으로만 가고 있다는 건가요? 쉬운 길을 찾아?"

톰 핸콕이 가마슈를 바라보았고 긴장이 풀린 듯했다. 조금 웃기까지 했다.

"인정합니다. 누구나 쉬운 길을 바라죠. 사람들이 저를 젊고 강한 사람으로 바라본다는 걸 압니다. 놀랄 만한 미남이라고 보는 사람도 있죠." 그는 재미있어하는 가마슈에게 흘끗 시선을 보냈다. "하지만 사실을 말하자면 저는 강한 사람이 아닙니다. 거리가 멀죠. 매일매일이 두렵습니다. 그게 제가 카누 경주를 하는 이유죠. 사실 영하 삼십 도의 기온에 반쯤 얼어붙은 강을 노를 저어 건넌다는 건 우스운 짓입니다. 제가 왜 그걸 하는지 아십니까?" 가마슈가 고개를 젓자 그가 계속했다. "사람들이 제가 강하다고 생각하길 바라서입니다." 그가 시선을 떨궜을 때 목소리도 낮아졌다. "전 전혀 강한 사람이 아닙니다. 중요한 일들에서는요. 중병으로 죽어 가는 교구분들 옆을 지키느니 차라리 반쯤 녹은 눈과 얼음 위로 카누를 밀고 달리는 게 마음 편합니다. 그게 저를 두렵게 합니다."

가마슈가 앞으로 몸을 기울였다. 그의 목소리가 깃털처럼 가벼웠다. "죽어 가는 분들 옆에 있는 게 왜 그리 무섭습니까?"

"무슨 말을 해야 할지 모르니까요. 그분들을 실망시킬까 봐요. 제가 충분치 못할까 봐 그게 무섭습니다."

자넬 찾을 거야. 자네에게 아무 일도 일어나지 않게 하겠네.

네. 경감님을 믿습니다.

두 사람은 각자의 생각에 잠겨 허공을 응시했다.

"의심은," 가마슈가 마침내 말을 꺼냈고 그 말이 두 사람 주변의 거대한 빈 공간을 채우는 것 같았다. 그는 앞에 있는 닫힌 문을 응시했다. 틀린 문.

톰 핸콕은 가마슈를 보며 그가 침묵 속에 앉아 있을 시간을 얼마간 주었다.

"의심이란 자연스러운 것이지요, 경감님. 우리를 더 강하게 만들어 줍니다."

"그리고 망가진 곳이 가장 강한가요?" 경감이 미소를 지으며 물었다.

"그렇다고 믿습니다." 핸콕 목사가 말했다.

가마슈가 고개를 끄덕이고 생각했다. "하지만 목사님께서는 물러서지 않으시는군요." 그가 마침내 말했다. "아파서 죽어 가는 교구분들 곁에 계시지요. 두렵지만 매일 그에 맞서고 계십니다. 도망가지 않고요."

"선택의 여지가 없으니까요. 제가 목적하는 곳에 이르려면 편안한 물이 아니라 얼음 위에 있어야 합니다. 경감님께서도 그러시겠지요."

"목사님이 목적하는 곳은 어딥니까?"

핸콕은 잠시 생각에 잠겼다. "강기슭에 닿길 바랍니다."

가마슈가 숨을 깊이 들이마시고는 길게 내쉬었다. 핸콕이 그런 그를 지켜보았다.

"모두가 강을 건너는 데 성공하는 건 아니지요." 가마슈가 조용히 말했다.

"그래야 할 필요도 없고요."

가마슈가 고개를 끄덕였다.

경감님을 믿습니다. 앳된 목소리가 속삭였다.

가마슈는 의자에서 몸을 숙여 팔꿈치를 무릎에 얹고 억센 손가락을 맞잡아 떨리기 시작한 손을 다른 손으로 감쌌다. 그리고 그 위에 턱을 괴었다.

"중대한 실수를 여럿 저질렀습니다." 그가 마침내 말했다. 시선은 반쯤 밝혀진 불빛을 향해 있었다. "단서가 다 거기 있었는데도 큰 그림을 보지 못했습니다. 거의 돌이킬 수 없을 때까지도 진실을 깨닫지 못했고 그런 뒤에도 끔찍한 실수를 저질렀죠."

복도, 닫힌 문. 틀린 문이고 틀린 길이었다. 그렇게 몇 초가 흘러갔고, 쿵쾅거리는 심장을 안고 다른 문으로 돌진했다.

걱정 말게. 다 괜찮아질 거야.

문을 부수고 들어갔을 때 비쩍 마른 등을 보이고 벽을 향해 앉아 있는 그가 보였다. 시계를 향해. 가는 시계를 향해.

네. 경감님을 믿습니다.

0을 향해.

고요한 교회로 자신을 이끈 가마슈는 톰 핸콕에게 시선을 던졌다.

"때론 삶이 우리가 선택하지 않은 방향으로 흐르지요." 목사가 부드럽게 말했다. "그래서 적응이 필요한 거고요. 방향을 바꾸기에 늦은 때란 없습니다."

가마슈는 침묵을 지켰다. 그는 이 젊은 목사가 틀렸다는 걸 알고 있었다. 가끔은 정말 늦은 때가 있었다. 몽칼름 장군은 알고 있었다. 그도 알았다.

"협회는 상자째 쌓여 있는 책들을 다 처분해야 했습니다." 톰 핸콕이 회상에 잠긴 채 말했다. "상징적이죠. 문예역사협회는 아무도 원하지 않는 영어의 파편들로 꽉 차 있습니다. 과거의 무게에 눌려 있죠."

"주 므 수비엥Je me souviens 나는 기억한다." 가마슈가 낮게 말했다.

"그것이 그들을 끌어내릴 겁니다." 핸콕 목사가 슬프게 말했다.

가마슈는 이 공동체와 이 사건을 이해하기 시작했다.

그리고 자신도.

18

"열 번 더요."

클라라는 신음 소리를 내며 두 다리를 붙여 들어 올렸다.

"등을 떼지 마세요!"

클라라는 지시를 무시했다. 아름다운 광경은 아니었다. 완벽과는 분명 거리가 멀었지만 이를 악물고 해낼 참이었다.

"하나, 젠장, 둘, 죽겠네, 셋……."

"생 레미 산으로 스키 타러 간 얘기 했던가요?"

운동 코치인 피나는 숨을 쉴 필요가 없는 모양이었다. 그녀의 팔과 다리는 몸통과 상관없이 따로 놀 수 있는 것처럼 보였다. 매트에 누워 파자마 파티에라도 온 양 편안하게 잡담하는 동안 팔다리가 군사 훈련이라도 받는 듯 정확하게 움직였다.

머나는 땀을 줄줄 흘리면서 욕을 내뱉고, 리키 마틴이 '리빙 라 비다 로카'를 부르는 동안 때때로 이상한 소리를 냈다. 클라라는 머나 옆에서 운동하는 게 늘 좋았는데 어떤 잘못이건 소리건 그녀의 탓으로 돌릴 수 있기 때문이었다. 그리고 머나 뒤에는 숨기도 쉬웠다. 수강생 전체가 머나 뒤로 숨을 수 있으리라.

머나가 클라라에게로 얼굴을 돌렸다. "자기가 저 선생 팔다리를 붙잡아 주면 내가 해치울게."

"가능할까? 절대 잘 해낼 수 없을 거야." 클라라는 머나의 말을 생각해 봤다. 이제 겨우 피나가 지시한 다리 들기 백 번 중 열두 번을 채웠는데, 피나는 다리를 공기처럼 가볍게 올렸다 내리면서 스노보더들에 대한 불평을 신랄하게 늘어놓고 있었다.

"아무도 입 뻥긋 안 할걸." 머나가 다리를 1밀리미터쯤 들어 올리며 말했다. "그리고 말하겠다는 사람이 있으면 그 사람도 죽이지 뭐."

나쁜 계획은 아니었다.

"다리 들기 어디까지 했죠?" 피나가 말했다. "셋, 넷……."

"그래, 벅시벅시 시절. 악명 높은 미국 갱스터 중 하나. 나 할래." 클라라가 이 사이로 말했다.

"나도요." 도미니크 질베르가 클라라 다른 쪽에서 끼어들었다. 얼굴이 시뻘게서 목소리도 알아듣기 힘들었다.

"제발, 빨리 좀 해 줘요." 방 저쪽에서 와이프가 말했다.

"뭘 해요?" 피나가 다리를 올려 허공에서 자전거타기를 시작하며 말했다.

"당신을 죽이는 거지 뭐겠어요." 머나가 받아쳤다.

"아, 그거요." 피나가 웃었다. 수업 때마다 수강생들이 얼마나 위험해지는지 전혀 알지 못한 채.

20분 뒤, 늘 하는 태극권 동작을 끝으로 수업이 끝났다. 클라라는 명상을 하는 동안 살인에 대해 생각했다. 피나를 좋아하고 이 수업을 필요로 하는 게 다행이었다.

땀에 젖은 매트를 훔치고 말아 든 클라라는 교실 한가운데서 수다를 떠는 여자들 무리 주위를 맴돌았다. 시간을 좀 들여 그녀는 원하는 방향으로 화제를 돌리는 데 성공했다.

"보부아르 경위가 온 거 봤어요?" 그녀는 목에 흘러내리는 땀을 닦으며 별일 아닌 듯이 물었다.

"안됐어." 해나 파라가 말했다. "하지만 많이 회복된 것 같던데."

"전 그 사람이 꽤 귀여운 것 같아요." 와이프가 말했다. 표정이 풍부한 그녀의 큰 눈은 가식이 없었다. 목수와 결혼한 풍요의 여신.

"설마." 머나가 웃어 젖혔다. "뼈밖에 없잖아."

"제가 살찌우면 되죠." 와이프가 말했다.

"그 경위한텐 뭔가 있어. 구해 주고 싶어지거든." 해나가 말했다. "치유해 주고, 웃게 해 주고."

"스팍〈스타 트렉〉에 나오는 귀가 뾰족한 외계인 캐릭터 같다는 건가요?" 클라라가 말했다. 대화가 이미 희망했던 방향에서 멀어지고 있는 데다 이야기는 우주 공간으로 날아가고 있었다. "벌컨족 사람 말이에요." 몇몇 여자들이 여전히 멍한 표정이어서 클라라는 설명을 해야 했다. "맙소사, 〈스타 트렉〉을 모른다고요? 스팍이란 캐릭터가 냉철하고 거리를 두는 성격이어서 많은 사람들이 스팍에게 빠졌잖아요. 사람들은 그의 마음의 벽을 부수고 그의 마음을 얻고 싶어 하잖아요."

"우리가 얻고 싶은 건 그의 마음이 아니에요." 해나가 말하자 웃음이 터졌다.

그들은 외투를 걸치고 눈 쌓인 길을 걸어 운동 후에 따르는, 스콘을 곁들인 티타임을 위해 스파 리조트로 돌아왔다.

도미니크와 그녀의 남편 마르크가 오기 전의 낡고 오래된 해들리 저택을 기억하는 클라라는 스파 리조트에 들어설 때마다 매번 놀라웠다. 이제 이곳의 안주인이 편안하고 우아한 자태로 웃으며 차를 따르고 있었다.

도미니크가 오두막집의 은둔자를 죽였을까? 클라라는 상상할 수 없었다. 아니, 정직하게 말한다면 가장 유력한 용의자는 그때나 지금이나 도미니크의 남편, 마르크 질베르였다.

클라라는 다시 한 번 화제를 살인 쪽으로 돌렸다.

"올리비에가 그렇게 된 지 벌써 육 개월이 다 되어 가는 게 믿기지가 않아요." 그녀는 향긋한 냄새가 피어오르는 차를 도미니크에게서 받아들며 말했다. 창밖으로 청명하고 푸른 하늘, 늘 차갑기 그지없는 하늘이 보였다. 바람에 눈이 실려 와 창문 주위를 맴돌아서 모래가 유리에 부딪히는 것 같은 소리가 났다.

스파 리조트 안은 평온했다. 방의 가구는 모두 오래된 것들로, 다루기 까다로운 빅토리아 시대의 참나무 가구들이 아닌, 단순한 소나무와 벚나무 가구들이었다. 파스텔 톤으로 칠해진 벽은 차분하고 평화로운 분위기를 냈다. 난로에 불이 피워져 있어 방 안에는 단풍나무 타는 냄새와 캐모마일, 라벤더, 계피, 보리차 냄새가 희미하게 감돌았다.

젊은 여성이 따뜻한 스콘과 크림, 수제 딸기잼을 가지고 들어왔다. 운동 수업반에서 클라라가 제일 좋아하는 순간이었다.

"올리비에는 어떻게 지낸대요?" 와이프가 물었다.

"적응하려고 애쓰는 중인가 봐." 머나가 말했다. "몇 주 전에 보러 갔었어."

"그는 여전히 자기가 은둔자를 죽이지 않았다고 주장하고 있어." 클라라가 말하면서 모두를 둘러보았다. 그녀는 자신이 연극 무대에서 살인 수사관 역을 하는 가짜처럼 느껴졌다. 이보다 더 나쁜 무대도 남아 있었다. 클라라는 스콘에 크림과 잼을 발랐다.

"올리비에가 아니라면 누구라는 거예요?" 해나 파라는 튼튼하고 매력적인 기둥 같은 사람이었다. 클라라는 그녀를 수십 년간 알아 왔다. 그녀가 살인에 가담할 수 있을까? 물어본다고 안 될 건 없겠지.

"당신이라면 누굴 죽일 수 있겠어요?"

해나는 놀라 그녀를 바라보았지만 그 시선에 분노나 의심은 섞여 있지 않았다.

"흥미로운 질문인데. 난 할 수 있어요. 확신해."

"어떻게 그런 걸 확신할 수 있어요?" 도미니크가 물었다.

"누가 우리 집에 침입해서 하보크나 로어를 위협한다면 망설이지 않을 테니까요."

"그래서 여자부터 죽여야 한대요." 와이프가 말했다.

"뭐라고요?" 도미니크가 물었다. 그녀는 몸을 앞으로 내밀어 깨지기 쉬운 찻잔을 받침에 올려놓았다.

"모사드의 훈련 지침에 나와 있어요." 와이프가 말했다. 머나와 해나의 발을 만지고 있던 치료사들까지 하던 일을 멈추고 흉악하기 짝이 없는 말을 입에 담는 사랑스러운 젊은 여성을 쳐다봤다.

"그걸 자기가 어떻게 알아?" 머나가 물었다.

와이프가 활짝 웃었다. "제 말에 겁먹으신 거예요?"

모두 웃음을 터뜨렸지만 사실을 말하자면 다들 좀 놀란 상태였다. 와이프는 잠시 그들의 마음을 졸이게 한 다음 웃었다.

"CBC 라디오에서 들었어요. 테러리즘에 대한 프로였는데, 거기 나온 말에 따르면 여성은 살인자가 되는 일이 드물대요. 살인을 마음먹기까지는 많은 시간이 걸리지만 일단 결심을 하면 목표를 이룰 때까지 멈추지 않는대요."

각자 그에 대해 생각해 보는 동안 침묵이 흘렀다.

"맞는 말 같아. 적어도 나한테는." 머나가 마침내 말했다. "여자가 어떤 이유로 범죄를 저지르기로 마음먹으면 이성과 감성을 다 동원하니까. 엄청 강력하지."

"그 프로그램의 요지도 그거였어요." 와이프가 말했다. "여자들이 테러리스트 조직에 가담하는 일은 굉장히 드물지만 모사드 요원들 말로는 테러리스트 조직을 습격할 때 여자 조직원을 발견하면 여자부터 죽이라고 훈련을 받는대요. 여자 테러리스트들은 절대 항복하지 않으니까요. 조직원들 중에서도 제일 잔인하고 자비가 없다고요."

"그런 생각은 끔찍해요." 도미니크가 말했다.

"저도 동감이에요." 와이프가 말했다. "하지만 사실일 것 같다는 생각이 들어요. 전 물리적으로든 정신적으로든 누굴 해칠 마음을 먹어 본 적이 없지만, 일단 그래야 한다고 느끼면 할 수 있을 것 같거든요. 정말 잔인해질 수 있을 것 같아요."

마지막 말에는 슬픔이 담겨 있었고 클라라는 그 말이 진심이라고 생각했다.

결국 이 여자들 중 하나가 은둔자를 죽인 걸까? 하지만 왜? 무엇이 그렇게 하라고 이들을 이끌었을까? 그리고 무엇보다도 이들에 대해 내가 아는 게 뭐지?

"찰리가 말하기 시작했다는 거 아세요?" 와이프가 화제를 바꾸었다. "질베르 선생님 덕분이에요. 일주일에 한 번씩 오셔서 아이를 치료해 주고 계시거든요."

"너무도 친절하시군요." 남자의 목소리가 문가에서 날아왔다. 모두가 돌아보았다.

마르크 질베르가 문간에 서 있었다. 키가 크고 여윈 그는 두피가 보일 만큼 금발을 짧게 잘랐고 푸른 눈은 강렬하게 타오르고 있었다.

"찰리는 이제 '부'나 '슈' 같은 말도 해요." 와이프가 열심히 말했다.

"축하드립니다." 마르크가 미소 지었다. 미소에는 빈정거림이 섞여 있었으나 재미있어하는 빛도 들어 있었다.

클라라는 자기도 모르게 등을 세웠다. 이 미소 띤 남자를 싫어하기란 얼마나 쉬운 일인가.

그녀는 도미니크를 위해서라도 그를 좋아하려고 애써 보았지만 가망이 없는 일이었다.

"내 기억으로 내가 말한 첫 단어는 '푸똥'였어." 클라라가 당혹스러운 얼굴로 마르크를 보고 있는 와이프에게 말했다.

"푸?" 머나가 어색한 침묵을 깨고자 덥석 화제를 받았다. "내가 궁금해해야 해?"

클라라가 웃었다. "원래 말하려고 했던 단어는 '퍼피강아지'였지. 그게 그렇게 나간 거야. 그래서 그게 내 별명이 됐어. 오랫동안 누구나 나를 그렇게 불렀지. 아버지는 아직도 가끔 그렇게 부르셔. 당신도 당신 아버지가 부르시던 별명이 있었나요?" 클라라는 방 안의 긴장을 좀 누그러뜨려 보고자 마르크에게 물었다.

"그는 집에 있지 않았어요. 그러다가 떠났고 그게 끝이에요. 그런 건 없었습니다."

긴장이 차오르고 있었다.

"이제 새로운 가족을 찾은 것 같더군요." 마르크가 와이프를 쳐다보았다.

문제는 질투였어. 클라라는 생각했다.

와이프가 마르크를 응시했고, 클라라는 그녀의 목에 붉은 기운이 올라오는 것을 보았다. 마르크가 웃더니 몸을 돌려 자리를 떴다.

"미안해요……." 도미니크가 와이프에게 말을 건네려 했다.

"아니에요. 실은 그의 말이 맞아요. 올드는 당신 시아버님을 숭배해요. 찰스의 할아버지 대신으로 생각하는 것 같아요."

"올드의 아버지는 자주 못 오시나요?"

"그분은 올드가 십 대일 때 돌아가셨어요."

"젊어서 돌아가셨구나. 사고였어?" 머나가 물었다.

"봄에 강을 걸어가시다가 사고가 났나 봐요. 얼음이 생각만큼 단단하지 않았던 거죠."

그녀는 더 이상 말하지 않았지만 그걸로 충분했다. 방 안의 모든 사람은 무슨 일이 일어났을지 상상할 수 있었다. 발밑의 얼음이 거미줄처럼 깨져 나가고, 그 위에 선 사람은 얼어붙은 채 발밑을 내려다본다.

얇은 얼음 위에서 바라보는 기슭은 얼마나 먼 곳인가.

"시신은 발견됐고?" 머나가 물었다.

와이프가 고개를 가로저었다. "그게 제일 끔찍한 부분 같아요. 올드의 어머니는 아직도 남편이 돌아오기를 기다리세요."

"맙소사." 클라라가 신음 소리를 냈다.

"올드도 기다려?" 머나가 물었다.

"아버지께서 아직 살아 계시다고 생각하느냐고요? 다행히도 아니에요. 하지만 올드는 그게 사고가 아니었을 거라고 생각하죠."

클라라도 그랬다. 그 사고는 의도적인 것으로 들렸다. 봄에 얼음 위를 걷는 행위가 무모하다는 건 누구나 알고 있었다.

아니나 다를까 올드의 아버지도 예상했을 것처럼 발밑의 얼음이 깨졌고 그의 아들 역시 발 디딜 곳을 잃었다. 그리고 그를 바로잡아 준 사람이 뱅상 질베르였다. 개자식 성자는 그들의 삶에 들어와 찰리를 도와주고 올드를 도왔다. 하지만 그 대가는?

몇 분 전 마르크 질베르의 음성에서 그녀가 들은 것이 바로 그 대가가 아니었을까? 냉소뿐만이 아닌 균열?

"당신은 어때요, 클라라?" 도미니크가 차를 더 따르며 물었다. "부모님께서 생존해 계신가요?"

"아버지는요. 어머니는 몇 년 전에 돌아가셨어요."

"그리우세요?"

클라라는 그것이 의문이었다. 내가 어머니를 그리워하나?

"때때로 그립죠. 어머니는 돌아가시기 전에 알츠하이머병에 걸리셨어요." 사람들의 얼굴을 보고 그녀는 서둘러 그들을 안심시켰다. "아니, 아니에요. 이상하게 들리겠지만 우리 사이가 가장 좋았던 때가 그 마지막 몇 년이에요."

"언제 치매에 걸리셨죠?" 도미니크가 물었다. "왜 사람들이 당신을 푸라고 불렀는지 알 것 같네요."

클라라가 웃었다. "실은 약간 기적 같았죠. 어머니는 모든 걸 잊으셨어요. 집 주소도, 당신의 형제자매도. 아버지도 알아보지 못하셨고 나중엔 우리도 잊어버리셨죠. 하지만 그러면서 화도 잊으셨어요. 그건 좋은 일이었죠." 클라라가 미소 지었다. "우리에겐 마음 놓이는 일이었어요. 어머니 마음속에 늘 있던 슬픔의 목록이 지워졌으니까요. 그래서 실은 훨씬 더 많이 유쾌한 분이 되셨어요."

어머니는 사랑하는 것들을 잊었지만 미워하는 것들도 잊으셨다. 그 교환을 클라라는 기꺼운 마음으로 받아들일 수 있었다.

방 안의 여자들은 사랑에 대해, 어린 시절에 대해, 부모를 잃는다는 것에 대해, 최근 읽은 좋은 책과 스팍에 대해 이야기를 나누었다.

그들은 어머니처럼 서로를 보듬어 주었다. 점심때쯤 되어서는 모두 추운 겨울을 다시 맞을 준비가 되어 있었다. 클라라는 스콘 부스러기를 머리칼에 붙이고 캐모마일 차의 향기를 입술에 머금은 채 집으로 향하는 길을 걸으면서 결국 추위 속에 얼어 죽었을 올드의 아버지를 생각했다. 그리고 균열이 생긴 마르크 질베르의 표정도.

아르망 가마슈는 생 장 가의 파이야르 빵집에 앉아 오귀스탱 르노의 일기를 들여다보았다. 창밖의 사람들이 눈과 추위에 맞서 머리를 수그린 채 걷는 동안 탁자 밑에서는 앙리가 편안히 몸을 말고 있었다.

개종한 신부 시니퀴와 아마추어 고고학자 오귀스탱 르노 사이에 어떤 관계가 있을까? 가마슈는 르노가 네 남자의 이름 주위에 둘러친 동그라미와, 흥분을 그대로 드러낸 다수의 느낌표를 바라보았다. 친, JD, 패트릭, 오마라. 펜을 하도 꾹꾹 눌러 종이가 찢어지기 직전이었다. 그리고 그 밑에 목록 번호가 있었다.

9-8499.

9-8572.

이 번호들은 문예역사협회가 처분한 책과 관련된 게 틀림없었고, 그 책들은 시니퀴의 가정부에 의해 상자째로 협회로 보내져 1백 년 넘게 지하실에 잠들어 있었던 장서의 일부인 것 또한 틀림없었다.

오귀스탱 르노가 그 책들을 헌책방 주인 알랭 두세에게서 사들이기 전까지는. 구입은 여름과 몇 주 전, 두 차례 있었다고 했다.

그 책들에는 어떤 내용이 담겨 있을까?

시니퀴의 무엇이 오귀스탱 르노를 잡아끌었을까?

가마슈는 핫초콜릿을 홀짝였다.

분명 샹플랭과 관련 있는 것이겠지만 문제는 이 신부가 퀘벡의 설립자에 대해서는 손톱만큼도 관심을 보인 적이 없다는 사실이었다.

친, 패트릭, 오마라, JD. 18로 시작하는 숫자.

시니퀴가 1899년에 아흔 살로 죽었으면 그가 태어난 해는 1809년이었다. 18로 시작하는 숫자가 1809일까? 아니면 1899? 설사 그렇다 해도 그게 무슨 의미일까?

지금으로서는 아무 의미도 없었다.

눈이 가늘어졌다.

그는 1809를 가까이서 들여다보다 갑자기 수첩을 덮고 잔에 남은 내용물을 비웠다. 돈을 탁자 위에 올려 두고 앙리와 함께 서둘러 추위 속으로 나선 그는 대성당을 향해 성큼성큼 걸었다. 그가 대성당에 다가감에 따라 건물이 점점 더 크게 보였다.

그는 모퉁이에 멈춰 서서 살을 에는 추위와 눈이 침범하지 못하는 자신만의 세계에 빠졌다. 샹플랭이 죽어 묻히고 다시 이장된 지 얼마 지나지 않은 세계.

몇백 년 된 단서가 시신과 같이 묻힌 세계.

그는 몸을 돌려 데 자르뎅 가를 따라 올라가 아름답고 오래된 문 앞에 서서 연철로 만들어진 명패를 바라보았다.

1809.

그는 문을 두드리고 기다렸다. 추위가 느껴지기 시작했고 옆에서는 앙리가 온기와 위안을 찾아 그의 다리에 몸을 딱 붙였다. 가마슈가 돌아가려고 할 때쯤 문이 끼익 소리를 내더니 이윽고 활짝 열렸다.

"앙트레Entrez 들어오세요." 숀 파트릭크가 집 안으로 몰아치는 시린 바람을 피해 옆으로 비켜서며 말했다.

그들은 이제 좁고 어두운 현관에 서 있었다. "또 귀찮게 해 드려서 죄송합니다, 무슈 파트리크. 하지만 여쭤 볼 게 있습니다. 괜찮겠습니까?" 가마슈는 방 안쪽을 향해 손짓해 보였다.

"그러시죠." 파트리크가 마지못해 앞장서 걸으며 말했다. "어디로 갈까요?"

"거실이 좋겠습니다."

그들은 까다로운 패트릭가의 역사에 둘러싸인 낯익은 방에 들어와 있었다.

"이분들이 당신 증조부모님 맞습니까?" 가마슈는 이 집 앞에 서 있는 부부의 사진을 가리켰다. 멋진 사진이었다. 사진 속 진한 갈색의 두 남녀가 교회 갈 때나 입는 제일 좋은 옷으로 차려입고 엄숙한 표정을 한 채 카메라를 응시하고 있었다.

"네. 이 집을 사셨던 해에 찍은 사진이지요."

"지난번 말씀으로는 천팔백 년대 말이라고요."

"맞습니다."

"좀 자세히 봐도 될까요?" 가마슈는 사진을 벽에서 떼어 내려 손을 뻗었다.

"마음대로 하세요." 파트리크는 분명히 호기심을 느끼고 있었다.

사진을 뒤집어 본 가마슈는 사진 뒤편이 갈색 종이로 대어져 있다는 것을 알았다. 사진관 스티커가 붙어 있긴 했지만 날짜는 적혀 있지 않았다. 아무 이름도 없었다.

가마슈는 독서용 안경을 꺼내 쓰고 사진을 좀 더 가까이서 들여다보앗다. 오른쪽 아래 거의 액자에 가까운 곳에 자신이 찾던 것이 있었다.

연도.

1870.

그는 사진을 제자리에 돌려놓고 벽을 따라 움직이다 파트리크의 증조부가 남긴 다른 사진 앞에 섰다. 다른 노동자들과 함께 큰 구덩이 앞에서 찍은 사진이었다. 뒤에 있는 건물은 거의 보이지 않았다.

증조부 패트릭은 활짝 웃고 있었고 그 옆에 선 사람도 웃는 모습이었다. 그러나 사진에 찍힌 나머지 사람들은 불퉁한 표정이었다. 왜 아니겠는가? 그들의 삶은 그들 전에 아버지들의 삶이 그랬듯이 비참했으리라.

아일랜드에서 캐나다로 건너온 이민자들은 더 나은 삶을 꿈꾸며 비좁은 배 안에서 돌림병을 견뎌 내고 이 땅을 밟았다. 그러나 살아남아 캐나다에 발을 들여놓은 사람들도 저임금 노동에 시달리며 우뚝 솟은 샤토 프롱트나가 굽어보는 절벽 아래의 저지대 바스빌에서 비참한 생활을 영위해야 했다.

절망에 가까운 삶이었다. 그런데도 왜 저 두 사람은 웃고 있는 걸까? 가마슈는 사진을 뒤집어 보았다. 마찬가지로 종이가 덧대어져 있었다.

"이 봉인을 뜯어봐도 되겠습니까?"

"왜요?"

"사건에 도움이 될 것 같아서 그럽니다."

"어떻게요?"

"말씀을 드릴 수는 없지만, 어쨌든 사진을 손상시키지 않겠다고 약속합니다."

"나한테 무슨 문제가 생기는 건 아니겠죠?"

파트리크는 가마슈의 얼굴을 뜯어보다 가마슈의 사려 깊은 눈에 시선을 맞췄다.

"전혀요. 그뿐만 아니라 호의에 감사하고 있습니다."

아주 잠깐의 망설임 끝에 파트리크는 고개를 끄덕였다.

"봉, 메르시Bon, merci 좋아요. 감사합니다. 여기 불을 켜 주실 수 있을까요? 그리고 날카로운 칼이 있으면 좀 가져다주시겠습니까?"

파트리크는 부탁받은 대로 했고, 개 한 마리를 곁에 둔 두 사람은 탁자 위로 몸을 구부렸다. 손에 들린 칼이 가늘게 떨리자 가마슈는 손에 힘을 더 주었다. 파트리크는 경감을 흘끗 보았지만 말은 하지 않았다. 가마슈는 칼을 잡은 손을 내려 조심스럽게 오래된 종이를 액자에서 떼어 냈다. 조금씩 그것이 드러났다.

가마슈는 잡아 뜯고 싶은 마음을 억누르며 조금씩 종이를 분리했고, 마침내 사진의 뒷면이 1백여 년 전 봉해진 이래 처음으로 햇빛 아래 모습을 드러냈다. 그리고 거기에 정확하고 주의 깊은 글씨로, 웃고 있는 두 사람을 포함하여 사진 속 사람들의 이름이 쓰여 있었다.

숀 패트릭과 프랜시스 오마라.

1869.

가마슈는 그 숫자를 뚫어지게 쳐다보았다.

오귀스탱 르노의 일기에 적혀 있던 숫자는 1809가 아니었다. 그것은 1869였다.

시니퀴는 이 패트릭과 오마라, 그리고 제임스 더글러스를 1869년에 만났다.

무엇 때문이었을까?

가마슈는 이 집 앞에 서 있는 선조들의 사진을 바라보았다. 이 집이 있는 곳은 바스빌과는 상당한 차이가 있었다. 거의 세상 끝에서 끝으로 왔다 해도 과언이 아니었다. 아일랜드와 캐나다 간의 거리 따위는 비교도 되지 않았고 지금의 '우리'와 과거의 '그들' 사이만큼이나 메울 수 없는 간극이 있었다.

거친 아일랜드 막노동꾼이 1870년에 상류층에 입성했다. 있을 수 없는 일이었다. 하지만 그런 일이 일어났다.

가마슈는 사진 속 건물 앞에 서서 웃고 있는 두 사람을 다시 들여다보았다. 오마라와 패트릭. 두 사람은 무엇 때문에 그리 행복했을까?

가마슈는 짐작할 수 있었다.

19

"크루아 박사님?"

가마슈는 박사의 등이 굳는 모습을 보았다. 반사적이고 습관적인 미세한 움직임은 웅변적이었다. 그는 자기 일에 몰두해 있었고 방해받는 것을 달가워하지 않았다. 충분히 이해할 만했다. 그런 기분을 한 번도 느껴 보지 않은 사람이 있을까?

긴 침묵은 천 마디 말보다 웅변적이었다. 가마슈는 갑옷이 움직이는 모습이 보이는 듯했다. 철판이 고고학자의 등을 덮고 강철 송곳과 가시와 사슬이 고고학자의 몸을 감쌌다. 이내 갑옷은 무기가 되었다.

분노.

"뭐요?" 뻣뻣하게 굳은 등이 다그쳤다.

"말씀 좀 나눴으면 합니다."

"약속을 하고 오시오."

"그럴 시간이 없습니다."

"나도 마찬가지요. 잘 가시오." 세르주 크루아는 탁자 위로 몸을 더 굽혀 무언가를 살펴보았다.

가마슈는 퀘벡 주 책임 고고학자가 점토와 도자기 파편, 화살촉, 옛 돌벽과 관련된 일을 선택한 데는 그만한 이유가 있다는 것을 알고 있었다. 왜 그 일을 하는지 고고학자들에게 묻는다면 그들은 그 일이 지저분하다거나 정서를 위해서라거나 개인적인 만족을 위해서 하는 일이 아니라고 반박할 터였다.

"제 이름은 아르망 가마슈입니다. 오귀스탱 르노의 살해 사건 수사를 돕고 있습니다."

"당신은 주 경찰청 소속이잖소. 여긴 당신네 관할이 아니오. 가서 당신 일이나 해요."

뻣뻣한 등은 여전히 움직이길 거부했다.

가마슈는 그 등을 한동안 물끄러미 응시했다. "수사를 돕고 싶지 않으십니까?"

"난 내 할 일을 했소." 세르주 크루아가 몸을 돌려 가마슈를 쏘아보았다. "오후 내내 랑글로와 경위와 문예역사협회 지하실을 헤집고 다녔단 말이오. 그 일을 하느라 내 일요일을 바쳤는데 뭘 찾았는지 아시오?"

"감자요?"

"감자였소. 오귀스탱 르노가 평생 샹플랭을 찾아다니면서 파낸 것보다 더 많이 찾았소. 자, 무례하게 굴고 싶진 않소만 그만 나가 주셔야겠소. 난 할 일이 있으니."

"어떤 일입니까?" 가마슈가 가까이 다가갔다.

그들은 우르술라 수녀원의 성당 지하에 있었다. 공업용 등이 밝히고 있는 큰 방 한가운데에는 조사용 책상들이 길게 놓여 있었다. 세르주 크루아 박사는 가장 긴 탁자 앞에 서 있었다.

"발굴 중이오."

가마슈는 거칠게 쌓아 올린 돌벽들 중 하나에 난 구멍을 들여다보았다. "여기가 몽칼름 장군과 그 부하들이 묻힌 곳입니까?"

"아니오. 그건 저쪽이오." 크루아는 지하실의 다른 쪽을 가리켜 보이고 하던 일로 돌아갔다. 가마슈는 그쪽으로 발걸음을 옮겨 안을 들여다보았다. 이곳 지하실에 들어와 보기는 처음이었으나, 학창 시절 이래 이 방에 대해 많은 이야기를 읽었다. 장군은 전투 중에 여기저기로 말을 달려 자신의 군사들을 독려했다. 일제사격이 개시되고 본인이 총에 맞았을 때도 장군은 말에서 내리려 하지 않았다. 그러나 전투에서 패배했다는 것이 분명해지고 부갱빌이 오지 않으리라는 사실이 확실해지자 프랑스 군대는 구 도시 안으로 퇴각했다. 몽칼름은 말에 실린 채 두 보병의 부축을 받았다. 그는 평화롭게 숨을 거둘 수 있도록 바로 이 자리로 옮겨졌다.

그는 놀랍게도 그다음 날까지 버텼지만 끝내 숨을 거두었다.

수녀들은 영국계가 보복으로 시신을 훼손하려 들까 봐 장군을 그가 숨진 바로 그 자리에 묻었다. 그리고 시간이 흐른 뒤 기도의 대상이 될 수 있도록 해골과 다리뼈 하나를 파내어 안전하게 성당 안 납골당으로 옮겼다.

성물처럼.

그런 것들은 퀘벡에서 힘을 발휘했다.

몽칼름은 최근에야 비로소 그 들판에서 함께 죽어 갔던 사람들과 합장되었다. 몇 년 전 다시 파낸 그의 유해는 아브라함 평원에서의 그 끔찍했던 한 시간 동안 죽어 간 모든 사람들의 유해가 묻힌 묘에 함께 안장되었다.

프랑스계와 영국계가 영원히 함께하게 된 묘였다. 어쩌면 거기서 그들은 평화를 이룰 수 있을지도 모를 일이었다.

가마슈는 책임 고고학자가 쇠붙이 위로 몸을 굽히고 흙먼지를 떨어내는 모습을 보았다. 이것도 무덤 도굴이라 할 수 있을까? 왜 그들은 죽은 사람을 그냥 내버려 두지 못하는 걸까? 왜 군이 장군의 유해를 다시 파내어 요란한 의식과 함께 다시 묻고 근처에 커다란 기념비까지 세우는 걸까? 무슨 목적으로?

그러나 물론 가마슈는 사람들이 어떤 목적에서 그러는지 알았다. 모두가 알고 있었다.

그리하여 그 죽음과 희생을 아무도 잊지 않도록 하려는 것이었다. 누가 죽었고 누가 죽였는지. 이 도시가 믿음과 모피 위, 뼈와 가죽 위에 세워졌는지는 몰라도 상징과 과거에 대한 기억으로 힘을 얻었다.

몸을 돌린 가마슈는 크루아 박사가 자신처럼 장군이 묻혀 있다 발견된 그곳을 바라보고 있는 모습을 보았다.

"그것은 아름답고 명예로운 일이다." 고고학자가 말했다.

"조국을 위하여 죽는다는 것은." 가마슈가 마무리를 지었다.

"호라티우스를 아시오?" 크루아가 물었다.

"그 경구를 아는 것뿐입니다."

"조국을 위하여 죽는다는 것은 아름답고 명예로운 일이다. 멋진 말이오." 크루아가 가마슈 너머 저편을 바라보며 말했다.

"그렇게 생각하십니까?"

"그렇게 생각지 않소, 무슈?" 크루아가 의혹이 담긴 눈을 경감에게 돌렸다.

"네. 그 말은 낡고 위험한 거짓말입니다. 그런 희생이 요구될 때가 있겠지만 결코 아름답거나 명예로운 일은 아니죠. 비극일 뿐입니다."

두 사람은 흙바닥을 사이에 두고 서로 쳐다보았다.

"무슨 일로 오셨소?" 크루아가 물었다.

그는 키가 크고 마른, 날카롭고 단단한 사람이었다. 잘 벼린 도끼. 그리고 지금 그 도끼가 가마슈를 향해 있었다.

"오귀스탱 르노가 샤를 시니퀴의 장서에 관심을 가질 이유가 무엇일까요?"

이해할 법한 반응이었지만 크루아 박사는 가마슈를 미친 사람 보듯 쳐다봤다.

"그게 대체 무슨 말이오? 그 질문을 이해조차 못 하겠소."

"살해당하기 얼마 전 르노는 책 두 권을 찾아내고 굉장히 흥분해 있었습니다. 문예역사협회에서 흘러나온 책으로 원 소유자가 시니퀴 신부였습니다. 누군지 아십니까?"

"물론이오. 누가 모르겠소?"

바깥세상 사람들은 전혀 모르던데. 가마슈가 생각했다. 뭔가에 꽂힌 사람들이 자신 이외의 사람들 또한 그 주제에 미쳐 있다거나 적어도 관심이라도 가지고 있다고 믿는다는 사실은 흥미로웠다. 과거에 사로잡혀 있는 고고학자들이나 역사학자들은 그렇지 않은 사람이 있다는 사실을 상상조차 하지 않았다.

그들에게 과거란 현재만큼이나 생생하게 살아 있었다. 그리고 과거를 잊는 자는 과거의 어리석음을 되풀이하는 저주를 받게 되지만, 과거를 너무 생생히 기억하는 자는 영원히 과거에서 벗어날 수 없었다. 눈앞의 사람은 너무 생생히 기억하는 사람이었다.

"샤를 시니퀴와 샹플랭 사이에 무슨 관계가 있을까요?" 가마슈가 물었다.

"아무 관계도 없소."

"좀 더 생각해 보십시오." 그동안 부드러웠던 가마슈의 목소리는 이제 날이 서 있었다. "시니퀴는 오귀스탱 르노의 흥미를 끌 만한 뭔가를 갖고 있었습니다. 우리 모두 르노가 단 하나에 꽂혀 있었다는 걸 압니다. 샹플랭이죠. 천팔백 년대 후반에 샤를 시니퀴는 샹플랭에 관한 무언가와 몇 권의 책을 발견한 게 분명합니다. 그리고 르노가 그 책을 발견했을 때 그는 그 책이 자신을 샹플랭이 묻힌 곳으로 데려다 줄 거라고 생각했습니다."

"농담하시오? 그자는 새들 지저귀는 소리에도 단서가 있다고 했던 사람이오. 자기 머릿속의 소리나 점심에 나온 푸딩에서도 단서를 찾을 사람이오. 사방에서 단서를 봤소. 미친 사람이었지."

"시니퀴의 책에 정말 샹플랭의 미스터리를 풀 단서가 있었다는 말이 아닙니다." 가마슈가 설명했다. "르노가 그렇게 믿었다는 것이지요."

크루아의 눈이 가늘어졌다. 가마슈는 그가 자신의 말을 진지하게 받아들이기 시작했음을 알 수 있었다. 결국 크루아는 고개를 저었다.

"질문이 하나 더 있습니다." 경감이 덧붙였다. "시니퀴와 제임스 더글러스가 가까운 친구 사이였다고 들었습니다. 맞습니까?"

크루아는 고개를 끄덕였다. 화제가 어디로 흘러갈 것인지 궁금한 듯했다.

"두 사람은 왜 1869년에 아일랜드에서 건너온 노동자 두 명을 만났을까요?"

"그 당시 노동자들은 알코올중독이거나 정신이상이거나 그 둘 다였으니 이상할 건 없소."

"이상할 이유가 있습니다. 그들은 문예역사협회에서 만났습니다."

크루아가 말을 멈추었다.

"그건 미스터리군." 그가 인정했다. "아일랜드계는 영국계들을 싫어했소. 그들이 자발적으로 문예역사협회에 갔을 리 없어요."

"당신 말씀은 그게 그들 머리에서 나온 생각이 아닐 거란 뜻입니까?"

"솔직히 그 사람들이 읽고 쓸 줄이나 알았을지 의심스럽소. 문예역사협회라는 게 있다는 것도 몰랐을 테고, 설사 알았다 해도 영국계 공동체의 심장부에 들어가는 건 그들이 원하는 일은 아니었을 거요."

"하지만 그랬습니다. 시니퀴 신부와 제임스 더글러스 의사를 만나기 위해서요. 이유가 뭘까요?"

아무런 대답이 없자 가마슈는 안주머니에 손을 넣어 오래된 사진을 꺼냈다.

"이게 그 노동자들입니다. 웃고 있는 사람들이오. 이 사진을 찍고 얼마 안 되어 이 사람은," 가마슈는 숀 패트릭을 가리켰다. "상류층 구역에 집을 샀습니다. 바로 이 근처 데 자르뎅 가에요."

"말도 안 되오."

"사실입니다."

크루아는 가마슈의 얼굴을 탐색하더니 사진으로 돌아갔다.

"당시 이들이 파고 있던 게 무엇인지 혹시 아십니까?"

"1869년에는 뭔가를 파는 일이 많았을 거요."

"이들이 입고 있는 옷을 봐서는 여름인 것 같고, 아마도 옛 퀘벡 시 어디일 것 같습니다. 석조 건물을 보십시오."

크루아는 흑백사진을 열심히 들여다보고 고개를 끄덕였다.

"알아볼 수는 있소."

"봉Bon 고맙습니다." 가마슈가 사진을 달라고 손을 내밀며 말했다. 크루아는 사진을 주기 아쉬운 듯했으나 결국은 가마슈에게 돌려주었다.

"시니퀴와 더글러스, 그 노동자들 사이에 있었던 만남에 대해서는 어떻게 알아냈소?"

"르노의 일기에서요. 그가 어떻게 알았는지는 모르겠습니다. 그가 찾은 책에 정보가 있지 않았을까 생각합니다만. 그는 문예역사협회에서 시니퀴가 소장하고 있던 책들을 사들였습니다. 거기 뭔가 있었던 것 같은데 아직 그 책들의 소재를 파악하지 못했습니다. 르노가 숨겨 놓은 것 같아요. 수백 년 된 책에 어떤 내용이 있길래 사람을 죽이기까지 하는 걸까요?" 가마슈가 의아해했다.

"그런 일이 얼마나 흔한지 알게 되면 놀라시겠군. 땅에 묻혔다고 죽은 게 아니오." 고고학자가 말했다. "많은 사람들에게 과거는 여전히 살아 있으니 말이오."

어떤 불쾌한 역사가 그들 주위를 배회하고 있는 것일까? 가마슈는 알고 싶었다. 오귀스탱 르노가 건드린 게 도대체 무엇이었을까?

르노 일기의 한 항목이 생각났다. 원을 그리고 수많은 느낌표를 쳐 놓은 것 말고 영원히 지켜질 수 없었던, 보다 차분한 항목. SC와의 약속.

경감은 시선을 크루아에게 둔 채 천천히 사진을 주머니에 집어넣었다. 책임 고고학자는 다시 작업대로 돌아가고 있었다.

"오귀스탱 르노와 만날 약속을 했습니까?"

크루아는 발을 멈추더니 몸을 돌려 경감을 뚫어지게 쳐다보았다.

"뭐라고요?"

"목요일 한 시요. 오귀스탱 르노는 SC라는 사람과 만날 약속을 했습니다."

"SC라고요? 누구든 될 수 있소."

"SC라는 이니셜을 쓰는 사람은 누구든 해당될 수 있겠지요. 그게 당신이었습니까?"

"내가 르노와 점심을 먹는다고? 난 피할 수만 있다면 그자와 같은 방에도 있고 싶지 않은 사람이오. 아니오. 그자가 늘 이것저것 물어보고 나를 귀찮게 했소. 만나 달라고 하면서. 하지만 나는 만나지 않았소. 그는 자기가 모든 사람보다 낫다고 생각하는 역겨운 사람이었소. 집념의 화신에다 사람들을 멋대로 휘두르는 어리석기 짝이 없는 사람이었소."

"하지만 그가 결국 옳았을지도 모르지요." 가마슈가 말했다. "그가 샹플랭을 찾았는지도 모릅니다. 그게 당신이 두려워하던 거 아닙니까? 르노가 정말로 성공할까 봐? 그래서 기회만 있으면 그를 막으려고 하지 않았습니까?"

"내가 르노를 막으려고 한 건 그가 무능한 바보이고 자기 망상에 빠져 고고학적 가치가 있는 멀쩡한 장소를 망치려고 했기 때문이오. 그자는 골칫거리였소."

세르주 크루아의 목소리가 점점 높아졌고 가혹한 말들이 단단한 돌벽에 부딪힌 다음 두 사람을 향해 튕겨 나왔다. 점점 커지는 분노가 그들 사이의 공간을 채웠다.

마지막 말은 거친 쇳소리에 가까웠다. 그 말은 흙바닥에 부딪혀 신경을 거슬리는 소리를 내며 가마슈의 등골을 서늘하게 했다.

"당신은 그를 막으려고 애썼습니다. 마침내 성공했습니까?"

"내가 그를 죽였다는 뜻이오?"

그들은 서로 노려보았다.

"난 그를 만나려고 한 적도 없고 그를 죽이려고 한 적도 없소."

"샹플랭이 어디 묻혀 있는지 아십니까?" 가마슈가 물었다.

"뭐라고 했습니까?"

"사뮈엘 드 샹플랭이 어디 묻혔는지 아시느냐고 물었습니다."

"무슨 뜻으로 하는 말이오, 그게?" 크루아의 목소리는 매우 낮았고 눈빛은 분노로 가득 찼다.

"무슨 뜻인지 아실 텐데요. 간단한 질문입니다."

"내가 샹플랭이 어디 있는지 알면서 그걸 숨기고 있단 말이오?"

크루아는 한 마디 한 마디에 경멸을 섞어 내뱉었다.

"평범한 사제, 농부, 전쟁 영웅 들이 어디에 묻혀 있는지 상상도 할 수 없습니다." 가마슈는 말하는 내내 고고학자에게서 눈을 떼지 않았다. "하지만 이 나라를 건설한 건국의 아버지의 경우는 그들과 달라야 합니다. 난 당신과 다른 고고학계 사람들이 오귀스탱 르노를 웃음거리로 만든 것이 그가 형편없어서가 아니라 정확히 그 반대였기 때문이라고 생각합니다. 그가 진실에 가까워지고 있었습니까? 정말로 샹플랭을 찾아냈습니까?"

"제정신이오? 내가 왜 우리나라에서 제일로 손꼽힐 고고학적 발견을 숨긴단 말이오? 내 경력과 명성을 완성해 줄 발견이오. 퀘베쿠아에게 우리 역사에서 사라진 조각 하나를 되돌려 준 사람으로 영원히 기억될 기회란 말이오."

"역사의 조각이 사라진 게 아닙니다, 무슈. 시신이 사라졌을 뿐입니다. 왭니까?"

"화재 때문에 지금의 대성당 자리에 있던 성당이 소실됐고, 그때 기록이 불타……"

"공식적인 역사는 나도 압니다. 하지만 그걸로는 설명이 안 됩니다. 당신도 알 겁니다. 왜 샹플랭의 시체가 발견되지 않았을까요? 이해할 수 없습니다. 그래서 나 자신에게 다른 질문을 해 보았습니다. 왜 그가 발견되지 않고 있느냐가 아니라 그가 이미 발견되었다면? 그걸 숨기는 이유는 무얼까?" 가마슈는 말을 하면서 책임 고고학자의 코와 맞닿을 만큼 가까이 다가갔다. 그리고 속삭였다. "살인까지 불사하면서요."

그들은 노려보았고 결국 크루아가 물러섰다.

"누가 왜 그런 짓을 하겠소?" 그가 물었다.

"이유는 하나뿐이지요. 그렇지 않습니까. 샹플랭은 알려진 모습과는 다른 사람이었습니다. 사람들이 우러러볼 영웅이나 아버지 같은 존재나 위대한 사람이 아니었습니다. 어쨌든 샹플랭은 프랑스계 퀘벡의 위대한 상징이 되었고, 영국이 퀘벡을 차지하지 않았다면 분리주의자들에게 강력한 힘이 되어 퀘벡을 캐나다에서 분리시킬 수 있었을지 모릅니다. 샹플랭은 영국인들을 싫어했고 그들을 잔인하다고 여겼지요. 퀘벡 분리주의자들에게 그보다 더 나은 이미지가 있겠습니까? 하지만 그게 사실이 아니라면요?"

"무슨 말을 하고 싶은 거요?"

"우리가 역사적 사실로 알고 있는 많은 것이 사실과 다르다는 말씀입니다." 가마슈가 말했다. "나도 알고 당신도 알죠. 있었던 사건들이 과장되고 영웅들이 날조되고 전쟁의 목적은 실제와는 다르게 미화됩니다. 다 의도가 있습니다. 여론을 조종해서 한 방향으로 몰고 가거나 없는 적을 만들어 내는 것. 그리고 여론몰이가 성공적일 때 항상 그 중심에는 강력한 상징이 있기 마련입니다. 그 상징이 훼손되면 모든 게 무너지기 시작하니까 그런 일은 절대 있어서는 안 되겠죠."

"하지만 샹플랭에 대해 그 정도로 치명적일 사실이 뭐가 있겠소?"

"그는 언제 태어났습니까?"

"정확히는 알려져 있지 않소."

"그가 어떻게 생겼습니까?"

크루아는 입을 열었다가 이내 다시 다물었다.

"그의 부친은 누굽니까?"

이번에 크루아는 입을 열 생각조차 하지 않았다.

"그는 밀정이었습니까? 샹플랭은 뛰어난 지도 제작자였다지만 그가 만든 지도는 말도 안 되는 피조물이 나오거나 있지도 않았던 사건들을 묘사하고 있습니다."

"그 당시 유행이 그랬소."

"거짓말이? 그것도 유행이었습니까? 우리는 그가 발견되길 원하는 세력이 누군지 압니다. 크루아 박사. 하지만 그가 계속 묻힌 채로 남아 있길 바라는 사람들은 누구일까요?"

가마슈는 책임 고고학자와 헤어지면서 그와의 만남이 보다 우호적이었길 바랐다. 세르주 크루아와 그게 가능하다면. 그는 저장고를 둘러보고 싶었고 아브라함 평원 전투와 옛 퀘벡 시의 숲에서 여전히 발견되는 포탄에 대해서 묻고 싶었다.

쿡 선장과 부갱빌이 그 전투에서 반대편으로 만나 싸웠다는 재미난 우연의 일치와, 자기편을 돕지 않기로 결정한 부갱빌의 이해할 수 없는 결정에 대해서도 의견을 구하고 싶었다.

차디찬 퀘벡의 겨울 날씨 속으로 나서기 전 그는 랑글로와에게 전화를 걸어 약속을 잡았다. 10분 뒤 그는 시 경찰청 복도를 걸으며 자문을 위해 불려 온 교수나 학자처럼 랑글로와 경위의 사무실을 찾고 있었다.

"경감님." 랑글로와가 다가와 손을 내밀었다. 큰 방 안에 있던 사람들이 가마슈가 들어서자 자리에서 일어섰다. 그는 그들에게 고개를 끄덕여 보이고 잠시 미소 지었다. 랑글로와는 그를 자기 방으로 안내했다.

"이런 일에 익숙하시겠군요." 랑글로와가 말했다.

"사람들의 시선 말인가? 위치가 위치다 보니, 그렇네. 익숙하네." 가마슈는 외투를 벗어 랑글로와에게 건넸다. "물론 납치 사건과 그에 따른 일 뒤로는 시선이 많이 달라졌네."

아닌 척해 봐야 소용없지.

랑글로와는 경감의 파카를 옷걸이에 걸었다.

"저도 물론 그 여파에 시달리고 있습니다. 제일 큰 문제는 왜 우리가 그런 음모가 진행 중인 사실을 몰랐느냐는 부분 같습니다."

랑글로와는 답을 찾아 가마슈의 얼굴을 탐색했다. 그러나 거기에는 아무것도 없었다.

"그 일을 한 자들은 참을성이 많은 자들이었네. 많은 시간을 들여 계획을 세웠지." 마침내 경감이 말했다. "눈에 띄지 않게 천천히 진행한 걸세."

"하지만 그렇게 큰일이⋯⋯." 랑글로와의 의문은 다른 이들도 가진 의문이었다. 어떻게 그걸 눈치채지 못했을까?

시선 교란. 교활함. 상황에 대처하는 능력. 가마슈는 그런 것들 때문에 눈치채지 못했으리라고 생각했다.

그는 말없이 경위가 권하는 의자에 앉았다.

랑글로와가 그의 맞은편에 앉았다. "단순한 납치가 아니라는 사실을 언제 깨달으셨습니까?"

가마슈는 침묵을 지켰다. 그는 퀘벡 경찰청 지하층의 니콜 형사를 만나고 돌아오는 보부아르 경위의 모습을 다시 보고 있었다. 가마슈 경감이 1년도 더 전에 그녀에게 배정한 곳이었다. 그녀는 싫었겠지만 끼어들지 않고 듣는 것을 반드시 배워야 했다.

그녀는 침묵을 지키는 법을 배워야 했다.

보부아르는 니콜 형사를 끌어들이고 싶어 하지 않았다. 가마슈도 마찬가지였다. 그러나 다른 방책이 보이지 않았다. 프랑쾨르 경정은 납치범들을 추적하고 있었지만 가마슈는 그가 납치범들의 계획에 끌려다닐 뿐이라는 확신이 강해졌다. 경찰청 전체가 이리저리 휘둘리고 있었다. 모랭의 위치는 넓은 주 전역에 걸쳐 사방에서 나타났다. 추적은 웃음거리가 되고 있었다.

도움이 필요했다. 그리고 지하층에서 적의를 품고 있는 젊은 형사만이 상황을 바꿀 수 있는 유일한 사람이었다.

프랑쾨르 경정에게 그녀는 안중에도 없었으리라. 누구나 마찬가지였다. 그래서 가마슈는 그녀를 통해 조용히 일을 진행시킬 수 있었다.

경감님 컴퓨터의 접속 암호를 알아야 한다고 합니다. 그러면 아무도 우리의 메시지를 볼 수 없을 겁니다. 그리고 모랭과 말할 때 가능한 한 말 사이에 간격을 두시랍니다. 그래야 주위의 소리를 잡을 수 있답니다.

가마슈는 고개를 끄덕이고 망설임 없이 개인 패스워드를 건네주었다. 그는 자신이 그녀에게 모든 것에 접속할 권한을 허용하고 있다는 사실을 알았다. 하지만 선택의 여지가 없다는 사실도 알았다. 자신들은 장님이었다. 모랭조차 도움이 될 수 없었다. 그는 벽과 시계에 꽁꽁 묶여 있었다. 그가 줄 수 있는 정보란 그를 둘러싼 콘크리트 바닥과 먼지, 그리고 자신이 있는 곳이 어디건 간에 버려진 장소 같다는 추측에 불과했다. 폴 모랭은 사위가 조용하다고 했다.

그러나 그는 잘못 알고 있었다. 그 장소는 버려진 곳이 아니었고, 전혀 조용하지도 않았다. 그는 가까운 주변의 소리를 죽이고 멀리 떨어진 가마슈의 목소리를 선명하게 들리게 해 주는 헤드셋을 쓴 채 바보가 되어 있었다.

그러나 니콜 형사가 찾아냈다. 침묵 속에 묻힌 작은 소리들을.

"수상은 일이 정치적으로 확대되지 않아서 안심하시는 것 같더군요." 랑글로와가 다리를 꼬았다. "피해가 커지지 않아서요."

그는 가마슈의 표정 없는 얼굴을 보고 즉시 자신의 말을 후회했다.

"데졸레Désolé 죄송합니다. 그런 뜻이 아니었습니다. 저도 장례 행렬에 있었습니다. 물론 한참 뒤에 있었죠."

가마슈가 희미하게 미소 지었다. "괜찮네. 이런 때는 적절한 말을 찾기가 힘들지. 적절한 표현이 있을지 모르겠네. 신경 쓰지 말게."

랑글로와는 고개를 끄덕이고 나서 마음먹은 듯 몸을 앞으로 기울였다. "언제 진상을 깨달으셨습니까?

"내가 정말 그 질문에 답을 하리라 생각하나?" 가마슈의 말투에는 신경질적으로 들리지 않을 만큼의 유머가 담겨 있었다.

"아마도 아니겠지요. 죄송합니다. 증언을 하셨다는 건 알지만 경찰로서 궁금했을 뿐입니다. 어떻게 우리 모두가 그걸 놓쳤을까요? 정말 뻔하지 않았습니까? 그 계획 말입니다."

"원초적이라고?" 가마슈가 마침내 말했다.

랑글로와가 고개를 끄덕였다. "매우 단순했죠."

"그래서 그토록 효과적이었던 것 아닐까." 가마슈가 말했다. "우린 첨단 장비를 이용한 위협을 찾는 데 시간을 보냈네. 생물학적, 유전학적 공격, 핵폭탄 같은 신무기 말일세. 인터넷을 감시하고 통신망과 위성을 동원했네."

"정작 답이 내내 눈앞에 있었는데 말입니다." 랑글로와는 놀라움에
머리를 흔들었다. "그런데도 놓쳤습니다."

자넬 찾을 거야. 자네에게 아무 일도 일어나지 않게 하겠네.

네. 경감님을 믿습니다.

폴 모랭과의 대화 중 가마슈가 의도한 잠깐의 침묵에서 모랭의 주위
에 녹아드는 유령의 속삭임 같은 희미한 소리가 잡혔다.

모랭 형사는 혼자가 아니었다. '농부'는 그를 버려둔 게 아니었다. 사
람들이 있었고 아주 낮은 소리로 대화가 오가고 있었다. 조심스러운 발
소리도. 그러나 소리를 완전히 죽이진 못했고 정밀한 기계와 민감한 귀
가 그들을 찾아냈다.

그들이 한 말은? 귀중한 몇 시간이 흘러갔지만 니콜은 마침내 결정적
인 말을 잡아냈다.

라 그랑드.

니콜은 반복해서 보부아르에게 그 소리를 들려주었고 음절 하나하나
를 조사했다. 억양과 숨결까지 조사했다. 결론에 이를 때까지.

라 그랑드. 수조 톤에 이르는 물을 저장할 수 있는 수력발전용 댐이었
다. 북아메리카에 있는 다른 그 어떤 댐에 비교해도 열 배 가까운 크기
로 수백만, 수천만의 사람들에게 전기를 공급했다.

라 그랑드가 기능을 상실하면 캐나다와 미국의 상당 지역이 암흑기로
돌아가리라.

댐은 인적 없는 곳 한가운데에 있었고 공식 허가 없이는 출입이 거의
불가능했다.

가마슈는 지하층에서 보부아르와 니콜이 보낸 전언을 받은 순간 시계를 쳐다보았다. 그들은 그가 직접 들을 수 있게끔 편집한 소리를 보내 주었다.

오전 3시였다. 여덟 시간이 남아 있었다. 그와 모랭은 페인트 견본과 색에 대해 이야기하고 있었다. 밴버리 크림색, 낸터킷 바다색, 쥐색.

몇 걸음 만에 가마슈는 자신의 방 벽에 붙여 놓은 커다란 퀘벡 공식 지도 앞으로 다가갔다. 그의 손가락이 재빨리 라 그랑드 강과 강의 흐름을 막고 물줄기를 바꾼 지점을 찾아냈다. 카리부북미에서 서식하는 순록, 순록, 사슴 천지였던 수천 제곱미터의 오래된 숲을 베어 내고 생겨난 댐이었다. 그 와중에 수은이 흘러나와 원주민들에게 피해를 입히기도 했다.

그러나 댐은 당대 최고 기술의 집적체였고 몇십 년이 지난 오늘까지 지속적으로 전기를 공급해 오고 있었다. 그게 갑자기 사라진다면?

가마슈 경감의 손끝이 지도를 더듬어 그 많은 물이, 그 많은 에너지가 갑자기 풀려났을 때 격류가 휩쓸고 지나갈 길을 따라 남쪽으로 내려갔다. 주 전체를 초토화시킬 핵폭탄과 맞먹는 효과이리라.

그의 손가락은 크리족이 모여 사는 마을을 지났고 더 큰 마을과 도시들을 가로질렀다. 발도르. 로윤 노란다.

방류된 물줄기가 잦아들고 소멸하기 전에 물은 얼마나 먼 곳까지 휩쓸고 지나갈 것인가? 댐이 품은 에너지가 다 소모도 되기 전일까? 얼마나 많은 시신들을 휩쓸 것인가?

폴 모랭은 집에서 키우던 고양이가 아버지의 프린터에 오줌을 싼 이야기를 하고 있었다.

모랭이 거기 있을까? 그가 댐에 잡혀 있는 것일까?

자넬 찾을 거야.

경감님을 믿습니다.

"경감님?"

고개를 든 가마슈는 자신을 바라보고 있는 랑글로와 경위의 얼굴과 마주했다.

"괜찮으십니까?"

가마슈가 미소 지었다. "괜찮아. 미안하네."

"제가 도와 드릴 일이라도?"

"르노 사건 말이네. 혹시 그의 아파트가 아닌 곳에서 르노의 책일지도 모르는 책 상자를 발견한 적 있나?"

"르노의 전처가 좀 가지고 있습니다. 몇 주 전에 르노가 들러서 지하실에 맡겨 놓고 갔다더군요. 왜 그러십니까?"

가마슈는 앞으로 당겨 앉으며 수첩을 꺼냈다. "전처의 집 주소를 좀 알 수 있겠나?"

"물론입니다." 그는 주소를 적어 경감에게 건넸다. "다른 건요?"

"이거면 충분하네. 메르시." 가마슈는 수첩을 접어 품에 넣고 옷을 챙겨 경위에게 감사의 인사를 한 후 자리를 떴다. 목적의식을 담은 그의 부츠가 문 밖으로 향하는 긴 복도를 울렸다.

택시에 탄 그는 에밀에게 전화를 걸었고, 집 앞에서 기다리고 있던 에밀을 태운 뒤 환하게 불을 밝힌 식당과 바가 늘어서 있는 그랑 알레를 따라 성문 밖으로 나섰다. 택시는 카르티에 로 쪽으로 우회전을 한 다음 다시 우회전을 하여 아베르딘 소로로 접어들었다.

가마슈는 택시 안에서 마담 르노와 통화하여 그녀가 집에 있는지 확인했다. 잠시 후 마담 르노가 문을 열었고, 두 남자는 안으로 들어갔다. 고풍스럽고 우아한 테라스하우스 1층에 위치한 집으로 외관을 감도는 철제 계단이 아파트 위층으로 이어져 있었다.

집 안의 바닥은 짙은 색 나무로 깔려 있었고 널찍한 방은 아름답게 꾸며져 있었다. 높은 천장과 벽이 만나는 부분에는 널찍한 고급 크라운 몰딩이 대어져 있었고, 샹들리에에는 회반죽 장미 장식이 있었다. 퀘벡의 상류층 거리에 있는 전형적인 집들 중 하나였다. 모든 사람들이 오래전에 죽은 건축가가 의도한 집에서 갇혀 살고 싶어 하는 것은 아니었다. 널찍한 이 거리에는 하늘로 치솟은 고목들이 심겨 있었고, 지금은 눈에 묻혀 잘 분간이 안 되었지만 모든 집 앞에 크지 않은 정원이 있었다.

마담 르노는 작고 활달한 여성이었다. 그녀는 손님들의 외투를 받고 커피를 권했지만 두 사람은 사양했다.

"위로의 말씀을 드립니다, 마담." 가마슈가 안내받은 거실의 소파에 앉으며 말했다.

"메르시. 그 사람하고 같이 사는 건 쉬운 일이 아니었지만요. 고집이 어마어마한 데다 자기 일에만 사로잡혀 있었어요. 그렇지만……,"

가마슈와 에밀은 그녀가 감정을 다스리는 동안 기다렸다.

"그래도 그이가 가 버리고 나니 삶이 더 허전하고 생기를 잃은 것 같아요. 전 그 사람의 열정이 부러웠답니다. 전 그 어떤 것에도 그렇게 강렬한 감정을 느낀 적이 없는 것 같아요. 그 사람은 바보가 아니었어요. 어떤 대가를 치르고 있는지 잘 알았지만, 그럼에도 기꺼이 그렇게 했던 거죠."

"그 대가가 뭐였습니까?" 에밀이 물었다.

"비웃음을 사고 조롱의 대상이 되었지요. 하지만 그 이상으로 모두가 그 사람을 싫어했어요."

"부인은 예외셨군요." 가마슈가 말했다.

그녀는 아무 말 하지 않았다. "결국에는 매우 외로운 사람이 되었죠. 하지만 그래도 상관 안 하더군요. 산 친구보다 죽은 개척자가 더 중요했으니까요."

"그는 그 책들을 언제 가져왔습니까?" 가마슈가 물었다.

"삼 주쯤 전에요. 상자가 넷이었어요. 자기 아파트에는 자리가 없다면서."

에밀과 가마슈가 눈짓을 주고받았다. 르노의 아파트가 꽉 차 있는 건 사실이었지만 집 상태가 이미 최악이었기 때문에 상자 네 개가 추가된다 해서 크게 달라질 것은 없었다.

아니, 그는 또 다른 이유로 전처에게 책 상자를 맡겼다. 안전한 보관을 위해.

"그것 말고 더 가져온 건 없었습니까?" 에밀이 물었다.

그녀는 고개를 저었다. "사람들이 편집광이라고 할 만큼 그는 천성적으로 비밀스러운 사람이었어요." 그녀는 미소 지었다. 그녀의 명랑한 성격에 가마슈는 그녀를 아내로 맞이한 오귀스탱 르노를 다시 생각했다. 잠시나마 그도 행복을 알았던 것일까? 결혼이 인생의 항로를 바꾸기 위한 그의 빛나는 시도 중 하나였을까? 그리고 이 쾌활하기 그지없는 여인과 정착할 뭍을 찾았을까? 하지만 그는 그러지 못했다.

가마슈는 에밀과 이야기를 나누는 마담 르노를 관찰했다. 그가 보기에 이 여인은 그 모든 일에도 불구하고 아직 망자를 사랑하고 있었다.

그건 축복일까, 저주일까?

그리고 그는 그 감정 또한 시간이 지나면 사라질지 궁금했다. 목소리가 사그라지고 모습도 흐릿해지는 걸까? 기억도 희미해지고 과거에 그저 그랬던 또 다른 즐거움이 그 자리를 차지하게 될까?

아베크 르 텅시간이 해결해 주리라. 사랑이 식을까?

"저희가 책들을 살펴봐도 괜찮을까요?" 가마슈가 물었다.

"그럼요. 다른 경찰분들도 와서 보셨지만 그리 관심 있게 보시진 않던걸요. 특별히 찾는 게 있으신가요?"

"두 권 있습니다." 가마슈가 말했다. 그들은 아파트 뒤쪽의 널찍한 옛날식 부엌으로 자리를 옮겼다. "불행히도 우리는 그게 어떤 책인지 모릅니다."

"찾으시는 책이 여기 있으면 좋겠네요." 그녀는 문을 열고 불을 켰다.

어둡고 먼지 쌓인 지하실로 내려가는 나무 계단이 보였다. 희미한 사향 냄새가 그들을 맞았다. 계단 아래로 향하자 물속을 헤치고 들어가는 듯한 기분이 들었다. 가마슈는 찬 공기가 다리를 휘감고 올라오는 것을 느낄 수 있었다. 그 느낌은 가슴으로, 머리로 올라와 이윽고 가마슈는 축축하고 차가운 공기 속에 푹 잠겼다.

"머리 조심하세요." 그녀가 말했지만 두 사람은 이런 옛집의 구조에 익숙했고 이미 상체를 굽히고 있었다. "상자는 반대쪽 벽에 있어요."

가마슈의 눈이 어둠에 적응하는 데 시간이 걸렸지만 이내 적응이 되었고 그는 네 개의 판지 상자를 보았다. 상자 앞으로 다가간 가마슈는 에밀이 다른 상자를 살피는 동안 한 상자 앞에 무릎을 꿇었다.

가마슈 앞의 상자는 다양한 크기의 책들로 가득 차 있었다. 그는 제일 먼저 각 권에 부여된 번호가 있는지 확인했다. 모든 책이 문예역사협회에서 나온 책이었고 몇 권의 저자는 샤를 시니퀴였지만 일기에 적혀 있던 번호와 일치하는 책은 없었다. 그는 다른 상자로 옮겨 갔다.

그 상자에는 제본된 설교집, 참고 도서, 신교와 구교의 낡은 가정용 성서가 들어 있었다. 그는 첫 번째 책을 집어 번호를 확인했다. 9-8495. 심장 박동이 빨라졌다. 찾던 상자였다. 펼쳐 든 다음 책과 그다음 책의 번호가 이어졌다. 9-8496, 8497, 8498. 가마슈는 그다음 책인 검은 가죽 장정의 설교집을 꺼내어 펼쳤다. 9-8500.

그는 의지만으로 번호를 바꾸려는 듯 숫자를 노려보다가 상자 안에 든 스무 권의 책을 주의를 기울여 다시 정렬했다. 번호 하나가 빠져 있었다.

9-8499.

설교집과 시니퀴의 견진성사 교리집 사이에 있어야 할 책이었다.

"모디Maudits 빌어먹을." 가마슈가 이 사이로 욕을 뱉었다. 왜 여기 없단 말인가?

"찾으셨습니까?" 그는 에밀에게 돌아섰다.

"아니. 그 망할 책이 여기 있어야 하는데." 에밀이 두 권의 책 사이로 손가락을 넣어 보였다. "하지만 없네. 9-8572. 누가 먼저 왔다 갔을까?"

"마담 르노는 랑글로와의 부하들만 왔다고 했습니다."

"그래도 여기 있는 것들이 도움이 되겠지." 에밀이 말했다.

가마슈는 상자 안을 들여다보았다. 검은 가죽으로 제본된 같은 크기의 책들이 책등이 보이게 꽂혀 있었다. 가마슈는 한 권을 꺼내 넘겨 보았다. 일기였다. 에밀이 고른 상자에는 일기와 샤를 파스칼 텔레스포르

시니퀴의 저작물이 들어 있었다.

"한 권이 일 년이네." 에밀이 말했다. "1869년도 일기가 없군."

가마슈는 엉덩방아를 찧고 앉아 자신의 스승을 보았다. 에밀은 미소 짓고 있었다.

지하실의 희미한 불빛 속에서도 가마슈는 에밀의 빛나는 눈을 볼 수 있었다. "그래, 경감?" 에밀이 허리를 펴며 말했다. "다음은 뭔가?"

"이제 해야 할 일은 하나뿐입니다, 대장." 가마슈가 웃었다. 그는 시니퀴의 일기가 담긴 상자를 들고 일어섰다. "마시러 가십시다."

둘은 위층으로 올라와서 마담 르노의 허락하에 상자를 들고 떠났다. 길모퉁이에 크리그호프 카페가 있었고 두 사람은 잠깐 동안의 추위를 뚫고 그곳에 다다라 다른 손님에게서 떨어진 창가의 구석진 곳에 자리를 잡았다. 저녁 6시여서 막 퇴근하는 사람들이 몰려들고 있었다. 근처 정부 기관에서 나온 공무원과 정치인, 교수, 작가와 예술가 들. 이곳은 보헤미안들의 소굴이자 분리주의자들의 아지트로 수십 년 된 카페였다.

청바지와 스웨터 차림의 종업원이 그들에게 땅콩 한 접시와 스카치 두 잔을 가져다주었다. 그들은 술을 먹고 안주를 깨작거리면서 시니퀴의 일기를 읽었다. 숭고하면서 동시에 미친 사람의 마음속을 들여다볼 수 있는 흥미로운 일기였다. 그 마음은 자기 자신을 들여다볼 여력 없는 목적의식과 미혹에 사로잡혀 있었다.

그는 영혼은 구제하고 높으신 분들은 엿 먹일 사람이었다.

가마슈의 전화기가 울렸고 그는 전화를 받았다.

"경감님?"

"장 기로군. 어떻게 지내나?"

짧은 물음이었지만 단순한 인사치레가 아닌 진심이 담겨 있었다.

"정말 잘 지내고 있습니다. 전보다 많이 나아졌어요."

그렇게 들렸다. 젊은 목소리에 가마슈가 최근 몇 달간 듣지 못했던 활력이 있었다.

"경감님은요? 지금 어디 계십니까? 주변이 시끄러운 것 같네요."

"크리그호프 카페네."

보부아르의 웃음이 전화선을 타고 들려왔다. "사건 수사에 열심이시군요. 알 것 같습니다."

"비앙 쉬르Bien sûr 물론이지. 자네는?" 가마슈도 소음을 들을 수 있었다.

"비스트로입니다. 조사 중입니다."

"그렇군. 고생하게."

"경감님 도움이 필요합니다." 보부아르가 말했다. "은둔자 살해에 관해서요."

20

가마슈 경감이 샤를 시니퀴의 일기와 1860년대 퀘벡에서 자신을 분리해 예스러운 정취가 넘치는 현대의 스리 파인스 마을로 데려가는 데는 시간이 걸렸다.

그러나 그리 큰 도약은 아니었다. 그는 스리 파인스가 지난 150년 동안 별로 변한 게 없을 거라 여겼다. 시니퀴 신부가 그 작은 마을을 방문했더라도 옛날과 똑같은 돌집, 지붕창이 달리고 굴뚝이 있는 물막이 판자를 댄 집들을 보았을 터였다. 그 역시 마을 잔디 광장을 가로질러 시들어 가는 장미색 벽돌로 지어진 가게들을 방문하고, 마을 공동체의 한가운데에 있는 세 그루의 나무 앞에 머물러 경관을 감상했으리라.

지난 150년 동안 스리 파인스에서 바뀐 것은 사람들뿐이었다. 아마 루스 자도는 예외일지 모르지만. 가마슈는 루스가 어떻게 시니퀴 신부를 맞았을지 오직 상상만 할 수 있었지만 술에 취한 미친 시인이 술은 입에도 대지 않는 미친 목회자를 만나는 장면은 상상만으로도 웃음이 났다.

루스가 쓴 시가 있었다.

그럼 이 잔을 받아
향에 취해 마시고 먹어
아플 때까지. 더 아플 때까지
그래도 나아지는 것은 없지만

시니퀴는 그녀를 치유할 수 있었을까? 무엇을? 음주, 아니면 그녀의 시? 그녀의 상처? 그녀의 말들?

"어떻게 도와주면 되겠나?" 그는 자신의 부관이 비스트로의 벽난로 앞에서 지역 맥주를 마시면서 짭짤한 칩 한 사발을 앞에 놓고 앉은 모습을 그리며 물었다.

"올리비에가 은둔자를 죽인 게 아니라면 용의자는 다섯 명입니다." 보부아르가 말했다. "하보크 파라와 그의 아버지 로어, 뱅상 질베르와 아들 마르크, 아니면 올드 먼딘입니다."

"계속하게." 가마슈는 크리그호프 카페 창밖의 눈 쌓인 저녁 거리를 기어가는 차들과 여전히 불을 밝히고 있는 생기 넘치는 크리스마스 전등을 바라보았다. 이 도시가 지금처럼 예뻐 보인 적이 없었다.

"두 가지 의문이 있습니다. 기회가 있었던 자와 동기를 가진 자는 누구인가? 제가 보기에 로어, 하보크, 마르크는 각각 기회가 있었습니다. 로어는 오두막으로 이르는 길을 내고 있었지요. 문제의 오두막은 마르크의 땅에 있었고 마르크는 언제든 그 길을 걸어 오두막집을 발견할 수 있었습니다."

"세 브레C'est vrai 그렇지." 경감은 보부아르가 자신의 모습을 볼 수 있기라도 한 것처럼 그렇게 말하며 고개를 끄덕였다.

"매주 토요일 저녁 늦게까지 일한 하보크가 올리비에를 따라 오두막까지 갔는지도 모릅니다."

가마슈는 은둔자가 살해됐던 밤을 기억해 내기 위해 잠시 사이를 두었다. "하지만 하보크만 비스트로에 있던 게 아니었지. 올드 먼딘도 토요일 저녁마다 문 닫을 때쯤 수리할 가구가 있는지 보러 들른다고 했네. 그는 살인이 있던 날 저녁에도 갔었네."

"사실입니다." 보부아르가 동의했다. "하지만 보통은 집으로 곧장 돌아간다고 했죠. 비스트로가 문을 닫기 전에요. 하지만 네, 그도 가능성이 있습니다."

"그러니까 로어와 하보크 파라, 올드 먼딘과 마르크 질베르. 다들 오두막을 발견할 수 있었고 피해자를 죽일 가능성이 있었네. 그렇다면 뱅상 질베르는 왜 여전히 용의자인가? 자네 말대로 그가 오두막집을 발견했을 가능성은 낮아 보이는데."

보부아르가 망설였다. "너무 잘 들어맞는 느낌이어서요. 그의 아들이 아무도 원치 않는 버려진 옛 저택을 샀습니다. 그들이 그곳으로 이사한 다음 은둔자가 살해됐고, 마르크의 절연한 아버지가 거의 그와 동시에 나타났습니다."

"하지만 증거가 없네." 가마슈가 살짝 밀어붙이듯 말했다. "자네의 직감뿐이지."

그는 부관이 예민해지는 것을 느낄 수 있었다. 장 기 보부아르는 '직관'이나 '감'과는 인연이 멀었다. 가마슈는 아니었다.

"하지만 자네가 맞을지도 모르지." 경감이 말했다. "동기는 어떤가?"

"그건 더 어렵습니다. 올리비에가 은둔자를 죽이고 싶어 했을 이유야 명확하지만 다른 사람의 경우는 어떨까요? 동기가 강도였다면 살인자는 일을 망쳤습니다. 우리가 결론 내린 바로는 달리 없어진 게 없었으니까요."

"다른 동기가 있다면 무엇이겠나?" 가마슈가 물었다.

"복수요. 은둔자가 과거에 끔찍한 일을 했고 범인이 그를 찾아 그에 대한 대가를 치르게 한 겁니다. 몇 년 동안 그를 추적해 왔는지도 모르죠. 그러면 은둔자가 은둔해 있던 이유도 설명이 됩니다. 그는 숨어 있었던 거죠. 그 보물들은 출처가 있어야 합니다. 그가 그것들을 훔친 게 분명합니다."

"그렇다면 살인 후에 그것들을 챙겨 가지 않은 이유는 뭔가? 왜 다 두고 갔지?"

그는 외딴 숲 속에 묻혀 있던 오두막의 모습을 다시 떠올렸다. 밖에서 보기에는 그저 나무로 된 낡은 오두막일 뿐이었다. 창가에는 꽃과 허브를 키우는 화분이 있고 근처에는 텃밭이, 뒤에는 깨끗한 물이 흐르는 시내가 있었다. 그러나 집 안으로 들어가면 유명인들의 서명이 있는 초판본 책들과 오래된 도자기, 태피스트리, 호박 방에서 떼어 온 패널, 금은과 크리스털을 녹여 만든 촛대가 있었다. 그리고 바이올린도.

오두막 안에 선 깡마른 모랭 형사는 키 큰 나무 인형처럼 어색하고 뻣뻣한 모습이었다. 그러나 그가 그 값비싼 바이올린을 연주하는 순간 그의 모습이 바뀌었다.

〈콤 퀴글리〉의 잊을 수 없는 첫 소절이 떠올랐다.

"다른 가능성도 있습니다." 보부아르가 말했다. "살인이 보물과는 아무 관련 없고 은둔자의 다른 행적 때문일 가능성이오."

"그 말은 보물이 실은 우리를 오도했다는 뜻이군. 나를."

"그 오두막에 발을 들여놓은 사람이라면 보물 외의 다른 동기가 존재할 수 있으리라고는 생각하지 못했을 겁니다. 너무 분명해 보였죠."

그러나 가마슈는 보부아르가 그답지 않은 외교적 언사를 구사하고 있다는 걸 알았다. 가마슈 자신이 그 사건의 수사 책임자였다. 자신이 수사관들에게 임무를 주었고, 스리 파인스 내에 동기와 범인이 존재한다고 때때로 강하게 주장했던 보부아르 경위의 이의 제기에도 불구하고 자신의 직감을 따랐다.

이제 가마슈는 자신이 틀렸고 보부아르가 옳았다는 것을 알았다. 그리고 어쩌면 죄 없는 사람을 감옥으로 보냈는지도 몰랐다.

"좋아. 보물과 살인은 아무 연관도 없었다고 가정해 보세." 경감이 말했다. "살인자가 원했던 유일한 일은 은둔자를 죽이는 것뿐이었고, 그 일을 마치고는 그대로 떠났다고 가정해 보자고."

"그래서," 보부아르가 안락의자의 한쪽 팔걸이에 다리를 걸치고 다른 팔걸이에 몸을 묻으며 말했다. 그는 비스트로에 있는 사람들의 시야에서 가려져 있어 사람들에게 보이는 것은 오직 한가로이 흔들리는 다리뿐이었다. 아무도 그를 볼 수 없었지만 그 또한 아무도 볼 수 없었다. "이제 보물은 치워졌지만 여전히 몇 가지 단서는 남아 있습니다. '우'라는 글자가 새겨진 피 묻은 연필향나무 조각과 거미줄이오. 분명 뭔가 의미가 있을 겁니다. 그리고 오두막 사방에 널려 있었던 샬럿이라는 이름이오. 기억하십니까?"

가마슈는 기억했다. 헛고생으로 판명됐지만 그 이름 때문에 그는 브리티시컬럼비아 북부의 안개 낀 군도를 찾아 대륙을 가로질렀다.

"자네의 용의자 명단에 특징이 하나 있군." 가마슈가 명단을 머릿속에서 되짚어 보고 말했다.

"위Oui 네?"

"모두 남자군."

"기회 균등 고용 부서에서 시비를 걸어올까 봐 걱정되십니까?" 보부아르가 웃었다.

"몇몇 여자들도 고려해 볼 필요가 있다고 생각했을 뿐이네." 가마슈가 말했다. "여자들은 인내심이 강하지. 여자들이 저지른 잔혹한 범죄들을 본 적이 있네. 남자들에 비해 덜하지만 여자들은 때를 기다리는 데 더 능하지."

"재미있군요. 클라라도 오늘 오후에 비슷한 말을 했습니다."

"어쩌다가?" 가마슈가 몸을 앞으로 기울였다. 가마슈의 생각에 클라라 모로가 하는 말은 모두 귀 기울여 들을 가치가 있었다.

"그녀는 마을 여자들과 오전을 보냈습니다. 올드의 아내가 기묘한 이야기를 했던 모양입니다. 그녀는 먼저 여자를 죽이라는 대테러전의 교전 수칙의 어떤 매뉴얼을 인용했답니다."

"모사드 규범이지. 읽은 적이 있네." 가마슈가 말했다.

보부아르는 잠시 말을 잊었다. 경감은 자신을 놀라게 하는 재주가 있었다. 그것은 때로 루스의 이해할 수 없는 시구였지만 대개는 이처럼 그의 지식 범위 내에 있는 것들이었다.

"그럼 그 수칙이 의미하는 바도 아시겠군요." 보부아르가 말했다. "여성의 살인 능력 말입니다."

"알지. 하지만 그 수칙은 대개 여자의 헌신에 대한 내용이네. 여자는 한번 마음먹으면 절대 포기하지 않고 무자비하며 멈추지도 않지." 가마슈는 잠시 생각을 가다듬으며 밖을 바라보았다. 살을 에는 추위에 맞서 걸어가는 사람들의 모습은 더 이상 보이지 않았다. "그런 이야기가 왜 나온 건가? 와이프는 왜 그런 말을 했지?"

"사건에 대한 이야기를 하고 있었답니다. 클라라가 해나 파라에게 당신이라면 사람을 죽일 수 있겠냐고 물었다더군요."

"클라라에게 좀 더 신중하라고 얘기해 줘야겠군." 경감이 말했다. "그 말에 반응을 보인 사람이 있었다고 하던가?"

"클라라는 모두가 반응을 보였지만 결국 모사드가 제대로 짚은 것 같다고 마지못해 동의했다고 합니다."

가마슈가 얼굴을 찌푸렸다. "그 외 오간 얘기는?"

보부아르는 수첩을 참고하여 가마슈에게 나머지 대화에 대해서도 들려주었다. 아버지와 어머니 들에 대한 이야기, 알츠하이머병 이야기, 찰리 먼딘과 질베르 의사 이야기.

"흥미로운 사실이 하나 더 있습니다. 클라라 생각에는 마르크 질베르가 올드 먼딘을 질투하는 것 같답니다."

"어째서?"

"자기 아버지가 먼딘네에서 많은 시간을 보내니까요. 와이프도 올드가 질베르 의사와 어떤 유대감을 형성하게 된 것 같다고 하더군요. 아버지 대신처럼요."

"질투는 강력한 감정이지. 살인을 불러올 만큼."

"하지만 그는 피해자가 아니죠. 올드 먼딘은 멀쩡히 살아 있습니다."

"그럼 이 이야기가 은둔자의 죽음과 어떻게 엮인다고 생각하나?" 경감은 묻고 긴 침묵이 이어지는 동안 기다렸다. 마침내 보부아르가 잘 모르겠다고 실토했다.

"카롤 질베르와 올드 먼딘은 둘 다 퀘벡 시 출신입니다. 그 사람들에 대해 알아봐 주시겠습니까?" 경감이 그러마고 답하자 보부아르는 잠시 머뭇거리다 마지막 질문을 던졌다. "경감님은 좀 어떠십니까?"

그는 경감이 언젠가 자신에게 그 사실을 말할지도 모른다는 두려움 때문에 묻기 싫었다.

"난 지금 에밀 코모와 크리그호프 카페에서 땅콩 접시를 앞에 놓고 스카치를 마시고 있네. 나쁠 게 뭐가 있겠나?" 가마슈의 목소리는 따뜻하고 유쾌했다.

그러나 장 기 보부아르는 뭐가 나쁠 수 있고, 그랬었는지 정확하게 알았다.

전화를 끊을 때 어떤 이미지가 그의 머릿속을 점령했다. 초대한 적도 없고 기대하지도 않고 원치도 않는 이미지였다.

총을 든 경감이 갑자기 중심을 잃고 발이 허공에 뜬 채 몸이 뒤틀리며 땅바닥으로 떨어지는 모습. 차가운 시멘트 바닥에 쓰러진 모습이.

가마슈와 에밀은 택시를 불러 일기 꾸러미를 집으로 가져갔다. 에밀이 스튜를 데워 간단하게 저녁을 차리는 동안 가마슈는 앙리의 저녁을 챙겨 주고 앙리의 산책을 겸해서 근처 빵집으로 새 바게트를 사러 다녀왔다.

두 사람은 탁자 위에 껍질이 딱딱한 빵 한 바구니와 각자의 앞에 소고기 스튜 한 사발을 놓았고, 둘 사이의 소파 위에 시니퀴의 일기를 쌓아 놓은 거실에 앉아 있었다.

그들은 저녁 내내 먹고 읽고 가끔씩은 메모도 하고, 서로에게 흥미롭거나 특히 감동적이거나 의도치 않게 우스운 구절을 읽어 주며 시간을 보냈다.

11시경에 아르망 가마슈는 독서용 안경을 벗고 피로한 눈을 문질렀다. 흥미로운 사료인지는 몰라도 시니퀴의 일기는 아직까지 그들에게 도움이 되는 정보를 별로 담고 있지 않았다. 아일랜드 노동자인 패트릭과 오마라에 대한 언급도 찾을 수 없었다. 초기 일기에 제임스 더글러스에 대한 이야기가 나오기는 하지만 조금 지나자 그의 이름은 지나가면서 언급되는 정도에 불과했다. 에밀이 찾아 가마슈에게 읽어 준 부분에 따르면 더글러스는 결국 짐을 싸서 그의 미라 세 구와 함께 아들과 살러 피츠버그로 갔다고 했다.

가마슈는 그 부분을 듣고 미소 지었다. 시니퀴는 공깃돌을 챙겨 집으로 돌아가는 아이나 할 짓이라는 듯 그의 행동을 하찮게 여겼다. 시니퀴 신부는 의도적으로 더글러스 박사를 깎아내렸을까? 사이가 틀어졌던 걸까? 그게 중요할까?

한 시간 뒤 그는 에밀을 흘끗 보았고 그가 무릎 위에 일기를 펼쳐 놓은 채 잠들었다는 것을 알았다. 그는 조심스럽게 에밀의 손을 들어 올려 책을 치우고 나서 에밀의 머리 뒤에 베개를 받쳐 준 다음 담요를 가져다 덮어 주었다.

가마슈는 조용히 커다란 벚나무 장작을 불에 넣은 다음 앙리와 살금 살금 침실로 갔다.

다음 날 아침 식사 전에 가마슈는 책임 고고학자가 보낸 이메일을 발견했다.

"흥미로운 정보인가?" 에밀이 물었다.

"아주요. 잘 주무셨습니까?" 가마슈가 미소를 지으며 메시지에서 고개를 들었다.

"불 앞에서 잠든 게 어제가 처음이라고 얘기할 수 있다면 좋을 텐데 말이야." 에밀이 웃었다.

"제 얘기가 그렇게 재미없던가요?"

"아닐세. 난 자네 말은 아예 안 듣네. 알 텐데."

"의심은 했었죠. 이것 좀 들어 보세요." 가마슈의 눈이 이메일로 돌아갔다. "세르주 크루아가 보낸 겁니다. 제가 부탁한 게 있었죠. 1869년 여름에 올드 퀘벡 시에서 진행 중이던 굴착 공사에 대해 알아봐 달라고 부탁했습니다."

에밀이 가마슈 옆에 앉았다. "시니퀴와 더글러스가 아일랜드 노동자들을 만난 해로군."

"맞습니다. 없어진 일기에 나오는 해죠. 크루아 박사 말이 그해 여름 큰 공사가 세 건 있었답니다. 요새에서 성벽 보강 공사가 있었고, 종합 병원 확장 공사가 있었고, 마지막으로 어떤 레스토랑에 지하실을 팠답니다. 올드 홈스테드유명한 스테이크 전문점으로 전 세계에 지점이 있다요."

에밀은 잠시 아무 말이 없더니 의자에 몸을 기대고 손을 얼굴로 가져가 생각에 잠겼다. 가마슈가 의자를 뒤로 물리고 일어섰다.

"오늘 아침은 제가 사죠, 에밀."

코모 역시 눈을 빛내며 일어섰다. "어디로 가는지 알겠군."

20분도 되기 전에 두 사람은 코테 드 라 파브리크 가의 가파르고 미끄러운 비탈길을 오르고 있었다. 그들은 중간중간 멈춰서 숨을 고르며 위압적으로 솟아 있는 노트르담 대성당을 올려다보았다. 예전에 샹플랭의 후원으로 예수회 신부와 수사들이 세운 작은 성당이 있던 자리였다. 전략적 요충지를 둘러싸고 영국계와 벌였던 밀고 당기는 싸움에서 퀘벡을 되찾은 기념으로 성모 마리아에게 바친 신세계의 소박한 예배당이었다.

여기서 샹플랭의 장례가 거행되었고, 그는 잠시나마 여기 묻혔다. 한동안 오귀스탱 르노는 그가 아직 성당 안 성 요셉에게 봉헌된 작은 예배소에 묻혀 있다고 확신했고, 거기서 납을 댄 관과 오래된 동전 몇 개를 찾아냈다. 그리고 허가 없이 발굴을 시작해 교회까지 말려든 폭풍을 일으켰다. 르노 편에 선 세바스티앵 신부는 책임 고고학자의 분노를 샀다.

여전히 아무것도 발견되지 않았다. 샹플랭은 나타나지 않았다.

어쨌거나 기이하게도 그 관은 열린 적이 없었다. 모두가 그 관이 샹플랭일 리 없다는 데 동의했다. 몽칼름 장군은 기꺼이 파낸 데 반해, 누군지도 모르는 망자에 대해 고고학자들과 르노와 교회가 보인 존중의 드문 쇼였다.

가마슈는 걸으면서 계속 생각했다. 샹플랭이 교회가 아닌 묘지에 묻혔다고 가정해 보자. 퀘벡의 아버지가 묻혀 있는 곳을 알려 주었어야 할 기록은 화재 때 소실되었고 묘지의 위치조차 명확하지 않았다. 그러나 묘지가 교회 건물 옆에 있었다면 묘지의 위치는 대강……

이쯤이었다.

가마슈는 멈추어 섰다. 그의 머리 위로 샤토 프롱트나가 어렴풋이 나타났고 그 옆에서 샹플랭이 극단적으로 과장된 영웅의 모습으로 도시를 내려다보고 있었다.

그리고 경감의 바로 앞에는? 올드 홈스테드 레스토랑이 있었다.

그는 장갑을 벗고 재킷 속에 손을 넣어 1869년에 찍은 갈색 사진을 꺼냈다.

가마슈는 뒤로 몇 걸음 물러선 다음 오른쪽으로 두어 발짝 간 뒤 멈춰 섰다. 사진과 눈앞의 풍경을 비교했다. 맨손이 추위로 빨갛게 달아오르고 있었지만 사진을 계속 쥔 채 확신을 원했다.

맞았다.

여기가 패트릭과 오마라가 150년 전 푹푹 찌는 여름날 서 있던 장소였다.

그들은 올드 홈스테드 지하를 파다가 평소 무뚝뚝한 이들을 미소 짓게 한 무언가를 찾았다. 홈스테드농장의 건물과 땅이 딸린 주택가 레스토랑이 되기 전 이곳은 말 그대로 개인 주택이었다. 그리고 그 전에는? 숲이나 들이었으리라.

아니면 아마도 묘지였거나.

올드 홈스테드는 이제 싸구려 식당이었다. 좋았던 시절은 이미 지나갔다. 영국인들이 포탄을 퍼붓던 시절에도 최근 몇 해 만에 변해 버린 지금 모습보다는 나았으리라.

예전 의상을 연상시키는 의상을 입은 종업원들이 싸구려 흰색 머그잔에 연한 커피를 따르고 있었다. 고풍스럽게 보이도록 만든 딱딱하고 불편한 나무 의자는 건물의 외양에 마음을 빼앗긴 관광객들이 외양만큼 아름다운 내부 장식을 기대하게 할 만한 물건이었다.

하지만 아니었다.

넘칠 것 같은 커피가 에밀과 가마슈 앞에 한 잔씩 놓였다. 그들은 뜯어지고 찢긴 부분을 반짝이는 은색 접착테이프로 수선한, 빨간색 모조 가죽을 씌운 낡은 의자에 그럭저럭 자리를 잡았다.

가마슈는 에밀과 시선을 마주쳤다. 한때 도시의 역사적인 장소였던 곳을 바라보는 그들의 심정이 착잡했다. 올드 퀘벡 시는 프랑스계들이 용감히 싸워 얻은 그들의 유산이자 그들의 파트리무안느자산였다. 그들은 되풀이하여 영국계의 손아귀에서 이 도시를 빼앗았고 수백 년이 지난 지금 다시 망가뜨리고 있었다.

하지만 지금 두 사람의 관심은 건물 안에 있는 것이 아니었다. 건물

밖에 있는 것에도 아무 관심이 없었다. 그들에게 중요한 것은 건물 아래에 누워 있었다. 베이컨과 달걀이라는 단출한 아침 식사를 주문하고 두 사람은 머리를 맞대고 각종 이론을 펼쳐 보았다. 감자튀김과 콩 요리를 곁들인 식사가 나왔다. 놀랍게도 달걀의 조리 상태는 완벽했고 베이컨은 바삭했으며 정말로 집에서 구운 듯한 펭 드 메나주_{집에서 만든 빵이라는 뜻}는 따뜻하고 맛있었다. 아침을 다 먹고 계산을 마친 가마슈는 종업원을 다시 불렀다.

"한 가지 더 부탁할 게 있습니다."

"뭔가요?"

그녀는 조급해했다. 팁을 다 받았으니 다른 손님, 그리고 또 다른 손님을 시중들러 가야 했다. 그래야 아이들을 먹이고 변변찮은 지붕을 이고 살 수 있었다. 좋은 옷과 비누 냄새와 또 다른 냄새를 풍기는 유복해 보이는 이 두 신사가 그녀를 붙들어 두고 있었다.

그녀는 백단향 냄새라는 걸 알았다. 좋은 향기였다. 둘 중 키가 더 큰 신사가 친절하고 속 깊은 시선으로 그녀를 바라보며 미소 짓고 있었다. 신은 그녀의 노력을 알았지만 그렇더라도 미소로 집세를 낼 순 없었다. 타인의 친절이 아이를 먹여 주지 않았다. 그녀는 이 사람들이 얼른 나가고 새 손님이 그 자리를 채우길 바랐다.

"매니저와 이야기를 좀 나누고 싶습니다." 가마슈는 그녀의 얼굴에서 긴장의 빛을 보고 서둘러 그녀를 안심시켰다. "불평이 아닙니다, 전혀. 부탁이 있어서 그럽니다. 실은 당신이 도울 수도 있습니다. 오귀스탱 르노라는 사람을 아십니까?"

"샹플랭한테 미쳐 있었다던 사람요? 살해당한 사람. 알죠."

"그 사람을 본 적 있습니까?"

"무슨 말이에요?"

"그 사람이 이 식당에 온 적 있습니까?"

"몇 번이오. 모두가 그를 알아요. 몇 주 전에는 제가 그 사람을 담당했어요."

"혼자 왔습니까, 아니면 일행이 있었나요?"

"항상 혼자였어요."

"손님들을 늘 그렇게 다 기억하십니까?" 그렇게 묻는 에밀에게 그녀의 따가운 시선이 돌아왔다.

"전혀 아니죠." 그녀가 코웃음 치듯 말했다. "기억할 만한 사람만요. 오귀스탱 르노는 기억할 만한 사람이었어요. 지역 유명 인사니까요."

"그 사람이 오기 시작한 건 최근의 일이었나요?" 가마슈가 물었다.

"지난 몇 주 동안이었을 거예요. 왜요?"

"르노가 혹시 매니저와도 이야기를 나누었습니까?"

"직접 물어보세요." 그녀는 커피포트를 든 손으로 계산대 옆의 젊은 여자를 가리켰다.

가마슈는 그녀에게 팁으로 20달러를 주었고, 두 남자는 계산대로 가 자신들을 소개했다. 젊고 예의 바른 매니저가 그들의 질문에 답했다. 네. 오귀스탱 르노를 기억하죠. 네. 지하실을 보고 싶다는 요청을 받았습니다. 거길 파고 싶어 할까 봐 걱정스러웠어요.

"보여 주셨습니까?" 에밀이 물었다.

"그랬어요." 잘못된 일을 하게 될까 봐 두려워하는 순진한 젊은 여성의 눈빛이 조심스러운 기색이었고, 어떤 사람들은 늘 예외라는 사실을 천천히 깨닫고 있었다.

"그게 언제 일인가요?" 에밀이 상대방을 무장 해제시키는 편안한 목소리로 물었다.

"몇 주 전이오. 경찰에서 오셨나요?"

"저희는 수사를 돕고 있습니다." 가마슈가 말했다. "지하실을 좀 볼 수 있을까요?"

그녀는 망설였지만 결국 응했다. 가마슈는 수색영장을 발부받거나 에밀에게 뇌졸중 연기를 시킬 필요가 없어져서 마음이 놓였다.

지하실은 천장이 낮아 그들은 다시 한 번 머리를 숙여야 했다. 벽은 콘크리트블록으로 되어 있었고 바닥도 콘크리트로 발라져 있었다. 포도주와 맥주 상자가 시원한 구석에 쌓여 있었고 망가진 가구가 뒤쪽에 쌓여 있었다.

해골들 같았지만 해골은 아니었다. 이곳이 한때는 평범한 레스토랑의 지하실이 아닌 다른 모습이었다는 걸 드러낼 만한 무언가는 전혀 없었다. 가마슈는 그녀에게 감사 인사를 했고, 그녀는 먼저 계단을 올랐다. 매니저가 시야에서 사라지고 에밀도 계단을 반쯤 올랐을 즈음 가마슈가 그 자리에 멈추어 섰다.

"무슨 일인가?" 에밀이 물었다.

가마슈는 조용히 서 있었다. 가마슈는 형광등 불빛 아래, 맥주와 종이 상자와 거미줄 냄새 속에, 이곳의 지루한 정적 속에서 상념에 잠겼다.

정말 이곳일까? 여기가 샹플랭이 묻혀 있는 곳일까?

에밀이 계단을 도로 내려왔다. "무슨 일인가?" 그가 다시 물었다.

"샹플랭 협회분들을 다시 만나 뵐 수 있을까요?"

"물론이지. 오늘 한 시 반에 모임이 있네."

"잘됐군요." 가마슈는 그렇게 말하며 계단을 향해 힘차게 발걸음을 옮겼다. 위층에 이르러 불을 끄기 전 그는 지하실을 다시 한 번 돌아보았다.

"우린 샤토 프롱트나의 생 로랑 바 바로 옆방에서 만난다네." 에밀이 말했다.

"거기에 그런 방이 있는지 몰랐습니다."

"아는 사람이 많지 않네. 우린 모든 비밀을 알고 있지."

모두는 아니겠지. 가마슈는 지하실의 불을 끄며 생각했다.

21

두 사람은 올드 홈스테드 밖에서 헤어져 에밀은 자신의 볼일을 보러 갔고 가마슈는 장로교회를 향해 오른쪽으로 발걸음을 돌렸다. 그는 교회 안에 들어가 그 고요함 속에서 젊은 목사와 이야기를 나누고 싶은 유혹을 느꼈다. 그는 가마슈의 생각보다 더 많은 것을 간직한 사람이었다.

가마슈는 톰 핸콕이 마음에 들었다. 걸으면서 생각해 보니 이 사건과 관계된 모든 이가 마음에 들었다. 문예역사협회 이사회의 모든 사람들,

샹플랭 협회 회원들. 그는 심지어 책임 고고학자도 마음에 들었다. 아니면 적어도 이해할 수 있었다.

그러나 이들 중 한 명은 거의 확실히 살인자였다. 이들 중 한 명이 삽을 들어 오귀스탱 르노의 머리를 내리쳤고 시체가 영원히 발견되지 않으리라는 믿음으로 그를 지하실에 묻었다. 전화선이 끊어지는 일이 없었다면 오귀스탱 르노도 샹플랭만큼이나 완전히 증발했으리라.

가마슈는 문예역사협회의 외관을 감상하기 위해 발걸음을 멈추고는 사건에 대해 생각에 잠겼다.

보부아르가 말한 동기와 기회는, 당연한 말이지만 그가 옳았다. 살인자에게는 살인의 이유와 실행에 옮길 기회, 둘 다 있어야 했다.

그는 지난 사건에서 잘못된 판단을 했다. 보물이 시야를 가려 사건의 겉모양만 보고 그 안에 숨겨진 것을 보지 못했다.

이 사건에서도 같은 실수를 반복하고 있는 걸까? 샹플랭의 무덤이라는 크고 빛나는 명백한 동기가 실은 잘못된 걸까? 어쩌면 이 사건은 퀘벡의 아버지를 찾는 것과는 아무 관련이 없을지도 모르는 일이었다. 하지만 그게 아니라면 대체 무엇일까? 르노의 삶은 온통 한 가지에 집중되어 있었고 그의 죽음 또한 확실히 그랬다.

계단을 올라 문예역사협회의 문을 열려던 그는 문이 잠겨 있다는 것을 알았다. 그는 시계를 보았다. 아직 오전 9시도 되기 전이었으니 잠긴 것이 당연했다. 갑자기 할 일이 없어지자 얄궂게도 더 간절히 들어가고 싶어졌다.

그는 휴대전화를 꺼내 전화를 걸었다. 신호음이 두 번 울린 뒤 맑고 씩씩한 목소리의 여자가 전화를 받았다.

"위 알루?"

"마담 맥워터, 아르망 가마슈입니다. 데졸레Désolé 죄송합니다. 너무 이른 시간에 방해한 건 아닌지 모르겠군요."

"아니에요. 막 아침을 먹으려던 참이었어요. 무슨 일이신가요?"

가마슈는 망설였다. "그게, 말씀드리기 좀 민망합니다만 제가 너무 서둘렀던 모양입니다. 지금 문예역사협회 문 앞에 와 있는데, 당연하지만 문이 잠겨 있군요."

그녀가 소리 내어 웃었다. "그렇게 열성적인 회원은 여태 없었는데요. 새로운 경험이네요. 제게 열쇠가……,"

"아침 식사를 방해하고 싶지 않습니다."

"그래도 계속 현관 계단에 서 계실 수는 없잖아요. 그러다 얼어 죽을 거예요."

가마슈도 그 말이 그냥 상투적인 표현이 아니라는 것을 알았다. 매년 겨울 많은 사람들이 그렇게 죽었다. 그들은 너무 오래 추위 속에 있었고 아무 방비 없이 자신을 노출시켰다. 그리고 추위가 그들을 죽였다.

"제 집으로 오세요. 커피 한잔하고 계시다 같이 가시죠. 오래 안 걸릴 거예요."

가마슈는 명령을 들으면 그에 따를 줄 알았다. 그녀는 그에게 집 주소를 불러 주었다. 도테이유 가 모퉁이를 돌면 바로 나오는 집이었다.

몇 분 뒤 그 주소에 이른 그는 집을 보고 놀랐다. 그가 기대한 만큼이나 웅장한 집이었다. 옛 퀘벡 시에서 웅장함은 크기의 문제가 아닌 디테일의 문제였다. 회색 돌벽, 문과 창문의 조각들, 단순하고 선명한 선들. 우아하고 고상한 집들이 줄지어 있었다.

그는 그동안 도테이유 가를 수차례 오르내렸었다. 아름다운 거리가 많은 퀘벡에서도 단연 돋보이는 거리였다. 이 거리는 도시를 방어하는 성벽과 같은 선상에 있었으나 거리와 성벽 사이에는 공원이 있었다. 그리고 거리의 한편에 이런 집들이 늘어서 있었다.

여기가 퀘벡의 초기 정착자들인 영국계와 프랑스계가 사는 거리였다. 사제들, 산업가들, 장군들, 대주교들 모두가 적을 도발하듯 성벽을 마주 보는 이 우아한 집들에 살았다.

가마슈는 이 집들 가운데 몇몇 집에서 주관한 칵테일파티와 연회에 초대된 적이 있었고 한번은 국빈 공식 만찬에 초대된 적이 있었다. 그러나 지금 그가 바라보고 있는 이 집 안으로 발을 들여놓은 기억은 없었다. 돌들의 배치가 아름다웠고 집 외벽에 쓰인, 칠이 된 나무에는 철제가 둘러져 있었으며 관리가 잘되어 있었다.

그가 현관 계단에 서 있는데 문이 열렸다. 그는 재빨리 집 안으로 들어갔지만 추위는 그를 따라 들어왔다. 그가 어두운 색 나무로 마감한 현관에 서 있는 동안 그 추위가 그를 망토처럼 감싸고 있다가 천천히 스러졌다.

엘리자베스가 그의 외투를 받아 들었고 가마슈는 부츠를 벗었다. 현관에는 남자용과 여자용 벨벳 슬리퍼가 여러 켤레 줄지어 놓여 있었다.

"무엇이든 내키는 걸로 신으세요."

그는 한 켤레를 고르면서 얼마나 많은 발이 얼마나 많은 세대를 거쳐 오면서 이 슬리퍼를 신었을지 생각했다. 슬리퍼는 에드워드 시대 스타일로 보였고 매우 편안했다.

벽에는 색감이 화려하고 아름다운, 값비싼 윌리엄 모리스 벽지가 발라져 있었다. 벽 위쪽의 3분의 1은 윤기 나는 마호가니 패널로 장식되어 있었다.

소나무로 된 마룻바닥 여기저기에는 인도산 카펫이 놓여 있었다.

"이쪽으로 오세요. 작은 식당에 아침상을 차려 놓았답니다."

그는 그녀를 따라 밝고 통풍이 잘되는 방으로 들어갔다. 난로에 불이 피워져 있었고 벽을 따라 책장이 들어차 있었으며 가재발선인장과 양치식물이 담긴 자르디니에_{화분}가 가득했다. 그리고 불 앞의 무릎방석에 아침 식사를 담은 쟁반이 올려져 있었다. 토스트와 잼, 그리고 두 개의 본차이나 커피 잔.

"드릴까요?" 그녀가 물었다.

"고맙습니다."

그녀가 커피를 따라 건넨 잔에 그는 크림과 설탕을 넣었다. 그는 그녀가 앉은 소파 맞은편의 편안한 의자에 앉으면서 바닥에 놓인 책 몇 권과 세 종류의 신문 「르 드부와르」, 「르 솔레유」, 「가제트」에 눈길을 주었다.

"무슨 일로 그렇게 일찍 협회에 오셨나요, 경감님?"

"우린 오귀스탱 르노가 얻게 된 협회 책이 무엇인지 거의 알아내 가는 중입니다."

"난처한 일이네요." 그녀가 옅은 미소를 지었다. "우릴 비난하던 사람들이 옳았군요. 부끄러운 일이에요. 우리가 우리 품을 떠나서는 안 되었던 책들을 팔았나요?"

가마슈는 그녀의 눈을 들여다보았다. 그 눈은 차분했고 흔들림이 없었으며, 듣게 될 답을 두려워할지언정 듣고 싶어 하는 눈이었다. 그녀를 바라보는 동안 몇몇 사물이 세세하게 시야에 들어왔다. 자신이 앉은 의자와 소파는 낡고 바랬고 마룻널 몇몇 장은 살짝 뒤틀려 있었다. 조금만 손보면 제대로 맞출 수 있을 터였다. 그리고 찬장의 문 하나는 손잡이가 달아나고 없었다.

"아무래도 그랬던 것 같습니다. 그 책들 중엔 시니퀴 신부의 개인적인 일기와 일지도 있었습니다."

그녀는 눈을 감았지만 고개를 떨구지는 않았다. 그녀가 눈을 다시 떴을 때 그 시선은 여전히 흔들림이 없었지만 약간 슬퍼 보였다.

"저런, 좋지 못한 소식이네요. 이사회에 알려야 할 일이에요."

"지금은 사건의 증거물이어서 불가능하겠지만 나중에 무슈 르노의 미망인과 이야기해 보시면 아마 합리적인 가격에 재구입이 가능하시지 않을까 생각합니다."

그녀는 마음이 놓이는 표정이었다. "그렇게만 된다면 다행이지요. 고맙습니다."

"하지만 한 권이 없어진 상태입니다. 1869년분이오."

"정말인가요?"

"우리가 찾고 있던 책 중의 한 권입니다. 오귀스탱 르노가 자신의 일기에서 언급한 책들 중 한 권이지요."

"왜 1869년인가요?"

"모르겠습니다." 그리고 그 말은 어느 정도 사실이었다. 넉넉히 짐작은 가능했지만 지금은 그 이야기를 하지 않을 생각이었다.

"다른 한 권은요?"

"그것도 종적이 묘연합니다. 그것들과 함께 팔린 책들은 찾았습니다만 없어진 게 뭔지는 모르는 상태입니다." 그는 잔을 조심스럽게 쟁반

위에 올려놓았다. "혹시 시니퀴 신부와 제임스 더글러스, 그리고 두 명의 아일랜드인 노동자들이 문예역사협회에서 가졌던 만남에 대해 알고 계십니까?"

"1800년대 후반에요?" 그녀는 놀라 보였다. "아뇨. 아일랜드 노동자라고 하셨나요?" 가마슈는 고개를 끄덕였다. 그녀는 말없이 얼굴을 찌푸렸다.

"왜 그러십니까?"

"그 시절에 아일랜드인이 문예역사협회를 찾았다는 게 믿기지 않아서요. 지금은 아일랜드인도 많이 가입되어 있지만요. 그런 구분이 사라진 건 하늘에 감사할 일이에요. 하지만 그때는 아일랜드계와 영국계 사이에 반목이 심할 때였지요."

그것이 신세계의 약점이라는 것을 가마슈는 알고 있었다. 사람들은 기존의 갈등을 잊지 않았다.

"하지만 지금은 그렇게 나쁜 관계가 아니겠죠?"

"그래요. 시간이 가면서 점차 나아졌어요. 게다가 영국계는 싸울 수도 없을 만큼 수가 적어요."

"구명보트?" 그가 커피 잔을 들며 미소 지었다.

"그 비유를 기억하세요? 네, 바로 그거죠. 구명보트를 흔들 만큼 어리석은 사람이 누가 있겠어요?"

그리고 경감은 그 위의 승객들이 평화를 얼마나 유지할 수 있을지 궁금했다. 그는 커피를 마시며 방을 둘러보았다. 방은 좀 낡았지만 편안했고, 그도 기꺼이 살고 싶을 방이었다. 그녀는 낡은 천이나 떨어진 페인트를 눈치채지 못했을까? 자잘하게 수리해야 할 것들이 쌓여 가는 것을? 사람들이 한곳에 오랜 세월 살다 보면 물건을 있는 그대로 보는 게 아니라 예전에 그랬던 대로 보게 된다는 걸 가마슈는 알고 있었다.

하지만 집의 외관은 관리한 기색이 역력했다. 페인트칠도, 필요한 수리도 되어 있다.

"영어권 사회가 작다는 말씀을 하시니 생각나는데 먼딘 가족을 혹시 아십니까?"

"먼딘이오? 물론 알죠. 프티 샹플랭 가에서 잘나가는 골동품점을 오랫동안 운영했어요. 아름다운 물건이 많았죠. 저는 거기에 몇몇 물건을 가져갔답니다."

가마슈가 그녀에게 묻는 시선을 던졌다.

"팔려고요, 경감님."

그녀는 머뭇거리지도 얼굴을 붉히지도 구태여 설명하려 하지도 않았다. 사실을 말할 뿐이었다.

그리고 그는 자신의 답을 갖고 있었다. 그녀는 모든 걸 보고 있었지만 그녀의 변변치 않은 수입은 집의 외관만을 돌볼 수 있을 뿐이었다. 체면의 문제였다. 유명했던 맥워터 가문의 부는 이제 사라졌고 존재하지 않았지만 그녀는 외양을 지키고 있었다.

그녀에겐 겉으로 보이는 것, 외관이 중요했다. 그녀는 그걸 지키기 위해 어디까지 할 수 있을까?

"먼딘 가족에게 비극적인 일이 있었다고 들었습니다." 그가 말했다.

"네, 매우 슬픈 일이었지요. 그는 어느 해 봄에 자살했어요. 강 위로 걸어 나가서 물에 빠졌지요. 공식적으로는 사고라고 되어 있지만 모두 진실을 알고 있었어요."

"얇은 얼음."

그녀가 희미하게 미소 지었다. "그런 거지요."

"그가 왜 그런 선택을 했다고 생각하십니까?"

엘리자베스는 그 질문에 대해 생각하다가 고개를 저었다. "모르겠어요. 그는 행복해 보였지만 일들이 겉보기와 늘 같지 않은 법이니까요."

광택이 나는 페인트, 돋보이는 돌벽을 갖춘 이 집의 완벽한 외관처럼.

"아이가 여럿이라고는 들었는데 전 한 아이밖에 못 봤어요. 아들이오. 곱슬곱슬한 금발에 사랑스러운 아이였죠. 늘 아버지를 따라다녔어요. 그는 아들에게 별명을 붙여 주었는데 그게 뭐였는지 지금은 기억이 안 나네요."

"올드요."

"네?"

"'올드'가 그 별명이었습니다."

"맞아요. 이제 기억나네요. '친구ᵒˡᵈ ˢᵒⁿ 호칭으로 '어이', '자네'라는 뜻. 맏아들을 가리키기도 하지만 호격으로 쓰이는 경우는 드물다'라고 늘 그렇게 불렀죠. 그 아이는 어떻게 되었는지 궁금하네요."

"그는 스리 파인스라는 마을에서 살고 있습니다. 가구를 제작하고 복원하는 일을 업으로 삼으면서요."

"우린 우리 부모님들에게서 배우죠." 엘리자베스가 미소를 지었다.

"아버지께서 제게 피들을 가르치셨죠." 모랭이 말했다. "경감님 아버님께서도 경감님께 가르쳐 주신 악기가 있나요?"

"아니. 하지만 아버지는 노래를 즐겨 부르셨지. 아버지는 내게 시를 가르치셨어. 우린 우트레몽을 지나 루아얄 산으로 긴 산책을 가곤 했는데 아버지는 거기서 시를 암송하셨지. 나는 따라 했네. 잘하진 못했을 거야. 시구 대부분이 내겐 아무 의미도 없었지만 단어 하나하나를 전부 기억했지. 나중에는 그 말들의 의미를 알게 됐네."

"그 의미가 뭐였는데요?"

"세상 전부였지." 가마슈가 말했다. "아버지는 내가 아홉 살 때 돌아가셨네."

모랭이 잠시 침묵했다. "죄송합니다. 이 나이에도 아버지를 잃는 건 상상도 하기 어려워요. 끔찍했을 것 같아요."

"그랬지."

"어머님은요? 어머님도 힘든 시간이셨겠군요."

"어머니도 그때 돌아가셨네. 교통사고였지."

"정말 유감입니다." 작아진 목소리가 말했다. 폭탄과 연결된 딱딱한 의자에 홀로 묶여 벽시계를 마주 보고 있는 젊은 형사가 사무실에서 편안히 앉아 있는 덩치 큰 남자를 위해 고통을 나누고 있었다.

초읽기. 남은 시간은 여섯 시간 이십삼 분.

그리고 가마슈의 컴퓨터에는 비밀리에 다른 단서를 조사하고 있는 그의 팀이 보내는 메시지가 빠른 속도로 줄을 잇고 있었다.

이제 젊은 형사가 라 그랑드 댐에 잡혀 있지 않다는 사실이 명확했다. 니콜 형사와 보부아르 경위는 거대한 터빈이 돌아가는 소리를 잡을 수 없었다. 하지만 그들은 다른 소리를 잡았다. 기차 소리. 일부는 화물열차 같고 일부는 여객열차 같다고 니콜은 말했다. 머리 위를 날아가는 비행기 소리도 잡힌다고 했다.

니콜 형사는 소리를 한 겹 한 겹 벗겨 가며 조금씩 분리해 냈다.

전화에 내장형 칩이 설치되어 있어서 추적을 할 수 없습니다. 니콜의 메시지는 그랬다.

그게 무슨 뜻인가? 가마슈가 썼다.

떠돌이처럼 통신망을 타고 이리저리 움직이는 거죠. 여기저기서 나타나는 겁니다. 그래서 사방에 있는 것처럼 들리는 거예요.

어느 선을 사용하고 있는지 알아낼 수 있나?

시간이 충분치 않아요. 니콜이 답했다.

여섯 시간이 남아 있었다. 그 뒤엔 두 가지 일이 한꺼번에 일어날 터였다. 폭탄이 북미에서 가장 큰 댐을 폭파하리라. 그리고 모랭 형사는 처형되리라.

시간이 점점 줄어들고 있었고 아르망 가마슈 경감은 끔찍한 결정을 내려야 할 순간이 다가오고 있다는 것을 알았다. 선택의 시간.

"먼딘네 아들은 행복한가요?" 엘리자베스가 물었다.

가마슈가 제자리로 돌아오는 데는 심장 박동이 한 번 뛸 만큼의 시간이 걸렸다. "그런 것 같습니다. 아들도 있어요. 찰리라고 합니다."

"찰리요." 그녀가 미소 지었다. "부모 이름을 따서 아이 이름을 짓는다는 건 멋진 일이에요."

엘리자베스는 일어나 아침 먹은 것을 치우기 시작했다. 가마슈는 쟁반을 부엌까지 들어 주었다.

"여쭤 보고 싶은 이름이 하나 더 있습니다." 가마슈가 접시를 닦으며 말했다. "카롤 질베르를 아십니까?"

"뱅상 질베르의 아내요?"

"위." 그는 그렇게 대답하면서도 과연 마담 질베르가 연을 끊고 지낸 까다로운 남편의 존재에 기대어 불리는 걸 좋아할지 궁금했다.

"조금은 알고 지냈어요. 같은 브리지 클럽 소속이었거든요. 하지만 이사를 갔던 것으로 기억해요. 퀘벡 시는 그리 크지 않아요, 경감님. 그 중에서도 성벽 안의 옛 도시는 더 작죠."

"그리고 사교적인 만남의 범위는 더 작겠군요?" 경감이 웃었다.

"네, 그래요. 어떤 사회는 사용하는 언어에 따라 결정되고, 어떤 사회는 경제적, 사회적 지위에 따라, 공통 관심사에 따라 묶이지만 겹칠 때도 많죠. 대부분의 사람들은 하나 이상의 그룹에 속하잖아요. 카롤 질베르는 브리지를 통해서 아는 사이였다고 할 수 있을 거예요."

그녀는 그를 따라 현관으로 걸어 나오며 그에게 따뜻하게 웃어 보였다. "그런데 왜 궁금하신 거죠?"

그들은 두꺼운 겨울 코트와 부츠, 모자와 목도리를 장착했고, 옷을 다 입었을 때쯤에는 누가 일흔다섯 먹은 여인이고 누가 퀘벡 살인 수사반 반장인지 구별하기 힘들 정도였다.

"몇 달 전 스리 파인스라는 마을에서 사건이 있었습니다. 카롤 질베르는 지금 거기 살고 있습니다. 올드 먼딘도요."

"정말인가요?" 그렇지만 그녀는 그리 관심을 가지는 것 같지 않았다. 예의 바른 반응이었지만 열중한 기색은 아니었다. 햇빛 속으로 나간 그들은 좁은 길의 한가운데에서 나란히 걸었다. 그들 앞에 젊은 사람들이 땅에서 10미터 높이에 매달려 있는 모습이 보였다. 그들은 겨울 내내 지붕에서 눈을 쓸어 내는 일을 했다. 그들이 도끼와 곡괭이로 가파른 금속 지붕을 압박하는 얼음과 쌓여 얼어붙은 눈을 끊어 내는 모습을 보고 있자니 마음이 조마조마했다.

겨울이면 언제나 지붕이 무너지는 일이 생겼고, 지붕에서 미끄러진 눈과 얼음이 운 나쁜 행인을 덮쳤다. 미끄러지는 얼음이 내는 소리는 여느 소리와도 같지 않았다. 느리고 깊은 신음과 날카로운 소음 사이를 오가는 소리라고 할까. 모든 퀘베쿠아는 런던 대공습의 폭탄 소리 같은 그 소리를 알고 있었다.

하지만 그 소리를 분별하는 것과 그에 따라 행동하는 것은 전혀 달랐다. 돌로 지은 옛 건물들 사이에서 반향을 불러일으키는 소리는 정확한 위치를 가늠하기 힘들었다. 바로 머리 위에서 나는 소리일 수도 있고 거리 저편일 수도 있었다.

그래서 진짜 퀘베쿠아들은 길 한가운데로 걸었다. 여행자들은 종종 그 소리가 들리기 전까지는 퀘베쿠아들이 친절해서 인도를 자신들에게 양보하는 줄로 착각하곤 했다.

"그 두 사람이 퀘벡 시에서 서로 알고 지냈을까요?" 그가 물었다.

"가능한 일이에요. 무슈 먼딘의 가게에서 물건을 샀을 수도 있고, 어쩌면 팔았을지도 모르죠. 제 기억에 그녀가 가진 물건들 중엔 대단한 것들이 있었어요. 유서 깊은 퀘벡 가문이니까요."

"질베르가가요?"

"아뇨. 마담 질베르의 가족이오. 울로신 집안이죠."

그들은 문예역사협회에 이르렀다.

"전 카롤을 좋아했어요. 늘 판단이 정확했거든요." 엘리자베스가 장갑 속에서 따뜻해진 열쇠를 꺼내며 말했다. "카롤과 하는 브리지는 즐거웠어요. 쓸데없는 패를 내거나 하는 일이 없었으니까. 매우 인내심 있고 차분하고 전략을 잘 세웠죠."

가마슈는 안에 들어서서 엘리자베스를 도와 불을 켜고 난방을 넣었다. 그 뒤 그녀는 가마슈 경감을 근사한 도서실에 혼자 두고 사무실로 갔다. 그는 은행에 온 구두쇠처럼 잠시 서 있었다. 이윽고 원형의 철제 계단으로 걸어가 위로 올라갔다. 그는 계단 맨 위에서 다시 멈추었다. 오래된 도서관 특유의 정적이 주위를 감쌌고 그는 생각에 잠긴 채 홀로 남겨졌다.

"라 그랑드? 지금 농담하는 건가?" 프랑쾨르 경정이 몰아붙였다.

사무실로 돌아온 보부아르 경위가 경감에게 자신과 니콜 형사가 모은 증거를 보여 주었다. 증거는 많지 않았지만 그 정도면 충분했다. 그들은 그렇게 생각했고 그 증거가 맞길 바랐다. 보부아르는 다시 계단을 한 번에 두 단씩 뛰어올라, 눈에 뜨이지 않길 바라며 뒤쪽 복도 문을 열었다. 비상계단 문틈으로 경정이 수색 작전을 지휘하는 모습이 보였다. 상황을 검토하며 지시를 내리는 모습. 최선을 다하고 있다는 인상을 주는 모습이었다.

그리고 그는 아마 최선을 다하고 있었으리라. 하지만 보부아르는 그런대로 만족스러울 뿐 그게 최선은 아니라고 생각했다.

가마슈 경감이 자신의 케임브리지 대학 시절에 대해 이야기하는 소리가 스피커를 통해 들려왔다. 1960년대에 퀘벡에서 잡혔던 영어 TV 프로그램을 통해 익힌 몇 가지 표현 외에는 영어를 거의 할 줄도 모르면서 케임브리지로 갔다고 했다.

"표현이라니요? 어떤 표현 말입니까?" 폴 모랭이 물었다. 그의 목소리는 지쳐 있었고, 매 단어를 힘들게 뱉어 냈다.

"클링곤족〈스타트렉〉에 나오는 호전적 외계인에게 발사." 경감이 말했다.

모랭 형사가 기운을 내서 웃었다. "정말 그 말을 그곳 사람들한테 하셨다고요?"

"슬프지만 그랬지. 그것 말고 '맙소사, 제독님, 정말 끔찍한데요.'도 있었네."

이제 모랭 형사는 큰 소리로 웃고 있었고, 보부아르는 프랑쾨르 경정을 포함한 상황실 사람들의 입가에 떠도는 미소를 보았다. 보부아르 역시 미소를 지으며 경감에게로 시선을 돌렸다.

그는 유리 너머로 경감을 보았다. 경감의 눈은 감겨 있었고 잿빛 수염이 거뭇하게 자라 있었다. 그리고 가마슈는 보부아르가 한 번도 본 적이 없는 행동을 했다. 그 긴 세월 동안, 그 많은 사건들을 통틀어, 그들이 보고 겪은 죽음과 절망과 피로를 통틀어 단 한 번도 보인 적 없는 행동이었다.

가마슈 경감은 얼굴을 숙여 양손에 묻었다.

잠시 동안이었지만 보부아르가 평생 잊지 못할 순간이었다. 젊은 폴 모랭이 소리 내어 웃고 있는 순간에 가마슈 경감은 얼굴을 가렸다.

그러나 그는 곧 얼굴을 들었고 보부아르의 시선을 받았다. 순간 익숙한 가면이 돌아왔다. 확고하고 기운 넘치는 지휘자의 모습이.

보부아르는 증거물을 들고 경감의 사무실로 들어갔다. 그리고 가마슈의 요청에 따라 프랑쾨르 경정을 방으로 데려와 테이프를 틀었다.

"지금 장난하자는 건가?"

"제가 장난하자는 걸로 보이십니까?"

경감은 일어서 있었다. 그는 폴 모랭에게 말을 계속하라고 했다. 그리고 헤드폰을 벗어 던지고 마이크를 손으로 감쌌다.

"이 녹음은 대체 어디서 났나?" 프랑쾨르가 따졌다. 스피커에서는 폴 모랭이 아버지의 채소 텃밭과 아스파라거스를 기르는 데 시간이 얼마나 걸리는지에 대해 이야기하고 있었다.

"모랭이 잡혀 있는 곳의 배경음입니다." 가마슈가 말했다.

"하지만 이걸 어디서 구했냐고?" 프랑쾨르는 화를 내고 있었다.

"지금 그게 중요한 게 아닙니다. 들리지 않으십니까?" 가마슈는 니콜 형사가 찾아낸 부분을 다시 틀었다. "두세 번 반복됩니다."

"라 그랑드. 그래. 나도 들리네. 하지만 어떤 뜻이라도 될 수 있어. 납치범들이 뒤에서 사주한 자를 부르는 호칭인지도 모르지."

"라 그랑드가요? 라 그랑드 프로마주_{큰 치즈라는 뜻으로 두목이라는 뜻이 있다}처럼 말입니까? 이건 만화가 아닙니다." 가마슈는 숨을 깊이 들이마시고 답답한 심정을 다스리려 노력했다. 스피커에서는 모랭이 토마토의 종자에 대한 화제를 이어 가고 있었다.

"제 생각은 이렇습니다." 가마슈가 말했다. "납치범은 대마를 키우다 겁먹은 무지렁이 농부가 아닙니다. 이건 긴 시간을 들여 계획된……,"

"그래, 그 얘긴 전에도 들었네. 증거가 없어."

"이게 증겁니다." 각고의 노력으로 가마슈는 고함을 지르는 대신 목소리를 으르렁거리는 정도로 낮추었다. "그자는 말한 대로 모랭을 혼자 버려두지 않았습니다. 실은 모랭이 혼자가 아닌 게 분명할뿐더러 적어도 두 명, 어쩌면 세 명의 사람들과 같이 있습니다."

"그래서 뭐? 모랭이 댐에 잡혀 있다고 생각하는 건가?"

"처음에는 그랬습니다. 그러나 배경음에 터빈 돌아가는 소리가 잡히지 않습니다."

"그래서 자네 이론이 뭔가, 경감?"

"저는 저들이 댐을 폭파할 계획이고, 우릴 묶어 두기 위해서 모랭을 납치했다고 생각합니다."

프랑쾨르 경정이 가마슈를 노려보았다. 그것은 경찰청이 두려워하는 시나리오였다. 거대한 댐을 볼모로 삼은 위협. 그들은 그에 대비하여 수없이 연습했고 대응 방침도 가지고 있었다.

"자네 제정신이 아니군. 근거가 뭔가? 그의 주위에서 소리가 들려왔다고? 잘 들리지도 않는 두 단어를 가지고? 혼선으로 잡힌 소리일 수도 있는데? 자네 생각엔 지금부터," 프랑쾨르는 고개를 들어 시각을 확인했다. "여섯 시간 후면 누가 라 그랑드 댐을 폭파할 거란 말인가? 그리고 그들은 거기에 있지조차 않다고? 다른 데서 자네의 젊은 부하와 같이 앉아 있다고?"

"주의를 돌리려는 겁니다. 그들이 원하는 건……,"

"그만하게." 프랑쾨르 경정이 쏘아붙였다. "그게 주의를 돌리는 거라면 자네가 지금 그 함정에 빠진 걸세. 말도 안 되는 단서를 따라 토끼몰이를 하길 바라는 거겠지. 자네가 이보다는 머리가 잘 돌아간다고 생각했는데. 그리고 '그들'이라니 그들이 대체 누군가? 누가 댐을 폭파하고 싶어 하겠나? 말도 안 되는 소리야."

"제발, 프랑쾨르." 가마슈의 낮은 목소리는 피로로 거칠었다. "제가 맞다면요?"

그 말이 문을 향하고 있던 경정을 멈추게 했다. 그는 돌아서서 가마슈 경감을 노려보았다. 이어진 긴 침묵 속에서 그들은 소똥 비료와 말똥 비료의 차이에 대한 강의를 들었다.

"더 많은 증거를 가져와."

"라코스트 형사가 모으는 중입니다."

"그녀는 지금 어디 있나?"

가마슈 경감은 재빨리 보부아르 경위에게 시선을 보냈다. 그들은 두 시간 전 라코스트 형사를 댐에서 가장 가까이 위치한 외딴 마을 크리족 공동체로 파견했었다. 댐이 세워질 때 가장 큰 영향을 받았고 댐이 갑작스레 무너지면 가장 큰 영향을 받을 곳이기도 했다. 그녀는 가마슈가 몇 년 전 샤토 프롱트나 근처의 한 벤치에서 만났던 나이 든 크리족 여인을 찾으라는 지시를 받았다.

그들은 지금쯤 그녀가 증거를 확보했길 바랐다. 프랑쾨르 경정에게 기술력을 총동원한 추적을 중단하고 시야를 낮추게 할 확신을 주기 위해. 현 상황의 주시를 중단하고 과거로 눈을 돌리도록.

그러나 아직까지 라코스트 형사에게서 연락이 없었다.

"부탁입니다, 경정님." 가마슈가 말했다. "몇 사람만 투입해 주십시오. 댐에 은밀히 보안 경고를 하십시오. 다른 기관에 감지된 정보가 있는지 알아봐야 합니다."

"그리고 바보 천치 취급을 당하라고?"

"마땅히 할 일을 하는 지휘관처럼 보일 겁니다."

프랑쾨르가 가마슈를 노려보았다. "좋아. 거기까진 하지."

그가 방을 떠났고, 가마슈는 경정이 자신의 오른팔과 이야기하는 모습을 보았다. 그는 프랑쾨르의 많은 부분을 의심스러워했지만 그중에 수만 명의 퀘베쿠아를 죽일 만한 면모는 없었다.

그는 헤드폰을 다시 쓰고 모랭 형사의 말을 다시 듣기 시작했다. 누이

와 싸우다가 콩을 서로에게 집어 던졌던 이야기를 하는 젊은 형사의 목소리는 다시 느릿하고 지친 음성으로 돌아가 있었다.

가마슈는 그 화제에 끼어들어 자신의 아이들인 다니엘과 아니가 어릴 때 싸우던 이야기를 했다. 더 섬세하고 신중한 쪽은 다니엘이었고 어리고 쾌활한 아니는 늘 이기는 쪽이었다. 그리고 아이들 사이의 경쟁 심리가 시간이 지남에 따라 깊은 애정으로 바뀌었다는 이야기도 했다.

그는 말을 하면서도 두 가지 사실을 의식했다.

여섯 시간이 채 남지 않은 11시 18분에 라 그랑드 수력발전 댐은 폭발할 터였다. 그리고 폴 모랭 형사는 처형되리라. 가마슈 경감은 한 가지 사실을 더 의식했다. 둘 중 하나만 막을 수 있다면 그는 무엇을 선택해야 할지 알고 있었다.

"경감님 친구분은 잘 지내세요?"

"친구요?" 가마슈는 몸을 돌리고 엘리자베스가 책을 몇 권 안고 도서관으로 들어와 '반납' 카트에 올려놓는 모습을 보았다.

"무슈 코모요." 그녀가 말했다. "에밀." 그녀는 가마슈를 보지 않고 카트 위로 몸을 기울여 책을 정리했다.

"아, 잘 지내세요. 몇 시간 뒤에 샤토에서 뵐 예정입니다. 샹플랭 협회 모임이 있습니다."

"재미있는 분이에요." 그녀는 그 말을 남기고 가마슈를 도서관에 홀로 둔 채 다시 한 번 사라졌다. 그는 그녀의 발소리가 사라질 때까지 있다가 산더미 같은 책들을 둘러보았다. 어디서부터 시작한다?

"진척이 있나요? 가능한 거죠?"

피로가 마침내 모랭을 마모시켰고 여태 참아 온 공포가 곤두선 신경을 타고 전화선으로 전해졌다.

"해낼 거야. 믿게."

침묵이 흘렀다. "정말입니까?" 긴장된 목소리가 거의 삐걱거렸다.

"확신하네. 두려운가?"

그저 침묵과 우는 소리만 들릴 뿐 답이 없었다.

"모랭 형사." 가마슈가 책상에서 벌떡 일어섰다. 잠시 기다렸지만 답은 들려오지 않았다. 그러나 그 소리만으로도 능히 짐작할 수 있었다.

가마슈는 몇 분 동안 특별할 것 없는 위안의 말을 입에 담았다. 봄꽃과 손주들을 위한 선물과 로리에르 가의 레메아 비스트로에서 먹은 점심과 자신의 아버지가 제일 좋아했던 노래 이야기. 전화선 저편에서 모랭 형사가 통곡하는 소리가 들려왔다. 그가 그토록 오랫동안 두려움을 참을 수 있었다는 것만 해도 이미 대단한 일이었다.

하지만 이제 그 두려움이 터져 전화선을 타고 흘렀다.

가마슈 경감은 생 레미 산에서 스키를 탄 이야기와 클라라 모로의 그림 이야기, 루스 자도의 시 이야기를 했다. 울부짖음이 천천히 흐느낌으로 바뀌고 흐느낌이 떨림으로 바뀌어 마침내 한숨이 되었다.

가마슈는 말을 멈추었다. "두려운가?" 그는 다시 물었다.

큰 창문 너머 사무실 밖에서 형사들, 분석가들, 특별 수사관들과 프랑쾨르 경정까지 모두 하던 일을 중단하고 경감을 바라보았고, 그동안 몹시도 용감했지만 이젠 무너져 내리고 있는 형사의 목소리를 들었다.

희미한 불빛 아래에서 이베트 니콜 형사는 초록색 눈을 빛내며 듣고, 그 모든 것을 녹음했다.

"듣고 있나, 모랭 형사?"

"네, 경감님." 그러나 목소리는 작고 불안정했다.

"늦기 전에 자넬 찾을 걸세." 한 마디 한 마디가 천천히, 또박또박 흘러나왔다. 그 말은 바위와 돌처럼 확고했다. "최악을 상상하지 말게."

"하지만……."

"내 말 듣게." 경감이 명령조로 말했다. "무슨 생각을 하는지 아네. 자연스러운 생각이야. 하지만 그만둬야 하네. 폭탄이 터지는 상상을 하면서 시간이 영이 되는 순간을 생각하겠지. 맞나?"

"비슷합니다." 모랭은 달리기를 끝낸 것처럼 헐떡였다.

"그만두게. 앞으로 일어날 일을 생각해야 한다면 수잔과 부모님을 다시 만나는 생각을 하게. 나중에 아이들에게 해 줄 멋진 이야기들을 상상해. 생각을 제어하면 감정을 다스릴 수 있네. 나를 믿나?"

"네, 경감님." 목소리가 약간 힘을 되찾았다.

"나를 믿나, 모랭 형사?" 경감이 밀어붙였다.

"네, 경감님." 목소리에 좀 더 자신감이 돌아왔다.

"내가 자네에게 거짓말을 한다고 생각하나?"

"아닙니다, 경감님. 절대요."

"시간 내에 자넬 찾을 걸세. 나를 믿나?"

"네, 경감님."

"내가 뭘 한다고?"

"저를 시간 내에 찾으신다고요."

"절대, 절대 그걸 잊지 말게."

"네, 경감님." 모랭 형사의 목소리는 경감의 목소리만큼 확신에 차 있었고 강했다. "경감님을 믿습니다."

"좋아." 가마슈는 그렇게 말하고 형사의 긴장을 풀기 위해 화제를 돌렸다. 그는 몬트리올 지하철역에 붙은 껌을 뗐던 첫 번째 임무와 어떻게 마담 가마슈를 만났는지에 대해 이야기했다. 사랑에 대해 이야기했다.

이제 더 이상 외로움은 없을지니.

그는 말을 하면서 들어오는 모든 메시지를, 모든 정보를 읽었다. 보부아르 경위와 니콜 형사가 배경음을 분리해 낸 즉시 찾아낸 것을 보고했다. 비행기, 새, 기차, 메아리 소리가 현재까지 포착되었다. 없는 소리도 있었다. 차와 트럭 소리.

크리족에 파견되었던 라코스트 형사가 마침내 현장에서 추적 중인 단서를 보고해 왔다. 그들을 진실에 더 가까이 이끌어 줄 단서를.

그는 시계를 보았다. 네 시간 십칠 분이 남아 있었다.

귀와 머릿속에서는 폴 모랭이 몬트리올 카나디앙 팀과 올해 시즌의 전망에 대해 이야기했다. "이번엔 우리가 진짜로 우승컵을 노려 볼 수 있을 것 같습니다."

"그래." 가마슈도 동의했다. "나도 그렇게 생각하네."

문예역사협회 도서실 위층 갤러리에서 아르망 가마슈는 첫 번째 책을 향해 손을 뻗었다. 이후 몇 시간 동안, 도서관이 문을 열었고 자원봉사자들이 도착해 각자의 일을 시작했고 블레이크 씨가 나타나 늘 앉던 자리를 차지했다. 몇몇 회원들이 나타나 책을 찾고 정기간행물을 읽고, 그리고 나갔다.

그리고 그동안 갤러리에 있던 경감은 책들을 꺼내 한 권씩 살펴보았다. 마침내, 정오를 막 넘긴 시각에 그는 블레이크 씨 맞은편에 자리를 잡았다. 그들은 각자의 책에 몰입하기 전 고개를 들어 가벼운 인사를 나누었다.

1시가 되자 아르망 가마슈는 자리에서 일어나 블레이크 씨에게 고개를 끄덕인 다음 책 두 권을 가방에 숨기고 도서관을 나섰다.

22

머나가 클라라에게 책을 한 권 건넸다.

"자기가 좋아할 것 같아서. 내가 제일 좋아하는 책 중 하나야."

클라라는 책을 뒤집어 보았다. 모르드개 리클러의 『솔로몬 거스키가 여기 있었다』였다.

"좋은 책이야?"

"아니, 쓰레기 같지. 여기선 쓰레기밖에 취급 안 해. 내가 추천하는 책도 물론 그렇고."

"루스 말이 맞았군." 클라라가 말했다. 그녀는 책을 머나 쪽으로 기울였다. "고마워."

"좋아." 머나가 친구 맞은편에 앉았다. "말해 봐."

장작 난로가 서점과 찻주전자를 따뜻하게 유지하고 있었다. 클라라는 친구의 말이 들리지 않은 양 제일 좋아하는 머그잔으로 차를 한 모금 마시고 책 뒤표지를 읽었다.

"무슨 일이야?" 머나는 끈질겼다.

클라라가 순진하게 눈을 떴다. "뭐가?"

머나가 그녀에게 날카로운 시선을 던졌다. "뭔가 있잖아. 자기를 아는데, 운동 끝나고 도미니크네에서 그거 뭐였어?"

"좋은 대화였지."

"그런 거 말고." 머나는 클라라를 쳐다보았다. 며칠 전부터 묻고 싶었던 참인데 스파 리조트에서 있었던 일로 확신했다.

클라라는 뭔가 꿍꿍이속이 있었다.

"그렇게 확연히 드러나 보였어?" 클라라는 책을 내려놓고 머나를 바라보았다. 눈에 걱정스러운 빛이 떠올라 있었다.

"아니. 다른 사람은 아무도 눈치 못 챘을걸."

"자기한텐 보였잖아."

"그렇지. 하지만 난 영리하니까." 그녀의 미소가 사라지고 머나는 몸을 앞으로 기울였다. "걱정 마. 다른 사람들은 별생각 안 했을 거야. 하지만 그 질문들은 좀 이상했어. 왜 자꾸 장 기니 올리비에 얘길 꺼내는 거야?"

클라라는 머뭇거렸다. 이런 질문을 받게 될 줄 몰랐기에 아무 거짓말도 준비되어 있지 않았다. 이렇게 어리석다니. 평소에는 어떤 거짓말을 했더라?

그날은 바빠. 예술가 사회가 너무 보수적이라서 내 가치를 못 알아보는 거야. 개가 그래 놨어. 또는 약간 변주해서 루스 잘못이야. 집에서 나는 냄새부터 없어진 음식이나 지저분한 바닥까지 모든 걸 그런 식으로 덮을 수 있었다. 때로는 자신의 작품까지도.

하지만 이번에는 거짓말이 잘 먹히지 않는 듯싶었다.

"경위가 여기 와 있으니까 올리비에 생각이 자꾸 나는 것뿐이야."

"웃기고 있네."

클라라는 한숨을 쉬었다. 일을 망쳤다. 보부아르와 한 약속이 깨지려 하고 있었다. "아무한테도 말하면 안 돼."

"안 할게."

그리고 클라라는 머나를 믿었다. 하지만 보부아르도 그녀를 믿었었다. 어쩌겠어. 경위 잘못이야.

"보부아르 경위는 여기 휴양차 온 게 아냐. 비공식적으로 올리비에의 일을 재수사하고 있대."

머나가 미소 지었다. "제발 그렇기를 빈다. 아니라면 자기가 미쳤다는 결론밖에 안 나오니까."

"내 말을 못 믿는 거야?"

"말하기 어려운데." 머나의 눈이 빛났다. "최고의 뉴스야. 올리비에가 범인이 아니라고 생각한단 말이야? 그렇다면 누가 했다는 거지?"

"그게 문제지. 지금 상황으로는 로어, 하보크, 마르크, 뱅상, 올드 먼딘 중 한 명으로 좁혀지는 것 같아. 하지만 내 말하는데, 와이프가 살인에 대해 한 말도 정말 이상했어."

"그건 그랬지. 하지만……"

"하지만 정말 그녀나 올드가 그랬다면 사람 죽이는 일에 대해 이렇다 저렇다 말할 리가 없겠지. 그냥 입 다물고 조용히 있을 거야."

"여기 계셨군요."

두 여자가 죄 지은 사람처럼 깜짝 놀라 고개를 들었다. 보부아르 경위가 서점과 비스트로를 연결하는 문간에 서 있었다.

"어디 계신가 했습니다." 그는 그들에게 얼굴을 찌푸려 보였다. "무슨 이야기 중이십니까?"

즐거운 대화를 나누듯 심문을 진행하는 가마슈와는 대조적으로 보부아르에겐 일상적인 인사도 비난처럼 들리게 만드는 재주가 있었다.

비록 지금은 그럴 만한 이유가 있었지만.

"차 드시겠어요?" 머나가 그렇게 묻고 찻잔을 하나 더 꺼내는 둥 따뜻한 물을 더 붓는 둥 난로 위 브라운 베티 찻주전자에 티백을 하나 더 넣는 둥 바쁘게 돌아다녔다. 덕분에 클라라 혼자 보부아르의 시선을 피하려고 애쓸 수밖에 없었다. 그는 클라라 옆에 앉아 그녀를 노려보았다.

개가 그랬어요. 개가 그랬다니까요.

"머나한테 다 얘기했어요." 클라라가 말을 끊었다. "루스 탓이에요."

"전부 다요?" 보부아르가 목소리를 깔았다.

"그러니까, 우리 사이에 아직 살인자가 돌아다니고 있다고요." 머나가 머그잔을 보부아르에게 건네주고 자리로 돌아와 앉았다.

"대충 그래." 클라라가 말했다.

보부아르는 머리를 저었다. 그러나 실은 생각 못 했던 일은 아니었고 꼭 나쁜 일도 아니었다. 머나는 과거에 경감을 도운 적이 있었고, 보부아르는 지금까지 마을 사람들의 도움을 구하겠다는 생각은 해 본 적이 없었지만 이제는 그들이 도움이 될 수도 있겠다는 생각을 하기 시작했다. 그리고 이제 선택의 여지가 없었다.

"그래, 어떻게 생각하세요?" 그가 물었다.

"그 전에 좀 더 듣고 싶은데요. 새로 알아내신 게 있어요?"

그는 가마슈와의 대화 내용, 그리고 경감이 퀘벡 시에서 올드 먼딘의 가족과 카롤 질베르에 대해 알아낸 이야기를 해 주었다.

"울로신이오?" 클라라가 되풀이했다. "우'랑 관계가 있을까요?"

"어쩌면요." 보부아르도 고개를 끄덕였다.

"스파 리조트에 오래된 물건이 많긴 해요. 노트르담 가에서 가져온 걸까요?" 머나가 말했다.

"올리비에가 은둔자의 물건을 내다 판 가게와 같은 가게에서 말입니까?" 보부아르가 말했다. "그들이 그 가게에 갔다가 올리비에가 내놓은 물건들을 알아봤을지도 모른다는 뜻입니까?"

"바로 그거죠." 머나가 말했다. "카롤 질베르가 해야 하는 일이라고는 가게 주인에게 그 물건들을 어떻게 입수했는지 묻는 것뿐이죠. 주인이 올리비에와 스리 파인스 얘길 해 주었을 테고요. 부왈라_{voilà} 그거죠, 뭐."

"아뇨, 그렇지는 않았을 겁니다." 보부아르가 말했다.

"당연히 그래요. 완벽하잖아요." 클라라가 말했다.

"생각해 보세요." 보부아르가 그녀에게로 몸을 돌렸다. "올리비에가 그 거리의 골동품상에 물건을 판 건 몇 년 전이었습니다. 카롤 질베르가 그런 경로를 통해 스리 파인스를 알았다면 왜 십 년이나 기다려서 해들리 저택을 사들였겠어요?"

셋은 자리에 앉아 생각에 잠겼다. 결국 클라라와 머나는 다른 이론들을 찔러 보기 시작했지만 보부아르는 자신만의 생각에 빠졌다.

이름과 가족과 인내에 대해.

아르망 가마슈는 파카 소매를 올려 시간을 확인했다.

1시 15분이었다. 모임에 가기에는 약간 이른 시간이었다. 그는 가방을 지키기 위해 팔을 그 위에 올려놓았다. 샤토 프롱트나로 직행하는 대신 그는 호텔 앞의 세인트로렌스 강을 굽어볼 수 있는, 나무를 깐 긴 산책로인 뒤프랭 테라스를 걸었다. 여름이면 아이스크림 트럭과 음악가들과 정자에서 쉬는 사람들로 바글바글한 곳이었다. 겨울이면 세인트로렌스 강에서 몰아치는 차갑고 축축한 바람이 행인들을 덮쳐 호흡을 가쁘게 했고 말 그대로 얼굴에서 살점을 벗겨 냈다. 그래도 사람들은 산책로를 따라 걸었고 그렇게 보는 경치는 기가 막혔다.

이곳에는 또 다른 유혹이 있었다. 라 글리사드. 얼음 썰매장. 호텔 모퉁이를 돌던 가마슈의 얼굴에 바람이 몰아쳤다. 눈에 차오른 눈물이 얼어붙었다. 산책로의 중간쯤에서 세 개의 넓은 레인으로 된 썰매장이 보였다. 쌓인 눈 양옆으로는 계단이 나 있었다.

이렇게 추운 날씨에도 아이들은 빌린 터보건 썰매를 끌고 계단을 오르고 있었다. 실은 추울수록 더 좋았다. 얼음이 단단해서 썰매가 끝까지 힘을 잃지 않고 가파른 슬로프를 따라 질주하기 때문이다. 어떤 썰매는 매우 빨리 멀리까지 나가서 산책로의 행인들이 길을 비킬 정도였다.

그 광경을 보던 그는 계단을 오르는 사람이 아이들뿐 아니라 어른, 특히 젊은 연인들이 섞여 있다는 것을 알았다. 포옹을 유도하기에는 공포 영화만큼이나 유용한 놀이기구였고, 가마슈도 렌 마리와 만나던 초기에 그녀를 데리고 이곳을 찾았던 것을 기억하고 있었다. 긴 썰매를 끌고 위까지 올라가 차례를 기다렸었다. 가마슈는 죽을 만큼 높은 데를 무서워했지만 자신의 마음을 송두리째 앗아 간 아가씨 앞에서 용감해 보이려고 안간힘을 썼다.

"내가 앞에 탈까요?" 앞사람들이 썰매에 타고 슬로프를 따라 미끄러져 내려가자 렌 마리가 그의 귀에 속삭였다.

그녀를 쳐다보며 싫다는 말이 목구멍까지 올라온 순간 그는 이 사람 앞에서는 거짓말을 할 필요도, 자신을 가장할 필요도 없다는 것을 알았다. 그는 그 자신이 될 수 있었다.

자신들이 탄 썰매가 뒤프랭 테라스를 향해 미끄러져 내려갔다. 꼭 강을 향해 돌진하는 것 같았다. 아르망 가마슈는 비명을 지르며 렌 마리를 꼭 붙들었다. 아래쪽에 도착한 두 사람은 하도 웃어서 가마슈는 장이 파열된 것은 아닐지 걱정할 정도였다. 그는 다시는 썰매를 타지 않았다. 그들이 다니엘과 아니를 데려왔을 때 아이들을 데리고 썰매에 탄 사람은 엄마였고 아빠는 아래에서 카메라를 들고 대기하고 있었다.

이제 가마슈는 아이들과 나이 지긋한 커플이 좁은 눈 계단을 올라 이내 쏜살같이 아래로 내려오는 모습을 보았다.

그들의 찢어질 듯한 비명 소리가 그에게 다소 위안이 되었다.

그 광경을 보고 있는데 다른 방향에서 고함 소리가 들려왔다. 얼음 썰매 쪽이 아니었다. 공원을 넘어서 강 쪽에서 들려오는 소리였다.

소리를 들은 사람은 그 혼자만이 아니었다. 몇몇 사람들이 난간으로 달려갔다. 그쪽으로 걸어간 가마슈는 아이스 카누 팀들이 연습하는 모습을 보고 놀라지 않았다. 경주는 이틀 후인 일요일이었다.

"젓고, 젓고." 누군가가 지시하고 있었다. 배는 세 척이었으나 크고 또렷하게 들리는 목소리는 하나뿐이었다.

"왼쪽, 젓고, 왼쪽, 젓고." 영어였다.

가마슈는 눈을 가늘게 뜨고 열심히 보았지만 누구의 배인지 보이지 않았고 목소리도 알아들을 수 없었다. 톰 핸콕의 목소리는 아니었다. 그리고 켄 해슬럼의 목소리도 아니리라 생각했다. 근처에는 자신만큼이나 꽁꽁 얼어붙은 망원경이 있었고 가마슈는 동전을 넣고 강 쪽으로 초점을 맞추었다.

첫 번째 배는 아니었다.

두 번째 배도 아니었다. 말소리는 들리지 않지만 리더의 입술 모양을 볼 수 있었다.

그는 망원경을 다시 조준해 가장 멀리 나가 있는 배에 초점을 맞추었다. 분명히 아닐 터였다. 저렇게 먼 데 있는 배에서 나는 목소리가 여기까지 들릴 수 있단 말인가?

그 배는 강 한가운데에 있었고, 여섯 명의 남자가 노를 젓는 중이었다. 배는 페달을 밟거나 노를 저어 움직일 수 있었고 물 위에 뜰 수도 있었으며 얼음 위에서는 끌고 달릴 수도 있었다. 이 팀은 방금 얼음 없는 물에서 벗어나 부빙들이 떠내려오는 상류로 접어들고 있었다.

"젓고, 젓고." 지시가 다시 들려왔다. 배는 앞으로 나아가지만 주자들은 뒤를 보고 앉기 때문에 가마슈는 이제 누군지 볼 수 있었다.

그는 살이 금속 렌즈에 얼어붙을까 봐 차마 망원경에 이마를 갖다 댈 생각은 못 하고 렌즈에서 떨어져 눈을 크게 떴다.

또렷하게 울리는 목소리의 주인공은 켄 해슬럼이었다.

가마슈는 호텔로 걸어 돌아오며 방금 본 장면에 대해 생각했다. 어떤 상황에서든 평생 동안 속삭이기만 했던 사람도 고함을 지를 수 있는 것일까?

그의 목소리는 강에 있는 그 누구보다도 컸다. 그의 목소리는 먼 거리를 뚫고 들려왔다.

해슬럼도 가마슈만큼이나 놀랐을까? 예순여덟의 해슬럼은 사람들이 엄두조차 내지 못하는 일을 하면서 퀘벡의 얼음 위에서 자신의 목소리를 찾은 것일까?

건물 안으로 들어오면 언제나 마음이 놓였고 샤토 프롱트나라면 더욱 그랬다. 호텔의 웅장한 로비에서 가마슈는 장갑, 외투, 모자, 목도리를 벗어 맡겼다. 그러고는 여전히 팔로 배낭을 가린 채 복도 끝에 있는 이중 유리문을 향해 걸었다. 문을 뚫고 햇빛이 눈부시게 쏟아지고 있었다.

생 로랑 바 안에 들어선 그는 잠시 멈춰 섰다. 그의 앞에는 둥근 나무 바가 있었고 바를 둘러싸고 테이블과 거대한 유리창이 있었다. 바의 양쪽 끝에 있는 벽난로에서는 불이 활활 타올랐다.

그러나 그의 목적지는 이곳이 아니었다.

오른쪽을 힐끗 본 가마슈는 전에는 알아차리지 못한 문을 발견하고 놀랐다. 그 문을 열자 일광욕실처럼 밝고 통풍이 잘되는 곁방이 나왔다. 벽난로가 따로 있고 불이 피워져 있었다.

그가 들어선 순간 사람들이 말을 멈췄다. 여남은 얼굴이 그를 쳐다보았다. 모두 나이 지긋한 백인 남자였다. 그들은 편안해 보이는 꽃무늬 소파와 등받이가 넓은 의자, 안락의자 등에 흩어져 앉아 있었다. 그는 긴 탁자와 독서대 등이 있는, 보다 격식을 차린 회의실을 생각했었다.

그는 또한 모임이 시작 전이라고 생각했었다. 1시 25분이었다. 에밀은 자신들이 1시 30분에 모일 예정이라고 했지만 모임은 한창 진행 중인 것 같았다.

가마슈는 에밀을 바라보았다. 에밀이 미소를 짓고 시선을 돌렸다.

"봉주르." 경감이 말했다. "방해가 된 게 아니라면 좋겠습니다."

"전혀 아니오." 큰 키에 붙임성 있는 르네 달레르가 지난번에 만났을 때처럼 그를 반가이 맞았다. 다른 사람들도 자리에서 일어섰다. 가마슈는 돌아가면서 사람들을 소개받고 악수를 나누고 미소를 지었다.

모든 사람들이 예의 바르고 친절한 태도였으나 가마슈는 방 안에 긴장이 감돌고 있다는 인상을 받았다. 자신이 논의를 방해한 것 같았다.

"자, 저희에게 하실 말씀이 있다고요?" 무슈 달레르가 큰 의자를 가리키며 말문을 열었다.

"네. 오귀스탱 르노의 죽음에 대한 일이라고 말씀드려도 놀라지 않으시겠지요." 가마슈는 자리에 앉았다. 몇몇은 공감의 표시로 고개를 끄덕였고, 몇몇은 그저 신중한 눈빛으로 쳐다볼 뿐이었다. 이 모임이 비밀 단체는 아니었지만 다소 비밀스러워 보였다.

"우선 샤를 시니퀴에 대해 말씀드리고 싶습니다."

그 말은 그가 기대하던 반응을 이끌어 냈다. 몇 사람은 의자 위에서 자세를 고쳤고, 더 많은 사람들이 서로를 바라보다 약간은 짜증스러워하는 시선을 가마슈에게 고정했다.

르네 달레르가 다시 나섰다. "미안하지만 무슈 가마슈, 우리가 역사 전반에 관심을 갖는 모임이 아니라는 점은 알고 계시오?"

"위, 메르시Oui, merci 물론입니다. 샹플랭 협회라는 걸 알고 있습니다." 그가 그 말을 입에 담는 순간 무언가가 머릿속을 스쳤다. 샹플랭 협회Société Champlain. "그러나 제가 드릴 말씀은 사뮈엘 드 샹플랭이나 오귀스탱 르노가 아니라 그 중간 어디쯤에서 시작합니다. 정확히 1869년으로 시니퀴 신부에서부터입니다."

"그는 미치광이였소." 뒤에 앉은 한 노인이 말했다.

"그를 아시는군요." 가마슈가 말했다. "네, 일부는 그를 미치광이 취급했고 일부는 영웅처럼 여겼죠. 하지만 제 이야기는 그 둘 중 어느 이미지와도 관련이 없습니다."

가마슈는 에밀에게 다시 시선을 보냈다. 그는 창밖을 바라보고 있었다. 앞으로 일어날 일과 거리를 두려는 걸까? 가마슈는 생각했다.

"시니퀴 신부는 한 가지 일로 유명했습니다." 경감이 말했다. "그는 알코올중독자들을 구제하고 싶어 했습니다. 알코올중독자들을 구제하려면 그들이 있는 곳으로 가야 했습니다. 1860년대의 퀘벡에서 그곳은 프티 샹플랭 가였지요. 우리가 있는 곳에서 바로 아래쪽입니다."

실제로 이 방 창문에서 몸을 날리면 뒤프랭 테라스를 지나 프티 샹플랭 가에 내려서게 될 터였다. 지금은 레이스 가게와 카페와 기념품 상점이 들어차 있는 예쁜 자갈이 깔린 길이지만 당시에는 주정뱅이와 불량배, 매춘부 들이 배회하고 악취와 질병이 만연한 것으로 악명 높은 거리였다.

그 거리를 채운 사람은 가난한 프랑스계 노동자들과 아일랜드 출신 이민자들이었다. 그리고 교회에서 쫓겨난 어떤 신부가 그들과, 어쩌면 자신도 구할 결심을 했다.

"어느 여름 저녁에 시니퀴는 구제할 영혼을 찾아 술집을 돌아다니다가 패트릭과 오마라라는 이름의 두 아일랜드인들 사이에서 오가는 대화를 듣게 됩니다. 그들은 도시 위쪽에서 오래된 건물 밑에 지하실을 파는 일을 하기 위해 고용된 인부들이었습니다. 현장의 인부가 스무 명이 넘었지만 문제의 발견을 한 사람은 패트릭과 오마라뿐이었습니다. 그들은 가치가 있을지도 모른다고 믿은 무언가를 찾아냈지요."

샹플랭 협회 사람들은 조금씩 흥미를 보였다. 몇몇 사람들은 여전히 짜증이 난 표정이었고 조급해 보였지만 그들도 귀는 기울이고 있었다. 에밀만이 여전히 창밖을 바라보았다.

그는 무슨 생각을 하고 있는 걸까? 가마슈는 궁금했다. 무슨 말이 나올지 알고 결말을 짐작하는 걸까?

하지만 상관없었다. 돌이킬 수 있는 시점은 이미 지났다.

"시니퀴는 두 사람이 하는 이야기를 듣고 흥미를 느껴 그들과 합석했습니다. 그가 누구인지 알고 있던 둘은 처음엔 그리 내켜하지 않았지만 신부가 그들에게 술을 사자 점차 마음을 열었죠. 그렇게 술이 몇 잔 들어가고 나자 자기들이 무얼 찾아냈는지 그에게 털어놨습니다.

관이었습니다. 그 말을 듣고 시니퀴는 처음에는 실망했습니다. 올드 퀘벡 시는 사실상 관과 해골 위에 세워진 도시나 다름없으니까요. 관 하나 발견된 정도는 대단한 일이 아니었습니다. 물론 일꾼들도 그런 사실을 모르지 않았습니다. 하지만 그 관은 달랐습니다. 몹시 무거웠지요.

두 사람은 무거운 관을 이상하게 여기고 어쩌면 귀중한 물건이 들었을지도 모른다고 생각했습니다. 그 둘은 공사 현장에서 관을 꺼내 언덕에서 끌고 내려와 패트릭의 집에 두었습니다. 아내가 펄쩍 뛰고 반대했지요. 그는 일단은 밀어붙였지만 자기 집에 그 물건을 오래 둘 수 없다는 사실을 알고 있었습니다. 집은 겨우 비바람이나 가릴 수준이었고 이미 패트릭 부부와 여섯 아이들로 넘쳐 나고 있었으니까요. 이제 시체 하나가 더해졌습니다."

가마슈는 청중을 둘러보았다. 에밀을 포함한 모두가 귀를 기울이고 있었다. 그들은 가마슈가 그랬던 것처럼 그 광경을 머릿속에서 그릴 수 있었다. 짓밟히고 낙담한 아일랜드 여성. 굶주림과 치욕에서 벗어나기 위해 힘든 여정을 견뎌 내고 신세계로 온 그녀는 삶이란 그 자체로 충분히 힘들다는 듯이 그보다 더 나쁜 일도 있다는 사실을 알게 되었다. 남편이 일터에서 집으로 시체를 가져왔다.

"두 남자는 관을 열 준비를 마치고 닫힌 관 뚜껑을 조심스럽게 들어 올렸습니다." 가마슈는 이야기를 이어 나갔다. "관이 왜 그리 무거운지 온갖 상상의 나래를 펼치면서요. 그들 생각에는 금은보석이 가득하리라 생각했습니다. 아주 부유한 사람의 관이라 생각했겠지요. 그런데 막상 열어 보고는 실망하지 않을 수 없었습니다. 오래된 낡은 성경 한 권과 몇 가지 유품뿐이었습니다. 뼈와 옷 조각하고요. 관이 그렇게 무거웠던 이유는 납으로 모서리를 둘렀기 때문이었습니다."

방 안에 작은 동요가 일었다. 이 이야기의 결말을 다들 알고 있는 것일까?

"패트릭과 오마라는 술집에 앉아 관에 댄 납을 벗겨 낼 방법을 궁리하는 중이었습니다. 그걸 팔고 시체와 성서는 강에 떠내려 보낼 생각이었지요. 그들은 글을 읽을 줄 몰랐기에 책은 무용지물이었습니다. 시니퀴는 그 성경을 보여 달라고 청했습니다. 그 시점에서 두 남자는 경계를 하기 시작했지요. 그래서 신부는 다른 수법을 썼습니다. 그들이 관과 성서를 다음 날 밤에 문예역사협회로 가져오면 작으나마 보상을 해 주겠다고 했습니다.

왜 그 관에 관심을 갖는지 두 사내가 물었습니다.

시니퀴는 합리적으로 들리는 대답을 내놓았습니다. 협회는 역사적인 유물을 모으는 곳이고, 특히 책에 관심이 많다고요. 관이 오래된 것일지도 모른다고요.

패트릭과 오마라는 이미 반은 취해 있었고 개의치 않았습니다. 돈만 된다면 뭐든 좋았지요. 다음 날 밤 그들은 협회에 나타났고 시니퀴 신부와 다른 한 사람을 만났습니다. 제임스 더글러스요."

"이야기의 요점이 뭐요?" 회원 한 명이 물었다.

"제발, 베누아Benoît 예의를 지키시오." 르네 달레르가 고통스러운 표정을 지었다.

"저 양반이 우리 시간을 낭비하고 있잖소."

"요점은 곧 나옵니다, 무슈." 가마슈가 말했다. 휴대전화의 진동을 느꼈지만 지금은 신경 쓸 계제가 아니었다. "여러분은 모두 더글러스 의사에 대해 아시지요?"

사람들이 고개를 끄덕였다.

"그는 관을 열어 내용물을 보았고 시니퀴 신부는 성경을 검토했습니다. 이윽고 제임스 더글러스는 실수를 저질렀습니다. 패트릭과 오마라에게 오백 달러씩을 제안한 것이지요. 시니퀴는 화가 머리끝까지 났지만 말을 하지 않았습니다. 일꾼들은 즉시 무언가가 있다는 걸 눈치챘습니다. 천 달러는 죽은 지 오래된 사람 시체와 낡은 성경에 지불하기에는 너무 큰돈입니다.

그들은 오백을 거절하고 천 달러씩을 요구했습니다. 더글러스는 그들에게 비밀을 지킬 것을 서약하게 하고 그들의 주소를 받아 둔 뒤에야 그돈을 주었습니다. 아일랜드인인 그들은 영국계를 싫어한 만큼 두려워했습니다. 예의의 가면 속에 뭐가 숨어 있는지 알고 있었으니까요. 영국인을 화나게 하면 어떤 결말을 맞는지 그들은 잘 알고 있었습니다. 패트릭과 오마라는 거래에 동의하고 관을 지하실로 끌어다 놓고 갔습니다."

그의 휴대전화가 다시 진동했다. 가마슈는 무시했다.

"당신이 그걸 다 어떻게 아시오?" 누가 물었다.

"왜냐면 이걸 찾아냈으니까요."

가마슈는 허리를 숙여 배낭을 집어 들고 검은 가죽 장정의 책을 한 권 꺼냈다. 그걸 들어 올리면서 그는 에밀을 바라보았다. 에밀은 놀란 듯 보였고, 다른 표정도 있었다. 희미한 미소였을까? 웃음, 혹은 찌푸림?

"시니쿼 신부의 1869년 일기입니다. 오귀스탱 르노가 이것을 찾아낸 다음 일기의 중요성을 깨닫고 숨겼습니다."

"어디 있었나?" 에밀이 물었다.

"문예역사협회의 도서관입니다." 가마슈가 스승을 응시하며 말했다.

"오귀스탱 르노가 일기를 도서관에 숨겼단 말이오?" 르네 달레르가 물었다.

"아니요." 가마슈가 정정했다. "그를 죽인 자가 숨겼습니다."

"왜 우리에게 그런 이야기를 하시오?" 여느 때처럼 르네 달레르 곁에 앉은 마르고 침착한 장 아멜이 물었다.

"이유는 아시리라 생각합니다." 가마슈는 아멜이 눈을 피할 때까지 그의 눈을 똑바로 쳐다보며 말했다.

"아일랜드 노동자들이 팠던 데가 어디라고 하셨소?" 다른 회원이 물었다.

"말씀드리지 않았습니다만 말씀드릴 수 있습니다. 올드 홈스테드 지하입니다."

방이 매우 조용해졌다. 모두가 가마슈를 응시했다.

"다른 책도 찾았겠군." 에밀이 침묵을 깨고 말했다.

"그랬습니다."

가마슈는 이제 무릎 위에 놓인 배낭에 손을 넣었다. 그가 지난 몇 시간 동안 지켜 온 배낭이었다.

"작년에 문예역사협회는 책을 여러 상자 팔았습니다. 안을 들여다볼 생각조차 안 했지요. 오귀스탱 르노는 그중 몇 권을 사들였습니다. 산 책들을 살펴보고 그는 그 책들이 샤를 시니퀴의 장서라는 사실을 알게 되었습니다. 샹플랭 연구자에게는 그리 탐탁한 발견이 아니었습니다……."

'연구자'라는 말에 여기저기서 헛기침 소리가 났다.

"……그래서 그는 독서를 서두르지 않았습니다. 그러나 마침내 책의 내용을 훑어보던 그는 놀라운 발견을 하게 됩니다. 그는 자기 일기에 그에 대한 언급을 적어 놓았습니다만 르노답게 그는……," 가마슈는 적절한 단어를 찾아 헤맸다. "……신중했습니다."

"정신 나갔다는 말을 하시려는 게 아니고요?" 장 아멜이 물었다. "그가 하거나 쓴 말은 믿을 구석이 없소."

"아뇨. 신중했다는 게 맞습니다. 그리고 그럴 만했고요. 그가 발견한 건 놀랄 만한 사실이었으니까요."

가마슈는 다른 검은 가죽 장정 책을 하나 더 꺼냈다. 이번 것은 처음 것보다 더 크고 더 두꺼웠다. 낡고 많이 닳아 있었지만 상태가 좋은 책이었다. 수백 년 동안 햇빛을 못 보다가 파내져 시니퀴 신부가 죽기 전까지 30년 동안 그의 집 책장에 이름도 없이 꽂혀 있던 책이었다.

가마슈는 책을 들어 보였다. "이게 바로 시니퀴 신부가 가지고 있던 비밀이었습니다. 그리고 결국 이 비밀은 그와 함께 죽었지요. 그의 가정부는 신부가 갖고 있던 책들을 포장하여 백 년도 더 전에 문예역사협회로 보냈고, 누구도 거기에 보물이 숨겨져 있다는 사실을 몰랐습니다.

오귀스탱 르노는 시니퀴의 일기를 읽다가 1869년의 운명적인 만남에 대한 언급을 발견합니다. 그리고 그는 많은 종교 서적, 성가집, 설교집, 가정용 성경 틈에서 이걸 발견했습니다."

가마슈는 그의 큰 손을 장식 없는 가죽 표지에 올려놓았다. 책의 정체를 거의 알아볼 수 없을 표지였다.

다시 또 휴대전화가 진동했다. 사적인 전화였다. 번호를 아는 사람이 거의 없는데 10분 전부터 쉽 없이 울려 대고 있었다.

"봐도 될까?" 에밀이 다가왔다.

"위." 가마슈는 일어서서 책을 스승에게 건네고 자신이 한 시간 전에 했던 것과 똑같은 행동을 반복하는 에밀을 지켜보았다. 오귀스탱 르노도 한 달 전 지극히 똑같은 행동을 했을 터였고, 1백 년 전 시니퀴 신부도 그랬으리라.

에밀은 무늬 없는 책의 가죽 표지를 열어 제목이 적힌 쪽을 펼쳤다.

에밀은 날카롭게 숨을 들이마시더니 이어 한숨을 내쉬었고 두 마디 말이 그의 입술 사이로 흘러나왔다. "봉 디유Bon Dieu 하느님 맙소사."

"네. 그 말 그대롭니다. 하느님 맙소사." 경감이 말했다.

"뭔데 그러나?" 장 아멜이 친구 르네의 편리한 그림자 속에서 빠져나오며 물었다. 샹플랭 협회의 지도자가 누구였는지 이제 확연해졌다.

"그들이 찾은 건 샹플랭이었네." 에밀이 가마슈를 응시하며 말했다. 의문은 없었다. 의심의 여지가 없었다. "아일랜드 인부들이 올드 홈스테드 아래서 찾아낸 건 샹플랭의 관이었어."

"말도 안 돼." 완고한 회원 하나가 말했다. "샹플랭이 올드 홈스테드 아래 묻혀서 뭘 하고 있었단 말인가? 우리 모두가 알잖나. 그는 불타 버린 성당에 묻혔거나 거기서 얼마 떨어지지 않은 묘지에 묻혔네."

"샹플랭은 위그노였네." 에밀이 말했다. 그의 목소리는 거의 들리지 않을 정도였다. "신교도였다고." 그는 책을 들어 보였다. 성서였다.

"말도 안 돼." 장이 쏘아붙였다. 방 안에 동의하는 소리가 퍼졌다. 손들이 에밀의 손에서 성서를 잡아채 갔고, 수군거리는 소리는 회원들이 증거를 돌려 보는 동안 점차 잦아들었다.

사뮈엘 드 샹플랭. 잉크로 그렇게 쓰여 있었다. 연도 1578년.

진품 위그노 성서로 드문 물건이었다. 대부분의 책이 여러 이유의 종교재판으로 소유자와 함께 불 속에서 사라져 갔다. 그 책은 교회나 소유자에게도 위험했다.

그런 책을 지녔고 그 책과 함께 묻힌 샹플랭은 분명 신실한 사람이었으리라.

방은 조용했다. 벽난로의 불이 탁탁 타오르는 소리만 들릴 뿐이었다. 가마슈는 성경을 챙겨 시니퀴의 일기와 함께 배낭 안에 도로 넣었다. "엑스퀴제무아Excusez-moi 실례하겠습니다." 생각에 잠긴 이들을 뒤로하고 그는 그 자리를 떴다.

그는 밖으로 나와 전화기를 꺼내 보고 여러 사람에게서 스물일곱 통의 전화가 걸려 왔다는 것을 알았다. 렌 마리, 아들 다니엘과 딸 아니. 브루넬과 프랑쾨르, 이자벨 라코스트 형사. 그 외에도 많은 친구들과 동료들이 전화를 걸어왔고 지금 걸려 오는 것은 장 기의 전화였다.

"봉주르, 장 기. 무슨 일이지?"

"경감님, 대체 어디 계셨습니까?"

"모임이 있었네. 무슨 일인가?"

"동영상이 인터넷에 빠르게 퍼지고 있습니다. 피터 모로에게서 처음 들었는데 그 뒤에 라코스트가 전화를 해 줬고 친구들도 몇 명 전화했습니다. 전화가 쏟아지고 있어요. 저도 아직 보지 못했습니다."

"무슨 동영상 말인가?" 그러나 그는 답을 짐작할 수 있을 것 같았고 배 속이 딱딱하게 뭉치는 것이 느껴졌다.

"녹화 테이프요. 기습 때 녹화됐던 것 말입니다."

모두의 헤드셋에 작은 카메라가 부착되어 있었다. 현장에서 벌어지고 있는 일을 녹화하기 위한 것이었다. 수사관들은 오래전부터 구두 사후 보고가 불충분하다는 걸 인식했다. 좋은 경찰들이라 하여도 세부 사항은 기억하지 못했고 특히 현장 상황이 급박해지면 더욱 그랬다. 게다가 상황이 악화되는 일은 드물지 않았는데, 그런 경우 경찰은 좋고 나발이고 거짓말을 늘어놓기 쉬웠다.

이런 장치는 거짓말을 아주 불가능하게 만들지는 않더라도 적어도 어렵게는 만들었다.

모든 카메라는 그걸 달고 있는 수사관의 시야를 따라갔고 그들이 한 일과 입에 담은 말을 기록했다. 그리고 모든 필름이 그렇듯 그 기록도 편집이 가능했다.

"경감님?" 보부아르가 물었다.

"알겠네." 그는 보부아르가 묻는 기분을 느낄 수 있었다. 동요하고 있었고, 갑자기 피로가 몰려왔고, 그런 일을 하는 사람이 있다는 사실에 놀랐고, 그런 걸 보고 싶어 하는 사람이 있다는 게 믿기지 않았다. 특히 자신과 부하의 가족들에게 폭력적인 짓이었다.

"내가 전화하겠네." 그가 말했다.

"제가 할 수 있습니다. 경감님께서 괜찮으시다면요."

"아니, 고맙지만 내가 하겠네."

"누가 이런 짓을 했을까요?" 보부아르가 물었다. "그 테이프에는 접근조차 어려운데요."

가마슈는 고개를 떨구었다. 그게 가능한 일일까?

그는 그곳에 총을 소지한 남자가 셋 있다는 보고를 받았다. 그러나 현장에는 훨씬 더 많은 수가 있었다. 가마슈는 그게 실수였다고 생각했다. 끔찍한 착오였지만 고의는 아니었다.

그는 용의자의 수를 배로 셈해 셋이 아닌 여섯으로 생각했다.

만약에 대비하여.

그러나 그것도 틀린 생각이었다.

그는 여섯 명의 형사를 데려갔다. 직접 가려 뽑은 사람들이었다. 그리고 보부아르 경위를 데려갔다. 그러나 니콜 형사는 아니었다. 그녀는 이미 방탄조끼를 갖춰 입고 피스톨을 허리에 찬 채 거기 서 있었다. 그녀는 간절함이 서린 눈빛으로 그들과 함께 공장으로 가길 바랐다. 그곳은 그녀가 평생을 통해 들었던 어떤 소리보다 집중해서 분석한 후 찾아낸 장소였다.

기차가 내는 진동과 리듬. 화물열차와 여객열차. 머리 위를 지나는 비행기 소리. 주위에서 들리는 사이렌 소리. 공장의 소리.

그리고 속삭임. 주위에서 들려오는 유령들의 소리를 들었다.

그녀는 세 명이라고 말했다.

보부아르의 맹렬한 지원으로 그들은 범위를 좁히고 또 좁혀 나갔다. 이리저리 솎아 내고 가려냈다. 기차 시간표를 연구했고, 비행기 경로를 들여다보았고, 여전히 사이렌을 쓸 만큼 오래된 공장이 어디 있는지 찾아보았다.

폴 모랭 형사가 어디에 붙들려 있는지 알아낼 때까지.

그러나 목표는 그것만이 아니었다. 라 그랑드 댐이 있었다. 젊은 형사를 구하는 행위는 용의자들에게 댐을 공격하려는 그들의 계획이 발각되었다는 의심을 심어 줄지 몰랐다. 그렇게 되면 기동대가 제자리에 위치하기 전에 그들이 댐을 폭파할 수도 있었다.

따라서 선택을 해야 했다. 결정이 내려져야 했다.

가마슈는 문가에서 모든 준비를 갖춘 니콜 형사가 자신의 결정을 들었을 때 분노하는 모습을 보았다.

"보실 생각이십니까?" 보부아르가 물었다.

가마슈는 잠시 생각했다. "그래. 자네는?"

"어쩌면요." 보부아르 역시 머뭇거렸다. "볼 것 같습니다." 두 사람이 그 의미를 생각하는 동안 침묵이 맴돌았다. "맙소사." 보부아르가 내뱉었다.

"그걸 볼 때는 혼자 있지 말게." 가마슈가 말했다.

"전 그저……."

"나도 그렇네." 가마슈가 말했다. 그들은 같은 것을 바랐다. 그 모든 걸 다시 겪어야 한다면 적어도 누군가와 함께이길 바랐다.

생 로랑 바의 가죽 안락의자에 힘든 몸을 앉히며 가마슈 경감은 물 한 잔을 청하고 렌 마리에게 전화를 걸었다.

"당신한테 계속 전화했었어." 스트레스를 심하게 받은, 동요하는 목소리였다.

"알아, 미안해. 모임에 참석하고 있었어. 장 기가 방금 전화로 알려 줬지. 어떻게 알았어?"

"다니엘이 파리에서 전화했어. 직장 동료가 알려 줬대. 그 뒤에 아니도 전화했고. 정오쯤에 올라와서 엄청 빠르게 퍼지고 있다나 봐. 기자들이 삼십 분 전부터 전화하고 있어. 아르망, 정말 유감이야."

그는 그녀의 목소리에 서린 긴장을 느낄 수 있었고 그 원인을 제공한 자를 언제라도 기쁘게 죽일 수 있을 것 같았다. 렌 마리와 아니와 다니엘, 그리고 이니드 보부아르에게 그 악몽을 다시 겪게 하다니. 사망자들의 가족에게는 더 안 좋은 상황이었다.

그는 전화선을 끌어당겨 렌 마리를 껴안고 달래 주고 싶었다. 모든 게다 잘될 거라고, 과거의 유령이 그저 잠시 다시 나타난 것뿐이라고 말해 주고 싶었다. 최악은 이미 지나갔다.

하지만 과연 그럴까?

"언제 집에 와?"

"내일쯤."

"아르망, 누가 이런 짓을 했을까?"

"모르겠어. 난 봐야 하지만 당신은 그럴 필요 없어. 내가 집에 갈 때까지 기다려 주겠어? 그때까지도 볼 마음이면 같이 봐."

"기다릴게." 그녀는 약속했다. 기다릴 수 있었다.

그녀는 그날을 토막토막 기억했다. 아르망은 집으로 돌아오지 않았다. 이자벨 라코스트가 전화를 걸어와 경감이 사건 때문에 하루 정도는 자신과 통화조차 할 수 없을 거라고 전해 주었다.

남편의 목소리를 듣지 못하고 24시간을 보내는 것은 함께 보낸 30년을 통틀어 처음이었다. 그리고 다음 날 정오를 막 넘긴 시각에 국립도서관의 동료가 딱딱하게 굳은 얼굴로 직장에 나타났다.

라디오 캐나다 속보. 총격전. 사망자 중에 주 경찰도 있었고 살인 수사반 상급 형사도 포함되어 있었다. 연락을 받지 못한 채 병원까지 달렸다. 너무 두려웠다. 세상의 중심이 한 가지 일로 집약됐다. 그곳에 가야 해. 그곳에 가야 해. 응급실에서 막 도착한 아니의 모습이 보였다.

라디오에서 아버지가…….

듣고 싶지 않아.

서로 위로했다. 장 기의 아내 이니드 보부아르를 대기실에서 만났다. 그녀가 모르는 다른 이들도 속속 도착했다. 죄의식을 담아 남몰래 간절히 나쁜 소식의 주인공이 다른 사람이길 빌면서 서로 얼굴도 모르는 이를 위로하는 기괴한 무언극이 펼쳐졌다.

응급실에서 의사가 스윙도어를 밀치고 나타나 누군가를 찾았다. 옷에 피가 묻어 있었다. 아니가 자신의 손을 쥐었다.

사망자 중에.

의사가 자신과 아니를 다른 사람들 곁에서 떼어 내 다른 데로 데려갔다. 렌 마리는 멍한 머리로 견딜 수 없는 소식을 받아들일 준비를 했다. 그리고 말이 이어졌다.

남편분께선 살아 계십니다.

그녀는 나머지 말은 거의 듣지 못했다. 가슴과 머리의 부상. 기흉과 출혈.

그가 살아 있다는 사실로 그녀에겐 충분했다. 그러나 다른 사람이 있었다.

장 기는요? 그녀가 물었다. 장 기 보부아르는?

의사는 주저했다.

말씀해 주세요. 아니가 말했다. 렌 마리의 생각보다 훨씬 강경한 어조였다.

배에 총상을 입었습니다. 지금 수술 중입니다.

하지만 괜찮은 거지요? 아니가 답을 요구했다.

아직 모릅니다.

아버지가 출혈이 있다고 말씀하셨는데 그게 무슨 뜻인가요?

머리에 입은 부상으로 뇌에 피가 고였습니다. 의사가 말했다. 뇌졸중입니다.

렌 마리는 신경 쓰지 않았다. 그가 살아 있었다. 그리고 그녀는 오늘에 이르기까지 그 말을 자신에게 매 순간 되풀이했다. 그 동영상이 무엇을 보여 주건 겁나지 않았다. 그는 살아 있다.

"무슨 내용일는지 모르겠어." 가마슈가 말하고 있었다. 사실이었다. 그는 사후 보고를 위해 기억해 내려고 애썼지만 막연한 인상과 혼란, 소음, 고함과 비명 정도만이 떠오를 뿐이었다. 그리고 총을 든 사람들이 사방에 있었다. 예상보다 너무 많은 숫자였다.

빗발치는 총알. 사방에서 튀는 콘크리트와 나뭇조각. 자동화기였다.

낯선 방탄조끼의 느낌. 자신의 손에 들린 살상용 무기와 시야에 들어오는 사람들. 조준 사격.

폭풍의 한가운데에서도 중심을 잃지 않고 총을 든 범인의 위치를 살피고 명령을 내렸다.

장 기와 사람들이 쓰러지는 모습이 보였다.

그는 밤마다 그 이미지와 소리와 함께 잠에서 깨어났다. 그리고 그 목소리.

"늦기 전에 찾아낼 거야. 날 믿게."

"경감님을 믿습니다."

"내일 갈게." 가마슈가 렌 마리에게 말했다.

"몸조심해."

그녀가 전에는 결코 하지 않았던 말이었다. 그 모든 일이 일어나기 전에는. 매일 아침 그가 일터로 떠날 때마다 그녀의 마음속을 점령하는 말인 줄은 자신도 알고 있었지만 전에는 한 번도 입 밖에 내어 말하지 않았었다. 그러나 이제는 달랐다.

"그럴게. 사랑해." 그는 전화를 끊고 자신을 추슬렀다. 주머니에 든 약병이 느껴졌다. 손을 집어넣어 병을 감싸 쥐었다.

그는 눈을 감았다.

그는 손을 주머니에서 빼고 살아남은 형사들과 돌아오지 못한 형사들의 가족들에게 전화를 걸기 시작했다.

그는 그들의 어머니, 아버지, 아내, 그리고 남편과 통화했다. 뒤에서 한 아이가 우유를 찾는 소리가 들렸다. 그는 전화하고 또 전화했고, 그들의 분노와 고통을 들었다. 그들 중 누구도 자신을 비난하지 않았으나

아르망 가마슈는 그들에겐 그럴 권리가 충분하다는 걸 알고 있었다.

"자네 괜찮은가?"

가마슈는 고개를 들어 맞은편 자리에 앉는 에밀 코모를 바라보았다.

"무슨 일인가?" 에밀이 가마슈의 얼굴을 보며 물었다.

가마슈는 망설였다. 평생 처음으로 그는 코모가 자신에게 그랬던 것처럼 그에게 거짓말을 하고 싶은 충동을 느꼈다.

"왜 제게 샹플랭 협회 모임이 한 시 반이라고 하셨습니까? 모임은 한 시였습니다."

에밀이 머뭇거렸다. 다시 거짓말을 하려는 걸까? 가마슈는 궁금했다. 그러나 그는 고개를 저었다.

"미안하네, 아르망. 자네가 오기 전에 의논해야 할 일이 있었어. 그편이 낫다고 생각했네."

"제게 거짓말을 하셨군요." 가마슈가 말했다.

"고작 반 시간이야."

"반 시간 이상이었습니다. 어느 편에 설지 선택을 하신 거지요."

"편? 샹플랭 협회가 자네와는 다른 편에 있다는 말을 하려는 건가?"

"우리는 모두 무엇인가에 헌신하고 있다는 말을 하려는 겁니다. 그리고 당신의 헌신 대상이 뭔지는 이제 분명하고요."

에밀이 그를 바라보았다. "미안하네. 자네를 속여서는 안 되는 거였어. 다시는 이런 일 없을 걸세."

"이미 일어난 일입니다." 가마슈는 일어서서 물과 벽난로 옆의 조용한 테이블을 사용한 대가로 1백 달러 지폐를 놓으며 말했다. "오귀스탱 르노가 당신들한테 무슨 말을 했습니까?"

에밀도 일어섰다. "무슨 말인가?"

"르노의 일기에 적혀 있던 SC. 전 그게 앞으로 있을 누군가와의 만남이라고 생각했습니다. 아마 세르주 크루아일 거라고요. 죽었기 때문에 이루어지지 못한 만남이었다고. 그러나 제가 틀렸습니다. SC는 샹플랭 협회Société Champlain였습니다. 오늘 한 시에 열릴 모임이었지요. 르노가 왜 협회 사람들을 만나고 싶어 했습니까?"

에밀은 놀란 얼굴로 응시했지만 말이 없었다.

가마슈는 몸을 돌려 긴 복도를 걸어 내려갔다. 진동하는 휴대전화가 가슴을 울렸다.

"아르망, 기다리게." 그는 뒤에서 부르는 소리를 들었으나 걸음을 멈추지 않았다. 전화도 무시했다. 다음 순간 그는 에밀이 자신에게 어떤 존재였는지 상기했고 여전히 그런 존재라는 것을 상기했다. 안 좋은 일 하나가 모든 것을 쓸어버린 걸까?

그런 생각은 위험했다. 배신 때문이 아니라, 끔찍한 일이 일어났기 때문이 아니라, 그들은 좋은 사람들이었기 때문이었다. 좋은 것들을 잊고 나쁜 것들만 기억할지도 몰랐다.

하지만 오늘은 아니었다. 가마슈는 멈추어 섰다.

"자네 말이 맞아. 르노는 우리와 만나고 싶어 했네." 외투 보관소에서 파카를 찾는 가마슈를 따라잡은 에밀이 말했다. "뭔가를 찾았다고 했어. 우리가 좋아하지 않을 내용이지만 자기가 원하는 걸 준다면 그걸 묻어 버리겠다고 했네."

"뭘 원했습니까?"

"그는 협회에 가입하고 싶어 했네. 샹플랭 협회 회원이 되면 신뢰를 받게 되지. 그리고 관이 발견되면 자신이 내내 옳았다고 우리가 인정해 주기를 원했고."

"그게 전부입니까?"

"그게 전부였네."

"그래서 약속하셨습니까?"

에밀은 고개를 저었다. "우린 그를 만나지 않기로 결정했네. 아무도 그가 정말 샹플랭을 찾아냈다고 믿지 않았고, 그가 위협이 될 만한 사실을 찾아냈다고도 믿지 않았네. 오귀스탱 르노를 협회에 받아들이면 협회의 명성에 누가 될 거라는 게 모두의 의견이었지. 그에게는 기피자라는 딱지가 붙어 있었으니까."

"초로의 사람이 당신들을 찾아와서 받아들여 달라고, 그것만 해 달라고 하는데 돌려보내셨습니까?"

"나도 자랑스럽다고는 말 못 하네. 우리끼리 토의할 필요가 있었지. 나는 자네에게 모든 얘길 해 주자고 그들을 설득했네. 받아 주지 않겠다면 내가 말하겠다고 했지. 정말 미안하네, 아르망. 내가 잘못했어. 사건과는 관계없다고 생각해서 그랬던 걸세. 르노를 믿은 사람은 아무도 없었어. 아무도."

"누군가는 믿었습니다. 그들이 그를 죽였고요."

샹플랭 협회 모임은 나이 지긋한 프랑스계 퀘베쿠아로 가득했다. 그리고 그들을 하나로 묶어 준 힘은 바로 샹플랭과 초기 정착지에 대한 그들의 열정이었다. 그러나 그것만으로 평생에 걸친 헌신과 열정을 설명할 수 있을까? 다른 무언가가 더 있지 않을까?

사뮈엘 드 샹플랭은 그저 수많은 탐험가 중 한 명이 아닌 퀘벡의 아버지였고 프랑스계 퀘벡의 위대함의 상징, 나아가 자유의 상징이 되었다. 새로운 세계와 새로운 나라의 상징.

주권의 상징. 캐나다로부터 독립의 상징.

가마슈는 1960년대 말의 위기를 기억했다. 폭탄, 납치, 살인이 이어졌었다. 다 젊은 분리주의자들의 짓이었다. 이제 1960년대의 젊은 분리주의자들은 나이 든 분리주의자들이 되어 사교 모임을 만들고 고급 라운지에서 아페리티프를 홀짝이는 사람들이 되어 있었다.

그리고 이제 음모를 꾸몄을까?

사뮈엘 드 샹플랭은 신교도로 밝혀졌다. 가톨릭은 그 사실을 어떻게 받아들일까? 분리주의자들은 그것을 어떻게 받아들일까?

"책은 어떻게 찾았나?" 에밀이 가마슈가 메고 있는 가방으로 시선을 떨어뜨리며 물었다.

"르노 곁에서 발견된 가방에서 시작했습니다. 작은 지도 하나 넣어 다니는데 왜 가방이 필요했을까요? 다른 물건이 들어 있었겠죠. 그 책들이 도무지 나타나지 않아서 그가 직접 가지고 다녔을 거라는 생각이 들었습니다. 한시라도 손에서 떼어 놓을 수 없었을 겁니다. 살인자를 만나러 문예역사협회에 가면서도 가지고 갔겠지요. 하지만 그 책들은 시체 곁에서 발견되지 않았습니다. 범인이 가져갔다는 의미죠. 하지만 그걸 가져다 어떻게 했을까요?"

에밀의 눈이 가늘어졌다. 그의 마음이 아르망이 앞서 밟았던 궤적을 따라갔다. 이윽고 그는 미소를 지었다. "집으로 가져갈 수는 없었겠지. 그 책들을 갖고 있다는 게 발견되면 범인으로 몰릴 테니까."

가마슈가 자신의 스승을 바라보았다.

"없앨 수도 있었겠지." 에밀이 계속했다. "벽난로에 던져 넣어 불태우거나 하면. 그러나 차마 그렇게는 할 수 없었을 걸세. 그렇다면?"

두 사람은 사람들로 번잡한 호텔 로비에 서서 서로 바라보았다. 사람들이 그들 주위를 강물처럼 흘러갔다. 어떤 사람들은 추위에 대비해 꽁꽁 싸매고 있었고 어떤 사람들은 칵테일파티에 가는지 정장 차림이었다. 몇몇은 퀘벡 축제의 전통 띠인 화려한 색상의 르 셍트뤼르 플레셰를 두르고 있었다. 사람들은 그 흐름 속에 꼼짝 않고 서 있는 두 남자를 무시했다.

"그자는 책을 도서관에 숨겼군." 에밀이 의기양양하게 말했다. "그보다 더 적당한 장소가 있겠나? 똑같이 낡은 가죽 정장에 아무도 읽지 않는 잊힌 책 수천 권 사이에 숨겼군. 너무도 간단하군."

"오늘 아침을 책을 찾는 데 보냈고, 찾았습니다." 가마슈가 말했다.

두 사람은 호텔 밖으로 걸어 나왔다. 추위가 얼굴에 닿는 순간 두 사람 다 숨을 죽였다.

"자네가 책은 찾았네만 샹플랭은 어떻게 됐다는 건가?" 에밀이 살을 에는 추위에 눈을 깜박이며 물었다. "제임스 더글러스와 시니퀴가 그를 어떻게 했나?"

"곧 알게 됩니다."

"문예역사협회?" 에밀이 물었다. 그들은 왼쪽으로 돌아 오래된 돌 건물들과 포탄이 아직도 박혀 있는 나무들을 지났다. 두 사람 모두가 그토록 사랑하는 과거를 지났다. "하지만 책임 고고학자가 며칠 전 조사를 했을 때는 왜 샹플랭을 찾지 못했지?"

"그가 찾지 못했다고 어떻게 확신하세요?"

23

경감과 에밀 코모가 문예역사협회에 도착했을 때 엘리자베스, 포터 월슨, 키 작은 사서 위니와 블레이크 씨가 현관 홀에 모여 기다리고 있었다.

"어찌 된 거요?" 포터가 가마슈와 에밀의 등 뒤로 문이 닫히기도 전에 말문을 열었다. "책임 고고학자가 기술자들을 데리고 다시 왔소. 게다가 랑글로와 경위까지 와 있소. 그 사람이 우리더러 우리 건물 지하실에 얼씬도 하지 말라고 명령하더군."

"조만간 거기에 내려가 보실 계획이셨습니까?" 가마슈가 외투를 벗으며 물었다.

"아니요."

"지금 내려가 보실 일이 있습니까?"

"아니요. 전혀." 두 남자가 서로 응시했다.

"아, 제발 좀, 포터. 부끄러운 짓이야." 엘리자베스가 말했다. "저분들이 할 일을 하시게 둬. 다만," 그녀는 아르망 가마슈에게 돌아섰다. "이게 무슨 일인지 좀 알려 주시면 감사하겠네요. 말씀해 주실 수 있는 만큼요."

가마슈와 에밀은 시선을 교환했다. 경감이 말했다. "우린 어쩌면 오귀스탱 르노가 맞았을지도 모른다고 생각하고 있습니다."

"뭐에 대해서 말이오?" 포터가 물었다.

"멍청하게 굴지 말게." 블레이크 씨가 말했다. "샹플랭에 대한 것 아닙니까?" 가마슈가 고개를 끄덕이자 블레이크 씨는 이맛살을 찌푸렸다. "정말로 사뮈엘 드 샹플랭이 우리 지하실에 내내 묻혀 있었다고 생각하시는 거요?"

"적어도 지난 백사십 년간은 그랬다고 믿습니다. 파르동**Pardon** 실례하겠습니다."

두 사람은 모인 이들 사이를 뚫고 이제 익숙한 홀을 지나 바닥의 여닫이문을 통해 지하 1층으로 내려간 다음 가파른 철제 사다리를 밟고 맨 아래층에 닿았다.

태양이 저 아래 감금되어 있기라도 한 듯 위층에서 그들은 바닥의 마룻널 사이로 새어 나오는 강한 불빛을 볼 수 있었다. 그러나 일단 내려오자 그 정체가 무엇인지 알 수 있었다. 일련의 밝은 공업용 전등이 다시금 흙과 돌로 이루어진 지하실을 비추고 있었다.

책임 고고학자는 방의 중앙에서 긴 두 팔을 낀 채 서 있었다. 화를 억누르는 데 별로 성공적이지는 않았다. 일전에 그와 동행했던 기술자 두 명과 랑글로와 경위도 보였다. 경위는 그들을 보자마자 즉시 가마슈의 팔을 붙들어 한쪽으로 데려갔다.

"알고 있네." 가마슈가 방해받기 전에 말을 꺼냈다.

"알고 계시다는 건 알지만 그 일이 아닙니다. 크루아는 안달하고 있으라죠. 어차피 맘에 안 드는 놈입니다. 얘기 들으셨습니까?"

랑글로와가 경감의 얼굴을 탐색했다.

"동영상 말인가? 위. 하지만 아직 못 봤네." 이제 그가 상대를 탐색할 차례였다. "자넨?"

"봤습니다. 모두가 봤을 겁니다."

과장된 말이었지만 그리 큰 과장은 아니었으리라. 그는 단서를 찾아 계속 랑글로와의 얼굴을 훑었다. 연민의 감정이 보이는가?

"그런 일이 생겨서 유감입니다."

"고맙네. 오늘 오후에 볼 생각이네."

랑글로와는 하고 싶은 말이 있는 것처럼 잠시 머뭇거렸다. 그러나 그 말을 하는 대신 그는 몸을 돌려 책임 고고학자를 향했다.

"이게 다 뭡니까, 파트롱patron 책임 고고학자님?"

"내가 말하지." 가마슈가 미소를 짓고 경위를 다른 사람들이 있는 큰 방으로 이끌었다. 그가 세르주 크루아에게 말했다.

"당신은 지난주쯤 여기에 왔습니다. 오귀스탱 르노가 아닌 다른 시체가 여기 묻혀 있나 알아보려고요. 당신이 재앙과 동격으로 여기던 사람이 정말로 옳았던 건 아닌지, 샹플랭이 여기 묻혀 있는지 확인하려고 말입니다. 당연하게도 당신은 아무것도 발견하지 못했습니다."

"뿌리채소는 잔뜩 찾았소만." 크루아가 대꾸하자 뒤에 서 있던 기술자들이 킥킥 웃었다.

"다시 한 번 찾아보는 게 좋겠군요." 가마슈 역시 미소를 지으며 말하면서 고고학자의 눈을 들여다보았다. "샹플랭을 말입니다."

"여기엔 없소. 시간 낭비요."

"당신이 하지 않겠다면 제가 하지요." 가마슈가 삽을 잡으려 손을 뻗었다. "그리고 알려 드리는데 전 고고학자로서는 르노보다 더 형편없는 사람입니다."

그는 카디건을 벗어 에밀에게 건네고 옷소매를 걷어 올리며 지하실을 둘러보았다. 구멍을 팠다 다시 메운 자리마다 새 흙으로 울퉁불퉁했다.

"여기서부터 시작하면 되겠군요." 그는 삽을 흙바닥에 찔러 넣고 부츠 신은 한 발을 그 위에 얹었다.

"잠깐만." 크루아가 말했다. "이건 미친 짓이오. 이 지하실은 이미 조사를 마쳤소. 무엇 때문에 샹플랭이 여기 있다고 생각하는 거요?"

"저것 때문이지요."

가마슈가 고개를 끄덕이자 에밀이 배낭을 열어 오래된 성경을 세르주 크루아에게 건네주었다. 그들은 책임 고고학자의 삶이 요동치는 순간을 지켜보았다. 시작은 아주 작은 움직임이었다. 눈이 조금 커지더니 다음 순간 깜빡였고, 그리고 한숨을 내쉬었다.

"메르드Merde 빌어먹을." 그가 중얼거렸다. "메르드."

세르주 크루아는 성경에서 눈을 들어 가마슈를 향했다. "이걸 어디서 찾았소?"

"위층에서요. 귀한 옛날 책을 숨겨 둘 만한 자리에서 찾았습니다. 아무도 찾지 않는 도서관의 오래된 책들 사이에 숨어 있었지요. 살인자가 넣어 둔 것이 거의 확실합니다. 그는 책을 없앨 생각은 없었지만 갖고 있을 마음도 없었습니다. 그래서 숨겼습니다. 하지만 그 전에 이 책은 르노의 소유였고 그 전에는 샤를 시니퀴의 소유였습니다."

가마슈는 고고학자의 마음이 줄달음치는 것을 알 수 있었다. 수십 년, 수백 년에 걸친 관계를 연결하고 인물과 사건과 특성을 끼워 맞춘다.

"시니퀴가 어떻게 이걸 찾아냈소?"

"전에 말한 아일랜드 노동자들, 패트릭과 오마라가 이걸 발견해서 시니퀴에게 팔았습니다."

"내게 1869년에 지반공사를 하던 데가 어디냐고 물었던 게 이것에 관한 거였소? 그 사람들이 그 현장들 중 한 군데에서 일했소?"

가마슈는 고개를 끄덕이고 크루아가 마지막 고리를 끼울 수 있게 기다렸다.

"올드 홈스테드?" 책임 고고학자가 마침내 물었다. 그런 다음 손을 이마로 올리고 머리를 뒤로 젖혔다. "그렇군. 올드 홈스테드. 우린 거긴 늘 제쳐 놨소. 사리에 맞는 성지라고 고려한 범위에서 벗어나 있었으니까. 하지만 샹플랭이 성지에 묻혔을 리가 없소. 위그노였다면."

크루아는 성경을 움켜쥐었고 꼬리에 꼬리를 무는 거대한 흥분에 휘말린 듯했다.

"물론 그런 풍문이 떠돌았소. 하지만 그게 샹플랭의 문제였소. 그에 대해 너무 알려진 게 없어서 온갖 소문이 떠돌았지. 이것도 그것들 중 하나였을 뿐이고 우린 별로 신빙성이 없다고 생각했소. 왕이 신교도에게, 위그노에게 신세계의 책임을 맡겼겠소? 하지만 왕이 몰랐다면? 아니, 왕이 알았을 가능성이 더 높겠군. 그러면 많은 게 설명이 되니까."

책임 고고학자는 첫사랑 앞에 선 10대처럼 들떠 주절거렸다.

"그렇다면 샹플랭이 공식적인 칭호를 받지 못한 이유도 설명이 되오. 그가 퀘벡 총독으로 인정받지 못한 이유도 말이오. 다른 사람들은 그보다 훨씬 못한 일들로도 보상을 받았는데 샹플랭의 성취는 한 번도 인정을 받지 못했소. 그건 언제나 미스터리였지. 그리고 어쩌면 그것으로 그가 이곳으로 보내진 이유도 설명이 될지 모르오. 그건 자살이나 다름없는 탐험으로 여겨졌으니까 어쩌면 위그노인 샹플랭은 버리는 패였는지도 모르오."

"예수회는 알고 있었을까요?" 기술자 중 한 명이 물었다. 그 질문은 가마슈도 당혹스러웠던 문제였다. 가톨릭교회는 식민지 건설에 큰 역할을 했다. 원주민들을 개종시켰고 식민지 사람들을 하나로 묶어 주었다.

예수회가 관용으로 유명하지는 않았다.

"모르겠네." 크루아는 생각에 잠겨 시인했다. "그랬을 테지. 안 그랬다면 그를 가톨릭 묘지에 매장했겠지. 예수회 밖이 아니라."

"하지만 예수회에선 그가 저걸 들고 묻히는 건 절대 용납 못 했을 텐데요." 가마슈는 여전히 크루아의 손에 들린 위그노 성서를 가리켰다.

"그렇소. 하지만 누군가는 알았을 거요." 크루아가 말했다. "샹플랭이 자신이 후원한 교회에 묻혔다는 온갖 종류의 목격담이 있소. 그 교회에 재산의 반을 남기고 죽었다고 하오."

책임 고고학자는 말을 멈췄지만 그들은 그의 마음이 줄달음치고 있다는 것을 알았다.

"그럴 수도 있지 않겠소? 그 돈이 뇌물이었을 가능성 말이오. 교회에 재산의 반을 유증한 이유가 우선 교회에서 공개적인 장례를 치른 후에 나중에 조용히 다시 파내 교회 묘지 밖 들판에 묻어 달라는 뇌물이었을지도 모르오. 이것과 함께." 그는 성경을 들어 보였다.

가마슈는 그 말을 들으면서 그 위대한 지도자가 한밤중에 몰래 다시 파내져 묘지를 가로질러 성스러운 땅 저편으로 운반되는 광경을 상상해 보았다.

왜? 그가 신교도였기 때문이었다. 그의 모든 행위와 용기, 배포, 결단력, 그가 이룩해 낸 모든 것이 결국에는 아무 의미가 없었다. 죽은 뒤 그의 의미는 오직 한 가지뿐이었다.

위그노. 그가 이룩한 나라와 세운 땅에서 그는 이방인이었다. 인간애를 지녔던 사뮈엘 샹플랭은 신세계의 땅에 축복 없이, 그러나 오점도 없이 묻혔다.

샹플랭은 모든 것이 달라지기를 기대하며 여기 왔던 것일까? 가마슈는 궁금했다. 그러나 신세계는 구세계와 다를 것 없는 곳이었다. 단지 더 추울 뿐.

사뮈엘 드 샹플랭은 더러움과 절망 속에 살던 두 아일랜드 노동자가 그를 파낼 때까지 납을 댄 관에 성경과 함께 묻혀 있었다. 그는 그들에게 부를 안겨 주었다. 그들 중 한 명인 오마라는 시를 떠났다. 다른 한 명 패트릭은 퀘벡의 하류층 동네를 떠나 부자들이 사는 데 자르뎅에 집을 샀다.

그는 거기서 더 행복했을까?

"그래서 지금 그가 여기 묻혀 있다는 거요?" 세르주 크루아가 가마슈를 향해 돌아섰다.

"난 그렇게 생각합니다." 가마슈는 그들에게 제임스 더글러스와의 만남과 여기서 이루어진 계약에 대한 나머지 이야기를 들려주었다.

"그 뒤에 시니퀴와 더글러스가 그를 여기다 묻었단 말이오?" 크루아가 물었다.

"내 생각은 그렇습니다. 샹플랭은 프랑스계 퀘벡에 있어 너무나 강력한 상징이었습니다. 그들의 마음을 하나로 모으는 구심점이었죠. 차라리 발견되지 않는 게 나았을 겁니다. 1869년이면 연방이 성립된 지 겨우 이 년째입니다. 프랑스계 퀘벡인들은 캐나다의 일부가 되는 것에 불만이 많았고 분리의 움직임은 그때도 있었습니다. 샹플랭이 발견되는 것은 캐나다에 좋지 못했을 것이고 오히려 해만 되었을 겁니다. 시니퀴는 아마도 그런 문제를 신경 쓰지 않았겠지만 더글러스 의사는 걱정했을 거라고 생각합니다. 그는 정치적인 문제들을 모르지 않았고, 보수적인 사람으로서 덜 시끄러운 쪽을 선호했을 겁니다."

"샹플랭의 시체가 발견되면 시끄러워졌겠죠." 랑글로와 경위가 고개를 끄덕였다. "죽은 자는 묻어 두고 잊어버리는 게 낫다는 거군요."

"하지만 죽은 자가 무덤을 뜨는 습성도 있었소." 크루아가 말했다. "특히나 제임스 더글러스 주변에서는 흔히 있던 일이지. 그의 관심사에 대해서 들어 보셨소?"

"무덤 도굴꾼이라는 얘기 말입니까? 압니다." 가마슈가 말했다.

"그리고 미라도." 크루아가 말했다.

"미라요?" 랑글로와가 물었다.

"그 얘긴 다음에 하지." 경감이 말했다. "모조리 얘기해 주겠네. 하지만 지금은 찾을 시체가 있네."

다음 한 시간 동안 고고학자와 그가 데려온 기술자들은 더 많은 금속 상자와 더 많은 채소를 찾아내면서 지하실을 다시 조사했다.

그러나 계단의 아랫부분, 즉 철제 계단이 땅과 정확히 만나는 지점에서 그들은 무언가를 찾아냈다. 그 무언가는 일주일 전 첫 조사 때 감지기가 철제 계단 때문에 소리를 내는 것이라고 생각해서 무시했는데 면밀히 살핀 결과 다른 것으로 판명되었다.

흥분과 확신을 감추지 못하며 조심스럽게 파 내려가던 기술자는 이윽고 무언가에 부딪쳐 정지했다. 금속 상자보다는 훨씬 큰 물건이었다. 그리고 금속이 아닌 나무였다.

이제 사진을 찍고 기록을 하며, 보다 심혈을 기울여 발굴하고 있었다. 그들은 고통스러울 만큼 천천히 관 하나를 발굴했다. 관을 둘러싸고 모인 사람들은 반사적으로 성호를 그었다.

경위는 감식반을 불렀고 수 분 내로 조사관들이 도착했다. 그들은 견본을 채취하고 사진을 찍어 대고 지문을 떴다.

카메라가 돌아가는 가운데 관이 들려 나왔고 책임 고고학자와 그의 수석 기술자가 길고 빨갛게 녹이 슨 못을 뽑았다. 못은 관에서 떠나기 싫다는 듯, 오랫동안 감춰 온 모습을 드러내기 싫다는 듯 날카로운 소리를 내며 천천히 뽑혔다.

마침내 못이 뽑힌 관 뚜껑은 들어 올려질 채비를 마쳤다. 세르주 크루아는 손을 내밀다가 멈칫했다. 가마슈를 돌아본 그는 가마슈에게 오라는 손짓을 했다. 가마슈는 사양했으나 책임 고고학자의 강권에 결국 따랐다.

아르망 가마슈는 벌레 먹은 관 앞에 섰다. 4백 년 전 퀘벡을 건설하기 위해 벌목된 오래된 숲에서 나온 소박한 단풍나무였다. 가마슈는 자신의 오른손이 눈에 보일 만큼 떨리는 것을 느꼈다.

그가 손을 뻗어 관에 대자 떨림이 멈추었다. 가마슈는 손을 관에 갖다 댄 채 곧 일어날 일을 생각했다. 관은 수 세기 동안의 추적 끝에, 사람들이 퀘벡의 아버지를 찾기 위해 평생을 유례없는 탐색에 바친 끝에, 이곳에 놓여 있었다. 가마슈 자신 또한 그에 대한 이야기를 읽고 그에 대한 꿈을 꾸고 친구들과 샹플랭 놀이를 하며 자랐다. 손에 막대기를 들고 루아얄 산 공원의 바위를 거대한 배라고 생각하며 두 다리를 벌린 채 당당하게 올라서서 숭고한 전쟁을 지휘하고 끔찍한 폭풍우에 맞섰다. 용감하게. 퀘벡의 모든 아이들처럼 그의 영웅은 사뮈엘 드 샹플랭이었다.

탐험가, 지도 제작자. 퀘벡의 창조자.

가마슈는 오래된 나무 위에 부드럽게 놓인 자신의 두 손을 내려다보았다.

사뮈엘 드 샹플랭.

가마슈는 옆으로 비켜서며 에밀에게 자신이 섰던 자리로 오라고 손짓했다. 에밀은 고개를 저었지만 가마슈는 그에게 다가가 그를 관 옆에 데려다 놓고는 뒤로 물러서서 스승에게 미소를 지어 보였다.

에밀의 입 모양이 "메르시."라고 말했다. 그와 책임 고고학자가 함께 주의 깊고 조심스럽게 납으로 가장자리를 댄 관을 들어 올렸다.

유골이 누워 있었다. 마침내 그를 찾았다.

긴 침묵 끝에 관 속을 들여다보고 있던 책임 고고학자가 입을 열었다.

"샹플랭이 우리가 모르는 또 다른 비밀을 숨기고 있었던 게 아니라면, 이건 그가 아니오."

"무슨 말씀입니까?" 가마슈가 물었다.

"이건 여성이오."

장 기 보부아르는 뭔가 달라졌다는 것을 느낄 수 있었다. 사람들이 쳐다보는 시선이 그랬다. 지금 그들 모두가 마치 자신의 벌거벗은 모습, 가장 나약하고 숨김없는 모습을 보고 있는 듯했다.

그들이 본 것은 편집된 모습일 뿐 자신의 진짜 모습이 아니었다.

그들은 모두 동영상을 봤다. 그는 확신할 수 있었다. 스리 파인스에서 그걸 보지 않은 사람은 자신뿐이었다. 어쩌면 루스하고. 그녀는 석기 시대 사람이니까.

하지만 스리 파인스의 사람들만 자신에 대해 뭔가를 아는 게 아니었다. 보부아르도 그들에 대해 아는 게 있었다. 다른 사람들은 아무도 알지 못하는 것. 그는 누가 살인자인지 알고 있었다.

금요일 늦은 오후였다. 해가 기울었고 비스트로는 비어 가고 있었으며 술 한잔씩 걸친 사람들은 저녁을 먹으러 집으로 돌아가고 있었다.

보부아르는 주위를 둘러보았다. 클라라, 피터, 머나가 올드 먼딘과 잠든 찰리를 안은 와이프와 앉아 있었다. 다른 테이블에서는 마르크와 도미니크 질베르가 맥주를 홀짝이는 동안 마르크의 어머니 카롤이 백포도주를 마시고 있었다. 파라 가족도 보였다. 로어와 해나는 손님이었고 아들 하보크는 비스트로의 종업원이었다.

루스는 홀로 앉았고 가브리는 바 뒤에 서 있었다.

문이 열리고 누군가가 바람을 휘몰고 들어왔다. 뱅상 질베르는 모자에서 눈을 떨어내며 발을 쿵쿵 굴렀다. 보부아르에게 그토록 친절했고 다른 사람들에게는 그토록 잔인하게 굴었던 개자식 성자.

"내가 늦었나?" 그가 물었다.

"늦다니, 뭐에?" 카롤이 물었다.

"초대를 받았거든. 당신은 아니오?"

모두가 보부아르를, 그다음에는 클라라와 머나를 쳐다봤다. 올드와 와이프는 두 여자의 초대로 이곳에 와 있었고 파라 부부도 마찬가지였다. 질베르네는 보부아르의 초대를 받았고 루스는 그저 이 무대의 일부였다.

"파트롱Patron 주인장." 보부아르가 입을 열었다. 그러자 가브리가 현관을 걸어 잠갔고 이어 다른 가게로 통하는 통로들도 닫으러 갔다.

"무슨 일입니까?" 로어 파라가 물었다. 당혹스러워했지만 긴장한 표정은 아니었다. 그는 땅딸막한 체구에 힘이 셌고 보부아르는 그가 경계의 빛을 띠지 않아서 안심했다. 아직은.

그들 모두가 보부아르를 바라보았다.

그는 가브리에게 다른 손님들을 조용히 내보내고 이들 몇 명만 남아 있게 해 달라고 미리 일러 놓았다. 밖에서는 마을의 집들에서 흘러나오는 불빛 속에 눈이 날리기 시작했고 잔디 광장의 소나무 세 그루에 걸린 명랑한 크리스마스 전구의 불빛이 바람에 까딱거렸다. 그들이 자리를 파할 때쯤이면 크리스마스 전구들은 눈보라와 싸우고 있을 터였다.

안은 안락하고 따뜻했다. 창에 부딪치는 바람과 눈은 오히려 안에 있는 사람들에게 안전하다는 느낌만을 더해 줄 뿐이었다. 벽난로의 불은 밝았고 밖에서는 바람이 몰아쳤지만 건물은 요동도 하지 않았다.

스리 파인스와 그곳에 살고 있는 주민들이 그렇듯 이 건물은 다가오는 것들을 그대로 받아들였고 여전히 그 자리에 서 있었다. 그리고 이제 사람들은 그를 바라보고 있었다.

단지 연민의 시선일까?

"그래, 멍청이. 이게 다 뭐 하자는 거지?" 루스가 물었다.

아르망 가마슈는 한 주 전만 해도 그곳에 있다는 것 외에 거의 아는 게 없었던 문예역사협회의 도서실에 앉아 한 주 전에는 제대로 알지도 못했던 이 사람들을 얼마나 잘 알게 되었는지를 생각하며 놀라워하고 있었다.

이사들이 다시 한 번 그 자리에 모여 있었다.

의심으로 딱딱하게 굳은 태도의 포터 윌슨이 리더십 결여에도 불구하고 상석에 앉았다. 이들의 진짜 지도자는 내내 그 옆에 앉아서 조용히 모든 일을 지휘하고 포터가 망쳐 버린 일들을 수습해 왔다. 이미 오래전에 사라지고 껍데기만 남은 맥워터 조선소의 부를 상속받은 엘리자베스 맥워터.

하지만 외관이 중요하다는 사실을 가마슈는 알고 있었다. 특히 엘리자베스와 영국계 공동체에는 그랬다. 그리고 진실을 말하자면 그들은 외관보다 강하기도 했고 약하기도 했다.

영국계들은 눈에 띄게 줄어들고 사라지고 있었다. 다수 프랑스계에게는 이미 오래전에 잊힌 사실이었다. 그들은 이제 변화된 현실에도 불구하고 영국계를 여전히 자신들의 존재에 대한 위협으로 보았다. 그들이 영국계를 바라보긴 한다면.

왜 아니겠는가? 영국계들 다수는 아직도 자신들에게 영향력이 있으며, 명백한 운명이자 태어나면서부터 획득한 권리이며 울프 장군이 2백 년 전 농부 아브라함 땅에 세운 권리를 누릴 자격이 있다고 생각했다.

남아프리카 공화국의 백인들이나 미국 남부의 농장주들처럼 그들은 시대가 달라졌다는 사실을 알았고 변화를 받아들였지만 외교적으로 드러내지 않고 숨겨 둔 마음 깊은 곳에서는 자신들이 아직 건재하다는 확신을 버리지 못했다.

그리고 누구보다 도서관을 사랑하고 엘리자베스를 사랑하며 더 이상 의미가 없어진 아이디어와 사물 들 속에서 자신의 일을 사랑하는 작은 몸집의 사서 위니가 있었다.

블레이크 씨는 정장 차림에 타이를 매고 앉아 있었다. 온 퀘벡 시를 꺼려한 이 온화하고 늙은 신사의 영역은 집으로 한정되었고 마침내는 이 장엄한 방만 남았다. 그리고 가마슈는 자신들의 영역을 지키기 위하여 이들 누군가가 해야 할 일이 있을지 궁금했다.

그리고 마지막으로 조용하거나 악을 쓰는 남자 켄 해슬럼.

의자에 조용히 앉아 있거나 얼어붙은 강에서 분투하거나 중간은 없고 양극단만 있는 남자.

아내와 딸을 퀘벡에 묻었지만 마치 그걸로도 충분치 못하다는 듯 퀘베쿠아로 간주되지 못한 남자.

그들은 관이 건물 밖으로 옮겨지자 한숨을 돌리기 위해 도서실로 모여들었다. 사람들이 떠나고 이사회와 에밀, 가마슈만 남았다.

가마슈는 이사회 인사들을 하나하나 훑다가 마지막으로 포터 윌슨에게서 멈추었다. 분노의 고함을 지르고, 어쩌면 부당함에 대한 약간의 비난이 깃든 표정으로 지금의 상황을 알려 달라고 말하리라 생각했다.

그러나 그들은 그저 경감의 얼굴을 조용히 바라볼 뿐이었다. 예의를 차린 시선이었다. 무언가가 바뀌었다. 그리고 가마슈도 그것을 알고 있었다.

빌어먹을 동영상 때문이었다. 그들은 그걸 봤고, 그는 아직 보지 않았다. 그들은 자신이 모르는 자신에 대한 뭔가를 알고 있었다. 그러나 그는 그들이 알고 싶어 하는 무언가를 알고 있었다.

하지만 그들은 기다려야 했다.

"오늘 오후에 연습이 있었겠군요." 가마슈가 톰 핸콕 목사를 향했다.

"그랬죠." 목사는 그 화제에 놀라며 대답했다.

"당신을 봤습니다." 경감이 켄 해슬럼에게 말했다.

해슬럼은 미소 짓고 입술을 움직여 가마슈가 알아듣지 못한 말을 했다. 모두가 고개를 끄덕이고 있었다. 경감은 사람들을 돌아보았다.

"해슬럼 씨께서 방금 뭐라고 하신 겁니까?"

그러자 몇몇 사람이 얼굴을 붉혔다. 그는 기다렸다.

가마슈가 마침내 말했다. "저는 한 마디도 듣지 못했는데요. 그리고 당신들도 들으셨을 것 같지 않습니다." 그는 고상하게 바른 자세로 앉아 있는 남자를 돌아보았다. "왜 속삭이십니까? 아니, 사실 그건 속삭임이라고도 할 수 없을 것 같은데요."

가마슈는 정중하고 차분하게, 화나 비난을 섞지 않고 단지 알고 싶다고 말했다.

해슬럼의 입술이 다시 움직였다. 그러나 아무도 알아듣지 못했다.

"저분은……," 톰 핸콕이 말을 꺼냈지만 가마슈가 손을 들어 중단시켰다.

"제 생각엔 해슬럼 씨께서 직접 말씀하실 때가 된 것 같습니다. 그리고 아마 당신은 그가 그럴 수 있다는 걸 아는 유일한 사람이겠죠."

이제 핸콕 목사가 얼굴을 붉힐 차례였다. 그는 가마슈를 바라보고 아무 말도 하지 않았다.

가마슈가 해슬럼을 향해 몸을 내밀었다. "강의 얼음 위에서 구령하시는 소리를 들었습니다. 다른 사람 목소리는 하나도 들리지 않았습니다. 아무도. 오직 해슬럼 씨 목소리뿐이었습니다."

켄 해슬럼은 이제 겁을 먹은 듯이 보였다. 그는 입을 열었지만 다음 순간 머리를 저었다. 울 것 같은 얼굴이었다.

"못 합니다." 그가 말했다. 겨우 알아들을 수 있는 목소리였다. "평생 나는 조용히 하라는 말만 들었습니다."

"누구한테서요?"

"어머니, 아버지, 형제들, 선생들, 모두 말이오. 내 아내도—편히 쉬길— 목소리를 낮추라고 했소."

"왜요?"

"그래야 하니까요."

말이 또렷하게, 너무 또렷하게 흘러나왔다. 쩌렁쩌렁 울릴 정도는 아니었지만 이전의 목소리를 잊게 할 만큼 우렁차게 들렸다. 그 순간 다른 목소리는 존재하지 않았고 그의 목소리뿐이었다. 다른 모든 음성을 누르는 소리였다.

"그렇게 조용히 있도록 배우신 겁니까?" 가마슈가 물었다.

"친구를 원한다면," 해슬럼이 말했다. 그의 말이 사람들을 압도하고 있었다. 입천장과 후두와 두골에 특이한 점이 있어서 소리가 증폭하는 걸까? "어딘가에 속하고 싶다면 그래야 했어요. 절대로 목소리를 높이지 않는 법을 배웠습니다."

"하지만 그건 절대 말하지도 듣지도 말라는 뜻 같군요." 가마슈가 말했다.

"당신이라면 어쩌겠습니까?" 해슬럼이 물었다. 이성적인 질문이 공격적으로 들릴 만큼 큰 목소리였다. "사람들을 닦달할 만큼 목소리를 높이겠습니까, 사람들 틈에서 조용히 있겠습니까?"

아르망 가마슈는 말을 잇지 못하고 긴 탁자에 둘러앉은 엄숙한 얼굴의 사람들을 둘러보았다. 그리고 그 문제에 직면하여 동일한 선택을 한 사람이 켄 해슬럼만이 아니라는 것을 알았다.

다른 이들을 자극하지 않길 바라며, 그들의 일원이 되길 바라며 침묵 지키기.

하지만 절대 목소리를 높여 의견을 말하지 않는 사람들은 어떻게 될까? 모든 걸 담아 두는 사람들은?

가마슈는 어떻게 될지 알았다. 그들이 삼킨 모든 것, 모든 말, 생각, 느낌은 공허한 가슴 안에서 배회하다 그들의 가슴에 응어리를 남긴다. 그리고 그 응어리에 그들의 말, 그들의 분노가 담긴다.

"우리 지하실에 있었다는 관에 대해 말씀해 주시는 게 좋겠어요." 엘리자베스가 침묵을 깼다.

온당한 요청이었다.

"여러분도 아시다시피 전 여기 휴양차 왔습니다." 보부아르는 자신이 그들이 알고 있는 것을 모른다고 생각하게 하고 싶지 않았다. 마을 사람들 몇이 시선을 내리깔았고 일부는 보부아르가 바지라도 내린 듯 얼굴을 붉혔지만 대부분 흥미를 갖고 그를 응시했다.

"하지만 다른 이유도 있었습니다. 가마슈 경감님이 제게 은둔자 살인 사건을 재조사하라고 하셨습니다."

동요가 일었다. 사람들은 서로 쳐다보았다. 그들 중 가브리가 유일하게 직접적인 반응을 보였다.

"경감님이 당신을 보내셨나요? 제 말을 믿어 주신 건가요?"

"사건은 이미 해결된 거 아니었어요?" 해나가 말했다. "이미 충분히 우릴 괴롭히지 않으셨나요?"

"경감님은 명확하지 않은 부분이 있다고 말씀하셨습니다." 보부아르가 말했다. "처음에 저는 경감님이 여기에 있는 가브리의 희망적인 생각에 설득되신 나머지 틀린 생각을 하신다고 생각했습니다. 가브리는 올리비에가 체포된 이래 매일 경감님께 편지를 썼습니다. 매번 같은 질문을 담아서요. '올리비에가 무엇 때문에 시체를 옮겼을까요?'"

가브리가 클라라에게 말했다. "의문을 제기하는 편지였죠."

"그래, 자네가 의문이 많다는 건 우리 모두 잘 알지." 루스가 말했다.

가브리가 웃음꽃을 활짝 피웠다. 다른 이들은 무반응이었다.

"조사를 할수록 올리비에가 범인이 아닐지도 모른다는 생각이 들더군요. 하지만 올리비에가 아니라면 누가 한 짓일까요?"

보부아르는 안락의자의 등받이에 손을 짚고 서 있었다. 거의 다 왔어. "우린 살인의 동기가 보물이라고 생각했습니다. 분명해 보였지요. 하지만 정말 그게 동기였다면 범인은 왜 보물을 가져가지 않았을까요? 그래서 저는 다른 식으로 생각해 보기로 했습니다. 보물은 은둔자 살해와 거의 관계없는 게 아닐까? 한 가지 결정적인 점만 빼면요. 보물은 범인을 이곳 스리 파인스까지 이끌었을 뿐이라고 말입니다."

그들은 모두 그를 응시했다. 클라라와 머나조차 그랬다. 보부아르는 이 결론을 그들과 공유하지 않았다. 살인자를 찾는 데 핵심적인 정보를 공유하는 위험을 감수할 수 없었다.

"그가 자신의 오두막에 보물들을 숨겼다면 어떻게 살인자가 그걸 알고 스리 파인스까지 왔다는 건가요?" 방 뒤편에서 올드 먼딘이 물었다.

"보물이 내내 숨겨져 있지는 않았습니다." 보부아르가 설명했다. "전부는 아니었습니다. 은둔자는 말동무가 되어 주고 음식을 가져다주는 대가로 올리비에에게 그중 일부를 넘겼습니다. 그리고 올리비에는 그 가치를 알아보고 수중에 들어온 보물을 팔았지요. 이베이를 통해서도 팔았지만 일부는 몬트리올의 노트르담 가에 있는 골동품상을 통해 처분했습니다."

그는 질베르 가족을 향해 돌아섰다. "당신들도 그곳에서 구입하신 물품이 있는 것으로 압니다."

"노트르담 가는 길답니다, 경위님. 가게가 한두 개가 아니에요." 도미니크가 말했다.

"그렇죠. 그러나 푸줏간이나 빵집에 가는 사람들이 그렇듯이 골동품을 사는 사람들은 대부분 한 집에 단골로 드나들게 마련입니다. 제 말이 틀립니까?"

그는 모두를 둘러보았다. 가브리를 제외한 모두가 시선을 떨구었다.

"뭐 걱정할 일은 아닙니다. 가게 주인이 당신들 사진을 알아볼 테니까요."

"그래요. 텅 페르뒤의 고객 맞아요." 카롤이 말했다.

"텅 페르뒤. 인기 있는 곳이지요. 올리비에가 은둔자의 보물을 판 곳이기도 했습니다." 보부아르는 놀라지 않았다. 그는 이미 그 가게의 주인과 질베르 가족에 대해 이야기를 나누었다.

"하지만 우린 거기가 올리비에가 거래하던 곳이란 건 몰랐어요. 그 집 물건이 좋았을 뿐이에요. 많은 사람들이 그 집 고객이라고요." 도미니크가 날카로운 목소리로 말했다.

"게다가 우리는 겨우 작년에 이곳 집을 샀습니다. 그 전에는 골동품이 필요하지도 않았습니다." 마르크가 덧붙였다.

"구경하러 갔을 수는 있겠지요. 노트르담 가를 따라 가게 구경을 하는 사람은 많습니다."

"하지만," 해나 파라가 말했다. "아까 은둔자가 죽은 건 보물 때문이 아니라고 하셨잖아요? 그럼 그 사람은 왜 살해당한 건가요?"

"바로 그겁니다." 보부아르가 말했다. "왜? 일단 보물을 제쳐 놓고 나니 크게 두 가지가 중요하게 떠올랐습니다. '우'라는 단어와 '샬럿'의 반복입니다. 오두막에는 『샬럿의 거미줄』과 샬럿 브론테의 책이 있었고, 호박 방은 샬럿호박 방을 만들기 시작했던 프로이센 프리드리히 1세의 왕비 샬럿을 위해 만들어졌습니다. 그리고 그 바이올린을 만든 장인에게 영감을 주었던 부인의 이름도 샬럿이었습니다. 그 모든 것에서 과하게 의미를 읽어 내려 한 것인지는 몰라도 한번 살펴볼 가치는 있었지요."

"그래서 뭘 찾으셨나요?" 와이프가 물었다.

"살인자를 찾았습니다." 보부아르가 말했다.

아르망 가마슈는 지쳐 있었다. 그는 렌 마리가 기다리는 집으로 돌아가고 싶었다. 그러나 지금은 약한 모습을 보일 때가 아니었고 뒤로 물러날 때도 아니었다. 그렇게 지쳐 있을 때가 아니었다.

그는 그들에게 시니퀴에 대해 들려주었고, 제임스 더글러스와 패트릭, 오마라에 대해서도 들려주었다. 그리고 그들이 아무것도 모른 채 팔아 버린 문제의 책 두 권을 보여 주었다.

어쩌면 오늘날 캐나다에서 가장 높은 가치를 지닌 책이었다.

사뮈엘 드 샹플랭이 지니고 있었던 초기 위그노 성서.

이사회 사람들이 고통스러운 신음을 흘렸지만 가마슈의 말에 반박하지 않았다. 그들은 서로의 차이를 봉합하고 연대해 나가고 있었다.

아르망 가마슈는 모랭 형사이 말한 것처럼 부서진 곳일수록 더 튼튼하다는 사실을 알았다. 그리고 그는 자신이 가혹한 시간과 사건 앞에 갈라지고 부서진 공동체와 변화에 적응하지 못하는 기질을 보고 있다는 것을 알았다.

그러나 그러한 일들이 그들을 모으고 치유하고 있었고, 그들은 더 강해질 터였다. 왜냐하면 그들은 그렇게 부러졌었기 때문이었다. 켄 해슬럼이 침묵의 강요 앞에 부서졌던 것처럼. 엘리자베스 맥워터의 몸과 마음이 거짓 외관을 유지하느라 닳아 버렸던 것처럼. 포터 윌슨과 위니와 블레이크 씨가 가족과 친구와 영향력과 그들의 단체가 사라져 가는 것을 보며 산산조각 났던 것처럼.

젊은 톰 핸콕만이 아직까지 상처 입지 않았다.

"그럼 오귀스탱 르노가 한 주 전 우릴 찾아온 이유는 지하실을 파 보고 싶다는 얘길 하려던 거였습니까?" 블레이크 씨가 물었다.

"전 그렇게 믿고 있습니다. 그는 샹플랭이 제임스 더글러스와 시니퀴 신부 손에 이곳 지하실에 묻혔다고 결론을 내렸습니다."

"그리고 그가 옳았지." 포터 윌슨이 말했다. 모든 허세가 씻겨 나갔다. "우리가 그동안 샹플랭을 감춰 왔다는 사실을 알면 저들이 우릴 어떻게 할까?"

"우리가 그를 감춰 온 게 아니잖아. 우린 샹플랭이 여기 있는지도 몰랐다고." 위니가 말했다.

"그런 말로 언론이 설득이 될 턱이 없어." 포터가 말했다. "그리고 우리 말을 사람들이 믿어 준다 해도 여전히 영국계의 음모라는 생각은 변하지 않을 거야."

"두 사람의 음모일 뿐이네." 블레이크 씨가 말했다. "백 년도 더 전에. 영국계들 전체가 공모한 일이 아니라고."

"제임스 더글러스가 영국계 사회에 의견을 물었다면 반대가 있었을 것 같소?" 포터가 반박했다. 그가 할 수 있으리라고 가마슈가 생각했던 것보다 훨씬 훌륭한 논변이었다. 한 가지는 확실했다. 포터는 그의 동포들을 잘 알았다. 그리고 블레이크 씨도 마찬가지였다. 그는 마침내 포터가 옳다는 사실을 받아들였다.

"재앙이야." 가마슈만 빼고 위니의 말에 아무도 이의를 제기하지 않았다.

"글쎄요. 꼭 그런 것은 아닙니다. 관은 샹플랭의 것이지만 그 안에 있던 시체는 샹플랭이 아니었으니까요."

모두가 입을 떡 벌리고 그를 쳐다보았다. 물에 빠진 사람에게 던져진 희망이라는 실낱같은 밧줄.

그들이 일제히 조용해졌다. 그리고 마침내 켄 해슬럼이 입을 열었다. 그의 목소리가 방을 가득 채워 사람들을 구석으로 몰아넣었다.

"누구였습니까?"

"여성입니다. 관 안에 들어 있는 시체는 여성이라고 합니다."

"여자요? 여자가 샹플랭의 관에서 뭐 하고 있는 겁니까?" 해슬럼이 소리를 질렀다.

"아직 모릅니다. 알아낼 겁니다."

그의 옆에서 에밀의 눈이 해슬럼에게서 엘리자베스 맥워터로 옮겨 갔다. 그녀는 슬프고 두려워 보였다. 그동안 유지해 오던 겉모습이 흔들리고 있었다. 에밀은 그녀를 향해 희미하게 미소 지어 보였다. 주변의 모든 게 무너져 내린다는 것이 뭔지 아는 사람이 던지는 위로의 미소였다.

"부서진 곳이 가장 단단해지죠." 모랭 형사가 웃었다. "좋은 일이죠. 전 항상 물건을 떨구거든요. 수잔도 그래요. 우리가 애들을 낳으면 비눗방울 속에 넣어 키워야 할까 봐요. 애들은 늘 통통 튀잖아요. 그렇죠?"

"애들까지 그렇진 않겠지." 가마슈가 그렇게 말하자 모랭이 다시 웃었다.

"튼튼한 애들이 태어났으면 좋겠어요."

"그럴 걸세."

"전 살인자가 은둔자의 보물 중 하나를 골동품점에서 발견하고 스리파인스까지 그를 추적해 왔다는 가정에서 출발했습니다." 보부아르가 말했다.

비스트로 안에서 달리 들리는 소리라고는 난로의 장작이 터지는 소리와 창에 와서 부딪히는 눈 소리뿐이었다.

방 안에서 난로의 불꽃이 벽에 기이한 그림자를 만들어 냈지만 위협적이지 않았다. 보부아르에게는 그랬다. 그러나 그는 적어도 이 방 안의 한 사람은 방이 좁고 답답하며 숨 막힐 것처럼 느껴지기 시작하리라고 생각했다.

"하지만 누구일까요? 질베르 씨네는 같은 상점에서 골동품을 여러 점 사들였습니다. 파라 씨 가족일까요? 그들은 구체코의 가족들에게서 많은 것들을 물려받았고, 동구권이 무너질 때 그걸 가지고 나오는 데 성공했습니다. 하지만 본인들 입으로 그중 상당수를 새집을 마련하기 위해 처분해야 했다고 말한 바 있습니다. 어쩌면 그것들을 텅 페르뒤를 통해 처분하지 않았을까요? 올드 먼딘은 어떨까요? 그는 골동품을 복원하는 일을 하는 사람입니다. 당연히 노트르담 가의 근사한 가게들 주변을 맴돌지 않았을까요?

그렇게 생각하면 용의자의 범위를 좁힐 수가 없었습니다. 그래서 다른 단서를 찾아봤습니다. '우'요. 올리비에는 은둔자가 감정적으로 스트레스에 놓일 때 그 단어를 중얼거렸다고 했습니다. 그 단어가 그를 괴롭혔습니다. 하지만 '우'가 의미하는 것은 무엇일까요? 사람 이름일까요? 아니면 별명?"

그는 질베르 가족이 앉아 있는 테이블 너머를 응시했다. 다른 사람들처럼 그들은 이야기에 빠져 신중한 표정으로 자신을 바라보고 있었다.

"아이들이 흔히 그러듯이 '우'가 발음하기 힘든 이름의 줄임말이었을까요? 많은 별명이 그런 식으로 탄생하지 않습니까? 아이일 때요. 전 먼딘의 집에서 꼬마 찰리가 '쇼Chaud 따뜻하다'를 '슈'라고 하는 것을 들었습니다. 아이들은 그런 어려운 발음을 못하니까요. 울로신Woloshyn이 '우'가 되는 것처럼 말입니다."

클라라가 머나에게 몸을 기울여 속삭였다. "내가 겁냈던 게 그거였어. 그녀의 처녀 적 성이 울로신이라는 걸 듣자마자 그 생각을 했거든."

머나는 눈썹을 치켜세우고 다른 사람들과 마찬가지로 카롤 질베르를 돌아보았다.

카롤은 꿈쩍도 안 했지만 뱅상 질베르는 움직였다. 그는 그 긴 몸을 꼿꼿이 펴고 일어섰다. 그의 압도적인 존재감이 방을 채웠다.

"이러니저러니 하는 암시는 다 그만두고 할 말이 있으면 하시오."

"그리고 당신도 있죠." 보부아르가 그에게로 돌아섰다. "당신 말입니다. 위대한 질베르 의사. 인격자이자 훌륭한 치유자." 그는 그렇게 말하면서 경감이라면 자신처럼 빈정거리거나 평정을 잃지 않는 방식으로 이일을 다루었으리라는 것을 깨달았다. 보부아르는 가까스로 이성의 끝에서 자신을 붙들었다. "이 사건에서 제일 아리송한 부분 중 하나는 살인범이 보물을 들고 튀지 않았다는 것이었습니다. 누가 저항할 수 있겠습니까? 그게 살인의 동기가 아니었다 해도 보물이 눈앞에 있었습니다. 보석이 달린 장신구를 집지 않을 사람이 있을까요? 희귀본은요? 금으로 된 촛대는?"

"그래서 당신의 결론이 뭐요?" 답을 요구하는 질베르 의사의 목소리는 혐오로 가득했다.

"한 가지 설명밖에 있을 수 없었습니다. 범인은 보물을 필요로 하지 않았습니다. 올리비에가 그에 해당되는 사람일까요? 아니죠. 그는 물욕그 자체였습니다. 당신 아들 마르크의 경우도 다르지 않습니다. 탐욕스럽고 쩨쩨하죠. 그들이라면 오두막을 발가벗겨 놓았을 것입니다."

그는 마르크 질베르가 이의를 제기하려고 엉덩이를 꿈틀거리다가 자신이 받은 모욕이 실은 용의자 명단에서 자신의 이름을 지우고 있다는 사실을 깨닫고 눌러앉는 모습을 바라보았다.

"파라 씨네 가족은 어떻습니까? 정원사와 웨이터? 돈이 쏠쏠히 들어오는 일이 아닙니다. 은둔자의 보물 한 점이면 그들의 삶은 크게 달라질수 있습니다. 그러니 그들이 그를 죽였다면 분명 뭔가를 가져갔을 겁니다. 올드 먼딘도 마찬가지입니다. 목수로서 얻는 수입이 지금은 나쁘지 않지만 찰리가 더 자라면 어찌 될지 모르는 일이지요. 평생 보살핌을 받아야 하는 아이니까요. 먼딘 부부라면 자신들을 위해서가 아니면 찰리를 위해서라도 뭔가를 훔쳤을 겁니다."

이제 그는 뱅상 질베르를 향했다.

"하지만 단 한 사람에게는 그 보물이 아무 소용이 없었습니다. 당신이오. 당신은 이미 부자니까요. 게다가 난 당신에게는 돈이 중요하다고 생각하지 않습니다. 당신은 다른 걸 위해 사는 사람입니다. 돈은 한 번도 중요했던 적이 없습니다. 당신이 원하는 건 감사의 인사죠. 존경, 감탄 같은 것들. 당신은 자기가 남들보다 나은 사람, 어쩌면 성자에 가까운 존재라는 믿음을 먹고 삽니다. 그게 당신의 자부심의 원천이고 욕망입니다. 그 욕망이 충족되는 한 은행 잔고 따윈 중요하지 않죠. 용의자들 중 보물을 버려둘 수 있었던 사람은 당신뿐입니다. 그건 당신에겐 아무 의미도 없으니까요."

질베르 의사가 표정만으로 누굴 죽일 수 있다면 보부아르 경위는 그 자리에서 쓰러져 숨을 거두었으리라. 그러나 죽는 대신 보부아르는 미소를 지어 보이고 침착하고 이성적인 목소리로 이야기를 이어 나갔다.

"하지만 여기에는 또 다른 미스터리가 있습니다. 은둔자는 누구였을까요? 올리비에는 그가 체코인이며 이름이 야코프라고 했습니다만 이후 그는 자기가 거짓말을 한 사실을 인정했습니다. 그는 그 사내가 체코인이 아니라는 건 확실하지만 그 외에는 아무것도 알지 못한다고 했습니다. 아마도 프랑스계 아니면 영국계일 가능성이 높다고 했습니다. 그는 완벽한 프랑스어를 구사했지만 영어로 된 책을 읽는 걸 더 좋아하는 것 같았답니다."

보부아르는 로어와 해나 파라가 안심하는 표정을 주고받는 것을 알아차렸다.

"우리가 갖고 있던 유일한 단서가 우리를 다시 그의 오두막에 있던 골동품과 보물로 이끌었습니다. 전 골동품에 대해 아는 게 없지만 아는 사람들은 하나같이 그 아름다움에 매료된다고 하더군요. 그도 안목이 있는 사람이었던 게 확실합니다. 그 물건들을 이삿짐 정리할 때나 벼룩시장에서 모으지 않았습니다."

보부아르는 말을 끊었다. 그는 가마슈가 지금 자신이 하는 것처럼 용의자를 상대로 줄을 감고 풀었다가 좀 더 팽팽하게 감는 모습을 몇 번이나 보아 왔다. 하지만 그 일은 조심스럽고 교묘하고 섬세하게, 용의자가 눈치조차 채지 못하게 해야 한다. 주저함이 없이 꾸준히.

범인은 무슨 일이 일어나고 있는지 깨닫는 순간 공포에 사로잡힐 터였다. 그리고 그 공포야말로 범인을 무너뜨리고 몰아붙이기 위해 경감이 노리는 점이었다. 그러나 그러려면 배포와 인내심이 필요했다.

보부아르는 범인으로 하여금 사실이 이끄는 방향을 점차 깨닫도록 그것을 제시하는 일이 얼마나 어려운 것인지 몰랐다. 하지만 낚싯감이 눈치채고 도망칠 만큼 일찍 감아올려서도 안 되었고 반격할 시간을 줄 만큼 늦어서도 안 되었다.

핵심은 범인의 신경을 닳게 하는 것이었다. 그다음 그에게 자신이 용의자가 아니라는 인상을 심어 준다. 그렇게 쉴 틈을 준 다음 안심하고 있을 때 다시 조이는 것이다.

그 과정을 반복해야 했다. 쉬지 않고.

배를 전복시킬 수도 있는 큰 물고기를 사냥하는 것처럼 진이 빠지는 일이었다.

그리고 보부아르는 이제 마지막으로 다시 조여들어 갔다. 결정타를 위해.

"이제 우리가 알게 된 것처럼 보물은 이 사건에서 역할을 담당했습니다. 보물은 사건을 촉발한 촉매였습니다. 그러나 결정적인 작용을 한 것은 잃어버린 보물에 대한 욕망이 아닌, 잃어버린 다른 것에 대한 욕망이었습니다. 더 개인적이고 보물보다 더 소중한 것. 잃어버린 가족의 유산 문제가 아니라 잃어버린 가족의 문제였습니다. 내 말이 맞습니까?"

그리고 보부아르는 살인자를 향해 돌아섰다.

범인이 일어섰고 방 안의 모든 이가 휘둥그레진 눈으로 쳐다보았다.

"그가 내 아버지를 죽였습니다." 올드 먼딘이 말했다.

24

와이프가 입을 떡 벌린 채 자리를 박차고 일어났다.

"올드?" 그녀가 속삭였다.

마치 바깥의 매서운 바람이 안으로 들어올 길을 찾아내 그 안의 모든 사람들을 얼려 버린 것 같았다. 보부아르가 벽난로를 범인으로 지목했다 한들 그보다 더 놀라지는 않았을 터였다.

"맙소사, 올드. 제발." 와이프가 애원했다. 그러나 그녀의 눈에 절망의 빛이 스며들더니 천천히 믿을 수 없다는 눈빛이 자리 잡았다. 건강했던 사람이 말기 암을 선고받은 것처럼 와이프는 멍한 상태였다. 시골의 괜찮은 집에서 가구를 만들고 복원하며 사는 단순한 삶의 끝이 눈에 선했다. 자신이 사랑한 남자, 영원히 함께하고 싶었던 유일한 남자와 함께 찰스를 키우는 삶이.

그 삶은 이제 끝이었다.

올드는 아내와 아들을 돌아보았다. 그는 표현할 수 없이 아름다웠고 끔찍한 고발조차 그 아름다움을 흠집 내지 못했다.

"그가 내 아버지를 죽였어." 올드가 되풀이했다. "난 그를 찾으러 스리 파인스에 온 거야. 저 사람 말이 맞아." 그가 보부아르를 향해 고갯짓했다. "텅 페르뒤에서 가구 복원 일을 하고 있을 때 지팡이가 들어온 걸 봤어. 독특한 무늬의 오래된 수제 지팡이였지. 바로 알아볼 수 있었어. 아버지가 늘 보여 주시던 거였으니까. 아버지는 내게 지팡이 표면의 상감을 일일이 가리키고, 그걸 만든 사람이 나무옹이를 어떻게 디자인의 일부로 보이게 했는지 알려 주셨어. 소박하고 낡은 지팡이로 보였지만 예술성이 깃든 작품이었어. 아버지의 지팡이였고 아버지가 돌아가신 다음 도둑맞은 거였어. 살인자가 가져간 거."

"당신은 가게 장부를 보고 누가 그걸 텅 페르뒤에 팔았는지 알아냈습니다." 보부아르가 말했다. 순전히 추측이었으나 그게 사실이라는 걸 아는 양 말할 필요가 있었다.

"판매자의 이름이 기록되어 있었어요. 올리비에 브륄레, 스리 파인스라고." 올드 먼딘은 모든 사실을 털어놓을 작정인 듯 숨을 깊이 들이마셨다. "전 여기로 이사 왔고, 올리비에의 가구를 수리하고 복원하는 일을 잡았습니다. 그를 관찰하기 위해 그의 옆에 있어야 할 필요가 있었죠. 내 아버지를 죽인 사람이 맞는지 확인해야 했으니까요."

"하지만 올리비에는 그런 일을 할 수 없는 사람이야." 가브리가 말했다. 목소리는 나지막했으나 확신이 깃들어 있었다. "그는 그 누구도 죽이지 못해."

"알아요." 올드가 말했다. "그를 알게 됨에 따라 그렇다는 것을 깨달았어요. 그는 욕심이 많은 사람이었고 종종 교활했지만 기본적으로는 좋은 사람이었어요. 올리비에가 내 아버지를 죽였을 거라고는 생각되지 않았어요. 하지만 누군가는 그랬습니다. 올리비에는 아버지의 물건을 어딘가에서 얻은 거예요. 난 몇 년간 골동품을 찾는 그를 따라 사방을 돌아다녔어요. 그는 가정집을 방문하고 농장을 찾아가고 다른 가게도 돌았지요. 사방으로 골동품을 찾았어요. 하지만 그는 아버지의 물건들 중 하나라도 구한 적이 없었어요. 그래도 물건들은 계속해서 나타났고 팔려 나갔어요."

바깥의 폭설과 따뜻하고 안온한 비스트로의 분위기 탓이리라. 포도주와 핫초콜릿과 타오르는 불꽃 때문이리라. 이 모든 것이 현실처럼 느껴지지 않았다. 이들의 친구가 무언가에 대해 이야기하고 있었다. 그들에게 가상의 이야기, 우화를 들려주고 있는 것 같았다.

"몇 년 후 저는 미셸을 만나 사랑에 빠졌습니다." 그는 아내에게 미소를 지었다. 더 이상 그냥 와이프가 아닌 자신이 사랑하는 아내 미셸에게. "그리고 찰스가 태어났습니다. 모든 게 완벽했어요. 전 여기 온 이유를 잊어 가고 있었습니다. 하지만 가구를 가지러 온 어느 토요일 밤

트럭 안에 있다가 올리비에가 비스트로 문을 닫고 가는 모습을 봤어요. 하지만 집으로 가지 않고 이상하게도 숲으로 들어가고 있었죠. 그를 따라가지는 않았어요. 너무 놀랐거든요. 하지만 일주일 동안 계속 그 일에 대해 생각했고, 그다음 토요일에는 그를 기다렸지요. 그는 집으로 가더군요. 그러나 그다음 토요일에는 다시 숲으로 들어갔습니다. 가방을 하나 메고요."

"식료품이군." 가브리가 말했다. 아무도 대꾸하지 않았다. 그들은 일어난 일을 상상할 수 있었다. 트럭 안의 올드 먼딘이 인내심 있게 지켜보며 올리비에가 숲 속으로 사라지기를 기다린다. 올드는 조용히 차에서 나와 올리비에를 뒤따른다. 그리고 오두막을 발견한다.

"전 창문으로 들여다보았고 거기서⋯⋯," 올드의 목소리가 떨렸다. 미셸이 말없이 손을 뻗어 자기 손을 그의 손 위에 올려놓았다. 그는 천천히 자신을 추슬렀다. 그가 이야기를 이어 갈 수 있을 때쯤에는 호흡이 평정을 되찾았다.

"아버지의 물건들이 있었어요. 아버지가 뒷방에 보관했던 물건들이오. 아버지는 그곳이 특별한 물건들을 위한 특별한 장소라고 늘 말씀하셨지요. 아버지와 저만 아는 물건들이었습니다. 색유리, 접시, 촛대, 가구. 전부 있었어요."

올드의 눈이 반짝였다. 그는 허공을 쳐다보았다. 그는 더 이상 그들과 함께 비스트로에 있지 않았다. 그는 오두막으로 돌아가 있었다. 밖에서 창문을 통해 들여다보고 있었다.

"올리비에는 그 노인에게 가방을 넘겨주고 같이 앉았어요. 그들은 아버지가 언젠가 내게 만져 보게 해 주셨던 도자기로 차를 마시고, 왕비가 소유했던 물건이라고 말씀해 주셨던 접시에 담긴 음식을 먹었습니다."

"샬럿." 보부아르가 말했다. "샬럿 왕비 말이죠."

"네. 어머니의 이름처럼요. 아버지는 그 물건들이 어머니를 떠올리게 하기 때문에 특별하다고 하셨어요. 샬럿이오."

"그래서 당신 아들의 이름이 찰스Charles인 거죠." 보부아르가 말했다. "우린 그 이름이 당신의 아버지 이름을 따서 지어진 것으로 생각했지만 당신 어머니의 이름이었지요. 샬럿Charlotte."

먼딘은 고개를 끄덕였지만 아들을 바라보지는 않았다. 지금은 아들이나 아내를 바라볼 수 없었다.

"그래서 어떻게 했습니까?" 보부아르가 물었다. 지금 그는 거의 최면이라도 걸듯이 목소리를 부드럽게 내야 한다는 것을 알고 있었다. 마법을 깨지 않고 올드 먼딘에게서 나머지 이야기를 이끌어 내야 했다.

"전 십오 년 전 아버지를 죽인 자를 보고 있다는 사실을 알았습니다. 그게 사고였다고는 한순간도 믿지 않았습니다. 난 바보가 아니에요. 사람들은 자살이었다고, 아버지가 강으로 걸어 들어가 스스로 목숨을 끊으신 거라고 생각했지만 저는 아버지를 알았습니다. 아버지는 그런 일을 하실 분이 아니었어요. 아버지가 돌아가셨다면 그건 누군가가 그분을 죽였기 때문입니다. 하지만 아버지의 보물들이 없어진 사실을 알게된 건 훨씬 나중의 일이었지요. 어머니에게 사실을 얘기했지만 어머니는 믿지 않으셨던 것 같아요. 아버지는 한 번도 어머니께 그 물건들을 보여 주지 않으셨습니다. 오직 저에게만 보여 주셨죠.

아버지가 살해당하고 아버지의 귀중한 보물들을 도둑맞았는데, 마침내 그 모든 일을 저지른 사람을 찾은 겁니다."

"무슨 짓을 한 거야, 패트릭?" 미셸이 물었다. 처음으로 마을 사람들은 그의 진짜 이름이 불리는 것을 들었다. 그녀가 둘만의 가장 사적인 순간들을 위해 아껴 놓은 이름이었다. 두 사람이 올드와 와이프가 아닌 사랑하는 젊은 남녀 패트릭과 미셸일 때에.

"난 그자를 괴롭히고 싶었어. 그를 찾은 사람이 있다는 사실을 알게 해 주고 싶었어. 아버지와 내가 가장 좋아하던 책 중 하나가 『샬럿의 거미줄』이었지. 난 낚싯줄로 거미줄 모양을 만들어서 그자가 텃밭에서 일하고 있을 때 오두막집에 몰래 들어가 그것을 서까래에 걸쳐 놓았어. 그자가 찾을 수 있도록."

"당신은 거기에 '우'라는 글자를 넣었습니다." 보부아르가 말했다. "왜 그랬습니까?"

"'우'는 아버지가 나를 부르던 이름이었습니다. 우리 사이의 비밀 이름이었죠. 아버지는 내가 어릴 적 내게 나무에 대해 모든 걸 가르쳐 주셨고, 난 우드wood 나무를 발음하려 노력했지만 우드까지 못 가고 '우'에 그치고 말았어요. 그 뒤로 아버지는 나를 그렇게 부르기 시작하셨죠. 자주는 아니지만 날 당신 품에 안고 그렇게 불러 주셨어요. '우'라고."

이제 이 아름다운 청년을 아무도 쳐다보지 못했다. 그들은 마음 아픈 광경, 꺼지는 빛을 보지 않으려고 시선을 떨어뜨렸다. 사랑이 미움으로 변한 모습을 보지 않으려는 듯.

"숲에 숨어서 지켜봤지만 은둔자가 거미줄을 발견한 것 같지 않았습니다. 그래서 내가 가진 가장 소중한 걸 가져갔습니다. 공방 한쪽 배낭에 넣어 두고 있던 물건을요. 몇 년 동안 꺼내 보지도 않았습니다. 하지만 그날 밤에는 그걸 꺼내 들고 오두막으로 갔죠."

침묵이 흘렀다. 사람들의 마음속에 어두운 숲을 가로지르는 어두운 형체가 그려졌다. 그 형체가 오랜 세월 찾아 헤맨 끝에 마침내 찾은 자를 향해 가고 있었다.

"올리비에가 오두막에서 떠나는 모습을 보고 몇 분 더 기다렸습니다. 그러고는 물건을 현관 발치에 내려놓고 문을 두드렸습니다. 그리고 그림자 속에 숨어 지켜봤습니다. 그 늙은이는 올리비에가 온 줄 알고 문을 열고 내다보더군요. 처음에는 기뻐하는 듯하더니 어리둥절해했죠. 이내 겁먹은 얼굴을 했습니다."

벽난로의 장작이 탁탁하는 소리를 냈다. 장작은 호박색 불꽃을 몇 번 토해 내고 천천히 사그라졌다. 그리고 올드는 그다음에 일어난 일을 이야기했다.

은둔자는 숲을 둘러보고 문을 닫으려다 현관 앞에 떨어져 있는 작은 방문객을 발견했다. 그는 몸을 굽혀 그것을 주워 들었다. 그것은 '우'가 새겨진 나무 조각이었다.

그리고 올드는 그가 꿈꾸고 상상했던 모습을 보았다. 그는 그 모습을 보기 위해 삶을 저당 잡혔다. 아버지를 죽인 자의 얼굴에 드러난 공포. 발밑에서 얼음이 깨지는 순간 아버지가 느꼈을 바로 그 공포.

마침내 그 순간이 왔다. 그 순간 은둔자는 자신이 그토록 달아나려고 애썼던 그 괴물에게 발각당했다는 사실을 깨달았다.

그리고 실제로 그랬다.

올드는 검은 숲을 빠져나와 오두막으로, 노인에게로 다가갔다. 오두막 안으로 뒷걸음치는 은둔자의 입에서 나온 말은 한 가지뿐이었다.

"우." 그가 중얼거렸다. "우."

올드는 은으로 만든 메노라를 집어 들고 휘둘렀다. 한 번. 그리고 그 일격에 자신의 어린 시절과 슬픔과 상실을 담았다. 어머니의 슬픔과 여동생의 그리움을 담았다. 그 모든 것을 담은 메노라가 은둔자의 두개골을 박살 냈다. 은둔자는 '우'를 손아귀에 움켜쥔 채 쓰러졌다.

올드는 개의하지 않았다. 올리비에 말고는 시체를 발견할 사람이 없었고 올리비에는 아무 말 하지 않을 터였다. 올드는 그를 좋아했지만 그의 본성이 어떤지도 잘 알고 있었다.

그의 탐욕을.

올리비에는 보물을 챙기고 시체는 버려두리라. 모두가 만족하는 결과였다. 이미 세상에서 잊힌 한 사람은 천천히 숲에 삼켜지리라. 올리비에는 보물을 갖게 되고 올드는 삶을 돌려받으리라.

아버지에 대한 자신의 의무는 이것으로 다한 셈이었다.

"그건 제가 처음 만든 거였어요." 올드가 말했다. "전 '우'를 새겨 아버지께 드렸습니다. 아버지가 돌아가신 뒤에는 도저히 그걸 볼 엄두가 안 났죠. 그래서 배낭에 넣어 두었습니다. 하지만 그날만은 그걸 꺼냈습니다. 마지막으로요."

올드 먼딘이 자신의 가족을 향해 돌아섰다. 에너지를 다 써 버린 그의 빛이 꺼지고 있었다. 그는 잠들어 있는 아들의 등에 손을 댄 채 입을 열었다.

"정말 미안해. 아버지는 내게 모든 걸 가르쳐 주셨고, 모든 것을 주셨어. 그자는 아버지를 이른 봄의 강 속에 빠뜨려 죽였어."

클라라는 그러한 죽음을, 금이 가기 시작한 얼음의 공포를 상상하며 얼굴을 찡그렸다. 지금 와이프의 발밑에서 그렇듯이.

장 기 보부아르는 비스트로 현관으로 가 문을 열었다. 눈보라와 함께 두 명의 덩치 큰 경찰청 수사관이 들어왔다.

"다들 자리를 비켜 주시겠습니까?" 보부아르가 마을 사람들에게 부탁했다. 그리고 그들은 충격받은 얼굴로 천천히 외투를 챙겨 입고 떠났다. 클라라와 피터가 와이프와 찰스를 집까지 데려다 주는 동안 보부아르는 올드 먼딘에 대한 심문을 마무리했다.

한 시간 뒤 경찰차가 올드를 태우고 떠나갔다. 미셸도 동행했다. 그녀는 떠나기 전 스파 리조트에 들러 찰스가 부모 외에 따르는 단 한 사람의 손에 아이를 맡겼다.

개자식 성자 질베르 의사. 그는 상냥하게 아이를 품 안에 품고 몇 시간이나 안아 주고 쉼 없이 문을 두드리는 지독하게 추운 바깥세상으로부터 아이를 지켜 주었다.

"핫 토디스코틀랜드와 아일랜드 지역의 술로 위스키나 아이리시 위스키를 기본으로 하고 설탕과 클로버 잎, 레몬, 계피 등을 섞어 따뜻하게 마신다?"

피터가 자신들 부부의 거실 편안한 의자에 깊숙이 파묻혀 있는 보부아르에게 잔을 건넸다. 가브리는 멍한 상태로 소파에 앉았고 클라라와 머나도 손에 술을 든 채 벽난로 앞에 자리했다.

"제가 알 수 없는 것은," 피터가 소파 팔걸이에 걸터앉으며 말했다. "그 굉장한 보물들이 애초에 어디서 왔느냐는 겁니다. 은둔자는 그걸 훔쳐서 숲으로 가져갔다지만 올드의 아버지는 그것들을 어디서 손에 넣었습니까?"

보부아르는 한숨부터 쉬었다. 그는 지쳐 있었다. 몸을 쓰는 것이라면 언제나 환영이었지만 머리를 쓰는 것도 그 못지않게 사람을 기진맥진하게 한다는 사실이 참 놀라웠다.

"올드 먼딘이 아버지를 깊이 사랑하긴 했지만 그를 잘 알지는 못했다고 봐야죠." 보부아르가 말했다. "아이가 뭘 알겠습니까? 우리는 공산권이 붕괴했을 무렵 먼딘이 동구권을 여러 차례 드나들었다는 사실을 밝혀낼 겁니다. 이런저런 사람들을 설득해서 가보를 자신에게 맡기게 했겠지요. 하지만 그는 그들의 안전을 지켜 주거나 돈을 보내는 대신 그냥 그들의 보물을 들고 잠적했던 거죠."

"그가 훔친 거였다고요?" 클라라가 물었다.

보부아르가 고개를 끄덕였다.

"은둔자 살해는 보물과는 전혀 상관없었습니다." 보부아르가 말했다. "올드 먼딘은 보물에는 신경도 쓰지 않았습니다. 사실, 그는 그것을 증오하게 되었습니다. 그래서 그것들이 오두막에 그대로 버려져 있었던 거지요. 올드는 보물은 원하지 않았어요. 그가 가져간 것은 은둔자의 목숨뿐이었죠."

보부아르는 불을 바라보며 몇 달 전 이 모든 일이 시작된 텅 빈 비스트로에서 올드를 심문한 일을 떠올렸다. 그는 먼딘의 아버지가 어떻게 돌아가셨는지, 올드의 심장이 어떻게 무너져 내렸었는지 들었다. 그리고 그 갈라진 틈으로 어린 올드는 분노, 고통, 상실감을 모조리 쏟아부었지만 그것으로는 충분치 않았다. 하지만 일단 그가 목표를 뚜렷이 정하자 그의 심장은 다시 뛰기 시작했다. 목적의식으로.

올리비에가 체포되었을 때 올드 먼딘은 양심과 싸웠지만 결국에는 이 모든 게 운명이라고 결론을 내렸다. 올리비에는 탐욕에 대한 벌과, 기껏

해야 도둑이며 최악의 경우에는 더 나쁜 짓도 했을 사람이라는 사실을 알면서도 그를 도운 데에 대한 벌을 받은 것이었다.

"바이올린을 연주합니까?" 다른 사람들이 다 떠나고 비스트로에 둘만 남겨졌을 때 보부아르가 먼딘에게 물었다. "건국 기념일 피크닉에서 연주를 했다는 말을 들었습니다."

"네."

"그것도 아버지가 가르쳐 주셨습니까?"

"네."

보부아르는 고개를 끄덕였다. "그리고 골동품과 목공 일과 복원 작업에 대해서도 가르쳐 주셨고요."

올드 먼딘은 고개를 끄덕였다.

"옛 퀘벡 시에 살 때 데 랑파르 가 십육 번지에 살았습니까?"

먼딘이 그를 바라보았다.

"그리고 당신과 여동생이 어렸을 때 어머니가 『샬럿의 거미줄』을 읽어 주셨고요?" 보부아르가 밀어붙였다. 그는 의자에서 움직이지 않았지만 질문을 던질 때마다 먼딘에게 다가가고 있었다. 점점 더 가까이.

그리고 당황한 먼딘은 이미 일어난 것보다도 뭔가 더 나쁜 일이 다가오고 있다는 것을 느꼈다.

눈보라가 비스트로를, 마을을 휘감자 불빛들이 깜박였다.

"당신 이름은 어디서 따왔습니까?" 보부아르는 탁자 건너편의 올드를 바라보았다.

"무슨 이름이오?"

"올드. 그 이름은 누가 지어 줬습니까? 당신의 본명은 패트릭이죠. 올드라는 이름은 어디서 왔죠?"

"내 전부가 온 그곳이오. 아버지가 지어 주셨습니다. 아버지가 저를 그렇게 부르셨어요. '친구old son, 이리 오렴.' 아버지께서 그렇게 말씀하시곤 했어요. '나무에 대해 가르쳐 주마.' 하고. 그러면 전 좋아서 따라갔죠. 얼마 후엔 모두가 저를 올드라고만 불렀습니다."

보부아르가 고개를 끄덕였다. "그렇게 된 거군요."

올드 먼딘의 멍해 있던 눈이 저 먼 곳에서 무언가가 선명해짐에 따라 점차 가늘어지며 보부아르를 응시했다. 공포, 분노, 외로움과 슬픔이 한데 엉켰다. 그리고 무언가가 더 있었다. 더 나쁜 것. 상상할 수 있는 최악의 것.

"'친구'라고요." 보부아르가 낮게 말했다. "은둔자도 같은 표현을 썼다고 하더군요. 올리비에를 그렇게 불렀다고 합니다. '혼돈이 오고 있습니다, 친구.' 하고요. 그게 올리비에에게 한 그의 말이었습니다. 그리고 지금 내가 당신에게 말하고 있습니다."

건물이 부르르 떨리고 찬바람이 방을 휩쓸고 지나갔다.

"혼돈이 오고 있습니다, 친구." 보부아르가 조용히 말했다. "당신이 죽인 사람은 당신 아버지였습니다."

"올드가 자기 아버지를 죽였다고요?" 클라라가 속삭였다. "맙소사. 오, 맙소사."

모든 게 끝났다.

"먼딘의 아버지는 죽음을 가장했습니다." 보부아르가 말했다. "그 전에 오두막집을 짓고 보물들을 옮겨 놨겠지요. 그 뒤 그는 퀘벡 시로 돌아가 봄이 되길 기다렸고 폭풍이 치는 날을 기다렸습니다. 그래야 흔적을 감출 수 있으니까요. 마침내 조건이 맞아떨어지는 날이 되었을 때 그는 외투를 걸치고 강기슭으로 나가 사라졌던 겁니다. 모두 그가 세인트로렌스 강 속으로 사라졌다고 생각했지요. 하지만 실은 그는 숲으로 떠났던 겁니다."

침묵이 흐르는 동안 사람들은 나머지 이야기를 상상했다. 최악의 이야기를 상상했다.

"양심." 머나가 마침내 말했다. "자신의 양심에 쫓긴다고 상상해 봐."

그리고 지극히 짧은 시간 동안 그들은 상상했다. 산처럼 크고 높은 양심이 긴 그림자를 드리우고 점점 자라나 빛을 삼킨다.

"그는 보물을 가졌어." 클라라가 말했다. "하지만 그가 결국 원했던 것은 가족이었지."

"그리고 평화." 머나가 덧붙였다. "깨끗하고 조용한 양심하고."

"그는 아내와 아이를 상기시키는 물건들을 가까이 두고 있었습니다. 책들, 바이올린, 그는 심지어 올드가 성인이 되었을 때의 모습을 상상해 조각으로 만들기까지 했습니다. 젊은 청년이 된 올드가 무언가에 귀를 기울이고 있는 모습을요. 그 조각은 그에게서 절대 떼어 놓을 수 없는 보물이 되었습니다. 그는 그 조각 밑에 '우'를 새겼습니다. 그 조각은 그를 위로해 주고 불타는 양심을 누그러뜨려 주었습니다. 조금은요. 우리가 그걸 처음 발견했을 때 우린 그 조각이 올리비에를 모델로 한 조각이라고 생각했습니다. 하지만 우리가 틀렸습니다. 아들의 모습을 조각한 것이었습니다."

"올드는 어때요?" 클라라가 물었다.

"좋지 않습니다."

보부아르는 올드 먼딘에게 은둔자가 실은 당신의 아버지였다고 알려 주었을 때 그의 얼굴을 휩쓸던 분노를 떠올렸다. 그는 자신에게 복수를 의미했던 바로 그 대상을 죽였다. 살아 있기를 바랐던 단 한 사람을 죽였다.

그리고 분노가 지나가자 믿을 수 없는 사실이 찾아왔고 이윽고 공포가 뒤따랐다.

양심. 장 기 보부아르는 그 양심이 수십 년을 보내야 할 감옥에서 올드 먼딘을 따라다닐 것임을 알았다.

가브리는 손에 얼굴을 묻었다. 억눌린 흐느낌이 새어 나왔다. 극적인 슬픔의 발현이 아닌, 지친 이의 눈물이었다. 행복하지만 혼란스럽고 마음을 뒤흔드는 눈물이었다.

그러나 대부분은 안도의 눈물이었다.

올리비에가 무엇 때문에 시체를 옮겼을까요?

올리비에가 무엇 때문에 시체를 옮겼을까요?

올리비에가 무엇 때문에 시체를 옮겼을까요?

그리고 드디어, 그들은 알게 되었다. 그는 살인을 저지르지 않았기 때문에 시체를 옮겼다. 그는 이미 죽어 있는 사람을 발견했을 뿐이었다. 시체를 옮긴 행위는 혐오스럽고 수치스러우며 옹졸하고 창피한 짓이었다. 그러나 살인은 아니었다.

"저녁 어때요? 피곤한 것 같네." 보부아르는 클라라가 가브리에게 말하는 소리를 들었다. 이내 그는 자신의 팔 위에 닿는 부드러운 촉감에 눈을 들었다.

클라라는 자신에게 말하고 있었다.

"간단한 식사예요. 수프랑 샌드위치. 간단히 먹고 집까지 데려다 드릴게요."

집.

피로 때문일 수도 있고 스트레스 때문일지도 몰랐다. 어쨌든 그는 그 말에 눈이 뻐근해지는 것을 느꼈다.

그는 집에 가길 갈망했다.

하지만 몬트리올에 있는 집이 아니었다.

이곳. 이곳이 집이었다. 그는 비앤비의 이불 속으로 기어들어 가 밖에서 으르렁거리는 눈보라의 못된 장난질 소리를 들으며 안온함을 느끼길 갈망했다.

맙소사, 이곳이 자신의 집이었다.

보부아르는 자리에서 일어나 클라라에게 미소를 짓는 순간 이상한 기분이 들었지만 곧 친숙한 느낌이 들었다. 그는 잘 웃는 사람이 아니었다. 용의자들에게는 아니었다.

하지만 그는 지금 피곤과 감사가 담긴 함박웃음을 지어 보였다.

"그러면 좋겠지만 먼저 해야 할 일이 있습니다."

떠나기 전 그는 화장실을 찾아 얼굴에 찬물을 끼얹었다. 그는 서른여덟의 나이보다 더 들어 보이는, 거울에 비친 남자를 발견했다. 찡그리고 지친 얼굴이었다. 앞으로 해야 할 일이 전혀 내키지 않는 얼굴.

그는 마음 깊은 곳에서 통증을 느꼈다.

주머니에서 약병을 꺼내 세면대에 올려놓고 바라보았다. 그러고는 유리잔에 물을 따른 다음 약병을 흔들어 손바닥 위에 알약 하나를 떨어뜨렸다. 약을 신중하게 반으로 쪼개 삼키고 물을 마셨다.

그는 하얀 세면대 끄트머리에 놓인 약의 나머지 반쪽을 집어 들고 머뭇거리다 마음이 바뀌기 전에 재빨리 병에 도로 집어넣었다.

클라라가 그를 현관까지 배웅했다.

"한 시간 내에 다시 들러도 되겠습니까?" 그는 물었다.

"그럼요." 그녀는 답하고 덧붙였다. "루스도 데려오세요."

어떻게 알았을까? 그는 폭풍 속으로 나서며 자신이 생각만큼 똑똑한 사람이 아닌지도 모르겠다고 생각했다. 폭풍과 맞서며 그들이 자신의 지금 상황을 아는 것인지도 모른다고 생각했다.

"왜 왔지?" 루스는 그가 문을 두드리기도 전에 열고 윽박질렀다. 눈바람이 그를 따라 들어왔고 루스는 눈으로 뒤덮인 그의 옷을 세게 쳤다. 적어도 그는 그녀가 자신을 때리는 이유가 눈을 떨기 위해서라고 생각했지만 눈이 이미 다 떨렸는데도 불구하고 여전히 자신을 치고 있는 그녀를 받아들여야 했다.

"왜 왔는지 아실 텐데요."

"내가 너그러운 영혼이라 다행인 줄 알아, 멍청이."

"당신이 맛이 간 영혼이라 다행이지요." 그녀 뒤를 따라 이제 익숙한 집으로 들어서며 그가 중얼거렸다.

루스는 소소한 여흥거리인 양 팝콘을 만들었다. 그리고 그에게는 권하지 않고 스카치를 한 잔 따라 자기 앞에 놓았다. 그는 술이 필요하지 않았다. 약이 효과를 발휘하기 시작하는 것을 느낄 수 있었다.

그녀의 컴퓨터가 이미 부엌의 플라스틱 정원용 의자에 올라와 있었고 그들은 흔들거리는 싸구려 플라스틱 의자에 나란히 앉았다.

루스가 키보드를 눌러 창을 열었다.

보부아르가 그녀를 바라봤다. "보셨어요?"

"아니." 그녀는 그를 쳐다보지도 않고 모니터를 보며 말했다. "기다리고 있었지."

보부아르는 불안한 숨을 들이마셨다 내뱉고는 '재생'을 눌렀다.

"샹플랭 일이 그렇게 끝나서 아쉽군." 에밀이 생 스타니슬라스 거리를 지나 러시아워처럼 흥청거리는 술꾼들이 기다리고 있는 생 장 가를 가로지르며 말했다.

눈이 내리기 시작했다. 부유하는 크고 부드러운 눈송이들이 가로등과 차의 불빛에 잡혔다. 일기예보는 밤사이 30센티미터가 넘는 폭설을 예상했다. 지금의 눈은 전초전일 뿐이었다.

퀘벡 시는 폭설이 내릴 때와 눈이 그친 뒤 해가 고개를 내밀어 두꺼운 눈에 덮인, 부드럽고 고요한 동화 속 왕국이 모습을 드러낼 때가 가장 아름다웠다. 오염되거나 손상되지 않은 순수하고 깨끗한 모습을.

돌집에 도착한 에밀이 열쇠를 꺼냈다. 레이스 커튼 사이로 앙리가 기둥 뒤에 숨어 고개만 내밀고 있는 모습이 보였다.

가마슈는 미소를 짓고 이내 사건에 집중했다. 샹플랭의 관에서 발견된 여성의 시체라는 수상쩍은 사건을.

그녀는 누구고 샹플랭에게는 무슨 일이 생긴 걸까? 그는 어디로 갔을까? 그의 탐험은 죽은 뒤에도 끝나지 않은 모양이었다.

가마슈가 앙리를 데리고 산책에 나섰다 돌아오니 에밀은 벽난로에 불을 피우고 커피 테이블 위에 노트북과 스카치 병을 꺼내 놓고 있었다.

노인은 팔을 몸에 붙인 채 방의 한가운데에 서 있었다. 딱딱할 만큼 긴장한 모습이었다.

"무슨 일입니까, 에밀?"

"같이 비디오를 봤으면 하네."

"지금 말입니까?"

"지금."

경감은 산책하는 동안 줄곧 마음의 준비를 하고 있었다. 얼굴에 닿는 차가운 눈송이들에 정신이 맑아졌고 그는 멈춰 서서 고개를 들고 흩날리는 눈송이를 향해 입을 벌렸다.

"그렇게 하는 걸 정말 좋아합니다." 모랭이 말했다. "하지만 눈 상태가 딱 맞아야 하죠."

"눈 감별사였던 모양이지?" 경감이 물었다.

"지금도요. 눈송이가 크고 보슬보슬해야 합니다. 바람에 흩날리는 눈송이요. 폭설 때 내리는 단단하고 작은 눈은 좋지 않습니다. 재미없죠. 그것들은 콧속이나 귓속으로 들어가거든요. 아무 데나 들어가요. 큰 눈일 때가 좋아요."

가마슈는 그의 말을 이해했다. 어렸을 때 그도 곧잘 같은 짓을 하고 놀았다. 다니엘과 아니가 그러고 노는 모습도 보았다. 아이들에게는 가르쳐 줄 필요도 없이 혀를 내밀어 눈송이를 받는 행위는 본능 같았다.

"물론 거기에도 기술이 있죠." 모랭은 연구를 많이 해 본 양 진지했다. "눈은 꼭 감아야 합니다. 아니면 눈이 눈으로 들어가니까요. 그리고 혀를 내미는 거죠."

잠시 침묵이 흘렀고 경감은 지금 젊은 형사가 의자에 묶인 채 머리를 뒤로 젖히고 눈을 감고 혀를 내밀고 있음을 알았다. 눈송이를 받으려고.

"지금 말이군요." 가마슈는 동의하고 몸을 굽혀 앙리의 목줄을 풀어주었다. 그리고 소파 쪽으로 걸어가 노트북 앞에 앉았다.

"동영상이 올려진 사이트를 찾았네." 에밀이 자리에 앉아 아르망의 옆모습을 살폈다. 그에게 잘 어울리는 턱수염이 이제는 익숙했다. 화면을 응시하는 가마슈의 눈빛이 고요했다. 그는 문득 몸을 돌려 에밀을 바라보았다.

"메르시."

놀란 에밀의 말문이 막혔다. "뭐가 말인가?"

"제 곁에 있어 주셔서요."

에밀이 손을 뻗어 가마슈의 팔을 잡았다. 버튼을 누르자 영상이 살아나기 시작했다.

보부아르는 화면을 응시했다. 예상했던 대로 영상은 경찰청 형사들이 착용했던 헤드셋의 작은 카메라에서 나온 것들을 대충 편집한 것이었다. 영상이 그토록 선명할 줄은 미처 예상하지 못했다. 인물을 구분할 수 없을 만큼 선명하지 않을 줄 알았지만 선명했다.

목소리도 또렷하게 들렸다.

"형사가 쓰러졌다!" 가마슈가 총격전을 뚫고 소리쳤다.

"진입, 진입!" 보부아르가 위층의 총을 든 사내를 겨누며 소리쳤다. 총알이 빗발치는 가운데 카메라가 미친 듯이 흔들리다가 화면이 땅바닥을 향했다. 이내 다른 카메라에 땅에 쓰러져 있는 형사가 잡혔다. 피를 흘리고 있었다.

"부상당한 형사가 있다." 한 명이 소리쳤다. "그를 도와줘."

두 사람이 뒤에 있던 세 번째 사람을 엄호하기 위해 앞으로 나아가며 총을 쏘아 댔다. 누군가가 쓰러진 형사의 옷깃을 잡아 뒤로 끌고 갔다. 이내 어두운 홀을 따라 동굴 같은 방으로 총을 든 사내들을 쫓는 화면이 이어졌다. 그리고 총소리와 비명.

검은 방탄조끼를 입은 경감이 벽에 몸을 밀착하고 자동소총을 쏘고 있었다. 총을 쏘고 있는 가마슈의 모습은 매우 낯설어 보였다.

"적어도 여섯 명이 총을 쏘고 있습니다." 누군가가 말했다.

"열 명이야." 가마슈가 말했다. 짤막한 그의 말은 명확하고 또렷했다. "두 명이 쓰러졌고 여덟 명 남았다. 위층에 다섯이 있고 아래에 세 명이네. 구급반은?"

"오고 있습니다." 라코스트 형사의 목소리가 들렸다. "삼십 초면 도착합니다."

"다 죽여서는 안 돼." 경감이 명령했다. "한 사람은 남기게."

총알이 벽에, 사람 몸에, 바닥과 천장에 박혔다. 아수라장이었다. 연무로 꽉 찬 대기는 회색빛 일색이었고 사방에서 고함과 비명 소리가 들렸다. 경감의 명령에 따라 그들은 상대를 한 방에서 다른 방으로, 구석으로 몰아갔다.

그때 보부아르는 자신의 모습을 보았다.

그는 벽에서 뛰쳐나가다 총에 맞았다. 비틀거리다 쓰러지는 모습이 눈에 들어왔다.

바닥에 쓰러지고 있었다.

"장 기!" 경감이 외쳤다.

그는 바닥으로 쓰러졌다. 다리가 나무토막처럼 바닥을 쳤고 이윽고 움직임이 없었다.

가마슈가 소리치며 뛰었다. "구급반은 어딨나!"

"여기요, 경감님." 라코스트가 말했다. "지금 갑니다."

가마슈는 귀청을 찢는 총소리를 들으며 보부아르의 재킷을 움켜쥐고 그를 벽 뒤로 끌어당겼다. 폭발음이 사방을 채웠고 사람들의 움직임이 갑자기 격해졌다. 경감의 걱정스러운 얼굴이 그를 가까이서 내려다보고 있었다.

아르망 가마슈는 눈을 돌리고 싶은 마음이 간절했지만 눈도 깜빡이지 않고 보았다. 눈을 감고 귀를 막고 공처럼 몸을 웅크리고 싶었다.

그는 매캐한 화약 냄새와 건물이 타는 냄새와 콘크리트 먼지 냄새를 맡을 수 있었다. 콩을 볶는 듯한 총소리도 들을 수 있었다. 손에 쥔 라이플에서 총알이 발사되는 느낌과 자신에게 총알이 퍼부어지는 느낌도.

총알은 사방에서 맞고 튕겨 나가고 스치고 땅에 박혔다. 감각이 너무 많이 휘몰아쳐 생각을 하기도, 집중을 하기도 어려웠다.

그리고 다음 순간 보부아르가 총에 맞던 모습을 보았을 때의 목이 졸리던 감각을 다시 느꼈다.

화면에서는 자신이 보부아르를 내려다보고 그의 목을 더듬어 맥박을 확인하고 있었다. 카메라는 있었던 일만 잡는 게 아니라 그 순간의 감정, 그 순간의 느낌까지 잡아냈다. 가마슈의 얼굴에 서린 비통함을.

"장 기?" 그가 부르자 경위의 눈꺼풀이 떨리더니 밀려 올라갔다. 그러나 다음 순간 다시 감겼다.

총알이 그들 주위에 빗발쳤고 경감은 보부아르를 몸으로 감싼 채 벽 안쪽 깊숙이 끌어당겨 그의 몸을 일으키고 벽에 기댔다. 그는 장 기의 조끼를 열어젖히고 몸을 살피다 총알이 뚫은 자리를 발견했다. 피가 번지고 있었다. 그는 조끼 주머니에서 붕대를 꺼내 보부아르의 손에 쥐여 준 다음 그 손을 상처에 대고 눌렀다.

　　그는 몸을 숙여 보부아르의 귀에 대고 말했다.

　　"장 기, 손을 대고 있어야 해. 할 수 있겠나?"

　　보부아르의 눈이 다시 떨리며 열렸다. 의식을 찾으려 싸우고 있었다.

　　"깨어 있게." 경감이 명령했다. "잠들면 안 돼. 할 수 있겠나?"

　　보부아르가 고개를 끄덕였다.

　　"좋아." 가마슈가 고개를 들어 주위에서 벌어지는 격전의 상황을 확인하고 다시 그를 내려다보았다. "구급반원이 오고 있네. 라코스트가 오고 있어. 곧 도착할 거야." 그는 잠자코 있더니 훗날 수백만의 사람들이 보리라 예상치 못한 행동을 했다. 그는 보부아르의 이마에 입을 맞추었다. 그리고 그의 머리칼을 쓸어 준 뒤 자리를 떴다.

　　보부아르는 얼굴에 찰싹 붙은 손가락 사이로 화면을 보았다. 눈이 휘둥그레졌다. 그는 카메라에 잡힌 영상이 당시 상황을 잡아내기에는 불충분하리라고 생각했다. 느낌까지 전달할 수 있을 줄은 알지 못했다.

　　공포와 혼란. 충격과 고통을. 배를 움켜쥐며 느꼈던 불붙는 듯한 고통을. 그리고 외로움을.

　　그는 가마슈가 떠나는 순간 애원하는 듯한 자신의 얼굴을 보았다. 홀로 피를 쏟으면서. 그리고 그는 자리를 뜨는 가마슈의 얼굴에 서린 고통을 보았다.

화면이 바뀌고 카메라는 복도를 따라 총을 든 사내들을 추격하는 팀원들을 따라갔다. 총격이 오갔다. 형사 한 명이 부상을 당했고 상대편 한 명이 총에 맞았다.

이윽고 가마슈가 계단을 성큼성큼 뛰어올라 막 총을 쏘려는 사람을 덮쳤다. 숨을 헐떡이며 엎치락뒤치락 싸우는 두 사람의 혼란스러운 팔과 몸통이 화면에 비쳤다. 마침내 경감이 놓쳤던 총을 다시 잡았다. 그는 짓누르고 있던 테러리스트의 머리에서 으깨지는 소리가 날 만큼 총을 세게 휘둘렀고 사내는 의식을 잃었다.

카메라가 지켜보는 가운데 가마슈는 쓰러진 사내 옆에 무릎을 꿇고 맥박을 확인한 다음 그에게 수갑을 채우고 계단 아래로 끌고 내려왔다. 계단 밑에서 경감은 휘청이는 몸을 가누었다. 가마슈는 애써 몸을 똑바로 세우고 돌아보았다. 방 저편에서 몸을 반쯤 벽에 기댄 보부아르가 한 손에는 피투성이의 붕대를, 다른 한 손에는 총을 쥐고 있었다.

숨을 헐떡이고 있었다.

"한…… 놈을…… 잡았네." 가마슈가 숨을 가다듬으려고 애쓰며 말하고 있었다.

에밀은 동영상이 시작된 이래 꼼짝도 하지 않았다. 경찰로 일하면서 그가 총을 쏜 적은 두 번뿐이었다. 두 번 다 누군가를 죽였다. 원치 않은 일이었지만 그래야 했다.

그리고 그는 부하들에게 가르쳤다. 쏠 의도가 없다면 절대 총을 꺼내지 마라. 쏴야 한다면 몸통을 노리고 저지할 의도로 쏴라. 필요하다면 죽여라.

그리고 이제 그는 총집에서 권총을 빼 든 가마슈가 싸움으로 피가 묻은 얼굴을 하고 약간 비틀거리며 앞으로 나아가는 모습을 보았다. 그의 발아래 테러리스트는 의식이 없었다. 사방에서 총소리가 들렸다. 에밀은 경감이 그의 머리 위에서 벌어지는 총격에 반응하여 그쪽을 돌아보는 모습을 보았다. 가마슈는 다시 한 걸음 앞으로 내디디며 총을 들어 재빨리 연사했다. 겨냥은 정확했다. 총소리가 멎었다.

잠시 동안은. 이내 빗발치는 듯한 총소리가 이어졌다.

가마슈의 팔이 들렸다. 몸 전체가 들렸다. 그리고 비틀렸다. 그리고 바닥으로 쓰러졌다.

보부아르는 숨을 멈추었다. 그날 그가 본 모습이었다. 바닥에 쓰러진 경감은 미동도 하지 않았다.

"경찰이 맞았다." 보부아르는 자신의 거친 음성을 들었다. "경감님이 쓰러지셨다."

그 순간이 영원처럼 느껴졌다. 보부아르는 움직이려고, 앞으로 기려고 애썼지만 꼼짝도 할 수 없었다. 주위는 온통 총소리로 가득했고 그의 헤드폰에서는 형사들이 악을 쓰며 서로에게 지시를 내리고 자신의 위치를 알리며 경고하는 소리가 이어졌다.

그의 시선은 오로지 자신의 앞에 미동도 없는 몸에 쏠려 있었다.

이윽고 자신의 몸에 손이 얹혔고 라코스트 형사가 자신을 내려다보며 무릎을 꿇고 있었다. 심각한 그녀의 표정이 걱정으로 흐려 있었다.

그는 그녀의 시선이 자신의 몸을 따라 내려가다 배를 움켜쥐고 있는 피투성이의 손에 머무는 것을 보았다. "이쪽, 이쪽이에요." 그녀가 소리쳤고 곧 구급대원 한 명이 달려왔다.

"경감님이," 보부아르가 고갯짓을 하며 속삭였다. 그 모습을 본 라코스트의 얼굴이 굳었다.

구급반원들이 보부아르에게 달려들어 상처에 압박붕대를 감고 주사를 놓고 들것을 부르는 동안 보부아르는 경감에게 달려간 라코스트와 의사를 보았다. 그에게 다가간 그들은 빗발치는 총알 때문에 물러서야 했다.

가마슈는 조금만 더 가면 닿을 차가운 콘크리트 바닥에 미동도 없이 누워 있었다.

마침내 계단을 뛰어오른 라코스트의 카메라로 총을 든 사내들이 위층 문가에서 총을 쏘고 있다는 것을 알 수 있었다. 그녀는 교전 끝에 그를 사살했다. 그자의 총을 움켜쥐고 라코스트가 소리쳤다. "상황 종료!"

구급반원이 가마슈를 향해 뛰었다. 건너편에서는 보부아르가 눈을 부릅뜨고 그 모습을 바라보았다.

에밀은 가마슈 옆으로 다가온 구급대원을 보았다.

"메르드Merde 제기랄." 그가 내뱉었다. 경감의 머리 한쪽을 물들인 피가 귀와 목으로 흘러내리고 있었다.

구급반원은 다가온 라코스트 형사를 올려다보았다. 밭은기침을 하는 경감은 아직 숨이 붙어 있었다. 그는 눈을 게슴츠레하게 뜨고 숨을 헐떡였다.

"경감님, 제 말이 들리세요?" 그녀가 가마슈의 머리를 들어 올리고 눈을 들여다보았다. 그는 시선을 맞추며 눈을 감지 않으려고 애썼다.

"이쪽을 눌러요." 구급반원이 가마슈의 왼쪽 관자놀이께 상처 위에 붕대를 댔다. 라코스트가 지혈을 위해 상처에 놓인 붕대를 세게 눌렀다.

경감이 몸을 뒤척이며 정신을 잃지 않으려고, 숨을 쉬려고 노력했다. 그 모습을 본 구급반원이 당혹스러워하며 미간을 찌푸렸다. 이내 그는 경감의 방탄조끼 앞섶을 벌리고 한숨을 내쉬었다.

"맙소사."

라코스트가 내려다보았다. "오, 안 돼." 그녀가 중얼거렸다.

경감의 가슴 부위가 피로 물들어 있었다. 구급반원이 가마슈의 셔츠를 찢고 가슴을 드러냈다. 가슴 한편에 총상이 있었다.

보부아르는 방 저편에서 그 모습을 주시하고 있었지만 그가 볼 수 있는 것은 경감의 다리와 조금씩 움직이는 잘 닦인 검은 가죽 구두뿐이었다. 하지만 보부아르의 시선은 피 칠갑을 한 채 긴장으로 뻣뻣하게 굳은 경감의 오른손을 향해 있었다. 헤드셋을 통해 헐떡이는 소리, 숨을 쉬기 위해 애쓰는 소리가 들려왔다. 가마슈가 오른팔을 들더니 손가락을 뻗었다. 떨리는 그의 손이 손에 닿지 않는 숨을 잡으려는 듯 무언가를 잡으려 하고 있었다.

구급반원들이 보부아르를 들어 올려 들것으로 옮길 때 그는 애원하듯 연거푸 중얼거렸다. "안 돼. 안 돼. 제발."

그는 라코스트의 비명 소리를 들었다. "경감님!"

더욱 밭아진 기침 소리가 들려왔다. 그리고 침묵.

보부아르는 가마슈의 오른손이 부르르 떨리는 것을 보았다. 그리고 천천히, 내리는 눈처럼 부드럽게, 손이 떨어졌다.

장 기 보부아르는 아르망 가마슈가 죽어 가고 있다는 걸 알았다.

불편한 플라스틱 의자 위에서 보부아르가 작은 신음 소리를 냈다. 동영상은 계속 이어졌다. 경찰 대원들이 남은 테러리스트들을 상대하고 있었다.

루스는 화면을 뚫어지게 쳐다보았다. 스카치에는 손도 안 댄 채였다.

"경감님!" 라코스트가 다시 불렀다.

가마슈의 눈이 조금 떠졌다. 입술이 움직였다. 그들은 그가 하려는 말을 겨우 알아들을 수 있었다.

"렌…… 마리. 렌…… 마리."

"제가 알릴게요." 라코스트가 그의 귀에 속삭이자 가마슈는 눈을 감았다.

"심장이 멎었어요." 구급대원이 소리치고는 가마슈 위로 몸을 굽혔다. 심폐소생술을 준비하고 있었다. "심정지가 왔습니다."

다른 구급반원이 도착해 무릎을 꿇고 가마슈의 한쪽 팔을 잡았다.

"기다려. 주사부터 놓고."

"안 돼. 심장이 멎었어. 당장 해야 해."

"제발 뭐라도 좀 해요!" 라코스트가 소리쳤다.

두 번째 구급대원이 가방을 뒤져 주사약을 꺼내 가마슈의 팔에 바늘을 꽂고 피스톤을 밀어 넣은 다음 뽑았다.

아무 반응이 없었다. 가마슈는 얼굴과 가슴이 피로 범벅이 된 채 조용히 누워 있었다. 눈을 감고.

세 사람이 미동도 없고 숨도 쉬지 않는 그를 쳐다보았다.

그러다 마침내, 희미한 소리가 들렸다. 작은 신음 소리.

그들은 서로를 바라봤다.

에밀이 마침내 눈을 깜빡였다. 모래로 문지른 것처럼 눈이 뻑뻑했다. 그는 숨을 깊이 들이마셨다.

물론 나머지 이야기는 알고 있었다. 렌 마리가 전화를 해 주었고 몇 번이나 문병을 갔다. 라디오 캐나다 뉴스에서도 충분히 떠들었다.

맨 처음 도로에서 살해당한 한 명을 포함해 네 명의 퀘벡 경찰청 형사가 사망했고 네 명이 부상당했다. 테러리스트는 여덟 명이 사살되었고 한 명이 생포되었다. 생포된 한 명은 중상을 입어 회복이 어렵다고 했다. 첫 뉴스에서는 경감이 사망자 중 한 명이라고 보도했다. 어떻게 그런 소식이 흘러나오게 되었는지는 아무도 아는 바가 없었다. 애초에 어디서 정보가 새었는지 아무도 알지 못했다.

보부아르 경위의 부상은 중했다.

에밀은 그날 오후에 도착했었다. 퀘벡 시에서 곧장 몬트리올의 종합병원으로 차를 몰고 갔다. 거기서 렌 마리와 아니를 만났다. 다니엘은 파리에서 비행기를 타고 오는 중이었다.

두 사람은 진이 빠져 아무 힘도 남아 있지 않은 모습이었다.

"그이는 살아 있어요." 렌 마리가 에밀을 붙들고 포옹하며 말했다.

"하느님 감사합니다." 그는 말하고 나서야 아니의 표정을 알아차렸다. "왜 그러니?"

"의사들 말이 아버지가 뇌졸중 같대요."

에밀이 숨을 깊이 들이마셨다. "얼마나 심각하다니?"

아니는 고개를 저었고 렌 마리가 딸의 허리에 팔을 둘렀다. "살아 있어요. 그게 중요한 거죠."

"면회는 했습니까?"

렌 마리는 고개를 끄덕였다. 말로 할 수가 없었다. 자신이 본 산소줄, 의료 기기들, 피와 멍을 누구에게도 말할 수가 없었다. 그의 눈이 감겨 있었다. 그는 의식이 없었다.

그리고 의사들은 뇌졸중의 여파가 얼마나 심할지 알 수 없다고 했다. 시력을 잃을 수도, 온몸이 마비될 수도 있다고 했다. 어쩌면 뇌졸중이 다시 올 수도 있었다. 앞으로 24시간이 고비였다.

하지만 상관없었다. 그녀는 그의 손을 꼭 잡고 문지르며 그에게 속삭였다.

그는 살아 있었다.

의사들은 가슴의 부상에 대해서도 설명해 주었다. 총에 맞아 부러진 갈비뼈가 한쪽 폐에 구멍을 냈고 다른 쪽 폐도 위험한 상황이었다. 그의 몸에서 생명이 빠져나가고 있었다. 부상을 당한 후 많은 시간이 흘렀고, 그로 인해 호흡이 점점 더 곤란해져 결국 치명적인 순간까지 이르렀다.

"구급대원이 상처를 발견했습니다." 의사가 말했다. "제시간에요."

의사는 '아슬아슬하게'라고 덧붙이지 않았지만 그랬으리라는 걸 모르지 않았다.

이제 남은 걱정은 머리에 입은 부상이었다.

그래서 그들은 자신들이 점거하다시피 한 종합병원 3층에서 대기했다. 숨죽인 대화와 신속한 걸음걸이와 엄숙한 얼굴의 소독약 냄새가 풍기는 세계에서.

밖에서는 뉴스가 캐나다 전역으로, 전 세계로 퍼져 나갔다.

라 그랑드 댐에 대한 폭파 시도.

계획에만 10년이 걸렸다. 매우 천천히 진행되었기 때문에 거의 눈치조차 채지 못했다. 아무도 심각하게 생각하지 못했을 만큼 매우 단순한 방식이었다.

캐나다와 미국 정부의 대변인들은 국가안보상의 이유로 음모가 어떻게 저지되었는지에 대해서는 언급을 거부했으나 언론의 십자포화 앞에 네 명의 퀘벡 경찰청 형사가 사망한 일이 그 사건의 일부라는 점을 시인했다.

국가적 재난을 막은 공로는 프랑쾨르 경정에게 돌아갔다. 그는 사양하지 않았다.

주요 경찰 부서의 내부 업무를 조금이라도 아는 사람이라면 누구나 알듯 에밀은 밖으로 알려진 사실이 단편적이라는 것을 알았다.

그래서 그들은 이 충격적인 결과에 대해 세상이 떠드는 동안 종합병원 3층에서 기다렸다. 장 기 보부아르는 수술대에서 살아 나왔고 하루 정도의 위험한 고비를 넘긴 뒤 길고 느린 회복의 장정에 올랐다.

그리고 열두 시간 뒤 아르망 가마슈는 의식을 되찾았다. 마침내 눈을 떴을 때 그는 침상 옆에 붙어 있는 렌 마리를 보았다. 그녀는 그의 손을 꼭 붙들고 있었다.

"라 그랑드는?" 그가 쉰 목소리로 물었다.

"무사해."

"장 기는?"

"회복할 거야."

그녀가 에밀과 아니, 아니의 남편 데이비드와 다니엘이 기다리고 있는 대기실로 돌아왔을 때 그녀의 얼굴에서는 빛이 나고 있었다.

"아버지는 안정을 취하는 중이야. 당장 춤추고 돌아다닐 수 있는 건 아니지만, 그렇게 될 거야."

"괜찮으세요?" 아니가 아직 그 말을 믿기가 두렵다는 듯이, 두려움을 이토록 일찍 떨쳐 버리기가 겁난다는 듯이, 신의 장난일지도 모른다는 듯이 조심스럽게 물었다. 그녀는 차 안에서 아버지에 대해 들은 라디오 캐나다 뉴스 속보의 충격에서 영원히 벗어나지 못할 터였다.

"괜찮을 거야." 어머니가 말했다. "오른쪽에 약간 감각이 없으시대."

"감각이 없다고요?" 다니엘이 물었다.

"의사들이 그 정도는 괜찮은 거래." 그녀가 자식들을 안심시켰다. "경미한 정도래. 완쾌하실 거라고 했어."

그녀는 신경 쓰지 않았다. 그가 남은 평생 절뚝이게 된다 해도 상관없었다. 그는 살아 있었다.

그러나 그는 이틀 만에 자리에서 일어났고 머뭇거리며 걷기 시작했다. 그리고 또 이틀 뒤에는 복도를 걸어 다닐 수 있었다. 그는 자신이 선별하여 훈련시키고 공장으로 투입했던 남녀 형사들의 병실 침대맡에 앉았다.

그는 다리를 절뚝이며 쉴 새 없이 복도를 오갔다.

"무슨 생각을 하는 거야, 아르망?" 손을 붙잡고 복도를 걷던 렌 마리가 조용히 물었다. 총격전이 있던 날부터 닷새가 지났고, 그의 절룩거림은 일어날 때와 무리할 때를 제외하고는 거의 사라져 있었다.

그는 망설임 없이 대답했다. "다음 주 일요일이 장례식이야. 참석할 거야."

그녀가 입을 열기 전에 두 사람은 몇 걸음 더 나아갔다. "성당에 가겠다고?"

"아니. 장례 행렬에 설 거야."

그녀는 그의 옆얼굴을 찬찬히 살폈다. 단호한 얼굴, 꾹 다문 입술, 뇌졸중이었다는 흔적은 말아 쥔 오른손뿐이었다. 피곤하거나 무리했을 때 나타나는 가벼운 떨림과.

"내가 뭘 하면 되는지 말해 줘."

"옆에 있어 줘."

"언제나 옆에 있어, 몽 쾨르mon coeur 여보."

그는 걸음을 멈추고 그녀에게 미소 지었다. 얼굴에는 멍이 들어 있었고 왼쪽 눈썹 위로 붕대가 감겨 있었다.

그러나 그녀는 신경 쓰지 않았다. 그는 살아 있었다.

장례식 날은 청명하고 추웠다. 운구차를 따르는 남자와 여자와 아이들에게 불어닥치는 12월 중순의 바람은 북극의 찬 기운을 싣고 기세가 등등했다.

푸른색과 하얀색으로 백합 문장을 수놓은 퀘벡 주의 깃발에 싸인 네 개의 관이 검은 말이 끄는 마차에 실렸다. 그들 뒤로는 퀘벡 모든 경찰 부서의 경찰관들과 캐나다 전역, 미국, 영국, 일본과 프랑스와 독일 등 유럽 전역에서 온 경찰들이 줄을 이었다.

그리고 그 일행의 선두에는 정복 차림으로 천천히 행진하고 있는 퀘벡 경찰청 사람들이 있었다. 선두 열에는 프랑쾨르 경정을 비롯한 고위 간부들이 있었고 그들 바로 뒤에는 살인반의 수장 가마슈 경감이 홀로 자리를 지켰다. 그는 2킬로미터를 걷는 동안 마지막에만 조금 절뚝였을 뿐이었다. 거수경례와 예포 의식이 끝날 때까지 얼굴은 정면을 향했고 눈빛은 단호했다. 그는 그때가 되어서야 눈을 꼭 감고 고통에 찬 얼굴을 하늘로 들었다. 더 이상 가두어 둘 수 없는 개인적인 고통의 순간이었다. 오른손을 꼭 쥔 채.

그것은 비탄의 상징이 되었다. 그 이미지는 모든 뉴스 프로그램에 사용되었고 모든 잡지의 표지를 장식했다.

루스가 손을 뻗어 동영상을 껐다. 그들은 한동안 조용히 앉아 있었다.

"음." 그녀가 마침내 입을 열었다. "하나도 못 믿겠군. 어디 세트장에서 찍었겠지. 특수 효과는 괜찮았지만 연기가 개판이야. 팝콘?"

보부아르는 플라스틱 사발을 내미는 그녀의 모습을 바라보았다.

그는 팝콘을 한 줌 집었다. 이윽고 그들은 바람에 맞서 머리를 수그린 채 눈보라를 뚫고 천천히 피터와 클라라의 집으로 향했다. 길을 반쯤 갔을 때 그가 루스의 팔을 잡았다. 그녀를 위해서였는지 자신의 몸을 가누기 위해서였는지는 확실치 않았다.

그러나 그녀는 잡힌 팔을 빼지 않았다. 그들은 눈보라 속에 보이는 빛을 따라 작은 집에 이르렀다. 그리고 불 앞에 앉아 함께 저녁을 먹었다.

아르망 가마슈가 자리에서 일어났다.

"괜찮나?" 에밀이 따라 일어서며 물었다.

가마슈가 한숨을 쉬었다. "잠시 혼자 있고 싶습니다." 그는 친구를 바라보았다. "메르시."

그는 욕지기를 느꼈고 실제로 토할 것 같았다. 그 젊은 형사들. 총을 맞고 쓰러져 죽어 가는 모습을 또다시 보았다. 어두운 복도에서 그들의 몸이 무너져 내리는 모습을 또 보아야 했다.

자신의 지휘하에 있던 사람들이었다. 자신이 직접 뽑아 데려간 사람들이었다. 프랑쾨르 경정의 반대에도 불구하고 밀어붙인 결정이었다.

그리고 그들에게 그곳에 무장한 인원 여섯 명이 있을 거라고 이야기했다. 들은 인원수의 배가 되는 숫자였다. 니콜 형사의 보고를 배로 늘린 수.

무장한 사람이 셋입니다. 메신저로 받은 보고는 그랬다.

보부아르와 자신을 제외하고 자신이 동원할 수 있었던 최대 인원 여섯 명을 데려갔다.

그거면 충분하리라 생각했었다. 틀렸다.

"안 돼." 프랑쾨르 경정이 경고를 담은 나지막한 목소리로 말했다. 경정은 출동 준비를 하는 가마슈의 사무실에 들이닥쳤다. 가마슈의 귀에서는 폴 모랭이 알파벳송을 부르고 있었다. 노래가 끝날 때쯤 그는 술에 취한 사람 같았고 몹시 지쳐 있었다.

"한 번 더 부탁하네." 가마슈는 모랭에게 그렇게 말하며 헤드셋을 벗었고 프랑쾨르 경정이 즉시 하던 말을 멈췄다.

"필요한 정보는 모두 드렸습니다." 경감이 프랑쾨르를 쏘아보았다.

"지금 늙은 크리족 여자와 약쟁이 몇 명한테서 긁어모은 정보로 충분하다는 건가? 나더러 그걸 믿고 움직이라는 거야?"

"라코스트 형사가 모은 정보입니다. 지금 돌아오고 있습니다. 저와 함께 갈 겁니다. 여섯 명의 형사하고요. 여기 명단이 있습니다. 기동대 에는 연락을 해 두었습니다. 그들은 경정님 지시에 따를 겁니다."

"뭘 하려고? 라 그랑드 댐이 공격을 받는다니 어불성설이야. 그런 낌 새는 아무 데서도 감지된 적이 없어. 아무도 듣질 못했다고. 중앙정부는 물론이고 미국에서도, 심지어 모든 것을 감시하는 영국에서도. 아무도 아무 말도 듣지 못했어. 자네랑 그 미친 크리족 여자를 제외하고는."

프랑쾨르가 가마슈를 노려보았다. 화가 머리끝까지 솟은 경정이 몸을 떨고 있었다.

"그 댐은 한 시간 사십삼 분 뒤에 폭파될 겁니다. 경정님이 그곳에 가 시기에 충분한 시간입니다. 목적지는 아실 겁니다. 가서 뭘 하셔야 하는 지도요."

가마슈의 목소리는 커지는 대신 오히려 낮아졌다.

"자네는 내게 명령할 수 없네." 프랑쾨르가 으르렁거렸다. "자네가 내 가 모르는 뭔가를 알고 있다면 몰라도 내가 보기에는 거기 가야 할 이유 가 없어."

가마슈가 책상으로 가서 총을 꺼냈다. 한순간 프랑쾨르는 두려운 빛 을 띠었으나 가마슈는 피스톨을 총집에 넣고 재빨리 경정 앞으로 되돌 아갔다.

그들은 서로 쏘아보았다. 이내 가마슈가 부드럽지만 간절한 말투로 입을 열었다.

"부탁입니다, 실뱅. 빌어야 한다면 그렇게 하겠습니다. 우리 둘 다 이런 짓을 하기에는 너무 늙었어요. 그만합시다. 경정님이 옳습니다. 제가 당신에게 명령을 내릴 위치는 아니죠. 사과합니다. 제발, 제발 명령을 내려 주십시오."

"안 돼. 증거가 더 있어야 하네."

"그게 제가 드릴 수 있는 전부입니다."

"말도 안 돼. 아무도 이런 식으로는 댐을 폭파할 수 없네."

"왜 안 됩니까?"

벌써 수백 번은 되풀이한 이야기였다. 그리고 이제는 정말 시간이 없었다.

"너무 조잡하니까. 무장한 군대에 돌을 던지는 거나 다름없네."

"다윗도 골리앗을 그렇게 이겼습니다."

"제발, 그건 성경 이야기고 우리는 지금 성경에 나오는 시대에 살고 있지 않아."

"하지만 원칙은 같습니다. 허를 찔러라. 우리가 예상조차 못 하고 있기 때문에 먹히는 겁니다. 그리고 경정님이 이걸 다윗과 골리앗의 싸움으로 보지 않으신다 해도 폭파범들은 그럴 겁니다."

"전문가 나셨군. 갑자기 국가 안보 전문가라도 된 건가? 자네의 오만함에 신물이 나네. 정말 수십만 명의 목숨이 위험에 처해 있다고 생각한다면 자네가 가서 막게."

"아뇨, 전 폴 모랭을 구하러 갈 겁니다."

"모랭? 모랭이 어디 있는지 안다는 건가? 우리 모두가 밤을 새워 그의 위치를 찾아 헤맸네." 프랑쾨르가 바깥쪽 사무실에서 모랭의 위치 추적에 매달려 있는 일군의 형사들을 가리키며 팔을 휘둘렀다. "그런데 자네는 그가 어디 있는지 안다는 말을 하는 건가?"

프랑쾨르는 거의 비명에 가까운 소리를 지르며 격분으로 몸을 부들부들 떨었다.

가마슈는 기다렸다. 곁눈으로 가고 있는 시계가 보였다.

"마곡Magog 몬트리올에서 120km 정도 남쪽에 있는 공업 도시이오. 버려진 공장에 있습니다. 니콜 형사와 보부아르 경위가 통화의 배경음을 분석해서 찾아냈습니다."

그들은 말과 말 사이의 공간에 귀 기울여 모랭을 찾아냈다.

"제발, 실뱅. 라 그랑드 댐으로 가십시오. 부탁입니다. 제가 틀렸다면 사직하겠습니다."

"그곳에 갔는데 자네가 틀렸다면 자넬 법정에 세우겠네."

사무실을 나선 프랑쾨르는 그대로 상황실 밖으로 나가 시야에서 사라져 버렸다.

가마슈는 문을 향해 가면서 시계를 보았다. 남은 시간은 한 시간 사십일 분이었다. 아르망 가마슈는 기도했다. 그날이 밝은 이래 처음도 아니고 마지막도 아닐 기도를.

"최악은 아니야." 에밀이 말했다. "내 말은, 누가 동영상을 편집해서 뿌렸는지 누가 알겠나? 작전이 대재앙이었던 것처럼 보이게 만들 수도 있었을 텐데 그러지 않았네. 비극적이고 끔찍하긴 해도 여러 면에서 영웅적으로 보이는군. 가족들이 본다 해도 그리……."

가마슈는 에밀이 자신을 위로하기 위해 한 말이라는 것을 이해했다. 편집하기에 따라 자신을 비겁하거나 멍청하기 짝이 없는 사람으로 만들 수도 있었다. 형사들의 죽음을 헛되이 만들 수도 있었다. 그러나 모든 이가 용감해 보였다. 에밀이 뭐라고 했지?

영웅적.

가마슈는 앙리를 뒤에 달고 천천히 가파른 계단을 올라갔다.

글쎄. 가마슈는 에밀이 모르는 사실 하나를 알았다. 그는 동영상을 만든 사람이 누구인지 짐작이 갔다. 왜 만들었는지도 알았다.

자신을 나쁘게 보이기 위해서가 아니라 훌륭하게 보이게 하려는 의도였다. 너무 좋게. 너무도 좋게 만들어서 그를 지금 사로잡는 이 기분을 맛보라고. 사기꾼, 기만자가 된 기분. 자신을 깎아내리기 위한 추켜세움이었다. 네 명의 경찰청 형사가 죽었는데 가마슈는 영웅적이었다.

이 일을 꾸민 사람이 누구든 자신을 잘 알았다. 그리고 자신에게서 어떤 대가를 이끌어 내야 할지 알고 있었다.

수치심.

25

몇 시간 뒤 퀘벡 시에는 눈보라가 불어닥쳤고 새벽 2시 무렵에는 휘날리는 눈과 매서운 바람이 도시를 후려갈겼다. 주요 도로는 앞이 전혀 보이지 않는 화이트아웃_{심한 눈보라와 눈의 난반사로 주변이 온통 하얗게 보이는 현상}으로 폐쇄되었다.

아르망 가마슈는 생 스타니슬라스 가의 오래된 돌집 다락방 침대에 누워 대들보가 가로지르는 천장을 응시하고 있었다. 침대 옆 바닥에 엎드린 앙리는 휘몰아치며 창문을 때리는 눈보라를 아랑곳하지 않고 코를 골았다.

조용히 자리에서 일어난 가마슈가 밖을 내다보았다. 좁은 길 건너편의 건물이 보이지 않았고 날리는 눈 속에 가로등의 희미한 불빛만 보일 뿐이었다.

그는 서둘러 옷을 갈아입고 살금살금 아래층으로 내려갔다. 뒤에서 앙리의 발톱이 오래된 나무 계단을 긁는 소리가 들렸다. 부츠, 파카, 모자에 두꺼운 장갑을 착용하고 목에는 긴 목도리를 두른 가마슈가 허리를 구부려 앙리를 토닥여 주었다.

"따라오지 않아도 돼. 알지."

그러나 앙리는 알지 못했다. 알고 모르고의 문제가 아니었다. 가마슈가 가면 앙리도 갔다.

밖으로 나가자마자 얼굴을 때리고 숨을 앗아 가는 바람에 가마슈가 헐떡였다. 바람을 등지자 바람이 자신을 떠미는 것이 느껴졌다.

어쩌면 잘못하는 것인지도 모르겠군.

그러나 눈보라는 그가 원하고 필요로 하는 것이었다. 요란하고 극적이고 도발적인 것. 생각을 모두 지우고 머릿속을 하얗게 만드는 것.

둘은 인적 없는 텅 빈 거리 한가운데를 힘겹게 걸었다. 눈을 치우려는 사람조차 나와 있지 않았다. 이런 눈보라 속에서는 눈을 치운다는 게 무

의미했다.

도시는 둘만의 것이 된 것 같았고 가마슈와 앙리가 잠든 동안 대피 명령이라도 내려진 듯했다. 그들은 완전히 혼자였다.

그들은 상트 우르술 가를 올라 몽칼름 장군이 죽은 수녀원을 지나친 다음 생 루이 가를 향해 아치형 문을 지났다. 폭풍은 퀘벡 시의 옛 성벽 밖에서 더 심했다. 바람의 진로를 막아 줄 벽이 없으니 바람은 기세를 더해 나무, 주차된 차, 건물, 무엇이든 닥치는 대로 들이받았다. 경감을 포함하여.

그는 신경 쓰지 않았다. 차고 단단한 눈송이가 외투를, 모자를, 얼굴을 때리는 게 느껴졌다. 그 소리까지 선명했다. 너무 요란해서 귀가 멀지경이었다.

"전 눈보라가 좋아요." 모랭이 말했다. "어떤 형태건 폭풍은 다 좋습니다. 벼락이 치고 폭우가 몰아치는 여름에 스크린 포치에 나와 앉아 있는 것처럼 좋은 게 없죠. 하지만 제일 좋은 건 눈보랍니다. 운전할 일만 없으면요. 모두가 안전하게 집에 있다면 걱정할 거 없죠."

"눈보라 속에 나가 본 적 있나?" 가마슈가 물었다.

"눈 속에 멀거니 서 있을지라도 항상 나가죠. 얼마나 좋은데요. 왜 그런지는 잘 모르겠지만 아마 극적인 기분이 들어서 그런가 봐요. 그러다 들어와서 불 앞에서 코코아를 마십니다. 그보다 좋은 게 없죠."

가마슈는 머리를 잔뜩 숙이고 발을 내려다보며 무릎까지 쌓인 눈을 뚫고 천천히 앞으로 나아갔다. 신이 난 앙리가 가마슈가 만들어 놓은 길을 따라 이리저리 뛰었다.

진행 속도는 더뎠지만 마침내 공원에 도착할 수 있었다. 머리를 든 가마슈는 눈 때문에 잠시 아무것도 볼 수 없었지만 이내 가늘게 뜬 눈으로 바람에 나부끼는 나무들의 유령 같은 실루엣을 알아볼 수 있었다.

아브라함 평원이었다.

가마슈는 뒤를 돌아보고 자신의 발자국이 생긴 것만큼이나 빨리 눈에 덮여 사라지고 있다는 것을 알았다. 아직 길을 잃진 않았지만 더 나아간 다면 그렇게 될 수도 있었다.

이리저리 뛰던 앙리가 갑자기 멈춰 서서 가마슈의 다리 사이로 기어 들어가 나직하게 으르렁거리기 시작했다.

이곳에 아무것도 없다는 확실한 표현이었다.

"가자꾸나." 가마슈가 말했다. 몸을 돌린 그는 누군가와 맞닥뜨렸다. 어두운 색 파카를 입은 키가 큰 사람 역시 눈에 덮여 있었다. 모자가 머리를 감싸고 있었다. 그는 경감에게서 1미터쯤 떨어진 곳에 조용히 서 있었다.

"가마슈 경감님." 그 사람이 명확한 영어로 말했다.

"네."

"여기서 뵙게 될 줄 몰랐습니다."

"나도 여기서 뵙게 되리라고는 생각 못 했습니다." 가마슈는 노호하는 바람을 뚫기 위해 목소리를 높여야 했다.

"찾고 계셨습니까?" 그가 물었다.

가마슈는 한동안 말이 없었다. "오늘은 아닙니다. 내일 말씀을 나누려고 했습니다."

"그러실 거라 생각했습니다."

"그래서 오신 겁니까?"

답이 없었다. 그는 그저 거기 서 있을 뿐이었다. 앙리가 용기를 냈는지 슬금슬금 앞으로 나아갔다. "앙리." 가마슈가 날카롭게 말했다. "비앙 이시Viens ici 이리 오려무나." 개는 주인의 곁으로 돌아왔다.

"눈보라가 쳐서 다행입니다." 남자가 말했다. "일이 쉬워지는군요."

"우리는 얘기를 나눌 필요가 있습니다." 가마슈가 말했다.

"왜요?"

"나는 그럴 필요가 있습니다."

이제 남자가 입을 다물 차례였다. 이윽고 그가 아주 작은 요새처럼 생긴 돌로 된 둥근 포탑 같은 건물을 가리켰다. 두 사람과 한 마리 개는 야트막한 언덕을 올라 건물 쪽으로 향했다. 문에 손을 댄 가마슈는 잠겨 있지 않다는 사실에 약간 놀랐는데 안으로 들어가니 그 이유를 알 수 있었다.

훔쳐 갈 물건이 아무것도 없었다. 그저 텅 빈 둥근 돌집이었다.

경감이 스위치를 올리자 머리 위에 달린 둥근 전구가 켜졌다. 가마슈는 일행이 모자를 벗는 모습을 지켜보았다.

"이런 눈보라에 밖에 나오는 사람은 없으리라 생각했습니다." 톰 핸콕이 눈이 두껍게 쌓인 모자를 다리에 대고 털었다. "전 눈보라 속을 걷는 걸 좋아하지요."

가마슈는 눈을 들어 젊은 목사를 응시했다. 모랭 형사가 했던 말과 거의 같은 말이었다.

앉을 만한 게 없어 그는 바닥을 가리켰고, 두 사람은 두꺼운 돌벽에 기대 바닥에 앉았다.

그들은 한동안 말이 없었다. 문도 없고 창문도 없는 곳으로 들어오니 어느 시대 어느 공간에 있다 한들 이상하지 않을 것 같았다. 밖이 폭풍이 아닌 전투가 벌어지고 있는 2백 년 전이라 해도 이상하지 않았다.

"동영상을 봤습니다." 톰 핸콕이 말했다. 그는 뺨이 붉게 달아올라 있었고 얼굴은 녹은 눈으로 젖어 있었다. 가마슈는 자신도 크게 다르지 않으리라 예상했다. 단지 그렇게 젊고 생기 있지 않을 뿐.

"나도 보았습니다."

"끔찍하더군요." 톰 핸콕이 말했다. "유감입니다."

"고맙습니다. 실제는 동영상에서 보이는 모습과는 조금 달랐습니다. 난……," 가마슈는 말을 끊어야 했다.

"경감님께서는요?"

"동영상은 내가 용감했던 것처럼 그렸지만 실제는 아닙니다. 그들이 죽은 것은 내 잘못입니다."

"왜 그런 말씀을 하십니까?"

"나는 많은 실수를 저질렀습니다. 사안의 중대함을 제대로 보지 못했고 그래서 너무 늦을 뻔했습니다. 하지만 그걸로도 끝이 아니었지요."

"어떻게요?"

가마슈는 눈앞의 젊은 남자를 바라보았다. 상처받은 영혼들에 마음을 쓰는 목회자를. 가마슈는 그가 귀를 기울일 줄 아는 사람이라는 사실을 깨달았다. 흔치 않은 귀중한 자질이었다.

그는 숨을 깊이 들이마셨다. 이곳에선 사람이 숨 쉬고 살 공기가 아니라는 듯, 생명이 머물 곳이 아니라는 듯 사향 냄새가 났다.

그리고 가마슈는 젊은 목사에게 모든 것을 이야기했다. 납치와 오랜 세월 끈기 있게 진행되어 왔던 계획에 대해, 기술의 진보가 모든 위협을 감지해 주리라 생각했던 자신들의 자만에 묻혀 보이지 않았던 음모에 대해.

그들은 잘못 생각했다.

공격을 계획한 자들은 영리했다. 변화된 상황에 적응할 줄 알았다.

"나중에 보안 관계자들이 그것을 '비대칭적 접근'이라고 부른다는 걸 알게 됐습니다." 가마슈가 미소 지었다. "기하학이나 논리학처럼 들리죠. 어떤 면에서는 그럴 겁니다. 우리 같은 사람들에게는 지나치게 논리적이고 단순하게 들리지요. 음모를 꾸민 자들이 원한 것은 라 그랑드 댐을 무너뜨리는 것이었습니다. 그들은 그 일을 어떻게 하려고 했을까요? 핵폭탄이나 우리가 모르는 좋은 장비 따위가 아니었습니다. 보안을 뚫거나 통신 장비를 이용하는 것도 아니고 추적당할 만한 것을 남기지 않는 어떤 장비도 아니었습니다. 그들은 우리가 지켜볼 수 없다는 걸 아는 곳을 표적으로 삼았습니다."

"그게 어딘데요?"

"과거요. 그들은 현대 기술력을 가지고는 우리와 싸울 수 없다는 사실을 알았고, 그래서 최대한 모든 걸 단순하게 만들었습니다. 너무 단순해서 우리 눈에 띄지 않았습니다. 그들은 우리의 오만함에 기댔고, 기술력이 우릴 보호해 주리라는 확신을 이용했습니다."

두 남자의 목소리는 모사꾼이나 이야기꾼들처럼 매우 낮았다. 이 상황이 수천 년 전 사람들이 불 앞에 둘러앉아 서로에게 이야기를 들려주던 때처럼 느껴졌다.

"그들의 계획이 뭐였습니까?"

"폭탄을 실은 트럭 두 대. 그리고 두 젊은이가 기꺼이 그 트럭을 운전했습니다. 크리족이었죠."

이야기와 이야기꾼을 향해 몸을 기울이고 있던 톰 핸콕은 천천히 뒤로 물러났다. 그는 자신의 등이 차가운 돌벽에 닿는 것을 느꼈다. 크리족이 자신들에게 다가오는 재앙을 깨닫기도 전에 지어진 돌벽이었다. 크리족은 유럽인들에게 물길을 안내하고 털가죽을 모아 그들을 돕기까지 하며 재앙을 재촉했다.

너무 늦게서야 크리족은 자신들이 끔찍한 실수를 저질렀다는 사실을 깨달았다.

그리고 수백 년이 지난 지금 그들의 후손 중 일부가 한때 그들의 소유였던 숲을 관통하는, 잘 닦인 길을 지나 건물 30층 높이의 댐을 향해 폭발물이 가득 찬 대형 트럭을 몰겠다고 했다.

그들은 그것을 파괴할 생각이었다. 그들 자신도. 그들 가족도. 그들의 마을, 숲, 신들도. 모두 사라지게 하려 했다. 그들은 모든 걸 쓸어버릴 물꼬를 트려고 했다.

도움을 바라는 자신들의 외침을 누군가가 들어 주길 바라면서.

"그들이 설득당한 논리는 어쨌든 그랬습니다." 경감이 말했다. 갑자기 피로가 몰려와 자고 싶었다.

"그래서 어떻게 되었습니까?" 톰 핸콕이 낮은 소리로 물었다.

"프랑쾨르 경정이 제시간에 도착해 그들을 막았습니다."

"두 사람은……?"

"죽었냐고요?" 가마슈가 고개를 끄덕였다. "죽었습니다. 둘 다 사살되었지요. 하지만 댐은 무사했습니다."

톰 핸콕은 그 말에 슬픈 빛을 띠었다.

"당신은 크리족 젊은이들이 이용당했다고 말씀하셨습니다. 그들 생각이 아니었다는 말씀인가요?"

"네. 트럭이 생각해 낸 게 아닌 것만큼이나요. 누가 됐든 그들은 잠재되어 있던 씨앗에 싹을 틔워 준 겁니다. 폭탄은 그들이 만들었고 크리족의 오늘은 우리가 만들었죠."

"배후가 누굽니까? 폭탄을 만든 자들에 의해 크리족 젊은이들이 이용당했던 거라면 그 모든 걸 계획한 사람은 누굽니까?"

"아직 모릅니다. 대부분은 공장에서 죽었습니다. 한 사람이 살아남아 조사를 받고 있지만 아직 입을 열었다는 말은 듣지 못했습니다."

"하지만 짐작하시는 바가 있으실 테지요. 원주민들입니까?"

가마슈는 고개를 저었다. "백인들입니다. 영어를 썼고요. 훈련이 된 사람들이었습니다. 용병이었을지 모르죠. 일차적인 목표는 댐이었지만 진짜 목표는 미국 동부 해안 쪽이었던 것 같습니다."

"캐나다나 퀘벡이 아니고요?"

"아닙니다. 라 그랑드 댐이 무너지면 보스턴에서 뉴욕, 심지어 워싱턴까지 일시에 정전이 됩니다. 한두 시간 동안이 아니라 몇 달간. 엄청난 일이 될 겁니다."

"게다가 겨울도 다가오고 있죠."

그들은 뉴욕 같은 대도시의 어둠 속에서 추위와 두려움에 떠는 수백만의 사람들을 생각하며 말을 멈췄다.

"내국인이었습니까?" 핸콕이 물었다.

"그런 것 같습니다."

"그런 일을 예견할 수 있는 사람은 없습니다." 핸콕이 마침내 말했다.

"아까 오만함에 대해 말씀하셨는데요, 경감님. 경감님도 조심하셔야 할 것 같습니다."

가볍게 말했지만 말에 담긴 뜻은 예리했다.

가마슈는 대답하기 전에 말없이 빙그레 웃었다. "맞는 말씀입니다. 하지만 내 말을 오해하신 것 같습니다, 핸콕 씨. 내가 위협을 내다봤어야 한다는 게 아닙니다. 다만 그 계획이 실행에 옮겨졌을 때 그게 단순 납치 사건이 아니라는 걸 더 일찍 깨달았어야 했다는 겁니다. 시골에서 농사짓는 사람의 짓이 아니라는 사실을 알았어야 했죠. 그리고……"

"그리고요?"

"내 능력 밖이었습니다. 모두 다 그랬지요. 시간이 없었고 뭔가 거대한 일이 일어나고 있다는 건 분명했습니다. 니콜 형사가 '라 그랑드'란 말을 분리해 내는 순간 그거라는 걸 알았습니다. 댐은 크리족 땅에 있었고, 난 형사 한 명을 그곳으로 보냈습니다."

"한 명이오? 그보다는 많은 사람이 갔어야 하지 않나요?" 그러나 다음 순간 핸콕은 말을 멈추었다. "전술에 대해 조언할 사람이 필요하면 제게 오셔야겠습니다. 신학교에서는 그런 것도 가르친답니다."

그는 미소를 지으며 옆의 남자가 나지막하게 껄껄 웃는 소리를 들었다. 그리고는 깊은 한숨 소리를 들었다.

"크리족은 경찰을 좋아하지 않습니다. 좋아할 이유도 없고요." 가마슈가 말했다. "좋은 형사 하나면 제대로 할 수 있으리라고 보았습니다. 크리족 장로들 중에는 우리와 연이 닿아 있는 사람들이 좀 있습니다. 라코스트 형사는 그들부터 만났습니다."

몇 시간이 흐르고, 그녀의 보고가 들어오기 시작했다. 그녀는 크리족의 나이 든 여인과 함께 많은 공동체를 돌아다녔다. 그 여인은 가마슈 경감이 수년 전 샤토 프롱트나 앞 벤치에서 만났던 사람이었다. 모든 이 가 거지라고 무시했던 여인.

그때 그는 그녀를 도와주었다. 그리고 이제 그녀가 그를 도왔다.

라코스트 형사의 보고를 통해 밑그림이 그려졌다. 보호구역에 희망 없이 버려진 사람들. 술과 약에 취해 나아갈 곳 없는 사람들. 삶도 없고 미래도 없고 더 이상 잃은 것도 없는 사람들. 모든 것을 빼앗긴 지 오래 였다. 가마슈는 진작 알고 있던 사실이었다. 관심이 있는 사람이라면 누 구나 알았다.

그러나 그가 알지 못했던 것이 더 있었다. 라코스트는 외부인들, 특히 교사들의 유입을 보고했다. 영어권 백인 교사들이 몇 년 전부터 공동체 안으로 유입되기 시작했다. 대부분은 선의로 온 사람들이었지만 몇은 알파벳이나 구구단 따위와는 상관없는 다른 계획을 품고 있었다. 그들 의 계획이 성취되려면 시간이 필요했다. 그 계획은 크리족 청년들이 소 년일 때부터 시작되었다. 감수성이 예민하고 정체성을 고민하며 미래를 두려워할 나이. 그들은 인정과 수용과 친절과 리더를 갈망했다. 그리고 그들은 아이들에게 그 전부를 주었다. 아이들의 신뢰를 얻기까지 몇 년 이 흘렀다. 그들은 아이들에게 글을 읽고 쓰는 법을 가르치고 셈하는 법 을 가르쳤다. 그리고 증오를 가르쳤다. 더 이상 피해자가 될 필요가 없 다고도 가르쳤다. 다시 전사가 되라고 가르쳤다.

대부분의 크리족 청년들은 그 솔깃한 생각을 머릿속으로 굴려 보다 결국 거부했다. 그들은 결국 개인적인 목적을 가진 또 한 부류의 백인들 일 뿐이라는 것을 깨달았다. 그러나 두 젊은이는 그 유혹에 넘어갔다.

게다가 두 젊은이는 자살을 생각하던 사람들이었다.

그들은 세상이 마침내 그들의 목소리를 들어 줄 것이라 믿으며 영광스럽게 죽을 참이었다.

11시 18분.

라 그랑드 댐은 파괴될 터였다. 두 젊은 크리족 남자도 죽을 터였다. 그리고 몇 킬로미터 떨어진 곳에서 젊은 경찰청 형사 한 명이 처형될 예정이었다.

이러한 증거들로 무장하고 가마슈는 다시 프랑쾨르 경정을 찾아갔다. 그러나 프랑쾨르가 다시 주저하자 가마슈는 그를 이성적으로 설득하는 대신 화를 터뜨렸다. 오만하고 위험천만한 경정에 대한 경멸감을 표출했다.

그것이 실수였다. 그것은 시간을 앗아 갔고 부수적인 것들 또한 앗아 갔다.

"어떻게 되었습니까?"

생각에 빠져 있던 아르망 가마슈는 혼자가 아니었다는 사실에 깜짝 놀라 옆을 돌아보았다.

"결정을 내려야 했습니다. 그리고 우리 모두는 어떤 결정을 내려야 할지 알았습니다. 라코스트 형사의 정보가 사실이라면 우리는 모랭 형사를 포기해야 했습니다. 폭탄을 막는 데 모든 역량을 집중해야 했어요. 모랭 형사를 구하러 간다면 음모를 꾸민 자들이 낌새를 채고 일을 앞당겼을 겁니다. 아무도 그 위험을 감수할 수 없었죠."

"경감님도요?"

가마슈는 오랫동안 꼼짝하지 않았다. 안에서나 밖에서나 아무 소리도 나지 않았다. 얼마나 많은 이가 폭력적인 세상을 피해 숨어 있었을까? 세상은 사람들이 바랐던 만큼 친절하지도 훌륭하지도 따뜻하지도 않았다. 얼마나 많은 사람들이 두려움에 떨며 있는 자리에서 몸을 웅크리고 있을까? 언제쯤 돼야 안전한 세상 속으로 나설 수 있을지 궁금했다.

"안됐지만 나도 그랬습니다."

"그를 죽게 내버려 두실 생각이셨습니까?"

"그래야 한다면요." 가마슈는 도전적인 눈빛이 아닌, 필요하다면 그런 결정을 매일 내려야 하는 사람의 의구심 어린 눈빛으로 핸콕을 응시했다. "하지만 그 전에 할 수 있는 시도를 모두 해 볼 생각이었습니다."

"경정을 설득하는 데 성공하셨습니까?"

가마슈는 고개를 끄덕였다. "두 시간 좀 못 되는 시간이 남았을 때였습니다."

"맙소사." 핸콕이 탄식했다. "촉박했군요. 큰일 날 뻔했습니다."

가마슈는 잠시 아무 말도 하지 않았다. "그때쯤엔 모랭 형사가 어느 버려진 공장에 잡혀 있다는 사실을 알았습니다. 니콜 형사와 보부아르 경위가 통화의 배경음을 잡아내고 비행기와 기차 시간표와 대조해서 얻은 결과였지요. 훌륭한 수사였습니다. 그는 댐에서 수백 킬로미터 떨어진 버려진 공장에 붙들려 있었습니다. 음모를 꾸민 자들은 안전한 곳에 은신하고 있었죠. 마곡이라는 도시에요."

"마곡이오?"

"마곡이오. 왜 그러십니까?"

목사는 당혹스러워 보였는데 약간 혼란을 느끼는 것도 같았다. "곡과 마곡요한묵시록에 나오는, 사탄에 미혹되어 하늘나라에 대항하는 두 나라?"

가마슈가 미소 지었다. 그는 성경의 마곡을 잊고 있었다.

"이날에 네가 악한 꾀를 내리라." 목사가 인용했다.

가마슈는 다시 방구석의 의자에 매여 있는 폴 모랭의 모습을 보았다. 눈앞의 벽과 거기에 걸린 시계를 응시하고 있는 모습을.

5초 남았다.

"절 찾으셨군요." 모랭이 말했다.

가마슈가 방을 가로질렀다. 모랭의 마른 등이 꼿꼿해졌다.

3초 남았다. 모든 것이 느리게 느껴졌다. 모든 것이 너무도 선명하게 느껴졌다. 그는 0을 향해 가는 초침을 볼 수 있었다. 딱딱한 금속 의자와 폴 모랭에게 감겨 있는 밧줄을 보았다.

그곳에는 폭탄이 없었다.

가마슈 뒤에서 보부아르와 팀원들이 달려들었다. 총알이 사방에서 튀었다. 경감은 꼿꼿이 앉아 있는 젊은 형사를 향해 뛰었다.

1초 남았다.

가마슈는 자신을 추슬렀다. "거기서 마지막 실수를 했습니다. 난 오른쪽이 아니라 왼쪽을 향해야 했습니다. 폴 모랭이 자신의 얼굴에 비치는 햇빛에 대해 말했는데도 난 빛이 쏟아져 들어오는 문 쪽이 아니라 어두운 쪽으로 갔습니다."

핸콕은 조용했다. 그도 동영상을 보았다. 그는 자신과 함께 차가운 돌바닥에 앉아 있는 무거운 표정의 수염 기른 남자를 바라보았다. 귀가 큰 개가 머리를 그의 허벅지에 올려놓고 있었다.

"경감님 잘못이 아닙니다."

"당연히 내 잘못입니다." 가마슈가 화난 목소리로 말했다.

"왜 고집을 부리십니까? 순교자가 되길 바라십니까?" 핸콕이 말했다. "그래서 눈보라 속으로 나오신 겁니까? 고통을 즐기고 계신 겁니까? 이렇게 단단히 고집을 부리시는 걸 보면 그런 것 같군요."

"말을 삼가십시오."

"뭘요? 위대한 경감님 감정을 상하게 할까 봐요? 당신의 영웅주의가 우리 비천한 사람들보다 당신을 더 높은 곳에 올려 주지 못한다면 당신의 고통이 그렇게 해 주겠지요. 그렇지 않습니까? 물론 그건 비극이었고 끔찍한 일이었습니다만, 당신이 아닌 다른 이들에게 일어난 일입니다. 당신은 살아남았어요. 그게 당신에게 건네진 잔이고 이미 일어난 일은 무엇으로도 바꿀 수 없습니다. 그만 놓아주어야 합니다. 그들은 죽었습니다. 끔찍한 일이지만 어쩔 수 없었던 일입니다."

핸콕의 목소리는 강렬했다. 앙리가 나지막하게 목을 울리며 고개를 들어 젊은 목사를 응시했다. 가마슈가 앙리의 머리에 손을 올려 진정시켰다.

"나라를 위해 죽는 것이 아름답고 옳은 일일까요?" 경감이 물었다.

"때로는요."

"죽는 것만이 아니라 죽이는 것도요?"

"무슨 뜻입니까?"

"목사님은 교구 사람들을 돕기 위해서는 어떤 일이라도 하실 분입니다. 그렇지 않습니까?" 가마슈가 말했다. "그들의 고통이 당신을 괴롭히니까요. 거의 신체적으로. 나도 보았습니다. 네, 난 내 양심을 달래려고 이 눈보라 속에 나와 있습니다만 당신이 아이스 카누 경기에 나선 것도 마찬가지 이유가 아닙니까? 당신의 실패에서 벗어나기 위해서요. 영국계들이 그토록 고통받는 모습을 보는 게 견딜 수 없어서요. 영국계들은 죽어 가고 있습니다. 개인이 아닌 사회가 말입니다. 그들을 위로하는 게 당신 일이지만 당신은 방법을 알 수 없었고, 말만으로 충분한지도 알 수 없었겠죠. 그래서 당신은 행동에 나섰던 거고요."

"무슨 말씀을 하시는 겁니까?"

"내가 무슨 말을 하는지 아실 겁니다. 르노를 배척하는 사람이야 이 도시에 널렸지만 그를 죽일 기회가 있었던 사람은 여섯뿐이었습니다. 문예역사협회의 이사회. 자원봉사자들 상당수가 건물 열쇠를 가지고 있고 많은 이가 건물 공사가 진행될 예정이라는 사실을 알았습니다. 그리고 콘크리트가 부어질 예정이었을 때 많은 이가 지하 이 층으로 갈 수 있었고 르노를 그곳으로 이끌 수도 있었습니다. 하지만 이사회의 여섯 사람만이 르노가 협회를 방문했다는 사실을 알았고 면담을 요청했다는 사실을 알았습니다. 그리고 면담 이유도요."

핸콕은 갓 없는 전구의 무자비한 불빛 속에서 가마슈를 바라보았다.

"당신이 오귀스탱 르노를 죽였습니다." 가마슈가 말했다.

다시 침묵이 깔렸다. 완전무결한 침묵이었다. 바깥세상은 존재하지 않았다. 눈보라도 전장도 도시의 벽도 요새도 없었다. 아무것도 존재하지 않았다.

오로지 정적이 흐르는 요새뿐이었다.

"그래요."

"부인하지 않을 생각이군요?"

"이미 알고 계시거나 곧 알아내시리라 생각했습니다. 그 책들이 발견된 뒤로 모든 게 끝났다고 생각했습니다. 그곳에 그 책들을 숨긴 사람은 당연히 접니다. 완벽하게 없앨 수도 없었고 집으로 가져갈 수도 없었습니다. 숨기기에 완벽한 장소라고 생각했습니다. 문예역사협회에서도 백년 넘게 그 책들의 존재조차 몰랐으니까요."

그가 가마슈의 얼굴을 살폈다.

"내내 알고 계셨습니까?"

"의심했습니다. 두 사람 중의 하나일 가능성이 제일 높았습니다. 당신이거나 켄 해슬럼이거나. 이사회의 나머지 사람들은 모임이 끝날 때까지 있었지만 두 분은 연습차 일찍 자리를 떴습니다."

"전 켄을 앞질러 가서 르노를 만났습니다. 그리고 밤에 오면 몰래 들여보내 주겠다고 약속했습니다. 증거를 모조리 가지고 오라고 했고 설득력이 있다면 지하실을 파도록 허락해 주겠다고 했습니다."

"그리고 그는 물론 왔고요."

핸콕은 고개를 끄덕였다. "간단했습니다. 제가 시니퀴의 일기와 성경을 보는 동안 그는 땅을 파기 시작했습니다. 무시무시하더군요."

"아니면 계몽적이었거나. 어느 관점에서 보느냐의 문제겠지요. 무슨 일이 있었습니까?"

"그는 구덩이를 하나 파고 제게 삽을 건네주었습니다. 전 그걸 휘둘러 그를 쳤을 뿐입니다."

"그렇게 간단했나요?"

"아뇨, 전혀 간단하지 않았습니다." 핸콕이 쏘아붙였다. "끔찍한 일이었지만 해야 할 일이었습니다."

"왜요?"

"모르시겠습니까?"

가마슈는 생각했다. "당신이 할 수 있었기 때문이었겠죠."

핸콕이 희미하게 웃었다. "그런 것 같군요. 생각을 하면 할수록 그 일을 할 수 있는 사람은 저 하나뿐이었습니다. 엘리자베스는 평생 가도 그런 일은 할 수 없는 사람입니다. 블레이크 씨요? 젊었을 때라면 모르지만 지금은 어림없는 일입니다. 포터 윌슨은 자기 머리도 못 때릴 위인입니다. 그리고 켄은 오래전에 자기 목소리를 포기한 사람입니다. 네, 그 일을 할 수 있는 사람은 저뿐이었습니다."

"하지만 왜 그래야 했습니까?"

"우리 지하실에서 샹플랭이 발견되면 영국계 공동체가 붕괴했을 겁니다. 마지막 일격이 되었겠지요."

"프랑스계 대부분은 당신들을 비난하지 않았을 겁니다."

"그렇게 생각하세요? 반영국계 감정을 불러일으키는 데는 많은 게 필요하지 않습니다. 가장 이성적이라고 하는 사람들 사이에서도요. 영국계들이 수상쩍다는 생각은 언제나 있어 왔습니다."

"난 동의하지 않습니다." 가마슈가 말했다. "하지만 내 생각은 중요하지 않겠죠. 당신들이 믿는 바가 중요하겠죠."

"누군가는 그들을 보호해야 했습니다."

"그리고 그건 당신의 일이었고요." 그 말은 질문이 아닌 의견이었다. 가마슈는 처음 만났을 때부터 목사의 사람됨을 알아보았다. 맹신하는 것은 아니었지만 그에게는 자신이 양치기이며 사람들이 자신의 양 떼라는 확고한 믿음이 있었다. 그리고 영국계가 나쁜 짓을 저지를 것이라는 확신을 프랑스계가 남몰래 품고 있었다면, 영국계는 프랑스계가 자신들에게 문제를 일으킬 것이라는 확신을 품고 있었다. 여러 가지 면에서 완벽한 벽이 세워진 사회였다.

그리고 톰 핸콕 목사의 일은 자신의 양 떼를 보호하는 것이었다. 가마슈로서도 이해할 수 있는 감정이었다.

하지만 살인을 저지를 만큼의 문제일까?

가마슈는 걸음을 내딛고 총을 들어 사람을 겨냥하던 순간을 떠올렸다. 그리고 쏘았다.

그는 살기 위해 사람을 죽였다. 필요하다면 다시 그렇게 할 터였다.

"어떻게 하실 겁니까?" 핸콕이 일어서며 물었다.

"모르겠습니다. 당신은 어떻게 하실 생각입니까?" 가마슈도 뻣뻣한 몸을 일으키며 앙리를 흔들었다.

"제가 왜 오늘 밤 이 평원에 나와 있는지 아시리라 생각합니다."

그리고 가마슈는 알고 있었다. 파카를 입은 톰 핸콕의 모습을 보자마자 그는 그가 거기 있는 이유를 알았다.

"적어도 그에 관해서는 균형을 이루는 부분이 있군요." 핸콕이 말했다. "영국계가 이백오십 년이 지나서 그 절벽에서 미끄러져 떨어진다는 게요."

"당신이 그런 짓을 하도록 내버려 두지 않으리라는 것을 알 텐데요."

"저는 당신이 절 막지 못하리라는 것을 압니다."

"아마도 그렇겠지요. 그리고 이 녀석도 별 도움이 안 될 겁니다." 가마슈는 앙리를 가리켰다. "개가 낑낑거리는 모습에 당신이 겁을 먹고 포기한다면 몰라도."

핸콕이 미소 지었다. "마지막 부빙浮氷입니다. 제겐 선택의 여지가 없어요. 이게 제가 받은 잔입니다."

"아뇨, 그렇지 않습니다. 내가 왜 여기 있다고 생각하십니까?"

"당신 자신의 슬픔에 사로잡혀 논리적으로 생각할 수 없으니까요. 잠을 이룰 수 없고, 자신에게서 벗어나려고 밖으로 나오신 거지요."

"그것도 사실입니다. 어쩌면요." 가마슈가 웃었다. "하지만 우리가 이 눈보라 한가운데에서 마주칠 확률이 얼마나 되겠습니까? 내가 십 분 일찍이나 늦게 나왔다면, 우리가 오 미터 정도 떨어져 걷고 있었다면, 서로 지나쳤을 겁니다. 눈보라에 가려 보지도 못한 채 걸었겠죠."

"무슨 말씀을 하시려는 겁니까?"

"그럴 확률이 얼마나 될지 말하는 겁니다."

"그게 중요합니까? 우린 만났습니다. 이미 일어났지요."

"당신은 동영상을 봤습니다." 가마슈가 목소리를 낮추었다. "무슨 일이 일어났는지 봤습니다. 얼마나 가까이 있었는지."

"당신에게 죽음이 얼마나 가까이 있었는지 말씀인가요? 봤습니다."

"어쩌면 이게 내가 죽지 않고 살아난 이유인지도 모릅니다."

핸콕이 가마슈를 주시했다. "제가 절벽에서 뛰어내리는 걸 막으려고 당신 목숨이 붙어 있다는 말입니까?"

"어쩌면요. 난 목숨이 얼마나 귀한지 압니다. 당신에게 르노의 목숨을 빼앗을 권리가 없었듯이 지금 당신의 목숨을 버릴 권리도 없습니다. 이번 일로는 아닙니다. 죽음이 너무 많습니다. 멈춰야 합니다."

가마슈는 자신의 옆에 있는 젊은 남자를 응시했다. 퀘벡 영국계의 삶으로 들어와 제방과 절벽 끝으로 몰린 남자, 얼음이 가장 얇은 곳에 서 있는 남자였다.

"당신도 알다시피 당신은 틀렸습니다." 가마슈가 마침내 말했다. "퀘벡의 영국계들은 나약하지도 연약하지도 않습니다. 엘리자베스 맥워터나 위니나 켄이나 블레이크 씨, 그리고 심지어 포터까지도 오귀스탱 르노를 죽일 수 없는 사람들이었습니다. 그들이 약해서가 아니라 그들이 그럴 필요가 없다는 걸 알고 있었기 때문입니다. 그는 위협적인 존재가 아니었습니다. 정말로요. 영국계들은 새로운 세계에, 새로운 현실에 적응해 온 사람들입니다. 그럴 수 없었던 사람은 당신뿐이었습니다. 앞으로도 수 세기 동안 영국계들은 이곳에서 살 것입니다. 마땅히 그래야 하듯 말입니다. 이곳이 그들의 고향입니다. 당신은 그들에게 좀 더 믿음을 가졌어야 했습니다."

핸콕은 가마슈를 향해 걸음을 옮겼다.

"당신을 그냥 지나쳐 가면 그만입니다."

"그렇겠죠. 당신을 막으려고 애를 쓰겠지만 당신은 갈 수 있을 겁니다. 하지만 내가 따라가리라는 것도 알 겁니다. 그래야 하니까요. 그럼 어떻게 될까요? 중년의 프랑스계와 젊은 영국계 둘이 아브라함 평원의 눈보라 속에 갇혀서 이리저리 떠돌겠지요. 한 사람은 절벽을 찾아서, 다른 사람은 그런 그를 찾아서. 사람들이 우릴 언제쯤 발견할까요? 봄에? 꽁꽁 언 채로? 땅속에 묻히지 못한 시체가 두 구 더 늘어나는 걸까요? 이 일의 결말은 어떻게 되는 겁니까?"

두 사람은 서로 바라보았다. 이윽고 톰 핸콕이 한숨을 쉬었다.

"제가 운이 좋다면 절벽에서 미끄러질 사람은 당신일지도 모릅니다."

"그렇다면 실망스럽겠는데요."

핸콕이 피곤한 미소를 지었다. "포기합니다. 싸우지 않겠습니다."

"메르시." 가마슈가 말했다.

문가에서 핸콕이 돌아섰다. 가마슈의 살짝 떨리는 손이 걸쇠를 향했다. "경감님이 슬픔을 이용했다고 비난하지 말아야 했습니다. 잘못된 말이었죠."

"과히 틀린 말은 아닙니다." 가마슈가 미소 지었다. "나도 내려놓아야지요."

"시간이 지나면요." 핸콕이 말했다.

"아베크 르 텅." 가마슈가 동의했다. "맞습니다."

"동영상 말인데요." 핸콕이 잊고 있던 질문을 기억해 내며 말했다. "어떻게 인터넷에 풀렸는지 알고 계십니까?"

"아뇨."

핸콕이 그를 응시했다. "하지만 의심 가는 데가 있으시군요."

가마슈는 경정과 직면했을 때 그의 얼굴에 떠오른 분노를 기억했다. 그들은 오랜 싸움을 해 왔다. 프랑쾨르는 어떻게 하면 가마슈에게 상처를 줄 수 있는지 알 만큼 그를 잘 알았다. 최고의 방법은 그가 지휘한 이번 급습에 대한 비난이 아닌 찬사였다. 그의 부하들이 고통받고 있던 그 순간의 부당한 찬사.

총알이 경감을 죽이는 데 실패했지만 동영상은 그럴 수 있을지도 몰랐다.

이제 그는 다른 얼굴을 떠올렸다. 수사반의 일원이 되길 열망하는 젊은 얼굴을. 하지만 다시 거부당했다. 그녀는 다시 지하층으로 돌려보내졌다. 그곳에서 그녀는 모든 것을 지켜보고, 모든 이야기를 듣고, 모든 것을 보고, 모든 것을 기록했다.

그리고 모든 것을 기억했다.

26

"렌 마리에게 인사 전해 주게." 에밀이 말했다.

그와 아르망은 문가에 서 있었다. 현관에 주차된 아르망의 볼보에는 이미 그의 짐과, 에밀이 렌 마리에게 보내는 다양한 선물이 실렸다. 파이야르 빵집의 페이스트리, J. A. 무와상의 치즈와 고기 파테, 생 장 가의 가게에서 파는 수도사들이 만든 수제 초콜릿.

가마슈는 그것들이 무사히 몬트리올에 도착하기만을 바랐다. 하지만 자신과 앙리 사이에서 그것들이 무사할지는 확신할 수 없었다.

"그러겠습니다. 몇 주 내로 증언 때문에 다시 와야 할 것 같습니다. 하지만 필요한 증거는 랑글로와 경위가 모두 확보했더군요."

"그리고 자백도 도움이 되겠지." 에밀이 미소를 지으며 말했다.

"그렇겠지요." 가마슈가 동의했다. 그는 집을 둘러보았다. 에밀이 은퇴한 뒤 아내와 퀘벡 시로 돌아온 이래 그와 렌 마리는 이곳을 수차례 방문했었다. 그리고 앨리스가 죽은 뒤에는 에밀에게 말벗이 되어 주고자 더 자주 왔었다.

"이 집을 팔까 생각 중이야." 아르망이 집을 둘러보는 모습을 보고 있던 에밀이 말했다.

가마슈가 그를 향해 몸을 돌리고 잠시 침묵했다. "집은 많습니다."

"계단도 점점 버거워지고." 에밀이 동의했다.

"아시겠지만 우리와 함께 살러 오신다면 환영입니다."

"알고말고. 메르시. 그래도 난 이곳에서 살 생각이네."

가마슈가 미소 지었다. 놀랍지는 않았다. "제 생각엔 엘리자베스 맥워터도 비슷한 생각을 하고 있을 것 같습니다. 큰 집에 혼자 사는 건 버거운 일이지요."

"그런가?" 에밀이 의심의 표정을 감추지 않고 가마슈를 보았다.

아르망이 웃더니 문을 열었다. "나오지 마세요. 춥습니다."

"그렇게 약골은 아니네." 에밀이 받아쳤다. "그리고 앙리한테도 작별 인사를 해야지."

이름이 불리는 소리에 개가 귀를 바짝 세우고 에밀을 올려다보았다. 비스킷을 기대하면서. 그리고 기대를 충족했다.

인도는 깨끗이 치워져 있었다. 눈보라는 새벽이 되기 전에 그쳤고 떠오른 태양이 하얗고 흠집 하나 없는 풍경을 비추었다. 눈에 덮인 퀘벡은 수정으로 만들어진 것처럼 반짝거리며 생기가 넘쳤다.

차 문을 열기 전 가마슈는 눈을 조금 떠서 뭉친 다음 앙리에게 보여주었다. 앙리가 꼬리를 치더니 움직임을 멈추고 뭉친 눈을 응시하며 기다렸다.

가마슈가 공중으로 눈덩이를 던지자 앙리가 이번만큼은 완벽하게 입안 가득 눈덩이를 머금으리라 믿으며 온 힘을 다해 뛰어올랐다.

눈 뭉치가 땅으로 떨어지기 전에 앙리가 낚아챘다. 앙리가 네 발로 착지했을 때에는 입안에는 약간의 눈만 남았을 뿐이었다. 또다시.

하지만 가마슈는 앙리가 포기하지 않으리라는 사실을 알고 있었다. 앙리는 절대 희망을 버리지 않았다.

"그래, 샹플랭의 관에 들어 있던 여자가 누구라고 생각하나?" 에밀이 물었다.

"더글러스의 병원 환자라는 생각이 듭니다. 아마도 자연사했겠지요."

"그녀가 샹플랭 대신 관에 들어갔다면 더글러스는 샹플랭의 시체를 어떻게 했을까?"

"당신은 이미 그 답을 알고 계십니다."

"당연히 모르네. 알면 물어볼 리가 없잖나."

"힌트를 드리죠. 답은 며칠 전 밤에 당신이 제게 읽어 준 시니퀴의 일기 속에 있습니다. 집에 도착해서 전화드리겠습니다. 그때도 모르겠다고 하시면 그때 말씀드리죠."

"심술궂기는." 에밀은 그렇게 말을 끊고는 손을 뻗어 차 문을 잡고 있던 가마슈의 손 위에 잠깐 얹었다.

"메르시." 가마슈가 말했다. "절 위해 해 주신 것 모두요."

"나도 마찬가지네. 그래, 자네 생각에는 엘리자베스 맥워터가 도움이 좀 필요할 것 같다고?"

"그렇게 보이던데요." 가마슈가 차 문을 열자 앙리가 얼른 뛰어들었다. "하지만 저도 어쨌든 밤은 딸기일지도 모른다고 생각합니다."

에밀이 웃었다. "우리끼리니까 말인데 나도 그렇다네."

세 시간 뒤, 가마슈와 렌 마리는 편안한 거실에 앉아 있었다. 난로 안에서 불이 타올랐다.

"에밀이 전화했었어." 렌 마리가 말했다. "메모를 전해 달라던데."

"메모?"

"'미라 세 구'라고 하셨어. 무슨 뜻인지 알겠어?"

가마슈가 웃더니 고개를 끄덕였다. 피츠버그로 간 미라는 세 구였으나 더글러스가 이집트에서 갖고 돌아온 미라는 오직 두 구뿐이었다.

"그 동영상을 계속 생각하고 있었어, 아르망."

그는 반달 모양의 안경을 벗었다. "보고 싶어?"

"내가 보면 좋겠어?"

그는 멈칫했다. "안 보면 좋겠지만 봐야겠다면 같이 볼게."

그녀가 미소 지었다. "고맙지만 보고 싶지 않아."

그가 그녀에게 가볍게 키스했고 그들은 읽을거리로 돌아갔다. 렌 마리는 자기가 읽던 책을 아르망에게 보여 주었다.

그녀는 알 필요가 있는 건 모두 알았다.

가브리는 비스트로의 바 뒤에 서서 접시 닦는 수건을 쥐고 유리잔을 닦고 있었다. 그의 주위에서는 친구들과 손님들이 웃고 떠들거나 조용히 앉아 책을 읽었다.

일요일 오후라서 가브리를 포함하여 대부분의 사람들은 잠옷 차림이었다.

"베니스에 가 보고 싶어." 클라라가 말했다.

"관광객들만 많지." 루스가 쏘아붙였다.

"어떻게 알아요? 가 봤어요?" 머나가 물었다.

"갈 이유가 없어. 내가 필요한 건 전부 여기 있으니까." 그녀는 피터의 음료수를 집어 맛보고는 얼굴을 찡그렸다. "맙소사, 이게 뭐야?"

"물이오."

친구들이 파라 부부와 떠들기 위해 벽난로 옆으로 자리를 옮기는 동안 가브리는 바에 놓아둔 단지에서 감초 사탕을 한 줌 꺼내며 방을 둘러보았다.

그의 눈에 얼음 낀 창 밖의 움직임이 들어왔다. 익숙한 차, 볼보 한 대가 마을로 이어지는 물랭 길로 천천히 미끄러져 들어오고 있었다. 새로 내려 쌓인 눈 더미에 반사된 햇빛이 반짝거렸고 마을 잔디 광장의 언 연못에서는 아이들이 스케이트를 타고 있었다.

마을 중간에 멈춰 선 차에서 두 남자가 내렸다.

장 기 보부아르와 아르망 가마슈였다. 그들이 차 옆에서 서성이는 동안 뒷문이 열렸다.

클라라가 바에서 난 조그만 소리에 돌아보았다. 가브리의 손에서 사탕이 떨어지고 있었다. 사람들이 가브리의 얼굴과 창문 밖을 번갈아 보는 사이 비스트로에서 오가던 대화가 잦아들더니 완전히 사라졌다.

가브리는 꼼짝도 않고 응시했다.

아닐 거야. 상상하고, 소망하고, 그럴 거라 몇 번이고 믿었다. 확실하게 보았다고 생각했어도 결국은 홀로 현실로 돌아와야 했었다. 눈을 떼지 못한 채 그는 바 뒤에서 걸어 나왔다. 손님들이 덩치 큰 그를 위해 길을 터 주었다.

문이 열렸고 거기에 올리비에가 서 있었다.

아무 말도 할 수 없게 된 가브리는 그저 팔을 벌렸고 올리비에가 그 안으로 뛰어들었다. 두 사람은 얼싸안고 몸을 흔들다 울었다. 그들 주위에서 마을 사람들이 박수를 치고 환호하고 서로 껴안았다.

잠시 후 몸을 뗀 두 사람은 서로의 얼굴에서 눈물을 닦아 주었다. 웃으며 서로를 응시했다. 가브리는 그가 또다시 사라질까 봐 눈을 돌리기가 무서웠다. 그리고 올리비에는 너무도 친숙하고 사랑했던 모든 광경에 압도되었다. 그가 너무도 잘 아는 얼굴과 목소리와 소리 들을 남은 평생 다시 대하지 못하리라 생각했다. 단풍나무 장작이 타는 냄새, 크루아상의 버터 냄새, 커피콩 볶는 냄새.

그가 기억하고 너무도 그리워했던 것들이었다.

그리고 가브리의 아이보리 비누 향. 그리고 자신을 감싸는 가브리의 든든하고 억센 팔. 가브리. 자신에 대한 믿음을 단 한 순간도 버리지 않았던 사람.

가브리는 올리비에에게서 눈을 떼 그 뒤에 선 두 형사에게로 돌렸다.

"고마워요." 그가 말했다.

"감사 인사는 보부아르 경위가 받아야 합니다." 경감이 말했다. 비스트로가 다시 조용해졌다. 가마슈는 올리비에를 향해 돌아섰다. 모두가 듣는 앞에서 이 말을 할 필요가 있었다. 혹시라도 의혹의 여지가 남아 있는 일이 없도록.

"내가 틀렸습니다." 가마슈가 말했다. "정말 미안합니다."

"당신을 용서할 수 없어요." 올리비에가 감정을 억누르려고 애쓰면서 거칠게 말했다. "당신은 그 기분이 어떤지 상상도 못 할 겁니다." 그는 말을 끊더니 마음을 추스르고 나서 다시 입을 열었다. "아마 시간이 필요하겠죠."

"위." 가마슈가 말했다.

모두가 축하하는 사이 아르망 가마슈는 햇빛 속으로, 하키와 눈싸움과 터보건 썰매 질주로 바쁜 아이들의 소란함 속으로 걸어 나왔다. 그는 그 모습을 보기 위해 잠시 멈췄지만 자신의 팔에 안긴 젊은 청년만 보일 뿐이었다. 총알이 그의 등을 관통했다.

찾았지만 너무 늦었다.

아르망 가마슈는 폴 모랭을 끌어안았다.

정말 미안하네. 날 용서하게.

정적만 남았다. 이윽고 저 멀리서 아이들이 노는 소리가 들려왔다.

편집자의 말

　『네 시체를 묻어라』의 편집을 마친 지금, 2005년 『스틸 라이프』로 혜성 같이 등장한 작가 루이즈 페니가 데뷔한 지 채 10년도 되기 전에 거장으로 우뚝 섰다는 느낌을 지울 수 없다. 루이즈 페니의 작품들은 그간 애거서 크리스티의 후계자라는 칭찬을 들으며 고전 미스터리의 향기를 강하게 풍긴다는 평가를 받았는데, 페니의 작품들을 더 이상 고전 미스터리나 미스터리의 하위 장르인 코지 미스터리에 묶어 두기에는 무리라는 생각이 든다. 가마슈 경감 시리즈의 정점을 찍은 이 작품은 출간된 그해, 미스터리에 수여하는 권위 있는 상 대부분을 휩쓴 대형 작품으로 이전까지 충실했던 소공동체적 고전 미스터리 작풍에서 벗어나 있다. 『네 시체를 묻어라』는 역사 미스터리로도, 퍼즐 미스터리로도 볼 수 있으며 살짝 과장해서 스릴러나, 더 과장해서 여행서로 봐도 무방하다. 추리소설을 문학과 무관한 시간 때우기용 심심풀이 땅콩처럼 여겼던 독자라면, 이 작품의 마지막 페이지를 넘기면서 추리소설이 이렇게나 진한 감동을 남길 수도 있다는 데 놀랐으리라 생각한다.

　이전 작품들의 가마슈 경감을 통해 드러나듯, 역사에 관심이 많은 루이즈 페니는 이 작품을 쓰기 위해 남편 마이클과 퀘벡 시에서 한 달간 머무르며 실제로 존재하는 문예역사협회를 방문하여 직원들과 자원봉사자들에게 많은 자문을 구했다고 한다. 모두가 알지만 제대로 알지 못하는 캐나다가 배경인 페니의 작품들은 복잡한 정치, 문화, 역사가 살아 쉼 쉬는 퀘벡을 무대로 한다. 이 책을 읽으며 영국계와 프랑스계가 공존하는 퀘벡에 대한 영국계 작가 루이즈 페니의 시각을 살펴보는 것도 흥미로운 경험이리라.

실제 인물이었던 사뮈엘 드 샹플랭은 퀘벡, 나아가 캐나다를 기초한 인물이며 작품 속에 나오는 것처럼 현재까지도 묻힌 곳이 명확하지 않기 때문에 고고학자들과 역사학자들에게는 특히 매혹적인 인물로 알려져 있다. 이에 흥미를 느낀 작가는 이러한 역사적 미스터리를 포함한 세 가지 이야기의 비중을 균등히 안배하며 이야기를 풀어 나간다. 『네 시체를 묻어라Bury Your Dead』라는 제목 또한 세 가지 이야기를 무리 없이 끌어안은 훌륭한 제목이라 할 수 있다.

루이즈 페니는 최근 인터뷰에서 스리 파인스라는 이상향을 통해 현실의 이중성을 드러내려 했고, 가장 끔찍한 효과를 주기 위해 범죄는 매우 평화로운 곳에서 일어나야 한다고 말한 바 있다. 비슷한 맥락에서 작가는 이 작품의 두 가지 반전을 통해 가차 없이 끔찍한 이야기를 풀어 나간다. 전작 『냉혹한 이야기』의 후속편이라고도 볼 수 있는 이 작품은 전작의 미심쩍은 결말에 대한 해결의 카타르시스를 느끼게 하기 이전에 전작보다 더 우울한 감성을 이끌어 낸다. 페니는 인터뷰에서 앞으로 더 강한 캐릭터가 등장할 것이라고 예고했다. 지금까지의 작품 경향으로 볼 때, 독자 입장에서는 등장하는 인물에 대해 마음을 놓을 수만은 없을 것 같다는 우려가 앞선다.

이야기 속에는 작가의 삶 또한 많이 녹아 있음을 볼 수 있는데 작중 인물 클라라의 돌아가신 어머니를 통해 실제로 치매에 걸린 남편 마이 클을 이야기하며, 안락사시켜야 했던 애견 셰이머스와 매기의 이름을 슬쩍 끼워 넣었다.

이하는 전작인『냉혹한 이야기』와 이번 작품에 대한 트릭을 일부 언급합니다. 두 작품 모두 읽지 않으신 분은 **절대** 읽지 마시길 바랍니다.

전작『냉혹한 이야기』의 내용이 일부 이어지는 이 작품은 은둔자의 말 버릇이었던 '친구old son'라는 말을 통해 피해자가 범인의 아버지임이 밝혀집니다. 열혈 독자께서는 이미 찾아보셨는지 모르겠으나『냉혹한 이야기』에서는 '친구'가 누락되었습니다. 존댓말과 반말의 구분이 확연한 우리말 특성상 반전의 역할을 하는, '우화'를 말하는 사람의 정체가 드러날 것을 우려하여 일부러 뺐던 것인데, 다음 작품인『네 시체를 묻어라』에서 작가가 이런 트릭을 쓸 줄 미처 몰랐습니다. 작가의 영악함에 무릎을 꿇습니다. 아마 영어권 독자들은 이 대목에서 국내 독자들보다 더 경악을 금치 못했으리라 생각합니다. '친구'가 누락되지 않았던들 이 트릭을 맞힐 수 있는 독자가 있었을지 감히 의심스럽습니다만, 이 점 매우 송구스럽게 생각하며 작가와 독자에게 너그러운 양해를 구합니다. 끝으로 각 작품을 읽는 데는 아무런 지장이 없음을 말씀드립니다.

네 시체를 묻어라
BURY YOUR DEAD

초판1쇄 발행 2014년 10월 28일

지은이 | 루이즈 페니
옮긴이 | 김연우
발행인 | 박세진
불어감수 | 김문영
교　정 | 양은희, 윤숙영, 이형일
표지디자인 | 허은정
출　력 | 대덕문화사
용　지 | 두송지업
인　쇄 | 대덕문화사
제　본 | 자현제책사

펴낸곳 | 피니스 아프리카에
출판등록 | 2010년 10월 12일 제25100-2010-000041호
주소 | 137-040 서울시 서초구 반포동 47-5 낙강빌딩 2층
전화 | 02-3436-8813
팩스 | 02-6442-8814
블로그 | www.finisafricae.co.kr

메일 | finisaf@naver.com